墨　子

苗枫林　著

中国文联出版社

图书在版编目（CIP）数据

墨子 / 苗枫林著 . — 北京：中国文联出版社，

2025.5. — ISBN 978-7-5190-5907-1

Ⅰ . I235.2

中国国家版本馆 CIP 数据核字第 2025BZ9747 号

著　　者　苗枫林

责任编辑　刘　旭

责任校对　秀才校对

装帧设计　韩　铎

出版发行　中国文联出版社有限公司

社　　址　北京市朝阳区农展馆南里 10 号　　邮编　100125

电　　话　010-85923025（发行部）　010-85923091（总编室）

经　　销　全国新华书店等

印　　刷　湖南省众鑫印务有限公司

开　　本　710 毫米 ×1000 毫米　1/16

印　　张　47

字　　数　793 千字

版　　次　2025 年 5 月第 1 版第 1 次印刷

定　　价　98.00 元

自　序

我怀着强烈社会责任感，创作了电视连续剧《墨子》。

新一届党中央郑重提出加强共产党执政能力建设，这一重大国策，是在新的形势下继续弘扬共产党执政为民的宗旨，也来源于中国传统文化的深厚底蕴。其中，墨子的思想就是一座中华人文遗产的富矿宝库。

早在延安时期的1939年4月24日，毛泽东在"抗大"生产运动初步总结大会上的讲演中说："墨子是一个劳动者，他不做官，但他是比孔子更高明的圣人。"与毛泽东肝胆相照的著名民主人士张澜，鉴于墨子代表工农，反对欺压，提倡牺牲，崇尚科技，是与中国共产党领导的革命最为相近的人文遗产，遂将1948年写成的《墨子贵义》于1951年呈送给毛主席，其中有他对墨子思想的感悟，并恳请毛主席"能于万几之暇赐以教正，至为企感"，更希望他所体会到的墨子思想得到更多的认同和传播，能对建设中的中国有所帮助，能使即将走上社会主义道路的中国人民生活在共产党的领导下并蒸蒸日上。可见于一个花甲年后的今天，将中国古代"高明的圣人"墨子，这位百科全书式文化巨人的形象以戏剧形式推介给中国民众，对我们来说，这是一种不可推卸的历史责任。

自古以来，中国通过各种途径向世界传播的春秋战国时期的思想家有十几位，其中较为著名且影响深远的包括孔子、孙子、墨子等。一是孔子。国外对孔子思想的推介和认知，大致是准确的，且孔子已被联合国教科文组织列为世界十大文化名人之首。二是孙子。国外，特别是日本和美国，长期以来对《孙子兵法》的研究与应用，可谓"著述颇丰，有所创新"。三是墨子。纵观近三百年的日本墨学研究史可以发现，日本的墨学研究成果斐然、成就卓越。

墨子，名翟，出生于春秋之末战国之初，是我国古代伟大的思想家、哲学家、教育家、军事家和科学家。墨子早年学习儒术，但因不满《周礼》的繁文缛节，遂自创学派。兼爱是墨子学说之特征，也是墨子走出儒家阵营做出的最大突破。据《吕氏春秋》记载："孔墨之弟子徒属，充满天下，皆以仁义之术教导于天下。"据《韩非子·显学》记载："世之显学，儒墨也。儒之所至，孔丘也；墨之所至，墨翟也。"可见在战国时代，墨子、墨家学派及其思想和行为均对全社会产生过极大的影响，且足以与孔子和儒家学派相提并论。墨子的思想体系十分丰富，主旨乃"兴天下之利，除天下之害"。墨家思想在我国文化思想史上有着很重要的地位；墨家对中国古代的科学技术同样做出了极为重要的贡献。墨学虽然在汉代之后迅速衰微、逐渐沉寂、形象模糊、一度缺位，但墨家作为中国文化的一种基因，长久以来在民间社会依然发挥着作用。清代以后，随着乾嘉朴学的逐渐兴起，墨子的整理与研究逐步复苏，呈渐兴之势。至民国时期，墨子研究大盛，其势在学界一直延续至今。

孙中山说："古时最讲'爱'字的，莫过于墨子。"鲁迅说："墨子是中国的脊梁。"已故史学泰斗杨向奎说："中国古代墨家的科技成就等于或超过整个古代希腊。"中国要走向世界，在人类发展的历史长河中，继续做出自己的独特贡献，就不能不寻找古人智慧的结晶。面对全社会的诚信危机，墨子的"言必信，行必果"，成为中华民族遥远而近在咫尺的典范。对那些不合格的执政者，墨子倡导"有能则举之，无能则下之"的"尚贤"理念；对企图分裂国家的行径，墨子的"尚同"，强调中央集权的必要；对挥霍无度、奢靡成风，墨子提出"节用""节丧""非乐"学说；对称王称霸、抢掠弱小的非正义战争，墨子有"非攻""强不执弱、富不辱贫、众不欺寡、智不诈愚"的主张。面对多元世界，以墨子的"兼相爱，交相利"原则相处，达到今日所称的"双赢""共赢"，就会在历史智慧的彰显中，焕发出中华崛起的绚丽神采。

剧情概述

大型历史电视连续剧《墨子》，是描写中国古代贤圣墨子的故事。墨子是工匠，是科学家，又是杰出哲人，是人类古代史上少有的百科全书式的智者。本剧以传记体的表现形式，钩沉出埋没了2400年的许多动人故事。

墨子的出现，是一个历史现象。故事发生在战国初期，即公元前5世纪的后叶到公元前4世纪中叶，与孔子逝世相衔接的百年间。在这期间，士人兴起的社会改革潮流与固守世卿世禄制的反对改革派，进行着殊死搏斗。中原士人，是当时战国士人兴起的先驱。本剧以中原士人的"三哲""两巧"和兵家之间相交、相辩为主线展开。"三哲"之争，即以杨朱为旗手的杨子"贵己"学派，巫马子为旗手的儒家"亲亲"学派，墨子为旗手的墨家"兼爱"学派之间的论争与友谊。"两巧"，即墨子与公输子之间的论争与友谊。兵家吴起、墨子、禽子、项子牛的介入，更加演绎出许多悲欢离合的故事。

《墨子》电视连续剧，总体上说是一个士人剧，即知识分子剧，不同于一般宫廷戏。这出戏，展示的是士人走进农工，走进宫廷，走进祭坛，走进私学，走进战争。从这出戏中，哲人朴实深邃的论理，以及中国古代人文之美、山川秀丽之美，烘托出中国2400年前的早期文明，也勾画出早期的中国士人的风格。

本剧所阐发的墨子之爱，是积极向上的全新境界的人类之爱。中国人有责任把这种弥足珍贵的精神财富，向世界推介。

本剧大胆采用君主文化、平民文化、祭祀文化三足鼎立的表现手法，以扫除舞台上的帝王之风，还历史以多彩的本来面目。

据历史记载，墨者是中国教授武功的第一个学术团体，墨子弟子有侠义之风，剧中设计了带有战国时期由技击向武功转化的早期特色的几个大型武打场面。

剧中出现的齐鲁战国遗迹，如微子墓、目夷子墓、地神祠、兵主祠、齐长城、尼山观天台、奚仲墓、青檀寺、小沂河、泗水、汶水、泮宫、木石等，有数十处之多，可作外景拍摄使用，以增加全剧的历史感和真实感。

全剧充分吸收中国墨子学会建立12年来所取得的研究成果。

剧中主要人物

墨 翟	车匠，墨学创始人。
任栀妹	陶匠，墨子发妻。
公输绛娘	知识女性，富有同情心，终生追随墨子。
大 英	墨子女儿。
二 英	墨子女儿。
禽滑釐	墨子大弟子，接墨子成为墨者"钜子"，后为兵家。
高 石	墨子著名弟子，墨子技艺创新方面的主要助手。
孟 胜	墨子弟子，受邀为楚国阳城君守城。第三任墨者"钜子"。
公尚过	墨子弟子，出使越国。
夷 之	墨子弟子，伴墨子终老于落凤山。
迟 仲	儒者，墨子启蒙老师，是墨子思想的主要支持者。
史 佚	鲁国司星官，周官史角之后。
子 张	孔子弟子，墨子、禽子学于儒，先投于子张门下。
杨 朱	战国初期"贵己"学派的创始人。
巫马子	儒家的一个门派，是墨子学派的主要论战者。
公孟子	儒家的一个门派，是墨子学派的主要论战者。
公输般	战国时期的巧匠，墨子师友。
吴 起	战国时期著名兵家，先后领兵于鲁、魏、楚，好征战。
项子牛	齐国领兵元帅，好征战，与墨子非攻之说多有论争。
宋昭公	宋国国君，好尚贤之名，但不用贤。
楚惠王	以五百里之封聘墨子留楚为"养士"，为墨子所拒。
卫敬公	卫国国君，奢侈无度。
鲁穆公	欲强鲁国，但不肯革新。
田齐王和	篡夺姜齐政权为齐王，好征战。
楚肃王	墨子晚年时的楚国新王，好杀戮。
索 纪	鲁国三桓当权时代的鲁国执政季孙氏的家臣，多次迫害墨子。
子 罕	宋国世族中的反对改革派，囚墨子于宋。

目 录

五十二集大型历史电视连续剧

墨子

2

第一集　兵祸天降

1. 齐军营帐（日，内）
（叠化）越军营寨。一张画在羊皮上的地形图，占满画面。一支毛笔正在标出越国驻
　　军的位置。

2. 越军营寨（日，外）
　　【写有篆体"越"字的大旗，飘于已在水边安营扎寨的越军营寨。刚刚强盛起
　　来的越军，欲北上争雄，营寨之内一派昂扬。

3. 齐军营帐（日，内）
（叠化）楚军营寨。羊皮地图上，正在标出楚国驻军的位置。

4. 楚军营寨（日，外）
　　【写有篆体"楚"字的大旗，飘于正在平原安营扎寨的楚军营寨。南国霸主的
　　楚军，营寨之内人强马壮。

5. 齐军营帐（日，内）
（叠化）齐军营寨。羊皮地图上，正在标出齐国驻军的位置。

6. 齐军营寨（日，外）
　　【写有篆体"齐"字的大旗，飘于正在安营扎寨的齐军营寨。东方大国的齐军，
　　营寨之内繁忙有加。

7. 齐军营帐（日，内）
　　【羊皮地图展于齐国军帐的几案上，旁边站着齐国士官项子牛。他20多岁，身
　　材魁梧，为人霸道，好勇斗狠，用兵上多有计谋。正在地图上标记的项子牛，
　　停下笔。
伍　长　长官，楚军、越军和我们齐军，已经形成对目夷谷的军事合围。
　　【已经标出位置的羊皮地图上，三国驻军的夹缝中，有一个小小的圆点，上面
　　写着"目夷谷"三个字，项子牛用毛笔把它轻轻一圈。
项子牛　哈哈，三军争目夷！
伍　长　长官，越军先于齐楚两军到达目夷谷，为何不先动手？
项子牛　管仲有一个谋略，说两个恶狗，可以相安无事地卧在一起。只要投一块骨头，
　　他们就会撕咬起来。齐楚两国，前仇未消，别看我们眼下尚可"安卧"，这

目夷谷，你就是越军投下的一根骨头嘛……

伍　长　长官，不如我们先下手为强，一举拿下目夷谷？

项子牛　不，请庄信！

【伍长出去。项子牛脱下斗篷，把几案上的羊皮地图盖了起来。

【庄信进来。他30多岁，精明而儒雅。从装束看，是个从事跨国贩运的商人。

庄　信　项长官！

项子牛　庄先生，我把你从楚国请来，是想请你，去目夷谷给我定购军品。

庄　信　长官请报出数目。

项子牛　百副鞍具、百副盔甲、千张弓、万支箭，再加上五十乘战车。

庄　信　何时交货？

项子牛　最晚年内。

庄　信　唉，工期太紧了，我恐怕……

项子牛　庄先生给越军订货，给楚军订货，就是不给我齐军订货，是吗？

庄　信　不不，项长官，我们商家讲究信誉，不是有个先来后到嘛。

项子牛　我就是要后来先到！不行吗？

8. 目夷谷百工坊（晨，外）

【春秋战国时期的目夷谷，地处齐、鲁、楚、越的四国交界，手工业和商业特别发达。所以，目夷谷几乎成了战国时期天下手工业第一镇。战国初年，刚刚从"工商食官"桎梏下解放出来，以能工巧匠为业主的自营手工业作坊，显出了勃勃生气。闻名天下的"邾娄百工"，按照行规，聚而为市，便于买主货比三家，于是，目夷谷形成了一个百工坊，就在如今山东省滕州市东南称作"木石"的地方。

【庄信骑马来到。

【路边赫然竖起一块刀劈斧削的崖石，上面用大篆体刀法道劲地镌刻着"百工坊"。

【庄信下马，牵马而行。

【百工坊宽街大巷，两边工肆林立。随着朝阳的射入，数百户工肆门户大开，匠人们正忙碌地把各种作坊招牌挂上门头，招牌上用古体篆字书写着"弓箭""盔甲""车""染""陶""铁""玉""漆""乐""冶炼""锻造""革""镜"……应有尽有。作坊里的工匠有男有女，都在忙个不停。招牌旁的木架上陈设样品。整个一条街，如同一个手工业品博览会。

【除了作坊之外，这里商铺林立，丰盈的货物摆满了铺面，琳琅满目。高利贷店铺的招牌上写着"倍贷"，特别显眼。

【庄信牵马穿过百工坊。他身前身后，商贾、工匠等行人不断，食品摊贩的叫

卖不绝。一块写着"市庸"的招牌下，许多等待雇用的雇工，期待地看着过往行人。庸工们衣衫褴褛，蓬头垢面。秋风乍起，有些光着上身的，正瑟瑟发抖。

9. 墨工师账房（日，外）

【庄信轻车熟路，在"弓坊"招牌的门面前停下拴马。

【墨弓坊账房（日，内）外。

【正在低头算账的墨工师，40岁出头，身躯魁梧，为人侠义，性格刚烈。

【"工师"之称，始于春秋官营手工业。当时，从事手工业制造的人，分为造者、主造者、监造者三个等秩。各大国把手工业中的主造者称为工师，后来成为天下通制。到战国时，凡是可以在所造器物上"勒名"的自营手工业主，皆以"工师"为称。

【弓坊徒弟进来。

弓　工　墨工师，庄先生又来了。

墨工师　请进。备水待客。

【弓工出去。庄信进来，拱手施礼。

庄　信　墨工师！

墨工师　庄先生好早呀！你的样货昨天才出齐，这一早就到了，又赶夜路了？

庄　信　都说开饭馆的是勤行，其实我们为商的才是没黑没白。

【弓工上来送水，墨工师吩咐徒弟。

墨工师　去把样品拿来，庄先生要在这里验货。照老规矩，一批货中，各抽一张，抽到哪张算哪张。

庄　信　我看不必了，我还是亲自去当场验货，这箭坊、盔甲坊、马具坊挨着去，省得搬来搬去的。

墨工师　按行规，我们不愿意外人进入作坊后场。

庄　信　你有你的行规，我有我的行规，这是楚军所用的军品，必须当场验货。

墨工师　好货不怕验。只是现场嘛，工肆乃贱人之地，客人进入工肆，就是我们的大不敬，这是工匠的老规矩！

庄　信　你们目夷谷匠人的规矩可真厉害！

【弓工抱进三张弓，恭敬地置于庄信前。

墨工师　请庄先生先验我的货。（吩咐弓工）通知胜工师他们三家，准备验货。

【弓工应声而去。庄信埋头验弓，边看边感慨着。

庄　信　好弓！好弓！早就听说"天下第一弓"，果然名不虚传！……楚军长官吩咐，要我务必到现场，亲验每一张弓，每一支箭，每一副盔甲，每一副马具！看了你这弓，其他的货根本就不用验了。墨工师，你呀，就照着这样，再给我

墨工师　行了行了，怎么，楚军还要？

庄　信　这是齐军要的。

墨工师　不行，不行，我们根本做不出来。

庄　信　这可是挣大钱的好机会呀？

墨工师　可是我们一口吃不下呀！我们这些工师，以前都在官营的作坊领工。自从鲁国的官营作坊改为私营，我们自己办起了作坊，这产量才翻了好几番。越军的军品，我们已经用干了家底。楚国的这一批，今年也出不齐。齐国的军品，庄先生就不要再提了。

庄　信　墨工师，我说句大话，你信不信？你们这小小的目夷谷可是关系到鲁国的命运！

墨工师　做不出来就是做不出来！

庄　信　你们周围是楚国、越国和齐国三个大国，目夷谷就像……

　　　　【庄信看见几案上有一个食盒，食盒里摆着一个大麦饼，他随手从自己兜里拿出一颗红枣，放在麦饼上。

庄　信　……就像这麦饼上的一颗红枣，谁都想吃。你们只给越军、楚军制作军品，而拒绝齐军，请墨工师仔细想想，目夷谷的拒绝不就是鲁国的拒绝吗？鲁国对楚越两个大国，敢得罪哪一个呢？

墨工师　如果应下来，完不成，也是一样得罪。

庄　信　你一月能制多少张弓？

墨工师　强弓，只能造50张，普通士兵用的弓，能造200张，还得材料供得上。现在到处兵荒马乱的，我们弄不到好材料，经常停工待料。

庄　信　材料，我可以代为购买。

墨工师　庄先生，我们最缺的是工匠。像目夷谷这样的工匠是哪里也买不到的吧？

庄　信　那是，你们"邾娄百工"，天下闻名嘛。这样吧，工钱我可以再加三成，请先收下定金。

墨工师　我做不出来。

　　　　【墨工师拒收了庄信的定金。庄信想缓和一下。

庄　信　好。我们先去验货吧。

10. 盾牌坊工场（日，外）

　　　　【墨工师带着庄信来到盾牌坊工场。胜工师陪着他们。

胜工师　……庄先生，我们这匠人的工场可是从来不让外人进来的。

　　　　【庄信明白地点点头。

胜工师　你看看，只有十天八天的料了……

【盔甲坊司马工师和马具坊公孙工师匆匆进来。这些工师都是正当壮年，匠师的精明、成功者的自信和优越的社会地位，使得他们的气质明显不同于周围。几位工师和庄信打过招呼就纷纷诉苦。

公孙工师　……庄先生，我们马具坊也就十个八个工匠，连轴转也做不出来呀！

司马工师　……我那个箭坊，到处买不到做箭羽的雁翎，已经停工好几天了……

胜工师　我们出手的货，件件是精品。就说墨工师的一张弓，要几百道工序，一道也不能差池了。赶急了，次品一出，你和我们的名声不就都毁了吗？

庄　信　外间传言，你们百工坊一夜之间，可以装备一支军队嘛！

胜工师　庄先生也相信传言？你这是看见的，百工坊武备工匠不少，真正顶门顶柱的，不就我们这几个弟兄嘛。

庄　信　你们仓库里总该有些存货吧？

胜工师　仓库里倒是有些陈年老货，可是到了战场上，出现拉不开的弓、射不正的箭、散了架子的马鞍、一枪戳透了的盔甲，我们可吃罪不起。

【在几个工师向庄信诉苦的时候，墨工师不断地和他们暗暗打着招呼。司马工师和另外的工匠小声吩咐着什么，工匠出去了。

墨工师　不瞒庄先生说，前天鲁国王室又下达了一批交货数目，所以，只好请庄先生向齐军长官求情，我们今年实在无法完成齐军供货。

【几位工师已经意会，纷纷附和。

众　人　对！对！对！

庄　信　今天当着你们鲁国工师的面，我庄信有所不敬。你们鲁国的邾娄百工天下闻名，可是你们鲁国的那个小朝廷，却是天下怂包。不用齐国国君说话，就是驻守齐鲁边界的项子牛长官说句话，军品也得先由齐军挑吧？

【工师们都知道鲁国的孱弱，纷纷低下头来。出去的徒工拿着一副盔甲进来。

墨工师　敢问齐军长官身高体型？

庄　信　怎么？

墨工师　我们为这位订货的齐军项子牛长官，准备了一副盔甲，不知可否合身？

庄　信　哦？

墨工师　这副盔甲，体轻、抗力大，强弩难以穿透，汗浸、雨湿，都不变形，价值黄金十两，专供各国主帅使用。我们几个穷匠人，凑钱买下这份礼品，赠送项长官，另备一张强弓。

胜工师　这把短刀，送庄先生，做防身之用。

墨工师　这些小礼品，不成敬意，只是交个朋友！

【墨工师、胜工师和司马工师，毕恭毕敬地递上礼品。

墨工师　请庄先生看在朋友分儿上，请向齐军项长官尽量美言，等我们完货之后，再专门给齐军供货。

庄　信　好吧。眼看天要下雪了，我以大雪封山为借口，拖延到明年春天，还不至于被齐军看出什么破绽。

众工师　谢庄先生！

庄　信　我还得赶去齐国复命，告辞了！

【大家木然地看着庄信走了。

11. 墨弓坊账房（夜，内）

【几位工师已经在座。

公孙工师　……唉！我们这碗饭，真不好吃。没有名声，有货不能出手，名声大了，有人就会上门抢货。

胜工师　过去官营，吃官家的气；现在私营，吃兵家的气。总之，我们就是吃气！

司马工师　齐军拿不到军需补给，是绝不会善罢甘休的。

【墨工师边说边随手拿着什么东西，在地上摆着。

墨工师　对。楚军离我们最近70里，越军离我们最近也是70里，齐军离我们最近不足50里，我们就是报告到曲阜鲁国国君那里，还得走200里。齐军现在离齐国首都临淄，相去400里，这400里，山路崎岖，远不如在目夷谷就近补给方便。

司马工师　齐军要了我们的军品，不仅质量好，就近得到了补给，也同时抑制了楚、越两国的补给。这是一箭三雕啊！

【车坊的任工师姗姗来迟，他为人耿直，言语冲动。

胜工师　任老哥，就等你了。

任工师　我说让你们先说着。我的主意早想好了。

胜工师　那你说呀？

任工师　要我说，什么也不给！他们要弓箭、要盔甲、要战车，没有，要命有一条！

墨工师　看来，齐军要的不仅仅是几张弓和几副盔甲。

任工师　那他们还想要什么？！把整个百工坊拿去就是了！

胜工师　任老哥，你就是急脾气，这不是在商量嘛。

【众工师对任工师的态度不置可否。任工师不吱声了。

墨工师　我倒想，咱们不妨到京城曲阜去，找个明白人问问！

任工师　曲阜有什么明白人？

胜工师　曲阜的明白人可多了，孔老夫子就有弟子3000，贤人72呀！

任工师　孔夫子死了20多年，留下弟子一堆，这里讲学，那里收徒，其实他们根本不懂征伐，去了，也是白跑一趟。

司马工师　那我们就拖。先拖一个月，也许这一个月内，楚国人，或者越国人，把齐国人赶跑，我们就逃过这一劫了。

任工师　那要是赶不跑呢？

司马工师　再不，我们就把作坊搬到染山里去。深山老林一躲，齐军几年之内找不到我们！

墨工师　我赞成司马工师的意见，先去染山打听一下，看看有没有设作坊的地方，以便日后多一条退路。

司马工师　好，这事我去办。

墨工师　不过，拖和躲都是权宜之计。还是应该去京都找个明白人，打探一个根本的解决办法。

胜工师　我赞成。鲁国执政就是再熊，还能任着他们这么强掠下去？

任工师　咱鲁国，现在连个国君都是虚设的，季孙氏、叔孙氏、孟孙氏三家轮流执政，天天狗撕猫咬，根本顾不上对付那些大国。我看没什么指望。

墨工师　如果鲁国执政真的不管，我们就得想个自己保护自己的办法了。所以我们先得探个虚实。京都有我一个远房亲戚，他家还保有贵族身份，跟宫廷常有往来，总能打探一些消息。

【其他工师都点头同意。

胜工师　墨老兄，去是要去，你可不能去呀！

任工师　要不我去吧？

墨工师　在座的谁也不能去，我们都得使出看家本领，尽快完成楚军订货，万一齐军硬是要货，我们也不能不做啊。

【众工师沉默着。

胜工师　……我看，不如让墨翟去一趟！你们看，怎么样？

任工师　胜老弟，你真能想，墨翟一个半大小子，管什么用？

胜工师　墨翟读书多，遇事不怵头，三个大人都说不过他。

任工师　那也不行，我可不放心墨翟这孩子。他做事不要命。

公孙工师　墨翟不能去。

司马工师　兵荒马乱的，让一个孩子去，我们这些大老爷儿们的，丢人啊！……

12. 墨工师家纺间（日，内）

【一架织布机前，一个少年正在奋力织布。这就是少年墨翟，他细高的身材，给人留下"小大人"的印象。墨翟豪爽端正，有一张富于情义又充满智慧的脸，善思不让敏行，健壮不掩儒雅。

【墨翟的对面是少女栀妹，栀妹秀外慧中，胆气和聪颖都隐于平实，有着举重若轻的天赋。栀妹也在一架织布机前奋力织布，早已汗流满面，显得比墨翟吃力多了。

【少年墨翟和少年栀妹，各自埋头苦干，强力干事的劲头，都是一样的。

13. 墨工师家纺间（日，外）

【墨翟的母亲墨师娘和胜工师的妻子胜师娘在焦急地敲门。

墨师娘　墨翟！墨翟！给娘开门！

胜师娘　栀妹！给干娘开门！

14. 墨工师家纺间（日，内）

【墨翟和栀妹仍然低头织布，对外面的敲门声不予理睬。

15. 墨工师家纺间（日，外）

墨师娘　……他胜师娘，别敲了。这墨翟什么事一入了心，一百头牛也拉不回来。咱赶快找织机，帮他们织布吧。胜师娘的儿子胜绰，只有四、五岁，他拿着麦饼和咸菜，从门边上的一个狗洞子里，爬了进去。

16. 墨工师家纺间（黄昏，内）

【胜绰爬进来，看着栀妹身后织出来的布匹。

胜　绰　哇！这么多了！

【胜绰两边对比着看。

胜　绰　哥哥，栀妹比你织得快。

墨　翟　那些庸工还在吗？

胜　绰　光膀子的，都没走呢！

【胜绰把麦饼交给墨翟，墨翟接过来随手一放，没吃的麦饼已经摞了起来。

【胜绰把麦饼交给栀妹，栀妹也是随手一放。

【胜绰对比他大十岁的任栀妹，直呼其名。

胜　绰　栀妹，你奶奶来了！

17. 墨工师家纺间（日，外）

【任奶奶匆匆赶来。50多岁的她，身体硬朗，干脆利落。

墨师娘　任奶奶！你看，栀妹跟着墨翟，谁也劝不住……

任奶奶　都是你让墨翟去染山，他要是天天去左庠上学，压根就看不看见市庸，也不知道那些庸工没有衣服穿。

胜师娘　任奶奶，墨翟一天天长大，今天看不见，明天也得看见，总不能整天把他关在家里吧？

【任奶奶瞪了她们一眼，二话不说，拿过一把镰刀，上去就拨门闩。三下两下，门就开了。

18. 墨工师家纺间（日，内）

【任奶奶进门，一把夺过墨翟的梭子，举起来就狠狠地敲了墨翟一下。

【墨翟朝着任奶奶笑着。

【墨师娘进来，也跟着夺了栀妹的梭子。

【胜师娘看着他们织好的布，吃惊不已。

【墨翟看见对面的栀妹。秀丽的栀妹虽然已经疲劳至极，却依然笑着。两个人
　　对视了一下，不约而同抱起织好的布，跑出门去。

【胜绰捡起那些没有吃的麦饼，抱着跟在后面跑去。

【胜师娘看着墨翟栀妹几乎抱不动的布匹。

胜师娘　……天哪！这两个孩子，居然顶得上四五个大人织布！

【任奶奶挥舞着梭子。

任奶奶　大人哪有不吃不睡连轴转的？对付墨翟这小子，就得来硬的！

【任奶奶扔下梭子，走了。

19. 目夷谷百工坊庸市（黄昏，外）

【庸市上，衣不蔽体的庸工们被寒风吹透。墨翟和栀妹把拿来的布分给他们。
　　胜绰也跟着把麦饼分给庸工。

【栀妹连日劳累，晕倒在地。

【墨翟抱起栀妹，向家里跑去。

20. 迟仲家（日，内）

【胜绰跌跌撞撞，几乎是滚进来的，他上气不接下气。

胜　绰　……太……太……太师！……

【迟仲从里间出来。他就是目夷谷左庠的私塾先生，近40岁，蓄着胡子，一副
　　乡野儒生打扮。他的夫人也紧张地过来。

迟　仲　小胜绰，你慢慢说。

胜　绰　栀……栀妹……死……了……

【迟仲大惊。迟仲夫人不信。

迟师娘　你胡说！

【胜绰立刻躺在地上，做了一个死了的样子。

【迟师娘踢了胜绰一脚。

迟师娘　小兔崽子，刚才我还看见栀妹在庸市上。

【胜绰爬起来，拉着迟仲就走。

21. 任工师家（日，内）

【迟仲匆匆进来，给躺在床上的栀妹号脉。

迟　仲　……哦，是劳累过度所致。休息一下，就会好的。墨翟，你们又熬夜了？

墨　翟　老师，庸工们没有衣服，都在寒风中发抖！

迟　仲　嗨!……

墨　翟　要是明天再来没有衣服的庸工，我们还要织布……

迟　仲　墨翟呀，你就是终生织布，甚至你母亲、你胜师娘、你迟师娘……全百工坊
　　　　所有的女人，织一辈子的布，岂能抵挡住天下的风寒?

墨　翟　老师教我读了那么的多书，为什么不教给我，让天下寒者得衣、饥者得食、
　　　　劳者得歇的办法?

迟　仲　我教了你几年，你就常常用这么大的题目考了我几年哪! 我的书没有读够，
　　　　无法为你解答。

墨　翟　是不是把书读够了，就会有答案?

迟　仲　也许吧。

墨　翟　老师，你再让我多读一些书吧?

迟　仲　这方圆上百里的书，我是能借到的都借来了。可是我借书的速度，赶不上你
　　　　读书的速度呀!

墨　翟　老师，我在市肆上看见，燕国、赵国的商人和我们鲁国一样，用"布币"，齐
　　　　国用"刀币"，楚国用金制的"蚁币"，可见天下之大。我还看见，和我们鲁
　　　　国的鲁削一样，各国都有自己的名品，郑国有刀，宋国有斤，吴粤有剑，可
　　　　见我的见识太少。我还有一个晋商朋友，每次来百工坊，都跟我说起知伯重
　　　　兵围困晋阳之事……

迟　仲　你慢慢说，慢慢说……

墨　翟　老师，天下广大，是不是在目夷谷之外，能有让寒者得衣、饥者得食、劳者
　　　　得歇的答案?

　　　　【坐在一边的任奶奶突然插言。

任奶奶　你一个半大小子，怎么折腾都有使不完的力气，可不许连累我们栀妹。

　　　　【栀妹渐渐睁开眼睛，看见迟仲。

栀　妹　迟仲老师!

　　　　【栀妹强要坐起。迟仲安抚她躺下。

栀　妹　奶奶，是我说要给庸工织布的，要不是墨翟帮我织了一半，我还得再织下
　　　　去呢……

任奶奶　栀妹，墨翟做事不要命，你一个女孩子家，以后可不许学他了。看你累的这
　　　　个样子……

栀　妹　大家这不都活得好好的嘛?

任奶奶　好好的，好好的，天大的事，到了你嘴上，就成了芝麻。你呀，也就是个女
　　　　儿身子，要不，活脱脱也是个小墨翟。

栀　妹　那可不是，墨翟能读书，栀妹只能添油。

五十二集大型
历史电视连续剧
墨子

22. 墨翟房间（夜，内）

【墨翟正在制作一件器物。这是一个装针线的木盒，墨翟叫它"八珍盒"，按下机关不时发出一两声鸟鸣。墨工师撩开帘子进来，墨师娘跟在后面。墨翟连忙用布盖住。

墨工师　墨翟呀，在干什么呢？我看看。

墨　翟　父亲请不要看。

墨师娘　那我看看吧？

墨　翟　母亲现在也别看。

墨工师　什么时候才给我们看哪？

墨　翟　我要等母亲过生日的时候。

墨师娘　哦，我的生日？

墨工师　连我都忘了，三天后，不是你的40寿诞嘛。

墨　翟　母亲的40大寿，我来给母亲过。

墨师娘　好呀！儿子能给我做寿了！

墨　翟　父亲，我想问你一件事。

墨工师　问吧，儿子。

墨　翟　如果匠人们联合起来，不再制作攻伐的武器，天下就不会再有战争了吧？

墨工师　儿子，不是先有了武器，才有战争的。只要想打仗，没有武器可以制造武器，武器不好，可以再制造更好的武器。武器嘛，既能杀人，也能救人，就看拿在谁的手里。

墨　翟　国君从来不拿武器，可是天下开战的命令都是国君发出的。

墨工师　是呀，打仗的都是兵士。兵士都是为人子、为人夫、为人父的。死伤一人，就是一家，甚至几家的大悲伤啊。

墨　翟　父亲，你制作的弓，拉得愈满，愈有可能射穿参战的兵士。

【墨工师深深地点了点头。

墨　翟　我很不赞成父亲做武备弓匠。听说制车手艺最高，父亲为什么不可以，改为制车？

墨工师　你可知道，车是最重要的战争装备。就是民用车，也可以轻易改装为军车。现在诸侯各国的军力，是以车为计算单位的，谁有兵车五千乘，就可以立足天下，谁有兵车过万乘，就可以横行天下……

墨　翟　那改做染匠，不就与他们没有瓜葛了吗？

墨工师　布匹和染制品，也是军需品。

墨　翟　那我们就去种地。

墨工师　粮食更是最重要的军需品。诸侯要打仗，百姓躲到哪里也免不了遭殃。现在，眼看又要面临一场新的战乱……

墨　翟　那就没有救民救世的办法了吗？

墨工师　救民救世的办法还没有，眼下，倒是有一个，救目夷谷的办法。

墨　翟　父亲快说，是什么办法？

墨工师　这是一个需要我儿子参与的办法，你肯吗？

　　　　【墨翟充满了悲壮的激情，斩钉截铁地。

墨　翟　肯！

墨师娘　孩子，你才15岁……外面兵荒马乱，这路上要走五天，盗贼、兵劫，随时都
　　　　有可能……你不怕吗？！……

墨　翟　母亲，让我去吧！……母亲！

墨师娘　母亲实在舍不得你一个人……只身赴曲阜……

　　　　【墨师娘连忙背过脸去。

墨　翟　父亲，是让我到京都曲阜吗？

墨工师　墨翟啊，听我说。如果这是我们一家的灾难，我们可以逃，有你父亲的手艺，
　　　　我们到哪也饿不死。可这是整个百工坊，老老少少上千口的安危！你到曲阜，
　　　　找到公孙大人，一定要讨个拯救百工坊的办法回来。

　　　　【墨翟深感重担在肩。

23. 墨工师家墨翟房间（黎明，内）

　　　　【东方已经发亮了。墨师娘不停地整理着儿子身上的包袱，拍拍这，拽拽那。

　　　　【墨工师进来。

墨工师　走吧。趁着天不亮，街坊都没起来，省得大家来送。

墨　翟　母亲，你替我告诉栀妹一声，免得她惦记。

墨师娘　晚上早点住下，不要赶夜路，吃饭要按顿……

墨　翟　母亲交代的，儿子都记住了。

　　　　【墨工师拉着墨翟走出门去。墨师娘跟着送了两步，忽然极为冲动地喊着。

墨师娘　儿子！

　　　　【墨翟回过头来。墨师娘紧紧抓住他的胳膊，难以自禁地涌出泪水。

墨　翟　母亲放心，我很快就回来，回来给你过生日！

墨师娘　儿子，记住，不管以后遇到多大的困难，一定不要停止读书。

墨　翟　我回来就把停下的功课补上。

　　　　【墨工师拽开墨师娘的手，带着墨翟出门了。墨翟到了门口，又回过头来，朝
　　　　着母亲笑了笑。

墨　翟　母亲，回来，我要送你一个生日礼物！

　　　　【墨师娘的笑颜和泪水都停滞在她的脸上。

24. 目夷谷村（早晨，外）

【墨工师和墨翟并肩走着，来到了目夷谷村口。一块巨大的石头上，刻着"目夷谷"三个大字。

墨　翟　……父亲，我长大了，也要做工匠，但我绝不做武备工匠，谁也别想从我手里得到一件进攻别人的武器，哪怕是一张弓、一支箭！

墨工师　看见前面那个山了吗？那就是峄山。峄山阳坡产孤桐，是古人做琴瑟的上好原料。你要实在不愿意我做制弓匠，等你回来，目夷谷躲过这一劫，我就改行，登峄山，采孤桐，制木琴，好吧？

墨　翟　父亲真好。父亲请回吧。

墨工师　我再送送你。

墨　翟　不用了，我自己走，更快。

【墨工师把包袱交给了墨翟。

墨工师　墨翟，快去快回，百工坊都在等着你！

【墨工师看着儿子的背影走远了。

【墨翟背着包袱走着，忽然听见前面有人喊他的名字，抬头看见朝阳里走出了栀妹。

墨　翟　栀妹！

栀　妹　墨翟！

墨　翟　你怎么知道的？

栀　妹　猜的呗。

【两个人都不说话了。

栀　妹　墨翟。

墨　翟　嗯？

栀　妹　墨师娘说，生你的时候，她梦见一只赤鸟，光辉照耀，目不能正，所以给你起名"翟"。

墨　翟　我刚才看你从朝阳里走出来，才是目不能正呢！

栀　妹　凤鸟首为义，翼为德，背为礼，胸为仁，腹为信，目夷谷有难，凤鸟岂能不飞？

墨　翟　好，借你的吉言，我墨翟就是一只翱翔天空的凤鸟，一翅膀就飞到了曲阜。你不用担心，我很快就会飞回来的。

栀　妹　谁担心了，你是忘了东西。

墨　翟　没有忘呀？

【栀妹把手里攥着的钱布塞给了墨翟。

墨　翟　母亲都为我准备好了。

栀　妹　你没听大人说，穷家富路嘛。

墨　翟　好。用不了，我在曲阜给你买个头绳回来。

栀　妹　我们匠人，不像你们读书人，用个麻绳就行了。

墨　翟　对，我们栀妹，头绳麻绳都是美的。

栀　妹　看你说这么多，快上路吧。

墨　翟　回来见！

25. 齐营军帐（夜，内）

【伍长拿着一张羊皮地图进来。

伍　长　长官，去目夷谷的行军地图已经赶制出来！

【项子牛看着羊皮地图。

项子牛　好！探子回来没有？

伍　长　去目夷谷的探子已经派出多日，还没有回来。

项子牛　要做好去目夷谷接受军品的一切准备。

伍　长　是！长官，那庄先生呢？我们好大的齐国，竟然让一个楚国商人，卡住了脖
　　　　子！我看干脆把他杀了，免得泄露军机。

项子牛　商人嘛，长途贩运的商人，就是个苦力呀，搬来搬去的。杀了他，没人搬运
　　　　南方的茶叶，我喝什么？没人搬运南国之玉，我的妻妾饰戴什么？再说，我
　　　　还得让他帮我一个大忙。有请庄信。

【庄信进来，伍长接过他的所带礼品。

庄　信　见过项长官。

项子牛　目夷谷到这里的路好走吗？

庄　信　目夷谷到这里，不过50里，一路大道，只有三五里不便行车。

【项子牛连忙在羊皮地图上做着标记。

项子牛　目夷谷的武备品真的那么好吗？

庄　信　长官有所不知，南人的弓箭最好，北人的马具最好，西人的车制最好，东人
　　　　的盔甲最好，这邾泗地区嘛，可以说，集东南西北之长，没有哪个国家可与
　　　　之相比。而目夷谷又是邾泗地区武备品制作规模最大的地方。

【庄信拿起墨工师的弓箭。

庄　信　长官请看，目夷谷制的弓，用一头壮牛的牛脊筋，只出一张弓，十年不损。
　　　　他们制的箭，以桦木为杆，专选雁翎制作箭羽，遇风不斜……

【庄信忘情地说着。项子牛只顾看着地图。

项子牛　这目夷谷住的都是目夷子的后代。

庄　信　目夷子？这我可就有所不知了。

项子牛　200年前，目夷子就是宋国有名的军师，宋国的国君宋襄公和楚成王在泓水会
　　　　战，目夷子的计谋，他不听，结果身败名裂。败了一个国君，成就了一个军师。
　　　　你能说这将门的后代，没有能人？

庄　信　长官，我们商家，只谈商，不言兵。

项子牛　我请你来，就是言商！我定制的军品何时交货？

　　　【庄信展开工师们所赠盔甲。

庄　信　这是目夷谷工师们所赠，请项长官宽限时日。

项子牛　好，你带我去目夷谷，我亲自告诉他们，交货的时日。

　　　【项子牛用红色毛笔在羊皮地图上的"目夷谷"涂抹。庄信看见了，大惊。

庄　信　长官，你万万不可……

项子牛　不可什么？

庄　信　……目夷谷北有染山，西有目夷山，东有落凤山，地势险要……

项子牛　所以我要你给我带路！带走！

　　　【几个武士上来押住了庄信。

第二集　墨翟成狐

1. 曲阜南门（日，外）

【一座古城展现在眼前，这里是鲁国首都曲阜的南门。巍峨的城墙，锈蚀的城门，足见曲阜已经由辉煌走向了衰落。几个穿得又破又脏的门卒，无精打采地守在门外。

【工匠打扮、包袱斜背在身后的墨翟，大步来到城门。

门　卒　站住!

【墨翟随着人流继续进城。门卒上前，一把扯住墨翟衣襟。

门　卒　说的就是你!

墨　翟　哦，军爷，我要进城。

门　卒　进城? 你进城干什么?

墨　翟　走亲戚。

门　卒　亲戚姓什么?

墨　翟　姓公孙。

门　卒　曲阜城里姓公孙的成筐抬，你那个公孙叫什么?

【墨翟看看进进出出的人，无一受到盘查，有些愤愤不平。

墨　翟　军爷，这么多人进出自如，为什么单单盘查我?

门　卒　他们是国人，你是野人! 瞧你这身打扮，走走走!

【两辆马车从城里正向南门而来，到城门处，被许多看热闹的人堵塞。

【墨翟强压心头怒火。

墨　翟　这国人、野人的不平对待，谁人所定?

【车窗里，探出一个不同市井装扮的"而立之年"的士人，不慌不忙地搭腔。

巫马子　国人、野人乃周公所定!

墨　翟　敢问先生，你是国人，还是野人?

巫马子　岂有此理?! 堂堂士人焉有不是国人之理?!

墨　翟　请先生借一步说话。

【巫马子一招手，车夫把马车赶出城外。

【墨翟看见车上下来两个身穿长衫的士人。

墨　翟　两位既然到了城外，只好委屈先生，我们做一场野人之间的对话，谁也不高人一等，谁也不低人一头。

【身材敦实的儒学名士巫马子，被墨翟激怒。

巫马子　你这山村野少，不懂周礼，让我来教训你！

【瘦高的白面士人杨朱却自我调侃地说。

杨　朱　巫马子，我们两个大人，竟然中了这个黄口小儿的圈套！

巫马子　杨子，我倒要看看这山村野少，能野出什么花样！

【墨翟指着两辆崭新的马车。

墨　翟　先生这马车，谁人所造？

巫马子　车人所造。

墨　翟　先生所食粮米，谁人所种？

巫马子　农人所种！

墨　翟　先生这锦衣长衫，谁人所制？

巫马子　衣人所制。

杨　朱　你说的这些工匠嘛，居城者为贱民，居乡者为野人，农人，也在野人之列。所以门卒说你是野人，并没有错呀？

墨　翟　武王打败纣王，以战争胜负划分的国人、野人，已过去500多年。请问，如今天下，贱待黎民的国君，有不衰败亡国的吗？贱待黎民的大臣，有不碌碌无为的吗？贱待黎民的士人，有不迂腐浅薄的吗？

【巫马子与杨朱对视着，他们都在重新掂量这个乡村野少的身份。

【城门里看热闹的人，渐渐围拢过来，边听边交头接耳地议论。

杨　朱　小伙子，你姓什么？

墨　翟　姓墨。

巫马子（悄声对杨朱说）　墨姓的，都是微子之后！

【杨朱深深地点了点头。

墨　翟　我本以为巫马子、杨子，为有识之士，想不到两位也是靠国人、野人这种不平的划分来支撑自己，无论我是谁的后人，都会为两位先生汗颜！

杨　朱　小伙子，不要激动，我以为，野人之所安，野人之所美，谓天下无过者。巫马子虽然十分难堪，还是转脸对门卒说。

巫马子　门卒，放他进去吧！

门　卒　是！（转向墨翟）请吧！

墨　翟　谢谢二位。不过，我关心的是，举国野人都能得到公正对待！

杨　朱　对对，我杨子的"适欲"学说，正倡导世人向野人学习哪。小伙子，不要走，听听我杨子的"适欲"学说如何？

墨　翟　墨翟有事在身，改日愿听先生指点。告辞了！

【墨翟在众人的窃窃私语中，转身向城里大步走去。

杨　朱　好一个英俊后生！

巫马子　走吧！

2. 曲阜（日，外）

【比起目夷谷，曲阜街市的繁荣、楼房的高大，足以使少年墨翟流连，但是他因为重任在身，只能大步赶路，新鲜的景致匆匆掠过。

【斗鸡、斗狗的地摊，热闹非凡，一阵阵喊叫声，声声入耳。

【墨翟扭头看着，尽量不耽误赶路。

3. 公孙子方府邸（日，外）

【墨翟敲门，门人开门。

墨　翟　请通报公孙大人，目夷谷墨工师之子墨翟求见表叔。

4. 公孙子方府邸庭院（日，外）

【墨翟被带进来。这是前后两进宅院，虽不豪华，但透出书香气息，颇为雅致。可见主人的贵族身份。

5. 公孙子方府邸客厅（日，内）

【墨翟给公孙子方行大礼。

墨　翟　表侄墨翟见过表叔！

公孙子方　墨翟呀，长得这么高了，我们还是第一次见面。你父亲怎么没来？

墨　翟　父亲生意太忙，走不开，让表侄替他问候表叔。

公孙子方　生意好，是好事嘛。

墨　翟　可是楚国、齐国都要继越国之后定制军品，父亲他们应付不了，想来问问表叔，这事鲁君管不管？

公孙子方　鲁君？嘻，他想管，就是没有本事管。以前，鲁国总是求晋国保护，晋国分裂了，又求楚国保护，就是不能挺起腰杆自己保护自己。春秋以来，诸侯争霸，现在各国的国君都嫌自己的地盘小，总想扩充。鲁国这等势单力薄的小国，只有受人欺负的分儿！

墨　翟　诸侯不都是周天子封的吗？那周天子为什么不出来干涉？

公孙子方　看你长这么大的个子，还是个孩子。周天子对诸侯，一点威望都没有，因为他软的欺、硬的怕。你看呀，三个大臣刚刚把晋国分了，周天子立马按照他们的请求，封出赵、魏、韩三国。齐国田姓大臣篡夺姜齐姓天下，周天子不但认可，还派人祝贺。鲁国季孙、叔孙、孟孙三家，把鲁君赶出国外，周天子还不是瞪眼看着？他身为天子，连自己的祖田都被诸侯蚕食了，满肚子的苦水，还没处倒哪！

墨　翟　那堂堂鲁国执政们就一点作为也没有吗？

公孙子方　有呀，对外狗熊，对内英雄。在自己家门里头，世卿们斗起来，倒是很有本事。

墨　翟　那我们黎民百姓就一点依靠也没有吗？

公孙子方　你要是单为这事来，这曲阜城，你连进都不要进！

　　　【公孙子方深思片刻。

公孙子方　墨翟呀，你知道"鞍之战"吗？

墨　翟　不知道。

公孙子方　那是100多年前，楚国和鲁国的一场大战，鲁国战败了。楚国人什么都不要，
　　　　　只要100名工匠，作为战争赔偿。我听说，你们的三个邻居今年都通过外交
　　　　　途径，向鲁国勒索邾泗工匠哪。

墨工师　要是鲁国不给呢？

公孙子方　鲁国的君臣正忙着打内战，根本顾不上远在四百里之外的邾泗之地。你们
　　　　　目夷谷……

墨　翟　目夷谷怎么了？

公孙子方　恐怕会……遭遇兵劫呵！

墨　翟　兵劫？！

公孙子方　对，这三家邻居，你们谁也惹不起。你们只有一条路可走。墨翟，你把这
　　　　　块信板带给你父亲。

　　　【墨翟接过信板，看看上面没有刻字，想了想。

墨　翟　表叔的意思是，用不着一字的信板告诉父亲，躲，躲得无影无踪？

　　　【公孙子方满意地点点头。

公孙子方　好聪明的墨翟。

墨　翟　我这就回去。

公孙子方　住两天吧，曲阜你没来过，在城里看看，逛逛。

墨　翟　不了，家里都等着呢。

公孙子方　那也得吃了饭再走。

墨　翟　谢谢表叔，表侄告辞了，以后再来看望。

公孙子方　这孩子！……

6. 车坊账房（日，内）

　　　【一个项子牛的伍长装扮的客商，推门进来，他探头探脑地四处打量着。

任工师　客商可是来购车的？

伍　长　是呀，是呀。不过，我得到作坊里头，看看工匠的手艺再说。

任工师　先生，作坊里是不能看的。要想看手艺，你直接看我的车不就行了吗？

伍　长　你们这里真怪，其他作坊也不让看？

任工师　一概不许看，这是行规。

伍　长　不让看，我怎么订货？

【年轻的车坊徒工高石进来。

任工师　高石，这位先生要看车，领他去看看吧。

高　石　先生这边请……

　　【任工师趁机暗示了高石一下。高石把伍长带进车坊工场。

7. 车坊工场（日，内）

　　【伍长紧随高石之后进来，几辆新车，陈列眼前。任工师跟着进来。

高　石　先生，你要铜轴车，还是要铁轴车？

　　【伍长脸上毫无反应，只是打哈哈。

　　【高石和任工师交换了一下眼色。

高　石　你是要齐国人喜欢的长轴头车，还是要鲁国风俗的短轴头车？

　　【伍长脸上还是毫无反应，还是打哈哈。

　　【任工师在一边看着，脸色渐渐沉郁起来。

高　石　你是要赵国人喜欢的山地车，还是要越国人喜欢的湿地车？

伍　长　（尴尬地）都行，都行……

　　【任工师冷眼旁观。

8. 墨弓坊账房（黄昏，内）

任工师　……没错，我一眼就看透了他，是密探，而且是齐军的密探！

司马工师　墨翟这孩子，还没回来，曲阜的消息一点也不知道。

胜工师　这探子比什么都准，准是齐军要先下手了！

公孙工师　齐军要来，我们把楚国的军品让他拿去就是了。

墨工师　齐军不仅要军品，我看他们还要人！

众工师　要人？

墨工师　只有抓了人，齐军才能断了楚军的军品来源。这叫釜底抽薪。

　　【大家惊讶地说不出话来。

9. 目夷谷百工坊（夜，外）

　　【所有的作坊逐一关门，各家门口仅有的一盏昏暗的灯笼，也逐一熄灭。百工
　　坊陷入一片黑暗。

10. 墨弓坊账房（夜，内）

任工师　……我看，大伙儿不用怕，其实他们最怕我们！哎，最怕我们工匠造反！你
　　　　们不记得了，前几年西邻卫国，因为官家逼得急，工匠们不是就造了反吗？
　　　　工匠一反，官营就改成了私营，才让咱们过上自己说了算的日子。我看，谁
　　　　要是把咱们逼急了，咱们就造反！

司马工师　咱鲁国工匠不比卫国。鲁国是礼仪之邦，动嘴不动手，逼得没有办法了，

我看，大家只有关门歇业。

任工师　齐军就是来，士卒也多不了，我们百工坊人多势众，跟他们干！出出这口恶气！

司马工师　那不就捅了马蜂窝！齐军援兵一到，大军踏平目夷谷，我们可以跑，老婆孩子就遭殃了。

公孙工师　靠我们几个匠人，是万万打不得的！

胜工师　墨老哥，你说怎么办。

墨工师　我看只有一条路，躲。

11. 沂水河畔（日，外）

【墨翟大步赶路，那块至关重要的无字信板，就拴在他的腰上，一走一晃。

【墨翟来到河畔，脱了鞋袜，蹚水过河。连日的劳顿，使他倍感疲劳，他把自己连头带脸地埋进水中。

12. 沂水河畔对岸（日，外）

【马车陷于泥坑，巫马子暴跳如雷地斥骂车夫。

巫马子　混账东西！要是误了杨子明天讲学，看我怎么收拾你！

杨　朱　好了，好了，谁让今秋雨水这么大哪！

【墨翟正低头赶路。巫马子四处张望，看见有人来，高兴地喊叫起来。

巫马子　哎！哎！……

【墨翟紧走两步，来到跟前。

巫马子　是你呀？姓墨的后生！

墨　翟　二位先生有难了？

巫马子　我们的车，陷进泥坑里，你能帮忙吗？

【墨翟转头看了一眼，点点头。

墨　翟　可以。

巫马子　太好了！

墨　翟　这车，我一个人，并不费力，就可以让它离开泥坑！可是两位先生能告诉我，你们有什么办法，使如今的天下纷争走出泥坑吗？

巫马子　哦？你对国家大事，也挺感兴趣？

【墨翟点头。巫马子看了杨朱一眼。

巫马子　我告诉你，先师孔子说过，如今天下礼崩乐坏，儒家的主张是修复周礼，修复周礼，天下太平！好比把这水坑垫平就不会陷车一样。

墨　翟　现在诸侯争霸，谁也不听周天子的话，靠修复周礼，天下纷争的水坑能垫平吗？

杨　朱　姓墨的后生，你说的正合杨子之意，这正是我明天在尼山书院要讲的！

墨　翟　愿闻杨子，使天下远离这泥坑之道！

杨　朱　你知道，天下纷争，谁是祸首？

墨　翟　我只知，受害者总是黎民百姓！

杨　朱　天下纷争肇事者，皆各国望宗世族。他们的欲壑难填，才是天下纷争的根源。我的主张，让天下望宗世族的大人们都树立这样一种信念：整个天下奉于我，我不取；拔我一毛利天下，我不为。这样，人人独善其身，天下纷争岂不止息？

墨　翟　敢问，天下有多少王公大人，信奉了先生的学说？

杨　朱　我的弟子遍天下，相信明天我在尼山书院的讲学，会有更多的呼应者！

　　【巫马子焦急地看看即将落山的夕阳，拍拍墨翟的肩膀。

巫马子　天下的坑，让杨子去填，眼下的坑，只有你来填啦！小伙子，拿出你的本事来！

　　【墨翟胸有成竹地把另一车上的一匹马解下，套在陷于泥坑的车辕上，然后从车夫手里接过马鞭，打了一个响鞭，马车被毫不费力地拉出泥坑。

巫马子　这个法子，很简单呀，我们怎么没想出来？

墨　翟　二位先生想的是，分割，我想的是，聚合！告辞了。

　　【墨翟转身向另外一条岔路上走去。留下巫马子和杨子一脸的疑惑。

　　【杨朱突然想到了什么，向远去的墨翟招手发问。

杨　朱　你叫什么名字？

墨　翟　贱人，墨翟！

13. 齐军帅帐（日，外）

　　【去百工坊化装侦察的伍长进来。

伍　长　报长官，百工坊戒备森严，各个作坊无法进入，里面的虚实无从打探。

项子牛　工师的脸面认清楚了吗？

伍　长　工师和工匠都穿一样的干活衣服，根本分不出来。

项子牛　工匠干活重，吃饭多，如果把一般的工匠也一起抓来，就会破费我的军粮。我们只要米粒，不要砂粒！

伍　长　长官，现在米粒和砂粒掺和一起，怎么把它们分开呢？

　　【项子牛想了想，突然有了主意。

项子牛　摆上酒宴！

14. 齐军帅帐（夜，内）

　　【庄信被带进来。

庄　信　长官！

项子牛　这两天为什么不来陪我？

庄　信　长官，我庄信多年给你办货，都没像这一次，扣着不让走。

【项子牛正在把玩墨工师的弓和盔甲。

项子牛　真是好手艺呀！

庄　信　长官，工匠们没有别的意思，就是想请长官宽限交货期限。

项子牛　行呀！他们想什么时候交货，就什么时候交货。

庄　信　那我替百工坊的匠人们感谢长官了！

项子牛　不必了，你也真是够辛苦的，今天我请你喝酒。

【酒宴摆上。庄信不知项子牛葫芦里卖的什么药。

项子牛　坐嘛，坐嘛。

庄　信　我好好地给长官办货，长官却要扣我……

项子牛　看你这点心眼儿，我不是怕你泄露了我的军事机密吗？

庄　信　我们生意人，只关心商业机密，不关心军事机密。

项子牛　坐！坐！坐下嘛！

【庄信勉强坐下。

【伍长拿着地图进来，交给项子牛过目。

伍　长　目夷谷百工坊作坊位置图制作完毕，这是弓坊、箭坊、马具坊、盔甲坊……

【项子牛接过地图。庄信瞟了一眼，心中一惊。

项子牛　好，发下去。这次行动，不许走漏一点消息！

伍　长　是！

项子牛　来，庄先生，咱们喝酒！

庄　信　长官今天不怕我走漏机密？

项子牛　我知道你们工商一家，只要有机会，你就会去通风报信。

【庄信勉强拿起酒杯。

项子牛　不过你来不及了。今夜你陪我喝酒，明天我一早出兵。莫非你还能飞到目夷
　　　　谷不成？喝酒！

【庄信和项子牛干了一杯。

庄　信　长官，你断了我的财路啦……

项子牛　我看先生你，干脆跟着我当军需官算了。

庄　信　是呀，免得整天担惊受怕的。喝！

【项子牛大碗喝酒。

15. 齐军帅帐（夜，内）

【项子牛大醉，烂泥似的倒在地上。伍长进来。

伍　长　长官！长官！

【大醉的项子牛醒来。

伍　长　　长官，庄信不在了！

　　　　　【项子牛摇摇晃晃地站起来。

项子牛　　嗯？

伍　长　　庄信说喝多了，去外面溜达去了。

项子牛　　快去找！

16. 目夷谷百工坊（夜，外）

　　　　　【庄信打马快奔，来到百工坊摹刻处，继续扬鞭而去。

17. 墨弓坊账房（夜，外）

　　　　　【庄信骑马赶到，翻身下马，紧张地敲门。

弓　工　　谁呀？

庄　信　　我是庄先生！

弓　工　　有事明天再来吧。

庄　信　　不，我有急事！

弓　工　　……师傅说了，晚上谁来也不开门。

庄　信　　小兄弟，我有生杀大事！要找墨工师！

　　　　　【弓工开了门，跑着在前面带路。

　　　　　【庄信翻身上马，马蹄在街面上急促奔响。

18. 墨工师家（夜，内）

　　　　　【庄信一步迈进来，和开门的墨工师撞了个满怀。

墨工师　　庄先生！……

庄　信　　大难临头了！

　　　　　【墨工师惊讶地瞪大了眼睛。

庄　信　　齐军要到你们百工坊劫持工匠！

墨工师　　他们什么时候到？

庄　信　　我骑快马赶在前头，他们正在路上！

墨工师　　哦，来得这么快！

庄　信　　项子牛说这次只抓工师，不抓匠人，你们几个工师赶快进山躲一下吧！

墨工师　　庄先生，大恩不言谢！

庄　信　　我走了。

　　　　　【庄信骑马而去。墨工师吩咐墨师娘和徒弟。

墨工师　　你去告诉胜工师、公孙工师！你去告诉司马工师！要他们各个作坊的所有工
　　　　　师，还有徒弟中的高手、快手，带上简单的衣物，半炷香后，到"百工坊"
　　　　　摹刻处集合，一块儿撤到染山，要快！快！

【墨师娘和徒弟分别离去。墨工师也急忙去通知弓坊的所有工师。

19. 目夷谷百工坊（夜，外）

【工匠们打着灯笼，陆续集合起来。

【墨工师和几个工师清点着人数。

公孙工师　马具坊齐了！

胜工师　箭坊的都到了！

司马工师　我们盔甲坊的也齐了！

墨工师　任工师呢？怎么没看见任工师？

【任工师过来。

墨工师　好，都齐了。我们走吧。

任工师　墨工师，我不走了。

墨工师　为什么？

任工师　我留下给大家看家。

胜工师　你这是拿着鸡蛋碰石头，不要命了！

任工师　齐国的车辆比鲁国的好，他们不会抢掠车匠的，你们放心走吧。

墨工师　任老弟，混乱之中，齐军怎么能分得清，谁是弓匠，谁是车匠？还是一起走吧！

任工师　墨老哥，你还不知道我这一身武功？几十个人靠不上身子，就是走，我也要揍他个稀里哗啦再走。你带着大伙先走，我断后。

墨工师　老弟！

任工师　你们快走吧！再不走就来不及了！

墨工师　好，你要当心。我们走！

【这支没有亲人送别的工匠队伍，悄然西行。

20. 齐军营帐（夜，外）

【项子牛的队伍，已经整装待发。

伍　长　报告长官，庄信没有找到。他会不会去目夷谷报信？

项子牛　要的就是他去报信，帮我把那些工师从匠人堆里筛出来哪！

【众人大笑。

项子牛　各伍长听令，今夜去鲁国的目夷谷接受军品。第一伍接受弓坊，第二伍接受箭坊，第三伍接受马具坊，第四伍接受盔甲坊。第五伍断后，防备楚军偷袭！你们听好，这次不仅接受军品，还要把百工坊的能工巧匠，全部接受过来。我要活的！今夜突袭得手后，立即星夜赶回！

众伍长　是！

项子牛　出发！

【几百人的队伍，趁着渐渐降临的夜幕向目夷谷悄悄开进。

21. 染山山坡（夜，外）

【墨工师带领着50多个工匠，正向山坡撤离。星光般的灯笼，形成一条长龙。墨工师压着龙尾，招呼着队伍。

【项子牛远远看见山坡上的灯光，他得意地暗笑着，指示自己的队伍分兵包抄过去。

22. 染山山谷（清晨，外）

【队伍来到山谷，前方突然齐刷刷地站起一排排兵士。队伍里传出惊叫。

【惊叫声：有齐兵！有齐兵！

【墨工师抬头看见前面的队伍洪水般地泻下来，自己只身向前要去看个究竟。

【队伍排尾的工匠们统统向回跑。一回头，项子牛骑马立在山谷中央。

【项子牛一挥手，齐军士兵扑向手无寸铁的工匠。工匠们慌张地不知如何是好，原地与其对视着。

【冲到队伍中间的墨工师和几个工匠，夺路向谷壁上爬去。兵士们也跟着往上爬，并且一个个把工匠拽下来。

【墨工师和另外几个工匠爬在最上面，眼看就要翻过山谷。

【伍长拉弓要射，被项子牛拦住。

项子牛　没有我的命令，不准放箭！

【项子牛冲着谷壁上的墨工师一伙喊着。

项子牛　唉！你们给我听着！

【墨工师等转过头来。

项子牛　所有工师，一个不伤，一个不杀！你们要是跑了，我就把这些人，一个不留地全都杀死！

【墨工师看见数百名齐军把山谷前后堵截起来，工匠们被紧紧围住。

项子牛　我们齐国军队说话算数！我项子牛说话算数！

【墨工师和其他人，都放弃了逃生。

23. 目夷谷（日，外）

【齐军押着被俘的匠人，墨工师和工匠们被绳子结结实实地捆绑着。

伍　长　长官，前面就是百工坊了，我们还是绕道为好，免得惊动了……

项子牛　我就是要让百工坊的人看看，以后谁还敢给楚国做军品！

【墨工师突然挣扎着冲上前去。

墨工师　长官！长官！

【伍长们拉住墨工师。

五十二集大型 历史电视连续剧 墨子

项子牛　让他说！

墨工师　不能走百工坊！不能走百工坊啊！……

项子牛　嗯？！

墨工师　百工坊民风强悍，看见你们绑了他们的亲人，会跟你们拼命的！

【项子牛冷笑了一下，指向百工坊，打马前进。

24. 目夷谷百工坊（日，外）

【被俘的匠人，被绳子穿着，齐军押解着长长的队伍，进入了百工坊。

【百工坊的各家铺面正在开门张挂，看见自家的亲人被齐军捆绑，都惊呆了。
人们把手中的活计都停止在一个动作中，眼睁睁地看着工匠队伍穿街而过。

【正在剁菜的任奶奶，看见窗外的队伍，拿着菜刀就冲了出来。

任奶奶　街坊们！动手啊！

【任奶奶一刀就把捆着工师们的绳子砍断。

【百工坊人这才突然猛醒，各个作坊里突然冲出数百名男女老少，一齐扑向被
俘的亲人，高喊着"齐军抓人啦！"

【平静的街道顿时一片混乱，长长的队伍顿时断成多节。妇孺老人抢夺亲人，
齐军兵士推搡、踢打妇孺老人。年轻工匠和齐军兵士搏斗。撕心裂肺的呼喊
声、凶狠残暴的打骂声、乒乒砍砸声、棍棒打击声，着火的锯末、烧红的铁
砧……百工坊乱成了一锅粥。

【栀妹冲进队伍，解救墨工师。齐军向她包围过来。栀妹与他们对打。

【项子牛骑在马上，看见乱阵之中，一个女子正在和七八个兵士搏斗，而且兵
士奈何不了她。他立即掉转马头，一扬马鞭，将这个女子手臂缠住。就在兵
士趁机将栀妹抓住的同时，任奶奶冲将上来，把项子牛连人带鞭子拽了下来。
栀妹挣脱兵士，和任奶奶联手开打。几十个兵士扑上去又退下来，根本无法
靠近。

【任工师一个人缠住了几十个兵士，打得他们横七竖八地倒在地上。

【项子牛从混战中抢占了一个高台，凶残得像一只野兽。

【墨工师预见项子牛要大开杀戒，拼命嘶喊着。

墨工师　……我们不能连累亲人！快往外跑啊！我们不能连累亲人！往外跑啊！

【工匠们跟着墨工师，向百工坊外跑去。

【齐军追赶工匠，渐渐退出百工坊。

【项子牛翻身上马，看见任工师和栀妹带着街坊紧追上来。他拿出弓箭，拉满
了一张强弓。这张弓正是墨工师所做，托庄信送给项子牛的。

【千钧一发，墨师娘和胜师娘扑向任工师。项子牛放箭，墨师娘中箭倒地。

【胜师娘抱起墨师娘。

【任工师大吼一声，冲向项子牛。

【兵士见项子牛开了杀戒，也一齐拉弓。

【数箭飞出，老人、妇女、孩子和青壮年，中箭倒在血泊中。

【项子牛命令弓箭手挡住去路。弓箭手成排站立，拉开弓，搭上箭，一步步向
　后退着，掩护齐军队伍撤出了百工坊。

25. 目夷谷村口（黄昏，外）

【已经看见目夷谷的摹刻了。就要到家的墨翟，加快了脚步。

【起风了，顺着风向，隐隐约约传来了什么声音。墨翟驻足细辨，像是哭声。

【墨翟紧张地跑起来。哭声愈来愈近，愈来愈大。

【狂风乍起。

墨　翟　兵劫？！是兵劫！

26. 目夷谷百工坊（狂风，外）

【墨翟跑进百工坊，一幕人间惨剧就在眼前。昔日熟悉的街坊，死的死、伤的
　伤。火红的作坊铺面，砸的砸、砍的砍。街坊们照顾着负伤的亲人。对着尸
　体，哭声大作。

【目夷谷满地喋血。

【狂风撕裂了如血的残阳。

【任奶奶正从墨师娘的身上抽出利箭，轻轻拭去血迹，盖上一方白布，狂风立
　即把白布吹跑。

任奶奶　……墨翟啊！……墨翟啊！……

【巨大的痛苦，把墨翟毫无准备的心灵撞碎了。墨翟忽然灵魂出窍，什么也听
　不见，什么也看不见，目光恍然，行为飘然，不知自己要去哪里。

【一个横陈着的尸体，绊倒了墨翟。他回头一看，这是一具尸体，而且似乎有
　些眼熟。墨翟对着尸体，仔细辨认，渐渐发现了什么，她……也许是……真
　像是……完全是……就是……自己的亲生母亲！

【墨翟顿时瘫痪在地，用膝盖扑向母亲。突然他又顿挫了，浑身掏着什么，终
　于用颤抖的手，哆哆嗦嗦地拿出信板，使劲伸向母亲。只有咫尺的距离，墨
　翟怎么也到不了近前。他远远地伸着信板，浑身发抖，大张着嘴，却哭不出来。

【人们扛着抬尸体的门板过来，一扇扇门板挡住了夕阳，像一片硕大的乌云迎
　面压来。乌云下像是发出了什么声音。墨翟没有丝毫反应。乌云飘过，才看
　清是放下门板的栀妹。栀妹抱住墨翟。

栀　妹　……你哭呀！墨翟！……墨翟！……哭出来啊！……

【墨翟使劲向栀妹举着信板，悲伤扭曲的面孔，在狂风中凝固。

栀　妹　……墨翟啊！……

27. 墨母坟（黄昏，外）

【淅淅沥沥的小雨。

【一座新坟，刚刚立起。一双颤抖的手把"八珍盒"摆在了坟头上。

【墨翟一身重孝，慢慢给母亲跪下，他被大悲伤撞断的心灵，终于崩裂。

墨　翟　……母亲……我来给你过生日！……四十诞辰！……四十诞辰啊！……

【旷野回声：……母亲……我来给你过生日！……四十诞辰！……四十诞辰啊！……

【墨翟按下"八珍盒"的开关，里面发出一声声鸟鸣。"八珍盒"里的清脆鸟鸣，已经变成了一声声孤鸣。

【墨翟悲伤欲绝，时哽时咽，断断续续地吟起《小雅·采薇》。

墨　翟　昔我往矣，杨柳依依。今我来思，雨雪霏霏。行道迟迟，载渴载饥。我心伤悲，莫知我哀。

28. 墨工师家墨翟房间（日，外）

【昔日温暖的家里，此时只剩下墨翟一个人。桌子上摆着没有动一动的饭菜。

【墨翟呆呆地坐着。栀妹在一边陪着。外间传来街坊们的谈话。声音不大，却都感情充沛。

街坊甲（画外）　……墨家和我们最近，让墨翟跟着我过吧？

街坊乙（画外）　我从小看着墨翟长大，就和自己的亲儿子一样，让孩子到我家去吧？

29. 墨工师家（日，内）

任奶奶　在座的我年龄最大，我说了算。墨翟和我们栀妹从小处得好，没说的，墨翟跟着我过。

任工师　现在各家都停了业，只有我们车坊还开业，墨翟到我们家，不会受委屈。

【墨翟和栀妹出来，任奶奶拉着墨翟就走。胜绰抱住墨翟。

胜　绰　谁也不能抢走我哥哥！

【一直沉默的胜师娘开口了。

胜师娘　……我们胜家和墨家，两不相全，你们就让我们两家……合成一家吧！……

【胜师娘看着墨翟。

胜师娘　孩子，你愿意吗？

【早已泪流满面的墨翟，深深地点了点头。

第三集 圆周新率

1.胜工师家院子（日，外）

【胜师娘正在腌咸菜，任工师提着粮袋，徒弟高石，扛着一麻袋锯末进来。

【胜师娘连忙擦了擦手，迎上去。

胜师娘 他大叔，有消息了？

任工师 听说，这次抓走的51个工匠，都被关在齐军兵营里，一个也不少。

胜师娘 齐军会杀他们吗？

任工师 暂时不会，齐军要的是他们的手艺。

胜师娘 这几个工师，都会周旋，就属墨工师过于刚强，他会服软吗？

任工师 走一步看一步吧……我正在想法子。哎，墨翟呢？

胜师娘 天天上学，不要命地读书。孩子心里，是憋了一口气呵……

【胜师娘把任工师放下的粮食袋子又提起来。

胜师娘 他大叔，几个停业的作坊，都靠你去张罗安置，我是一点也帮不上忙，再受
你这分外的接济，心里可不好受啊！……

任工师 墨翟在这里，已经够你累的，以后……

胜师娘 什么话，好像墨翟是你儿子？

任工师 栀妹奶奶整天叨叨我，说把孙子丢了。墨翟吃饭怎么样？

胜师娘 放心，好着呢。

任工师 等墨工师回来，咱们要交给他一条壮汉！

2.胜工师家（日，内）

【墨翟吃着早餐。胜绰在一边看着，不时咽着口水。

【墨翟顺手把鸡蛋给了胜绰。胜绰赶快扒开鸡蛋皮，犹豫了一下，却又放进墨
翟的饭里。墨翟索性将饭碗推给胜绰。

【墨翟离开饭桌，背上书包。胜绰拉着墨翟的衣襟。

胜 绰 我也要跟哥哥去读书！

墨 翟 等胜绰长大了，咱俩一起去左庠。

【墨翟走后，胜绰拿着鸡蛋，正要吃，胜师娘一把抢过去。

胜 绰 ……哥哥不吃了……

胜师娘 你在旁边看着，他能吃得下吗？！

五十二集大型
历史电视连续剧
墨子

3. 胜工师家（日，外）

【乌云密布，一场大雨即将来临。墨翟听见屋里的对话，立即回过头来。

胜师娘（画外） 以后哥哥吃饭，不许你看！

胜　绰 母亲，哥哥的饭好香！闻闻都不行吗？

胜师娘 不行。

4. 胜工师家（日，内）

【胜绰委屈得咧开了嘴，却又强忍着。

胜师娘 哥哥要读书，光吃野菜，他读过的书就会忘记，好孩子听话，等你能读书了，母亲也给你做好饭吃……

【胜绰终于忍不住了。

胜　绰 ……我要吃哥哥的饭……我要吃哥哥的饭……

【胜师娘把墨翟的碗拿走，把胜绰的碗杵给胜绰，一勺勺盛着野菜粥。

【墨翟冲进来，看见胜绰的碗里稀汤寡水，几乎照见人影。

【胜绰委屈地投在墨翟怀里。

胜　绰 哥哥！……哥哥要读书，读书才能吃好饭……

【墨翟给胜师娘跪下，失声痛哭。

墨　翟 ……母亲！……母亲！……

【胜师娘手足无措，泪如泉涌，旋即冷静下来。

胜师娘 墨翟，站起来。

【墨翟慢慢站起来。

胜师娘 男子汉是不许流泪的！你赶快去左庠读书。记住，你这一辈子，无论遇到多大的灾难，也不能放弃读书。

墨　翟 母亲，你……对我，为什么超过了对胜绰？

胜师娘 我说过，你和胜绰都是我的儿子。

墨　翟 就是亲生母亲，也总是护着小的，你为什么……

胜师娘 这就说来话长了。你坐下，听我慢慢说。

【墨翟坐下来。

胜师娘 我小时候，也就胜绰这么大，母亲去世了。继母把我和同父异母的弟妹，分了厚薄。他们吃粮食，我吃野菜，他们穿棉花，我穿芦花，就是过年吃一顿饺子，他们是肉的，我是骨头的。

胜　绰 母亲，骨头也能包饺子吗？

胜师娘 把骨头砸碎了，还是有些肉的滋味。后来，继母老了，儿女谁也不养她。临死之前，都是我给她喂饭。每次喂饭，她总是在自己脸上，蒙着一块布。有一天，我狠了狠心，一把扯下那块布。我说，母亲，你是不是嫌我不够孝顺？

为什么就不能脸对脸地看我一眼？继母一把抱住我说："我没脸吃你的饭！"

【胜绰一头钻进胜师娘怀里。

胜师娘　继母去世的那些日子，我就想，人们常说，天生，天生，人都是苍天所生，苍天所生的这一家人，男女老少和和睦睦，能有多好！何必再分什么亲疏、厚薄，把关爱，划成一个个的小圈子？小圈子，是小爱。而大爱之心，才能称得上是苍天所生、顶天立地的人啊！

【屋外，一场大雨已经来临。胜师娘提高了声音。

胜师娘　墨翟，记住！只有磅礴大雨，才能浇灌天下，那种只洒一滴雨，只泼一瓢水的偏私小爱，不但做不成大事，最后连自己都会干枯而死！

墨　翟　母亲，我一辈子都记住你的话。人间，不要干涸小爱！一定要磅礴大爱！

【天空电闪雷鸣。

胜师娘　苍天赞成我们的话，它答应得多么痛快！

5. 胜工师家院子（日，外）

【暴雨如注。

【墨翟冲进雨中，胜绰也跟着墨翟一起，他们身心舒展地接受着磅礴大爱的洗礼。

6. 墨母坟（日，外）

【墨翟在山坡上采摘着山菊花。

【墨母的坟头，成了一座花坛。栀妹仍在把手中的山菊花，往疏朗处密插。

【墨翟抱过一捧山菊花，交给栀妹。他们无声的交流中，墨翟的心得到了深深慰藉。

7. 目夷谷百工坊（清晨，外）

【一轮红日冉冉升起，唤醒沉睡了一夜的百工坊。

【随着朝阳的射入，各工肆门户渐开，匠人们忙碌地把"车""染""陶""铁""玉"等以古体篆字书写的各种作坊招牌挂上门头，而且依然在招牌旁的木架上陈设样品。遭遇兵劫之后，百工坊又开始恢复了生机。

8. 目夷谷左庠（日，外）

【目夷谷有一所童蒙学堂，战国时称"左庠"。左庠周围以木栅为墙，作为学童活动区域。中间有一座简陋的草顶土房，两间用于授课，一间供老师起居。

【目夷左庠老师迟仲，在院子里走来走去，像是在等什么人。

【墨翟从外面匆匆进来。

墨　翟　老师，我来晚了……

迟　仲　墨翟，今天别人放假，咱们把近日的功课补上吧。

墨　翟　不，老师，落下的功课我已经自己补上了。

迟　仲　好，我考考你。

9. 迟仲书房（日，内）

【迟仲和墨翟进来，迟仲刚刚拿起书本。

墨　翟　老师，我有一事不明。

迟　仲　坐下说吧。

墨　翟　……母亲在世的时候，一直嘱咐我读书。现在胜师娘如此艰难，为什么还要
让我读书？

【迟仲向后仰了仰，意味深长地点了点头。

迟　仲　每个人都应该知道自己的祖先，现在是时候了，我来讲给你听。你知道自己
是什么人吗？

墨　翟　当然知道了，我是贱人墨翟。

迟　仲　你可不是贱人。你们墨姓的远祖是商代的宰相，周灭商之后，他被封为宋国
开国的国君，叫微子。

墨　翟　那我为什么姓墨？

迟　仲　按照古礼规定，"五世亲尽，别为公族"。

墨　翟　那是什么意思？

迟　仲　就是说，族人出了五服，就要另外立一个支派，自成一个世系，姓氏嘛，也
就有所不同了。微子的支派甚多，其中一个世系就是目夷子。我们现在的目
夷谷，是目夷子的封地。目夷谷一代的墨姓，都是你们一家子。

墨　翟　那就是说，我的世系祖先是目夷子。目夷子的祖先是微子。要是再往上，微
子的祖先呢？

迟　仲　微子的祖先是商汤。

墨　翟　商汤的祖先呢？

迟　仲　商汤的祖先是契。

墨　翟　契的祖先呢？

迟　仲　你这样问下去，我总有不知道的时候，不如现在就说不知道了。

墨　翟　老师，我知道，追溯上去，我们所有的人，都来自一个共同的祖先。

迟　仲　对，我们都是华夏子孙，传说是伏羲女娲的后代。墨翟呀，我喜欢你寻根问底，
但是我今天要跟你说的，不在于你有个什么样的祖先，而在于你的祖先是什
么样的人品，有着怎样的功业。

【墨翟认真听着。

迟　仲　记得我给你讲的商纣王吗？

墨　翟　嗯。商纣王是个历史上有名的暴君。

迟　仲　这个暴君和微子，是同父异母的弟兄。但是微子出于正义，支持了周武王讨
　　　　伐商纣王的伐暴战争，建立了不朽的功业。目夷子是宋国的大将军，辅佐国
　　　　君治理宋国，颇有建树。所以，你的远祖微子，你的近祖目夷子，都是历史
　　　　上有名的贤君名相。

墨　翟　我记住了。墨翟要以先人为榜样，长大了，要做大事情。

　　【迟师娘进来送水。

迟师娘　墨翟一来，你就说呀说呀，也不嫌口干。

　　【迟师娘给了墨翟一个麦饼。墨翟拿着没吃，却递给迟仲。

迟师娘　你正长身体，两顿饭中间，要垫吧垫吧。

迟　仲　孔子讲到殷商"三仁"，这"三仁"之一，就是微子。微子距今已经600多年，
　　　　孔子也是微子的后代。据我推算，孔子大约是微子的17代孙。你，墨翟，比
　　　　孔子要晚一些，大约是微子的24代孙。目夷氏和孔氏，都是由于王室内乱，
　　　　才沦落的。

迟师娘　你说什么，我们墨翟和孔子是亲戚?

迟　仲　快做饭去吧，一会儿留墨翟吃饭。

迟师娘　孔子好大的学问哟! 我们墨翟也使劲读书，赶上他。

迟　仲　你师娘歪打正着，正好回答了你开始的提问。作为微子的24代孙，作为孔老
　　　　夫子的世族，墨翟怎么能不读书呢? 现在，你该知道自己是什么人了吧?

　　【墨翟想了想，坚定地回答。

墨　翟　我是贱人墨翟!

　　【迟仲一愣。

迟　仲　墨翟，我明白你的意思，你是不想靠祖宗的光环，照耀自己。

墨　翟　老师，如果我去车坊当了车匠，还能不能到老师这里来读书?

迟　仲　有人说，工匠之子恒为匠，贱人之后终为贱，我是绝不能苟同的。我希望我
　　　　的学生，由贱人成为士人，但是绝不做书呆子。

墨　翟　孔子不是自诩"四体不勤，五谷不分"吗?

迟　仲　孔子说孔子的，我说我的，我要求我的学生，口一份，手一份，能识文断字，
　　　　也能挑担打柴，一言以蔽之，能说能做。

10. 大雪（日，外）

　　【初冬的一场大雪，飘然而至。整个百工坊被一点点地染白。

11. 胜工师家（夜，内）

　　【胜师娘在灯下赶着缝制棉衣，她不时地停下来，哈一哈手，再缝。

　　【墨翟和胜绰睡在一张床上，两人合盖一床被子。熟睡的胜绰，不由自主地把
　　　　被子往自己这边拉。墨翟那边露出了肩膀。胜师娘起身把被子往墨翟那边拉

了拉。胜绰这边也露出了肩膀。胜师娘脱下自己的棉衣，给胜绰塞住肩膀。墨翟沉沉熟睡。

【胜师娘起身，到外面灶间，从锅灰里扒拉出一块预热的石头，抱在怀里。回来，继续缝制棉衣。

【油灯昏暗，窗外飞雪。

12. 大雪（夜，外）

【大雪无声。

13. 胜工师家（早晨，内）

【胜师娘把新缝好的棉衣给墨翟穿上。胜绰羡慕地看着墨翟的新棉衣。

（**叠化**）　胜师娘给墨翟换上新做的单衣。身上补丁摞补丁的胜绰，羡慕地摸着墨翟的衣襟。

（**叠化**）　墨翟脱下夹衣，胜师娘给他穿上马甲。

14. 胜师娘家灶间（日，外）

【迟师娘扛着一袋米进来，不管里面有没有人，自己掀开米缸就往里倒。

【胜师娘正蹲着烧火。

胜师娘　谁呀？

【迟师娘也不回答，只管倒米。倒完，拿着空米袋就走。胜师娘扑打着头上的灰土起来，一把抓住米袋。

胜师娘　……迟师娘，你不能！……

迟师娘　半大小子赛过猪！墨翟正吃饭。

胜师娘　迟仲老师教书不收费，你那一家子，全靠你种点地……

迟师娘　就是，全靠我种地！他们那个老师，横草不拿，竖草不动，就知道跟墨翟说、说、说。

【迟师娘说着掀开锅，锅里蒸着一盆米饭，煮着一堆地瓜，她拿出一个地瓜捧在手里吹着、吃着，向外走着。

迟师娘　你还是做两样饭，当心墨翟不吃了！

【胜师娘笑着。

15. 车坊账房（日，外）

【庄信突然出现在任工师的账房里。任工师急切地打听。

任工师　你可来了，庄先生！墨工师他们如何？都能吃饱饭吗？干活累不累？齐军虐待人吗？……

庄　信　我是来订货的。

【任工师一听订货，气不打一处来。

任工师　不是你来订货，百工坊还惹不出这么大的乱子，今天你不说出匠人下落，休想离开百工坊！

庄　信　我要订车。

任工师　不给做。

庄　信　我要订两乘文车，你要竭尽豪华之能事，给我做出最漂亮的文车来。我嘛，也要竭尽周旋之能事，把这两辆装饰豪华的文车，一辆送给表亲家，表亲家去找亲家，亲家去求项子牛。另一辆送给堂弟，堂弟找舅舅，舅舅找姐姐，姐姐就是项子牛的母亲。这两条路，哪一条通了，都行。任工师，给不给做呀？

【任工师转愤为喜。

任工师　做！做！我做！

庄　信　何时交货？

任工师　十天，七天，不，五天！庄先生，你就在客栈住着，五天我保证让你赶车上路。

【任工师对在一边看着的高石说。

任工师　愣着干什么，快计算下料！

16. 胜工师家（夜，内）

【墨翟一脚迈进来，把书包一放，边洗脸边迫不及待地说。

墨　翟　母亲，有件事，我想和你商量。

胜师娘　什么事，这么急，吃了饭再说。

墨　翟　是很急，我想去当工匠。

胜师娘　当工匠？不行！

墨　翟　为什么？

胜师娘　你年纪还小。

墨　翟　作坊新收的学徒，有的比我还小哪。

胜师娘　不读书的人，成就不了大事，当了学徒，也成不了好工匠！你还要读书。

墨　翟　母亲，我同老师商量过，我当学徒以后，他继续教我读书！

胜　绰　我不要哥哥做工，要哥哥陪我一起读书！

墨　翟　我和任工师已经说好了，现在车坊正招收徒弟，明天就去上工。

【胜师娘气得二话没说，立即出了门。

17. 任工师家（夜，内）

【胜师娘气哼哼地进来。栀妹连忙起身去迎。

栀　妹　干娘！

【胜师娘直冲着任工师过去。

任奶奶　哟，他胜师娘还有气脸子！你抢了我的孙子，我还没气呢！

胜师娘　你答应墨翟到车坊干活了？

任工师　答应了，怎么了？

胜师娘　我为什么要抚养墨翟？就是怕你这里斧头锯子，叮叮当当，让墨翟早早跟着
　　　　学了车匠！你让他去车坊干活，是嫌我供不起墨翟读书？

任工师　是墨翟自己吵着喊着要当车匠，我能不让？

栀　妹　干娘，你消消气。父亲让墨翟到车坊干活，是为了分他的心。

胜师娘　（吃惊地）分心？

栀　妹　墨翟每天都去他母亲坟上……

任奶奶　墨家媳妇一走，把墨翟这孩子的心都砸碎了。你就是对他再好，他一时半时，
　　　　也拔不出来。我们商量着，先让他去车坊糊弄着干点什么着，跟那些一般大
　　　　的后生，说说笑笑，挨过这一阵，等他父亲回来，再说。

胜师娘　唉！……墨翟想干的事，一百条牛也拉不回来。这事，还算打了招呼，往后，
　　　　我是真怕还有什么大事，他一个字也不露呵……

18. 车坊工场（日，内）

　　【偌大的场内，数十名工匠划分为四个组合：

　　【锯木组合，工匠们艰难地用大锯解开原木，做工场的备料工作；

　　【车辕组合，工匠们用刨斧削平辕木；

　　【车厢组合，工匠们在打凿、用榫，衔接精巧木件，并配有雕饰；

　　【车轮组合，工匠们使用圆规、矩尺，测量矩形木块的拼合。

　　【场地很大，工匠众多，但井然有序。一身匠人打扮的墨翟进来，匠人们没把
　　　　这个半大小子看在眼里。墨翟只好自己找活儿干着。

　　【车坊的领工马师傅，50多岁，个子矮小，身体粗壮，说话粗声大气的。

马师傅　嗨，来活儿了！

　　【匠人们围拢过来。

马师傅　两辆马车，豪华的。订车的主儿是东家的老朋友，也是制车的行家。货要得急，
　　　　你们把手头的活儿都放下，用五天时间，给我抢出这两辆车。你们，八个出
　　　　徒的，四人包一副轮子。车身，我领着徒工干。

墨　翟　师傅，还有我哪？

马师傅　哦，这是刚来的，你不算人！跟着玩玩吧。

　　【众人笑起来。墨翟碰了碰高石。

墨　翟　我跟你一组，给师哥打个下手，怎么样？

　　【高石笑着点了点头。

马师傅　两车一个图纸下料，下料的单子在这里，自己去看。我再说一遍，谁的轮毂
　　　　验不住，谁自己兜着！出了徒，也一样不算数！

19. 车坊工场（日，内）

【墨翟削了块木楔，把晃动的操作台垫平。因为从小就习惯制作木器，所以并不显得生疏。

高　石　墨老弟，我看你的手艺，够出徒了。

【墨翟聚精会神地测量着飞快转动的车轮。

墨　翟　师哥，我看这轮子不够高呀！

【正在测量轮高的匠人甲，呆呆地拿着矩尺，吃惊地喊。

匠人甲　坏啦！坏啦！轮高不够六尺？

【匠人丙不以为然。

匠人乙　少多少，那么大惊小怪？

匠人甲　整整差两寸哪！

匠人乙　我是照马师傅吩咐下的料！

匠人甲　既然是按规矩下料，为什么轮高不够？

匠人乙　轮高六尺，圆周按十八尺，"径一而周三"，没错！

【高石反复量了量。

高　石　没错是没错，可是就错在这没错上。我早就怀疑，马师傅的这个"径一而周三"，压根儿就不准！

【马师傅慢腾腾地过来，很不耐烦地训斥。

马师傅　什么不准？少两寸，不就几指宽的事嘛，你们见哪个验车的，肯去低一低头，别说仔细丈量？

墨　翟　人家验车，要是较真哪？

【马师傅狠狠地瞪了墨翟一眼。墨翟根本不予理睬，继续辩驳。

墨　翟　我们是匠人，人家要六尺轮子，就不能给人家做成五尺八！

马师傅　你也算个匠人？

高　石　师傅，你这个下料比例，是有毛病……

马师傅　屁话！这都是工匠们多少年的老规矩，毂高半柯，周长为一柯半。"径一而周三"，三倍，走到天边，也是这个数！你们记住，这是个死数！

高　石　那轮高不够，怎么办？

马师傅　听好了，把外周垫高，车牙加厚两寸。

【墨翟、高石还要辩解。

马师傅　验车，有我哪，轮不到你们。

【马师傅甩手离去。墨翟、高石相对无言。匠人甲和匠人乙直摇头。

墨　翟　师哥，你的那张下料单，借给我看看，我在左庠读书时，也学过计算！

匠人乙　老弟，小小年纪，就想破马师傅的那个"死数"？别说你破不了，你要是真给破了，他还不把你吃了？

墨　翟　我的骨头硬点，怕是……怕是硌了他的牙！

20.车坊工场（夜，内）

【油灯下，墨翟捡起一只旧轮毂，量着、计算着，然后记在竹简上。量着量着，他把旧轮毂一推。

墨　翟　……死数……死数……我非破你个死数不可！……

21.胜工师家（夜，内）

【栀妹进来。

栀　妹　干娘！

【胜绰高兴地叫着。

胜　绰　栀妹！栀妹！

胜师娘　不懂事！栀妹是你叫的？

胜　绰　我只有哥哥，没有妹妹……

栀　妹　小胜绰，我给你当妹妹呀？

胜　绰　好呀！好呀！

栀　妹　美得你！

胜　绰　哥哥怎么不回来吃饭了？

栀　妹　在谁家干活，就在谁家吃饭呗。

胜　绰　那我也去你家干活吧？

胜师娘　栀妹，墨翟不回来吃饭，我这家里空落落的……

栀　妹　干娘，墨翟在车坊加班，他让我告诉你一声，今夜不回来睡了。

胜师娘　嗨，一个孩子，转眼就不见了……

栀　妹　墨翟在车坊里，心情可好了。

【胜师娘转忧为喜。

胜师娘　是吗？快讲给我听听……

栀　妹　他一头扎进车棚里，我们都见不着，连我父亲跟他说话，都带搭不理的，整个一个六亲不认，就知道，一个劲地鼓捣他那个车轮子。

胜师娘　……墨翟心大，用车轮子填，总比用悲伤填，要好。

胜　绰　栀妹！车轮子能把悲伤挤出去吗？

【栀妹揽过胜绰。

22.车坊工场（日内）

【马师傅从远处走来，他看了看灯碗里的灯油。

马师傅　谁家的夜猫子，点了一夜的灯呀？

墨　翟　师傅，昨夜是我在这儿。

马师傅　想动那个死数的脑筋？

墨　翟　是的，我要计算……

马师傅　白天干活，晚上计算，你不是轮毂，倒是可以连轴转哪！我看呀，你这是"傻小子睡凉炕，全仗着那点热乎气"……

23. 迟仲书房（夜，内）

墨　翟　……老师，你说什么东西最圆？

【迟仲被这没头没脑的提问弄得不知如何回答。半晌。

迟　仲　太阳最圆，十五的月亮最圆呗……

墨　翟　我是问，我们能拿来测量的，什么东西最圆？

迟　仲　凡是经过人手制造的东西，多多少少都有不规则的地方。

墨　翟　对，老师，车坊的车轮没有一个是圆的。

迟　仲　你问这干什么？

墨　翟　我们制车，最难的是车轮，直径和轮长的比例，到底是多少，谁也不知道，都是估摸着下料，常常出现偏心的轮子。马师傅说，"径一而周三"是个"死数"，谁也别想破！我就想破，可我拿不出一个新数……

迟　仲　我不懂算学，可听这个理，只有计算一路好走。来，我们算算看。

【墨翟解下腰带，以腰带为半径，在地上画了个圆，迟仲用尺子测着。渐渐两个人都趴在了地上。迟师娘进来看见。

迟师娘　哎哟，困了就上床去睡。

【墨翟、迟仲没有一个理她。她俯下身子看着。

迟师娘　你们用得着画饼吗？饿了，我就给你们做麦饼去。

墨　翟　师娘，我们在测算，还得一阵子，你先歇着吧。

迟师娘　没事，我等着。

迟　仲　你还能等到天亮？

迟师娘　只要你那把老骨头不酸，看谁等得过谁？

迟　仲　你改嫁吧！

【墨翟从来没有听见老师和师娘开玩笑，自己乐得一屁股仰下去。

24. 车坊工场（日，外）

墨　翟　……我同迟仲老师的测算，应是径一而周三加一成四强。

高　石　这次，咱们就来个三倍加出一成五。轮高6尺，轮周就不是18尺，而是18尺9寸，一下子就涨出9寸哪！唉？这跟我过去的感觉，还真差不多！

墨　翟　那你说，这次，咱们按老辈子的"死数"下料，还是按新数下料？

高　石　当然按新数！

匠人甲　师哥，不行呀！万一验货验不住，饭碗可就砸了。

高　石　让他们解雇我好了。下料！

【墨翟、高石和三个年轻车匠，拉起锯子。

25. 车坊账房（日，内）

【马师傅急匆匆进来。

马师傅　东家！高石不按照老规矩下料！

任工师　高石是个老实孩子，不能吧？

马师傅　都是墨翟那小子鼓捣的，说要破我们的"死数"！

【任工师一拍桌子，站起来就往后院去。

26. 车坊工场（日，外）

任工师　墨翟！这是你让高石下的料？

墨　翟　是。

任工师　为什么跟马师傅的不一样？

墨　翟　干完活儿再说。

【任工师一看小小的墨翟竟然不知天高地厚，一把夺过他手中正在使用的工具。

任工师　墨翟呀墨翟，你知道这车是干什么用的？

【墨翟夺回自己的工具，继续埋头干着。

墨　翟　不知道，现在也没工夫知道……请让一下……

任工师　这车是为了救你父亲，救百工坊的所有匠人所做！来不得半点马虎啊！

【墨翟听到这惊天的消息，却冷静异常，而且头也不抬。

墨　翟　不管救什么人，料该怎么下就得怎么下。难道不救人，轮毂就可以不圆吗？

任工师　这车坊不是你说了算！是我说了算！

墨　翟　不管谁说了算，死数已经死了！

任工师　墨翟！好小子！你给我放下！

马师傅　人小鬼大，已经闹得我两天没法干活了！

【任工师让马工师挑拨得火冒三丈，正要发作。

高　石　任工师，这车无论如何不能耽误！商家说好，明天就来取货！

【任工师不得不忍住了。

任工师　马师傅，我们赶快亲自动手，一人一个轮子！

马师傅　那他……

任工师　不就几块木头嘛，让他玩去！等回头我再收拾这小子。

马师傅　好！急活儿才见真功夫！

【外面有人高喊：楚国客商，庄信到！……

27. 车坊工场（日，外）

【偌大的场地上，摆着两辆新车。

【工匠们都在一边干活。墨翟第一次接受别人对他产品的检验，而且首次使用
　自己计算出的数据，心中似乎没底，不时把脸转向两辆新车。

【庄信在任工师的陪同下，来到车前。

任工师　……庄先生早来一天，这车还没有打毛刺，将就着看毛坯活儿吧！

庄　信　没有装扮的美女，才是真正的美女。

【因为不能近前，又得干活，关心验车的匠人，都提心吊胆地抻着脖子。可是
　离得远，看不清，听不清，只有干着急。马师傅跷着二郎腿躺在刨花上，让
　徒弟给他捏腿。

【庄信围着两辆新车转了一圈，然后，在车的正前方，用眼瞄了一下车辕的平
　衡度，逐个轮子用吊线吊着垂直度，仔细察看车厢的结构和牢度。

庄　信　任工师的车，准能负重千斤、日行百里，十年不走样！

任工师　庄先生真是大行家，看得我都有点发毛！

【庄信又从怀中取出量尺，全神贯注地测量着轮子的高度。测完第一辆车，再
　测第二辆车。然后，收起量尺，专注地看着任工师的脸，弄得任工师不知
　所措。

庄　信　你这两辆车，是两个匠人下的料。

任工师　哦，哦……

庄　信　这辆车的轮子，高度缺二寸五厘，总高度是靠车牙垫起来的。这是老匠人的
　手法。

【任工师尴尬地只顾点头。

庄　信　来，你再看这辆，轮毂整六尺，一分一厘不差，严丝合缝，行千里之路，这
　副轮子也不会走样。要我猜呀，这付轮子定出自能工巧匠之手。

【任工师又是一个劲儿地点头。

庄　信　想不到呀！你任工师这么诚实有名的匠师，也弄起好坏搭配的招儿来。

【任工师连忙否定，一边蹲下也测量起来。

【只听庄信提高声音。

庄　信　验中一辆！退货一辆！

【干活的匠人全听得清清楚楚。墨翟和高石一组都紧张地站起来。墨翟因为太
　想知道验车结果，反而表现得更怕知道，又转身埋头干活，掩饰着心底的
　冲动。

高　石　墨翟，你就那么沉得住气？

车工甲　沉不住气，又怎么办？

【马师傅跷着二郎腿。

马师傅　怎么办？你们再让有本事的，估摸着算呀？

墨　翟　算也是三倍多？

马师傅　多多少？

墨　翟　多一点也是多！

马师傅　多一点？……多一点？……我做车轮的时候，你还没长出那一点来呢！

【墨翟对这种人身侮辱，难以忍受。高石也表示义愤。

【任工师陪着庄信过来，边走边说。

庄　信　任工师，就照这辆车的尺寸，我再定十辆，车价比原定的涨两成。不过，我
　　　　能见见制作这副轮子的匠人吗？

【马师傅连忙站起来，等待招呼。

【墨翟有意躲开任工师的眼神。任工师为难地左顾右盼。

庄　信　好了，好了，我知道，你怕我挖走你的高手。不过，下面这十辆车的轮子，
　　　　不是这辆车的匠人下料，我拒收！而且这辆车，我退货！

任工师　那是……那是……

【任工师陪同庄信，向场外走去。做活儿的匠人围了过来。

车工丁　不听马师傅的，肯定验不上！高师兄，服气了吧？

车工戊　后悔也晚了吧？

【任工师送走庄信回来。高石以为他们的车没有验上。

高　石　……任工师，是我下的料！我认罚……

墨　翟　高师兄会干活，不会计算，如果是我计算错了，我再改进。

任工师　改进？往哪改，往哪进？

墨　翟　不过，我推测，没有验上的那辆车，不会是我们做的。

任工师　那还能是谁做的？

【大家都看着马师傅。马师傅抓起一块木头扔进水桶，溅了墨翟一身水。

马师傅　死数就是死数！

墨　翟　我量过车轮，正好六尺！

任工师　我也量过，比六尺还涨出一丝！

高　石　任工师，木工活儿，打去毛刺，就是正好！

任工师　你是按照什么比例下的料？

墨　翟　三倍外加一成四到一成五。

任工师　如果，轮周是轮高的三倍又一成四到一成五，那老辈传下来的"径一而周三"
　　　　的规矩，就要破了？

墨　翟　是，马师傅的死数要破了！

任工师　墨翟呀，你人不大，胆子还不小哪！摆在眼前，你都不信！

墨　翟　请当场试车！

任工师 马师傅，你可以不信，我呢？你也不信？

墨 翟 我只相信我们做出的那辆车！

马师傅 傻小子，醉死还不认那壶酒钱！

　　【马师傅扬起了一把刨花，丢下这句话，气愤地走了。

　　【刨花落在墨翟脸上。任工师暗暗惊讶墨翟的自信和准确，但也被马师傅拂袖
　　而去的心情感染。

任工师 你能！你能！……车坊盛不下你了！我管不了你！……叫你胜师娘来！……

第四集　青胜于蓝

1.胜工师家（夜，内）

　　【车工丁急忙进来。

车工丁　胜师娘，我们工师请你，赶快去他家一趟。

胜师娘　出什么事了吗？

车工丁　工师请你快去！

　　【胜师娘站起来就走。

2.百工坊（夜，外）

　　【胜师娘拉着胜绰，心急火燎地赶着去任工师家。

3.任工师家（夜，内）

　　【任工师一家正在准备酒菜。胜师娘一步迈进来。

任奶奶　来来来，胜家媳妇！喝酒！

胜师娘　任奶奶！到底出什么事了？！

任工师　你先喝了这一杯再说。

胜师娘　他大叔，你这不是急死人嘛？

任工师　你急？我更急！你那个墨翟呀，我是管不了了！

胜师娘　……好好商量嘛……你要是嫌我们墨翟碍手碍脚，我就带他回家……

任工师　你想把"国工"带回家？

胜师娘　哎哟，什么公的母的，你急死我了！

任工师　这"国工"可不是我说的，是人家庄信说的。

胜师娘　什么？

任工师　墨家出了一个比我高明的车匠，行家庄信都夸奖墨翟是"国工"呀！

胜师娘　……我可不跟你开玩笑……

任工师　庄信还一个劲地要见墨翟，怕是想把他带走哪！

胜师娘　真的假的？我怎么一点也听不出来啊！

任工师　想不到，一个汗毛未褪的毛头小子，转眼成了名师呀！

任奶奶　这就像呀，一锅煮地瓜里，吃着吃着，吃出一个金元宝，看着眼馋，又吃不下，栀妹他爹，为墨翟的出息，还正闹心哪！

　　【胜师娘渐渐相信是真的了，看着任工师那副不好意思的样子，顿时高兴得不能自已，自己端起酒杯要饮。

任工师　　等等，栀妹，快叫墨翟过来喝酒！

4. 车坊工场（夜，外）

【墨翟打着灯笼，提着饭篮进来。

墨　翟　　马师傅！……马师傅！……

【墨翟提灯四下照着，看见马师傅，一个人歪在工棚的角落里，神情沮丧。

墨　翟　　马师傅，我到处找你……还没吃饭吧？这是你爱吃的……

马师傅　　不用你……来看我的笑话！……

【墨翟摆着带来的酒菜。

墨　翟　　马师傅，我是来拜师的。

马师傅　　……没见过出了师再拜师的！

【墨翟真诚地给马师傅跪下。

墨　翟　　师傅在上，徒弟墨翟，给师傅磕头了！

【马师傅不礼不让，任着墨翟磕头，自言自语。

马师傅　　……死数……把我害……死……了！……

墨　翟　　师傅，数是死的，人是活的。今天师傅肯收我，墨翟终生都是你的徒弟。

【墨翟满满地斟了一杯酒，递给马师傅。马师傅坚绝不受。

墨　翟　　难道师傅要让徒弟，长跪不起吗？

马师傅　　墨翟啊，我这下半辈子，有脸没皮啦！……

墨　翟　　师傅，这圆周的倍数，都是我们工匠算出来的。你算了，我算，一代比一代精确。没有你算的三倍，也就没有我算的三倍一成四到一成五。将来我也会带徒弟，这个四到五之间的数就得由他们再计算出来，师傅，你说对吧？

【马师傅扭过身去。

墨　翟　　师傅，俗话说，上行下效。你想呀，如果我的师傅有脸没皮，我还能好得了，干脆就是个没脸没皮的了！

【马师傅转过身子，苦笑了一下。

墨　翟　　要是那样，咱们这有脸没皮和没脸没皮的师徒俩，今日一块醉死算了！

【马师傅接过酒杯，一饮而尽。

5. 任工师家后院（日，外）

【任工师和墨翟对练云手。任奶奶在一边看着。

任工师　　……你有多长时间没练功了？

墨　翟　　有些日子了。

任工师　　再放放，就了筋，功夫就废了。

栀　妹　　墨翟整夜忙于计算，武功怎能不生疏？

【车工甲进来。

车工甲　任工师！又来订货的了。

任工师　好，我就来。墨翟呀，轮毂我算不过徒弟，这任家武功徒弟还是徒弟，而且是个差劲的徒弟！栀妹，你教教他吧。

任奶奶　我先教教他！

【墨翟不敢上手。任奶奶站起来。

任奶奶　功夫无老幼！来吧！

【墨翟出手。任奶奶借势，只用一只手，就把墨翟揉了个四脚朝天。

【任奶奶伸手去拉墨翟，墨翟趁机反扑，任奶奶早有准备，又把墨翟摔了个大背。

任奶奶　要是每天能这么摔摔你小子，我这心里别提多舒坦了。

【栀妹"咯咯"地笑着。

墨　翟　师姐请！

【栀妹和墨翟对练起来。

墨　翟　……我什么时候，才能赶上你的功夫？

栀　妹　……你的功夫都用到读书上了……

任奶奶　有个读书的，有个会功夫的，我们任家就全了！

【墨翟和栀妹一下子愣在那里，红了脸。

6. 迟仲书房（夜，内）

迟　仲　……这一个章节的课，今日就结束了。墨翟，我给你说了许多伟大人物，伏羲、神农、黄帝、后羿，你说说看，最喜欢哪一个？

墨　翟　我最喜欢大禹。

迟　仲　为什么最喜欢大禹？

墨　翟　大禹治水，制服了名川三百，支流三千，让百姓从高山、岩穴中迁回平原。大禹治水，摈弃堵塞之法，发明疏导之途，不仅把洪水驯服，治理得地平天升，还教给百姓开沟挖渠，把水害变成水利。大禹从一个治水的匠人，终于成为一个万民爱戴的君王，益百姓，利天下，造福千秋，完成了齐天的功业。这也正是我梦寐以求的啊！

迟　仲　可是你学的是车匠，天下用车的人，要比用水的人少得多啊！

墨　翟　老师，我从大禹身上，感受最深的，是这样一个信念。一个人无论有多少才智，都要勤勤恳恳，一步一步去实现。如果大禹不是跟着父亲治水九年，不是自己又亲自治水十三年，还有之后孜孜不倦的岁月，他纵有万般本领，也不会给百姓带来恩泽。我喜欢这样做事。老师，我把这叫作强力从事。你看对吗？

迟　仲　怨不得你小小年纪，做起事来不惜身体。我看，以后你再也不要说强力从事了，我倒要教教你养身之道才是。

墨　翟　老师可知，我们匠人吊线的墨盒，愈用愈滑溜哪。

7. 车坊账房（日，内）

任工师　墨翟，我明天外出伐木，大概要个把月，才能回来。

墨　翟　能带我去吗？我现在，还不知道制车的树木，是什么样子呢！

任工师　制造车轮，只知道开料、下料，不知道选材、伐木，那可只算半拉工匠。走，我带你去青檀沟，开开眼！

8. 青檀峪（日，外）

【山东省枣庄市峄城区西北，是我国现存古檀最集中的地方，其中一株古檀有1600年，植根于岩石缝中，显出"檀石一家"的刚性。这里，又是中华造车最早的地方。此间古代造车的传说，广泛流传于民间。

【位于目夷谷之南的青檀峪，长着千姿百态的黄檀树、青檀树。众人围着几棵伐倒的檀树，已是气喘吁吁。

【任工师拍打着身上的泥土，招呼大家：歇了！歇了！

【大家围着任工师坐下。

墨　翟　任工师，这棵树，长了多少年？

任工师　数一数年轮，就知道了。我估摸，得在五百年以上。这檀木，着实有点精神。它专在石缝中生长，所以木质坚硬，用它制成轮毂，足可以载千斤之重，行万里之路！

墨　翟　檀树真是个硬汉子！

【墨翟看见高石在伐倒的檀木上做着记号。

墨　翟　高石，你这是干什么？

高　石　标记阴阳面呀？

墨　翟　为什么？

高　石　树木的阴阳面，就是人的肚皮和后背呀。

任工师　墨翟呀，这阳面，木质细密而坚硬。阴面，木质疏松、柔软。阴面要用火烤，使它与阳面同样细密坚硬，才能耐磨、耐碰、耐水泡。制车的木材，必须在深秋采伐，而且，要当场准确标出阴阳面。随后再取焙制工艺。这样做出的轮毂，即使坏了，也不会扭曲。

墨　翟　这么大的学问哪！

任工师　墨翟，师兄弟中，你是头一回伐木，我给你出道题，这檀木分量很重，你知道咱们是怎么把它们运下山的吗？

墨　翟　抬？（摇摇头）抬不动！用牛车拉？（摇摇头）牛车进不来……我想不出来。

任工师　伙计们！干起来呀！

众　人　干！干！干！

【在任工师指挥下，众人把檀木系上绞车。

五十二集大型
历史电视连续剧
墨子

墨　翟　这是什么？

高　石　绞车！

墨　翟　绞车？

【被绞车牵动的檀木，向山下缓缓移动。众人跟着任工师，喊起了号子。

【墨翟被这种力量震撼了。他一会儿站在一旁察看，一会儿干脆趴在地上。墨翟第一次感到，世间还有这么巧用力量的道理。他被工匠们的智慧深深地感染，随着伐木的节奏，他不由得吟诵起《魏风·伐檀》。

墨　翟　坎坎伐檀兮，置之河之干兮，河水清且涟猗。不稼不穑，胡取禾三百廛兮？不狩不猎，胡瞻尔庭有悬貆兮？彼君子兮，不素餐兮！

9. 青檀峪料场（日，外）

【一辆牛车，在等待装运。吊车起吊，巨大的木料就按照任工师的指挥，装到牛车上去了。

【墨翟出奇地看着、吟着。

墨　翟　坎坎伐辐兮，置之河之侧兮，河水清且直猗。不稼不穑，胡取禾三百亿兮？不狩不猎，胡瞻尔庭有悬特兮？彼君子兮，不素食兮！坎坎伐轮兮！置之河之漘兮，河水清且沦猗。不稼不穑，胡取禾三百囷兮？不狩不猎，胡瞻尔庭有悬鹑兮？彼君子兮，不素飧兮！

10. 胜工师家（日，内）

胜师娘　……栀妹啊，庄先生那里有没有回信呀？

栀　妹　父亲让我告诉你，庄先生说，胜工师他们都被关在长城锦阳关的军品作坊里，鲁人都不准进去，只能通过齐人捎话。父亲已经捎话进去了。我估计，下次庄先生再来，就会有他们的回信。

胜师娘　他们吃得上饭吗？

栀　妹　父亲说，饭吃得上，还发一点薪水。就是看得紧，有病也不给治……

胜师娘　唉！……

栀　妹　干妈，你也别心急了。……父亲现在对墨翟可上心了，恨不得一天就把他教成个工师。

胜师娘　我看，他是想把这个车坊交给墨翟啊！

栀　妹　父亲说，只要墨翟能顶起来，他就一定亲自去齐国探望。

胜师娘　那51个工匠已经在那了，我们吊着心，你父亲一个人再去，我们也是一样心吊着呵……

11. 车祖冢（日，外）

【牛车拉着沉重的檀木，吱嘎吱嘎地赶路。任工师一行人，来到奚公山前。

任工师　我们今日，顺道拜拜咱造车的老祖宗奚仲啊！

墨　翟　奚仲就葬在这里呀？

任工师　就葬在这座奚公山上。

【奚公山在今山东省枣庄市薛城之北陶庄镇。奚公山上有奚仲墓，也称车祖冢。据史料记载，奚仲是黄帝后裔，任姓，夏禹时为车正大夫，首封于薛，是薛之始祖。故墨子故里一带，是中国古代制车故乡。到战国时代，这里的制车技术已相当成熟。

任工师　相传，奚仲利用当地出的檀木，造了第一辆车，帮助夏王大禹治水，立下大功，夏禹封他车正大夫，还把我们脚下这块薛地封给他。奚仲就成了薛地的先祖。至今，普天之下的制车工，凡到薛地就特别虔诚。

车工甲　车匠还有那么大的派头呀！

任工师　你们还记得那位验车的楚国商人庄信吗？他就是薛地人。

高　石　怨不得，他看车，眼睛那么毒！

任工师　还有更毒的哪！这里的老人、小孩，要是指出你车辆的毛病，你都得老老实实听着，不许辩解。

【众人感慨。

高　石　那车祖造车是跟谁学的？他总不能没有师傅吧？

【墨翟不假思索地。

墨　翟　车祖的师傅是松鼠！

【任工师一听，几乎有些急了。

任工师　墨翟！你不要瞎说，天下任姓人家，都是奚仲的后代，可不要辱没我的先祖呵！

【众工匠大笑不止。

【墨翟随手捡过别人扔在山上的一个蝈蝈笼子，用一根柴棒穿过，两头各插一个松果。这样，以柴棒为轴，以两个松果为轮子的车就成了。墨翟边说边做着。

墨　翟　工师，你没听说吗？

任工师　听说什么？

墨　翟　这奚公山上，住着兄弟两个。哥哥叫奚伯，力大无比。老二叫奚仲，长得瘦小。每天上山砍柴，奚伯砍得多，用绳子一拖就拖回家了。奚仲砍得少，还常常拖不动。一天砍柴，突然蹿出一只豹子，弟兄俩吓得大气不敢喘。只见这豹子，捕到一只鹿，咬住脖颈，就拖走了。可是豹子撞了一棵松树，松果落了一地。小松鼠跳下来，用两个小爪子，把果子一个一个滚回窝里去了。

【奚仲顿时彻悟……

高　石　悟出什么了？

墨　翟　就像这样。

【墨翟把柴棒松果车，往坡地上一放，就像轮子一样向前滚动起来。

高　石　这第一辆车不就做出来吗？！

墨　翟　奚仲特别留恋他跟松鼠学制车的这块宝地，嘱咐后人把他葬在这里。

高　石　你怎么知道的？

墨　翟　我昨天晚上做了个梦，梦见了车祖奚公。

任工师　墨翟呀，人家孔子是梦见周公，你这一梦，却梦到千年以外，梦见奚公！

墨　翟　孔子梦见周公，那是他太想恢复周礼啦！周礼把工匠贬为贱人，我就喜欢贱
　　　　人，当然梦见贱人的祖宗奚公了！

【众人笑着。

12. 迟仲书房（日，内）

墨　翟　……老师，匠人们真能干！绞车，能把千斤大木，绞到山下，还有吊车，能
　　　　轻力吊重物，这些巧用力量的本领，简直把我惊呆啦！

迟　仲　自从到了目夷谷，在这条百工坊的大街上，我亲眼看到，布是匠人所染，衣
　　　　是匠人所织，屋是匠人所筑，车是匠人所造……我这个士人的知识，远远不
　　　　如他们……

墨　翟　可社会却视他们为"贱民"？！

迟　仲　这是最大的不公！

墨　翟　老师常常说《春秋》，《春秋》到底是部什么书，能不能让我也读一读？

迟　仲　这部书，我也没有读过。《春秋》是一部编年史书，上至鲁隐公，下至鲁哀公，
　　　　凡十二公，记载春秋242年的历史。是儒生必读之书。

墨　翟　那《春秋》里面，有没有，让"三患"之人得到解救的学问？

迟　仲　你说的"三患"之人，是食患不饱、衣患不暖、累患不歇的三种人，他们最
　　　　值得同情和帮助。可惜任何书上都没有这样的学问。

墨　翟　可是我最需要这样的学问啊！

迟　仲　……这学问哪，就像你们制造车辆，要一个部件一个部件地拼装起来。比如，
　　　　今天读《尚书》是做好了一个轮毂，明天读《春秋》是做好了一个辐条，后
　　　　天读《诗经》又是做好了一个车牙，日积月累，最后才能拼装起一辆车来。

墨　翟　可是目夷谷哪有那么多书呢？

迟　仲　是呀，我这肚子里的书，也都让你读得差不多了。不过，有书读书，没书行路，
　　　　读万卷书，行万里路，都一样长学问。

墨　翟　对呀！老师！我这次进山伐木，收获就很大。制作轮毂，我们计算出了数据，
　　　　不管做六尺轮、八尺轮，按照数据核算，就能下料。绞车和吊车，这两种器
　　　　物的力量，我们也要计算出数据来。不论千斤大物、万斤大物，一看就知道
　　　　用多大绞车，用多大吊车！

迟　仲　计算出数据的东西，才便于应用，这是对的。

13. 车坊工场（日，外）

【任工师把八个新徒工，带到墨翟跟前。

任工师　……墨翟，这订车的，两个月就有五家登门，都是奔着你来的，咱人手不够，你得赶快给我把这批学徒带出来！

任工师　听着！这就是你们的墨师傅！

【徒工中发出一阵笑声，并且毫不掩饰。任工师匆匆离去。

车工乙　这么年轻能当师傅呀，年岁还没有我们大哪！

墨　翟　你们刚来，今日先随便看看，知道轮毂制造的大体程序，明天，我给大家详细讲！

车工乙　我们已经看过了。

墨　翟　看过了？那我问问你，制车的关键是什么？

车工乙　不就是一个轮子嘛，圆就成，转就行！

墨　翟　圆，不容易，转，更不容易。一个轮毂，由毂、辐、牙三类几十个部件组成，一件出了毛病，整个轮子就成了废物。

车工乙　好厉害呀！

墨　翟　厉害的还在后头。轮毂做出以后，检验要过七道关！

车工们　七道关？

墨　翟　只有连接坚固，转动灵活，抵御石头啃啮，避免泥土附着。到这时候才说，这副轮毂可以登万里之程了。

车工乙　这里面学问大了！

14. 车坊工场（夜，外）

【已经掌起灯来，墨翟仍然带着徒工们干活。徒工们疲倦不已。墨翟依然精神抖擞。

【栀妹手提饭篮推门进来，徒工们高兴地扑了上去，一把抓起麦饼。可是看看墨翟，又放下了。栀妹走到墨翟跟前。

栀　妹　墨师傅！吃饭了！

墨　翟　不是刚吃过吗？

【栀妹一面把麦饼分给众人，一面说。

栀　妹　你们哪，干活得听墨师傅的，吃饭哪，可得听自己肚子的！

车工甲　栀妹，这饭，是任工师叫送来的，是任奶奶叫送来的，还是你自作主张送来的？

栀　妹　问那么多干什么？

车工甲　既然要我们吃，总得吃个明白吧？

栀　妹　瞧瞧人家高石，什么也不问，早就一个麦饼堵着喉咙了。

【高石正咽着麦饼，听栀妹这么一说，难为情地咧嘴笑着。

【墨翟接过栀妹最后递来的麦饼。

栀　妹　墨翟，陶坊的器具太老了，你能帮我制作几件得心应手的器具吗？

墨　翟　我可不懂制陶呀……

栀　妹　这好办，你先跟我当几天学徒。

高　石　栀妹，我师弟给你父亲当学徒，又给你当学徒，这不乱了辈分了，以后怎么叫呀？

栀　妹　瞎叫呗。

15. 陶坊工场（日，内）

【陶坊内，下身稍做遮挡的赤身露体的陶泥工，在忙碌地制泥备料。远远看去，他们如同一组泥塑。被窑炉熊熊火焰映红的窑炉工，又如一组铜铸金人。靠窑炉口不远处，整齐地码放着大批陶器。栀妹带着墨翟从中穿过。墨翟东张西望。

16. 陶坊工场制陶间（日，内）

【制陶间，这是唯一有女陶工混杂的地方。

【栀妹打开机器，自己做了一个样子，让墨翟再来。

【陶轮是手转式，墨翟做坯忘了转轮，转轮又来不及做坯，不停转动的陶轮，使人有些眼花缭乱。手足无措的他，不一会儿就满脸泥水。

栀　妹　看你手忙脚乱，怎么这么笨！

【在嘈杂的现场，墨翟不得不停下转轮高声问道。

墨　翟　你说什么？

栀　妹　我说你，手！忙！脚！乱！

墨　翟　太好了！太好了！你们这陶坊的毛病嘛，就出在手忙脚不乱上！

栀　妹　我说的是你！手忙脚乱！

【墨翟抬起两只脚。

墨　翟　你看，手挺忙活，这两只脚嘛，却在那里闲得发慌。要改进，就得叫两只脚，也"忙"起来。

【墨翟抬起的两只脚，不停地做蹬动演示。

栀　妹　哦，明白了，你想把转轮和制陶这两个活儿，让手和脚各分一件！

墨　翟　对，我这笨徒弟有福，摊上个明白师傅！

栀　妹　你怕是把话说反了，我干了三四年制陶，怎么就没想到，要把这两只脚也一块用起来呢？

17. 胜工师家墨翟房间（夜，内）

【墨翟和栀妹一起试验着改进陶具。胜师娘和胜绰在一边看着。胜绰老是要动手。

墨　翟　别动！

【胜师娘拽过胜绰。

胜　绰　哥哥，你一回来就忙，不和我玩。

墨　翟　谁说的？哥哥现在已经是木匠领班了，等哥哥亲自造出一辆最好的马车，拉着你和咱娘，还要到曲阜城逛逛呢！

胜　绰　那现在就造！现在就造！

胜师娘　别闹！

栀　妹　来，我跟你玩。

胜　绰　好！

【栀妹带走胜绰。胜师娘也跟着出去。房间里只剩下墨翟一个人，专心致志试验着。

18. 胜工师家（夜，内）

【玩累的胜绰已经熟睡。

胜师娘　栀妹，我有点事，不明白，也不放心。

栀　妹　什么事？胜师娘请讲。

胜师娘　你说墨工师他们被抓走一年了，墨翟，这么心重的一个孩子，自从去了车坊干活，他就从来都不问一问？

栀　妹　大人们不是整天打听吗？那点消息，他还能不知道？

胜师娘　他不说不问倒罢了，怎么还能不急不躁，像从来没有那么回事？

栀　妹　不是说，车轮子可以赶走悲伤嘛，我这不又赶快给他找了陶坊的事。得别让他闲着。

胜师娘　我看不对。愈是不说不问，愈是心里有了什么打算吧？……

栀　妹　能有什么打算？

胜师娘　栀妹，你女孩子心细，可多留点神哪！

栀　妹　我可细不过他。

胜师娘　我就担心，哪天突然出个什么大事……

【墨翟房间传来高兴的呼叫。

墨　翟　成功啦！成功啦！

【栀妹和胜师娘连忙跑过去。

19. 胜工师家墨翟房间（夜，内）

【一个偏心轮，在墨翟的调试下，通过脚的踩动，终于转动了。

栀　妹　哎呀！成功了！我来试试！我来试试！

【墨翟让开，栀妹来试。

【偏心轮飞快地转动着。墨翟和栀妹非常兴奋。

【胜师娘在一边看着，却忧从中来。

20. 陶坊工场制陶间（日，内）

【一双巧手，熟练地给软坯成型。栀妹把制成的软坯向身边的陶车上一放，又拿起另一个陶件上了转轮。一群陶匠，把栀妹围得水泄不通。

【众匠人对新式的脚踏快轮惊喜不已。

陶工甲 栀妹！快给我们说说吧！

众陶匠 快说说！快说说！

【栀妹停下脚踏转轮。

栀　妹 这位是车坊的墨师傅，我这两件新陶具都是他制造的，让他给大伙说吧！

【众人目光立即转移到墨翟身上。

墨　翟 陶工师傅，我们以往制陶坯，只用手，不用脚，这一件，叫脚踏快轮，就是要把闲着的两只脚，也一块用上。脚的力量又大又匀，轮子转速就又快又稳。制出来的陶器，壁薄而均匀，规整而细腻，产品不仅会提升一个等次，产量也是一个人顶上四五个呀！

陶工甲 我来试试！

【陶工甲上了脚踏快轮就晕头转向，立即捂着眼睛下来了。

陶工甲 哎哟！……不行不行……天打转了！……

陶工乙 我来！

【陶工乙学着栀妹的样子，沉着应对。眼看一件软坯就要成型，又失败了。

陶工乙 这是栀妹专门找墨师傅来练咱们哪！

陶工甲 成心让咱们手忙脚乱！

墨　翟 对，这个脚踏快轮的俗名，就叫"手忙脚乱"！

【匠人们一个个地要试试，推来推去的，弄了墨翟满身泥浆。大家乐呵呵的。

21. 百工坊（黄昏，外）

【栀妹与墨翟在街上走着，不时有路人注目。

墨　翟 栀妹，别人怎么老盯着我？

栀　妹 是看你脸上的泥巴！

墨　翟 地上不是泥巴更多？

栀　妹 那是因为泥巴应该在地上，不应该待在脸上！凡事，都得先看个应该不应该！你呀，就应该住在我们家……

墨　翟 为什么？

栀　妹 因为你父亲是我父亲的师傅，我父亲又是你的师傅，师徒重于父子。父亲说，他以后，打算把车坊交给你经管……

【墨翟连连摇头。

墨　翟　不！不！不！

栀　妹　不，什么不？

墨　翟　我绝对不会去经营一个车坊！

栀　妹　那你为什么要学车匠？

墨　翟　栀妹，明日天不亮，我到陶坊找你，有话要说。

【墨翟淹没在工匠们匆匆往来的人群中。

22. 窑炉前（夜，外）

【墨翟和栀妹坐在地上，窑炉前一盏风灯，或明或暗，把两人的影子拉长又缩短。

栀　妹　……你不是有话要说，怎么又不说了？

墨　翟　栀妹，从小我什么话都告诉你，现在你可要替我守口如瓶！

栀　妹　你要是不相信我，就别说呀！

墨　翟　老师、师娘，我不能说，胜师娘、任工师我更不能说，整个百工坊，我只能
　　　　跟你一个人说。你要是不能守口，我就带着这个秘密上路了。

栀　妹　你要去哪？

墨　翟　知道我为什么学车匠吗？

【栀妹摇了摇头。

墨　翟　我要去齐国，把父亲他们换回来！

【栀妹大惊。

栀　妹　……你一个人？……要去齐国？……

墨　翟　我走了之后，你一定要劝住你父亲，让他别去找我。

栀　妹　……我父亲打算亲自去齐国，他已经和庄先生约好了……

墨　翟　你父亲不能去，百工坊离不开他。你要向我保证。一定要劝住你父亲！

【栀妹努力忍住眼泪，点了点头。

墨　翟　我如果回不来，这个脚踏快轮，就算我留给你的念想。

【栀妹紧紧咬住嘴唇才没有哭出来。

墨　翟　如果我回不来，胜师娘和胜绰，也托付给你了……

【油灯恍恍惚惚，地上的影子拉长又缩短。

【栀妹终于忍住悲伤，慢慢呈现出一副与她年龄十分不相称的举重若轻的神态。

栀　妹　不许说回不来。你想想，"来去"二字不总是与"回"字相连吗？再说，"回"
　　　　字总是在前面，回来，回来，墨翟一定能回来。

【栀妹说得轻松，但却止不住泪水涌流。

墨　翟　自从目夷谷遭遇兵劫，我就再也不是以前的墨翟了！父母离开了墨翟，墨翟

就要离开目夷谷。

栀　妹　我和你一起去！

墨　翟　不，奶奶、任工师都离不开你。

栀　妹　栀妹也离不开墨翟！

墨　翟　栀妹，目夷谷再也拴不住墨翟了！

栀　妹　那栀妹就是墨翟的影子！

【墨翟激动地拉起栀妹的手，他们的影子相连。

栀　妹　墨翟的影子在目夷谷，无论你走到哪里，也一定能回到目夷谷。墨翟去吧！
　　　　栀妹等着你！……

【栀妹与墨翟的影子上，两双年轻的手，紧紧地扣在一起。

23. 墨母墓（清晨，外）

【墨翟跪在母亲墓前，两行热泪夺眶而出。

墨　翟　母亲，儿此行，如果不能回来，这就是最后一次给你上坟了……

24. 任工师家栀妹房间（夜，内）

【深夜，栀妹面对墨翟时压抑的痛苦，终于在夜深人静时宣泄出来，她辗转反
　　侧，彻夜难眠，热泪打湿枕头。

25. 墨母坟（日，外）

【胜师娘在墨母坟前，低头细心地察看。她发现了一串大步北去的脚印，吃惊
　　得几乎喊起来。

【胜师娘立即转身跑回去。

26. 任工师家（日，内）

【任工师一家三口，吃着早饭。

【胜师娘一头闯进来。

胜师娘　……走了！走了！……

任奶奶　胜家媳妇，你要么不来，一来就风风火火的。

任工师　谁走了？

胜师娘　脚印是向北去的……

【胜师娘看着栀妹，栀妹沉默不语。

任工师　大妹子，你说什么哪？

胜师娘　你这当师傅的，只知道干活、干活，墨翟这孩子心里想的什么，你压根儿就
　　　　不知道！

【任工师心中一惊。

【栀妹禁不住两行热泪满下面颊。任工师看看女儿的脸，突然明白了。

任工师　他准是去了齐国！

胜师娘　他是一个人寻父去了！……墨翟呀，把我们大家都蒙在鼓里啦！

任奶奶　齐国有多远？

任工师　大约百把里。

胜师娘　这三天了，墨翟已经到了啊！

任工师　一个工匠要能从齐长城出关，再越过齐军严密把守的齐鲁边界线上，怕是很难。墨翟一定是被困在齐长城了。

【任工师拿起出门的衣服，就要走。栀妹上前拦住，心平气和地。

栀　妹　父亲，为什么不商量一下？商量一下，再走不迟。

任工师　是你？……是你和墨翟商量好的？！

栀　妹　墨翟主意大，他想做的事，谁也拦不住吧？

任工师　拦不住也得拦！一个孩子家，这不是自投虎口吗？

栀　妹　父亲，墨翟做事都有计算，而且准有办法。

任工师　什么办法？！我已经和庄先生商量好了办法，正在等待时机，他一个毛孩子，还能比我和庄先生有办法？墨翟万一有个三长两短，我给墨工师怎么交代！

栀　妹　墨翟是在世的凤凰，到哪里都会自有吉祥。

任工师　小丫头，尽弄些神神道道的事，要是有吉祥，也不能让曲阜的信板没捎回来，百工坊就遭兵劫！

【任工师急不择言，说完大家都惊住了，他自己也有些后悔，拿起衣服就要走。栀妹镇定了一下，第一次向父亲提出了挑战。

栀　妹　父亲！既然父亲这么说，女儿我也不客气了。我请问，齐国拘押的亲人要不要救？

任工师　这还用你说？不救，我一个劲给庄先生帮什么忙？依着我的性子，早把这个惹事的家伙，揍个屁滚尿流！出出这口窝囊气！

栀　妹　既然要救，我们就不能光听庄先生一个人传话。

任工师　我不是打算好了吗，等墨翟顶起车坊的活儿，我就亲自去齐国打探！

栀　妹　父亲想过没有，总要有一个人去齐国，谁最合适？

任工师　当然是我！

栀　妹　敢问一句，父亲识多少字，读多少书？见过外面多少世面？能以野人的身份与那些国人打交道吗？倘若遇到紧急关头，父亲能说能道，能把对立的力量转化成帮助自己的力量吗？

【任工师一愣。任奶奶和胜师娘互相看着，仿佛一下子不认识栀妹了。

栀　妹　这次，不是到曲阜，而是去齐国，不是去求亲戚，而是向饿狼要食，这样天大的事，只有墨翟这样的人，才能逢凶化吉，遇难呈祥。我看，父亲不如由他去吧。

五十二集大型 历史电视连续剧 墨子

【栀妹的心态令心急火燎的大人们错愕不已。更令任工师大为光火。

任工师　你个小丫头，我告诉你，墨翟不光是我的徒弟、你胜师娘的儿子，墨翟还是
　　　　　百工坊的后生！你栀妹要是把我的墨翟弄丢了，看我怎么收拾你！

胜师娘　瞧你说的，他大叔，栀妹不也是个孩子嘛……

【任工师甩手走了。栀妹扑到胜师娘怀里，哭着说。

栀　妹　干妈……墨翟不会有事的……

胜师娘　……好孩子，不会，不会的……

第五集　智救亲人

1. 途中（日，外）

【大片原野，见不到一个种田人，远处的村庄只能看出朦胧的轮廓，山岚的青松，朦胧中更显出茂密。墨翟大步流星地向前走去。

2. 途中三岔路口（黄昏，外）

【三岔路口上，墨翟为难地停下脚步，细心察看。车辙和马蹄印没有顺着宽阔的主道行驶，却向右拐进一条凹凸不平的山路。墨翟也循着有车辙的山路走去。

3. 泰山脚下（黄昏，外）

【墨翟仰头看看那高耸的山峰，不觉自语道。

墨　翟　泰山！是泰山！

【墨翟贪婪地看着夕照中的泰山，身上尽披金光，却不敢贪路。前面有一家孤零的草屋，墨翟紧赶两步，上前打问。

墨　翟　请问有人吗？

【不知哪里发出了声音。

（画外）　小伙子，是楚国人吧？你们的车队刚过去，不过半舍路，两步就能追上。

【墨翟抬头一看，一身猎手打扮的老人，正趴在树上，干着什么。

【墨翟仰面告诉他。

墨　翟　大爷，我是过路的，想借宿！

猎　户　刚才楚国商人的车队想住我这里，我怕慢待客人，就请他们多赶半舍路，到一家大店安歇。你这一个人嘛，就住我这吧。

墨　翟　老人家，刚过去的楚国车队，是几辆车？

猎　户　好精美的车，有十辆哪！

【墨翟不自主地脱口而出。

墨　翟　终于赶上了，只差半舍路！

【猎户从树上跳下来，看见墨翟。

墨　翟　老人家，你好！

猎　户　你是鲁国人，他们是楚国人，你跟他们认识？

墨　翟　都是赶路的，一路上也好有个帮衬。

猎　户　是呀，这深山峡谷，野兽出没，强人劫道，还没见过，有独自一人敢过泰山的哪！

墨　翟　老人家，你不也是独自一人住在这深山老林里吗？

猎　户　我是猎人，野兽躲我唯恐不及，至于劫路强人，他们怕遇到我会沾一身晦气。何况，我有一个好猎手的儿子……

墨　翟　我可以见见你的儿子吗？

猎　户　我儿子他们结伙进山打猎，今晚不回来。进屋吧。

4. 猎户家（夜，内）

【墨翟帮着猎户烧水，猎户在灶上做饭。

墨　翟　你儿子的弓法一定很好吧？

猎　户　弓法再好，没有好弓，也不能百发百中。

墨　翟　看来，老人家有张好弓？

猎　户　我家那张宝弓，已经封存多年。时间长了，我们父子拿出来看看，哪一个也舍不得用哪。

墨　翟　老人家，肯赏光，让晚辈见识一下吗？

猎　户　我这张弓，是不给外人看的。今天我就破个例。

【猎户撩开墙上挂着的一张兽皮，摘下后面的一张弓，交到墨翟手中。

【墨翟接过弓，靠近油灯仔细一看。只见弓弰上工师勒名处刻有"墨工"字样，墨翟顿时百感交集，伫立在那里发呆。

猎　户　小伙子，看傻了吧？

【墨翟掩饰了自己的情绪。

墨　翟　老人家，你这张弓，出自鲁国郱娄目夷谷！

猎　户　好眼力！

墨　翟　这张弓，是墨工师亲手所制！

【猎户凑到灯下，墨翟有意避到暗处。

猎　户　小伙子，你认识这位制弓人？

墨　翟　人称墨工师。不过，他现在不造弓了。

猎　户　他那么高的手艺，为什么就不造了呢？

墨　翟　因为他手艺高强，被齐军劫去，关在锦阳关里。

猎　户　关押齐国工匠的地方，我打猎时，倒是远远见过……

【墨翟一下子站起来，抓住猎户。

墨　翟　老人家，你能带我进去吗？

猎　户　墨工师是你什么人？

墨　翟　是我父亲。

【猎户痛惜地看着墨翟，半晌才说。

猎　户　锦阳关齐军把守很严，难以靠近啊……

【墨翟痛苦地捂住了脸，蹲在暗影里。猎户转了两圈，忽然想起什么。

猎　户　哎！前面那个楚国车队，是给齐军送货的，齐国人对他们很宽松。你明晨早起，赶上他们，混在一起，也许不用查验就能进锦阳关。进了锦阳关，离那排作坊就不远了，你再想办法。我看，你们父子也许能，远远地见上一面吧……

5. 猎户家（夜，外）

【墨翟披着衣服，坐在星空下，仰面久久观望。

6. 墨母坟（夜，外）

【栀妹一个人在坟前祈祷，要苍天帮助墨翟。

7. 猎户家（日，外）

【泰山初冬的早晨，山间雾气百步不见人影，显出这里的仙境韵味。

【猎户出来，只听见"咚咚"的声音。走近才看见，墨翟正在劈柴。

猎　户　你起得这么早?

【猎户一看见墨翟劈的柴。

猎　户　你是一夜没睡啊!

墨　翟　老人家，不知这泰山初冬的晨雾，什么时候能散去?

猎　户　你是想借泰山晨雾掩护，通过锦阳关？你可知道，越是晨雾弥漫，他们查验得越紧。再说这泰山晨雾，日上三竿必定散去。你没有度牒，根本进不去。

【猎户见墨翟还在迟疑。

猎　户　你要不想跟着楚国的车队，还有一个办法。我儿子常在曲阜给人赶脚，等他打猎回来，可以把你带到齐国南大门。

墨　翟　你儿子不是三天才能回来吗?

猎　户　三天还不快，你在这转转、看看……

墨　翟　老人家，我还是想先走。

【猎户见无法劝说墨翟，只得进屋给他拿来干粮。

猎　户　齐国盘查很严，他们听到南面的口音就抓，你千万别开口啊!

墨　翟　谢谢老人家，晚辈没齿不忘!

【猎户看着墨翟迅速消失在大雾之中，自己感叹道。

猎　户　唉，多好的小伙子，连个名字也没留下……

8. 齐长城锦阳关（日，外）

【锦阳关是齐南三关之一。在泰山北麓，泺水从山间流下，山水之间，坡陡谷深，仅容一车通过。庄信的车队缓缓驶过。

【关隘楼上，站立几个披着盔甲的齐军，城门两旁，各有一队齐军把守。

门卒乙　站住！

【庄信的车队停了下来。

门卒乙　度牒！

【首车上的庄信，连忙掏出度牒，恭敬地呈上。

【门卒甲逐车检查，逐车放行。检查到尾车，他突然叫起来。

门卒甲　商家，你过来！

【庄信不知发生了什么事，缓缓向尾车走来。

门卒甲　你这车，怎么多出一个人？

【庄信坦然地边走边说。

庄　信　丁是丁，卯是卯，一个也差不了！

【门卒甲指着最后一辆车的车厢。

门卒甲　这一个人哪？！

【庄信伸头一看，原来的确多了一个穿着楚国服装的人。他们的眼神相交，瞬
　　间都认出了对方。墨翟紧张地握起了拳头。庄信旋即不动声色地应对。

庄　信　嗨！我以为出了什么差错，这是我带的账房先生。

门卒甲　商家报的可是，一车一人！

庄　信　这车夫，是一车一人不假，我这账房先生（亲热地揽过墨翟），可不是车夫。

门卒甲　刚才你为何不报？

庄　信　我押头车，账房先生押后车，为了路上安全，我只报他是二东家。我这做东
　　家的不也没报吗？军爷，没有这账房先生跟着，今晚我想犒劳犒劳兄弟们，
　　可是没人掏银子哪！

门卒甲　那你算个账，我听听。

庄　信　军爷请报。

门卒甲　嗯……268只鸡，加上756只鸭，还有549条鱼、432个鸡蛋、107头猪，给我加
　　起来，再分给我们43个当兵的，一人能吃多少？

【数字刚刚报完，墨翟已经在地上写出结果。庄信也很吃惊。

门卒甲　我也过了嘴瘾了。走吧走吧！

9. 齐营哨卡（日，外）

【庄信的车队，通过齐鲁交界处的丛山之中。帽式山峰，有如硕大的座座军帐，
　　在四周设防，显得十分威武。与地貌相像的是，车队眼前果然出现了数百座
　　齐军营帐。这是齐国在南部边陲布防的主要兵力。

10. 齐军营帐（日，内）

【项子牛正对着一张弓发呆。

11.齐军营地膳房（日，内）

【庄信安排车夫们吃饭，自己把墨翟拉进一间单独的小膳房，劈头就说。

庄　信　兄弟，你好大胆子！

墨　翟　庄先生，小弟早把个人生死置之度外，只是差点连累了先生！先生临危不乱，应对自如，有过人胆识，谢先生帮我脱险。

庄　信　那你就赶快离开这儿吧！这是一点盘缠，路上好用。

墨　翟　我知道先生有钱，可是先生有道义吗？不是你把目夷谷的地形报告给了齐军，他们抓人，怎能那般轻车熟路？

庄　信　……可是……我已经打听到墨工师他们的下落……

墨　翟　那是什么下落？！

庄　信　他们都关在项子牛的军营里，有饭吃有衣穿，干活还给点工钱，都平平安安的……

墨　翟　如果庄先生的亲人也关在这里，你还会说平安吗？如果你每天都看着自己身边那51个残缺不全的家庭，幼童哭喊着要父亲，老人呢喃着想儿子，妻子一张憔悴的脸，还得像男人一样担水、劈柴，你还会说平安吗？如果失去亲人的这块烙铁，一次次烙在你的心上，你还会说平安吗？

【庄信无言以对。

墨　翟　庄先生，你给目夷谷带来了灾难，你就有责任，帮助我解救这个灾难！

庄　信　我做得还不够吗？你还要我怎么样？

墨　翟　买卖公道，诚实守信，你是个好商人，但我还希望你做一个义者，做一个援助弱者的义者！庄先生，也许墨翟一生不再求你，但此时此刻，我求你帮助，此时此刻也只有你一个人，能帮助孤立无援的墨翟啊……

庄　信　……好吧，我答应你，尽我的能力，把你父亲救出来……

墨　翟　不！是把所有抓走的51名匠人，全部救出来！

庄　信　你疯啦！！

墨　翟　墨翟是墨工师的儿子，更是目夷谷的后代！

庄　信　我们赤手空拳，凭什么能够成功？！只能凭上苍保佑吧？！

墨　翟　上苍要这样保佑，我就以为上苍不公！

庄　信　不可！不可！不可亵渎上苍！

墨　翟　……也许，我墨翟另有罪孽在先！……

庄　信　不会的，不会的，老弟，上苍自有他的公道！

墨　翟　既然庄先生相信天道，那我们就要把握世道。请问先生可有救亲之计？

庄　信　你把我吓傻了，也把我鼓动傻了，我这脑子里从来分明，厘毫不差，怎么现在全成了一锅糨糊，黏糊糊的，捋不出个帮你的主意啊！……

【庄信急得抓耳挠腮，满地转圈。

墨　翟　庄先生，只要你把我带去见项子牛，办法我自己来想……

庄　信　使不得！断断使不得啊！因为上次给墨工师报信，项子牛一直对我心存芥蒂、耿耿于怀啊！

墨　翟　上次是庄先生报的信？！

庄　信　……唉呀，我的马再快一点就好了！……没帮上忙啊！……

　　　　【墨翟深为感动，觉得不必再为难庄信了。

墨　翟　庄先生对目夷谷已经尽心，墨翟谢辞了！

　　　　【墨翟转身要走，庄信一把拉住他，忽然有了主意似的。

庄　信　老弟！……我把这几车货白白送给项子牛，趁他高兴，我再相机行事。

墨　翟　这几乎是你半辈子的心血吧？……庄先生，我们再想想别的办法……

庄　信　项子牛这种人，只认武力和金钱，没有别的办法，我们豁上一试吧！

墨　翟　庄先生！

庄　信　今晚宴请项子牛！

12. 齐军营帐（夜，内）

　　　　【高灯明烛，酒盏酬酢。项子牛和几个伍长，酒兴正酣。庄信亲自把盏，殷勤可掬。

庄　信　……长官如果有雅兴，让我的车夫和账房，给长官助兴如何？

项子牛　好呀好呀！

　　　　【庄信一拍手，十个车夫和墨翟进来。车夫跳起了赶车舞。车夫们边跳边吟诵起《诗经·邶风·式微》。这是一首表达情人幽会时互相戏谑的歌谣。车夫们分成两队，一问一答。

车夫左队　式微，式微，胡不归？

车夫右队　微君之故，胡为乎中露？

车夫左队　式微，式微，胡不归？

车夫右队　微君之躬，胡为乎泥中？

……

　　　　【伍长们精神大振。一个个大碗喝酒，大口吃肉，跃跃欲试。

　　　　【项子牛跑下来，钻进车夫队伍，也跟着手舞足蹈。

　　　　【墨翟一边吹笛伴奏，一边紧紧盯着军帐上挂着的那张墨弓。

　　　　【舞了一阵，项子牛脱下盔甲，兴奋地拉着庄信坐在身边。

项子牛　庄先生，真有你的！好货！好酒！好痛快！喝！

　　　　【庄信陪着喝酒。

项子牛　这杆柳杆，楚国最好，要造好箭，非它莫属！你带来的牛筋、皮张，也都是上乘呀！

庄　信　这些货，是全部送给项长官的！

项子牛　……啊啊……先生的一番美意，我领了……不过，总得收点成本吧？

庄　信　这一回送，下一回长官多订货就是。这好工好料哇，就得有个好价钱啰。

项子牛　有好价钱，就能有好货吗？

庄　信　当然，钱能通神！

项子牛　此话当真？

庄　信　军中无戏言。

项子牛　我要……墨弓！

庄　信　墨弓？

项子牛　对，墨弓！

庄　信　那可是天下第一弓哪！

　　【项子牛长叹了一声。

项子牛　天下第一弓！天下第一弓哪！

　　【庄信看了一眼墨翟，墨翟仍然边吹笛子，边盯着墙上的墨弓。

　　【项子牛拍拍庄信的肩膀，长吁短叹。

项子牛　你们商人，总以为钱能通神……

庄　信　当然了。

　　【项子牛突然进逼。

项子牛　如果我要杀你，你能用钱买自己的性命吗？

　　【庄信无所谓地笑道。

庄　信　我的性命不值几个钱，倒是如果没有我，长官的军需就会耽误了呀？我对长
　　　　官是个有用的人，长官为什么要杀我？

项子牛　有用的我不杀……可是不为我所用的呢？

庄　信　庄信一定为长官所用。

项子牛　你是商人，哪里有钱赚，你就为哪里所用。

庄　信　长官，难道不应该吗？

项子牛　可是，工匠就不！目夷谷的工匠尤其不！目夷谷的工匠，在我这儿一年多了，
　　　　就是不正经干活。后来，我改为发工钱，他们还是不正经干！有一个姓墨的
　　　　制弓高手，进来就没造一张弓！我真想杀了他们！一个不留地全部杀掉！

庄　信　长官息怒。你想呀，这抓来的人，老婆孩子，父母双亲，两头惦记，干活当
　　　　然分心。我可以帮长官想个办法，让他们把活儿干好……

项子牛　没什么办法好想了！姓墨的硬是自己把自己……饿死了……

　　【这突如其来的噩耗，把庄信惊呆了。

　　【墨翟的笛声突然断裂。舞蹈的车夫骤然停止，然后悄然退下。

　　【墨翟拍案而起，冲上去摘下那张墨弓，不由自主地拉成了满弓，对准了项子牛。

五十二集大型
历史电视连续剧
墨子

【刚才还喝得醉醺醺的伍长们，个个激灵起来，拔剑而出，直逼墨翟。

【庄信扑上去，紧紧抓住墨翟的手。墨翟强忍悲痛。

墨　翟　……我的……父……亲，今……年……五……十岁……

【庄信大惊，紧抓墨翟的手，一下子松开，自己跌落在地。

【墨翟渐渐收回墨弓，两行热泪滚滚流淌，悲伤而缓慢地说着。

墨　翟　……离开楚国的时候……我对父亲说……

【庄信冲着墨翟直摆手。项子牛逼视墨翟。众伍长剑拔弩张。

墨　翟　……我对父亲说，墨弓，选材精良，风吹雨淋，十年不变。我此行到达齐国，
　　　　不惜重金要为父亲买一张墨工师所做的弓，用这"天下第一弓"给父亲做个
　　　　五十大寿……

【听到这里，庄信才算松了口气，从地上爬起，拭去身上的土。

墨　翟　……不料，天下"墨弓"从此绝矣！

【墨翟跪向帐门，手持墨弓，仰天呼喊。

墨　翟　老父啊！老父啊！饶恕儿子不孝吧！……

【墨翟哭得难以自已。庄信上来安抚，强按他坐下。

庄　信　长官，我这个账房先生是个孝子，一路上就唠叨着要为父亲买张好弓做寿。
　　　　你看他醉的……

【项子牛示意各伍长把刀剑收起。

墨　翟　我没醉，我没醉！……

庄　信　好，好，你没醉。是呀，这么好的弓，就是不买它，工师死了，活儿绝了，
　　　　也是够让人痛惜的。

项子牛　……我就是用这张弓得劲……可是有什么法子？……

庄　信　要我说呀，你们干官差的人，遇到买卖上的事，远不如我们商人。你把他抓来，
　　　　还派人看着他，他又不给你正经干，这岂不是赔钱的买卖？

项子牛　要叫你们商人哪？

庄　信　我也不抓他，我也不看他，我也不管他。

项子牛　那你什么也别想得到。

庄　信　不，正相反。我就管两件事，一是验货，二是付款。谁的货好，我买谁的。
　　　　照我这样做，天下的好东西，我没有弄不到手的。

【项子牛忽然开窍，饶有兴致。

项子牛　先生说的是真？

庄　信　我经商十几个年头，就是这么做的，从来没有和人红过脸，也从来没有留下
　　　　仇口。长官你看，别人弄不到的货，我都能弄到。

项子牛　你说说我该怎么办？

庄　信　好办。

项子牛　人已经抓进来了……

庄　信　放了。

项子牛　放了？我看杀了！省得他们一路跑回去，用五十张嘴，到处讲我的坏话！

庄　信　长官，邾娄百工天下闻名，你要是杀了他们，传将出去，我再为齐国办军需，恐怕天下工匠没人理我了。

项子牛　你不是给他们报信嘛，他们能不理你？

庄　信　长官误会，那日我喝醉了酒，迷迷糊糊被一女子拉回家去……耽误了给长官带路……

项子牛　难为你送来两辆豪华马车……

庄　信　不值一提！不值一提！

项子牛　好，从此再也不要提这件事！不干活的工匠，全部给我杀了！

墨　翟　这样恐怕不妥。

庄　信　长官，我的账房先生，他醉了……

墨　翟　东家，我没醉，我是替长官着想。齐国这个东方富庶大国，劫夺小国的工匠，传扬出去，长官可以不在乎诸侯的耻笑，但是齐王会因为诸侯的耻笑而被激怒，这里的轻重，长官自然比我等明白。

【项子牛听着墨翟对着庄信讲的这番话，很有兴趣。

项子牛　……酒后出真言，这小兄弟，讲下去。

墨　翟　长官，我告诉你，下次，跟你谈这些鲁国工匠的，准是你们齐国人！

【众人听了账房先生的醉话，爆出一阵笑声。

墨　翟　听说，齐国不久将攻占目夷谷，到那时，接管目夷谷的齐国长官，就会出面向你索要工匠。这不就是齐国人跟齐国人打交道吗？

【项子牛愕然。

墨　翟　现在有个现成的办法，我们可以帮助长官，只是我的东家碍着面子，不好言语。

项子牛　你说吧！

庄　信　我们回去，十辆车空载，可以帮你把工匠们捎回目夷谷。

【项子牛狡黠的目光盯着庄信。

项子牛　我要是不放呢？

墨　翟　长官，你不放，与我们有什么关系？东家回去空载，只是想挣趟脚钱。

庄　信　不怕长官见笑，我这个账房先生，人都醉了，还想着挣这份脚钱。这就叫商人本性！

【众人又一次爆出笑声。

庄　信　其实，我也并不在乎这份脚钱，长官也看出来，我只是想做个顺水人情，将来便于到目夷谷购货。

【项子牛已有几分醉意，更显得神气十足。

项子牛　实话对你们说吧，鲁国的目夷谷，就是我项某囊中之物。目夷的良货、良工，我想怎么取就怎么取，想什么时候取就什么时候取！一个国家，没有攻城略地，是无法强盛起来的！为此而死人，士卒、百姓，死个千儿八百的，不过踩死几个蚂蚁……

【众伍长狰狞地狂笑着。

伍　长　踩死几个蚂蚁！将军说得痛快！哈哈哈哈……

项子牛　不过，眼前办军需嘛，还得靠庄先生。你可得保证供货呀！

庄　信　长官这次肯把这天大的面子给我，以后，长官的军需，就是我的军需。

项子牛　好！一言为定，明天掌灯时分，那51个，不论死活，都交给你了。

13. 齐军营地（日，外）

【庄信与墨翟，在逐辆检查车况，并向车夫交代着什么。

庄　信　……项子牛为人易变，我们走得愈快愈好。记住，一路上不要说话。要是匠人们认出你，这路就没法赶了。

【墨翟点点头。

14. 齐军营帐（夜，外）

【齐军戒备森严，偶尔传出的齐军喝斥声，说明这里没有一点松动的迹象。十辆马车，一字排开。被齐军带出作坊的工匠们，也是一字排开。

【一个做工非常精致的小木匣，由匠人们的长队深处，一个个地传过来。司马工师递给公孙工师，公孙工师递给另外的工师，每一手传递，匠人们都郑重而依依不舍。最后由胜工师接过来，抱着走向马车。一身楚国车夫打扮的墨翟，引着他上了最后一辆马车。人群里，没有哭声，也没有欢乐，因为谁也不知道最后的结局。

【项子牛从暗处走到首车，拍拍庄信的肩膀。

项子牛　这回可是给足了你面子，51个，一个也不少！

庄　信　长官，你给我派的联络官到了没有？50个工匠出关，没有你们带着，我有天大的胆子也不敢走呀！

【项子牛把伍长交给庄信。

项子牛　没有他，你们插翅难飞！

庄　信　发车！

【十辆马车，终于启动了，并很快消失在黑夜的崇山峻岭中。

15. 途中（黎明，外）

【墨翟和最后一辆车的车夫并排坐着。他不时地撩开身后的车帘，看见胜工师总是紧紧抱着那只小木匣，旁边的工师要替他抱一会儿，他自己一个人紧抓不放。

16. 途中（日出，外）

【不知什么时候，旭日升起。墨翟身后的车帘被掀起，胜工师把小木匣探出车外，让它沐浴在朝阳之下。

【墨翟禁不住伸手去抱，胜工师一把又抢了回去。车帘从此再也不掀起。

17. 泰山客栈（日，外）

【一家客店出现在眼前。庄信从首车上跳下来，向车队发话。

庄　信　停车住店！往后传，听好了，一车住一间房，吃完干粮睡觉，不许说长道短！

车夫甲　听好了，一车住一间房，吃完干粮睡觉，不许说长道短！

【尾车上的公孙工师问墨翟。

公孙工师　你们是齐国人，还是楚国人？

车夫甲　问什么问？不许说话！

司马工师　你们楚国人，怎么比齐国人还凶？这一天了，还不让说话！

【墨翟欲言又止。

【墨翟看着胜工师下了车，要替他接过小木匣，胜工师断然拒绝。

18. 泰山客栈（日，内）

【胜工师抱着小木匣进来，躺在一张铺上，和衣睡下，仍然把小木匣紧紧搂在怀里。

19. 泰山客栈（日，外）

【墨翟在逐辆检查车况。他没想到，自己精心制造的这十辆车，竟然载回了自己的亲人，包括父亲的尸骨。他用衣襟，轻轻拭去溅在车毂上的泥土。

【庄信从远处走来，仔细端详墨翟那张思绪万千的脸。

庄　信　账房先生，咱这笔生意做得还不错吧！

【墨翟用感激的目光看着庄信。

墨　翟　东家不愧是做大买卖的！

庄　信　车上的人，认出你来了吗？

【墨翟摇头。

【庄信发现墨翟的胳膊上有一块大大的青紫。

庄　信　这是怎么回事？

【墨翟看着庄信，什么也没说。

【庄信突然想起，这是在宴请项子牛，墨翟愤而拉弓时，他强力劝阻时抓的。

庄　信　现在想起来，还后怕哪……别看我长你二十岁，论胆量，论主意都不如你……

五十二集大型 历史电视连续剧 墨子

我说，跟我做生意吧？这十辆车都归你使，你准能成个大买卖人！

墨　翟　跟我合伙，庄先生就赔大了。

庄　信　怎么讲？

墨　翟　这一趟，我就替东家赔了十车好货。

【庄信一拍脑门。

庄　信　哎哟！我怎么忘了！

墨　翟　我以后，一定还你。

庄　信　你这个人呀！和你在一起，怎么就压根不想钱的事了？

墨　翟　东家仁义之心，日月可鉴！

20. 途中（黎明，外）

【再次起程的车队，正向齐鲁边界靠拢。突然，警觉的墨翟听到后面传来急促的马蹄声。墨翟一跃跳下马车，跑到车首，与庄信耳语。庄信立即命令车队。

庄　信　下车！下车！右手不远处有一个山洞，一车一组，不准散开，没有我的招呼，谁也不准出来！

【经历过灾难的工师们并无惊慌，他们有秩序地下了车，向右侧山洞而去。

【黑暗中，胜工师仍然抱着小木匣。墨翟要接过来。胜工师不给。

【齐军马队赶来。

伍　长　停车！停车！

【庄信提着灯笼迎上去。

伍　长　我们长官反悔了！让工匠跟我回去！

庄　信　军爷，你怎么不早到一步呀？一出长城关，工匠们就说，齐军办事好反悔，赶快跑吧。我们还劝他们，长官说的放你们回家那还有错？工匠们硬是不信，就奔深山大谷各自逃命去了！

伍　长　长官还说，你们那个账房先生不是楚国人，他怎么知道那么多事？

墨　翟　我是楚国人，楚国生，楚国长，没错！

伍　长　你是楚国哪里人？

墨　翟　郢都乡下人，以前种田，所以脸黑……

伍　长　听说楚国人都生得矮小。

墨　翟　不错，在楚国连我睡觉的床都没有。说起来，我老辈子还是你们齐国人。

伍　长　那你是个杂种啰？

墨　翟　也不能这么说，你我都是华夏的种嘛。

伍　长　楚王今年在位多少年？

墨　翟　在位40年，我们楚王治国刚强，从来不容别国欺负楚国，可不像鲁国国君，胆小怕事！

伍　长　你怎么知道齐军会攻占郱娄百工之地?

墨　翟　这是我酒后失言,说了醉话。不过,军爷你知道,我们干账房这一行,生性好算计。打我在这一带跑车起,齐鲁两国的边界线,从蒙山移到泰山,又从泰山移到泗水,前边有了这三,我自然就算计到四上去了。有时算计对了,有时又算计错了。就像做买卖,有时赚了,有时赔了……

【庄信赶紧来打圆场。

庄　信　军爷赶路辛苦,我也来不及招待,拿着这两壶酒钱吧。下回来,给军爷带几样我们楚国的好东西。

【伍长用剑尖挑过钱袋,策马回头。

【庄信对车夫甲吩咐道。

庄　信　你先走一步,去目夷谷报信。

21. 途中（日,外）

【庄信的车队,一字排开,行进在平原上。

22. 目夷谷村口（清晨,外）

【庄信的车队,正在向村口行进。车上的帘子一个个地掀起来,工师们探出头,看见了村头的那块巨石,"目夷谷"的摹刻。

司马工师　……目夷谷!

公孙工师　……到家了!……

【目夷谷的男女老少,倾家而出,聚集村口。

【晨曦中,远远可以看到期盼亲人的人群。两群人互相发现对方之后,立即骚动起来。车上的人,纷纷跳下来,没命地冲向前去。

【高石带着年轻的匠人迎过来,后面是铺天盖地的一群目夷谷的男女老少。

【两组人群,呼啸相迎,碰撞、聚散,呼叫哭喊着融为一体。

【楚国商帮的十几个人,木然而立,各自守在车旁。

【胜工师郑重地捧起小木匣,立即被冲上来的人群紧紧围住。墨翟趁机接过小木匣。

【久别重逢的亲人群里,腾起一阵阵呼喊哭叫的声浪。不知谁高声喊道。

(画外)　墨工师呢?怎么不见墨工师回来?

【这一声发问,像个晴天炸雷,沸腾的人群顿时静止了。

【任工师冲上来,盯住庄信。

任工师　庄先生,墨工师呢?!

【庄信泪水潸然。

任工师　墨工师怎么没有回来?!

【庄信庄重而悲哀地向众人宣布。

庄　信　……请墨工师，魂……魂……魂归故里！

【一个车夫打扮的年轻人，抱着小木匣，肃穆地向人群缓缓走来。人们翘首以待。

【胜工师挣脱家人迎上前去，哭着高喊。

胜工师　……墨大哥……咱到家了！……

【胜师娘从后面冲上来，疯了似的抓住庄信。

胜师娘　……我的墨翟哪？！……

【墨翟取下头上楚国车夫的头巾。胜师娘抓住墨翟，揽进怀里。

【墨翟泣不成声。

墨　翟　……母亲……51位亲人，都回来了……

【撕心裂肺的哭声，震撼着山谷。任工师哭着喊着。

任工师　……送……墨大哥……回家……安息吧……

23. 墨工师家院子（日，外）

【墨翟捧着父亲的灵骨，进了墨家老宅。

【胜绰和胜师娘扶着痛不欲生的胜工师。

【任奶奶率先跪下。栀妹和任工师接着跪下。百工坊的男女老幼，全都跪下。
满满一院子的人，撕心裂肺的哭声再起。

【不知什么时候，天上飘下了雪花。

24. 墨母坟冢（黄昏，外）

【墨翟把父母合葬一处。愈来愈大的雪片，满满落在坟头，把它们一层层紧裹。
栀妹陪着墨翟，长跪在父母墓前。他们身上的重孝，已经和雪色无法分辨。

【飘飘洒洒的大雪，不停地下。突然山谷中卷来一股旋风，由远而近，在墨母
墨父坟上卷起雪旋，直上云霄。

【墨翟目送着升腾而起的雪旋，用嘶哑的声音喊着。

墨　翟　……父亲……母亲……走……好……！儿祝父母……携手远行……

【栀妹打开"八珍盒"，就着鸟鸣，墨翟轻轻吟诵起《小雅·采薇》。

【栀妹陪着墨翟一遍遍地哭吟。

（齐声）　昔我往矣，杨柳依依。

　　　　　今我来思，雨雪霏霏。

　　　　　行道迟迟，载渴载饥。

　　　　　我心伤悲，莫知我哀。……

【漫天大雪，两个坟头淹没了，两个哭坟的人也淹没了，唯有那痛彻心扉的吟
诵声在山谷中回荡……

第六集　论技实巧

1. 目夷谷村口（日，外）

【十辆马车在厚厚的雪路上艰难行进，发出"吱嘎吱嘎"的声响。墨翟与庄信跟在车队后边，并肩走着，不觉送出很远。

庄　信　……墨老弟，说了这么多，你还是不肯跟我去楚国做生意。

墨　翟　先生此举，仁义过人，智谋过人，墨翟将终生视您为恩师！

庄　信　什么恩师不恩师的，咱俩要是办一个车坊，准能发大财。

墨　翟　可是，先生不知，我心中早已有一个夙愿，就是想去京城读书。

庄　信　天下通例，十个匠人的劳作才养得起一个读书人，你去京城读书，得多少钱哪？可惜，咱们这次的钱，都给了项子牛那个王八蛋，我一时帮不上你的忙了。

墨　翟　先生的义举和恩情，墨翟已经终生报答不尽啊！

庄　信　墨师傅，已经送出很远了，再送就到楚国啦！

墨　翟　是啊，我们光顾说话了。

【墨翟拿出十个"车辖"，郑重地递给庄信。

墨　翟　这十副备用"车辖"，是专门给最好的客户准备的终生信誉。以后，车子出了毛病，无论我在不在，是不是你亲自来，凭车辖，百工坊车坊，随到随修。

【庄信郑重地接过车辖，交给车夫甲。

庄　信　送人千里，终有一别，就此分手吧！

墨　翟　后会有期！

【双方深揖相别。墨翟驻足，目送车队消失在茫茫雪原中。

2. 车坊工场（晚，内）

【车坊的工匠和徒弟们围着墨翟。

高　石　……你怎么就一眼看穿，自己能斗过项子牛？

墨　翟　任工师不是跟咱们说过，要买木料，就得学会相树吗？任工师一上眼，就能看出这株檀树能出几挂车，是上等料、中等料，还是中空的朽料……

高　石　不过这相树，同项子牛有什么关系？

墨　翟　制车要学会相树，同项子牛打交道，就要学会相人！

高　石　人，也可以相？

墨　翟　相人呀，比相树更重要。那天，我一见项子牛那副显摆样子，就知道自己遇到的是一棵中间空了的朽树。世间大凡耀武扬威、弄权作势的人，都是靠这一套来掩饰自己。"肉食者鄙"嘛……

车工乙　"肉食者鄙"，是什么意思？

墨　翟　膏粮其食，丝绢其衣，脑满肠肥，醉生梦死的人，他们的智慧必然低下，人格必然随之沦落。

车工甲　你别文绉绉的。

墨　翟　这么说吧，家猪斗不过野猪，家狗斗不过野狗，知道为什么嘛？

车工甲　那是当然。家猪吃得太好，家狗跑得太少。

墨　翟　对！世间那些靠大鱼大肉生存的王公大人们，整天不吃苦，不下力，脑子慢慢就笨了，身体慢慢就蠢了。但是他们要披上一件耀武扬威、弄权作势的外衣，以防自己的低能被人识破。你们呀，只要学会用智慧、用胆略去跟他们斗，就会让他们失败在虚假的傲慢之中！

【高石把墨翟悄悄拉到一边，然后"扑通"跪下。

高　石　高石拜墨翟为师！

墨　翟　你开什么玩笑？

高　石　请师傅教我怎么"相人"？

3. 胜工师家（日，内）

【饭桌上，四个人围坐。胜工师自己不吃饭，却不停地给墨翟夹菜。不等墨翟吃完，又把第二碗给他盛了上来，连胜师娘看了都觉得惊讶。

【胜绰看了，把自己的饭碗伸给父亲，让他盛饭。胜工师狠狠瞪了胜绰一眼。

胜工师　自己去盛。

墨　翟　你怎么不吃？

胜工师　你正长身体，要多吃。

胜　绰　我也长身体！

【胜师娘把自己的饭菜拨给胜绰。

4. 胜工师卧室（夜，内）

【月光照在胜工师的脸上，胜工师翻来覆去地睡不着。胜师娘翻身坐起。

胜师娘　……要是说说心里痛快，我就陪着你再说说。

胜工师　……墨师兄是绝食而去的啊！

胜师娘　我就知道他性子刚烈，不会凭他们摆布……

胜工师　他是想了这个法子，对付项子牛。

胜师娘　那就没有其他法子了？

胜工师　他说用自己一死，换来项子牛放人。他不让我们绝食，一个也不让……

【胜师娘长长地叹了一口气。

胜工师　……我是眼看着墨师兄，活活饿死的！……我一看见墨翟吃饭，心里就蹈海翻江，恨不得把整个米缸，都倒给他……要是看不见墨翟吃饭，我这心里就像刀剜似的……我怎么没有劝住他呵！……

【胜工师孩子样地嘤嘤哭泣。胜师娘心痛地把胜工师抱在怀里。

5. 车坊账房（日，外）

【一群工师模样的人簇拥着任工师，争喊着。

（争喊声）任工师，你也让你的小国工到我们铜镜坊里给指导指导吧？

任工师 墨翟又不是干铜镜的，指导不了。

（争喊声）隔着国家他都能去救人，还有什么干不了的？

（争喊声）你看那陶坊的快轮，多好使呀！

（争喊声）就是，我看墨翟除了产婆的事干不了，没有干不了的！

【众大笑。

【四十开外的染坊公输工师进来，扒开围着任工师的人群。

公输工师 任工师呀！

任工师 哎呀！公输工师怎么得闲过来呀？

公输工师 还不是让你那个墨翟勾引的。我们染坊也要请墨翟去长长眼色！

任工师 连你们染山都要请墨翟，我这车坊的活儿，还干不干了？

公输工师 任工师，你可别当老抱鸡，墨翟是你们百工坊的墨翟，染山离得也不远，我们目夷谷，谁家都能使。大家说对吧？

众　人 就是！墨翟是我们目夷谷的墨翟！

任工师 行呀行呀，那就排队吧。

公输工师 排队？我当然是第一个，你们百工坊靠得近，就我染山远，先得尽我。

（争喊声）那你用完了，我用。

（争喊声）我是第三也行。

（争喊声）先尽你们，有我一个就行。

任工师 好好，各位工师，让墨翟一个一个地好生伺候你们，总该行了吧？

【各工师先后满意离去。

6. 车坊工场（日，外）

【任工师带着公输工师进来。

任工师 墨翟呀！来，见过染坊公输工师，这是咱们远近闻名的好染匠！

墨　翟 见过公输工师！

任工师 墨翟呀，现在你的名气比我的大，自从你测算出轮周制作数据，想请你去的作坊已经排着队等了。这不，染坊公输工师，今天是专门在这等你。

墨　翟 不行！不行！这染坊的事，我是一窍不通，我去了，要出丑的！

公输工师 染丝、染麻的事，用不上你，我请你去，是帮我制作几件染匠们用的器具，都是木匠活儿。墨师傅，这，总该行吧？

墨　翟　那……我只能去看看再说……

公输工师　怎么样，咱说走就走？

任工师　公输工师，我可有话在先，不能难为他，他能看出点门道，定会帮你，看不出门道，你就放他回来。别看长了个傻大个子，其实，还是个孩子。还有，他干起活儿来，不知道吃饭，你别饿着他……

公输工师　看你叨叨个没完，真像个老抱鸡！墨师傅，咱们走。

【公输工师夹着墨翟的胳膊就往外走。任工师心痛地直摇头。

7. 染坊工场（日，外）

【场区内，晾晒着五颜六色的染织品，有如一座百花盛开的花园。场区中心是染色区，一排染缸，盛着各色染液，一口硕大的染锅，热气蒸腾。公输工师领着墨翟看着走着。走到哪里，工匠们只向公输工师打着招呼，无人理睬这个人生面不熟的年轻人。

公输工师　主要工序都看了，你还要看什么？

墨　翟　要改进器具，我得先当几天染匠，然后才能动手。

公输工师　你还要当染匠？

墨　翟　每个工序，我各干三天。对匠人们，就说我是个杂工，省得他们赶我走。

公输工师　这可得让你受委屈了。

墨　翟　好，说干就干！

【公输工师满意地看着这位做事爽快的年轻人。

8. 染坊工场染锅前（日，外）

【炎热的夏天，再加一口蒸锅散发着炙人的热气，染匠们除下身稍有遮挡外，几乎是赤身露体。墨翟也学着他们的样子。

【染匠领工是个30多岁的熟练染匠，他高喊一声。

染匠领工　开……搅……！

【众染匠用长杆，不停地搅拌染锅里的织物。墨翟学着他们的样子，上前搅拌，只是靠染锅近了一些。

染匠领工　那个杂工，走开！烫死你！

【墨翟向后退了一步，仍在争先恐后地干活。

【染织物在染锅里沸腾着。

染匠领工　（又一声高喊）起……料……！

【众染匠各持一把短棒，把织物从锅中搅在棒上，运达晾晒处。墨翟也依照染匠们的样子，把织物运出。

9. 胜工师家（夜，内）

　　【天已经很晚了，胜工师和胜师娘都在等着墨翟。

胜师娘　你去睡吧，我等着就行。

　　【胜工师听见墨翟的脚步声，连忙站起来，迎出去。又拉着墨翟的手进来。

墨　翟　母亲，这么晚了，还没睡？

　　【胜师娘拿着扫帚，胜工师接过来，亲自扫着墨翟身上的土。墨翟觉得很不安。

墨　翟　我回来太晚了。以后，不用等我，你们先睡就行。

胜工师　墨翟呀，饿不饿？锅里有饭。

墨　翟　公输工师给吃的小灶。

10. 胜工师家墨翟房间（夜，内）

　　【墨翟说着进到自己房间。一进来，就没头没脑地鼓捣起他的试验来。

　　【胜师娘跟着进来，悄悄用手比量着墨翟的肩膀，显然在量衣服的尺寸，可是量不成裤子。

胜师娘　墨翟呀，灯里没油了。

　　【墨翟答应着起身去添油，他一站起来，胜师娘连忙用手去量墨翟的裤长。

　　【胜工师进来，端起油灯。墨翟朝他笑了笑。

墨　翟　你放那吧。

　　【胜工师仍然举着油灯。

墨　翟　这举着多累，放下正好。

　　【胜工师就是举着不放下。

胜师娘　他爹，你先去睡吧。

　　【胜工师不动。胜师娘连推带劝。胜工师抓住门框。胜师娘把胜工师弄出墨翟房间。

11. 胜工师家（夜，内）

胜工师　……你再让我和墨翟待一会儿吧！……

胜师娘　你说你这是怎么了？

胜工师　……就待一小会儿……还不行吗？……

12. 胜工师家墨翟房间（夜，内）

　　【墨翟听见外面的对话，心中非常不安。

胜师娘（画外）　有你这样的吗？一个大小伙子了，你还能搂在怀里？

胜工师（画外）　……我想含在嘴里……

胜师娘（画外）　你真是不知怎样对墨翟才好！

13.胜工师家（夜，内）

胜工师 ……他是我儿子！……

胜师娘 你对胜绰也从来没有这个样啊？

胜工师 ……他是墨老哥的儿子啊！……

14.胜工师家墨翟房间（夜，内）

【墨翟努力使自己镇定下来，可是枉然，他什么事也做不下去。

15.陶坊工场（日，内）

【墨翟一进来，立即被一群女陶工围了上来。

陶工甲 墨翟！墨翟！你怎么不给我们做脚踏快轮？

墨 翟 师傅们用着顺手了吗？

陶工甲 早就顺手了！

墨 翟 不再手忙脚乱了？

陶工乙 那都是老皇历了！

陶工丙 墨师傅，快给我们做吧！

墨 翟 不做了，不做了。

陶工乙 我们不是不给钱，为什么不给做？

陶工甲 都说你墨翟心大，原来只装得下一个栀妹呀！

【栀妹听见这边的吵闹声，走过来。

墨 翟 ……我是说，跟栀妹手中一样的制陶器具，我不做了！

众陶工 造旧的，还用得着找你？

墨 翟 师傅们，误会了！误会了！……

栀 妹 是误会了，墨师傅跟我说过，我用的那台快轮，他又有新改进，再造，要造得比我手里那台更精巧！

墨 翟 对，我给你们造更好的！

众陶工 那我们可等着。

【众陶匠散去。

栀 妹 有事吗？

墨 翟 没事就不能来看看？

栀 妹 自从从齐国回来，你成了百工坊的大忙人了，连父亲都看不见你。

墨 翟 还不是他把我派去染坊干活的。

栀 妹 那是干活？

墨 翟 那是什么？

栀 妹 是当大拿！

墨 翟 大拿也好，小拿也罢，我有事求你。

栀　妹　说吧。

墨　翟　我白天在染坊，晚上回来要熬夜，弄得胜工师一家，老给我等门……

栀　妹　知道了。

墨　翟　我还没说完，你知道什么？

栀　妹　知道就是知道呗。

16. 胜工师家（日，内）

【胜工师一家三口正在吃饭，栀妹进来。胜绰高兴地叫起来。

胜　绰　栀妹！栀妹！

胜师娘　不许乱叫！

栀　妹　干娘、干爹！

胜　绰　你也不来，你干娘可想你了。

胜工师　栀妹，墨翟辰食吃的什么？

栀　妹　干爹，墨翟那边有公输工师的小灶，辰食、暮食，哪一顿也比你们吃得好。你也不问问我吃了没有。

【胜绰把自己的碗推给栀妹。胜师娘给栀妹盛了饭来，又把胜绰的饭碗推给胜绰。

胜师娘　你干爹，现在心里只有一个墨翟。

胜工师　墨翟不知道吃饭，你可别大意了。

【栀妹故意把碗一推。

栀　妹　你要是老墨翟墨翟的，我这就走！

胜师娘　你个傻孩子，跟他老头子一般见识，快坐下吃饭。

栀　妹　我听说，有这么一句话，"要得小儿安，耐得三分饥与寒"。你们把墨翟捧在手上怕丢了，含在嘴里怕化了，这墨翟不就被惯得要有病有灾了吗？

胜工师　不许胡说！

栀　妹　我没胡说。我看墨翟得回他们墨家老宅，自己单独过了。

【胜工师一听，立刻心痛地抱着胸口，把头埋进怀里，仿佛把墨翟紧紧抱住似的。

【胜师娘给栀妹使眼色，让栀妹别再触动胜工师。

栀　妹　干爹，你知道心疼墨翟，可是你不知道，你们的爱，更让墨翟心疼啊！

【胜师娘不解地看着栀妹。

栀　妹　你们说，墨翟冒着那么大的危险去齐国救亲，是为了什么？不就是为了百工坊家家都能团圆吗？可是你们胜家，好好的三口人日子，却因为他墨翟，成天牵肠挂肚，一家人围着他转，墨翟这样的胸襟，他能好受吗？

【胜工师渐渐松开怀抱，抬起头来。

栀　妹　墨翟这种人，是想着别人的，只要有人想着他，他就得蒙。路，不会走了，事，也不会做了，老是觉得欠债一样，六神无主。我担心呀，他这样下去，干活的地方又是刀呀斧呀的，没准会出什么事……

胜工师　他这性子得改一改，没爹没娘的孩子，就是得有人疼啊！

栀　妹　谁说墨翟没爹没娘，你们就是他的再生爹娘啊！

【胜工师已经恢复了原来的样子。

栀　妹　不过，就是亲爹娘，儿子大了，也有个独立门户的时候。

胜工师　不行。现在不行！

栀　妹　什么时候行？

胜工师　结婚的时候，再说。

栀　妹　这染坊、陶坊、铜镜坊……都嚷嚷着要给墨翟提亲，你总得让墨翟先支起个门头，自己过过日子，人家姑娘才能相信他是个男子汉吧？

胜工师　真的？你说的是真的？他们都要给我们墨翟相亲？

栀　妹　是呀。

胜工师　那墨翟呢？

栀　妹　墨翟当然不好意思说啦。

胜工师　孩子他娘，快吃了饭，去收拾墨家老宅。

胜　绰　我也要相亲。

胜师娘　挂你哥哥裤腰带上吧！

17. 墨工师家（日，外）

【栀妹和胜师娘两个人打扫墨家老宅。

胜师娘　你这个小嘴呀，吧嗒吧嗒地，说得你干爹，踏踏实实地交出了墨翟。

【栀妹起劲地打扫着房子。

胜师娘　可是这墨翟不知道吃饭，也不会做饭，一个人过，我可不放心。

栀　妹　那是你们喂得他从来不知道饿。他自己过，饿了就会吃的。

胜师娘　看你这么大个人了，怎么就不知道心疼人。反正我得来给他做饭。

栀　妹　染坊的活儿，好几个月完不了，墨翟在那吃小灶，干妈放心吧。

18. 染坊晾晒场（日，外）

【晾晒场上，万里无云。染匠领工大声吩咐。

晾晒领工　今天是个好天气，大伙把棚里的布，都拉出去，晾的晾，晒的晒，傍天黑，打包入库！

【墨翟在细心观察着这里的晾晒设施，竟忘了手里的活儿。

晾晒工匠　哎，那个小杂工，看什么光景，小小年纪，先学会了偷懒！

【墨翟只得加快运送脚步。

【棚内湿漉漉的染织物，已全部运出，置于晾晒架上，匠人们开始歇息。

【不久，天空浓云飘过。

【墨翟一个人，围着晾晒架看来看去。有人说他。

（画外）傻小子，还不趁机歇着，一会儿还得玩命地干哪!

【天空阴云密布，一场盛夏的瓢泼大雨顷刻而至。

【匠人们奋起，拼力收进晾晒之物。终究抵不过天力，染织物被雨淋得一塌糊涂。

【工匠们身上已经不成样子了，湿淋淋地，花里胡哨，整理着被收进的染织物。

【公输工师冒雨走进晾晒棚，沉着脸看着这一切。

染匠领工　东家，今天，老天这张脸，是个娃娃脸，变得我们措手不及……

公输工师　这批货，都得打入三等啦……棚内一片忙乱。墨翟看着若有所思。

19. 墨工师家（黄昏，外）

【墨翟来到许久不曾回到的墨家老宅。他推开大门，进去。

20. 墨工师家（黄昏，内）

【墨翟恭敬地站在父母房前。

墨　翟　父亲! 母亲! 儿子回来了! 从今往后，我们还住在一起。儿子每天给你们请安!

21. 墨翟灶间（黄昏，内）

【墨翟进了灶房，准备做饭。突然发现锅是热的，打开一看，里面有热气腾腾的饭菜，不免心中一惊，诧异地自言自语。

墨　翟　这是谁给烧的?

【然后，墨翟拿出麦饼，自己安慰自己。

墨　翟　先吃了再说!

【墨翟一边吃着，一边走进书房。

22. 墨翟书房（夜，内）

【墨翟把堂屋开辟为书房，同时兼作他的试验室。在这处战国时期最早的私家试验室中，墨翟正在试验和制作染坊器具。两件染坊器具，已经接近成型。

【夜深了，墨翟起身，掸去身上的刨花和尘土。看见案几上摆着咬了两口的麦饼，拿起来就吃。

23. 染坊工场（日，外）

【墨翟带着他制作的模型，在公输工师的陪同下进来。

公输工师　我想改进一下染坊的工艺，特地请来一位名匠，给我们制作器具……

【大家不约而同地把脸转向墨翟。

公输工师　墨师傅是百工坊车坊的"国工"……

染匠领工　哟! 这不就是小杂工吗?!

公输工师　墨师傅给我们做了两件宝物，现在请他讲给大家听听。

墨　翟　各位师傅，我根据十天的亲身所见，做了这两件器具，都是听了大家的想法。行与不行，有什么改进，大家尽管说出来。

【染匠们小声议论着，透出奇异又有几分不信任的目光。

【墨翟把一个模型搬出来。

墨　翟　这一件，叫"仙人臂"，是架在染锅上的。它前面是个可以自由转动的轮子，轮子下面，延伸出一个三尺长的轴，轴上伸出十根辐杆，下到锅里能顶十个匠人的同时搅拌。提出水面，则可把染织物挂在辐杆上，等染浆滴干后，就可直接晾晒。

染匠领工　这玩意干活，得几个人哪？

墨　翟　干活时，只用两个人，像推磨一样，转动轮子就可以了。

【染匠领工试着推了一下"仙人臂"。

染匠领工　并不费劲嘛。推的人，离染锅有多远？

墨　翟　距染锅一丈远，不够，再加长推杆，就行了。

染匠领工　刚从锅里捞出的织物，湿漉漉的，分量很重，你的这个"仙人臂"，吃得住吗？

墨　翟　我是按五百斤设计的。如果分量加大，把立桩外侧的杠杆加粗一点就行。公输工师，淋在锅里的染浆，还可以再用吗？

公输工师　可以再用，这个"仙人臂"把染浆淋在锅里，就是一笔不小的节省。

墨　翟　大家还有什么要问吗？

众　人　清楚了。明白了。

墨　翟　我们再说下一件。师傅们可曾记得，那天下暴雨。

【染工们七嘴八舌地说起来。

众　人　那回呀，可把我们累惨了！也把东家赔惨了！谁也管不住老天，谁知道它什么时候下雨？连个招呼也不打……

【墨翟把"螳螂车"模型移过来。

墨　翟　我们的晾晒架是死的，我想，能不能把它移动起来……

【众染匠惊奇地伸过头来。

墨　翟　我仿照螳螂的样子，做了这辆车，就叫"螳螂车"吧。这是螳螂的前爪，好天时把前爪支架伸展开（做着移动支架和折叠支架的演示）。这样，受阳面大，日晒充足。如果老天变脸，我们就推着车子跑。雨再快，也快不过我们推车。

染匠领工　哎呀！我们淋了多少场雨，就没淋明白！你这个小杂……哦，小国工呀，怎么一场雨，就把你给淋明白了哪？

【大家笑着。

染匠领工　这"螳螂车"，一次能晾晒多少？

墨　翟　少则五百，多则千斤……

染匠领工 足够了！足够了！

染匠领工 只是……这木支架嘛……有点麻烦。

墨　翟 愿听师傅指教。

染匠领工 得用生漆呀，漆它个十遍八遍，以免染品相互传色。

墨　翟 说得对！

【工匠们纷纷争看"仙人臂"和"螳螂车"，试着说着，兴奋不已。

24. 车坊账房（日，内）

【公输工师进来。

任工师 墨翟还没使够呀？什么时候还给我？

公输工师 订货！

任工师 订什么货？

公输工师 20副"仙人臂"，20副"螳螂车"。

【任工师看着公输工师拿来的样货。

公输工师 这都是墨翟给我鼓捣出来的！

任工师 我可不给你做。

公输工师 怎么？你嫉妒了？我就知道你，看着年轻人起来了，心里不服气。

【任工师伸出一个手指。

任工师 不，我各做一台。

公输工师 怎么，你怕我付不起钱？

任工师 我的墨翟，在你们眼里是师傅，在我眼里还是孩子。他就是长了十双眼，这才几天？总有看不周到、想不周到的。我给你先做一台试用，不行再改，等定型了，再批量做，也不迟嘛。

公输工师 嗨！生姜还是老的辣，不服不行呀。

25. 任工师家（夜，外）

【栀妹和墨翟一块下工回来，走到任工师家门口。

【栀妹挡住墨翟。

栀　妹 今晚有你的饭，你走了，奶奶会生气的！

墨　翟 我自己会做饭。

【任奶奶闻声出来。

任奶奶 会做饭？会做饭了也得常回来，别忘了好让我摔摔你呀！

【迟师娘一步跨过来，拉着墨翟，二话不说，扭头就走。

【胜师娘迎面赶来，看着墨翟被迟师娘拉走，只恨自己来晚了。

【胜绰在后面喊着。

胜　绰 哥哥！妈妈让你回家吃饭！

26. 墨翟灶间（晚，内）

【栀妹带起墨翟家的围裙，忙着整理灶屋，墨翟给她打下手。

墨　翟　栀妹，街上都传着，说你是百工坊最巧的巧手！

栀　妹　是吗？（看了看自己的手）没看出来。

墨　翟　你说，这人世间，手最巧的是什么人？

栀　妹　当然是匠人！

墨　翟　匠人中最巧的，又是什么人？

栀　妹　会造新器具的人，（用手指戳在墨翟额头）就是你呗！

墨　翟　那我在陶坊给你当徒弟，你不是还说我笨手笨脚吗？

栀　妹　你这个人呀，不如我手巧，你是心巧！有一笔账，我不知你是怎么算的。

墨　翟　什么账？

栀　妹　你计算出车轮数据，赚钱的是我父亲。你为染坊制作仙人臂、螳螂车，得益的是公输工师。你做的制陶快轮，得益的是陶坊主和陶匠们，你呢？你得到什么了？你什么也没得到，为什么还那么卖力气？

墨　翟　我是这么算的。我做的车，一辆顶两辆使用，世上的乘车人，就会从过去的五人变为十人，长此以往，乘车的就不再是贵族的特权。我做的仙人臂、螳螂车，一个匠人可顶三个匠人做活儿，世人所得色布，就会从五尺变成十五尺。我做的脚踏快轮，世人所得陶器，就会从一件变成两件、三件……以前，人们拼命织布，那样效率太低，只有发明新的器具，计算出新数据，才行。你说是吧？

栀　妹　那你不累吗？

墨　翟　可是我想，这样做得愈快愈多，天下的"三患"之人，就愈能尽快得到解救。栀妹，你不觉得，发明新的器具，比咱们自己织布的办法，要好得多？

【栀妹点点头。

栀　妹　那我保证，你只要计算出来，不管什么样的陶具，我都给你制造出来。

【墨翟突然沉下脸。

墨　翟　可是，自从见到项子牛那副好战的嘴脸，我才明白，天下的"三患"之人，只靠技艺是救不过来……

栀　妹　食患不饱，衣患不暖，劳患不歇……

墨　翟　对，这"三患"之人，光靠技艺是救不过来的，一场战争爆发，就是三不患的人，也会因此丧命。我还要走出目夷谷，为反对掠夺他人的战争，大声疾呼！

栀　妹　从齐营回来，我就觉得你变了。父亲说你是葬父悲伤。我却觉得你是另有心事……

27. 陶坊工场制陶间（夜，内）

【陶匠们都已经下班，偌大的制陶间里只有栀妹一个人，她正在制作一件器具。

【这是一件非同寻常的器具，已经看清是一只立在托盘上的飞鸟。飞鸟鼓鼓的肚子、尖尖的长嘴，栀妹在上面精心勾勒着。侧面闪动的炉火，映着栀妹的脸庞，衬着她那双灵巧的素手。

28. 染坊账房（日，内）

【公输工师的染坊账房，要比车坊账房气派得多，五颜六色的丝麻织品整齐地摆放，如同一个陈列室。公输工师正在账房忙碌着。

【公输家人匆匆进来。

公输家人 禀报东家，京城的小姐，还有你的胞弟公输般，一起来到……

【公输工师听到这突然到来的喜事，把几案上的账本一收，随家人匆匆离开染坊。

29. 公输家堂屋（日，内）

【公输叔、侄女二人，在堂屋正和公输师娘聊天。

【绛娘依偎在母亲身边，静静地端详母亲那张慈祥的脸。绛娘是公输兄弟两家独有的娇女，年方十五，面目清秀，大家风范，文人气质，一身京城装束。

【绛娘的叔父公输般，通名鲁班，是被神化的战国巧匠。他一身士人装束，四十开外，身材高大，脸庞刚毅，神情通达，气度不凡，令人敬畏。

【公输师娘高兴地合不拢嘴。公输工师从外匆匆赶回，远远地就喊着说。

公输工师 家弟！家弟！你来也不打个招呼！你可是有年头没回来了！

【公输般口称"兄长"，起身迎出来。

公输工师 怎么这门口还有楚国的官车？

公输般 要不是这次楚王迁都，重建王宫，要我去为他们长长眼色，我们还不知道什么年月能见面呢？

【绛娘叫着"父亲！"上前行礼。

【公输工师看着出息得一表人才的女儿。

公输工师 好哇！好哇！我们小绛娘出息成大姑娘了！

绛 娘 我是搭乘楚国的官车，跟叔父一起来的。

公输工师 那你多住些日子，等叔父从楚国回来，你们再一起回京城。

【绛娘撒娇地。

绛 娘 不，凭什么老叫我一个人待在京城，我想待在目夷谷。

公输工师 你待在这儿干什么？

绛 娘 看父亲的胡子，看母亲的脸！

公输师娘 为娘的都让你看得难为情了。傻孩子，这里读书不如京城方便。小镇生活，恐怕你也过不惯了……

五十二集大型

历史电视连续剧

墨子

绛　娘　就过得惯嘛。我一路上看，这里山清水秀，远比京城里吵吵嚷嚷好得多。

公输工师　哦？京城里怎么吵吵嚷嚷了？

绛　娘　京城里的鲁君，与实际掌握权力的执政斗得热火朝天，他们不见明枪，只放暗箭。这季孙氏、叔孙氏、孟孙氏"三桓"之间，也是台下斗鸡，台上斗人，堂堂一国执政，尽是些鸡零狗碎的事，也不怕我们女流笑话！

【公输工师和夫人不由自主地交流了一下，高兴地说。

公输工师　哦，我们的小绛娘，真的长大了，留意起国家大事来了。

绛　娘　士人圈子里，抨击时政，也没有什么新鲜的。整天就是礼仪等级不对啦，什么天子祭祖该用八佾舞，国君祭祖只能用六佾舞呀，大夫祭祖嘛，四佾舞就正合周礼啦……烦不烦！……

公输般　这京城曲阜呀，真的没有一件叫人听了高兴的事。不说绛娘听腻了，我也巴不得躲着那帮人。可是这"三桓"之家，今天起宅，明日修墓，老是缠着我不放。所以，这次楚王请我去，我立马脚底抹油，赶快溜……

公输工师　家弟，这次能住多久？

公输般　嗐，由不得我啊，楚国的官车还在外面等着呢。

公输工师　公事在身，只能依你！可怎么也得停留停留？

公输般　住两日吧。

公输工师　（对公输师娘）你还不快去备饭。

绛　娘　我也去。

【绛娘抱着母亲的胳膊走了。

公输般　兄长，这染坊，经管得可好？

【公输工师沉下脸，摇摇头。

公输工师　难呀！销往京城的染丝，常被退货，现在的主顾们，可是挑剔得很哪！

公输般　我劝兄长，改行，开木工作坊。到时候，我还能帮帮你。

公输工师　转行也难。不过，你抽时间还是到染坊看看，别光是帮楚王，也得给你自家兄长，长长眼色呀！

公输般　好，好，我明日就去。你忙，我有小绛娘陪着就行。

第七集　邂逅鲁班

1.染坊工场染锅前（日，外）

　　【染匠们流畅地使用着仙人臂，在染锅里有节奏地搅拌、起锅。然后，一辆螳螂车把染织物晾晒均匀，缓缓推走。干完活儿的匠人们，完全不顾忌一旁的两位看客。

　　【看得出神的公输般和绛娘，小声议论着。

染织领工　京客，你们看了挺新鲜吧？

绛　娘　是新鲜！真新鲜！

染织领工　这叫"仙人臂"。刚推走的那一件嘛，叫"螳螂车"！

公输般　好名字呀！

　　【公输般走上前去，掏出随身所带矩尺，测量着轮子的直径，把耳朵贴近轮毂，听不到一点"吱嘎吱嘎"的声响，他连连点头。

公输般　这轮子，做得十分精巧，轮毂里还装上铜轴。你这穷乡僻壤里，竟有如此高超的匠人？

绛　娘　叔父，我可从来没听你夸奖人，你该不是看走了眼吧？

公输般　我是吃这碗饭的，没人骗得过我！……不知这两件宝物，谁人所做？

染坊领工　两件宝物嘛，都是百工坊的一个小杂工做的。

公输般　你说什么？

绛　娘　小杂工？

染坊领工　你们京城来的，要听这小杂工的故事吗？

绛　娘　你说好了。

染坊领工　那我得先问问你们，二位听说过鲁班吧？

　　【公输般与绛娘交换了一下眼色。

绛　娘　小杂工和鲁班有什么关系？

染坊领工　这小杂工，他来到世上，就是专门跟祖师鲁班比赛能耐的。

公输般　哦？

染坊领工　自从这小杂工来到目夷谷，鲁班三年没敢在目夷露面。你说怪不怪？

公输般　是吗？

染坊领工　小杂工和鲁班，这一老一少，要是见了面呀……

绛　娘　那会怎样？

染坊领工　自然是一场能耐大拼比！

绛　娘　那你说，他们，谁输谁赢？

染坊领工　当然鲁班本事大，操有胜券。

绛　娘　那还有什么看头？

染坊领工　不过，鲁班也有疏忽的地方……

公输般　请问鲁班有何疏忽？

染坊领工　这鲁班的疏忽，还出过大事，天大的事哪！

公输般　快快请讲。

染坊领工　二位慢慢听我道来。话说呀，鲁班的老母在家里闷得慌，叫儿子做辆车，出去游逛游逛。鲁班是个孝子，费了九九八十一天，做了一辆车。这车呀会自己行走。老人坐上去，别提多高兴了。鲁班这里打开机关，车子就吱吱扭扭地上路了。这一路上，风光那个好哟。老人愈看愈高兴，满头的白发，一会儿就变成了一头青丝。鲁班给老母带了好多吃的喝的，老人坐在车上，吃着喝着，忽然想去方便……

公输般　那就赶快停车呀！

染坊领工　是呀，谁承想，鲁班只做了开车的机关，忘了做停车的机关。这车子呀，就像脱缰的野马，一路不停啦……过了东海，去了爪哇国……咕噜咕噜是"一去不返"呀！你们猜怎么着？

公输般　你说怎么着？

染坊领工　鲁班这个大孝子呀，就这样把自己的老母，给丢了……

【众人哄堂大笑。公输般的笑中有些与众不同。

【绛娘笑得前仰后合，小声地对公输般说。

绛　娘　……我祖母……要是听了……准不敢再坐……你的车……

公输般　……我说这位师傅……你见过鲁班吗？

染坊领工　鲁班？那可是匠人的祖师爷，见了他，还不折煞我了？

公输般　你说的这些虚虚实实……可这两件宝物，确实出自百工坊工师之手吗？

染织领工　工师？那可是"国工"！

公输般　"国工"？目夷谷什么时候出了"国工"？

染织领工　全目夷谷没有不知道的。

公输般　既然这样，我得会会这位"国工"。

绛　娘　我倒要看看他有多大本事？

【公输工师过来。

公输工师　看得如何呀？

公输般　目夷谷竟然有位国工？你快给我把他请来。

【公输工师吩咐染坊领工。

公输工师　你亲自去请墨师傅！

2. 染坊账房（日，内）

【账房中，公输工师和公输般在等待着墨翟。绛娘不时向门外张望，显然等得有些焦急，把手绢都绞了起来。

公输工师 要不要再派人去请一下？

公输般 不用！

绛　娘 就是，这么大的架子。

公输工师 你呀，在曲阜坐惯了车，不知我们目夷谷的匠人，再远都是走路。这百工坊离咱们染山，少说也得有十里地……

【公输工师看见墨翟过来了。

公输工师 哎哟，墨师傅来了！

墨　翟 公输工师，你要我来，怕是器具出了什么毛病吧？

公输工师 不，不，一切正常。只是京城来的两位客人，想见见你……先来认识一下，这位是我胞弟公输般……

【墨翟吃惊地愣在那里，然后诧异地问。

墨　翟 我没听错吧，这位客人莫不是天下闻名的鲁班大师？

公输工师 正是……

墨　翟 我听家父提过先生大名！

【公输般惯于被人逢迎，对墨翟的话并不在意，何况他没想到，自己心中的对手原来这么年轻，又惊讶又不服气，只是略一点头。

公输工师 这位嘛，就是小女公输绛娘。

墨　翟 见过公输小姐！

【本是大家闺秀的绛娘，也许是刚才等得急了，对墨翟有些莫名之火，只是居高临下而又非常不礼貌地略做施礼。

绛　娘 我还以为是多大的工师，原来是个小黑脸。

【公输工师对绛娘的态度非常不满。

公输工师 没大没小！

墨　翟 （从容对答）童言无忌。

绛　娘 你也就是个小大人。

【绛娘还要说什么，被公输工师制止了。

【公输般看着绛娘和墨翟斗嘴，乐得如此，不无讽刺地把墨翟往染坊里一让。

公输般 墨师傅，请！

3. 染坊工场（日，外）

【公输般、墨翟、绛娘和公输工师一行来到"仙人臂"前。

【墨翟亲热地与曾经一起做活儿的染匠们打着招呼。

墨　翟　师傅！还好用吧？

染织领工　墨师傅，别提多省力了！

　　【公输般走近"仙人臂"，一副长者风度地看着墨翟。

公输般　你这轮毂里，装的是铁轴，还是铜轴？

墨　翟　是铜轴！

公输般　用铁轴省钱，为什么装铜轴？

墨　翟　染坊的活儿，断不了见水，铜轴耐锈蚀，耐磨，铸造也容易些，制造时价钱
　　　　虽高，用起来还是铜轴划算。

公输般　看来你是造车的，你这转轮和绞齿，都是用的造车原理。照我推测，你这个人，
　　　　虽然小小年纪，还进山伐过木，这杠杆嘛，就是伐木人常用的。

墨　翟　先生，好眼力！

公输般　你这"螳螂车"，是从什么地方学来的？

墨　翟　不怕先生笑话，我小时候喜欢螳螂，那一双长臂，能开，能合，上面还有勾刺。
　　　　那天，大雨淋了染织品，我就想到用它帮个忙，好天能开，雨天能合，构件
　　　　上造有勾刺，正好方便挂物，就造了这辆"螳螂车"……

公输般　有心计，有心计呀！

　　【绛娘大方地走近墨翟。

绛　娘　我想问墨先生，你制作这两件器物，东家对你可有酬谢？

　　【墨翟不解地摇头。

墨　翟　我是匠人，献艺能惠及众人，就心满意足了。

　　【绛娘带几分讽刺的口吻。

绛　娘　我看，这位墨先生，倒是挺容易满足的……

墨　翟　不，以前听家父谈及公输般，我就想，将来能见公输般一面，就心满意足了。
　　　　可是，今天见了，我倒觉得非常不满足，油然生出拜师的念头。（看着公输般）
　　　　我想拜你为师，有些自不量力了吧？

　　【公输般此时对墨翟已经非常喜欢了，但仍然摆出一副师道尊严的样子。

公输般　你这个年轻人，有所不知。我一生从不收徒。

墨　翟　这么说，我终生无缘以先生为师了？

公输般　对我看得起的人，倒是有一个例外。

墨　翟　那么先生可以收我为徒了？

公输般　不，我对看得起的人，愿意发出一个挑战！

　　【墨翟想了想。

墨　翟　墨翟甘愿接受挑战！

公输般　有胆气！

墨　翟　请先生出题！

【公输般仰头思索，看见一只鸢鹰正在天空翔翔。

公输般　好，就以这鸢鹰为题，咱俩各做一只木鸢，其身长不小于真鸢，在空中盘旋
　　　　不少于一个时辰，准备时间嘛，就以一年为期……

绛　娘　不成，不成。叔父，你明年不是应约去北方几国吗？哪里有时间安排来目夷？
　　　　不能定一年为期。

公输般　那你说，几年为期？

【绛娘看了墨翟一眼。

绛　娘　我说呀，以三年为期，你和墨先生都有时间准备，我作为竞赛双方的见证人，
　　　　也有时间到场，你看哪，墨先生？

墨　翟　就依公输小姐，三年为期！

【公输般高兴地伸出手。

公输般　好，咱们击掌！

【老少两代名匠，击掌于众目睽睽之下。

4. 百工坊（黄昏，外）

【墨翟和栀妹并肩走着。

墨　翟　我最近碰到一件怪事，请栀妹帮我解开。

栀　妹　还能有什么怪事？

墨　翟　都好多天了，老是有人帮我做晚饭。我一回来，锅里还热气腾腾的。你说怪
　　　　不怪？

栀　妹　是吗？

墨　翟　千真万确，是有仙人帮我做饭。

栀　妹　你说仙人做的饭好吃吗？

墨　翟　可好吃啦，我都吃得肚子饱了，嘴还不饱哪。

【栀妹咯咯笑着。

栀　妹　那我去看看。

5. 墨翟家门外（黄昏，外）

【墨家有炊烟升起，大门敞开，墨翟拉着栀妹贴着墙边，轻手轻脚地向前移动。

墨　翟　看来，这回仙人现身了……

【两个人在外门静听着里面的声响。

【栀妹先探出头，眼尖地叫起来。

栀　妹　干妈！

6. 墨翟家灶间（黄昏，内）

【胜师娘突然一惊，勺子跌落在地。

【栀妹、墨翟进来。

胜师娘 你这孩子！一惊一乍的，吓了我一跳！

墨　翟 母亲！

【栀妹调侃着墨翟。

栀　妹 不，是仙人。

胜师娘 什么先人、后人，我来看看墨翟这日子是怎么过的？

墨　翟 母亲，你看，我自己过得还行吗？

胜师娘 还行，收拾得挺干净。想不到一个男子汉，收拾得像女人一样仔细。这不，我顺手就把晚饭给你烧上啦，咱娘仨都在这吃吧。

墨　翟 母亲，那前几天……

栀　妹 干妈，他是问你，前几天都忙什么啦？

胜师娘 哦，忙着给你缝棉衣哪。墨翟，你的新棉衣带来了，穿上，叫栀妹看看。

【墨翟高兴地穿上新棉衣，栀妹围着看了一圈。

栀　妹 太好了！这针线活儿！真绝！

墨　翟 你越说好，我越舍不得穿！母亲，我那件还是新的哪。弟弟有了吗？

胜师娘 你整天干活出汗，得两件换着穿。

墨　翟 新三年，旧三年，缝缝补补又三年……给父亲穿吧？

胜师娘 你这么大的个子，谁也穿不了。

墨　翟 我可舍不得穿。

栀　妹 还能压箱底儿？

墨　翟 我看车坊里的徒工，也有没有棉衣的……

【胜师娘和栀妹面面相觑。

7. 车坊账房（日，内）

【任工师和墨翟正在说着公输工师的订货已经做好，有人敲门，墨翟去开门。

【绛娘先进来，和墨翟打着招呼。

绛　娘 墨先生！

墨　翟 哦，公输小姐！

【公输工师随后进来。

公输工师 任工师呀！

任工师 公输工师，货都出齐了，我正准备让墨翟给你送去。

公输工师 岂敢，岂敢。你们家出了两个名师呀！……

任工师 哪里来的两个？

公输工师 就是你那个栀妹呀！

任工师 看你说的，小毛丫头，还成了匠师？

公输工师　我也是刚刚听说，说这一窑烧下来，她的活儿单独码放，全是一等品，胎薄，光滑，敲起来那个声儿，当当响，一点杂音都没有。她做的盘子比铜镜还光滑呢。

任工师　传来传去，小绵羊就传成了大老虎。

　　【绛娘看着制作的样货。墨翟过来指点着。

绛　娘　栀妹是谁呀？

墨　翟　陶坊的工匠。

绛　娘　这个女匠人的手艺果然那么巧？

墨　翟　可能比传说的还要巧。

绛　娘　是吗？这两天尽遇见巧匠了，你带我去看看，好吗？

　　【墨翟看看两位工师对着新式工具正谈得起劲，就和绛娘悄悄溜走了。

8.陶坊工场制陶间（日，内）

　　【墨翟带绛娘到制陶间，看见栀妹正在脱坯。

　　【墨翟走过去，拍了拍正在脱坯的栀妹，跟她说着什么。栀妹站起身，向绛娘这边走过来。

　　【可是并没有绛娘。墨翟环视着工场，到处不见。

　　【栀妹眼尖，一眼看见一个女子，正在脚踏快轮前坐下。原来，绛娘绕过码放的泥坯，已经坐到栀妹的操作台前。栀妹连忙跑回去。

　　【绛娘不管三七二十一，拿过一只粗坯放在脚踏快轮上，打开机关就脱起坯来。粗坯在绛娘手里，不一会儿就变了形。绛娘看着自己都好笑，扔掉再拿一个，继续玩。栀妹上来，握住绛娘的手。粗坯捧在绛娘手里，绛娘的手捧在栀妹手里，栀妹的脚踏在快轮上，粗坯在两双粗细不匀的素手里渐渐均匀细滑起来。粗坯磨光了，两只陌生的手也紧紧拉起了。

绛　娘　多谢栀妹师傅！

栀　妹　多谢绛娘小姐！

绛　娘　这才叫手把手地教诲。

栀　妹　这才叫不耻下问。小姐看得起我们贱人，才来到这工肆之地……

绛　娘　工肆之地竟然生出你这样灵秀的面容、聪慧的巧手，能说会道，又讨人欢喜的一张嘴……

栀　妹　小姐才是雍容华贵，见多识广，京城来的旷世才女……

绛　娘　嗨，我们也别客气了，你愿意跟我走吗？

栀　妹　去哪？

绛　娘　跟我到曲阜。

　　【栀妹惊讶地看着绛娘。

绛　娘　我看咱们挺有缘分……你到曲阜陪着我一起读书，好吗？

【栀妹不知所措地看着墨翟。墨翟也无法回答。

陶工甲　墨师傅，我们工师请你，去他那领酬金。

墨　翟　酬金不是都已经给了任工师吗？

陶工甲　我们工师说，这是单独酬谢你的一份。

墨　翟　转告你们工师，墨翟以从艺为乐，不需要酬谢。

陶工甲　工师说，他给你一份酬谢，这陶坊多挣的钱，他拿得才踏实……

墨　翟　既然这么说，那就请赠我一个陶土饭碗吧，保我一辈子能端上泥巴饭碗，走
　　　　遍天下都有饭吃。

【陶工们听说墨翟要饭碗，一窝蜂地去拿刚刚出窑的瓷器。各人抱着一摞碗、
　　筷、盆、碟，排着队站在墨翟面前。

陶工甲　墨师傅尽管用，不够再送。

墨　翟　用不了！用不了！

陶工乙　我们给你送回家去。

墨　翟　不要！……不要这么多！……

【栀妹突然问道。

栀　妹　这里还有一只，不知墨师傅，还要不要？

【墨翟不明就里，无法回答。

墨　翟　栀妹！你？……

【栀妹拿出早已烧制成功的那只飞鸟，送到墨翟眼前。

【墨翟眼前一亮，一把抢过来，惊喜地端详着。

【这是一只利用飞鸟的形状，巧妙设计的灯碗。鸟肚硕大，盛容灯油；鸟头昂
　　起，神情振奋，两翅微翘，似欲起飞，双足则牢牢抓住磐岩，使得灯身极为
　　稳固。烘托着尖尖鸟喙，吐出一只细长的灯芯。墨翟为这只陶灯的精巧所动，
　　看得有些痴迷。

【众匠人也看得呆了。

墨　翟　……这灯碗怎么还刻着……我的……名字？

陶工甲　我们栀妹不识字，哪里会刻名字？

墨　翟　墨翟的翟字，就是一只大鸟呀！这分明是一只翟鸟灯碗！有了这盏明灯，它
　　　　能把黑暗照亮，那才是墨翟走遍天下的饭碗！……

【众匠人围着栀妹，夸着赞着。

陶工甲　墨翟，你是感谢栀妹，还是感谢我们陶坊？

【墨翟看着栀妹，笑着说不出话来。栀妹脸上飞过一片红晕。

【绛娘在一边静静地感受着这一切。

9. 公输工师家（夜，内）

【绛娘弄了一身泥土，回到家里。

公输师娘 我的大小姐呀！瞧瞧这身上弄的？你去陶坊了？小时候还没玩够呀！

绛　娘 母亲，陶坊比我们染坊好。

公输师娘 好什么，泥里水里的，看看，看看，快换了，吃饭！

绛　娘 陶坊的女孩子，个个长得好，比京城里的太太小姐好看多了。那个栀妹最为好看。

【公输师娘给绛娘换着衣服。

公输师娘 敢情，栀妹可是百工坊一等一的女孩子！

绛　娘 今日我看见，她送给墨师傅一只灯碗，是她自己烧制的……

公输师娘 百工坊最知道墨翟心思的就是栀妹……可惜墨翟是个孤儿……

绛　娘 墨翟是个孤儿？

公输师娘 不然，墨翟和栀妹，真是天造地设的一对。

绛　娘 孤儿有什么不好，自己想干什么就干什么。

【公输师娘不知女儿为什么说这种没头没脑的昏话。

公输师娘 我看你是玩疯了！明天给我在家待着，不许去百工坊了！

10. 染坊工场（日，外）

【墨翟在安装测试"仙人臂"和"螳螂车"。绛娘在一边看着。

墨　翟 ……师傅们先用着，有什么不明白的再找我，随叫随到。

染工们 谢谢墨师傅！

绛　娘 墨先生，请屋里坐吧。

墨　翟 公输小姐，你称我"先生"，我就浑身不自在！我是工匠，工匠属于下流社会，是贱人。

绛　娘 有件事我不明白，你已经是名正言顺的工匠，且不说有"国工"之誉，为什么以小杂工的名分，在我家染坊里招摇，惹出人们那么多口舌？

墨　翟 我以为，在人世间，每个人都在扮演着某种角色。如果允许选择的话，我宁肯扮演低人一等的角色。

绛　娘 为什么要低人一等？

墨　翟 高人一等，容易被假象蒙蔽。低人一等，则容易看到真相。

【绛娘听到这些想法，无法接受，毫不客气地。

绛　娘 你呀，你是我一生见到的最怪的人！

墨　翟 好，以后你就称我"怪人"好了。

绛　娘 今天我想到"怪人"府上，看看"怪人"的书房。

墨　翟 我没有书房，我那是作坊。

绛　娘　我告诉你，只要是我绛娘想做的事，父母和叔父都拗不过我。你的书房也罢，
　　　　作坊也罢，反正我想去看看。

墨　翟　作坊可是贱人之地。

绛　娘　那我就当一回贱人好了。

11. 墨翟书房（晚，内）

【墨翟陪着绛娘进来，墨翟燃起"翟鸟灯碗"。

【书房是墨翟制作器具的作坊。在一个低平的案架上，摆放着他新近发明制作
　的器具。书桌上，散乱地放着一些竹简，看出主人随手读书的习惯。

【绛娘看着案上的竹简。墨翟凝视着"翟鸟灯碗"。

绛　娘　看来这书房的主人，很喜欢《诗经》《尚书》《春秋》，怎么没有《周礼》？

墨　翟　我以为《周礼》太烦琐，不足为戒。

绛　娘　那，你这不是与孔夫子之见相左吗？

墨　翟　夫子是天下私学的始创者，他的胆气和锲而不舍的精神，我非常佩服，也十
　　　　分尊重。但他过于尊崇《周礼》，在这一点上，我不敢苟同。

绛　娘　口气不小嘛。

墨　翟　你这京城才女，该不为我这乡间读书人的狂傲，感到可笑吧？

绛　娘　既然你那么爱读《诗经》，你这制车"国工"，何不吟一首车诗？

墨　翟　有车邻邻，有马白颠，未见君子，寺人之令。

绛　娘　这是《秦风》第一首！

墨　翟　小姐是官宦人家，又是染人世家，可把《诗经》中那五彩缤纷的色彩，吟来
　　　　听听？

绛　娘　绿兮衣兮，绿衣黄里。

墨　翟　这是《邶风》第二首。

绛　娘　载玄载黄，我朱孔阳。

墨　翟　这是《豳风》第一首……

绛　娘　素衣朱襮。素衣朱绣。

墨　翟　这是《唐风》第三首。

绛　娘　青青子衿。缟衣綦巾。

墨　翟　这是《郑风》第十七和十九首。

绛　娘　三百赤芾。麻衣如雪。

墨　翟　这是《曹风》第一和第二首。

绛　娘　这样吟对下去，恐怕要到明日也吟对不完，三百首《诗经》可是了得！还是
　　　　换个话题吧。

墨　翟　请公输小姐命题。

绛　娘　你是不是特别希望我家的染坊停工歇业呀？

墨　翟　……这是如何说起？

绛　娘　都像你这般衣着节俭，我家染坊不歇业又如何？

墨　翟　哦，我习惯旧衣。穿着旧衣，不怕弄脏，干活扑得下身子。

绛　娘　你的衣服，已经接出三截，像个竹节服。

墨　翟　它说明我长得太快，衣服每接出一截，正好是前一年我长出的高度。

绛　娘　如果没有猜错的话，你无父无母，孤身一人……

墨　翟　……是，我父母在目夷谷遭遇的一场兵劫中，先后去世了……

绛　娘　……不过，当孤儿一定很自由吧？我就不能。在目夷谷有父母管着，到了曲
　　　　阜又有叔父母管着，我真是恨不得当几天孤儿。

【墨翟从绛娘真诚而幼稚的愿望里，感到自己因为沧桑而提前成熟了。

墨　翟　……最艰难的那些日子，我的再生母亲胜师娘，一家人只让我一个人吃
　　　　饱饭……

绛　娘　那你为什么不接受你应该得到的酬金？

墨　翟　我的献艺，并不是出于谋生。我每制作一件器物，看着别人使用，心里就特
　　　　别愉快。我渴望自己是一个对他人有用的人。

绛　娘　对他人有用？那你对自己呢？

墨　翟　我的母亲，和我的再生母亲胜师娘，都教导我，人间的关爱，不要以亲情画
　　　　圈子，要成为一个具有磅礴大爱的人。

【绛娘大方地两眼盯住墨翟。

绛　娘　磅礴大爱？我从来没听说过。你说，这磅礴大爱能有多大？

墨　翟　需要有多大，就有多大。

绛　娘　天下无穷，爱有穷吗？

墨　翟　小爱有穷，大爱无穷。总之，不是分而爱之，而是兼而爱之。无穷不害兼。
　　　　天下无穷，兼爱无穷。

【绛娘想了想，故意调皮地。

绛　娘　……"兼爱"？"兼爱"！……那，你，怎样兼爱于我？

墨　翟　请问小姐有什么需要施爱的吗？

绛　娘　你为染坊制作的器物，使染织品成色有了很大提高，只是色泽仍不鲜艳。听
　　　　家父说，你当初曾有改进染料配方的打算？

墨　翟　当初是想试试……

绛　娘　我很喜欢绛色，咱们就从绛色开始，看我们目夷谷能不能染出，让他们京城
　　　　人叫绝的绛色？

墨　翟　可以，就以十斤白丝试验。第一道由我做，怎么做，你不能问。这第二道嘛，
　　　　必须由你亲自做……

【门外传来敲门声和公输工师的喊声。

公输工师 绛娘！绛娘！该回家了！

【绛娘沮丧地做了一个鬼脸。

绛　娘 我说要是个孤儿就好了吧？

【墨翟把绛娘送出门外。

12.车坊工场（日，外）

【车坊内，墨翟与师兄及徒弟们在做工。高石试探地走近墨翟。

高　石 墨师傅，你光在外边揽活儿，都把我们累死了。大家说，这次回来叫我把你
　　　　缠住，省得揽来那些压根儿就没干过的活儿……

墨　翟 把大家都叫过来，咱们歇会儿。

【工匠和徒工，放下手里的活儿，向墨翟围拢过来，十几个人热情地打着招呼。

墨　翟 你们猜猜看，我这两天碰上谁了？

众　徒（惊讶地问）谁？

墨　翟 鲁班！

车匠甲 鲁班是咱目夷谷的人不错，可是听说，好几年没见人影了。天下到处都流传
　　　　鲁班的故事，其实，都是人们自己编的。

车匠乙 人家鲁班，可是咱匠人的祖师，没那么好见。

墨　翟 是不好见，这不，见出麻烦来了。

车匠甲 墨师傅又要说故事了吧？

墨　翟 小时候听我父亲说，这鲁班嘛，本名叫公输般。哪国要有起宫、造桥的大工
　　　　程，都得请公输般到场。一个国家的大司空，如果营造国家工程请不到公输
　　　　般，他就在国君前没有面子。这样，公输般就游走于诸侯各国之间。因为他
　　　　是鲁国人，人们连国带名一起叫，这鲁班的名呀，就叫遍了九州。

高　石 叫遍九州的大人物，你也能见到？

墨　翟 不但见了，还揽下了一个活儿。

车匠乙 又揽什么活儿啦？！

墨　翟 一个比赛的活儿。

高　石 你要跟鲁班比赛？

墨　翟 比赛各做一只木鸢，个头不小于真鸢，飞翔高度不低于真鸢，飞翔时间不少
　　　　于一个时辰……

【车匠乙一屁股坐在地上。

车匠乙 哎呀！我的娘呀！

车工甲 木头鸟怎么能飞上天？

墨　翟 你们还记得咱们小时候玩的那个火蜻蜓吗，不也是木头做的？两手一搓，就能

上天，好大一会儿才从天上落下来。我不信，咱就没有办法使木头鸟儿上天？

车匠甲　就是上了天，谁给咱开工钱？

高　石　我就喜欢弄这玩意儿，墨师傅，我帮你的忙……

墨　翟　好，你先给我弄一只鸢鹰来！我把它摆在家里，一天看上一遍，三年看上一千遍，木鸢飞天的招儿，准能想出来。

13. 墨翟家（夜，内）

【墨翟进来，仍是先给父母问安。

墨　翟　父亲母亲！儿子回来了。我这就去做饭。

14. 墨翟家灶间（夜，内）

【墨翟来到灶间，又是已经做好的饭菜。

【墨翟高兴地吟诵着《大雅·生民》关于后稷诞生得到牛羊喂乳、飞鸟保护的神话。

墨　翟　……诞置之隘巷，牛羊腓字之。诞置之平林，会伐平林。诞置之寒冰，鸟覆翼之。鸟乃去矣，后稷呱矣。实覃实訏，厥声载路。……

【墨翟一边吟诵，一边找出一根红丝线，仔细地拴在门槛上。

【门外传来绛娘的招呼声。

（画外）　墨先生在家吗？

墨　翟　是公输小姐吗？请进！

【墨翟连忙把红丝线收了起来，迎了出去。

15. 墨翟书房（夜，内）

【墨翟把绛娘迎进书房。

绛　娘　先生，那天没说完的话，放在心里隔夜，今天非说出不可。

墨　翟　那你就说吧。

绛　娘　我们说到哪来着？对，说的是磅礴大爱。你有这样博大的爱心，你想过没有，将如何去完成？

墨　翟　墨翟正在一日一日去做。

绛　娘　你这是一日一日地当着工匠呀？

墨　翟　当工匠是个很好的施爱之行。

绛　娘　但我以为，人应该读书，尤其聪明的人，更应该读书。

墨　翟　做工匠，也同时是个很好的求知之途。

绛　娘　不过，先生可知，从匠求知，求的是"小知"，读书求知，才求的是"大知"。

墨　翟　公输小姐所言极是。以工匠之途求知，所得知识也许是细碎的、单一的、重复的，但它是深切的、有益的，并且是根本的。现在，我虽"从匠求知"，却并未放弃"读书求知"，而且是两途兼进。

绛　娘　不过，依照现在的风气，做匠人的可以读书，做士人的就再也不进作坊了。士人去"执斤持斧"，会被视为天下一大笑谈。

墨　翟　可是，我现在不能断送自己的"从匠求知"之路。

绛　娘　固然如先生所说。但是匠人读书再多，也无法进入士流。先生没有听说吗？"匠人之子恒为匠，贱人之后恒为贱。"也就是说，你将永远无法摆脱贱人的身份而成为士人。

墨　翟　公输小姐说的，只是名义上的士人。我墨翟并不以为匠而耻，墨翟就愿意永远以匠人的身份求得知识。

绛　娘　我知道，你就是想到曲阜读书，也没有钱。我今天特来告知，你在曲阜的读书费用，由我们公输家全部承担，另外住宿、伙食、一应俱全，还有……

墨　翟　……公输小姐到目夷谷，是做客。墨翟的私事怎劳客人安排……

绛　娘　目夷谷也是我绛娘的家，怎么说是做客？

墨　翟　墨翟家的草棚破了，公输家送上门来补瓦，岂不知，这正是墨翟想要打开的天窗？

绛　娘　你放着阳关道不走，为何专走独木桥？

墨　翟　墨翟正要用这扇草棚天窗，看遍日月星辰，阅尽人间春色。

绛　娘　只活在温饱里，一双眼睛，还有什么春色可阅？

墨　翟　祥和世界，美好未来，大爱所在，无处不春。

绛　娘　你这个人……

【门外有人在喊绛娘。

【绛娘用手绢打了一下鸢鹰，没有辞别就走了。鸢鹰在灯影下摇摇晃晃。墨翟没有去送。

【一切安静下来，墨翟又拿出红丝线，仔仔细细地拴在门槛上。

16.百工坊（夜，外）

【公输工师一手打着灯笼，一手拉着绛娘，一同上了马车。

17.马车上（夜，内）

公输工师　……你一玩就是一天，还不知道自己回去，弄丢了怎么办？

绛　娘　父亲不要吓唬我。

公输工师　吓唬你？真要是丢了……

绛　娘　我又不是手绢，说丢就丢了？

公输工师　你要是玩野了性情，将来婆家不要了怎么办？

绛　娘　怎么办！怎么办！不要，我更自在。

公输工师　鸟儿飞到天上倒是自在，遇到雷雨也要有个窝。

第八集 赤绳系足

1.公输工师家（夜，内）

【公输师娘看见他们父女进来，连忙迎上去。

公输师娘 又去百工坊了？你呀你呀，自从回到目夷谷，你哪一天在家里给我老老实实地待着了？真是玩疯了你！

绛　娘 也没几天好玩，等叔父从楚国回来，又得把我带回曲阜了。

公输工师 你现在是家里惯了，京城里惯，两家养活一个宝贝疙瘩。你看人家墨翟，比你大不了几岁，自己一个人，本事也大，人缘也好，又能读书，又能做事，人见人爱……

绛　娘 那人家不是正在跟他学嘛。

公输工师 你有墨翟那份心力？你能学得了？

绛　娘 父亲，我怎么学不了？

公输工师 你是大家闺秀，读了点书，也不能忘记自己的女儿身份吧？女红也荒疏了吧？女儿大了，就要多多思考成家过日子的事。多做点针线，学着母亲，怎样相夫教子，怎样待客、怎么使唤仆人，这才是本分。

绛　娘 女儿觉得父亲有一事做得不妥。

公输工师 我有什么不妥？

绛　娘 墨翟为染坊制作器物，我们一个大户人家，总不该白白使用一个孤儿的心力吧？

公输工师 ……是，你说得不错……可是我几次付给酬金，他都坚绝不收……

绛　娘 那我们就不能想个办法让他收？

公输工师 早跟你娘说了……

公输师娘 我这不是在想嘛，还没想出来呢。

绛　娘 如果我有一个办法呢？

公输工师 那还不快说说看！

绛　娘 我们可以，资助墨翟，进京读书！

公输工师 墨翟说了他要进京读书吗？

绛　娘 那还用说。京城里，什么都贵，要吃要住要交学费，这么一大笔钱，墨翟怎么拿得起？

公输师娘 ……这可是一笔不小的开支？……

公输工师 人家墨翟帮我们不含糊，这个钱，我们公输家该出……

2. 任工师家（日，内）

【任工师一家正在吃晚饭。栀妹给任奶奶盛了饭。

任奶奶 ……栀妹，你去告诉墨翟，他那功夫再不练，可真的要废了。

任工师 不是功夫要废了，是人要飘了。

任奶奶 怎么？

任工师 我听了墨翟的一个传说，把我吓了一跳！

栀 妹 不就是和公输般比赛木鸢飞天的事嘛。

任工师 墨翟这玩笑呀，开大啦！这诸侯各国，这普天之下，谁不敬鲁班如神！墨翟要和鲁班比赛，不是三斤半的鸭子，长了二斤半的嘴吗？

【墨翟敲门进来。

栀 妹 吃饭啦？

墨 翟 已经吃过了。

任奶奶 墨翟呀，和你吃顿饭都不易了。

【墨翟坐近桌子。

任奶奶 我说呀，咱飞不上天，就算啦，输给鲁班，不丢人。

栀 妹 奶奶，你可真会给人宽心。

墨 翟 那可不行，我都与鲁班击掌啦！

任工师 听说这鲁班，一辈子没用废一块好料，没看错一个工匠，你墨翟，不能有眼不识泰山！

【墨翟四处寻找着。

任工师 你要干什么？

墨 翟 我找我的东西。

任工师 什么东西？

墨 翟 你不知道。

任奶奶 哎，墨翟，听说你吃饭老是瞎糊弄？

墨 翟 奶奶，我没有瞎糊弄。

任奶奶 那你说说，今晚你吃的什么？

任工师 母亲别打岔，让他说，要找什么？

墨 翟 今晚的饭呀，特别好吃，可就是不知谁帮我做的，我这不是正在找嘛。

任奶奶 给你做饭的，还不是胜家媳妇。

墨 翟 我已经找过了，不是我胜师娘母亲。

【栀妹在桌下不停地踢墨翟的脚，阻止他说下去。墨翟却说个不停。

墨 翟 自打我立了门户，白天在染坊吃小灶，晚饭，我从来都没有做过……

任奶奶 那你吃什么？

墨 翟 有仙人帮我做饭哪！

任工师　我看你不知自己是谁了！

墨　翟　是呀，仙人都帮我做了两个月的饭啦！

任奶奶　世间有这等好事？从来没听说过。

　　　　【栀妹红着脸，已有几分生气。墨翟却毫不介意地俯下身去，扒拉着栀妹的裤脚。

　　　　【任工师也低下头，不知墨翟要找什么。

墨　翟　我纳闷了几个月，自己找，栀妹也帮我找。说也怪，这仙人哪，就是不露面。

任工师　墨翟，你没做梦吧？

　　　　【墨翟只顾说自己的。

墨　翟　小时候，听我母亲说过，有仙女相助，用一根丝线缠在门槛上，就准能找到她。昨天晚上，我吃了饭，就把一段红丝绕在灶屋门槛上。今晚回家一看，丝线果然被仙人带走了，我就赶紧出来找呀，找呀……

任工师　墨翟呀！你是在发烧，发高烧啊？

　　　　【任奶奶却随着墨翟的叙述，渐渐有些当真，此时她紧张得好像连气都喘不上来。

任奶奶　找到了？

墨　翟　找到了！

　　　　【墨翟让开身子，指着栀妹的裤脚。

墨　翟　在这哪！

　　　　【任奶奶拿起栀妹的脚，高高举起，凑近灯光看着。裤脚上果然有一根鲜红的丝线。

任奶奶　天哪！

　　　　【任工师木然不觉。

任奶奶　他爹，你还不过来看！

　　　　【任工师不情愿地过来，伸头一看，表情立即僵在那里。

　　　　【半晌，任奶奶与任工师交换了眼神。

　　　　【栀妹尴尬得手足无措。任奶奶用手戳着栀妹额头。

任奶奶　你这个傻闺女，叫人家拴住了吧？！

　　　　【栀妹红着脸，羞怯地逃出屋外。墨翟一时愣在那里。

任奶奶　你个傻小子，还不快去追！

　　　　【墨翟诚惶诚恐地追了出去。

3. 目夷谷百工坊（夜，外）

　　　　【墨翟飞快地跑着、呼喊着。

墨　翟　栀妹……栀……妹……

4. 任工师家（夜，内）

　　　　【任奶奶和任工师对视着，还是任奶奶先开了口。

任奶奶　……瞧你那个傻样。

任工师　你不傻，能生得我这么傻?

任奶奶　怪不得，这两个月，栀妹下工回来，总是晚半个时辰……

　　　【任工师突然伤感起来。

任工师　栀妹这孩子，早早就没了母亲啊!

任奶奶　栀妹只剩下一个傻父亲……

任工师　栀妹还有一个傻奶奶啊……你不是也没看见出来嘛?

5. 墨翟家大门（夜，外）

　　　【栀妹飞快地跑了进来。

　　　【墨翟在后面紧紧跟上。

6. 墨翟书房（夜，内/外）

　　　【栀妹跑进来，用身体把门顶上。

　　　【墨翟在门外推门。

　　　【栀妹顶门，墨翟推门，这对同生同长、两小无猜的年轻人，第一次感受到爱情的激荡。

　　　【栀妹一让，门终于大开了。墨翟一头栽进来，看着眼前的栀妹，不知所措。

　　　【墨翟激动得热泪盈眶，他在栀妹面前慢慢跪下。栀妹也跪在墨翟面前。两个人深情凝视着，互相读着对方熟悉的脸上那些陌生的表情。

7. 任工师后院（日，内）

　　　【任工师在一圈一圈地推磨，任奶奶在过筛子。两人边干活边商量着。

任工师　……墨翟这孩子，是百里挑一。咱栀妹跟了他，我放心。

　　　【任奶奶翻眼看了他一下。

任工师　我怎么就没想到这门亲事呢?

任奶奶　你呀，心里就装了那些带轱辘的东西，巴不得，人都装上个轱辘。

任工师　娘，我们任家武功，一辈辈传下来，就没断过，这门亲事成了，我的一身武功，除了传给栀妹，还可以传给墨翟呀! 就凭墨翟冒死救亲的那种劲头，管他姓墨姓任，武功传他，保他一生多有善举。

任奶奶　这都不错。……还有呢?

任工师　还有什么? 我看没有什么，这门亲事，有百利而无一害。就这么定了。

任奶奶　我说你傻，你还就一溜歪斜地傻下去了?

任工师　怎么了，娘?

任奶奶　你想过没有，墨翟孤身一人，家里连个老人也没有，栀妹嫁过去，两个人都上工干活，连个推磨担水、烧火做饭、洗洗涮涮的也没有……

任工师　嗜，年纪轻轻的，自己干，更利索。

任奶奶　你嫌我不利索？

任工师　你这不是抬杠吗？

任奶奶　没有老人，平时倒是利索，一旦有个事，可就抓瞎啦……

任工师　能有什么事？

任奶奶　我问你，生孩子，谁给伺候月子？养孩子，谁给操心出力？……

　　　　【任工师觉得自己是没想周全，抓耳挠腮的。

任奶奶　两口子拌了嘴，谁给说和？遇到难处，谁给指点？亲戚里道的，谁帮着招
　　　　呼？……这是过日子，你以为光是干活、吃饭、睡觉？她爹，不是我说你，
　　　　自打你媳妇去世，这过日子的事，你是愈来愈不懂了……

任工师　你懂就行呗。

任奶奶　我能跟你一辈子？

任工师　那你说怎么办？

任奶奶　我说，要么，你给我再娶一个媳妇，要么让墨翟当上门女婿。

　　　　【任工师大为光火，一下扔了磨棍。

任工师　娘！

任奶奶　横竖我这家里不能少了三张嘴！

任工师　娘，你听我说嘛。

　　　　【任奶奶又去筛她的面。任工师跟着过去，蹲在母亲面前。

任工师　娘，墨翟不能当上门女婿。你也不是不知道，按律条，赘婿低人一等，而且
　　　　是没有资格分田产的。

任奶奶　车坊不是农户，不用分田产。

任工师　那也是让墨翟在人前抬不起头来？

任奶奶　那我们栀妹就得委屈？

　　　　【任工师叹了一口气。

任奶奶　要不，我看，你干脆把车坊让出来，就交给墨翟算了。

任工师　一个车坊，怎么能盛得下墨翟的心？

任奶奶　什么盛下盛不下的，反正过日子呗。

任工师　我看这墨翟，心高气盛，日子也拴不住他的心。你没见，我这不整天压着他
　　　　嘛……娘，就让栀妹去吧，只当让栀妹替我们，对过世的墨工师老哥老嫂去
　　　　尽一份孝心，叫他们在地下安息吧……

8. 目夷谷百工坊（日，外）

　　　　【任奶奶在街上走着，看见胜绰在街上玩耍，拉着他就要往胜工师家走。

胜　绰　我不回家！

任奶奶 胜绰，过来！

【任奶奶悄悄告诉胜绰。

任奶奶 我要给你哥哥提亲！

【胜绰放下手里的玩意，撒腿就往家里跑。

【任奶奶一个人在后面走着。

9. 胜工师家（日，内）

【胜绰一头扎进来。

胜　绰 母亲！太奶要给哥哥提亲！

【胜师娘从里面出来。

胜师娘 胜绰，不准胡说。

胜　绰 我没胡说，太奶来了！

【任奶奶进来。

胜师娘 他太奶来了！

任奶奶 胜家媳妇，我是来提亲的。

胜师娘 太奶要给谁家做媒呀？我们家只有两个儿子，可没有姑娘。

任奶奶 我们栀妹给你，你还不要？

胜师娘 哎哟，她太奶，墨翟和栀妹成亲，这不是早晚的事。人家墨翟不是还在服丧吗？瞧把你老人家急得……

胜　绰 太奶成亲也这么急吗？

【胜师娘打了胜绰一巴掌。

任奶奶 对，这事，就这么急！

胜师娘 ……可……可这丧期未满……栀妹进门就得戴孝，这多不吉利啊！……

任奶奶 我替墨工师两口子做主了，栀妹这孝，不用戴了。

胜师娘 ……他太奶，我这一边……一点准备也没有……

任奶奶 你出力，我出钱，咱们这一回呀，大操大办，热热闹闹！让墨工师两口子在天之灵，好好地高兴一回！

胜师娘 这……这太突然了吧？……这提亲纳彩，接雁问名，定亲纳征，一样样地都没有办呢……

【等胜师娘回过神来，任奶奶已经大步出了门。

【胜师娘追了出去。胜绰也追了出去。

10. 迟仲书房（日，内）

墨　翟 ……老师，我有一个两难的选择。

迟　仲 说说看。

墨　翟 按照《周礼》，我是不是要为父母服丧三年？

迟　仲　是的。不仅《周礼》，儒家也是这样主张的。父母亡故，服丧三年，妻子、嫡亲长子亡故，服丧一年，亲戚族人亡故，服丧五个月……

墨　翟　这么说，一个人一生中，不少时间，都会在服丧之期？

迟　仲　那可不嘛。说句玩笑话，遇到一个一个丧期凑巧接起来的话，一个人就为服丧而生了。

墨　翟　按照夫子的礼仪，服丧期间，王公不能上朝，农夫不能耕种，商贾不能买卖，像我这样的工肆之人，也不能劳作……

迟　仲　岂止不能劳作？还不能成婚，不能喜庆，不能盖房，不能出征……不能的多了。更可笑的是，这守丧的人呀，要住草棚，穿薄衣，忍饥饿，还要用各种方法，自残其体，并且时常哭泣。亲戚来了，陪着哭，路人见了看着哭，半夜想起来，号啕大哭……如此三年，守孝人耳目不聪，手足不强，无人扶持，不能行走……

墨　翟　这久丧的颓靡之风，实在是祸国殃民！

迟　仲　我们目夷谷地处边陲，百工坊又多是新兴的匠人，所以此风不盛。要是在曲阜，那是王公贵族的心脏，儒学的发祥地，久丧的风气，简直能把活人闷死。还有厚葬，你没听说吧？百姓死亡，厚葬要竭尽家室；诸侯死亡，厚葬要竭尽府库；天子死亡，还要杀活人殉葬！

墨　翟　什么？杀殉？

迟　仲　将军杀殉，少则数十人，天子杀殉，多则数百人！

墨　翟　太惨无人道了！

迟　仲　听说我的祖上，就是为了逃避杀殉，才跑到目夷谷的。

墨　翟　老师，厚葬久丧简直是一把杀人不见血的刀子！

迟　仲　其实，生有所养，老有所葬，是人生礼俗的重要组成部分，丧葬嘛，又是人生旅途的最后一个仪式。你来看。

【迟仲在地上写了上下两个草字头。

迟　仲　所谓"葬"，就是用"草"，把尸体裹住。

【迟仲把"死"字填进了上下两个"草"字头之间。

迟　仲　就是这么简单。我们的祖先，起初的"葬"，是"腹葬"，后来是"弃葬"，再后来，才是土葬。土葬的规矩是，"上不溢臭，下不乱泉"，埋葬之后，掘坑不深，覆盖不厚。不设坟堆，种植树木，叫"墓而不坟"。

墨　翟　那是多么好的"薄葬"传统呀！老师，我也认为，棺三寸，足以朽骨，衣三领，足以朽肉，哭丧适可而止。丧事之后，应该立即从事谋求衣食的劳作……

迟　仲　可是现在给拿捏成这个样子。哎，你怎么想起问这个？

墨　翟　老师，我……

迟　仲　害羞了？你要是不说，我就来猜猜看……

五十二集大型 历史电视连续剧 墨子

【迟师娘进来。

墨　翟　老师，师娘，墨翟想成婚！

迟　仲　成婚？好呀！好呀！

迟师娘　娶的是栀妹吧？

【墨翟羞涩地点了点头。

迟师娘　喜事什么时候办？这回，可得给你好好张罗张罗。

墨　翟　可是，服丧期间，是不能结婚的。

迟　仲　管它那个！

迟师娘　对呀！

墨　翟　可是……我以服丧期成婚，来反抗厚葬久丧，会不会因为私利，而削弱了反
　　　　抗的力量？我的本意，是要利于"富贫众寡，安危理乱"啊？

迟　仲　墨翟呀，如果你都不敢这样做，还有谁敢呢？

迟师娘　墨翟，你老师要是年轻呀，就敢做一回给你看看。

迟　仲　不年轻就不敢啦？

迟师娘　美得你！

【墨翟由衷地笑着。

11. 墨翟书房（日，内）

【一只鸢鹰标本摆放在显眼的地方，那翱翔的雄姿，仿佛生灵。墨翟在埋头做事。

【有人敲门。

墨　翟　请进！

【进来的是绛娘。墨翟没有抬头，绛娘看见鸢鹰标本，吃惊地叫了一声。

绛　娘　啊？！

墨　翟　哦，公输小姐别怕，那是鸢鹰模型。

【绛娘仔细地看着鸢鹰标本。

绛　娘　你答应我叔父一年之内做木鸢飞天比赛，可是真心？

墨　翟　君子无戏言。但不知小姐为何从中作梗，把一场淋漓快事，硬是拖到三年以后？

绛　娘　你真的相信，一年就能成功？

墨　翟　我想制作的东西，几乎都能如期完成。

绛　娘　你可知道，我叔父从艺三十年，走遍天下无敌手。我从中作梗，"梗"出两年
　　　　时间，绝非看不起你，而是希望三年后，我能亲眼看到，是你战胜了我的叔父。

墨　翟　我相信你的好意，因为人们总是同情弱者。

绛　娘　离比赛还有三年时间，你何必如此性急？

墨　翟　笨鸟先飞，才能早入林嘛。

绛　娘　你是真的，把自己当成弱者了？

墨　翟　公输小姐为什么愿意自己的叔父失败?

绛　娘　你不是说关爱要超出亲情吗?

墨　翟　公输小姐对于磅礴之爱,理解得真快……

绛　娘　还是先生忘记得快。刚刚圣人般地教训了人,转眼就讲起"亲亲"来了。

墨　翟　我希望靠自己的本事,和公输先生竞赛。

绛　娘　难道徒弟超过师傅不是好事?

墨　翟　公输先生并没有收我为徒。

绛　娘　自从我们相识,还没有发现你有什么不足。不幸,绛娘今天见到了。你是个从来都不承认自己有错的人。先生,你就是再聪颖,也总会有失察之处,明明可以坦然相陈,失察就是失察,你却硬硬地咬住自己的死理。这是为何呢?

【墨翟从来没有听见这样的指责,有些惊诧。

绛　娘　我看,先生真的需要,到曲阜多读一些书,多开阔一些眼界,否则……

墨　翟　公输小姐想说,否则就是一只井底之蛙?

绛　娘　否则,顶多是个目夷谷的小能人。

墨　翟　公输小姐今天就是来教训我的吗?

绛　娘　良药苦口,忠言逆耳。

墨　翟　你的染丝试验,如果不需要"小能人"的帮助,我可是不再管了。

绛　娘　你的关爱之心,如果止于实话实说,我就永远不再多言了。

墨　翟　墨翟并没有得罪小姐的地方……

绛　娘　拒绝美意的馈赠,比得罪还得罪!你别以为是我自己愿意来你这儿,要不是父亲和母亲为了你不接受酬谢而发愁,我才不会管这些闲事!告辞!

【墨翟无法理解绛娘的心情。

12.墨翟书房(日,内)

【墨翟在自家的试验室里,一遍遍地试验染丝。栀妹一边用手给他比量着身材。

13.车坊工场(日,外)

【工匠们正在干活。墨翟拿着一包东西来找高石。

墨　翟　高石!

高　石　师傅!

墨　翟　这包丝,你立马送到染坊,就说这丝,我已染过。

【高石反复看了几遍。

高　石　这还是白丝,怎么能跟人家说染过?

墨　翟　这丝看上去和原样相同,其实已经染过。我先把白丝浸泡在涅石水中,经一天一夜媒剂浸泡,表面看来,白丝并不改变颜色,可一旦与茜素接触,它就会牢牢抓住,成为色泽饱满的绛色。

高　石　茜素是什么？

墨　翟　你亲手交给公输小姐，她知道。

高　石　（羞涩地）我也不会染织，知道也没用。

墨　翟　快去吧。

【高石答应着，却不走。

墨　翟　还有什么不明白吗？

高　石　……我觉得……

墨　翟　什么？

高　石　我觉得，你真像一棵长满果实的大树……随手就可以摘下一个个的果子。

【说完，高石扭头就跑。

【墨翟看着高石的背影，感到内心无比温暖。

14．任工师家（日，内）

【任工师和任奶奶，还有胜工师和胜师娘在商量婚礼之事。

任奶奶　……墨翟和栀妹的婚礼，按照我的性子，是想来个大操大办，让这个孤儿心
　　　　里彻底地痛快一次！

胜工师　可是古礼说，婚礼不用乐。

任工师　迟仲老师也说，按照惯例，幽阴之气，不易阳散。

胜师娘　这是什么意思？

任工师　就是说，新婚夫妇不应受到喧嚣的音乐干扰，要深思做夫妻的道理。

任奶奶　我们墨翟栀妹，不用深思。

胜师娘　墨翟喜好俭朴，栀妹和墨翟一样，我看，我们还是从俗吧？

15．墨翟家院子（夜，外）

【俭朴的婚礼在墨家空旷的院子里举行。迟仲身着长衫，做着婚礼的司仪。

迟　仲　墨翟与任栀妹，在此良辰吉日，合二姓之好。二位新人。你们上以事宗庙，
　　　　下以继后世。所以合体，同尊同卑。共牢而食，合卺而酳，敬慎重正，而后
　　　　亲之。切记，男女有别，而后夫妇有义；夫妇有义，而后父子有亲；父子有亲，
　　　　而后君臣有正。在这大本之礼的婚礼上，二位新人……一拜天地！

【墨翟和栀妹对苍天磕头。

迟　仲　二拜父母！

【墨翟和栀妹对着前面坐着的胜工师夫妇和任工师、任奶奶磕头。

迟　仲　新人互拜！

【墨翟和栀妹互拜。

【磕拜完毕，突然一群男女匠人涌进门来。他们打着灯笼，举着彩绸，迅速把
　　院子装扮起来。

【任奶奶高兴地对任工师说。

任奶奶 你不大操大办，年轻人催着你办！

迟　仲 这准是绛娘从曲阜带来的风气！

【以车工甲为首的一队男匠人和以陶工甲为首的一群女匠人，队形整齐地跳起舞来。舞蹈是匠人们劳动时的动作，粗犷有力，节奏明快。

【赶来围观的人们，也拿着各种器物，随着舞蹈的节奏，敲击有声。

【舞蹈的匠人和围观的人们，同声吟唱起一首婚礼乐歌，《周南·关雎》。这是一个美男看中美女，在幻境中获得爱情的故事。人们会吟的吟，不会吟的张嘴，一律打着节拍。

众　人 关关雎鸠，在河之洲。窈窕淑女，君子好逑。

参差荇菜，左右流之。窈窕淑女，寤寐求之。

求之不得，寤寐思服。优哉悠哉，辗转反侧。

参差荇菜，左右采之。窈窕淑女，琴瑟友之。

参差荇菜，左右芼之。窈窕淑女，钟鼓乐之。

【舞蹈开始时，人群中，走出一个女子，她舒展长袖，翩翩起舞。墨翟定睛一看，原来是绛娘。绛娘邀请栀妹，栀妹轻身起舞，她火红的婚纱，被夜风撩拨得像是旗幡。

【随着舞蹈队形的变化，舞者渐渐组成一只大鸟，而且大鸟还不停地变化着姿态。

【绛娘与栀妹共舞，她们飘逸的纱裙，渐渐形成大鸟两只振飞的翅膀。

16. 墨翟家（夜，内）

【大红灯笼高高挂，灯火通明的新房里，穿着新衣的墨翟和栀妹，并肩走进布置一新的书房。这里不再仅仅是墨翟的实验室，也同时成了栀妹手艺的展览室。各样陶器样品，摆得琳琅满目。

墨　翟 栀妹你说，你带来的嫁妆，我最喜欢的是什么？

栀　妹 你又没说，我怎么知道？

墨　翟 我最喜欢，你制作的陶器样品。这些太精彩了，看见它们，就像看见了你。你是不是把自己的生命，都贯注在这些陶器之中了？让我看看……

【墨翟去拉栀妹的手。栀妹让着、躲着，终于被墨翟抓住，反复看着。

墨　翟 ……你这双手是怎么长的？！

栀　妹 哦，你娶我，原来是娶的我这双手呀！

墨　翟 对，手跟着人走，人跟着心走……

栀　妹 栀妹的心，跟着墨翟走。

墨　翟 栀妹，我们是天下最富有的人……

【墨翟牵着栀妹的手，进入洞房。

17. 墨翟新房（夜，内）

【墨翟和栀妹同时去点燃翟鸟灯碗，原来鸟喙和鸟尾分别有着两根灯芯，把草屋照得通亮。墨翟和栀妹互相凝视着。

【墨翟不禁吟诵起《诗经》中一首新婚的赞歌《唐风•绸缪》。栀妹对吟《诗经》中一首热恋的相思曲《王风•采葛》。

墨　翟　今夕何夕？见此良人？

栀　妹　一日不见，如三月兮！

墨　翟　今夕何夕？见此邂逅？

栀　妹　一日不见，如三秋兮！

墨　翟　今夕何夕？见此粲者？

栀　妹　一日不见，如三岁兮！

【墨翟和栀妹紧紧地拥抱在一起。

栀　妹　你能不能再送给我一件礼物？

墨　翟　把我整个拿去好了，都是你的。

栀　妹　自从你去了作坊，从来没有一天歇息，你如果诚心诚意，明天就送给我一个闲暇的墨翟，怎样？

墨　翟　那你也得送给我一个闲暇的栀妹！

【窗子上映出一对紧紧拥抱的新人。

18. 沙河（清晨，外）

【初夏的山景，山花盛开，小草已经把山路铺垫得厚厚实实。突兀的鸢岭，虽有郁郁葱葱的林木遮掩，仍显露出山崖的陡峭险峻。这里安静得几乎是无声世界。鸢岭下有条窄窄的沙河环绕，一衣带水。

【墨翟和栀妹牵手跑来。

【青山绿水之间，墨翟从未有过的休闲，浑身有着使不完的力气。沙河边，墨翟轻松抱起栀妹，他把头埋进妻子怀里，贪婪地呼吸着栀妹的气息，感受着心上人的心跳。栀妹抱着自己的夫君，让他充满智慧和温情的头颅紧紧贴着自己的心房。他们依偎着，几乎在水面上飘行。

19. 鸢岭上（清晨，外）

【墨翟和栀妹向鸢岭上爬着。

【鸢岭上面，是一片开阔的草地，绿油油的仿佛一块毯子。栀妹躺在草上，墨翟俯下身子，栀妹嬉戏着墨翟，两个人滚在一起。

【画外栀妹吟诵着《诗经•郑风》中一首女子对情人戏谑的情歌《山有扶苏》。

栀　妹　山有扶苏，隰有荷华。

　　　　不见子都，乃见狂且。

【（画外）墨翟对吟着《诗经·郑风》中一首春日幽会的情歌《野有蔓草》。

墨　翟　野有蔓草，零露溥兮。

　　　　有美一人，清扬婉兮。

　　　　邂逅相遇，适我愿兮。

栀　妹　（同时）邂逅相遇，适我愿兮。

【这时，空中飞过一只鸢鹰。

栀　妹　看！

墨　翟　飞鸢！

栀　妹　这鸢岭上常常能看见飞鸢吗？

墨　翟　这鸢岭上的飞鸢，小时候，我都数过。

栀　妹　有多少只？

墨　翟　这飞鸢哪，可是个坐地户……

栀　妹　你说有多少只嘛？

墨　翟　飞鸢在山岩筑巢后，一辈子都占住这块地不走……

【墨翟把栀妹的手指含在嘴里。栀妹明白他的所指。

墨　翟　不像有的鸟，南来北往地瞎忙活……

【墨翟胳肢栀妹。栀妹"咯咯"地笑着。

栀　妹　……你才……你才……瞎忙活！……瞎忙……活！……

【飞鸢停留在空中，翅膀一动不动。墨翟看着，若有所思。

墨　翟　……我要造一只木鸢，就像它那样，在天上滑行……那该多好……

【此时，一只野兔，从草地小心地跑过，那只飞鸢直射而下，一双利爪抓起野兔就振翅飞去。

【栀妹被飞鸢捕食的动作看得呆了。

墨　翟　这就是飞鸢！它看准猎物，能像箭一样直射而下……谁也别想逃！

【墨翟紧紧抱住栀妹亲吻着。

栀　妹　……墨翟，我们能长久吗？

墨　翟　与天同长，与地共久！我们天长地久！

栀　妹　我们太幸福了……

墨　翟　栀妹，自从目夷兵劫，我的心，从来没有一天，像现在这样。此时此刻，我恨不得让时光停下来！日月不要飞流，山川不要白头，天地不要开合，时光不要行走……停下来……停下来……停在我心里……那个最小最小的缝隙里……栀妹，你是我的……

栀　妹　影子！

墨　翟　什么影子？你是我的全部！

栀　妹　不，我说过，我是你的影子，你到哪我就到哪。

墨　翟　不，我是你的影子！

栀　妹　是吗？

墨　翟　你到哪我就到哪！

栀　妹　好，跟我来！

20. 墨父母坟前（日，外）

【栀妹把墨翟带到这里。

【墨翟一看见父母的坟冢，欢乐的情绪，顿时沉重起来。

【父母坟上，已经插满了山花，五颜六色地在晨曦中熠熠生辉。

【栀妹脱去新娘的红衣，露出里面一身白色的丝衣。栀妹又从随身的小包袱里，
　拿出一身白色丝衣交给墨翟。墨翟看了十分吃惊，因为在他的生活中，根本
　没有这种高级的织物。

墨　翟　这是哪里来的？

栀　妹　你先穿上？

墨　翟　这么华贵的织物……我……

【栀妹帮着墨翟把衣服穿上。

墨　翟　快告诉我，这是何人所赠？

栀　妹　你猜？

墨　翟　百工坊的匠人，谁家也没有……莫非染山……？

【栀妹把手指放在墨翟唇间。

栀　妹　快别说，父母大人都等急了。

【墨翟只得把这个疑问放在一边，先和栀妹一起，给二老磕头报喜。

【旷野里，鲜艳的山花，耀眼的孝服。两个新人，给两座旧坟长拜。

【报喜完毕，墨翟站起来，立即脱去了白色丝衣。

栀　妹　墨翟，你怎么了？

墨　翟　这样的衣服，不是墨翟穿的。

栀　妹　你……这是绛娘专门为我们做的！

墨　翟　请你送还公输小姐！

栀　妹　……送还？那样会伤了绛娘的心！

墨　翟　我终生以劳动为生，如果穿这样的衣服，会伤了墨翟的根！

栀　妹　那好，咱们就留个纪念吧。

第九集　染场悲丝

1.任工师家（日，外）

　　【栀妹带着墨翟一早回到娘家。任工师正在开大门。

栀　妹　父亲好！

墨　翟　岳父大人安好！

　　【任工师乍听这样的称呼不知所措。

任工师　哦哦……我怎么听不习惯？……

栀　妹　那还是叫工师吧？

墨　翟　对呀，师徒重于父子嘛。工师！

任工师　哎！徒弟请进！

　　【任工师客客气气地把他们让进屋里。

2.任工师家（日，内）

　　【栀妹快步进来，看见任奶奶正躺在床上。

栀　妹　奶奶！

　　【任奶奶一把抱住栀妹。

任奶奶　……哎哟我的丫头呀！……我的丫头……怎么给丢了！……丢了！……

栀　妹　这不是回来了吗？

任奶奶　回来不是还要走吗？

栀　妹　走了再回，回来再走，走了再回呗！……

　　【栀妹发现了什么。

栀　妹　奶奶，都清晨了，怎么还点着灯，还点了好几盏？

　　【任奶奶为栀妹理理额上的乱发。

任奶奶　傻丫头，嫁女之家三夜不熄烛，这是规矩。这几盏灯，要点三夜，是让我和你父亲专门想着，与我们的傻丫头的别离之苦啊……这灯上滴下的每一滴油，都是奶奶的眼泪……

栀　妹　奶奶，既然你流那么多眼泪，还得流三天，栀妹不嫁了。

　　【墨翟进来。

墨　翟　奶奶，你老安好。

栀　妹　墨翟，你回去吧！

　　【任奶奶一把抓住墨翟，弄得墨翟傻愣愣地不知所措。

任奶奶 墨翟呀，我说俺家姑娘傻吧，你偏要娶。这自古传下来的，姑娘过门，当奶奶的该流泪呀流泪，孙女该嫁人呀嫁人……走，吃饭去！

3. 目夷谷左庠路上（日，外）

【墨翟带着胜绰去上学。胜绰不走，要墨翟背着。墨翟就把他扛在肩膀上。

4. 目夷谷左庠（日，外）

【迟仲正在院子里打拳。墨翟肩膀上的胜绰看见了。

胜　绰 太师！太师！……

【迟仲抬头一看。

胜　绰 我来了！我来了！

墨　翟 老师早！

胜　绰 太师早！

墨　翟 胜绰要开蒙了。

迟　仲 交给我吧。我说墨翟呀，你那个绞车、吊车弄得我头都大了，你看看……

【胜绰已经跑去和其他孩子一起玩耍了。迟仲和墨翟向屋里走去。

5. 迟仲书房（日，内）

【几案上，摆放着吊车模型，还有一个绞车模型。迟仲和墨翟进来，边走边说。

墨　翟 我想，这绞车原理，是把重力分解到绞盘上，化大为小，然后集小为大，造成重物移动。不借助绞盘，人力是无法做这种重力分割的。

迟　仲 你琢磨出的这个道理，是对的。

墨　翟 这吊车正好相反，是以小力，借助支点，利用撬杠的传递，移动重物。我的试验，支点与杠杆两端的比例，与移动的重物，是有关系的。

迟　仲 这个关系可以计算出来。

墨　翟 我也在算。还没计算出来……老师，我刚刚有了家室，再做整夜的计算，怕是要有人管了。

迟　仲 这就对了，你呀，是要有人管管了。

墨　翟 栀妹说，她只管我按时吃饭、按时睡觉、按季节更换衣服。我说，那还不把我管死啦！她说，她不能再让步。这谈判呀，比我进齐营跟那个叫项子牛的谈判，还难哪！

【迟仲和墨翟一块笑着。

迟　仲 ……这么说，我本来打算跟你谈的事，也只好打住，让它烂在肚子里啦？

墨　翟 什么事，老师尽管说。

【迟仲沉思了一会儿，还是下了决心。

迟　仲 墨翟，还记得你那身竹节衣吗？

墨　翟　嘻，叫栀妹硬是脱下藏起来了。

迟　仲　我想提醒你，栀妹藏起你的一件竹节衣，可你还有一件竹节衣……

【墨翟吃惊地上下打量自己。

迟　仲　你的竹节衣，是因为你这几年个子长得太快，不得不用接补的办法来追逐你的身高。在这同期，你的知识和学问也长得太快。你没发现我这个老师已经捉襟见肘了？你提的问题，我常常要想许久才能回答。你的竹节衣换下了，你的竹节老师，也该替换了……

墨　翟　不，不，老师，我觉得，与老师平等讨论，是一大幸事。哦，该不是老师感到我有不敬吧？

迟　仲　你想到哪里去了？凭我多年的教书生涯，你的学业进展，已经到了一个紧要关头。如果不能超越，将会影响你的一生。

墨　翟　墨翟愿意在老师的指点下，超越这个关头。

迟　仲　我是指点不了你了，你只有一条路，就是进京读书，求名师指点。

墨　翟　老师！……我！……

【墨翟眼睛湿润了。可迟仲态度反而愈加坚决。

迟　仲　每当你的学问竹节衣，需要接上的时候，我就感到力不从心。眼看着你一天天成长，我又无法给予，就像总是看着你穿着竹节衣，在百工坊里晃来晃去，这当老师的白日汗颜，夜晚就辗转不眠呵……

【墨翟涌出感动的泪水。

迟　仲　这话，你从青檀峪伐木回来，我就该说。后来，你刚立家室，我就更难启齿啦。

墨　翟　老师，我从齐国救亲回来，就有了想去曲阜求学的愿望，只是不想离开老师这潭深泉，才日日贪婪这目夷小镇的温暖。

迟　仲　墨翟呀！泉潭之外还有湖，湖之外还有江河，江河之外，那就是大海！去吧！到大海里去吧！

【墨翟沉默良久，才缓缓开口。

墨　翟　老师说得对。我还有两件事，没想明白……

迟　仲　你说。

墨　翟　一件，到了京城师于谁门？二件嘛，学成之后，以什么为业？

迟　仲　这事我已经想过。你对孔夫子的许多学说是赞成的，只是对他过分尊崇《周礼》有不同见解。这不妨碍，学有创新嘛。人类的知识，都是在学有创新中不断发展的。夫子仙逝，他的弟子门派众多，你无论师从哪一个门派，都会有自己的见解，不会随波逐流。这一点，我很放心。日后儒门学成之后，取得士人地位，至少做襄礼，高才之人，还可以荐官入仕。

【墨翟摇摇头，长叹一声。

墨　翟　去做襄礼，整天盼着人家有红白喜事，然后从主人的眼泪或笑声背后，去讨残羹冷炙，这样的差事，我是无论如何不肯去做。我看，周礼越来越烦琐，其中原因之一，是有一个以襄礼为职业的庞大人群。我呀，宁肯饿死，绝不同流合污！

迟　仲　这我相信。你有为黎民百姓做事的抱负，那就进入仕途吧？

【墨翟露出几分不平的神色。

墨　翟　老师，"匠人之子恒为匠，贱人之后长为贱"，《周礼》的这个老规矩不变，我恐怕难入仕途。

迟　仲　墨翟呀，入不入士，得看大势。如今的天下大势，是由来已久的君主统治，已经被公族世卿公开取代了，各国世卿大夫彼此之间的兼并斗争，愈演愈烈，形成一个混乱多变的天下。乱世之中，人们的社会地位要发生剧烈的变化。

【迟仲拿过一把筛子。

迟　仲　这以前嘛，人们的社会地位，就好比这把筛子，上面的就在上面，下面的就在下面，筛下去的就不会再上来。

【迟仲指了指院子，墨翟一看，迟师娘正在舂米。

迟　仲　现在的大势嘛，如同你师娘正在舂米，上面的下去，下面的上来，反复震荡。各国有作为的国君，为了进行变法改革，奋发图强，纷纷礼贤下士，一个平民出身的士人，经过推荐和游说，就会得到国君重用，朝为布衣，夕为卿相，已经屡屡验证。例如，越国士人范蠡通过宦途，取得卿相职位。夫子门生子贡，经商而致富，又陷于穷途变成农夫。凡此种种，说明有才能的农与工肆之人，升入士人之列；有真才实学的士人，升入卿相职位，是大势所趋。墨翟呀，你也可以在成为士人之后，再谋求宦途的发展……

墨　翟　老师，搜刮民脂民膏的贪官，我不想做；作威作福的恶吏，我不肯做；靠出卖自己的才智，为主子出谋划策，分一杯羹的家臣，我更不做。现在诸侯争霸，频频发动战争，我为他们所用，一定也会成为涂炭百姓的帮凶！与其如此，我宁肯永远做一个匠人，还能造福于黎民百姓。

【一直在踱步的迟仲，回头粲然一笑。

迟　仲　有了，有了，学成之后有一个职业，我想你能接受。

墨　翟　愿听老师指教。

迟　仲　京城学成，你就学我，做个教书先生，怎么样？

【墨翟高兴起来。

迟　仲　教书，可以传授你的学说，又不屈人之下，还可以不离开你那些工匠兄弟，为他们办点实事，怎么样？

【墨翟高兴得几乎喊起来。

墨　翟　太好了！我怎么就没想到呢！有其师，必有其徒！

【高石进来。

高　石　师傅，公输工师到处找你！

6. 染坊账房（日，内）

【公输父女，正在光线充足的窗前，仔细察看试染的绛丝色泽，脸上喜不自禁。

【墨翟匆匆进来。

墨　翟　工师，你找我？

公输工师　墨师傅，你快看！

【墨翟接过丝束一看，原来绛色已经试染成功。

公输工师　这绛色之正，可算得是上乘了！

【绛娘眉飞色舞地。

绛　娘　京城里的官袍，颜色不过如此。

【墨翟看到染色如此成功，自然欣喜，但还有些不放心。

墨　翟　不知做过褪色试验没有？

公输工师　做过，做过，吃色很牢，连几个老染匠，对染色的牢度都感到吃惊。墨师傅，你是怎么染的？

墨　翟　我跟公输小姐说过，只要成功，我就把配方赠给工师。

【公输工师高兴得直搓手。

公输工师　真的？！

墨　翟　真的！

【绛娘看着父亲那张高兴的脸。

绛　娘　不知父亲用什么，去答谢墨先生？

公输工师　就按女儿说的办！

【墨翟知道绛娘说的又是馈赠他上学之事，连忙岔开。

墨　翟　请问工师，咱这染坊，能染出多少种颜色？

公输工师　……唉，只有20几种，还没有一种达到上乘货色。

墨　翟　大的染坊，已经染到60种了。

公输工师　墨师傅是车匠，为什么对染织这么在行？

墨　翟　不怕工师笑话，我的染织知识是从各种染织书简中读到的。小时候，我常到染山采染草，回到家里就试染。每兑出一种新色，我会手舞足蹈。那时候，我有一位启蒙老师，常常在我身旁。自母亲去世，我的启蒙老师和我的染织兴趣就一同断绝了。这次的绛丝试染，是公输小姐重新燃起我少年时代的爱好。

公输工师　……你真是个染织天才！

墨　翟　这次绛丝染织的配方，我打算交给公输小姐。我建议请她主持批量开染。

公输工师　绛娘，看来老父只好退身一步啦，这次千斤绛丝染织，就由你来主持吧。

绛　娘　不过……我请墨先生一定到场。

墨　翟　好，我一定来！

7. 染坊工场（日，外）

【晴空万里的一个好天气。

【批量染织绛丝的工作正在按部就班地准备着。两口距离不远的染锅，似乎有
　意，一锅染绛红，一锅染墨青。匠人们把同时开染的两种白丝，陆续运入场地。

【绛娘早早来到染坊工场，站在染锅跟前，焦急地徘徊着。墨翟快步赶到。

绛　娘　墨先生！

墨　翟　公输小姐！

绛　娘　我真担心你今天不能来。

墨　翟　今天开染，老天都在帮你的忙啊。

绛　娘　有你在场，才是对我最大的帮忙。要不，我心里总不踏实。

墨　翟　是对我的配方，还缺乏信心吗？

绛　娘　我是对自己缺乏信心……我平生第一次主持开染，你呀，就算给我壮个胆，
　　　　什么事都不用动手，只是别离开我。

墨　翟　好，我今天，只管看热闹。

【墨翟跟随绛娘，向码放白丝的场地走去。

【墨翟拿起丝束，仔细打量着。看着看着，墨翟自顾自地嘟囔起来。

墨　翟　……近朱者赤……近墨者黑……近朱者赤……近墨者黑呀！……

【绛娘的脸唰地红了，呆呆地看着墨翟。

【墨翟仍然嘟囔着。

墨　翟　……近朱者赤……近墨者黑……

绛　娘　……墨先生，你怎么得知我的婚嫁之事？

墨　翟　……哦，你说什么？……

绛　娘　先生分明在调侃，我与我夫君的名字呀？

墨　翟　……我只是说了一句民间俚语，不知与公输小姐婚嫁大事，有何关系？

绛　娘　我的未婚夫君叫杨朱，绛者为赤，不正是先生俚语所隐的"近朱者赤"吗？

墨　翟　误会了，误会了！墨翟给小姐赔礼。

绛　娘　哪里有礼可赔，不知者不为罪嘛。

墨　翟　公输小姐的夫君，可是天下著名辩士杨戎？

绛　娘　杨朱不过是个书生而已。

墨　翟　将来有机会，还请公输小姐引荐杨戎先生。

绛　娘　我说过了，他不是杨戎，是杨朱，我近朱者赤，名为绛娘嘛。

【墨翟似是而非地看着绛娘。

绛　娘　墨先生，怎么了？

墨　翟　你没看见这些雪白的丝束吗？……

绛　娘　正是因为它们雪白，我们染成什么颜色就是什么颜色呀？

墨　翟　是呀，它们染于苍则苍，染于黄则黄……世间之"染"，何止于丝？人有染，家有染，社有染，国亦有染……

绛　娘　不知墨先生所说"国亦有染"，可有根据？

墨　翟　齐人以悍勇为荣，鲁人以孱弱为礼，卫人以奢侈为贵，赵人以骑术为高，楚人以束腰为美，这不是"国染"吗？

绛　娘　墨先生由丝染，念及人染、家染、社染、国染，如此说来，岂不是把你、我，都置于染缸之中？

【墨翟眼神呆滞，不作回答。

染锅领匠　小姐，各项准备就绪，请发令开染！

【墨翟突然恳求地。

墨　翟　请等一等……等一等……

【墨翟怜惜地抚摸着白丝，又不时地看着两口绝然不同的染锅，久久呆立。大家都在等着，不知为何还不开染。

染锅领匠　小姐，都准备好了。

【绛娘顾不得墨翟了，大声下令。

绛　娘　开……染……

【匠人们把雪白的丝，不容分说地投进绛、黑两口染锅。

【墨翟呆呆地站在两个丝料堆前，不肯离去。

【匠人们开始搅丝。

【墨翟的情绪随之发生着变化。由警醒而惊惧，由惊惧而迷惘，由迷惘而悲怆，以至影响两个染缸匠人的投料工作，自己也浑然不觉。

【绛娘走过去，把墨翟拉向一边，看见墨翟的样子，十分不解。

绛　娘　墨先生怎么了？

【墨翟自言自语。

墨　翟　……染于苍……则苍……染于黄……则黄！……

绛　娘　你哪里不舒服？

【墨翟看着绛娘，痛苦地低吟着。

墨　翟　……染于苍则……苍……染于黄则……黄！……

【墨翟神情恍惚，打了一个趔趄。晕倒在地。

8. 墨翟卧室（夜，内）

【翟鸟灯下，墨翟在床前沉沉入睡。栀妹和绛娘守在床边。

五十二集大型
历史电视连续剧
墨子

绛　娘　……栀妹，都是我不好，一定要先生给我壮胆，才把他累成这个样子。

栀　妹　绛娘，你怎么不信我说的呢？真的和你没有关系。

绛　娘　不，你不要安慰我，都是我不好……

　　【绛娘焦急的样子，让栀妹觉得不安。栀妹向绛娘做了个过来的手势。绛娘跟
　　　着栀妹，到来外间。

9.墨翟书房（夜，内）

　　【绛娘跟着进来，急切地。

绛　娘　我们赶快去抓药吧？

　　【栀妹笑着摆了摆手。

绛　娘　你怎么一点也不着急，哎哟，真是急死我啦！

栀　妹　绛娘莫急，我来告诉你一个秘密。

绛　娘　什么秘密呀？

栀　妹　是墨翟晕倒的秘密。

绛　娘　快说呀！

栀　妹　墨翟从小就有这种"悲丝病"……

绛　娘　你说什么病？

栀　妹　"悲丝病"，就是悲伤白丝被染。

绛　娘　还能有这种病？

栀　妹　洁白的丝，一旦染色，顷刻之间就失去了自己的纯真，而且再也没有挽回的
　　　余地。染成黑就是黑，永远黑，染成黄就是黄，永远黄！墨翟看染丝，常从"染
　　　丝"想到"染人"。平日里人们的所言、所行，书上的所述、所论，在他眼里
　　　就会突然变成各色染缸……这样联想起来，就会难以自已。少年时代，墨翟
　　　每次看染丝，都会陷于这种沉思，以致晕厥，苏醒后数日不语，要好长时间，
　　　才能回过神来。后来，墨师娘知道他有"悲丝病"，就再也不让他进染坊了……

　　【绛娘恍然。

绛　娘　……看着墨先生高高大大的，心思却如此细密。他从染丝及于染人，从悲丝
　　　及于悯人，真是好一颗慈爱敏感的心灵啊……可为什么，他在染坊当了十天
　　　的杂工，却从来没有晕厥？

栀　妹　那是因为有个制作器物的责任在身……

绛　娘　有了责任，就连病也不敢生了？

栀　妹　今天，一定是你没有给他事情做，所以墨翟这颗心呀，一不小心，就掉进染
　　　缸里去了。我看他这个人，可能要终生受累。

绛　娘　墨先生现在是匠人，日后成为士人，就不会这样受累了。

栀　妹　有一种人，不管做什么，都会强力从事，辛劳一生的。

绛　娘　那你可得好好管管他。

栀　妹　我不但不能管他，反而要帮他。

绛　娘　那为什么？

栀　妹　只有帮他快快做完，才好让他歇息。

绛　娘　天下的事情，是能够做完的吗？

栀　妹　一天的事情总是可以做完的吧？

【绛娘无话可答。

栀　妹　……墨翟身强力壮，心智蓬勃，做什么事情，也不会累倒他……唉，我就是担心他忘记吃饭……

【绛娘突然爽声大笑。

栀　妹　（不解）你笑什么？

绛　娘　你别看我年龄不大，什么样的人我都听说过，就是没有听说……还有忘记吃饭……的人……

【说罢，绛娘又大笑不已。栀妹示意她小声，不要惊醒了墨翟。

【绛娘凑近栀妹，故作神秘地。

绛　娘　我也告诉你一个秘密？

【栀妹瞪大眼睛听着。

绛　娘　你的墨翟呀，不能再在温柔乡里沉睡了……

【栀妹听了，不觉脸颊绯红。

绛　娘　他应该远行。

栀　妹　你说什么？什么远行？……

绛　娘　墨先生的求知欲望，百工坊已经容纳不下。你的夫君呀，应该远行，去京城曲阜读书。

【栀妹第一次听到这件事情，不知如何是好。

绛　娘　你也一起去吧？就住在我们公输家，咱们三个人一起念书，不好吗？

【栀妹不置可否。

10. 目夷谷左庠（日，外）

【栀妹端着一摞碗，快步走来，看见迟师娘正在扫院子。

栀　妹　师娘，忙着哪！

迟师娘　哎哟，栀妹怎么得空来了？

【迟师娘看见栀妹手上的一摞碗，放下扫帚，就抱过来。

迟师娘　你怎么能掐会算的，昨天刚砸了俩儿，今儿就送来一摞！你真是个小精灵。墨翟得了你，本事更得再长九丈九！

栀　妹　老师在吗？

迟师娘　在，在。

栀　妹　我有事找他。

迟师娘　快请进。

11．迟仲书房（日，内）

【迟仲正在埋头读书，传来迟师娘的喊声。

迟师娘　……我们栀妹来了!

【迟仲刚要起身，栀妹已经进来。

栀　妹　老师日安!

迟　仲　栀妹，来。

【不等栀妹开口，迟仲连忙说道。

迟　仲　栀妹，我知道，你是想打问墨翟进京读书的事?

【栀妹点点头。

迟　仲　我告诉你，那就是随便一说，没有的事。

栀　妹　我想问问，老师真的教不了墨翟了吗?

迟　仲　栀妹呀，我不瞒你，要说教，我是真的教不了墨翟了……

栀　妹　莫非老师谦虚? 一个墨翟还教不了?

迟　仲　栀妹，你不懂，这老师教学生，就像父母送女儿出嫁、和儿子分家一样。

栀　妹　这么说，墨翟是你一天天教出来的，这离别的一天，也总会到来?

迟　仲　所以我才说了他应该去曲阜读书的话……后来想想，墨翟已经结婚，我再这
么说，不成恶婆婆了吗? 算了，算了吧……

迟师娘　栀妹，别听这个老师的。我们墨翟哪儿也不去，就在百工坊待着，多好。

栀　妹　我来感谢老师对弟子的关怀。另外，向老师打听一下，在京城的花费需要多
少，我好有个准备。

【迟仲情不自禁地脱口而出。

迟　仲　好一个通情达理的女子!

迟师娘　栀妹，你可不能放走墨翟，这家里家外的，哪一样少得了他?……

【迟仲生气地瞪着迟师娘。

【看来，只要迟仲真生气，迟师娘还是害怕，立即不情愿地离开了。迟仲一直
目送她出去，这才平静下来。

迟　仲　花费方面，我看你们很难筹措……

12．迟仲卧室（日，内）

【迟师娘出来，在门口仔细听着。

迟　仲（画外）　……你们尽量吧，有多少算多少，其他的，我再想办法……

栀　妹（画外）　我父亲还可以再筹措一些……

【迟师娘知道墨翟进京求学一事，已成定局，立即去翻自己的私房钱。

13. 迟仲书房（日，内）

迟　仲　墨翟是个有才能的人，埋没了他，做老师的永远不能自谅。既然你也支持他去，费用之事倒有一个节省的办法。这次，我亲自送他进京。在京城，给他找个朋友家寄住，帮人做点书写簿账之事，墨翟很勤，生活足以自理。

栀　妹　谢谢老师。

迟　仲　要说谢，我是真的得谢你啊！墨翟有你这样的媳妇，真是三生有幸！

栀　妹　我来这里，请老师不要对墨翟提起。他不愿意我来打扰老师。

迟　仲　好，他的衣着行李，你就抓紧准备吧。

【栀妹向迟仲深深施礼后离去。迟仲看着栀妹离去的背影，眼睛有些湿润。

【迟师娘进来，拿着一把钱，交给了迟仲。

【迟仲吃惊地。

迟　仲　你那老鼠洞里，藏了这么多好干粮?

14. 任工师家后院（日，外）

【任工师抓紧教授墨翟防身的功法。任奶奶在一边看着。

任工师　……这样……对，再使点劲……你可以借力……他要是出其不意，你就……这样！……一击至敌要害！……

【墨翟按照任工师的指点，一遍遍地练习着。

【车工甲进来。

车工甲　任工师，有宋国客商订货。

【任工师跟车工甲走了。任奶奶接着上来。

任奶奶　墨翟，来，让奶奶摔摔你！

【墨翟紧张地对应着。

15. 胜工师家（日，内）

【这是墨翟和栀妹因为要去京城读书，和胜工师一家吃的告别饭。

【激动不已的胜工师，满地转圈，不知干什么好。胜绰胡蹦乱跳，和胜工师时不时地撞到一块。

【墨翟和栀妹帮着胜师娘沉住气地张罗着。

栀　妹　干妈，你看干爹！

胜师娘　他呀，一看见墨翟，就高兴得不知做什么好。

墨　翟　……母亲，我有一个好消息告诉你。

【墨翟凑近胜师娘。

墨　翟　我准备去京城曲阜读书！

胜师娘　什么？

墨　翟　我要去京城读书！

【这句不大的话音，像一个晴天霹雳。

【满地转圈的胜工师，一屁股跌坐在地上。

【胜绰顿时号啕大哭。

16.胜工师家卧室（夜，内）

胜师娘　……他爹，你也得看得开一点。

胜工师　……我是眼看着墨工师，活活饿死的……我后悔……哪怕是强灌他一点米汤，
　　　　也能熬到，墨翟来救……见到墨翟，就像墨工师又回来了……

胜师娘　那也得让墨翟长点本事啊？

胜工师　我就怕墨翟长了本事！

胜师娘　还是要长本事嘛……

胜工师　……他们墨家有根，本事愈大愈不要命。墨工师不是本事大，绝不会用自己
　　　　的一条命，去换回我们五十口子！

【胜工师起身一定要去劝墨翟，胜师娘拉也拉不住。

17.墨翟书房（晚，内）

【栀妹用身子挡住一件新添的器物，不让墨翟看见。

墨　翟　让我看嘛！让我看！

【栀妹还是不让开。

【墨翟把栀妹一把抱起，终于看见了那件器物。原来是一件仿铜鼎。古铜色烧
　　得很正，不仔细看，难以辨出这是一件陶器。

【墨翟仔细打量和抚摸着仿铜古鼎。

墨　翟　好，好哇！跟真的一模一样！

栀　妹　大家都说，这件陶器，能卖出一件铜鼎价钱。

【墨翟转脸情深地看着妻子。

栀　妹　有什么好看的，怎么又不认识了？

墨　翟　是呀，是呀，我越来越不认识你啦！

栀　妹　不是你说，让我制作仿铜陶器，好满足百姓购买吗？

【墨翟激动地拉起栀妹的手，语无伦次。

墨　翟　……你这手……这心……这手……我要是不用丝线把你拴住，让你从我身边
　　　　溜走，这怎么得了？！怎么得了？……我进京读书……我要带走……

【栀妹端起油灯，墨翟跟随，并肩走出书房。

18. 墨翟卧室（夜，外）

【胜师娘跟着胜工师，来到墨翟窗前。

墨　翟（画外）　……我带不走……这双手……

栀　妹（画外）　怕什么，还有那根红线。

墨　翟（画外）　你说的是哪根红线？

栀　妹（画外）　就是你拴我的那根红线呗！按民间传说，"赤绳系足"是月下老人所　　　　　　　　为，丝线虽小，却是苍天的情牵。那根红色丝线，会把我们终生牵连的……

【胜师娘觉得不安，拉着胜工师要走。胜工师就是不走，胜师娘只好自己先走了。

【墨翟把栀妹抱在怀中，情深地说。

墨　翟（画外）　栀妹，你收藏着红色丝线，我带着翟鸟灯碗，我走到天涯海角，我们　　　　　　　　也不分离。这翟鸟灯碗，就像你的眼睛，帮我看着黑暗的路。

【栀妹搂着墨翟的脖子，把嘴凑上去……

【窗下的胜工师只得含泪走开。

19. 墨父母坟冢（夜，外）

【胜工师来到墨工师的坟上，独自呜咽不已。

胜工师　……老哥……墨翟要走了……我看不见你……也看不见墨翟啦……

20. 任工师家（日，内）

【盛的饭菜，为即将上路的墨翟送行。一家人为了掩饰离情别绪，有意说着笑话。

任工师　……墨翟呀，你走了，我一点也不闲得慌，就是咱这车坊的生意，叫你弄得　　　　　刚红火起来……

任奶奶　墨翟，你师傅把你当成他的摇钱树啦。

任工师　哼，你不提摇钱树，我还差点忘啦。你还记得那位楚国商人庄信吗？

墨　翟　记得。

任工师　庄信这人很重情义，他付清车钱之后，另外又留下一笔。他说，你那个"国工"　　　　　师傅，一直不让我见面，不知什么年纪。这笔钱，少，则留给他成家立业，大，　　　　　则留给他养家糊口，老，则留给他养老送终……我就替你收下了。这下，正　　　　　派上用场啦！

任奶奶　我今天要是不说"摇钱树"，这一大把钱，也许你就给瞒下啦？

墨　翟　我这一走，也许三年，也许五载，就让栀妹搬回来住吧，对二老也有个照应。

任奶奶　墨翟呀，你这一走，我是一百个不赞成，可人家爷儿俩，却是一个腔调。你　　　　　师父一辈子走南闯北，他愿意叫你出去闯一闯，我能想明白。这栀妹呀，刚　　　　　过门，就出息得这么快，我就纳闷……是不是你给我们栀妹吃了什么迷魂　　　　　药？

墨　翟　吃了，一天三次，一次一海碗。

【大家再次笑起来。

21. 目夷谷村口（清晨，外）

【远处的山林，已经显出清晰轮廓，高石挑担送别墨翟和迟仲。

【空中，忽然一只鸢鹰飞过，高石禁不住喊着。

高　石　鸢！鸢！

【迟仲怕墨翟分心与公输般比赛的事，拉住高石的衣服。

迟　仲　进京的路是远，得快些走了。高石，你也别送了，我们分手吧。

【此时，正走到目夷谷村头的那块巨石前。早就藏在巨石后边的十个徒弟，呼
　　啸而出，弄得墨翟、迟仲吃了一惊。

众徒弟　师傅！老师！

墨　翟　高石！叫大家跑这么远！我也不是不回来！

众　人　师傅你一定要回来啊！……我们等着师傅快回来！

高　石　师傅，你那一身本事，教给我们的不到一半。今天我们就以这方巨石为证，
　　走到天边，我们还是你的徒弟！

众　人　师傅保重！师傅保重！

墨　翟　高石，带大家回去吧。

【墨翟把行囊背上肩。

【高石把一根打磨得非常光滑的木棍递给迟仲。迟仲接过来，拄了拄，正合手。

【徒弟们满含热泪，目送墨翟师生远行。

【高石爬到巨石上，翘首远望。

【走出老远的墨翟和迟仲，回头再看时，徒弟们依然站在那里招手。

第十集　挑战天命

1. 途中（黄昏，外）

【迟仲与墨翟艰难地走着。墨翟背着所有行李。迟仲拄着棍子，依然气喘吁吁。

墨　翟　……老师，你该歇息了。

迟　仲　我当年同你一样……也是很能爬山走路的……现在嘛，有了年纪……

墨　翟　老师，刚才不是有个驿站吗？你为什么一定要到峄山驿站？

迟　仲　我们不是没有钱嘛。

墨　翟　峄山驿站是个大驿站，不是要钱更多吗？

迟　仲　我不住他的驿站，他敢收我的钱？

墨　翟　不住驿站，还非要赶去峄山驿站，那是为什么？

迟　仲　墨翟呀，你一路看见了，凡国野之道，十里有庐，三十里有宿，五十里有市，市有候馆，这峄山就是一处候馆。往来住宿的都是大官和商贾，他们住进候馆，他们的车呢，不是都停在候馆外面吗？

墨　翟　老师是说，你也要在车子下面露宿？

迟　仲　对呀！

墨　翟　老师，万万不可呀！

迟　仲　你老师还有些火力哪。

2. 峄山候馆（夜，外）

【峄山候馆的门前，有许多马车。迟仲和墨翟钻进一辆马车底下。

墨　翟　……老师，我上次到曲阜，就是在野地里露宿的。

迟　仲　这马车底下，总是可以避一避露水的。

【墨翟把随身的包袱给迟仲垫在头下。

墨　翟　《诗经》上说，"敦彼独宿，亦在车下"，描述的是出征士兵独宿兵车之下的情景，是不是也像我们现在这个样子？

迟　仲　军队出征，露宿野外，没有帐幕，蜷缩车下，很为普遍。可是国君也有离开传舍，露宿野外的。

墨　翟　什么？国君也露宿野外？

迟　仲　国君表示谢罪的时候，就用这种叫"避舍露宿"的方式，在野外露宿。

墨　翟　我们既不是士兵，也不是国君……

迟　仲　只是一对舍不得盘缠的穷师生。

墨　翟　老师，你是学儒出身，孔子还收学生的肉干，你教书为什么从不收费？

迟　仲　孔子说"有教无类"。其实，分什么类不类的，只是个表面，真正让穷孩子都能上得起学，只有免费。有你师娘种着地，饿不死我就行……

【迟仲还没有说完，就打起呼噜来。

【墨翟脱下衣服给迟仲盖上。迟仲的风骨和教育风格，在他心里打下了深深的烙印。

3.墨翟家门外（夜，外）

【绛娘提着一个丝绸包袱来到，见大门紧闭，敲门。栀妹开门。

栀　妹　是公输小姐，快请进来。

绛　娘　天还不黑呢？美人就是睡得早嘛。

栀　妹　小姐拿我们粗人打趣。

绛　娘　我不来看你，你就不知道去看看我？

栀　妹　我还说，明天早起，去看看你这批染织呢。

【绛娘进来，向里走着。

绛　娘　我来了，你就说呗。

栀　妹　真的，墨翟总是惦着……

绛　娘　栀妹不惦着吗？

栀　妹　瞧你说的，墨翟惦着不就是栀妹惦着嘛。

4.墨翟卧室（黄昏，内）

【栀妹把绛娘带进了卧室。

绛　娘　你们真是夫唱妇随呀。

栀　妹　等你结了婚，我也这么说你。

绛　娘　我哪能像你和墨先生，青梅竹马，我的未婚夫君什么样，还不知道哪。

【绛娘说着，把丝绸包袱递给栀妹。

【栀妹打开，里面是一包已经染好的丝束。栀妹凑在油灯下仔细端详。

栀　妹　颜色纯正，饱满，有光泽，这是上品呀！真是太好了！

绛　娘　这次呀，跟第一批试染的效果一模一样！

栀　妹　要是墨翟看见了，不知得多高兴哪！第一批试染的样品出来，墨翟一蹦这么高，活像个孩子！

绛　娘　是吗？他在外面，可是个有气魄的男子汉。

栀　妹　他说自己留在目夷的唯一心思，就是这批丝的染织。你成功了，他的心思就了啦。

绛　娘　先生还没回来？

栀　妹　你不是说，墨翟应该远行吗？

绛　娘　怎么，他走了？

栀　妹　听了你的劝说，他，到京城曲阜读书去了。

【绛娘既惊又喜，既喜又气。

绛　娘　……哦？……那他为什么不告诉我？

栀　妹　墨翟想了许久，宁肯带着这个未了的心思远行，还是没向小姐去辞行……

绛　娘　他这是回避我们公输家许诺的酬谢！

【栀妹点了点头。绛娘愈想愈气。

绛　娘　……什么酬谢，分明是他应得的血汗钱！他不要，岂不是将掠夺匠人心力的
　　　　骂名，让我们公输家背上？要是在目夷谷就算了，这是去了京城，要吃饭，
　　　　要读书，在京城里没有钱，可是寸步难行！

栀　妹　是呀，就到临走，他也没说明白，去了京城怎么生活？

绛　娘　这不是拒人于千里之外，成心把老街坊，推成陌路人吗？！

栀　妹　小姐不要太生气了，墨翟手上没钱，也不是什么坏事……

绛　娘　栀妹，我跟你说正经的。

栀　妹　我也不跟你说笑话。不过，我真要告诉你一个笑话。你知道墨翟有一个绰
　　　　号吗？

绛　娘　你是成心气我不成？

栀　妹　我告诉你，墨翟的绰号就叫"没底儿"！墨翟儿，墨翟儿，没底儿。

【栀妹说着"咯咯"地笑起来。

绛　娘　你是说，你们家的墨翟，是个没有底的口袋？

绛　娘　对对！墨翟母亲临终前叮嘱我母亲，说钱是不能放在墨翟口袋里的，他见了
　　　　穷苦人就送，有多少，他都会给你散尽。走的时候，我只让他带了个把月的
　　　　盘缠，幸亏有老师同行，钱都由老师带着……

绛　娘　这样吧，先生在京城的生活，我来想办法。

栀　妹　墨翟不会接受的。

绛　娘　为什么？为什么？

栀　妹　墨翟这个人，只能他助人，不能被人助。

绛　娘　先生这样，不就是把自己当作一口深井，只让人们往外提，不让江河往里流，
　　　　长此以往，岂不枯竭？

栀　妹　小姐这话，将来见到墨翟，一定要跟他说哟。

绛　娘　你家先生真是一大怪！

【栀妹正在悄悄地收起一件衣裳，害怕绛娘看见，她收得不露声色。可是绛娘
　　还是看见了。绛娘上前拿过，提起一看，是她为墨翟做的那件新婚丝衣。绛
　　娘想到自己辛苦为墨翟缝制的丝衣，原来墨翟没有穿走，顿时气不打一处来。
　　羞愤之极，绛娘就去撕扯。丝衣的质地极其坚韧，岂是绛娘之力所能撼动。

【栀妹看得笑了起来，连忙抱过自己的那一套。

栀　妹　……我可没说不穿！……我可没说还给你！……

【绛娘看见栀妹的样子，又破涕为笑。

【栀妹忙不迭地脱去外衣，穿上丝衣，绛娘看着，慢慢平复下来。

栀　妹　……你知道吗，绛娘？我整天泥里土里，穿上这身丝织的衣服，才闻到自己
周身的女儿气。现在我夜夜丝衣裹身，夜夜感谢绛娘……

【说着栀妹就和衣在床上躺下了。

【绛娘看见穿上丝衣的栀妹，光滑柔和得像一块彩绸，心里非常感动。

绛　娘　唉……我怎么就没有发现？……我整天在男人的世界里转，却不知百工坊女
匠人的内心，原来如此细腻滑爽、温良妩媚……栀妹，我真希望你就是我
的……姐姐……

栀　妹　那你就是我的妹妹！

绛　娘　姐姐！

栀　妹　妹妹！

【绛娘把手里的墨翟丝衣展平。

栀　妹　哦，我还忘记了。墨翟临走留下一句话，我也不知道什么意思。他说你要是
生气了，就让我说给你听。现在你不生气了，我就不说了吧？

绛　娘　姐姐要是不说，妹妹又该生气了。

栀　妹　他说，如果你要生气，就让我告诉你，原谅他只能，"钩之以爱，揣之以恭"。

【绛娘若有所思地念叨着。

绛　娘　钩之以爱，揣之以恭……

5.峄山（日，外）

【日上三竿，迟仲和墨翟一路走来。

墨　翟　……老师，前面就是峄山吗？

迟　仲　是。这峄山好看景致有三，一是当年孔子讲学处。二嘛，有"峄阳古桐"，是
普天下制作琴瑟的上乘原料，只是远在山南，剩余古桐，零零落落，可以不
看。这三，如果遇到而不看，就是终生遗憾。

墨　翟　什么事情，能有这么大的吸引力？

迟　仲　就是峄山每年夏季的山川祭。

墨　翟　山川祭？

6.峄山山会（日，外）

【峄山山会，在一个山坳里，非常热闹。有买卖山果和各种农具的摊子，有斗
鸡、斗羊的场地。

【迟仲和墨翟在川流不息的人群中穿行。

迟　仲　……峄山的山川祭，在孔子心目中，是很有分量的呀！几十年前，吴国使者问孔子，掌管什么事情，才算上是神？孔子曰，掌管社稷之守的人，不过属于王者之类，而山川之灵，足以纪纲天下者，其守则为神。我们这是来到了神祇之地啊！

【他们来到峄山的一块巨石跟前，巨石上筑有山川祭的祭坛。

【巨石在今峄山东宫，称"一亩八分三"的地方。

【迟仲看见山川祭已经收场，十分遗憾。

迟　仲　昨晚这一觉睡过了头，看来，山川祭的祭祀时辰已过，咱们只好顺便赶个山会，也算不虚此行啦。

墨　翟　老师，鲁国的祭祀怎么这么多呀？什么郊祭、社祭、祖庙祭、山川祭、五祠祭……没完没了。不是一只海鸟，飞到曲阜城东门外，三天不去，臧文仲还让城里人，专门为它设了一场祭祀嘛？

迟　仲　那海鸟祭，是鲁国的荒政。而这峄山的山川祭，可是列入祭祀典章的。据说，自大禹治水时留传至今，是黎民对山川惠泽的敬谢。我们来了，心到为敬。

7. 峄山山会卜筮处（日，外）

【一个惹人注目的占卜几案，旁边树有"听天由命"四个篆字幡旗。迟仲和墨翟随意走来。只见卜筮前，有两个壮汉挟持着一个苦苦挣扎的年轻人。

【已经显出疲劳之态的迟仲，立即像年轻人一样，快步上前，厉声喝叱。

迟　仲　放开！放开！

【两个壮汉就是不放。

迟　仲　有话说话，不要拉拉扯扯！

【两个壮汉还是不松手。

【迟仲上前，扒拉开两个壮汉，一把拉过年轻人，以教训的口吻。

迟　仲　你招惹什么是非了！还不快说？

【这位年轻人，满身力气，一脸哀叹，满目泪水，一腔哭诉。

年轻人　……他们抢我去做家奴……

【筮人见迟仲一身士人打扮，不敢怠慢，赶快上前搭腔。

筮　人　这位小兄弟占得一卦，是"终生为奴"卦。此处有一济世富家，愿收他为仆。他们发生争执，与我没有关系。我这幡旗上明明写着"听天由命"，这是有言在先的呀！

迟　仲　先生就学何处，竟如此神算，敢断定一人终生命运？

筮　人　在下，先学于儒，又学于龟策，再学于日者，算是远近闻名！

迟　仲　你既然为我这个仆人，占的灵验，何不为我这一仆人，再占一卦？

【迟仲毫不迟疑地把墨翟推给筮人。

【筮人拿过墨翟的手，稍一端详，就胸有成竹地断言。

筮　人　这个年轻人，好身板，只是没有读书识字的命，是个奴仆好料！

迟　仲　先生，我是京城名族，出来带了两个仆人，全让你占对了。你们俩听好了，以后要好好侍奉老爷，不得稍有松懈。（转向筮人）先生，我这里付你占卜之资。以后到京城里，我再向先生讨教！

【墨翟将耕柱推出人群，边推边说。

墨　翟　你听好，咱俩就得好生侍候老爷，我这一不留神，你怎么就跑出来了！

【耕柱还没有明白过来，就被墨翟推搡得老远。迟仲紧随，向僻静处走去。

8. 峄山山会一隅（日，外）

迟　仲　年轻人，你是怎么被他们缠住的？

年轻人　我给主人赶车，从泰山向峄山山会送货，过来看热闹，碰上这档子事。

墨　翟　兄弟，你叫什么名字？

年轻人　我叫耕柱。那个筮人，同富户是一伙，专门干欺男霸女的勾当！不过，他卜得还是真灵验。我真的是个奴仆命，如果家里没有老父一人，我也就跟着那个富户走了……

墨　翟　耕柱啊耕柱！你差点被他们要了命，怎么还相信天命？他不是说我也没有读书识字的命吗？

迟　仲　他是我的学生，我们是师生。

耕　柱　哦！哦！多谢二位先生救命。可是，我的命就是不好。父亲为我起名耕柱，是希望自家有田。到了我这一代，还是田无一垄，只得在打猎之余，为富人做车夫。我天生就是个奴仆命，要不他怎么就卜得那么准呢？

墨　翟　那是因为被视为贱民的人，身上会自然流露出几分奴气。他卜我，是从手相上看出的。我这当工匠的手，还用他卜？

耕　柱　你？你既当工匠，又读书，这两件事，你怎么能扯拉到一块呢？

墨　翟　因为我不"听天由命"，而要通过努力，改变自己的命运，所以就一面做工，一面读书。

耕　柱　那，我也能改变命运吗？

墨　翟　能！但你得先抛弃"听天由命"的念想！

迟　仲　耕柱呀，这卜筮之事，也是有来头的。古人涉及征战、迁徙、天谴一类大事，众说不一，难以拿定主意，常借龟卜和占筮以问吉凶。对了，是老天赐福，错了，是上苍降祸，谁也不落埋怨。不过，古人卜筮之后呢，还知道让一位称为"史"的卜人，把"龟辞"和"兆辞"收藏起来，到了年底，再拿出来核对一遍。有多少灵验的，多少不灵验的。可见，不灵验的为数不少。更何况，一个野筮，卜你"终生为奴"，你就信以为真，不思进取，那正好中了他们的诡计。

【耕柱似乎悟出了些道理，频频点头。

墨　翟　耕柱，自今日起，咱俩就为改变自己命运，去拼他一场！

耕　柱　不过，你有老师帮助，谁肯帮助我呢？

墨　翟　我帮你！

耕　柱　这曲阜一别，我到哪找你？

墨　翟　你同我一样，先从好好读书、好好做人做起，以后，我墨翟来找你！

耕　柱　成！两位去曲阜，上我的车吧！

9. 途中（日，外）

【耕柱高高举起鞭子，一声清脆的响鞭，扫尽了刚才的晦气。

【夕阳西下，马车在山路上奔行。

10. 曲阜大车店（黄昏，内）

【这是曲阜城里一个小小的大车店，迟仲和墨翟住进店里，已经吃过饭了。一天劳累，使有些年纪的迟仲，感到浑身乏力，他坐在床前，索性仰面躺下了。

【墨翟端着一只木盆进来。木盆里冒着热气，墨翟要给迟仲洗脚。

【迟仲一个激灵爬起来。

迟　仲　使不得！使不得！

【迟仲定要自己洗脚。

墨　翟　老师，俗话说得好，一日为师，终生为父。你都教授我十五年了，我还没有资格为老师洗脚吗？

【迟仲知道墨翟对他的一片心意，遂仰面躺下。

迟　仲　……你呀，明天哪里也别去，就在这店里，给我安心读书。我哪，出去找找老朋友，跟他们打听打听送你就读，再顺便给你借些书来……

【说着说着，疲劳至极的迟仲就睡着了。

【墨翟给迟仲洗着、按摩着。迟仲脚上起了泡，墨翟拔下一根头发，给迟仲穿泡。

11. 曲阜大车店（日，内）

【迟仲把留给墨翟的烧饼放在桌上。

迟　仲　墨翟呀，烧饼给你搁在这，千万别忘记吃饭！

墨　翟　我记住了，老师放心。

迟　仲　放心？我就是不放心。

墨　翟　那我拿在手里好了？

【墨翟拿过烧饼，抱在怀里。

12. 曲阜大车店（日，外）

【墨翟送迟仲出了门。

墨　翟　（谐谑地）弟子谨记老师教诲，绝不废寝忘食。

13. 曲阜马车店（日，内）

【墨翟回来把烧饼放在桌上，专心读起书来。

【不一会儿，一个小孩溜进墨翟房间，拿了桌上的烧饼就吃起来。

【墨翟察觉后，又把桌上的一碗水端给他。

【孩子没有见过这样的人，哭了起来。

【门外冲进一个女人，一把抱住墨翟的腿，哭求着。

女　人　……先生！……放过这可怜的孩子吧！……

墨　翟　大嫂，快快请起！

女　人　先生，你要什么，我都给你！

墨　翟　起来说！起来说！

女　人　……你就让他吃吧！……我把自己给你……

【墨翟把身上所有的钱都给了她。

【女人拉着孩子给墨翟磕头。孩子只顾吃烧饼。女人只拿了一部分钱。墨翟又把剩下的钱全部塞给了孩子。女人千恩万谢地走了。

14. 曲阜大车店院子（日，外）

【迟仲背了一背的书，累得气喘吁吁地回来。

15. 曲阜大车店（黄昏，内）

【墨翟接过迟仲背上的书，见迟仲的后背已经湿透了。墨翟赶快打水，让迟仲洗脸。

【迟仲边洗脸，边往桌子上看。他见烧饼没了，以为墨翟没有忘记吃饭，倒有几分欣慰。

墨　翟　老师，你把书借好，放在那里，我去背。

迟　仲　这是一家一家借来的。

【墨翟迫不及待地打开书简看着。有人敲门。墨翟开了门。一位长者站在门口。

墨　翟　请问，先生找哪位？

【这位先生不答话，就往里走，向正在洗脸的迟仲背后，狠狠地拍了一下。

【迟仲一惊，回头一看。

迟　仲　哎呀，我的师兄！我去峄山左庠找你，你却来到了曲阜！

【迟仲师兄：我就知道，你也住这种大车店！咱们办私学的，都是一样清苦。

迟　仲　墨翟，快见过我的师兄！这是我的弟子墨翟。

墨　翟　墨生，见过老师。

迟仲师兄　一看就是个好材料。你迟仲授徒，自然高人一筹。

迟　仲　我这弟子呀，在学业上确有一股斩钉截铁的精神……墨翟，快打酒买菜！

迟仲师兄　我来请客！

【墨翟出了门。

16.曲阜大车店（夜，内）

【油灯下，三碗酒，两碟菜。墨翟不喝，只管给迟仲师兄上酒。

迟　仲　……我这次，想带他来京城投学儒门……

迟仲师兄　师弟，不知你说的这儒门是哪一门？

迟　仲　不就是孔老夫子的那一门嘛，莫非还有第二个儒门？

迟仲师兄　都自称是儒门，其实此儒非彼儒，各吹各的笛，各捏各的眼，门户林立，门户林立哟！

迟　仲　哦？

迟仲师兄　夫子谢世，刚刚三十年，孔门已经分崩离析，现有子张氏之儒，子夏氏之儒，子游氏之儒，曾氏之儒，澹台氏之儒……你要你的弟子，投于谁家门下？

墨　翟　老师，学生有一事不明，既然都师从一位宗师，为什么还要各立门派？

迟仲师兄　墨生，我来问你，你老师讲述的学术观点，你都同意吗？

墨　翟　也有不同意的。遇到这种情形，我就向老师请教，经过老师讲解，我赞同了老师的意见……

迟　仲　也有我赞同墨翟意见的时候。

迟仲师兄　但是，不同见解长了，日积月累的分歧，就自然在学术派别上显现出来。夫子在世，出于维护师尊，众弟子都不碰撞。一旦夫子不在，不同学术观点之间难免相互抨击。这是形成门派的第一层根源……

迟　仲　师弟，我看你快成为儒学派系纷争的专家啦！

迟仲师兄　这第二层嘛，是涉及利益分割。

墨　翟　学术门派还能"弃道谋食"？

迟仲师兄　不幸被墨生言中了。决定门派兴旺的，重要的是看弟子的出路。儒门，本来是学做襄礼的场所。出于儒门，才有资格依照《周礼》去主持庆典、祭祀、婚礼、丧葬等各种活动。自夫子起，开始举荐弟子做官，这是最能吸引达官贵人子弟进入儒门求学的。于是，孔夫子弟子中，谁的学生被荐举的高官越多，出任襄礼的名气越大，谁就门庭若市。

墨　翟　我倒认为，守师者之业，应当选取弟子中最优秀的人去担当……

迟仲师兄　所以，孔门弟子便纷纷以"亲传"自诩，苦心经营。然后，为壮大自己，难免践踏别人。于是学术派别就向利益派别转变了。在夫子谢世，儒家失去

中心人物的情况下，"门户林立"，已成不可阻挡之势。

【迟仲击案呼应。

迟　仲　透彻，透彻！

【迟仲师兄拍拍墨翟肩膀。

迟仲师兄　墨生呀，你老师把你荐举进京，日后有了大作为，你老师和目夷左庠，就会在鲁国私学中名声大噪，那时，挡不住会冒出一个迟仲氏之儒哪！

【墨翟看看油灯不亮，去拨着灯芯。

迟　仲　本人可从未有此非分之想。

墨　翟　哎？迟仲老师，若是自己说的，都是利民之言，人家硬是抨击你，你也不起而捍卫？

【迟仲让墨翟说得一愣。

墨　翟　弟子以为，学术之争并非坏事，灯不拨不亮，理不辩不明！

迟仲师兄　你看，你看，这青出于蓝而胜于蓝嘛！

【迟仲和师兄笑得前仰后合。

迟仲师兄　如今天下，诸侯纷争，连年战乱，百姓苦不堪言。儒家的派系之争有多少是针砭时弊的济世良药？儒学传至今日，我看是该加点新鲜东西啦！

迟　仲　（故做埋怨状）我本想，要你为墨生进京做些指点，不想，却把我们儒门的家丑翻了个底儿朝天，这不让年轻人望而却步吗？

【迟仲和师兄大笑，墨翟也跟着笑了起来。

17. 曲阜大车店院子（日，外）

【迟仲步履维艰地回来，他背上的书已经不多，但是却格外吃力。剩下最后的这几步路，也几乎走不到，还要蹲下喘口气。

【喘过一口气来，迟仲又坚持着走向房间。

18. 曲阜大车店（夜，内）

【迟仲说着梦话。

迟　仲　……回家……回家……墨翟我们……回家……回家……

【墨翟被惊醒，看见迟仲还在昏睡。

墨　翟　老师！老师！

【迟仲发出两声沉闷的哼哼。

【墨翟一看不对，伸手一摸，迟仲的额头滚烫。墨翟也学着以前迟仲给栀妹号脉的样子，给迟仲号起脉来。

【号完脉，墨翟在竹简上写下几味中药，穿上衣服，出了门。

19．曲阜大街（夜，外）

【月光下，墨翟在大街上走着、找着。

20．曲阜药铺（夜，外）

【药铺前，墨翟敲门。

墨　翟　掌柜的！掌柜的！

（画外）　干什么？

墨　翟　掌柜的，抓药！

（画外）　深更半夜的，明天再来吧！

墨　翟　掌柜的，治病救人哪！

【里面亮起灯来。门板上打开一个小窗口，掌柜的伸出手来。墨翟把竹简递上。
　　掌柜的接过竹简，又把小窗口关上了。

21．曲阜马车店（夜，内）

【高烧的迟仲，痛苦面容。

22．曲阜药铺（夜，外）

【小窗口再次打开，托出三包中药。墨翟接过药就走。

（画外）　哎哎！钱！

【墨翟恍然，浑身一摸，一文钱也没有。

墨　翟　掌柜的，我的老师病了，情急之中，我忘了带钱！……

【伸出的那只手，不耐烦地摆了摆。

墨　翟　明天我一定还你！

【墨翟拿着药就跑。

23．曲阜大车店院子（清晨，外）

【大院里，横七竖八地停着一些马车。墨翟回来，走进旁边的马棚，找到正在
　　喂马的店主。

墨　翟　店家！

店　主　先生起得好早呀？有什么事吗？

墨　翟　你这里的马车，有没有需要修理的？

店　主　昨天就有三辆坏的，客官正发愁哪。

墨　翟　我会修车。

店　主　你会修车？那太好了！

【说着，店主把墨翟带到坏了的马车跟前。

店　主　先生，这报酬怎么算呢？

墨　翟　不要报酬。

店　主　那怎么行？你这就帮了大忙……

墨　翟　店家，要不你也帮我一个忙。

店　主　没说的。

墨　翟　我老师病了，我抓的这几服药，你替我煎上，再去东城的药铺帮我还上药钱，以后我一定还你。

【店主应声而去。墨翟卷起袖子就干了起来。

【人们三三两两地围拢过来，看着墨翟熟练地修车。

【其中有人惊讶地称赞着。

客官甲　不得了！不得了！眨眼工夫就能削出一个车闸！

客官乙　这不是"国工"嘛！

客官甲　年纪还不大呢！

客官乙　这大车店，还来了大神哪！

24. 曲阜大车店（日，内）

【店主端着熬好的中药进来。看见迟仲还在床上躺着。

店　主　先生，药煎好了，先生趁热喝了吧。

【迟仲挣扎着睁开眼。

迟　仲　……这药……多少钱？

店　主　什么钱不钱的，你们来了，我可是蓬荜生辉啊！

迟　仲　店家，我们的房租，一文钱也不会少的。这药，我可没有钱付给你……

店　主　药你尽管喝，房租我一分钱都不要。

【店主反而捧出一些钱，放在桌上。

店　主　这些给先生零用。

【迟仲看着店主放下钱要走，勉强支起身子。

迟　仲　店家！……你给我说明白！……我可是没有钱……

店　主　有手艺就行呗！你那位小先生的修车手艺，恐怕要传遍京城啰！

【迟仲知道墨翟又干起了修车的行当，人一下子瘫倒了。

店　主　……门外来了好多人，听说这里住着一个修车高手，又快又好又不要钱，都在外面排队，等着修车。我巴望二位，长期在我这里包房，我这就去把向阳的那间，给你们腾出来……

【迟仲明白了，原来墨翟为了给他买药，不得不操起了老本行，帮助修理住店的马车。迟仲看着那碗药汤，内心极其悲怆。他对着天花板，怅然道。

迟　仲　难道，我的弟子，永远只能修车吗？……

25. 曲阜大车店（日，外）

【墨翟在修车，旁边围着许多看客。

26. 曲阜大车店（日，内）

【迟仲已经可以起床了。他活动着仍然虚弱的身体，隔着窗户，看见墨翟正在院子里给人修车。迟仲开门出去。

27. 曲阜大车店院子（日，外）

【迟仲看见，等待修车的队伍，都排到了门口。他深深地叹了一口气，又回屋去。

28. 曲阜大车店（夜，内）

【迟仲和墨翟对面坐着，迟仲不得不向墨翟说出了自己痛苦的决定。

迟　仲　……墨翟呀，我看，我们恐怕得回目夷谷了。

【墨翟看着迟仲，不解地。

墨　翟　为什么？

迟　仲　我一直没跟你说，前几天，昔日的朋友，我拜访了几十位，说到借书，没有一个回绝的，唯独说到你的就读，却是没有一个答应的。你的工匠身份，无法进入国学，而私学的学费，又极其昂贵。我们此行，是没有指望了……

墨　翟　想不到，偌大的鲁国京城，竟容不下一个工匠入读？

迟　仲　我想，明日我们一起先回目夷，以后再另谋就读之路吧……

墨　翟　不，就是走，也要等老师身体强壮了再走。

迟　仲　我们已经囊中羞涩了……

墨　翟　老师，我有手艺……

迟　仲　我不能让我的弟子，用一双匠人的手，养活我这个老朽！……

墨　翟　老师，既然你决意要走，我们还有最后一条路，不妨一试？

迟　仲　你还有什么路？

墨　翟　我这里有一个远房亲戚……

迟　仲　京都就读，恐怕谁也帮不上。

【墨翟期待着迟仲的赞同。

迟　仲　不过，明天你可以去找他一趟，帮上帮不上的，亲戚总是要走的。我结了账等你，你一回来，我们就走。

29. 公孙子方府邸庭院（日，内）

【墨翟在家人的引领下进来。

【墨翟四处环顾着，仍是这处庭院，当年求救之事，历历在目，但是已经物是人非。

30. 公孙子方府邸客厅（日，内）

【墨翟见到花白胡须的公孙子方，悲痛之情油然而生。他跪下来，给公孙子方请安。

墨　翟　表叔！……

【墨翟哽咽，再也说不下去了。公孙子方扶起墨翟。

公孙子方　墨翟啊，我都听说了……

墨　翟　感谢表叔搭救之恩。

公孙子方　没有救上呵……

【墨翟沉浸在悲伤中。

公孙子方　墨翟呀，你来得正好，不然我也会去目夷谷找你。现在目夷墨家就你一个
　　　　　人了，你不如来曲阜跟着我，在我府上随便做点什么，总比一个人在目夷谷
　　　　　强吧？

墨　翟　表叔，墨翟此次来京城，就是想在曲阜求学。

公孙子方　求学？

墨　翟　对，求学。

公孙子方　你要到哪里求学呢？

墨　翟　这正是我要请教表叔的。你说，学习儒学，按照孔夫子提倡的去做，能消除
　　　　　天下纷争吗？

公孙子方　我看不能。

【墨翟听了这话，十分吃惊。

墨　翟　为什么？

公孙子方　儒家过于注重规范个人伦理行为，一个《周礼》，就自己捆住了手脚。别的
　　　　　不说，单说鲁国是儒学的发源地，却又为强国所鱼肉，仅此就足以证明。

墨　翟　如今天下一些强国，比如秦、楚、齐各国的治国能臣，听说他们之中的不少人，
　　　　　都是起学于儒的。

公孙子方　墨翟，上次你来，我只知道你是一个聪明后生，这一次，简直是要刮目相
　　　　　看了。确实有人，起学于儒者成为强国能臣的。不过，他们在儒学之外，另
　　　　　有自己的治国新策，才能取得成功。现在儒学与周天子一样，都面临着一场
　　　　　不小的危机呀。

墨　翟　那，我又何必长途跋涉，来学这些不能救百姓于水火之中的东西呢？还不如
　　　　　回目夷谷去当工匠！

公孙子方　你已经是工匠了？

墨　翟　是，表叔，我还称得上是个好车匠。

【公孙子方听了之后，暗暗记在心里，然后继续说着。

公孙子方　起学于儒嘛，还是要的，这会为你涉猎别的学问打下基础。只有起学于儒，
　　　　　才会使你进入士者之流。

墨　翟　表叔，你是说，要用读书去换取士者身阶？

公孙子方　是呀，学问，其实就是出仕的敲门砖。

【墨翟痛苦又无奈地低下了头，嘟囔着。

墨　翟　……不如……回目夷谷……

公孙子方　墨翟呀，回去好办，凡事向后转，就像水往低处流。我看你似乎有些志向，
　　　　　那就应该人往高处走。

【墨翟无奈地摇了摇头。

公孙子方　墨翟，你表叔任职的地方，正是鲁国国学泮宫。

【墨翟抬起头来。

公孙子方　作为"贱民"，你不能允许进入。但是，现在有两条路，都可以帮你进入鲁
　　　　　国国学泮宫。

【墨翟瞪大了眼睛听着。

公孙子方　一个是，你过继给我当儿子，我就可以让你以家人的身份，进入泮宫就读。
　　　　　另一个嘛，你若真是个制车的工匠，泮宫里有战车需要修理，你不妨试试？
　　　　　不过，这一条路，就要格外辛苦……

墨　翟　那我能读到书吗？

公孙子方　泮宫里有那么多书，还怕没有你读的？

墨　翟　表叔，我愿意一边做事，一边读书。

公孙子方　那好，你现在就跟我去吧。

墨　翟　谢谢表叔！

五十二集大型　历史电视连续剧　墨子

1.曲阜大车店院内（日，外）

　　【墨翟高兴得连蹦带跳，老远就喊着。

墨　翟　老师！老师！……

店　主　墨先生回来了……又来了几辆车……

　　【墨翟顾不得店主，飞似的跑进自己屋里。

2.曲阜大车店（日，内）

　　【迟仲正在整理行李，听见墨翟喊他的高兴劲，感到事情有了转机。

墨　翟（画外）……老师！找到了！……找到了！……

　　【迟仲知道墨翟求学之事有了着落，把正在整理的包袱，一股脑儿地抖落在床。
　　大大地喘了一口气，坐在那里。

　　【墨翟进来，到了迟仲跟前。墨翟看着迟仲，迟仲看着墨翟，师生两个你看我，
　　我看你，不禁面对面大笑起来。墨翟不知如何表达是好，突然想起来。

墨　翟　老师，我给你洗脚吧？

　　【迟仲再也不推让，伸开两脚，等着墨翟端水来。

　　【墨翟一边舀水，一边说。

墨　翟　我的表叔，就在鲁国国学泮宫任职！

迟　仲　哦？他叫什么？

墨　翟　公孙子方。

迟　仲　哎呀！你怎么不早说？

墨　翟　老师你也没问哪！

迟　仲　我的许多朋友都说，自从鲁国国君被季孙氏驱逐之后，国学泮宫就多年没有
　　　　主事。求学之事，找找有职无权的管领公孙子方，或许管用。想不到还真的
　　　　管用。你和他是什么关系？

墨　翟　听我父亲说，我们目夷家族与曲阜的公孙子方家族，都是微子后裔。公孙子
　　　　方家族较早离开宋国，成为鲁国世家。我父亲与公孙子方先生，一直保持来
　　　　往。当年目夷兵劫，就是他让我捎回的"无字信板"！

迟　仲　哎呀！哎呀！太好了！太好了！子方先生是怎么安排你的？

墨　翟　表叔安排我，做泮宫的修理匠人，修理"六艺"器具……

　　【迟仲一听，顿时耷拉下脸来。

墨　翟　他让我一边做修理匠，一边可以读泮宫里的书，所有的书啊！……

【迟仲气得把脚从水里抽出来。

迟　仲　这个公孙子方！明明能以家人的身份，送你去泮宫读书，为什么不这样做？！

墨　翟　老师，这种安排，我已经很满足了！

迟　仲　不说读书，就算我带来的是制车匠，他也不该安排去做修理匠？这是把你降
　　　　为贱民中的下等，这是帮的什么忙？！

【迟仲气得一脚踢翻了脚盆。

【墨翟从来没见老师发过这么大的脾气，一时有些不知所措。少顷，墨翟捡起
　　脚盆，又舀来水，再次端到迟仲面前。他一边给迟仲洗脚，一边慢慢劝慰。

墨　翟　老师，你不是对我说过嘛，孔子和他的三千弟子，谁人也没使孱弱的鲁国有
　　　　所振兴。所以我常常想，只有经书典籍的智慧，而拒绝实践亲履的智慧，学
　　　　问再大，也是小智。经书典籍，不过是积累记载了前人的经验，有精华，也
　　　　有讹舛。如果不顾"世异时移"地讲下去，孔子也不过"数人之齿"而已。
　　　　只有把"践履之智"与"经籍之智"结合在一起，才称得上是大智。老师，
　　　　我想在这个破旧的国学车库里，度过我人生"践履之智"与"经籍之智"相
　　　　结合的时光，你说，有什么不对吗？

【迟仲低头不语。

墨　翟　或许，老师还有什么更好的办法？……

【迟仲抬起头来，深情地看着墨翟。

墨　翟　老师，你不是希望我成为一个能说能做的人吗？

【迟仲一言不发，倒在床上，转身暗暗流泪。

3. 曲阜大车店（夜，内）

【半夜，迟仲起身，点亮油灯。他把钱分成一小份儿一小份儿，分别缝在墨翟
　　的衣服裤子里。他笨拙的手、花了的眼睛，那么吃力。

【灯油在一点点耗干，迟仲在一针一线地缝着。

4. 曲阜大车店（日，内）

【墨翟一觉醒来，发现迟仲不见了。他惊慌地叫着。

墨　翟　老师！老师！……

【墨翟冲出门去，院子里也没有迟仲，又立即回到屋里。发现桌子上，有一根
　　竹简。竹简上，刻着迟仲给他的留言，"按时用膳。分袋施舍"。

【墨翟抓起自己的衣裤，上下摸着，发现一个个的小口袋里，都是迟仲分开缝
　　住的盘缠。墨翟捂住脸，痛哭失声。

墨　翟　……老师啊！……墨翟不敬！……送也没送啊！……

【不等墨翟悲伤，门外响起店主的喊声。

店　主（画外）　墨师傅！墨师傅！

【墨翟忍住悲伤，开门出来。

店　主　墨师傅，真是不好意思呀，外面又来了好几辆车，都在等着墨师傅哪！

墨　翟　好，我就来。

5. 泮宫（日，外）

【泮宫，是鲁国的国学。坐落于国君宫殿群落一侧，为鲁国大臣、高官子弟求学之处，又是国君听政、战时"献功"之地。所以，泮宫是"礼仪教育"与"戎战教育"合为一体的产物。孔子私人办学受到公认后，泮宫也跟着设有"六艺"教习课程，以培养"虎臣"人物。随着鲁国的没落，战国时期的泮宫，虽然居于宫殿之间，但难掩衰败景象。

【公孙子方领着墨翟向泮宫深处走去。墨翟不时向四周看着。作为泮宫地貌特征的泮池，只有几株飘零的荷花，和一池无波无澜的死水。

6. 泮宫车库（日，外）

【公孙子方带着墨翟，来到一座建筑面前。公孙子方打开锈蚀的门锁，推开门，阳光照进这间布满尘土的房子。

公孙子方　这就是泮宫的车库。

7. 泮宫车库（日，内）

【墨翟进去一看，这是一个很大的库房，里面胡乱堆着战车、弓箭、马具等物品，看来已经许久没有人来过。战车的车轮脱落，横在门口。

公孙子方　这些车子，全不能使用。你真是制车手艺不错的话，不妨试试。

墨　翟　表叔，这泮宫里还有没有其他战车？

公孙子方　都在这儿了。

墨　翟　没有战车，怎么教授"六艺"？

公孙子方　不瞒你说，泮宫里的"六艺"课程，早就被迫停止了。这要弓没弓，要箭没箭，几辆车，个个没有轮子……教不能教，习不能习……

【墨翟翻动那些躺着的车轮。

公孙子方　我找了好几拨匠人看过，都说难以修复。

【墨翟又在翻动马具、弓、戈之类。

公孙子方　这些你也会修理？

【墨翟点点头。公孙子方恍然。

公孙子方　我倒忘了，你父亲是鲁国出名的弓匠，工匠之子，修理几张弓，大概不难。墨翟，你若是真都能修好，这生员习"六艺"的事，没准就可以再重新开始？你呀，沉住气，一样一样慢慢修，我先把你的住处安排好……

墨　翟　我就住在这里吧，干活方便。

公孙子方　不行，这里潮气太重，几个匠人试过，都说住不下去……

墨　翟　我没事！

公孙子方　墨翟……

墨　翟　就这样吧。哪里有稻草？

公孙子方　那边马棚里，我让两个马夫给你送来就是。

墨　翟　不用了，我自己去。

8. 泮宫马棚（日，外）

【墨翟来到马棚，看看没人。

墨　翟　有人吗？

【无人回答，墨翟就从草堆上抽着稻草。不想，身后突然被人抱住。墨翟一使
　　　　劲，把身后的人摔了个仰面朝天。那人哎哟一声。墨翟刚要回头，身后又被
　　　　另一个人抱住。墨翟又一使劲，把他们摔在了一块。墨翟一看，压在底下的
　　　　那个人，原来认识。

墨　翟　耕柱！

耕　柱　是你？！

【墨翟一手一个拽起耕柱和李达。

耕　柱　这就是上次我跟你说的，救命恩人墨先生。他是我兄弟李达！

李　达　见过墨先生！

墨　翟　叫我老弟好了。耕柱，想不到，能在这里相见。你怎么到这儿来了？

耕　柱　先生，你不是说，要我好好念书吗？我寻思，泮宫就是念书的地方，就是这
　　　　泮宫的马棚，不是也应该离念书的地方近点嘛。谁承想，根本不是那么回事。
　　　　泮宫里的生员都不读书……

李　达　墨老弟，耕柱想念书都想得有点魔怔啦！

耕　柱　墨先生，这回我可不离开你了，你一定要教我读书。

李　达　如果老弟不嫌弃，我也算一个？

【墨翟抱起他抽下的稻草。

墨　翟　好，你们先认认我的讲堂。

9. 泮宫车库（日，内）

【车库墙角的向阳处，用草垫起了一个床铺。床前，横着一个破旧的几案。几
　　　　案上摆着翟鸟灯碗。窗户透进的几缕光线，给这个阴暗的车库带来几分生机。

【一只车轮已经重新装好，墨翟到处找着什么，终于在墙角里发现了，这是一
　　　　个车辖，墨翟捡起来，摇摇头，显出几分无奈。然后把车辖固定在车轮上。
　　　　他支起车身，转动轮子，运转正常。

【公孙子方进来，看见墨翟在全神贯注地观察车轮的运转，有意站了一会儿。

看着墨翟再转动另一个轮子，也运转正常。

公孙子方　墨翟呀，怎么样？真的能修复？

墨　翟　哦，表叔。这里别人能进来吗？

公孙子方　这里？这里可是谁也进不来，怎么？

墨　翟　这车轮，是人有意拆下来的！

公孙子方　哦？

墨　翟　请来的工匠，为什么说不能修？

公孙子方　他们开始看了，跟你一样，都说能修，但一两天后，又都说不能修。……
一拨一拨都是这样……

10. 泮宫车库（夜，内）

【墨翟点起翟鸟灯碗。此时，不远处渐渐传来琴瑟之声。

耕　柱　先生，今天的课还讲吗？

墨　翟　好吧，你们说，想听什么？

耕　柱　先生，我们整天在这泮宫里，老是听他们说"六艺""六艺"的，你还是先给
我们讲讲，什么是"六艺"吧？

墨　翟　好，你们坐好了。

【耕柱和李达正襟危坐。

墨　翟　六艺是泮宫里的六门教学课程，即礼、乐、射、御、书、数。这之中，礼有
五礼：吉礼、凶礼、军礼、宾礼、嘉礼；乐有六乐：云门、大咸、大韶、大夏、
大濩、大武；射有五射：白矢、参连、剡注、襄尺、井仪；御有五御：鸣和鸾、
逐水曲、过君表、舞交衢、逐禽左……

李　达　哎呀哎呀！先生，我的头都大了……

耕　柱　先生，我也听不懂。

墨　翟　那我们就先从六书、九数开始。六书就是练习写字的方法，九数就是学习计
算的小九九，这总该懂了吧？……

【外面的琴瑟之声，愈来愈大。墨翟一时语塞。

李　达　墨先生，这泮宫的公子哥们，对"六艺"可偏心了。学习御、射，是要吃苦的，
他们最不肯。这乐舞之事，他们倒是白天习了晚上接着习，没够。我带你去
看看吧？

墨　翟　你们去看吧，我要修车。

李　达　墨老弟，这车，你还修吗？

墨　翟　为什么不修？

李　达　你修得快，不如他们毁得快。

墨　翟　是谁干的？……

李　达　我带老弟去长长见识。

耕　柱　先生，走吧！

　　【墨翟只好跟着耕柱、李达走出车库。

11. 泮宫讲堂（夜，外）

　　【李达一行来到泮宫讲堂窗外，他们停下，悄悄探头望去。只见讲堂内，穿着各种彩衣的歌舞伎们，伴着乐声，正在翩翩起舞。

　　【一曲未终，几个生员模样的人，抢上台去把歌舞伎拥在怀中。本来就昏暗的灯光，不知被谁"噗"地吹灭。顿时里面乍起淫荡之声，难以入耳。

　　【墨翟反感地拉着李达和耕柱就走。

12. 泮宫车库（日，内）

　　【墨翟正在修理着一张弓。地上突然出现了三个人影。墨翟见了，却没有抬头。

　　【三个泮宫生员模样的人闯了进来。身高体硕，不学无术的索公子，盛气凌人地走在前面。他用手比画着，出言骄狂。

索公子　你这个臭车匠，抬起头来！

　　【墨翟抬起头，一眼就认出他们正是与歌舞伎鬼混的几个公子哥。

墨　翟　（不卑不亢）公子，有何见教？

索公子　谁叫你来修车的？

　　【墨翟重新捡起手中的活儿，不温不火地。

墨　翟　是泮宫的管领雇我来的。

索公子　招来八个工匠，叫我们赶走四对。你这臭小子，好大胆子！

　　【墨翟仍旧在忙着手中的活儿，不紧不慢地。

墨　翟　习"六艺"，可是孔老夫子的倡导，现在不但鲁国，诸侯各国的国学，不是都在习"六艺"嘛。

索公子　你懂什么？"御"有什么好习的，那是赶车的事，"射"有什么好习的，那是兵勇的事，"数"有什么好习的，那是家宰的事，至于乐呀、舞呀之类的，少爷们倒是有几分兴趣。

　　【三个少爷狂笑起来。

13. 泮宫车库（日，外）

　　【耕柱、李达来找墨翟，听见里面有人说话，连忙避在一旁。

14. 泮宫车库（日，内）

　　【臧公子不像索公子那样傲慢。

臧公子　你知道这些破破烂烂的玩意儿，给我们带来多少麻烦？

五十二集大型 历史电视连续剧 墨子

索公子　你立马给我拆了！听见了吗？

墨　翟　我要是不拆呢？

索公子　那……我们就先把你拆了！

　　　　【三个人一齐围拢上来。

15. 泮宫车库（日，外）

　　　　【耕柱听见他们的威胁之言，要立即冲上去。李达示意他再等一等，悄悄拿起身后的两根木棍，递给耕柱一根。

16. 泮宫车库（日，内）

　　　　【墨翟拿着他已经修理好的弓，慢吞吞地站起来。

墨　翟　要比力气？我们就从这张强弓开始。你们谁能拉开，我就走人，算是被你们赶走的第九个匠人！

索公子　你能拉开吗？先拉给我们看看！

墨　翟　事，是你们挑起，你们报出"拉不开"，才能轮上我。

　　　　【臧公子阻拦，索公子挣脱阻拦，欲拉强弓。拉到半弓，就再也无力拉开，气急败坏地把强弓重重摔在地上。

　　　　【眉清目秀、相貌端正的索获，从地上捡起强弓，递给墨翟。

索　获　我们拉不开，该你啦！

　　　　【墨翟接过强弓，运足气，把弓拉满，然后轻轻放开。三个公子面面相觑。

臧公子　我们上当了，匠人整天出大力，我们当然赛不过！

　　　　【四个人都在沉思。

臧公子　我们比赛吟诗！这泮宫乃神圣之地，往来无白丁！

索公子　对！你要是吟不出，就是对这圣地的亵渎！也得滚出泮宫！

墨　翟　你们说，怎么赛？

臧公子　我们点题，你来吟。你来点题，我们吟。谁吟不上来，谁就认输，走人！

墨　翟　不，我吟不出，认输走人。你们吟不出，只认输，不走人。因为你们还要在泮宫修业，只是从此不要再到库房滋事就好。

索　获　真看不出，你这工匠，还有点气度！点题！

17. 泮宫车库（日，外）

　　　　【耕柱和李达放下了手中的木棍，索性坐下听起来。

18. 泮宫车库（日，内）

　　　　【墨翟缓缓放下手中的活计，神情十足而有节奏地吟起来。

墨　翟　呦呦鹿鸣，食野之苹。

　　　　我有嘉宾，鼓瑟吹笙。

臧公子　《小雅·鹿鸣》。

索　获　吹笙鼓簧，承筐是将。

　　　　人之好我，示我周行。

墨　翟　伐木丁丁，鸟鸣嘤嘤。

　　　　出自幽谷，迁于乔木。

臧公子　《小雅·伐木》。

索　获　嘤其鸣矣，求其友声。

　　　　相彼鸟矣，犹求友声。

墨　翟　矧伊人矣，不求友生？

索　获　神之听之，终和且平。

墨　翟　我心匪石，不可转也。

　　　　我心匪席，不可卷也。

　　　　威仪棣棣，不可选也

索　获　《邶风·柏舟》。

墨　翟　予羽谯谯，予尾翛翛。

　　　　予室翘翘，风雨所飘摇，

　　　　予维音哓哓。

索　获　《豳风·鸱鸮》。

【臧公子被他们吟得性起，自己直接点起题来。

臧公子　彼黍离离，彼稷之苗。

　　　　行迈靡靡，中心摇摇。

索　获　《王风·黍离》。

墨　翟　知我者谓我心忧，

　　　　不知我者谓我何求。

【索公子见大家吟得热火朝天，自己闲在一边，终于按捺不住寂寞，自己吟诵
　　起一首他常常吟唱的情歌《卫风·木瓜》。

索公子　投我以木瓜，报之以琼琚。

　　　　……

　　　　投我以木桃，报之以琼瑶。

　　　　……

　　　　投我以木李，报之以琼玖。

【索获打断索公子的吟诵。

索　获　兄长，这种场合吟诵情诗不妥。

19. 泮宫车库（日，外）

【耕柱和李达捂着嘴笑起来。

20. 泮宫车库（日，内）

臧公子　就吟《小雅·北山》。

索公子　溥天之下，莫非王土。

　　　　率土之滨，莫非王臣。

墨　翟　你们违反规矩了，还是我来点题。听好了，《魏风·硕鼠》。

【索获正要回答，索公子抢先答道。

索公子　硕鼠硕鼠，无食我黍！

　　　　五岁贯女，莫我肯顾。

　　　　逝将去女，适彼乐土？

　　　　乐土乐土，爰得我所？

墨　翟　打住！

索公子　怎么啦？

墨　翟　不是"五岁贯女"！公子可真大方，硕鼠三年，已吃得硕大无比，体肥腰圆，你再加出两年，黎民还怎么活？

索公子　我就不信！

【索获拦住索公子。

索　获　兄长，是"三岁贯女"，不是"五岁贯女"！

墨　翟　听题，再吟一首关于这泮宫之水的《鲁颂·泮水》。

臧公子　思乐泮水，薄采其芹。

　　　　鲁侯戾止，言观其旂。

　　　　其旂茷茷，鸾声哕哕。

　　　　无小无大，从公于迈。

　　　　……

墨　翟　好了，鲁侯尚且骑上骏马，勇武蹻蹻，大臣子弟却迷恋歌舞升平，不知眼前几位公子，心中可有几分愧疚？

【墨翟从容地指向库内。

墨　翟　这里摆放的是车，再来首《秦风·车邻》吧！

索公子　……《秦风》中，有这首诗吗？

索　获　有，还列在《秦风》第一首。

墨　翟　一个强秦，尚且吟诵车马驰骤，而孱弱的鲁国，大臣子弟竟损坏泮宫教具，不习"六艺"，不图报国，鲁国岂不是后继无人吗？！

21.泮宫车库（日，外）

【耕柱和李达得意地笑着。

22.泮宫车库（日，内）

索 获 今日之事，多有冒犯！

臧公子 以后，我们不打扰你车库的事了。

【索公子拉着臧公子就走。索获有意落在后头。

索 获 你真的是个木匠？

墨 翟 我是工匠世家！

索 获 我看，你倒像是个读书人！

【索获拍拍墨翟肩膀，伸出拇指表示夸赞。

【三位公子走后，耕柱和李达冲进来，抱着墨翟欢呼起来。

耕 柱 我们贱人也有出头之日啦！先生快教我念书！

23.泮宫（日，外）

【公孙子方提着一包东西，顺着泮宫池，向车库方向走来。

24.泮宫车库（日，内）

【墨翟正在闷头干活。公孙子方进来。

公孙子方 墨翟！墨翟！

【墨翟竟然没有听见。公孙子方看看已经修理好的战车，和摆得整整齐齐的弓、
戈之类，喜悦之情溢于言表。他把一包东西扔在墨翟面前。墨翟吓了一跳。

公孙子方 你真是个好匠人！

墨 翟 表叔！这是什么？

【公孙子方打开包袱，里面是很多散落的竹简。墨翟一看，非常高兴。

公孙子方 这包书简，需要更换韦编。我估摸着，也许，你能试试？

墨 翟 《春秋》！太好了！

公孙子方 还好呢，这部《春秋》，韦编已脱落多年，散简一堆，谁也不肯修。

墨 翟 表叔，还有吗？你都给我拿来！

公孙子方 你怎么见到书，就像商人见到钱一样？

墨 翟 越有价值的经籍，韦编越容易断折，越需要修补，你都给我送来。我一边修理，
一边就可以阅读呀！这都是其他地方读不到的经籍啊！

公孙子方 你先按照顺序摆开，摆好我来校雠，校雠之后，你再换韦编。你可千万别
弄乱了，弄乱了我也收拾不起来。

【墨翟胡乱应着，翻看竹简不抬头。

公孙子方 墨翟，你是否认识一个，叫公输绛娘的女子？

五十二集大型 历史电视连续剧 墨子

墨　翟　什么?

公孙子方　公输绛娘。

墨　翟　哦哦……

公孙子方　刚才她找到我家,说要见你。

墨　翟　忙哪,忙哪……

公孙子方　我说……你到底……真是的……你比商人见到钱还要厉害,简直是苍蝇见
　　　　　　到血!

25. 泮宫车库(夜,内)

　　【墨翟在一张几案上,依次摆开片片竹简。他口中朗读着,手却不停地从一堆
　　　杂乱无章的简片中搜索。每寻得一枚,他便会如孩童一般兴奋。

　　【李达给翟鸟灯碗里添油。

　　【耕柱跟在墨翟后头,模仿着嘴里念着,手里摆着。

(叠化)　几案上的竹简,已经排列成序,但是空出八片不能连续。

(叠化)　墨翟在制作新的简片。

(叠化)　耕柱在帮助给新的简片打毛刺。

(叠化)　李达睡眼惺忪地给翟鸟灯碗添油。

(叠化)　墨翟在用被称为"鲁削"的刻刀,刻写新的竹简。

(叠化)　和衣而眠的李达。

(叠化)　墨翟把新刻的简片,填进铺开的竹简空当之中。

(叠化)　和衣而眠的李达旁边又添了耕柱。

(叠化)　摆好最后一片新制成的简片,墨翟伸伸腰,走出车库。

26. 泮宫车库(日,外)

　　【墨翟正在打拳,公孙子方匆匆赶来。

公孙子方　墨翟!墨翟!

墨　翟　表叔,昨天的活儿,要的很急吗?我已经……

公孙子方　什么活儿不活儿的?人家小姐今天一早又来了,你倒是见还是不见!我看
　　　　　　不像是烟花女子,倒是个大家闺秀的样子……

墨　翟　表叔,你看看,我整理得对不对?

27. 泮宫车库(日,内)

　　【竹简摆满了几案,地上也是。一片污黄的竹简中,插入了八根白色木条,上
　　　面工整地刻着新鲜的字迹,把空当全部填齐。

　　【公孙子方看了,惊得目瞪口呆。他的眼睛迅速在新刻的竹简上划过,然后上
　　　下打量着墨翟。墨翟被他打量得不知所措。

墨　翟　表叔，不对吗？

公孙子方　你到底是什么人？

墨　翟　表叔？

公孙子方　不，你不是墨翟！

墨　翟　我不是墨翟，是谁？

公孙子方　你一定是下凡的文曲星，不然，谁能把17000字的《春秋》背得一字不差？

墨　翟　哎哟，我的表叔……

公孙子方　墨翟啊，你表叔是个书呆子，我怎么能说出，让你在公孙府上当个杂役的混话！

墨　翟　我在这里能读到很多书，谢你还谢不过来……

公孙子方　不不，我一定要以家人身份，送你到泮宫正式就读。

墨　翟　既然你说我是下凡的文曲星，文曲星还需要读书吗？

公孙子方　墨翟！墨翟！是我错了，我一定要送你去泮宫读书！

墨　翟　我哪儿也不去，墨翟要的就是在车库里，自在地待着。

公孙子方　……既然这是天意，那就让我给你当个，常来给你叠书的老书童吧！

28. 索纪府邸客厅（日，内）

【鲁国执政季孙氏家宰索纪，五十余岁，身着一身官袍，是个"巴结一个人，霸道天下人"的恶狗式人物。他在陈设豪华的室内踱着步，听索公子和索获说着。

索公子　……父亲，这第九个匠人，看来非同一般，我们和他较量了一回……

【索纪抬起眼睛盯着索获。

索　获　父亲，这个人，是不同于以前我们遇到的匠人。他能文能武，一张强弓，搭手就拉满了，《诗经》几乎倒背如流。我们都不是他的对手……

索　纪　他是哪里来的？

索　获　不知道。看上去，身强力壮，相貌堂堂，二目灼灼，面有宝色，可能是个奇人，我们……

索　纪　奇人个屁！

【索获吓得往后退了一步。

索　纪　长别人志气，灭自己威风！滚！

【索获惊惧地退出。只剩下索纪和索公子父子两人。

索　纪　他的母亲就胆小，生了他这个胆小鬼！庶出就是庶出，什么都小一号。

索公子　父亲，不必生气。

索　纪　你是将来继承爵位的，现在就要留心，事事要有主意。

索公子　父亲，儿子已经有了一个好主意。

索　纪　大胆去干！有我撑着你！

索公子　是！父亲！

【索纪满意地看着索公子。

29. 泮宫车库（日，内）

【室内透进一缕阳光，墨翟在为《春秋》更换韦编，冻得他不得不站起身，跺着脚。此时，公孙子方抱着被子、提着饭盒进来。

公孙子方　这库内呀，是太冷了！

墨　翟　不冷不冷。

公孙子方　不冷你跳什么？

【墨翟不好意思地笑了。

公孙子方　我倒是愿意看见你跳，说明你还知道点人间的冷暖。不然，我老以为你是个下凡的文曲星，跟你说话都战战兢兢。

墨　翟　我打小读的书加起来，也没有这半年读的多。我要是早到你这里来，那有多好。

公孙子方　那你不会修车、修弓，我也不敢收呀。告诉你，这里的古籍，不是什么人都可以看的。有的书，连老师也不许借读。

墨　翟　泮宫的藏书，是不是最全的？

公孙子方　是的。周王室的图书文献，曾经藏书最丰，可惜已经大量外流。鲁国，是周王室之外，图书文献最多的国家。晋人看了鲁国的收藏，曾发出"《周礼》尽在鲁矣"的惊叹。泮宫的古籍，是太史之外在鲁国藏书最多的地方。你整理的这些书简，因为防止古籍外流，只能尽量记在心里，不得抄录。

墨　翟　明白。

公孙子方　我看你还不太明白。

墨　翟　墨翟做事言必信，行必果，你放心。

公孙子方　可是那个叫公输绛娘的女子，你为什么不见？

墨　翟　下凡的文曲星，怎么能随便见人间的女子？

公孙子方　那也不能让人家一趟趟地来找我……

墨　翟　你就说我不在泮宫了……

【绛娘突然出现在门口。公孙子方笑着走了。

【绛娘怒视着墨翟。墨翟尴尬地躲避着绛娘的目光。

30. 泮宫车库（日，内）

绛　娘　（轻蔑地）你果然是个匠人！真正的读书人哪有一个，像你这样无礼？

【墨翟缄口不语。

绛　娘　这是栀妹让我带给你的！

【绛娘把一个包袱扔给墨翟。转身就走。

【墨翟听见栀妹二字，亲切之情油然而生。

墨　翟　公输小姐！

【绛娘止住脚步，并没有回头。

墨　翟　公输小姐请看。

【墨翟把正在整理的竹简指点给绛娘看。墨翟观察着绛娘吃惊的神色。

墨　翟　请读书人，看看有没有不妥的地方。

绛　娘　这是你整理的？

墨　翟　不，是一个无礼的匠人整理的。

【绛娘嗔怒地看着墨翟，墨翟歉意地笑着。绛娘随之松开了脸。

绛　娘　说吧，想先听谁的事？……栀妹？

墨　翟　不，还是先听我老师的事，他身体好了吗？

绛　娘　你老师回去路上很顺利，也恢复得不错。他嘱咐你不要忘记吃饭。

【墨翟想了想，不知再问什么好。

绛　娘　（有些怨气）好粗心的人，我的这身衣服，你就没有看见……

【墨翟这才看了一眼。

墨　翟　啊！不错，不错。

绛　娘　这是我们染制的第一批绛丝织的绸，这种色调，几乎人人称赞！

墨　翟　我以为，不是绛绸扮美了绛娘，而是绛娘扮美了绛绸。

绛　娘　（羞涩一笑）你呀，就是会说话。

墨　翟　哦，再说说你家染坊的事。

绛　娘　你教会我的媒染，我又试染成五六种颜色，都卖上了好价钱。家父再也不是
　　　　昔日愁眉苦脸的样子了。

墨　翟　一个匠人，感到最大的欣慰，就是自己的制作被人认可。

绛　娘　这次，父亲还为你带来不少学费，供你在京安心读书……

墨　翟　我做泮宫修理匠人的收入，能养活自己。

绛　娘　栀妹特地嘱咐，你手头不能放钱。要不，先放在我这里，你需要时，我随时
　　　　送来，如何？

墨　翟　确实不用……

绛　娘　你的读书计划实行得怎么样？

墨　翟　我现在好比，小牛跑到菜园里，左一口，右一口，吃不过来呀！

绛　娘　（高兴起来）真的？

墨　翟　当然是真的！

绛　娘　怪不得，你连栀妹的事问都不问。

【墨翟笑笑。

五十二集大型
历史电视连续剧
墨子

绛　娘　栀妹已经有了身孕。

【墨翟一愣。绛娘看着墨翟，扑哧一笑。

绛　娘　瞧你这个不食人间烟火的样子！

【墨翟半晌回过神来。

墨　翟　这么说，我就要当父亲了？……

【绛娘笑着点点头。

墨　翟　小姐的婚嫁大事什么时候举行？届时，我将给予祝贺！

绛　娘　我的事，不用先生操心。

墨　翟　为什么？

绛　娘　"钩之以爱，揣之以恭。"

【墨翟恍然。

墨　翟　这是我做人的分寸……

绛　娘　先生有做人的分寸，难道公输绛娘就没有做人的分寸？

墨　翟　希望小姐体谅。

绛　娘　希望先生明悟。

【绛娘毫不示弱地和墨翟对视着。

第十二集　六艺场上

1. 目夷谷左庠教室（日，内）

【迟仲正在给生员们讲课，生员们的年龄大小不一，个个正襟危坐。

迟　仲　……大家都听明白没有？

生员们　听明白了！

迟　仲　还有问的没有？

生员们　没有！

【胜绰站起来，毕恭毕敬地。

胜　绰　太师，我有问。

迟　仲　问吧。

胜　绰　"钩之以爱，揣之以恭"，是什么意思？

迟　仲　这是两层意思。"钩之以爱"是说，我用爱的力量，把对方拉过来，让他投入我的怀抱。"揣之以恭"是说，我用恭敬的态度，拒绝对方的要求，让他了解我的苦衷。

【迟仲突然想起了什么。

迟　仲　胜绰，这话，你是从哪里听来的？

胜　绰　是栀妹告诉我的。

迟　仲　真的？

胜　绰　栀妹说，让我单独问问太师，回去再悄悄告诉她。

迟　仲　（生气地）你这是悄悄的吗？！

【众学生哄堂大笑。

迟　仲　生员们，我告诉你们，受人之托，一定要诚实守信，怎么答应的，就怎么去做，绝不可有所僭越。

【胜绰站起来，严肃认真地。

胜　绰　太师，我没有僭越！栀妹真的是跟我这样说的。

迟　仲　（气得嘟哝着）……孺子不可教矣！……

【胜绰大声地。

胜　绰　太师！请再说一遍，我没有听见！

迟　仲　下课吧。

【生员们呼啸而去。

2. 河边（日，内）

【栀妹在河边洗衣，看见胜绰正和同学们放学回家。

栀　妹　胜绰！胜绰！

【胜绰远远地跑过来。

胜　绰　栀妹，我昨天找你，你怎么不在家？

栀　妹　我已经搬回奶奶家啦！

胜　绰　那你也不告诉我。

栀　妹　这不是告诉了你了嘛。

胜　绰　哦，我知道了。

【胜绰说完就要走。

栀　妹　回来！回来！

胜　绰　你不是已经告诉我了嘛？

栀　妹　……我让你问老师的话，你问了吗？

胜　绰　问了。

栀　妹　老师怎么说？

胜　绰　哎哟！我忘了！

【栀妹气得往胜绰头上撩水。胜绰和栀妹对着撩起来。撩着撩着，胜绰突然想了起来。

胜　绰　……太师是这样说的……

栀　妹　怎么说的？

胜　绰　你问的是什么来着？……

栀　妹　猪脑子！我问的是"钩之以爱，揣之以恭"。

【胜绰模仿着迟仲的腔调。

胜　绰　我用爱的力量，把对方拉过来，让他投入我的怀抱；我用恭敬的态度，拒绝对方的要求，让他了解我的苦衷。

【栀妹点点头，拿起衣服要走。

胜　绰　栀妹，还有。

【栀妹停下来。胜绰继续模仿着迟仲的神态。

胜　绰　生员们，我告诉你们，受人之托，一定要诚实守信，怎么答应的，就怎么去做，绝不可有所僭越。

【胜绰又回到自己的样子。

胜　绰　太师，我没有僭越！栀妹真的是跟我这样说的。

【栀妹点着胜绰的额头。

栀　妹　一根筋！

【胜绰追着栀妹问。

胜　绰　什么叫"一根筋"？

　　　　【栀妹不理睬，只顾往前走。

胜　绰　……我想哥哥！……

　　　　【栀妹回头，牵起胜绰的手。

3. 索纪府上（日，内）

　　　　【索纪正在向管家吩咐着什么，索公子在旁边听着。

索　纪　……你去告知泮宫的公孙子方，鲁国执政季孙氏要去泮宫，观看"六艺"演练。
　　　　要他们务必做好准备，不得有误。

管　家　请问老爷，定在什么日子？

索　纪　就定在十日之后。

管　家　是。

索　纪　另外，要公孙子方，知会所有私学主事，届时一同到泮宫观看。

　　　　【管家退去。

索公子　……父亲，儿子还有一事不明。

索　纪　讲来。

索公子　父亲明明知道泮宫已经多年不演"六艺"，战车弓箭破烂不堪，能驾车、射箭
　　　　的人，一个也没有，为何还要在此时演练"六艺"？而且还要那些私学主事
　　　　一起观看，这不是让我们国学当场出丑吗？请父亲指点迷津。

索　纪　自从孔夫子的那个"六艺"传进泮宫，鲁国朝中大臣，虽然都反对习练"六
　　　　艺"，但是他们哪一个敢公开叫停？

索公子　父亲，习练"六艺"已经成了一种时尚，的确没有人敢公开反对。只有我们
　　　　几个从中作梗，泮宫的"六艺"才暗中停止。九个工匠让我们赶走了八个。
　　　　可是，战车的轱辘，现在又转了起来。

索　纪　要想真正停止"六艺"，绝非你们几个年轻生员所能办到。

索公子　对，只要父亲下一道禁令，他们不停也得停！

索　纪　你别看我的地位，已经在季孙氏一人之下，鲁国万民之上，但是，我也不能
　　　　肆无忌惮。"六艺"就像如今的周天子，听不听他的，也得摆着他。

索公子　可是父亲，我们能眼看着，他们把"六艺"恢复起来吗？

索　纪　当然不能。所以得让他们公开演练"六艺"……

索公子　请父亲明示。

　　　　【索纪点头，让索公子过来。

4. 泮宫车库（日，外）

　　　　【公孙子方垂头丧气地进来，在台阶上席地一坐，自言自语地。

公孙子方　……完了！完了！……

【墨翟在车库里面看见了，出来。

墨　翟　表叔，里面坐吧，这里太凉。

公孙子方　……完了！完了！

墨　翟　什么完了？

公孙子方　索纪要习练"六艺"……

墨　翟　表叔，这不也是你日夜盼望的吗？那些教具，我全都修理好了……

公孙子方　光有教具有什么用？使用教具的人，眼下是一个也没有啊！……索纪啊索
　　　　　纪，你是要借机断送泮宫啊！

墨　翟　索纪是谁？

公孙子方　索纪就是鲁国执政季孙氏的家宰，他狗仗人势，专门利用权势，和泮宫作
　　　　　对。你还记得那几个破坏教具的公子吗？其中就有索纪的两个儿子。索纪这
　　　　　回习练"六艺"，目的就是借机取消"六艺"！

　　　　　【墨翟不解地听着。

公孙子方　你想，战车好好的，弓箭好好的，就是没有使用的人，这"六艺"的教习，
　　　　　不正好被取消嘛，而且取消得冠冕堂皇……

墨　翟　这是一个阴谋啊！

公孙子方　看来这次，鲁国的国学就要寿终正寝了……

　　　　　【墨翟明白事情的严重性。

5. 泮宫马棚（日，外）

　　　　　【墨翟急匆匆走来。

耕　柱　先生，今天这么早就来给我们上课啦？

墨　翟　耕柱，你来教我驾车，怎么样？

耕　柱　李达才是驾车的高手呢！

李　达　墨老弟，你学驾车干什么？

墨　翟　把你所有的驾车本事拿出来，只管教我好了。

李　达　墨老弟，以后不管到哪，我给你驾车就是了，你不必……

墨　翟　你必须在最短的时间内，把我教会。

李　达　这怎么教呀？我可不会说。

墨　翟　那你就驾车给我看！来吧！

6. 泮宫车库（日，内）外

　　　　　【索获来到这里，里里外外地找着、喊着。

索　获　……匠人！……匠人！……匠人到哪里去了！……

7. 泮宫六艺场（日，外）

【这是一辆四匹战马拉的战车，墨翟站在上面，双手紧紧抓住缰绳。李达和耕柱分别立在战车的两边。战车正以高速行驶。遇到拐弯，李达抓住墨翟握着缰绳的手。

李　达　……拉紧！……左手！左手！使劲拉紧！……

【墨翟紧张得过于用力，战车有些倾斜。

李　达　放松！放松！……身子站正！……

【耕柱用自己的身体，帮着墨翟平衡战车。

【墨翟的战车在宽阔的场地上，歪歪扭扭地奔驰。

【三个人的衣服都被汗水浸透。

墨　翟　……李达！能不能再快一点！

【李达扬起鞭子，狠狠地抽了一下战马。战车呼啸而去。风把三个人的衣襟吹成了三条横绸。

【索获找到这里，远远地看着，心中升起对墨翟的敬重，但是看看还有其他的人，就没有过去，只是叹气离去。

8. 泮宫车库（黄昏，内）

【绛娘又来找墨翟，墨翟不敢怠慢。

墨　翟　有劳公输小姐再来看望。

绛　娘　今日不是我来看望，是我受人之托，特来看望。

墨　翟　小姐受何人之托？

绛　娘　你猜猜看！

墨　翟　……不是百工坊的……曲阜还能是谁？……

【墨翟盯着绛娘，绛娘盯着墨翟，他们同时想起，异口同声地说。

墨　翟　木……鸢……飞……天……

绛　娘　木……鸢……飞……天……

【绛娘、墨翟哈哈大笑。

【绛娘收住笑，一本正经地。

绛　娘　这次，我跟叔父从目夷回来，他向我打听，问你开始制作木鸢没有？

墨　翟　那，你是怎么说的？

绛　娘　我说呀，他到泮宫当修理匠去了，早把那件事忘得一干二净。

墨　翟　公输先生怎么说？

绛　娘　他呀，两只眼，瞪得圆圆的，说那不行，普天之下敢跟我比赛的，就碰上这一个，岂有不赛之理？

墨　翟　你又怎么说？

五十二集大型 历史电视连续剧 墨子

绛　娘　我说，你是行走于诸侯国之间的能工巨匠，一个年轻人一句戏言，还那么当真？你猜他怎么说？

墨　翟　他怎么说？

绛　娘　他说，那个年轻人哪，他是绝不服输的。

墨　翟　看来，我得陪公输先生上天去玩一趟。

绛　娘　你要是觉得时间紧，我再说服他，往后拖两年？

墨　翟　那你这个见证人，不是偏心了吗？

绛　娘　怎么你们俩一个腔调？这次路上谈起飞鸢的事，叔父就说，"我是你叔父，你怎么老偏向那个年轻人？"我说，我是为着不辱没叔父的"大匠"名声。

墨　翟　我有机会，想拜见"大匠"公输先生。

绛　娘　我想，他也许同样希望和你在曲阜相见。我来安排吧。

【墨翟随着绛娘走出车库。

9. 泮宫车库（日，外）

墨　翟　……唉！你听说了吗？

绛　娘　什么？

墨　翟　明日要在泮宫，演练"六艺"！

绛　娘　这可是多年没有听说了。他们能演练好吗？……你们匠人不是说，三天不练手生嘛，何况驾车、御射，这都是硬功夫。可不是闹着玩的！

墨　翟　你来吧？

绛　娘　我一个女流之辈，到这种地方来？

墨　翟　请你叔父也一块来！

绛　娘　他才不会来。

墨　翟　我正式邀请公输先生和公输小姐，一同来观看墨翟习练"六艺"！

绛　娘　你？

墨　翟　对，我！我请你们公输家的人，给我长长眼色，怎么样？

绛　娘　天哪！你在这儿，都干了些什么？

10. 泮宫马棚（黄昏，外）

【耕柱和李达把四匹战马卸下，一人牵着两匹，出去遛马。

【索公子一人悄悄潜入马棚，悄悄锯开了墨翟要驾乘的战车车轴。

11. 泮宫六艺场（日，外）

【场内，近百名生员站立后排，叽叽喳喳地辩论着什么。

【列于生员前排的，有教师十余人，多是老者，他们坐于垫上，面前各置一几。私学主事们陆续来到。巫马子和杨朱并肩而行。他们坐定后，看见索纪带着管家、儿子等耀武扬威地过来，在观看台的中央就座。

【杨朱悄悄对巫马子耳语。

杨　朱　我就知道季孙氏不会来。

巫马子　索纪一贯是代表季孙氏的嘛。

杨　朱　我听说，这大臣高官子弟都力主废除"六艺"……

巫马子　可低级官员的子弟，愿得一技之长，都主张习练"六艺"。

杨　朱　我看，今日这场"御射习练"，也许是"六艺"在鲁国国学寿终正寝的凶兆！

巫马子　不，我的看法正相反，今日也许是恢复"六艺"的吉日！

杨　朱　那我们拭目以待！

【公输般在绛娘的搀扶下来到。

巫马子　哟，那不是大匠公输般吗？旁边那个不是你的未婚妻吗？

【巫马子看见杨朱面无表情，很是奇怪。

巫马子　如此风貌的女子，你见了也不心动？

【杨朱不以为然。

巫马子　什么时候办喜事呀？可得早早知会我一声……

【杨朱摆摆手，不愿意多谈。

12. 泮宫马棚（日，外）

【墨翟、耕柱、李达正在套马，做出发的准备。

【索获急急忙忙找来。

索　获　你们仔细查验了吗？

墨　翟　公子，我们已经查验过了。

索　获　我是说仔细查验！

墨　翟　我们昨天就已经仔细查验过了，谢谢公子的关心。

索　获　谁要你谢啦？昨天是昨天，今日是今日，我问你，今日仔细查验过没有？

李　达　今日没有。

索　获　不查验，出了事，就会人仰马翻！

【墨翟觉得索获的话里有话，连忙弯腰查验，果然发现车轴被人锯过。

墨　翟　你们看！

【耕柱、李达俯身看去，大吃一惊。

【墨翟起身看去，索获已经没有踪影。

李　达　一定有人使坏！

耕　柱　这太危险了！

李　达　老弟，你不要参加习练了！

墨　翟　不，一定要去。我们现在赶快更换车轴！

【御射习练就要开始的锣声响起。

墨 翟 耕柱，你去知会公孙子方先生，让他尽量拖延一下时间……

耕 柱 先生，来不及了！你去吧！交给我们吧！

【墨翟信任地注视了一下耕柱和李达。

墨 翟 好！

【墨翟离去。耕柱和李达立即更换车轴。

13. 泮宫六艺场（日，外）

【公孙子方精神抖擞地高声报出。

公孙子方 泮宫仲春"御射习练"，现在开始！

【一身戎装的墨翟进入演练场地，他身穿一身红火的盔甲，脚蹬黑色金丝绒快靴，身披一支箭壶，内装数十支利箭，手持一张强弓。打扮一新的墨翟，高大威猛，神采奕奕，恭敬地向众人施礼。

【公孙子方高声报出。

公孙子方 现在作"白矢"射！

【索纪坐在看台的中央，索公子在其左右，小声解说。

索公子 "白矢"射，看的是射手的功力，箭要穿过靶心，露出箭头。

【墨翟不慌不忙地走入射位，两眼直视前方的兽皮靶子。他深深吸了口气，稳稳地拉满了弓弦，"嗖"地一箭射出，然后放下弓，平心等待。

【远处传来。

报靶人 白……矢……三……寸……

【众人中有呼喊声响起。

生员甲 三寸啊！三寸啊！

生员乙 ……有什么大惊小怪的，奴才的把戏！

公孙子方 现在作"参连射"！

【绛娘也在向公输般做着小声的解说。

绛 娘 "参连"射，是后射的箭头，射中前箭的箭尾，不少于三箭，谓之"参连"。

公输般 （吃惊地）这如何做到？

【墨翟从背后的箭壶中抽箭，搭在弓上，并快速连射五箭。

报靶人 五……箭……参……连……

公输般 好！

【人群中也发出一阵叫好声。

【索纪乜斜着眼，看着墨翟。

【绛娘和公输般看得兴高采烈。

公孙子方 现在作"井仪"射！

【杨朱和巫马子坐在一起。

杨　朱　这"井仪"射,我怎么没有听说过?

巫马子　这是老规矩,四箭必射中靶心,并在靶上形成"井"字形。

【墨翟再次射出四箭。

报靶人　四箭射心,井……仪……成……

墨　翟　(高声报出)请老师封靶!

【公孙子方向众人施礼。

公孙子方　老朽献丑了!

【公孙子方拿起自己准备好的弓箭,步入射位,墨翟侍立一侧。公孙子方熟练
　　地一箭射出。

报靶人　箭中靶心,封……靶……

【公孙子方携着墨翟,再度向众人施礼。

【公输般解下自己的斗篷,交给绛娘,并向她示意。

巫马子　公孙子方什么时候得了这么个好生员?

杨　朱　还不是瞎猫碰上了个死耗子。

巫马子　我看那个后生,有些眼熟。

杨　朱　他碰上了个死耗子,你还想碰上个活老鼠吧?

【众人都在议论短长。生员中的议论更是争论时起。

生员甲　……当初是孔子倡导习练"六艺"的!

生员乙　孔子算老几!

生员丙　"六艺"是训练襄礼的伎俩,是训练奴才的把戏,泮宫念书的高官子弟,不习
　　　　奴才之艺!

生员丁　就是,遇到敌人,兵士去杀;遇到野兽,役仆去射,何必自己动手?

生员甲　光动嘴算什么本事?

生员丙　劳心者治人,劳力者治于人嘛!

生员丁　真正的大将军,光卫队就上百人!

生员甲　管仲射小白公子的那一箭,要是能像那位射手的"白矢"射一样穿透三寸,
　　　　成就霸业的,就会是公子纠!

14. 泮宫六艺场一隅(日,外)

【墨翟正在检查自己的装束。绛娘拿着斗篷过来。

绛　娘　先生!

墨　翟　小姐?怎么样?我没出错吧。

绛　娘　太了不起了!

【绛娘把斗篷递给墨翟。

绛　娘　这是叔父让我给你送来的!

【墨翟接过,展开一看,是一件黑红两色的大斗篷。墨翟展开斗篷,正要系上。绛娘帮他翻过斗篷,重新系上。墨翟一身红色盔甲,配上大红的斗篷,映得绛娘的脸,格外红润。

【耕柱、李达牵马过来,他们把缰绳交给墨翟,并交换了眼色,表示一切准备完毕。

【索公子把墨翟指给索纪。

索公子　父亲,那个黑脸汉子,就是第九个车匠!

索　纪　哦! ……那个女子是谁?

索公子　那不是公输般的千金,公输绛娘吗?

索　纪　到底是名匠的女眷,敢于如此抛头露面。

索公子　父亲,你不是和杨朱还是表兄弟嘛?

索　纪　什么表兄弟?早就出了五服,八百竿子都够不着。

索公子　听说公输绛娘,就是杨朱的未婚妻。

【索纪用嘴角笑了笑。

索　纪　(不快地)你可是让这个"贱人"出尽了风头!

索公子　父亲请沉住气,一会儿习练驾驭,就有他的好看!

【墨翟驾驶着四匹马的战车进入场地,张扬的斗篷,像团火球似的滚过,更显得墨翟器宇轩昂。他在车上向师生行礼。

公孙子方　(高声报出)现在驾驭习练开始,作"鸣和鸾"!

【绛娘向公输般悄声讲解。

绛　娘　"鸣和鸾",是通过两种车铃声音的节奏配合,来检验驾车技艺的稳健。

【墨翟驾着马车轻缓地走过众人,车上发出悦耳的铃声。

公输般　这辆车呀,造的不如修的好,我能听出来。

公孙子方　(高声报出)现在作"逐水曲"!

索公子　这可是惊险动作!驾车经过水边弯道而不能坠水。父亲,你要看好!

【墨翟驾车的速度加快,并且左弯右拐,灵活自如。

【索公子期待的翻车并没有出现。索纪狠狠地瞪着他。索公子莫名其妙,伸长了脖子,仍然盼望出现他的预期。

公孙子方　(高声报出)现在作"过君表"!

杨　朱　我看这都是索纪的意思,"过君表"是驾车经过国君时,行礼致敬,今日没有国君,索纪不就是想取而代之吗?

【索纪本想离去,看见墨翟过来,在行车上做行礼动作,不得不勉强坐下。

公孙子方　(高声报出)现在作"舞交衢"!

【墨翟的车做缓慢行驶、时停时进状。

公孙子方 （高声报出）现在作"逐禽左"！

【墨翟上身向右探出车外，一柄铜戈长长探出。接着墨翟快马加鞭，让马车飞了起来，他的大红斗篷全部张开，像一片红云在空中飞翔。

【索纪愤而离去。索公子跟在后面。

【全场爆发出热烈的叫好声。

公孙子方 （高声报出）收——御——

15. 泮宫车库（晚，内）

【墨翟与耕柱、李达共进暮食，庆贺"六艺"演练的成功。

李　达　……墨老弟，今天你露的这一手，可以说是泮宫从来没有的精彩！

墨　翟　还不是你教徒教的精彩？

李　达　那些官绅子弟，不是我瞧不起，他们见了马，先惧三分，再到车上一颠呀，骨头架子就散了！练五年还有拉不开弓、上不去车的！……瞧我们……

【墨老弟那虎势劲儿，车马弓箭，到手就熟……

墨　翟　看来少年吃过苦，可是一笔大本钱！我父亲是弓匠，我常被父亲找去试弓。我长大了当车匠，做出新车自己先试，从车上跌下几次，就什么本事都学会了……

耕　柱　先生，我以后不信命了，就信你！

墨　翟　光信我也不行，要信"人心齐，泰山移"，只要大家一个心眼儿，往一处使劲，没有做不成的事！

李　达　对，那咱们就结拜为兄弟吧？

墨　翟　好！结拜兄弟，永不分离！

耕　柱　好！兄弟结拜，分离永不！

【三人共同举杯，一饮而尽。

16. 索纪府邸客厅（夜，内）

【盛怒的索纪，正为泮宫"六艺"演练之事，大声训斥管家。

索　纪　……多少年前我就告诉你们，把泮宫的"六艺"给废了，你们就是不下死手！这回竟然让一个"贱民"，在大庭广众之下，做起"六艺"演练，出尽了风头！要贱民当道，我们这些世族怎么办？我向季孙氏大人怎么交代？

管　家　当初碍于孔子倡导"六艺"，怕鲁国国学废除"六艺"，诸侯国家有说辞……

索　纪　他孔子算老几！记住，"六艺"是训练襄礼的伎俩，是训练奴才的把戏，泮宫念书的高官子弟，不习奴才之艺！

管　家　（连连点头）是！

索　纪　去吧！

【管家退下，索纪质问索公子。

索　纪　你不是说锯断了吗？

索公子　是儿子亲手锯断的……

索　纪　那就是又长上去了？

索公子　……这……

索　纪　你是成事不足，败事有余！

索公子　这回父亲说怎么办，儿子绝不手软！

　　【索纪深思了片刻，从牙缝里迸出来一个字。

索　纪　烧！

17.泮宫车库（夜，外）

　　【两个蒙面人，来到车库。他们扒在车库窗户上看了看。墨翟仍在灯下读书。
　　　两个人做了个手势，便在黑暗中等候。

　　【油灯将熄，墨翟不再添油，伸了伸腰，吹灭了灯。

　　【两个蒙面人，在黑暗中立地而起。

18.泮宫车库（夜，内）

　　【一个火星飞向墨翟的草铺，接着就燃起一团大火。同时，车库的另一侧，也
　　　腾起火焰。

　　【墨翟在火光中依然沉睡。

　　【两个蒙面人一起扑向沉睡中的墨翟。墨翟惊觉而起，与两个蒙面人对打起来。

　　【墨翟借着火光，一拳一个，蒙面人猝不及防，倒在地上。墨翟无心伤人，只
　　　是担心车库内的器物被损坏。他迅速打开库门，冲出去，高呼救火。

19.泮宫车库（夜，外）

墨　翟　……快来人哪！……车库失火了！……

　　【蒙面人赶来围打。墨翟东躲西闪，拖延时间。

20.泮宫马棚（夜，内）

　　【熟睡中的李达被喊声警醒。他叫醒耕柱，二人赤膊跑出去。

21.泮宫车库（夜，外）

　　【车库的大火已经燃起。耕柱和李达匆匆赶来，看见火光中，墨翟正和两个蒙
　　　面人对打，立即冲上前去。五人厮打一处。两个蒙面人渐渐不支，只得逃走。

　　【耕柱要追，被墨翟拉住。此时，火势已猛。

墨　翟　快把战车拉出来！

　　【火光中，三人有拉有推地抢出了战车。

　　【回头看去，整个车库已经被大火围绕。墨翟要再次冲进火中，耕柱和李达紧

紧拉住他。墨翟甩开他们，不顾一切地冲入火海。

　　【耕柱和李达在外面痛苦地喊叫。

耕　柱　先生！先生！

李　达　墨老弟！墨老弟！……

22. 泮宫车库（夜，内）

　　【墨翟直冲到他的床边，一铺的稻草已经烧光。他床边的几案翻倒在地，上面的翟鸟灯碗，因为装着灯油，正在白炽燃烧，却又因为它是陶瓷制品，耐得住燃烧，故而在熊熊大火中，亭亭玉立。

　　【墨翟在几案周围摸着，终于拿到了翟鸟灯碗。

23. 泮宫车库（夜，外）

　　【墨翟抱着翟鸟灯碗冲出火海。

　　【耕柱、李达迎上去。

李　达　……墨老弟！你吓死我啦！……

耕　柱　……先生！你不要命了？！

　　【墨翟拿出翟鸟灯碗。他用衣襟擦了擦，托在手里。经过烈火历练的翟鸟灯碗，在晨曦中，分外乌亮。

耕　柱　先生！不就是一个灯碗嘛……

李　达　……墨老弟！什么器物，也抵不上你的命啊！

　　【耕柱和李达，撕开衣襟，替墨翟包裹烫伤的双手。

24. 曲阜市庸（日，外）

　　【庸工市上，墨翟三人并排站立，等待雇用。往来的雇用者，上下打量着他们。

（画外）　……这几个挺好，壮实，看样子也能干！

（画外）　吃饭肯定不少。

（画外）　……养活不起，算了……

　　【墨翟强忍着羞辱。

耕　柱　……先生，你为什么不找公孙子方先生？

墨　翟　我不能连累他。

耕　柱　我看，不如跟你回目夷谷去，学着干个车匠，也比在这强！

墨　翟　我们的求学目的还没有达到。

　　【又来了一个雇用者，他看了看墨翟手上的伤，点了耕柱和李达两人。

雇用者　……你……还有你，你们两个，跟我走吧。

李　达　我们三人同来同去，你要雇，就雇三个。

雇用者　要是他手上没伤，我要的就是他，而不是你！

耕　柱　我们三个是兄弟，手足不能分开。

墨　翟　我劝二位兄弟，你们还是先走，横竖一个曲阜城，日后总会相见。

　　　　【耕柱和李达悄声商量着。

耕　柱　我们要是不走，也许会连累先生。

李　达　是呀，要是有哪位只雇墨老弟一人，我们岂不成了他的累赘？

耕　柱　先生，我们听你的。日后再见。不过，你也得听我一句，索纪恐怕不会就此
　　　　罢休。你也不要在这里等待雇用了，最好找到一个大户人家做事。

墨　翟　好。我听兄弟的。如果方便见到公孙子方先生，转告他，我会去看他的。

　　　　【三人分手。东西两去。

　　　　【墨翟一行刚刚离去，一辆女子乘坐的安车就来到市庸。安车并没有停止，只
　　　　是车窗被撩开，一个年轻女子，从车窗往外张望，掠过一个个等待雇用的人
　　　　的脸。

　　　　【原来车上寻找墨翟的，正是绛娘。

25. 曲阜街市（日，外）

　　　　【墨翟满街找寻高大的门楼。

　　　　【一支马队过来，墨翟连忙避开。

　　　　【马队为首的正是索公子。索公子四处搜寻，显然在找墨翟。

26. 巫马府（日，外）

　　　　【一个高门楼前，墨翟驻足。门前高悬着两个大灯笼，灯笼上写着"巫马"二字。

　　　　【墨翟正在门口犹豫。身后一个声音喊他。

巫马子　这不是墨翟吗？

　　　　【墨翟回头，巫马子正从车上下来。

墨　翟　正是"贱人"墨翟。

巫马子　你来找我，有何公干？

墨　翟　不知先生可有事情，需要我做？

巫马子　我这里门头太小，岂能容演练"六艺"的墨翟驰骋？

墨　翟　其他杂役，墨翟也可以做。

巫马子　你不是在骗我吧？

墨　翟　墨翟从无戏言。

巫马子　来吧！来吧！不过咱们可得说好，一年之内，你可不许离开。

　　　　【巫马子带着墨翟进了"巫马"府。

　　　　【绛娘的安车又从"巫马"府前匆匆掠过。车窗里，绛娘那双眼睛显得格外焦急。

第十三集　求学儒门

1. 巫马府邸（日，内）

【巫马府内，竭尽豪华之能事，是迄今为止，墨翟所见到的最为豪华的府邸。

【巫马子得意地看着窘迫的墨翟。

墨　翟　……请问先生，我每日都干些什么？

巫马子　你呀，只管挑水。

墨　翟　除了挑水，还要做什么？

巫马子　什么也不用做，只管挑水。

墨　翟　先生，我看这水井就在家里，挑水只是举手之劳。

巫马子　你知道"五行"吗？这挑水嘛，也要遵照"五行"。木生火，火生土，土生金，金生水，水生木。曲阜有12个城门，这正北圭门为水，正南稷门为火，正西史门为金，正东建春门为木，我这里是土。你把四个城门的水挑回来，再倒进家里的水井，勾兑出来，就是符合"五行"的"五行之水"。你要是把水挑反了，可就相克了。别把我这"五行"，弄成了五不行。

墨　翟　请教先生，如果事事按照"五行"，一天岂不要换五身衣服，梳五次头？……

巫马子　这不是你们"贱人"所能懂的。

墨　翟　愿意请教。

巫马子　你看，"五行"，金木水火土，言尽了天下万物。东西南北中，囊括了九州方圆。五脏，肝心脾胃肾；五志，怒喜思悲恐；五风，风暑湿燥寒；五季，春夏长夏秋冬。

【巫马子一个个点完，长长地伸着五个手指。

巫马子　成语也说得好嘛，种田好收成，"五谷丰登"；交友遍天下，"五湖四海"；热闹喜庆，"五彩缤纷"；儿孙济济，"五世同堂"……

墨　翟　难道先生不曾听说，做官时间不长，"五日京兆"，受到车裂之刑，"五马分尸"；人被冤屈，"五月飞霜"；受到惊吓，"五色无主"；遇到焦急"五内俱焚"……

巫马子　放肆！

墨　翟　水，我可以去挑，但是理，你并没有辩明！

【墨翟转身离去。

【旁边的巫马夫人，见一贯伶牙俐齿的巫马子被顶撞得哑口无言。

巫马夫人　一个贱人，竟敢如此放肆，我们不能用他！

巫马子　我就喜欢能说会道的。给他拿一身好衣服，巫门之役就要有个巫门之役的样子。

2. 巫马府邸书库（夜，内）

　　【墨翟在书库安身。他点亮翟鸟灯碗，看见有那么多的书，立即读起来。

3. 巫马府走廊（夜，外）

　　【巫马子走来，看见书库里亮着灯，立即拐了过来。

　　【巫马子看见墨翟正在灯下读书。他的眼睛紧紧盯着那只不同凡响的翟鸟灯碗。

4. 巫马府邸书库（夜，内）

　　【一只大手，悄悄把翟鸟灯碗拿走了。墨翟起初没有发现，后来觉得愈来愈黑，才抬起头来，只见那只翟鸟灯碗已经到了门口。

墨　翟　唉唉唉！谁呀？

　　【一片黑暗。只有月光透进，墨翟躺在床上，枕着双臂沉思着。

5. 巫马府邸客厅（日，内）

　　【墨翟正在和巫马子理论。

墨　翟　……点灯的油钱，可以从我的工钱里扣。

巫马子　工钱不能预支。

墨　翟　那我只好提出辞工！

巫马子　我们有言在先，你至少要干一年。

墨　翟　我只出卖劳力，而不出卖读书的权利。

巫马子　我宁肯少一个挑水的杂役，也不能少一个辩论的对手。

墨　翟　你要想让我留下，必须允许我读书。

　　【巫马子把玩着翟鸟灯碗。

巫马子　你有这么漂亮的灯碗，真是令人喜爱啊。

墨　翟　这只翟鸟灯碗，是我妻子亲手所做，不仅工艺奇巧，又暗合了我的名字，而且还是我们结婚的赠礼。否则，我可以送给巫马子。

　　【巫马子依依不舍地还给了墨翟。

巫马子　总不能夺人之爱嘛。

墨　翟　我可以请妻子再给先生单独做一个。

巫马子　好，一言为定。这里的书，你都可以看。

墨　翟　谢谢先生。

巫马子　不过，你每读一部，我们就要辩论一部。记住了，你必须随时应战，不可怠慢。

6. 巫马府邸书库（夜，内）

　　【翟鸟灯碗下，墨翟削着一片片竹简。他估计了一下，竹简已经削够。墨翟拿起一片，用鲁削刻下了"春秋"二字。

　　【安定下来的墨翟，开始默写在泮宫读过的《春秋》。

7. 巫马府邸（日，外）

【墨翟挑水归来，忽然听见身后有人喊。回头一看。

绛　娘　先生！

墨　翟　公输小姐！

绛　娘　你让我好找！（埋怨地）满京城都传遍了，一个习"六艺"的车匠，被一把火烧得，没胳膊没腿没影子啦！……

【墨翟放下担子。

墨　翟　你看，我这不是好好的嘛，什么都不缺！

绛　娘　你怎么到这儿来了？

【不等墨翟回答。

绛　娘　我们长话短说吧。叔父知道了你的遭遇，建议你到他属下，去做宫殿营造的土木工程。我说，先生需要读书。他说，墨师傅已经是少有的能工巧匠。看来何去何从，主意还得你自己拿。

墨　翟　我的主意不是早已拿定了嘛，你看。

【墨翟指了指自己胸前的"巫"府标记。

绛　娘　杂役？你怎么能干这个？

墨　翟　这有什么不好？我可以读很多的书，还可以和巫马子辩论……

绛　娘　（生气地）先生不该做伺候人的事！

墨　翟　伺候人？谁不在伺候人？每个人一生都在伺候人……

绛　娘　谁都可以，唯独先生你不可以！

墨　翟　我为什么不可以？父母伺候子女，百姓伺候官吏。官吏呢，还要伺候国君。好的国君，就像大禹，也要伺候百姓嘛。再说你家公输大人，盖了那么多房子，自己只睡八尺之地，不也是在伺候人吗？……

绛　娘　我真没有想到，你竟然……

墨　翟　既然终生都要伺候人，给巫马子挑两桶水又何妨？

绛　娘　（盛怒）你长得高高大大，原来是一身供人役使的骨头！

【墨翟听见这声辱骂，非常吃惊，非常生气，他默默把担子挑上肩，要走。

绛　娘　你回来！

墨　翟　既然你如此轻蔑我的信念，就不再烦劳公输小姐来看我了。

【墨翟挑着担子进了巫门。

【绛娘愤怒、委屈得泪水夺眶而出。

8. 曲阜城门（日，外）

【一辆安车出现在曲阜城门。赶车的是公输般的家人公输洪。

9. 马车上（日，内）

【绛娘泪水满面，气恨不消。

10. 曲阜城门（日，外）

【公输洪举起鞭子，抽打马匹，马车向城外疾驶。

11. 巫马府邸书库（夜，内）

【墨翟凭着对泮宫所读书籍的追记，在木简上埋头刻写。已经默刻好的竹简，堆满几案和他的床头。

【油灯恍惚，墨翟起身给翟乌灯碗添油。添油之后，灯芯正旺，他凝视着，这只火灾中唯一幸存的物品，想起栀妹跟他说过，翟乌灯碗就是栀妹的眼睛，不禁深深思念，默默吟诵起一首咏叹夫妻隔离之苦的诗《秦风·蒹葭》。

墨　翟　蒹葭苍苍，白雪为霜。所谓伊人，在水一方。
　　　　溯洄从之，道阻且长。溯游从之，宛在水中央。

12. 墨翟家纺间（夜，内）

【栀妹也在边织布边独自吟诵着同一首《秦风·蒹葭》的第二部分。

栀　妹　蒹葭萋萋，白露未晞。所谓伊人，在水之湄。
　　　　溯洄从之，道阻且跻。溯游从之，宛在水中坻。

13. 巫马府邸书库（夜，内）

墨　翟　蒹葭采采，白露未已。所谓伊人，在水之涘。

14. 墨翟家纺间（夜，内）

栀　妹　溯洄从之，道阻且右。溯游从之，宛在水中沚。

【一阵急促的敲门声，正在织布的栀妹心中一惊，下意识地捂住胸口，应声出来。

15. 墨翟家大门（夜，外）

【绛娘推开门，一步跨进来，气鼓鼓地站在门口。

【栀妹看清绛娘的表情，知道并不是什么坏消息，心里一块石头稍稍落下。

栀　妹　你可吓死我了！我的好妹妹，什么事把你给气成这样？

绛　娘　还有谁？我好心好意给你们当信使，倒让你们家的大黑脸，给我下了逐客令！

【栀妹拉着绛娘进去。

16. 墨翟家堂屋（夜，内）

【栀妹连忙给绛娘掸着身上的浮土。

栀　妹　……瞧你这一头一脸的土……

绛　娘　还不是为了给你送寒衣？

【栀妹故意逗绛娘。

栀　妹　哪里是给我送寒衣，我们绛娘姑娘不是给墨翟送寒衣吗？

绛　娘　来回400多里，我都快成了一匹马了！就是一匹马，也得赏一把草料吧？他可倒好，凭什么给我下逐客令？！

栀　妹　我们家墨翟不是个不知情理的莽汉，他能不知小姐的一片好心？准是言语之间，你惹了他，才让他出言不恭了。

绛　娘　我惹了他？我说你们夫唱妇随吧？一个腔调说话，一个鼻孔出气！真是一家子！

栀　妹　还说我们是一家子，我这半年没有墨翟的消息，你今日得来，也不快给我说说，好像我才是你一匹撒气的老马。

【绛娘坐下端起茶杯就喝。

栀　妹　好了，好了，姐姐我给你赔个不是，来，我给你洗洗头……

绛　娘　（嗔着）洗什么洗，早让他弄得没头没脸了！（得意地）反正我也没让他好受了！

栀　妹　你说他什么了？

绛　娘　说了。

栀　妹　说他什么？

绛　娘　我说他长得高高大大，原来是一身供人役使的骨头。

【栀妹惊讶地盯着绛娘。绛娘愕然。

绛　娘　我怎么了？

栀　妹　你这是骂他！不，比骂他还厉害！

【绛娘还是气鼓鼓地看着栀妹。

栀　妹　你别看我们家墨翟长得人高马大，没有什么能挡得住他，其实，他的心又软又脆……

绛　娘　我看他的心是又硬又铁！

栀　妹　他心高气盛，可是最能够伤害他的，不是敌人，而是友人。

绛　娘　友人？

栀　妹　愈是他在意的人，愈是能伤到他的心窝儿里去。

【绛娘似有所感。

栀　妹　我看，妹妹也是太粗心了，你就什么也没看出来？

【绛娘不知栀妹说的是什么，只是看着栀妹。看着看着，她突然想起来。

绛　娘　哎哟！生啦？！

【栀妹让她小声，带着绛娘悄悄进入卧室。

五十二集大型
历史电视连续剧
墨子

17. 墨翟卧室（夜，内）

【床上，一个月子孩正在熟睡。绛娘惊喜之中，伸手就要抱。栀妹拦住她。

【绛娘看着栀妹的脸，洋溢着无比的满足，流淌着浓郁的母爱。

绛　娘　栀妹，你太了不起了！能生出一个小墨翟来！

栀　妹　我们是女孩。

绛　娘　那就是个小栀妹。

栀　妹　每个女人都会干的事，有什么了不起。读书才是真正的了不起！

绛　娘　生她的时候，你疼吗？

栀　妹　几乎死过一回……

绛　娘　……栀妹……我怕！……

栀　妹　没什么好怕的。过来了，就像做一件新陶器那样，开始苦思冥想、辗转反侧，一天比一天沉重，不知前面是个什么样。到了一朝分娩，就痛快淋漓了。回头一看，不就是这么个小东西嘛。你们读书才是真难。

18. 巫马府邸客厅（日，内）

【杨朱来拜访巫马子，两个人在客厅里，正谈得投机。

巫马子　……听说泮宫车库失火了？

杨　朱　失火？傻瓜才相信呢。明明是纵火嘛。

巫马子　杨子总是出语惊人，这话可是说大了吧？谁纵火？为什么要纵火？……

杨　朱　本来想出公孙子方的丑，可是那场"六艺"演练，歪打正着……

巫马子　我看是，天不灭儒啊！

杨　朱　巫马子，恕我直言，你们儒家的那些"礼"不"礼"的，弄得我都烦了，你们也该删繁就简了嘛。

【巫马子低头笑了笑。

杨　朱　别的先不说，就说你那个哭丧吧。什么长途奔丧者，要入左门，升西阶，到棺材的东西两面坐着哭。赶不上殡葬的，只能在墓的北面哭。奔母之丧，西面哭。我问你，要是遇到一个不分东南西北的，还能把眼泪收起来，问清了方向再掏出来？你说那哭的时候，还要根据死者等级尊卑的不同，哭出不同的跳跃次数，你们叫"成诵"。要想"成诵"那就得数着哭呀！数错了，就得立即打住，你说，那半个哭声，是咽下去，还是吐出来？

巫马子　你杨子是天下名辩，我不和你生气。

杨　朱　……哎，你不是说那个射御之人，有些面熟吗？后来我回想，莫不是我们上次在南门碰到的那个车匠，贱人墨翟吧？

巫马子　你这记性，过目不忘呀。

【杨朱无意地向门外看着，突然他站起来，跑了出去。

【巫马子知道他准是看见了挑水的墨翟，无奈地摇了摇头。杨朱看了一会儿，又兴奋地跑回来。

杨　朱　那挑水的是什么人？不就是墨翟吗？！

巫马子　泮宫一把火，他没地方去了，在我这做杂役。

杨　朱　好你个巫马子，家里藏着宝贝！你先借给我用用！

巫马子　那怎么行？

杨　朱　我可以付给你租借费用？

巫马子　你不是"一毛不拔"嘛。

杨　朱　我也是"一毛不取"呀！

巫马子　好吧，就依你。

19. 杨朱府邸庭院（日，外）

【一辆折断车辕的新车，横卧在庭院。车夫被捆在木桩上。另外四个奴仆，被迫一旁陪罚。杨朱正在厉声训斥。

【门仆带着墨翟进来，边走边对墨翟说。

杨朱门仆　你就称呼我家主人杨戎先生吧。先生，修车匠来了。

【杨朱气呼呼地指着那辆断辕的新车。

杨　朱　去年我购得一辆新车，被你把车辕折断。今年刚购的这辆新车，又被你折断。你说，我能不打断你的腿？……

墨　翟　不知先生请我来，是帮你修车，还是帮你打断车夫的腿？

杨　朱　哦？小伙子来了！

墨　翟　杨戎先生！在下墨翟。

杨　朱　你看……可以修好吗？

【杨朱指了指马车。墨翟围着看了一圈，然后又到不远处看了另外一辆断辕的车。

墨　翟　可以修好。

杨　朱　那，你快修吧，我不会少给你工钱。多一分没有，少一分也不可能。

墨　翟　不，杨戎先生，把他给我解开！

【杨朱门仆怯懦地看着杨朱，不敢听从墨翟的指使。

【杨朱摆出一副不容侵犯的样子。

墨　翟　既然这样，先生另请高明！

【墨翟头也不回地大步向外走去。

杨　朱　墨翟！你答应修车，没有修好就走，岂不失信于人？

墨　翟　我这个工匠，有个毛病，从来不在残害工匠的场合做活儿。

杨　朱　残害？就算残害吧。我并没有残害你呀？

墨　翟　看见残害别人，也一样不舒服。

杨　朱　你一个匠人，毛病还不少！

墨　翟　你一个士人，欺人的霸气也不小！

【杨朱无可奈何地摆了摆手。

【墨翟回来，一面为车夫松绑，一面慢言慢语地说。

墨　翟　先生，在下久闻你的格言，"拔一毛利天下而不为"。你对"拔一毛"看得那么重，今日却捆绑人，岂不是背叛了自己？

杨　朱　那我先问问你，他折断了我两根车辕，他一个贱人。如何才能弥补？

墨　翟　你的这两辆车，在制作时各使用了一根不能做辕的材料，所以，断辕与车夫无关。

杨　朱　我不跟你废口舌，你要给我把车修好！

【杨朱说完，扬长而去。

20. 巫马府邸客厅（日，内）

【巫马家人来报。

巫马家人　子张门人禽滑釐求见！

【禽滑釐生得矮小精干，看上去还是个孩子，但是眉宇之间，英气勃勃。因为曾经是巫马子的学生，所以比较随便。

巫马子　小禽子！

禽滑釐　老师，是我！

巫马子　是子张夫子有事找我？

禽滑釐　夫子让我来，请先生打听一个人。

巫马子　什么人？

禽滑釐　就是那天，在国学泮宫演练"六艺"的那个人。

巫马子　子张夫子打听他做什么？

禽滑釐　夫子说，打算请他到尼山书院就读，兼作"六艺"教习。请先生务必打听到此人下落。

巫马子　知道了。你回去告诉子张夫子，我一定把墨翟带去尼山书院。

【禽滑釐退下。

21. 杨朱府邸书房（日，外）

【杨朱往窗外看着，在仆人的帮助下，墨翟正在修车。杨朱在屋里走来走去，终于下了决心，往外走去。

22. 杨朱府邸庭院（日，外）

【杨朱过来，不耐烦地示意奴仆们走开。

杨　朱　第一次见面时，我呼你"黄口小儿"，看来有误，你是个有见解的年轻人。今天我们再谈谈……

墨　翟　如果是贵族与庸工之谈，那我们只谈修车……

杨　朱　不，不，我们当然是作一场士人之谈。

墨　翟　请先生点题。

杨　朱　你……喜欢什么？

墨　翟　我喜欢大禹。

杨　朱　哦，我不喜欢。算了，再换一个题目。你不喜欢什么？

墨　翟　……我不喜欢厚葬、久葬、人殉，还有烦琐的周礼。

【杨朱几乎欢呼起来。

杨　朱　那太好了！那太好了！……我也是反对久葬，反对人殉，而且还反对过度的
　　　　物欲！我正想在贵族中倡导"适欲"之说。

墨　翟　先生的"适欲"之说，墨翟愿当面领教。

杨　朱　"适欲"就是，倾天下之利，我"不取"，拔一毛利天下，我"不为"。这是多
　　　　么好的主张呀！如此，如此，天下纷争，岂不可一朝平息？

墨　翟　你对自己的车夫，不是还有纷争吗？

杨　朱　当然。如果他不损坏我的两根车辕，我就不会和他纷争。

墨　翟　我要是，免费把你的两根车辕都修好，你能还他毫毛未损的皮肉吗？

杨　朱　贵族就是贵族，奴仆就是奴仆。帽子不能踩在脚下，鞋子不能戴在头上。

墨　翟　我知道，杨戎先生是以"贵己""重生"为学说，你的所贵、所重，不过是一
　　　　己之身。拔自己的一根毛，知道疼，打在别人身上，却不愿意有一点知觉。

杨　朱　那你是如何立说？

墨　翟　我想的是"兼爱"之说，农与工肆之人皆贵、皆重，天下人亲如兄弟！

杨　朱　那好。我给你讲个你们宋国人的故事。宋国有个农人，春天到了，他脱下熬
　　　　过寒冬的破衣烂衫，曝于日下，觉得周身和暖，寒意尽驱。回家他对妻子说，
　　　　要把这个"负日之暄"的秘诀献给宋君，以求获得重奖。其实，住在暖房，
　　　　穿着狐皮衣服过冬的宋君，对这个要他光着脊背晒太阳求暖的人，只会置之
　　　　一笑。如今天下工匠与农夫，已经惯于饥寒，惯于卑贱，你去"兼爱"他们，
　　　　不是很像那个宋国农夫吗？

【墨翟正要回敬，杨朱门仆来报。

杨朱门仆　先生，巫马家人来找修车匠人。

巫马家人　见过杨子。巫马先生说，子张夫子有请墨翟。

【墨翟和杨朱，都很吃惊。

【墨翟放下手中器具，抖落身上的木屑。

墨　翟　先生，车修好了。此车，再无断辕之虞，先生也不必再训斥车夫了。

杨　朱　再找工夫，我们还要继续论辩。

墨　翟　墨翟奉陪!

【杨朱怅然地看着墨翟走了。

23. 马车（日，内）

【巫马子让墨翟坐着他的马车，两人一同去尼山书院。墨翟仍然一身工匠装束。

巫马子　……你去尼山书院就读，读书所需各项费用，全部免收，这可是子张夫子对你的破例。

墨　翟　先生可知，我在泮宫的一场"六艺"演练，差点丢了性命……

巫马子　子张夫子正为此事，才请你就任他的私学"六艺"教习。子张夫子说，他收你为门下，既是盛赞你对孔学传统的弘扬，又是对鲁国当政藐视儒学表示抗争。现在，敢同鲁国执政抗争的孔门弟子，也只有子张夫子一人了……

墨　翟　子张夫子令人敬重。

巫马子　……我给你的新衣服，为什么不穿?

墨　翟　工匠之子恒为匠嘛。

巫马子　你现在不是已经成为尼山书院的生员了嘛，应该穿着我们这样的儒服。

【巫马子指指自己的衣服。

巫马子　如今在曲阜，报出个"子张门下"，可是不得了的。别人想都想不到，你可不能轻贱自己。

墨　翟　贱人之后长为贱嘛。

【巫马子见墨翟用反讽维护自己的尊严，也有些放下了架子。

巫马子　不瞒你说，我的祖先，不是官宦，也不飘书香，是什么，你猜猜看?

【墨翟摇了摇头。

巫马子　是宫廷里的马医!……也是贱……人!……哈哈! 哈哈!

【墨翟也笑着。

巫马子　那子张先生比我还"贱"，自己就是个马贩子，这样讨价还价。

【巫马子把衣袖拉出来，把手伸进墨翟的袖子里，比画着。

巫马子　这叫"捏码子"!

【两个人笑得更厉害。

24. 尼山书院子张书房（日，内）

【子张，名颛孙师，字子张，小孔子48岁。后人称子张有"亚圣之德"。孔子身后，子张学派列为几大学派之首，名声最为显赫。子张居于故陈国之地，仍主持尼山书院，故常往来于曲阜与陈国故地之间。

【子张书房的四面架上满是竹简，书童立于一侧。花甲之年的子张，穿戴随意，一部简书展于几上，子张席地而坐，全神贯注地读书。

【墨翟在门外通报。

墨　翟　墨翟求见夫子！

子　张　进来！

【墨翟进来。子张上下打量来到近前的墨翟。

子　张　好个胆识过人的年轻人！你在泮宫一场"六艺"演练，声震曲阜！我以为，
　　　　这既是对鲁国昏庸执政的挑战，也是对儒学振兴的呐喊。公孙子方是我门生，
　　　　经他荐举，我决定特例收你为门人，兼作"六艺"教习。你可在此安心读书。

墨　翟　谢过夫子！

子　张　听说，你追求学问很执着，好哇！我当年追随孔夫子，也是肯于用心发问，
　　　　所以至今偏爱这样的弟子！过几日，我有一场讲学，特许你，可以尽情发问。

墨　翟　墨生再谢夫子！

25. 尼山书院讲堂（日，内）

【身穿儒服的百余名弟子，席地坐于简陋但宽敞的讲堂内。弟子们的儒服是以
　原色麻布为衣料的长衫。先生们的儒服，却又有质地和色彩的不同，但都是
　清一色的长衫。

【弟子中多为三十几岁，间或有老年弟子。少有的几个年轻弟子，特别引人注目。

巫马子　夫子外地归来，风尘仆仆，仍旧如约，今天讲学！今天讲，"仁者爱人"。

【子张走上讲台。

子　张　"仁者爱人"，是儒学的精髓。我周游列国，一些小国的国君问我，施仁政，
　　　　岂不造成政令松弛，民不畏上，何以朝令夕至，举国一心？他们还说："我
　　　　们怎么就看不出儒学是强国之道，倒很像是弱国之学、亡国之教呢！"我对
　　　　他们说，一个将军，在前方舍生忘死、勇猛作战，他是慑于战败后的惩罚吗？
　　　　不是。他是出于报君恩、报国恩。一个臣子，勤勉从政，他是慑于失政的惩
　　　　罚吗？不是。他也是同样出于报君恩、报国恩。所以，做国君，就要恩威并
　　　　施。恩，就是孔子所倡导的仁政。可是那些孱弱的国君，治国无方，治军无法，
　　　　国土沦丧，则归咎于"施仁政"。这是对儒家学说的亵渎，你们必鸣鼓而攻之，
　　　　以维护儒学尊严。……下面，我回答提问。

【墨翟高高举起手来。子张点头，墨翟站起。一个陌生的面孔出现于众生面前。

墨　翟　夫子，门人愚钝，有事请教。

子　张　这提问人，是我新收门人墨翟。

【众生交头接耳，有的诧异，有的不以为然。

【坐在巫马子旁边的，是他在尼山书院的助手公孟子。公孟子是孔门再传弟子，
　出身贵胄，能言善辩，一张卫道士的脸庞，长墨子10岁。

子　张　墨翟可是敢在国学泮宫演练"六艺"的人！

【众生中出现惊叹！

墨　翟　夫子，既然"仁者爱人"，那么"仁""爱"两者，可以对易互换吗？

子　张　"仁"可以演化出"爱"，"爱"可以升腾为"仁"，但两者不可互换。君主爱大臣，叫仁，大臣对君主，则只能称为敬。

墨　翟　那么"仁"，不就成了君主的施舍吗？

【这一提问，使子张一时难以回答。公孟子对身边的巫马子悄声说。】

公孟子　第一堂课就敢发问？不就是会演练"六艺"吗？有什么了不起？

巫马子　他可是微子后裔啊！

子　张　我看，说"仁"是君主对天下的施舍，未尝不可。如果不是这样，君主与大臣，甚至与黎民百姓互爱起来，那，岂不乱了纲常？众生哄堂大笑。

墨　翟　孔子书中所举"仁"者，都是指如何处置国君与大臣关系之事，而没有谈及与"农与工肆之人"相处的为"仁"例证。既然，"仁"只是国君爱大臣、大臣敬君王，那么，谁爱黎民百姓呢？

【子张回答得很爽直。】

子　张　那，就叫他们自己爱自己去吧！

【众生又一阵哄堂大笑。】

墨　翟　夫子，请问孔子的"仁者爱人"，还有"泛爱众，而亲仁"，这里的"爱人""爱众"，为什么不包括黎民百姓？

子　张　"爱人""爱众"，指士人以上阶层，不包括贱民。看来，我得追述一段往事。当年，孔门弟子子路，升做郈令。我这位师哥，做事很努力，拿出自己的俸禄粮食，给挖沟开渠的百姓们吃。孔子知道后，不以子路为仁，派弟子子贡去把饭菜掀翻于当街之上，甚至不惜去打烂锅碗瓢盆。
子路不解地哭诉着说："夫子，难道嫉妒我的'仁'吗？我的为仁，是从夫子那里学来的呀！仁者，不就是'与天下共其所有而同其所利'吗？我拿出自己的俸禄粮食给百姓吃，有什么不可以呢？"

【墨翟深深地点了点头。】

子　张　孔子却生气地说："仲由，你好粗野！大凡有关'礼天下'、爱天下之事，诸侯只能爱及境内，大夫只能爱及职内，士人只能爱及家内，过其所爱，就叫作'侵'。郈地的百姓，是鲁君之民，仲由你擅施仁政，岂不是有'侵'于鲁君？"

【墨翟不以为然。】

子　张　今日，我讲这段亲历的往事，不只是讲给墨生听的，而是与弟子们重温共勉！我们无论如何仁爱，都不能超越自己的圈子。

墨　翟　夫子，如果爱的圈子太小，君王就会只爱自己的国家，而攻伐侵占别人的国家。母亲就只给亲生的孩子穿棉花，给庶出的孩子穿芦花。如果子张先生只爱士人，就不会收留我这个工匠来就读。

【禽滑釐禁不住叫了声好。

【巫马子立马站起，呵斥道。

巫马子　放肆！

子　张　（制止）墨翟是个可以发问的生员。

墨　翟　夫子，士大夫同心协力治天下，固然重要，如果黎民百姓尽皆努力，国家强盛，岂不是众人捧柴火焰高？

子　张　墨翟，你知道牧民的道理吗？牧民，是说天子就像赶牛赶羊一样地放牧着普天下的臣民。州设牧守，郡设牧伯，县设牧宰，就是要把这牧民之道，一层层地牧到底。如此，牧者各善其事，天下没有不治之理……

【书童走上台，悄声告诉子张什么。

子　张　（冷冷地）知道了。墨翟，你入于门下，就属士人，岂可心居贱民之列？

【子张向巫马子示意。巫马子起身。

巫马子　好，夫子今天的讲学，就到这里！

【公孟子跑过去，连忙恭恭敬敬地搀扶子张离开讲坛。

【众弟子慢慢散去。一些年长弟子以异样眼光，看着墨翟这个异类。

【禽滑釐很快走近墨翟，悄声说。

禽滑釐　师兄！我叫禽滑釐，大家都叫我小禽子。

墨　翟　好，小禽子！

26. 子张书房（日，内）

【巫马子陪同子张进来。索纪已在等候。索纪见子张进来，故意不起身。

子　张　是索大人吗？

索　纪　见过子张夫子。

子　张　索大人登门，有何见教？

索　纪　奉鲁国执政季孙氏之命，特来拜见。

子　张　我听巫马子说，季孙氏的母亲仙逝啦？

索　纪　是的。这次要烦请夫子亲自出马，为季孙氏母丧，主持礼仪，担任"襄礼主事"。

子　张　谢季孙氏盛情。但是索大人有所不知，我虽是孔夫子的亲传弟子，熟知襄礼之仪，但我毕竟是陈国人，由陈国人来主持鲁国的葬礼，这本身就不合于礼。

索　纪　夫子推托这类襄礼之事，已经不是一次两次了，难道还要季孙氏亲自来请吗？

子　张　索大人言过了。尼山书院还有比我更合适的襄礼主事，为何不用？

索　纪　谁？

子　张　我不在的时候，尼山书院就由他来主持，我的亲传弟子，巫马子。

索　纪　哦？

巫马子　在下巫马子，拜见索大人！

索　纪　（傲慢地）他行吗？

子　张　论精神头，还在我之上。

索　纪　那好，就这么定了！

　　【索纪告辞而去。

巫马子　夫子，你为什么推荐我主持葬礼？

子　张　不去，我们得罪不起，去了，我又受罪不起。

巫马子　那夫子这是让我去受罪啰？……

子　张　（笑着）你还年轻……

巫马子　也不年轻啦。那个墨翟，在夫子讲学时不住嘴地提问，都把我问得以为自己
　　　　已经老了。

子　张　我们子张学派，是孔门诸派中最开放的，如果连一个生员的提问都容不下，
　　　　岂不混同于其他？听者提问，逼着讲者用心，这样，学术才能进步。哎，你
　　　　可不要小心眼儿啊，要经常和墨翟切磋切磋哟……

27. 尼山书院林荫道（黄昏，外）

　　【墨翟瘦高的身躯比禽滑釐高出一头。他们在僻静的树荫下，边走边聊。

禽滑釐　……我原来是夫子的书童，随他出游到陈国，夫子见我勤勉，就把我收为门
　　　　人。我的家境十分贫苦，按说，是进不了尼山书院的。

墨　翟　夫子说毋"侵"，可是我偏要不避贫贱、不避亲疏、不避远近。

禽滑釐　我看，师兄刚进儒门，就要成为儒学的叛逆呀？

墨　翟　这"叛逆"首先就叛逆在儒家的"亲亲为仁"上。鲁国"三桓"，个个亲上加亲，
　　　　打着滚地亲，可是造成国贫民怨最深！说句不客气的话，"亲亲为仁"是治
　　　　国最大的藏污纳垢之处。它只能把人间关爱的圈子，愈画愈小……

禽滑釐　对，如果人们都做"老抱鸡"，只护着自己身子底下的那几只蛋，不斗得头破
　　　　血流才怪呢。

墨　翟　我看呀，儒学这样发展下去，是自己走进一条死胡同。你没听说嘛，魏相李
　　　　悝的革新，就是打破了"亲亲为仁"，才使国家强盛起来。……

禽滑釐　你看！

　　【墨翟循着禽滑釐所指看去。巫马子正在送索纪。

禽滑釐　那个人，就是季孙氏的家宰索纪。

墨　翟　他来尼山书院干什么？

禽滑釐　准没有好事！

第十四集　智救活殉

1. 墨翟卧室（日，内）

【生完孩子的栀妹，月子里养得又白又胖，显得更加丰润。

【栀妹抱着婴儿，绛娘接过来逗着。

绛　娘　哦哦，我们的小墨翟、小墨翟……

栀　妹　跟你说我们是女孩儿。

绛　娘　那就是小栀妹，哦哦，小栀妹！小栀妹！……

栀　妹　你明天就要上路，今天也该早早歇着了。

绛　娘　歇什么歇，一抬脚就到了。

栀　妹　曲阜、目夷谷让你跑得，就像百工坊到染山这么近。这回，还得托你给我们墨翟带点东西。

绛　娘　你又让我送上门去挨骂？

【栀妹突然有几分伤感起来。

绛　娘　你怎么了？人家说着玩的嘛！

栀　妹　我有一种预感，自己终生要和墨翟分处……

绛　娘　你怎么会这么想？先生现在不是在曲阜求学嘛，等他求学成功，一定会接你去曲阜，团圆的日子，还远吗？你不是说要捎东西吗？

【栀妹掏出一条叠得很整齐的手绢交给绛娘。

绛　娘　就这个呀？

栀　妹　就这个。

2. 尼山书院子张书房（日，内）

【子张正在和墨翟、禽滑釐谈话。

子　张　……我纳你们两个为门人，是希望你们有所作为。过几天，我就回陈国故地去，今天，专门给你们一个提问的机会。

禽滑釐　请问先生，出身贱民，是否能成为孔门的再传弟子。

子　张　这正是孔子私学比国学通达之处。你们知道，我颛孙师，原在陈国贩马，在贱民中也属"下九流"之列，可是，孔子并不嫌弃我，因材施教，终使我得入贤人之列。

墨　翟　夫子的学识和为人，门人十分敬佩。我想问，你追随孔子多年，他对你个人有什么品评。事实证明，这些品评是对的，还是不对的，哪些可资门人借鉴？

【子张忖度许久。

子　张　墨翟呀，你小小年纪，竟能给我出这样的难题，弟子中还没人敢这样提问的。

禽滑釐　那是因为我们知识浅薄。

子　张　其实，你问得很好。我师从孔子半生，孔子对我的评价只有一个字：过。年轻时，经孔子点拨，我第一次感受到，一个人靠了忠信笃敬，可以走遍天下。于是，我把"忠信"二字写于授带，披于胸前，以示不忘。我十分敬重夏禹和大舜的功绩，年轻时就不知不觉地学着禹和舜的样子走路，你们看，过也不过？

墨　翟　弟子热爱老师的豪迈和执着。

子　张　我这个人，生性喜好结交。在我面前，几乎没有容不下的朋友，我敬趋贤者，亦纳常人，帮赞善士，援助无能。你们两人也算我新交的朋友。

禽滑釐　不敢，弟子永远是弟子。

墨　翟　夫子如此谦恭，令墨翟没齿不忘。墨翟也很崇尚大禹，希望从夫子身上学到大禹的精神。相反，我很不喜欢《周礼》"尊尊""亲亲"那一套。

子　张　我已听出你的倾向，这也就是我离开尼山书院之前，单独找你们谈话的真正目的。你不满《周礼》的"尊尊""亲亲"，恐为儒家难容。

墨　翟　《周礼》，形成于西周的和平年代，儒学是阐释和维护《周礼》的学说，而现在，天下战乱，周天子形同虚设。在这样的时代，哪家诸侯依儒学去做，势必削弱国势。难道夫子在孔子身后不应当给儒学打开一扇窗户、透进一些新鲜空气吗？

禽滑釐　我服侍夫子多年，知晓夫子是孔门弟子中有大志者，孔子身后，丰富与发展儒学，非夫子莫属啊！

子　张　诸侯国中，有为的政治家曾学于儒者不少，但他们的成功，不是依靠儒家思想，这常常引起我的深思。现在看来，儒学的授业与从政已经完全脱节了。孔子身后的儒学，皆限于讲解"孔子曰"上，谁想加进点新的见解，就要冒背叛夫子的罪名呀！

墨　翟　为发展儒学，我们愿从夫子驱驰！

子　张　此事不可造次。

【子张想了想。

子　张　或者说当从长计议吧。不过，有件事我要提醒墨翟，那个季孙氏的家宰索纪，好像对你有着很深的仇恨？

墨　翟　他是对匠人读书求知耿耿于怀！

子　张　不错，你们大概已经感觉出了，文化下移于民间，下层人士进入上流社会，这种社会对流现象，令世族贵胄们心里很不舒服。曲阜，是《周礼》的坚固堡垒，这方土地上，我一个陈国"贱民"成为孔门高徒，当年也是荆棘丛生。

正是我有切肤之痛，所以宁收寒门之人，不收纨绔子弟。不过墨翟呵，我看，在学术思想上，你要有心成为，驾在两根车辕子中间拉车的辕马，一边要提防贵胄的"耿耿于怀"，一边也不要因此把自己投身于"贱民"行列。执于中庸为好。孔子评品我的"过"，正是你的殷借啊！

【子张站起来，向一个物架走去。

子　张　墨生，知道这是什么吗？

墨　翟　不知道。

子　张　这就是敧器。

墨　翟　（惊奇地）它就是敧器？

【子张点点头。

墨　翟　这就是孔子教学用的敧器？

子　张　这敧器，夫子晚年亲赠予我。尼山书院能在孔门诸弟子所办私学中地位领先，全凭了这尊敧器。这敧器是儒学权威的象征，也是尼山书院的镇院之宝啊！这敧器是有一种精神的，你们两个都要仔细品咂啊！

【巫马子由书童引入。

巫马子　季孙氏母丧襄礼的有关事宜，我得向夫子请教！

子　张　我们今天的答问，就到这里。

【墨翟、禽滑釐退出。

3.尼山书院（日，外）

【刚刚出门的巫马子，看见一辆安车驶来。他驻足看着，只见一个风姿绰约的女子，手提丝包，从车上下来，径直往书院里走。

巫马子　小姐，请留步。

【绛娘回过头来。

巫马子　哟，这不是杨子的未婚妻吗？是来找杨子的？

绛　娘　我叫公输绛娘，是来找墨翟的。

巫马子　你找墨翟？何事？

绛　娘　我从他的家乡来，有东西捎给他。

巫马子　我可以替你转交。

绛　娘　不必了，我要亲自交给他。

【说完，绛娘进了大门。巫马子看着，心里不解。

4.尼山书院林荫道（日，外）

【绛娘和墨翟并肩而行。

绛　娘　……看来，先生无论到哪里，都不会知会我的？

墨　翟　……可是我无论到哪里，公输小姐都可以找到的。

五十二集大型 历史电视连续剧 墨子

绛　娘　公孙子方先生说，让你得空，回去看看。

墨　翟　我是担心会连累他。

绛　娘　先生也担心会连累我？

墨　翟　公输般有稳定的社会地位，我连累不了你。

绛　娘　先生处事，思虑缜密，只是你从来只想自己，而不想别人。

墨　翟　哦？我给了你这样的印象？

绛　娘　先生只想，是否连累别人，而没有想，别人是否在意连累？

墨　翟　我的麻烦不少，而且会愈来愈多，任何和我打交道的人，都有可能被连累，这样会使我的内心非常痛苦……

绛　娘　所以"钩之以爱，揣之以恭"，就是先生的法宝？

【墨翟无言以对。

绛　娘　我没有认识先生之前，只是凭着感觉，觉得目夷谷的匠人比曲阜的达官显贵可爱，但是我并没有想到关爱圈子的大小。听了先生关于"兼爱"的说法，如同，我住着的黑屋子里，突然打开了一扇窗户，阳光一下子透了进来。我感到从未有过的振奋和温暖。如果先生再要把这扇窗户关上，莫非想再置绛娘于黑暗之中？

墨　翟　我相信，"兼爱"的窗户，永远不会关上的。

绛　娘　既然先生还要为"兼爱"的主张奋斗下去，为什么要拒绝那些靠近"兼爱"的心灵来追随，来尽自己一点菲薄的力量以相助呢？

墨　翟　烦劳公输小姐，一次次地来看我。

绛　娘　我可不是来看你，而是替你的夫人捎送家书。

【墨翟以为她开玩笑。

墨　翟　我们栀妹不识多少字，哪里来的家书？

【绛娘把手里的丝包递给墨翟。墨翟不解地没有伸手。

绛　娘　我老远带来，你总得收下呀！

【墨翟在衣服上揩干净自己的手，小心翼翼地接过包裹，一层一层打开，到最里一层，是一块丝绢，丝绢上印着两只小手印。

墨　翟　这是什么呀？

绛　娘　栀妹写给你的私房话，我怎么知道？

【墨翟看着看着，恍然大悟，高兴地喊起来。

墨　翟　……这是我的儿子啊！……

【绛娘脱口而说。

绛　娘　栀妹生的是女儿！

墨　翟　儿子、女儿都一样！我女儿的两只小手！绛娘，你看呀，你看呀……

【绛娘被墨翟感染，凑过去，看着栀妹的巧思。

【墨翟把自己的大手覆在女儿的小手上，完全沉浸在做父亲的幸福中，竟然忘了绛娘的存在，自言自语地嘟哝着。

墨　翟　……女儿……女儿的小手……抓住爸爸！……抓住爸爸！……

【绛娘第一次见到如此温情的墨翟，几乎不认识地呆看着。

【墨翟生怕被别人抢走似的，把印着一双小手的白绢折叠整齐，装入衣袋，才回过神来，郑重地对绛娘作了一个揖。

【绛娘被墨翟弄得惊讶不已。

5. 尼山书院生员宿舍（日，内）

【禽滑釐进来。看了看，没有他要找的人，又出去了。

6. 尼山书院水边（日，外）

【墨翟正在习武。

【禽滑釐找来，上手就和墨翟过招。两个人打得难分难解，墨翟却突然收了架子。

墨　翟　……小禽子呀，你总是只用三分功力，对付我……

禽滑釐　师兄，没有的事。我就这么大本事。

墨　翟　我知道，你在这里没有对手。不过，将来有机会，你到目夷谷，和我的岳父较量较量，恐怕有点意思。

禽滑釐　那我的嫂夫人也会武功？

墨　翟　恐怕不在你之下。

禽滑釐　真的？那我们过过招！咱们说好，你要是回目夷谷，一定得带着我。

墨　翟　行。

禽滑釐　那我……先带你参加一个葬礼怎么样？

墨　翟　参加葬礼？

禽滑釐　鲁国执政季孙氏母亲的葬礼。

墨　翟　我才不去呢。

禽滑釐　师兄，只要是尼山书院的生员，都要习练这一课。

墨　翟　"襄礼"这种职业，我没有兴趣。

禽滑釐　可是，无论是主持祭祀之礼、喜庆之礼、丧葬之礼……普天之下，没有一家超过儒家……

墨　翟　儒学本是襄礼行当的业者团体，后来，孔子赋予了它学术生命，这正是孔子的历史贡献。可是现在弄到这般靠吃死人饭的地步，我感到悲哀。

禽滑釐　师兄的主张非常鲜明，可是如果你连殉葬都没有见过，又如何反对厚葬？

墨　翟　殉葬？

禽滑釐　你想呀，鲁国执政季孙氏母亲的葬礼，还能没有大量殉葬？我觉得，你应该去开开眼界……

墨　翟　好，我去。

禽滑釐　这也不是人人都能去的。巫马子主持葬礼，要带四个帮办，我去找子张夫子举荐。

7. 季孙氏客厅（日，内）

【巫马子等一行五人，皆着襄礼之服。巫马子作为"襄礼主事"，衣着比其他四人多出一个金色镶边。这四个门人中，有两个尊崇《周礼》的中年襄礼，另外两个就是墨翟和禽滑釐。】

巫马子　鲁国执政季孙氏的母丧，子张夫子推荐我来主持，我要你们四人襄助。墨翟、禽滑釐的差事，是帮丧主收礼，造出礼单，把葬品、丧葬费用造册。这两件事，都要一丝不苟。因为礼单，是季孙氏用人的参照，而所开丧葬费用的清单，则是由国库列支的凭据。你们俩，没有经历过这种场面，凡事需要特别谨慎。

墨　翟　（同时）门人知道。

禽滑釐　（同时）门人知道。

【巫马子指着两位年长弟子，襄礼甲乙。】

巫马子　你们两位，有些经验，随我之后，提示我不出差错。出了差错，不光是我，整个尼山书院都要跟着倒霉，重者就难以生存了。

襄礼甲　弟子明白！

襄礼乙　老师，如果执政母丧，按国君母后葬礼规格，出现僭越，我们管不管？

巫马子　僭越？这里就没有僭越可言！夫子有意推脱襄礼职事，是早知季孙氏在母丧上必有暴露，夫子尚且避而远之，我们如何管得了？你们给我记住，我们只管礼仪主持，不管葬礼操办。无论遇到什么事，一律四个字，视而不见！

禽滑釐　老师，无论遇到什么事，都视而不见吗？

巫马子　视而不见。

禽滑釐　那天塌地陷呢？

【巫马子狠狠地瞪了禽滑釐一眼，仍然斩钉截铁地。】

巫马子　视而不见！

8. 季孙氏礼棚（日，外）

【礼棚，是一个临时搭建的大型棚屋，后门与季孙氏侧门相通。送礼的人，白衣白裤，人抬、马驮、车载的礼品，络绎不绝。丧主一人，侍立棚旁，向送礼者叩谢。】

【禽滑釐在一旁唱名，墨翟端坐案前在竹简上记录。】

禽滑釐　大……司……徒……鼎……九……只……豆……六……只……泉……布……一万！

【墨翟高声复述，手写入简。】

墨　翟　大司徒，鼎九只，豆六只，泉布一万！

【丧主跪拜后，礼品通过礼棚，抬进季孙氏宅中。

禽滑釐　大……宗……伯……盟……器……一……套……地……卷……万……亩……泉……布……五千！

【墨翟高声复述，手写入简。

【丧主跪拜后，礼品通过礼棚进入季孙氏宅中。

禽滑釐　大……司……马……弓……矢……一……套……泉……布……五千！

【墨翟高声复述，手写入简。

【丧主跪拜后，礼品通过礼棚进入季孙氏宅中。

禽滑釐　大……司……寇……五……谷……仓……及……各……色……用……器……一……套……役……器……一……宗……泉……布……五千！

【墨翟高声复述，手写入简。

【丧主跪拜后，礼品通过礼棚进入季孙氏宅中。

禽滑釐　太……宰……褒……器……一……套……泉……布……五千！

【墨翟高声复述，手写入简。

【丧主跪拜后，礼品通过礼棚进入季孙氏宅中。

禽滑釐　季……孙……氏……家……宰……素……车……两……辆……泉……布……一千！

【墨翟高声复述，手写入简。

【后面人声嘈杂，要求加快收礼速度。

9. 殉葬地宫墓道（日，外）

【巫马子带着襄礼甲、襄礼乙，在地宫墓道处查看。

巫马子　你们两个给我听好了。执政之母的殉葬不仅有物品，还有50个人。这50个人，女仆10人，男仆10人，百工30人，你们仔细清点人数，只要人数一够，这个地宫墓道的吊门，就要立即放下，不得有误。还有，这50个人嘛，他们依次走进墓道，一定有哭跳喊叫的……

襄礼甲　老师，50个死人还会哭跳喊叫？

巫马子　谁说是50个死人？

【襄礼甲、襄礼乙大惊失色。

襄礼甲　……难道……难道是50个活人？

巫马子　是50个活人自己走进墓道。

襄礼乙　老师，一个大活人……谁会乖乖地走进墓道送死？

襄礼甲　我已经参加过几十次葬礼，从来没有听说要活人殉葬！

巫马子　自古殉人，多用杀殉，要活人自己走进墓室，是件天大的难事。所以，我承接这个襄礼主事，就有言在先。活殉之事，全由季孙氏家宰索纪操持。索纪说此次活殉者都是自愿的，家属也会得到抚恤。

襄礼甲　老师，只怕到时候殉葬的人往外跑，我们管不住啊！

巫马子　你们只管点够人数，及时放下吊门。你们赶紧练习一下。

【襄礼甲乙非常为难。

巫马子　记住，视而不见！

【襄礼甲、襄礼乙非常不情愿地答应了。

10. 季孙氏礼棚（夜，内）

【奔丧之人渐渐稀少。墨翟、禽滑釐开始核对账单，并书写清单，忙碌不停。

【此时，墨翟突然感到有人在拉他的裤脚。低头一看，原来桌子底下伏着两个红衣少女。

墨　翟　（吃惊）你们在这干什么？

【两个红衣服少女哆嗦着说不出话来。墨翟和禽滑釐蹲下来。

墨　翟　你们是什么人？

菊　花　我们是季氏家母生前的丫鬟。我叫菊花，她叫荷花。我们生前尽心伺候老夫人，想不到她临终，要求我们殉葬……

禽滑釐　你说什么？要你们殉葬？

菊　花　不仅要我们殉葬，还要我们伺候过她的50个人，活活为她殉葬哪！……

【墨翟和禽滑釐怒火中烧。

菊　花　……我们不想被活埋啊！……

【墨翟义愤填膺地折断了一把记录礼单的书简。

菊　花　……二位大哥，放我们一条生路吧！我们来生做牛做马，甘愿服侍两位先生……

禽滑釐　你们这身装束，哪里可以走脱？！

【墨翟与禽滑釐交换着眼色，墨翟警惕地看看周围，脱下自己身上的丧服。禽滑釐也跟着脱下自己的丧服，交给菊花、荷花。

【两个用白色孝服罩住彩衣的殉葬女，自礼棚大模大样地走出，消失在不时来奔丧的白色孝服人群里。

11. 季孙氏府邸土牢（夜，内）

【准备活殉的人，都集中关在这间土牢里。两个家丁正在查验人数。数来数去，发现还是不对。

家丁甲　怎么还是少几个？

家丁乙　少了四个！

家丁甲　对，少了四个，两个车夫！

家丁乙　还有两个老夫人的贴身丫鬟！我认识她们！……

家丁甲　能跑到哪去呢？

家丁乙　走！

12. 季孙礼棚（清晨，内）

【墨翟正和禽滑釐商量着什么，听见有脚步声，连忙装作睡觉。

【进来两个身带佩刀的家丁，把他们粗暴地推醒。

家丁甲　襄礼的，可曾见到有两个殉女，从这里逃走？

墨　翟　我们忙到半夜，困得不知道东南西北，就是有人从这里出入，我们也看不见……

禽滑釐　唉，不是说殉葬的人，都是自愿跟老夫人升天的吗？这样的好事，她们怎么还跑？

家丁乙　废话，我看就是你们放走了她们！

墨　翟　休得无礼。我们襄礼只管礼仪之事，殉葬之事，全由家宰主管。

禽滑釐　你们定说是我们放走的人，咱们非去索大人那里，当面说清楚不可！

【禽滑釐拉起家丁的衣袖要走。

家丁甲　说说说，我就烦你们这些嘴子。找三个两个替死鬼，那还不是手到擒来！

【家丁甲、家丁乙扬长而去。

墨　翟　师弟，我刚刚认出了两个老朋友……

禽滑釐　怎么，你认识他们？

墨　翟　不曾谋面，但是他们说话的声音却瞒不过我。这两个家丁，帮我解开了火烧泮宫车库这个谜！原来是季孙氏家宰索纪干的！

禽滑釐　师哥，找机会我教训教训他们！

墨　翟　现在顾不上这些打手。我们还是想法救出那50个殉葬人吧。

禽滑釐　我看，弄他50身孝服，像荷花和菊花一样，把他们放走？

墨　翟　好。

13. 季孙氏母葬墓冢（日，外）

【数以千计的士兵和工匠，在向巨大的冢上垒土。冢顶已经高出地面数丈，还在往上运土。所用器具，为战国时所用编箕。

【索纪带着家丁在现场督办。

【一个家丁，见老者搬运缓慢，举鞭子抽打。墨翟过来，抓住鞭子。家丁甲拽了几下，拽不动。墨翟夺过鞭子。家丁甲几乎被墨翟操倒。

墨　翟　你在老夫人安睡之地打人，岂不损坏老夫人恩德？

家丁甲　你算老几？！

墨　翟　老夫人生前，可是以仁德闻名哟……

家丁甲　关你屁事？我连你一块打！

【禽滑釐从远处赶来，有意把嗓门提高。

禽滑釐　你敢打我们？我们是丧葬仪式的襄礼，你的胆子不小呀！你打！你打！……大家都来看哪，家丁要打襄礼啰！……家丁要打襄礼啰！……

【索纪在几个家丁簇拥下来到跟前。

索　纪　你们吵什么？

家丁甲　禀告老爷，这个襄礼夺了我的鞭子！

索　纪　胡闹！怎敢冒犯襄礼！（转向墨翟）不知这位先生尊姓？

墨　翟　我是襄礼墨翟！

索　纪　哦？你就是墨翟？……

墨　翟　敢问老者怎么称呼？

家丁甲　这是我们索纪老爷！

墨　翟　久闻索纪先生大名，今日得以幸会。这条打人的鞭子，襄礼本欲送交丧主季孙氏大人，索纪先生既在，此事就请先生发落。丧葬之事，本应积德化民，怎可借机戕害百姓？

【说罢，墨翟把鞭子重重扔在地上。

【索纪立即换了一副面孔。

索　纪　你们尼山书院为我季孙氏大人主持葬礼，各位辛苦啦！

墨　翟　家丁打人，坏了老夫人的风水，墨翟担心季孙氏大人，会怨索纪先生督办无方吧？

索　纪　告诉你们不可打人，就是不听！还不谢过墨先生？

家丁甲　（捡起鞭子）谢过襄礼！

【此时，场地被围得水泄不通，工匠们议论纷纷。

索　纪　还不叫大家赶快做活儿？耽误老夫人墓冢封土，谁也吃罪不起！

【众家丁驱散众人，完全没有此前的威风。

【索纪咬牙切齿地看着墨翟、禽滑釐离去的背影。

14. 索纪府邸客厅（深夜，内）

【客厅里阴森可怕，气氛紧张。

索　纪　……贱人墨翟！我一把火没有烧死你！……

管　家　老爷，等到葬礼一完，我们正好动手。这次绝不能再让他跑掉！

【家丁甲、家丁乙进来报告。

家丁甲　老爷！……老爷！……殉葬人跑了！

管　家　混账！跑了几个？

家丁甲　四个……

家丁乙　老爷，不是我们无能。我们怀疑，是襄礼把人给放跑的！

索　纪　又是那个墨翟！今晚就把他们给我收拾了！

【索纪凶巴巴地鼓着脸上的肌肉。

管　家　老爷，我们一旦动手，务必搅乱老夫人的葬礼。日后传扬出去，京城的十几
　　　　家私学，恐怕会有联合行动，对我们不利……奴才倒有一个办法……

【管家附在索纪耳边窃语。

索　纪　好，殉葬入墓时间提前，改在今天晚上！

15. 殉葬地宫墓道（夜，外）

【夜色阴沉，火把通明。硕大的涂为朱红的殉葬拱门，有如张开的血盆大口。

襄礼乙　（高喊）器……物……入……宫……

【穿着孝服的人，把各种殉葬品，担的担、推的推，川流不息地搬入地宫。

【墨翟和禽滑釐径直闯进。

禽滑釐　……老师！老师！

巫马子　……出了什么事？

墨　翟　季孙氏要为母丧活殉！

禽滑釐　要活埋50个人啊！

【巫马子释然。

巫马子　你们只管按照名单，向活殉家属发放抚恤。

墨　翟　这叫什么襄礼？明明是为虎作伥！

【巫马子镇定了一下，不紧不慢地说。

巫马子　墨生，我不是为虎作伥，我是为了保全尼山书院的名声。

墨　翟　什么名声，需要用50条性命来保全？

巫马子　墨生，子张夫子器重你，推荐你来襄礼，但是你不要忘记，子张夫子是怎么
　　　　告诫你的？他一再要我提醒你，不要甘居"贱民"行列！

墨　翟　我不能眼看着50个生灵，被活活埋葬！

巫马子　子张夫子还说，诸侯只能爱及境内，大夫只能爱及职内，士人只能爱及家内，
　　　　过其所爱，就叫作"侵"。你要是干涉活殉，就是"侵"了季孙氏的母丧之权。
　　　　不仅季孙氏不答应，我们尼山书院也不会答应！

墨　翟　不管你们答应不答应，活殉就是用"礼"杀人！

巫马子　杀不杀人，我不管。我只管襄礼！不是我来做襄礼，谁认识你是谁？

【墨翟给巫马子跪下，禽滑釐也跟着跪下来。

墨　翟　墨生恳求，请我的巫马老师，放活殉的人一条生路！

巫马子　我办不到！

禽滑釐　小禽子哀求老师，放了他们吧！……

巫马子　你们就是跪断了膝盖，我也办不到！

16. 季孙氏母墓冢（夜，外）

【墓冢周围燃起的数堆篝火，喷着高高的火舌，使穿着孝服站了半面山坡的人群，时隐时现。

【殉葬品进入完毕。

襄礼乙 奉……侍……人……入……宫……

【此时，场内顿时呼天号地，哭声一片。一队穿着彩衣绣裤的殉葬人，缓缓走来。

17. 殉葬地宫墓道（夜，外）

【墨翟愤怒地站起来。

墨　翟 我能办到！

【禽滑釐也站起来。

禽滑釐 还有我！我的武功以一当十！

【巫马子想不到自己眼看着长大的小禽子，也站在墨翟一边。

巫马子 你？！……你们……

墨　翟 我们已经准备好50套丧服，让殉葬人穿上，白色一片，谁也分不出来！

【巫马子知道大事不好，立即软和了口气，几乎哀求墨翟。

巫马子 墨生，你听我说，我相信你，说到就能做到。凭你们一定会把50个活殉之人放掉，起码会把葬礼搅得乱作一团。但是墨生，你前脚放了殉葬人，索纪后脚就会抓别人顶替。你放多少，他就会抓多少，50个还是50个，一个也不会少！而且就近会把我们五个抓住！还要让季孙氏问罪子张夫子。我的好墨生，难道你要将好心收留你的子张夫子和他的尼山书院，从此断送？……还有你小禽子，跟了夫子这么多年，你能忍心让白发苍苍的子张，坐进冰冷的大牢？

【墨翟和禽滑釐痛苦地听着。巫马子把墨翟和禽滑釐拉向一边，跪下来。

巫马子 不是我巫马子心狠，是我们没有权势。尼山书院尚且在风雨飘摇之中，又岂能为别人遮挡风雨？墨生啊，小禽子，如果我巫马子硬要把自己的一片几乎湿透的衣襟，撕下给别人遮羞，恐怕只有彼此，同归于尽哪……

【墨翟过去嘱咐负责石门机关的襄礼甲。

墨　翟 师兄，这50个人的性命，可是都在你的手下！

襄礼甲 ……师弟，我也是没有办法啊！……

墨　翟 你可以手下留情！提前关闭石门！

襄礼甲 提前？

墨　翟 把活殉人关在门外。

【襄礼甲征询着巫马子。巫马子站起来。

巫马子 我们不可僭越！

墨　翟 你身为孔门再传弟子，难道要用孔老夫子的"礼"来杀人吗？

巫马子　孔子曰，"礼不下庶人"。

墨　翟　人生下来，都是赤条条的，没有上下之分！他们也是为人父、为人子、为人妻、为人女哪！老师，你的女儿，正在被选拔入宫，假如将来，季孙氏也要你的女儿来活殉，你也忍心放下这扇吊门吗？

　　【巫马子深深地叹了一口气，终于点了点头。

　　【襄礼甲握住了石门机关，打算提前启动。

　　【索纪的管家过来，一把推开襄礼乙。

管　家　索大人不放心，命巫马子亲自掌握石门。

　　【殉葬人的队伍已经走了过来。巫马子只得亲自握住石门机关。

　　【地宫的墓道口，由家丁甲和家丁乙把守。

　　【每个殉葬人都被两个武士押送，连拽带拖地送入地宫。

　　【站在墓道上边的襄礼甲乙，在清点和记录着人数。

　　【襄礼甲几乎闭着眼睛，在报数。

襄礼甲　……30……31……32……33……34……35……

　　【襄礼乙痛苦地重复着。

　　【被拖拽进地宫的殉葬人，个个在做着垂死的挣扎。

　　【禽滑釐痛苦地扭过头去。墨翟也愤怒地握紧了拳头。

襄礼甲　……42……43……44……45……46……

　　【襄礼乙报不下去。巫马子赶紧接着复述。

巫马子　……42……43……44……45……46……

　　【报数到46人时，殉葬人已经全部进入了地宫。

家丁甲　怎么只有46个？

家丁乙　一定是你们报错了！

家丁甲　你们下来数数！

　　【墨翟正要跳下去，打算寻机救出所有进入地宫的殉葬人。

　　【巫马子一把拦住墨翟，对家丁说。

巫马子　……是我们数错了，我这里记得一个也不错，正好是50人。

　　【家丁甲指着墨翟和禽滑釐。

家丁甲　你们两个下来！

家丁乙　有种的，下来！

　　【此时，押解殉葬人的武士，已经全部出来了。却有两辆素车，缓缓向墓道驶来。

　　【墨翟眼疾手快，急忙从高处跳下，拦住驾车人。

墨　翟　你们不能进！

　　【驾车的耕柱和李达同时看见了墨翟，高兴地喊着。

耕　柱　先生！先生！

李　达　老弟！老弟！

家丁甲　为什么不让他们进去？

墨　翟　入宫名单上没有他们的名字，进了地宫，老夫人会发怒的！

李　达　墨老弟，管家跟我们说好了，我们把车赶进去，就出来！

墨　翟　不行，你们不能进！

李　达　墨老弟，可想死我们了！我们快进快出！……

家丁甲　你不是襄礼吗？为什么要做这无礼之事？快让他们进去！

　　　　【禽滑釐跃下墓道，手执名册。

禽滑釐　按照襄礼的规矩，未在册的、没有沐浴的、衣冠不整的，一律不得进入！

家丁甲　这里得听我们的，进……

　　　　【家丁甲、家丁乙分别推操了耕柱和李达。

耕　柱　先生，我们回头见！……

李　达　一会儿咱们去喝酒！老弟！……

家丁乙　两位襄礼，干脆你们也一块进去，再把殉葬的人数一遍！

　　　　【两辆马车在篝火的光照中，缓缓进入地宫。墨翟呼喊着耕柱和李达，随车进
　　　　　入。禽滑釐上前一把拉住墨翟。两人都已靠近地宫拱门。

18. 殉葬地宫墓道（夜，内）

　　　　【家丁甲、家丁乙见时机已到，使了个眼色，抽出兵械，对墨翟和禽滑釐形成
　　　　　围堵之势，把他们向地宫深处紧逼。墨翟和禽滑釐步步后退，眼看退入了石
　　　　　门以内。

　　　　【家丁甲向墓道上喊着。

家丁甲　放下石门！

家丁乙　快放下石门！

第十五集　尼山遭劫

1. 殉葬地宫墓道（夜，外）

【巫马子和掌握石门机关的襄礼甲，两个人不约而同地转过身去，假装没听见。

2. 殉葬地宫墓道（夜，内）

【与此同时，墨翟和禽滑釐灵巧地把两个家丁甩在身后。眼看他们就可以逃脱，忽听耕柱和李达喊着往外跑来。

【两个家丁用兵器逼着他们进去。墨翟和禽滑釐冲上去，和两个家丁对打起来。并不宽敞的墓道中，墨翟护着耕柱，禽滑釐护着李达。

【家丁占据了有利位置，十分凶猛，兵器一次次砍在地宫的石头上，迸出火星。

3. 殉葬地宫墓道（夜，外）

【地宫上面，巫马子听见里面的兵器声和打斗声，心惊肉跳。

【襄礼甲惊惧之中拾起一根孝棒。

【巫马子夺过孝棒，瞄准家丁的脚下，扔了下去。

【不想，本来想绊倒家丁的孝棒，却绊倒了禽滑釐。

4. 殉葬地宫墓道（夜，内）

【两个家丁举着兵器，恶狠狠地一起扑向矮小的禽滑釐。

【禽滑釐一个扫堂腿，把砍向他的兵器踢飞。

5. 殉葬地宫墓道（夜，外）

【兵器飞到墓道上面，深深地扎进泥土。

【襄礼甲看着飞到脚下的兵器，两棵树似的戳在他的身边，反而下了决心，握住了石门机关。他瞄着下面对打的情况，准备随时放下石门。

【可是四个徒手搏斗的人，在墓道石门里外，交叉进出，他急得一直无法下手。

【巫马子过去按住襄礼甲的手，四只手颤抖不已。两个人汗流满面。

【耕柱在墨翟的掩护下，跑出了家丁的围堵。

墨　翟　快走！

【墨翟把耕柱推上墓道。

6. 殉葬地宫墓道（夜，外）

【耕柱没命地跑去。

7. 殉葬地宫墓道（夜，内）

【禽滑釐掩护着李达，可是李达为了躲避兵器，却向墓道深处跑去。

【两个家丁紧紧逼着里面的禽滑釐和李达。

【墨翟反身来救。禽滑釐大喊一声。

禽滑釐 不要进来！让他们放下石门！

【两个家丁一听要放下石门，立即转身向外跑去。

【禽滑釐拉着李达，紧随其后。

8. 殉葬地宫墓道（夜，外）

【巫马子听见禽滑釐叫着放下石门，吓得跌坐在地。

【两个家丁跑到墓道门口，突然转身，抽出身上的匕首，直逼李达。

9. 殉葬地宫墓道（夜，内）

【李达被孝棒绊倒，禽滑釐眼疾手快，一手一个地撑起两把匕首，把家丁甩向身后。

10. 殉葬地宫墓道（夜，外）

【襄礼甲看见禽滑釐飞身出了墓道，连忙把石门机关迅速按下。

【墨翟立即冲上前去，双手死死托起石门。禽滑釐再次进入石门，去救李达。

【禽滑釐拖住李达，弯腰从正在下落的石门下出来。

【此时，巨大的石门已经缓缓落下，眼看墨翟已经无法抽身，禽滑釐推开了墨翟。

【墨翟伸手去拉李达。李达的两只胳膊已经拉出石门，整个身子却无法拉出。此时，石门只有一寸空间。

李　达 墨老弟！咱们来生再见啦！

【李达往里抽着胳膊，墨翟死拽不放，一节袖子被撕下来。

【地宫巨大的石门"咣当"落地，砸在家丁求生的两只手上，顿时鲜血四溅。

【石门内发出惊天动地的哭号。墨翟抓住李达的袖子，悲声呼喊。

墨　翟 兄弟！——我的好兄弟！——

【被吓呆了的巫马子，好久才站起来，他依"襄礼主事"的职守，战战兢兢地宣布。

巫马子 奉……侍……人……参……拜……老……夫……人……礼……成……

【墓道中活殉人嘶哑的哭叫声，早被人群嘈杂的声音淹没。

11. 李达衣冠冢（日，外）

【墨翟和禽滑釐埋葬着李达的那只衣袖，悲愤之中，他们愤然起身。

12. 尼山书院林荫道（日，外）

【墨翟和禽滑釐飞快地走过，仿佛两个充满悲愤和复仇的火药桶。

13. 尼山书院讲堂（日，内）

【数百生员已经在堂内坐满，巫马子的助手公孟子，走上讲台。

公孟子　我想告知各位，子张夫子已回陈国故地。他离开时嘱咐，尼山书院的讲授全部交给巫马子。今日，巫马子开讲。

【巫马子登上讲坛，他的讲演风格，亦如子张，为论战式，且语言犀利，近于尖刻，是儒学理论的卫道士。

巫马子　子张夫子向大家讲授了儒学的"仁"。受他的委托，今天，我来讲授儒学中心议题的"礼"。应该说，早期之礼，与早期之儒是相伴而生的。可以说，儒以"礼"而生。然而，到孔子时，夏礼、殷礼，只能"言之"，而失去文献记载。只有《周礼》，才是有文字记载的礼仪。所以，孔子发出对《夏礼》《殷礼》《周礼》如何择而从之的断言。弟子们，知道是什么吗？

众弟子　吾从周！

【墨翟和禽滑釐匆匆进来，站立门口。

公孟子　还不快坐下！

【墨翟和禽滑釐用眼神商量了一下，暂时坐了下来。

巫马子　对，孔子断言"吾从周"，就是以《周礼》作为他学术思想的核心，并以周公本人为他的人生典范。周公所作《周礼》《仪礼》，都被孔子用作教授弟子的主要课程。周公的那些思想，比如"修己以敬天""修己以安人""修己以安百姓""施惠于民而能济众"，都被深深扎根于孔子的三千弟子心中。而这三千弟子，又传播给了弟子的弟子……

【禽滑釐突然站了起来。学着巫马子的腔调。

禽滑釐　弟子的弟子，今天又传播了弟子的弟子的弟子……

【公孟子气得一拍桌子。

公孟子　小禽子，子张夫子今天刚走，你就闹堂！

【巫马子大度地让禽滑釐坐下，稳健地继续接着讲下去。

巫马子　可以说，孔子的一生，就是"克己复礼"求"仁"的一生。"一日克己复礼，天下归仁焉"，这11个字，我巫马子一生也学不透，学不够！孔子倡导"非礼勿视，非礼勿听，非礼勿言，非礼勿动"，倡导"生，事之以礼；死，葬之以礼，祭之以礼"。孔子之言，字字玑珠，列君臣父子之礼，序夫妻长幼之别，我们的孔老夫子，可谓专心致志，奔走呼号，呕心沥血，呕心沥血啊！

【禽滑釐坐在下面，故意一个劲地干哕，而且哕声渐大。公孟子想制止，急不择言。

公孟子　小禽子！你怀孕啦？！

【台下哄堂大笑。

【公孟子没有帮好忙，自己觉得没脸。巫马子更是怒从中来。

巫马子　你给我出去！

公孟子　出去！出去！快快快！

【禽滑釐出去，故意边走边哕。

巫马子　"礼"与"仁"的两者关系是什么呢？"仁"就像我们的身体，"礼"就是我们的服饰，"仁"为里，"礼"为表。"上好礼，则民易使""上好礼，则民莫敢不敬"，注意，"仁"的目的是什么呢？上次子张夫子讲到"牧民"，这里我再强调一下，用"亲亲""尊尊"，扫除"贵贱无序"，维护贵族的等级制度，消除动乱因素，置国家于长治久安，这就是"仁"的目的。下面，我回答提问。

【禽滑釐进来。他的身后还有数十个年轻人跟来。

【公孟子一看，以为禽滑釐又来捣乱，站起来就要制止。禽滑釐一摆手。

禽滑釐　老师！国学泮宫的生员前来投奔！

【巫马子一听，情绪大振。

巫马子　好呀！好呀！

禽滑釐　这二十几名泮宫生员，都是要来向墨师兄习练"六艺"的！

巫马子　都坐下吧！禽生，招呼他们坐下吧。

【大家坐定。巫马子抖擞精神。

巫马子　下面，我回答提问。

襄礼乙　先生，《周礼》既然如此完善，为什么季孙氏母丧，竟然使用了天子的九鼎之礼，这不是"僭越"吗？

巫马子　是否用九鼎，未得到确凿的证据前，弟子不可以讹传讹。

襄礼甲　我经管丧葬礼品，能做出确切证明。

襄礼乙　这样，昔日的"周礼尽在鲁矣"，岂不变成今日的"礼崩"尽在鲁矣？

巫马子　《周礼》对人的约束，是通过天子、国君的行为而影响大臣和士人的。造成"礼崩"行为，理应受到道义的谴责。

【索获和臧公子过来，坐在墨翟身边。在巫马子师生的问答声中，他们小声说着。

臧公子　想不到泮宫的一场"六艺"演练，一夜之间，你变成了京城名人！

索　获　自从泮宫书库被烧，生员就一天少于一天……

墨　翟　那位索公子，为什么不同你俩一起来？

索　获　索公子是世子，在国学再混几年就可以接替父任。我们两人，都是庶子，没有长子特权，只有在尼山书院学点真才实学。

巫马子　墨生！大声说嘛！让大家都能听见！

【墨翟站起来。

墨　翟　季孙氏母丧的"僭越"，理立承当道义上的谴责。但是，我以为，作为孔子后学，我们的责任是对《周礼》，比如《周礼》中的丧葬之礼，做出检点。

公孟子　为何要检点？三年之葬定于孔子，儒家奉为礼仪，天经地义！

墨　翟　三年丧期内，王公大人不能理政，士人不治官事，农人不务稼穑，妇人停纺不织，百工不能造车制器。这势必造成毁身破产、财富耗损、国家贫困、人口骤减、社会不稳。我认为，厚葬久丧，有三害。一曰害富，二曰害众，三曰害治。试想，王公大人之丧事，棺椁必重，葬品必厚，以致虚空府库。金玉、珠玑、丝绸绕于身，车马、鼎鼓、女乐、戈剑、宝器埋于土。天子诸侯杀殉，众者数百。将军大夫杀殉，寡者数十。秦穆公死后，搜罗一批治国良才、用兵良将，凡177人，全部为他殉葬。我们读史，徘徊于这些血泪的记载，无不为之扼腕长叹啊！

【讲堂的气氛愈来愈沉重。

墨　翟　有远见的国君和诸侯们一再呼吁，《周礼》的厚葬久丧应当改革……

巫马子　墨生，你说有人呼吁节葬，可有根据？

墨　翟　孔子就说过"礼，与其奢也宁俭，丧与其易也宁戚"的话，可见，孔子就很注重节俭，反对外表的虚伪，认为只要对失去的亲人心中表示哀痛就可以了。子张夫子也说过"戒虚礼""尽哀而止"。这些话，弟子以为，其中已有节葬之意。齐相晏婴，慷慨激昂地说，儒者盛容修饰以蛊世，弦歌鼓舞以聚徒……

巫马子　晏婴所说，乃非儒之言，不足为凭！

墨　翟　先生，晏婴毕竟是把一个大国治理得强盛起来的名相，我们在场的人，哪一位可以治理好一乡一郡？这不正好戴上了晏婴为儒者准备好的帽子？晏婴认为，儒者，"博学不可使议世，劳思不可使补民"，如果不幸被晏婴言中，儒者将到哪里寻找施展才能的机会？

【索获站起来，恭恭敬敬地向大家行了一个礼。

索　获　弟子索获，可以证明墨生所言是实。我们国学泮宫教出的弟子没有真才实学，诸侯不予聘用。泮宫的学子，除了接替父辈官位外，几十年没有教出一个出类拔萃人物，就是这个道理！

生员甲　这怎么是一个道理？你们那些泮宫的公子哥，除了吟诗，就是跳舞，各国诸侯又不缺少歌舞伎？

【众生哄笑。

襄礼乙　扯远了，我们还是回到"僭越"上来吧！

墨　翟　厚葬久丧的"害富""害众""害治"，绝非纠正"僭越"所能解决，只有提倡"节葬"，才能根治！

襄礼乙　墨生的节葬，不能维护《周礼》，反而比"僭越"造成更大的"礼崩"。

墨　翟　我讲了厚葬久丧之害，愿听师兄陈述厚葬久丧之利。

【公孟子要制止，巫马子示意不可。不紧不慢地坐下来听着。

襄礼乙　亲人失去了，这样的悲痛，只有厚葬久丧才足以显示思念之情。

墨　翟　如果对死去亲人的思念，厚葬则深，薄葬则浅，那么一个恶吏的丧葬费用总比一个廉吏的要多吧？

襄礼乙　如果连自己的亲生父母都不能厚葬久丧，有谁会相信他是君子？

墨　翟　君不见弑父之人，也有厚葬久丧其父的。师兄想说，这个杀了父亲的儿子，是君子吗？

生员乙　恕我直言，一个满心想从亡亲身上节省点什么的人，能忠于父母吗？既然不能忠于父母，岂能忠于君主？我看，他是六亲不认！

禽滑釐　我问你，一个君王和一个乞丐，同样失去母亲，你说哪一个更思念？

生员乙　这还用说嘛，当然是君王更加思念。

禽滑釐　那是君王思念他的母亲给了他君王的地位！

生员乙　乞丐因为没吃没喝，自然对自己的母亲不太思念。

禽滑釐　可是你不要忘记这样的人之常情，人都是在最苦难的时候，更加思念自己的母亲。没有谁在新婚之夜，哭着喊"我的娘呀！快来救救我！"。

【又是一阵哄堂大笑。巫马子也忍俊不禁。唯有公孟子板着面孔。

墨　翟　根据我的计算，季孙氏母丧所耗费的人力、物力，足以供20万的鲁国百姓一年之用。季孙氏母丧埋下的并不是几个鼎的"僭越"，而是一些已经看得见的和现在还看不见的灾难。

索　获　现在京郊已经出现了饥民，昨日正向曲阜进发……

禽滑釐　饥民拥进京城，一个鲁国执政，因厚葬久丧，却要三年不理朝政。如此，民不能安，地下的祖先不能安，他自己，也不能安！于国、于民、于家，尊崇这样的《周礼》，不是尊来天下大乱吗？

襄礼乙　切不可把饥民与厚葬久丧混为一谈！

墨　翟　粮食充作厚葬，实为夺饥民之粮，车马充作厚葬，实为夺农者之耕，丝绸布帛充作厚葬，实为剥寒者之衣。如此，天下"衣患不暖，食患不饱，劳患不歇"的"三患"之人，何日才能得救？

襄礼乙　反正，我在尼山书院的功课是学习《周礼》，没人要我去管饥民的事。

禽滑釐　如果饥民的乞讨声声，包围着尼山书院，你能安心读书？

生员乙　你们如此贬损厚葬，如果造成社会轻视葬礼之风，我们岂不要失去襄礼的职业？

墨　翟　对，这才是今天这场论辩的实质所在。我来到尼山书院，是想学习救世救民的道理，想不到，却跟着做了一回王宫大人奴役百姓的工具，这是我墨翟终生的耻辱，和对黎民百姓的欠债！……

【公孟子义愤地站起来，指着墨翟，气哼哼地。

公孟子　收你这个工匠出身的生员，本来就是羊群里混进了乌鸦！

禽滑釐　墨生的工匠水平，已经达到了"国工"，你们这些靠吃死人饭活命的吹鼓手，未必都是一流？

【公孟子被激怒，破口大骂。

公孟子　贱民！败类！给我滚！滚出去！

墨　翟　不劳公孟子驱赶，我靠自己的木匠手艺吃饭比做襄礼踏实，我郑重宣布，墨翟从此脱离儒门！

【墨翟愤而离去。

索　获　老师，墨生不能走！我们都是专门来，向他学习"六艺"的！

【生员中"墨生不能走"的声音一浪高过一浪。

【巫马子生气地宣布。

巫马子　讲学到此结束！

【禽滑釐也要走，被巫马子紧紧拉住。

14. 曲阜大车店（日，外）

【墨翟远远地走过来。

【正在门口忙活的店主，辨清是墨翟，高兴得直拍大腿，跑着迎上去。

店　主　……墨先生！……

墨　翟　店家！

店　主　墨先生到哪去了？好久不见来住……

墨　翟　还有客房吗？

店　主　谁的没有，也得有你的。我的财神爷哎！

15. 曲阜大车店院子（日，外）

【墨翟正在修车，他起身进屋，去拿什么东西。

16. 曲阜大车店（日，外）

【一辆马车停下来，车上下来了杨朱。店主马上迎上去。

店　主　请问先生是不是要修车？

杨　朱　你说，要是修理这根断了的车辕，得多少钱？

【店主围着车子看了看。

店　主　你这车辕不是修好了吗？

杨　朱　我没问你修没修好，我只问你修好要多少钱？

店　主　那可贵了。

杨　朱　贵了，是多少？

店　主　……我可说不好，怎么也得……

【杨朱突然看见了什么。

杨　朱　墨翟！墨翟！

【从屋里出来的墨翟，看见是杨朱。

墨　翟　是杨戎先生！

杨　朱　你怎么到这里来了？不是在尼山书院就读吗？

墨　翟　我已经脱离儒门。

杨　朱　太好了！太好了！

【店主看着杨朱近乎手舞足蹈，有些气愤。

店　主　瞧你这位先生，看见人家不高兴，你倒手舞足蹈？

杨　朱　墨翟，我就知道，儒家那点东西，就是"孔子曰"，你怎么能跟他们学？走走，到我府上，咱们好好谈谈。

【墨翟迟疑，杨朱连拉带扯，把墨翟弄上了他的车。

17. 杨朱府邸书房（日，内）

【杨朱引领墨翟进来。

杨　朱　墨生的到来，是苍天为我杨门送来一个高徒啊！

墨　翟　我一个贱民，怎有资格信奉贵族哲人之说？

杨　朱　不碍，不碍，近朱者赤，近墨者黑，我愿意教你。

墨　翟　可是，我耻于与贵族为伍。

杨　朱　那是因为现今贵族，丑陋之徒甚多。但你不要忘记，贵族中有良知者，大有人在。比如我……坐坐……

【仆人上来茶水。墨翟与杨朱对面坐下。

杨　朱　上次我跟你讲到，我正要在贵族中提倡"适欲"，今日我跟你细细道来。

墨　翟　我对先生身世，倒有迷惑不解之处，想要请教。

杨　朱　好，我有问必答。

墨　翟　先生为了"贵己""重生"，郑重地宣布"不入危城""不处军旅"，而戎者，兵器也，兵车也，军旅也，征伐也，不知先生为何以"戎"为名？

杨　朱　说来话长啊！我本是戎国贵族，戎国为鲁国所灭，先人为使我不忘故国，故以戎为名。我现在，虽然保留贵族地位，但国破家亡，寄于鲁国贵族孟氏篱下。你不是贵族，更不是一个寄人篱下的贵族，个中三昧，说了你也不能体会。我就说你所能体会的吧。所以，我希望天下有权贵族，失权贵族，都要有一个共同的行为规范，就是把自己的欲望，控制在一个适当的范围之内，不可过，不可不及，谓之"适欲"。

【几个仆人上来，端上酒菜。然后垂首而立。

墨　翟　先生，我不习惯酒肉。

杨　朱　我知道你的意思，"肉食者鄙"。这我同意一半，好吃大鱼大肉的人，是有些笨，我这是小鱼小虾，清淡素雅，随意用吧。

【杨朱不布不让，自己喝酒吃菜。

墨　翟　按照先生"适欲"之说，一个贵族，需要雇用几个仆人？

杨　朱　十人足矣。

墨　翟　何以界定？

杨　朱　你看，马夫、车夫、更夫、炊夫、门仆，还有洒扫、起居、洗衣、传唤、役使的女仆五人。正好十人。我现在只有七个，差着三个，常常捉襟见肘，令我劳神。所以，我说为奴十人是"适欲"。我反对国君、大臣、贵族、富贾们，以千人为奴、百人为奴！他们那是"淫欲"！"淫欲"这种东西，常常是社会不安定的起因……哎？你怎么不用？

【墨翟环视了一下四周。

墨　翟　先生没有过饥饿的时候吗？

【杨朱想了想。

杨　朱　有。父亲过世，母亲带着我流落到曲阜，有一次，北风呼啸，人家在街头喝羊肉汤，我看呆了。饭店的伙计问："你那嘴里是什么东西？"我一看，垂涎三尺……哈哈哈哈……

墨　翟　我也知道饥饿的滋味，被别人看着吃饭，自己就不知不觉成了她们。

【杨朱明白墨翟的意思，摆了摆手，让丫鬟们离去。墨翟还是不拿筷子。

杨　朱　你还有什么要求？

墨　翟　先生号称"一毛不拔"，这顿酒菜……

杨　朱　你并没有白吃我的，我差着你的修车钱还没给，不是今天去大车店打听，我们还碰不上哪。

墨　翟　这么说，我今天是自己吃自己的啰？

杨　朱　不，你今天是陪着我，开怀畅饮，通宵达旦。来人！掌灯！

18.尼山书院生员宿舍（夜，外）

【入夜，一伙蒙面人闯入尼山书院。起来解手的禽滑釐发现后，尾随其后。

19.尼山书院子张书房（夜，外）

【蒙面人留下两个把门，其余潜入书房。

【禽滑釐无法进入，只得在外面紧紧盯着。

20.尼山书院子张书房（夜，内）

【蒙面人潜入进来，直扑欹架，拿起上面的欹器，抱着就走。

21. 尼山书院子张书房（夜，外）

【禽滑釐看着他们抱着欹器出来，立即扑了上去。

【一场无声的对打，在子张书房内外展开了。

【禽滑釐志在夺取器物，可是蒙面人把器物在他们手上传来传去。禽滑釐身手灵活，把蒙面人一个个打倒在地，他只为争夺器物，并无心擒人。

【六个蒙面人渐渐不支。

【器物在抛传中，"当啷"落地。蒙面人也落荒而逃。

22. 尼山书院巫马子卧室（夜，内）

【正在熟睡的巫马子，听见一阵急促的敲门声。

巫马子　谁呀？

禽滑釐　是我！小禽子！

巫马子　明天再说吧。

禽滑釐　欹器被砸啦！

【巫马子一听，立刻光着脚，就去开门。

【就着月光，禽滑釐打开一只包袱，里面是一包碎片。

【巫马子惊吓不已，拿起一只碎片。

巫马子　……欹器！……欹器！……这是我尼山书院的镇院之宝啊！……尼山书院大难临头啦！……

【魂飞魄散的巫马子不知如何是好。

禽滑釐　老师，怎么办？

巫马子　……小禽子……封锁消息，不许任何人知道……

23. 杨朱府邸书房（夜，内）

【灯光亮起，席间的气氛有些融洽。墨翟这才拿起筷子。

杨　朱　你今年什么年纪？

墨　翟　过年就24岁了。

杨　朱　我长你10岁。

墨　翟　怨不得，你说我"黄口小儿"。

杨　朱　我就那么一说，和你谈过话，就再也不敢说你黄口小儿了。

墨　翟　先生已过而立之年，此处宅邸不见夫人出入，敢问原因何在？

杨　朱　墨生，你这一问，又露出黄口小儿之稚嫩。

墨　翟　怎么讲？

杨　朱　你可知，这人世间的痛苦，都是由于情欲旺盛所致，语有"人不婚宦，情欲失半"。这不婚娶，情欲就减少一半，再不求官，情欲又减少一半，一半一半地减下去，岂不心平气和，祥瑞安康？这正是我杨戎要走的"适欲"之路。

墨　翟　先生的"不宦"之说，天下十成之人，会有九成赞成。先生的不婚娶，只怕天下无人苟同。先生若再以"不婚"劝诫，不怕冷了天下人心？

杨　朱　那我就跟你再往深里说说吧。我说的这不婚娶，只限于男人，而不包括女人。这女人嘛，尽可以婚嫁，男人则不可以婚娶。

墨　翟　为什么？

杨　朱　女人是什么？女人就是奴仆。在家为父兄的奴仆，出嫁为丈夫的奴仆。

【女人婚嫁不婚嫁，都是奴仆。男人嘛，就不同了……

墨　翟　按照先生所言，男人婚娶，不是可以得到奴仆吗？

杨　朱　正是！妻室，其实就是奴仆，不过是贴身入室奴仆而已。我已经有了七个奴仆，虽嫌不足，再多也难为豢养。所以，我早就有所打算，欲娶一妻，必减一仆，欲纳一妾，还得再减一仆。

【墨翟听了杨朱的议论，一时目瞪口呆。

杨　朱　墨生，你也不要大惊小怪。你仔细想一想。这妻如何顶替马夫、车夫、更夫、炊夫、门仆之劳，那妾如何做到洒扫、起居、洗衣、传唤、役使而无怨言？所以，我的婚娶之事，岂能不一拖再拖？你说呢？

墨　翟　……先生，竟然把人生伴侣作为另类奴仆？！

杨　朱　人生伴侣？

墨　翟　我为先生未来夫人的处境，感到恐惧啊！

【杨朱摇头叹息。

杨　朱　墨生，黄口小儿，黄口小儿呀！

墨　翟　先生就不怕有一天，成了孤家寡人？

杨　朱　明天，我带你到庸工市场上去看看，三条腿的母鸡难找，两条腿的奴隶，像虱子一样，沾到身上，掸都掸不掉呀！……

24.尼山书院走廊（日，外）

【巫马子愁眉不展地在书院里乱转。

巫马子　（念叨着）……毁于一旦！……毁于一旦！……毁于一旦！……

【路过生员宿舍里，巫马子往里一看，正看见墙上挂着那只他熟悉的翟鸟灯碗。

【巫马子顿时精神大振，快步进了宿舍。

25.尼山书院生员宿舍（日，内）

【索获等一群生员正在激励地说着什么，看见巫马子进来，都噤若寒蝉。一个个出溜走了。禽滑釐没走，不慌不忙地收起翟鸟灯碗。

巫马子　你要干什么？

禽滑釐　这是墨翟的。

巫马子　他到哪里去了？你给我把他找回来。

禽滑釐　墨翟主意大，先生是请不回来的。

巫马子　墨翟欠着我的学费！

禽滑釐　先生，夫子请墨翟就读，是以教习六艺抵算学费的。

巫马子　可是墨翟并没有教习"六艺"？

禽滑釐　那我也不知道他去哪了。

　　【巫马子拿过翟鸟灯碗，禽滑釐急得要哭。

禽滑釐　先生还给我！这是墨翟的！

巫马子　还给你？让墨翟亲自来取！

禽滑釐　先生，他说再也不会到尼山书院来了。

　　【巫马子一听，反而没了脾气。

巫马子　那，你赶快带我去找他！

禽滑釐　干什么？

巫马子　结算学费！

26. 曲阜大车店（日，内）

　　【大车店里，墨翟正在穿衣服，禽滑釐一步迈了进来。

禽滑釐　师兄！

墨　翟　小禽子！

禽滑釐　你看谁来了？

　　【巫马子进来。

墨　翟　……老师！

　　【巫马子站定之后，递上翟鸟灯碗。墨翟高兴地接过来。

墨　翟　有劳先生亲自跑一趟……

　　【巫马子看了看床上，觉得不干净，墨翟连忙放下翟鸟灯碗，用手掸了掸。巫
　　　马子总算坐下了，他把玩着翟鸟灯碗。

巫马子　听说，你离开家一年多了，你妻子的手艺恐怕更精美了吧？

墨　翟　先生如果需要，我可以让我妻子给你再做一只，这种灯碗，便于熬夜，一晚
　　　上不用添油。

巫马子　（故意轻描淡写）好，那你请她帮我仿制一尊欹器吧？

墨　翟　欹器？……是孔子教学用的欹器吗？

巫马子　正是。

　　【巫马子示意禽滑釐打开包袱。墨翟一看。

墨　翟　这不是欹器，只是一堆碎片，怎么仿制？

　　【禽滑釐这才知道巫马子的来意，他不愿意给墨翟找麻烦。

禽滑釐　老师，你没说要找师兄仿制欹器呀？

巫马子　小禽子！你出去吧。

【禽滑釐不得不出去了。

巫马子　墨翟，你听我说呀，这尊欹器，昨夜被一伙蒙面人砸碎了。尼山书院能在鲁
　　　　国京都立足，能在孔门诸弟子所办私学中地位领先，全凭了这尊欹器。这欹
　　　　器是儒学权威的象征，是尼山书院的镇院之宝。砸欹器，就是灭儒学啊！

墨　翟　这是阴谋！

巫马子　墨翟啊，说实话，尼山书院的生员，越是久留的，书呆子气越重。遇到这种事，
　　　　个个手足无措。所以，我第一个，就来找你帮忙。

【墨翟刚要回绝，巫马子制止他说下去。

巫马子　至于我们的学术分歧，导致你主动脱离儒门，这都以后好说。现在的当务之
　　　　急，是请你，帮助我仿制这尊欹器。

墨　翟　老师，我妻子从来没有见过欹器，的确无法仿制。

【巫马子停了停，突然问道。

巫马子　你知道，为什么引来昨夜欹器被砸吗？

墨　翟　大约跟葬礼有关吧？

巫马子　对，50个活殉的贱民，你都舍身相救，几百个知书达礼的士人，你墨翟能见
　　　　死不救吗？

【墨翟显然被他说动了，再次打开包袱仔细看着那些碎片。

巫马子　（燃起希望）全部残片，一片不少。

墨　翟　……砸得这么碎，怎么能铜合在一起？……

巫马子　（绝望地）你要是不能做，尼山书院只有死路一条啦！……

墨　翟　不过，我看这欹器为邾娄制作，就是出自我的家乡……那就试试吧……

巫马子　不是试试，你一定要帮我做个一模一样的欹器，才能挽救尼山书院！

【禽滑釐在门外听了，进来故意说。

禽滑釐　先生不是要跟墨翟结算学费吗，时候不早了，我来帮你算吧？

巫马子　你个小禽子，就是要逼我说出最后一句话。好，我说，如果做不成欹器，墨
　　　　翟就是留下账单，也没有尼山书院来讨账了。

墨　翟　好吧。你给我两匹快马，由禽师弟陪同，给我一个月时间。

巫马子　关于资费，人家告诉我，如今世上无人造出欹器，即使造出，也需花费黄金
　　　　百两！我可以给你二百两，怎么样？

墨　翟　请转告子张夫子，我同禽师弟承蒙尼山书院免费就读，这二百两黄金，就算
　　　　我们两人的一份报答吧。

巫马子　不行！不行！黄金一定要带上！

【墨翟拉着禽滑釐就走。

墨　翟　一月之后见！

【巫马子露出一丝欣慰的微笑，旋即又被怀疑替代了。

27. 尼山书院子张书房（日，内）

【显然巫马子已经向子张报告了欹器被砸的消息。两个人都情绪低沉。

巫马子　……那资费呵，墨翟是分文不取。……他要是收下资费，总有个信誉在身吧？……他愈是不收，我就愈加怀疑啊！

子　张　我看，不收资费，倒像他墨翟的真心。

巫马子　连资费都不收，恐怕一个月后，影子也不会见到吧？

子　张　孔子曰"敬鬼神而远之"，现在看来，能有鬼神相助，才好啊！……

巫马子　……死马当活马医啦……

子　张　不过，这一月之中，你要守口如瓶。一月之后，如果欹器没有仿制成，也要尽量隐瞒，瞒到何时算何时，天如灭儒，你我也无能为力，听天由命吧……

第十六集　临危义助

1. 途中（日，外）

【墨翟与禽滑釐，骑着两匹快马，向南疾驰。欹器碎片包裹，紧紧背在墨翟身后。

2. 沂水河畔（黄昏，外）

【两匹全速奔跑的快马，渐渐停了下来。墨翟和禽滑釐翻身下马，来到河边，
他们一边饮马，一边自己也像马一样饮着河水。然后，分别把马拴在树上。

禽滑釐　师兄，我真不懂。

【墨翟小心地解下欹器碎片包裹，抱在怀里，躺在地上小憩。

禽滑釐　……你为什么要答应仿制欹器，儒学已经如此腐朽，亡就亡了，省得他们整
天给君王公侯当帮凶。

墨　翟　儒学是有毛病，但毕竟是私学的首领。小禽子，你想想，若是儒学一倒，私
学不也就跟着树倒猢狲散啦？那时候，社会上只剩下官学，天下黎民百姓连
个求学的门路也没有了啊！百姓不读书，就不能明白道理，就无法保护自己
的利益。你说帮助尼山书院对百姓好呢，还是看着儒学寿终正寝对百姓好呢？

【禽滑釐不好意思地笑了笑。

墨　翟　小禽子，我一直在说"兼爱"，天下私学是一家嘛。

禽滑釐　师兄，你的心真大！……或者说，你的爱更广博……可是，要是有个比儒学
更好的学问就好了，那样，我就会全身投入，不像现在，疙疙瘩瘩的。我太
希望有个比儒学更好的学问了！

墨　翟　求学求学，不光学，还要求啊！

禽滑釐　我跟着子张夫子这么多年，听遍了各家的主张，老子讲"无为而治""小国寡
民"，孔子讲"仁爱""中庸""亲亲""尊尊"，还有杨子的"适欲""贵己"，
虽然都"皆有所长，时有所用"，但是，都不如你的主张，合我的胃口。我看，
干脆师兄你来办个学，我小禽子第一个入学，怎么样？

墨　翟　童言无忌！童言无忌！你个小禽子，什么都敢说呀！我们赶路吧！

【墨翟和禽滑釐二人翻身上马，奔驰而去。

3. 墨翟家大门（夜，外）

【墨翟和禽滑釐回到目夷谷百工坊，墨翟下马，来到自家门前，轻轻叩门。

禽滑釐　到了家，先弄饭吃，我这肚子，都贴到脊梁骨上了！

墨　翟　你嫂子一准让你吃个饱！

禽滑釐 这两匹马，也得喂点好料。

　　【里面许久没有声音，墨翟再叩，仍无应答。

墨　翟 你嫂子准是回娘家去了，走！

　　【禽滑釐随着墨翟，向任工师家走去。

4.任工师家（夜，外）

　　【任工师家屋内有灯光透出，墨翟叩门。

（画外） 谁呀？

墨　翟 是我！

5.任工师家（夜，内）

　　【任工师正在洗脚。

任工师 高石呀？

　　【栀妹正抱着孩子，一听声音，立刻把孩子塞给任奶奶，跑去开门。

栀　妹 墨翟！

　　【墨翟一脚迈进来，把全家惊得不轻。

墨　翟 工师！奶奶！这是我的师弟禽滑釐，我们是有事赶回来的……

任奶奶 还没吃饭吧？

禽滑釐 奶奶，我都饿死啦！

任工师 饿死啦，还能说话！

　　【大家笑起来。

任奶奶 栀妹，你去做饭……

禽滑釐 奶奶，还有马呢！

任奶奶 他爹，你去把马喂上。

　　【墨翟拉住要去做饭的栀妹，解开身上的包裹，打开让栀妹看。

任奶奶 什么宝贝？吃了饭，不能看？

墨　翟 你先帮我看一眼！就看一眼！

　　【任奶奶只得把孩子交给禽滑釐，自己去了灶间。

　　【墨翟把桌子上的东西划拉一边，放上包袱，示意栀妹亲自打开。

栀　妹 什么东西，这么金贵？

　　【正要出门的任工师，又回头看着。

任工师 准是给我女儿的京城礼品……

　　【栀妹轻手轻脚把包裹一层层打开，只见里面是一堆碎片。

任工师 这些破瓦片，还用从京城捡来？

　　【任工师说完出去喂马。

墨　翟 这可是一件宝物！

栀　妹　宝物？什么宝物？

墨　翟　它叫敧器。

栀　妹　敧器？

墨　翟　对，敧器。敧器可不是一般的器皿，它有着三种不同的状态，不盛水时歪着，盛了一半，正着，要是盛满了水，它会把多出的部分扬出来。这叫，空则依，中则正，满则覆。全鲁国的学堂里就这么一尊，是个已经失传多年的绝品。

　　　【栀妹拿起碎片，好奇地看着。

墨　翟　……我已经答应人家了……

栀　妹　你答应什么了？

墨　翟　我说，我妻子能复制！

　　　【栀妹看着禽滑釐，禽滑釐认真地点了点头。

栀　妹　墨翟呀，这活儿你也敢揽？……

　　　【墨翟愕然。

禽滑釐　这是尼山书院的活儿，人家要给二百两黄金，尼山书院免收我们学费，我和师哥，总得给人家一个报答吧……

栀　妹　好呀，你和你师哥，既然敢大包大揽？你们就自己干吧！

禽滑釐　……嫂子，你是出名的巧手，你顺手就能给他捏把一个……

栀　妹　捏把一个倒是不难，可是我没空。

　　　【禽滑釐看着墨翟，不知这位师嫂到底什么秉性。

墨　翟　……栀妹，才一年多不见，就生分了。我有什么不对，你说嘛……

栀　妹　我还要带我的女儿。

　　　【一阵婴儿的哭声响起。墨翟有些摸不着头脑。

　　　【任工师进来，戏说墨翟。

任工师　有了碎瓦片忘了女儿……

　　　【墨翟这才看见禽滑釐正抱着他的女儿，立刻抢了过来。

墨　翟　……女儿！……女儿！……爹爹和你相识了！……

任工师　有了女儿，忘了丈人。

墨　翟　天知道，我什么都没忘，都在我的心里装着。

任工师　装没装在你的心里，我们也看不见，反正我这家里装不下你们了，吃完饭，这小师傅，在我这偏房里安歇，你们一家三口，都回去吧。

6. 墨翟卧室（日，内）

　　　【次日早晨，阳光照入室内，刚过百日的女儿睡在墨翟的臂弯里。

　　　【墨翟醒来，看见女儿仍在熟睡，又阖眼欲睡。

　　　【栀妹进来，静静地看着他们父女的睡相，心中无比甜美。

五十二集大型　历史电视连续剧　墨子

【墨翟睁开眼睛。

墨　翟　你早醒了？太阳这么高了，怎么不早叫我？

栀　妹　有你给我带来的宝贝，我还能睡着？

墨　翟　（后悔地）该今天再告诉你就好。

栀　妹　这件欹器我看了，不过是古人汲水的工具，因了孔夫子用它教学，才抬高了
　　　　身价。因为烧制得很好，又失传了技术，才成为绝品。

【墨翟高兴地支起身子，发现臂膀里有熟睡的女儿，不得不再躺下。

墨　翟　你有把握？

【女儿哭起来。墨翟委屈地。

墨　翟　我没动她呀！……一点都没动她！……怎么就哭了！……

【栀妹抱过女儿，很快就不哭了。

栀　妹　你说这欹器，是照样仿制，还是稍有改进？

墨　翟　不要改进，就一模一样地仿制。

栀　妹　那你得帮我把制作的原理讲透。

墨　翟　我一路上都在想，这欹器的原理……

栀　妹　吃了饭再说吧。

【墨翟帮着给女儿穿衣服，可是笨手笨脚的，总是穿不上。

栀　妹　你呀，还是那个笨手笨脚的样儿！

墨　翟　看来呀，盼着当父亲，当了父亲还真不容易。

栀　妹　你先把女儿送给奶奶，再帮我弄些木胶来。我先把欹器黏合成形，好看出个
　　　　整体模样来。

墨　翟　是！我的小任工师。

【栀妹把女儿交给墨翟，墨翟第一次摸着这么一个软乎乎的人体，无处下手。

栀　妹　托着，托着，千万别闪了腰！

【墨翟认真地学着抱孩子。

7. 墨翟家（日，外）

【墨翟小心而笨拙地抱着女儿出了门。

8. 墨翟书房（日，内）

【栀妹仔细地辨认着每一块陶片，凡能衔接的陶片放置一起，对壁厚的陶片用
　　尺量出厚度，单独放置。欹器的尖底部分、上口卷边部分、两个绳鼻，比较
　　完整。

【墨翟和禽滑釐进入书房，静静站在栀妹身边看着。栀妹边干边说。

栀　妹　从陶片上看，这尊欹器，属于粗灰陶，烧制的火候很到家。从欹器的纹饰上看，
　　　　大概在百年上下。你得帮我把原理说透，才能保持仿制出来的性能不变。

墨　翟　我琢磨了一路，它的制作要领，也许只有两条，一是环鼻下移，可造成满则覆的效果，二是器壁一侧厚，一侧薄，自然空则必敧。而壁厚、壁薄所形的差距要小于半罐水的重量，这样就出现了"中则正"。

禽滑釐　师兄，这些原理，你是从哪得来的？

墨　翟　我是在泮宫修理古籍韦编时，读到的！

栀　妹　按照你所讲的原理，制作起来还得经过多道试烧，才能成功。每一道都不能出现漏洞，很难掌握，这不仅需要手艺，也还得有几分运气。

禽滑釐　难怪会失传。

墨　翟　栀妹，你看我能干什么？我给你打下手吧？

禽滑釐　还有我，师嫂！

栀　妹　你呀？让你师兄带着你走亲访友去吧。

墨　翟　这次，我得学京城派头，带上妻子一起去。

栀　妹　看把你美的。

墨　翟　不过得等敧器做成了，才有心思去看人家。

栀　妹　去吧，交给我了。

【墨翟和禽滑釐高兴地走了。

9.目夷谷左庠院子（日，外）

【胜绰拉着墨翟的衣襟，一口一个哥哥地叫个没完，一步三跳地来到左庠。

10.迟仲书房（日，内）

【墨翟带领禽滑釐进来。

墨　翟　老师！

迟　仲　……这不是做梦吧？

墨　翟　……我回来了！这是我的师弟禽滑釐。

禽滑釐　很高兴见到迟仲老师！

迟　仲　墨翟，你好像又长高了，算得上一个顶天立地的男子汉啦！

墨　翟　老师，这一年多没见，我怎么觉得时间这么长？有好多话要说……

迟　仲　我可觉得咱们一直在不间断地交流……

禽滑釐　迟仲老师有神力。

迟　仲　这神力啊，就是那位公输绎娘小姐。因为她的往来传递，你在曲阜的一举一动，我都跟着亦喜亦忧啊！正是凭了你这一年的曲折和遭遇，我才在心里觉得我的学生长高了。

11.胜工师家院子（日，外）

【胜工师满院子抓鸡。抓了一只不够，再抓。

【胜师娘把饭桌搬到院子里，用刷子使劲刷着。

【胜工师又抓到了一只。

胜师娘 ……你看你……就不能留着墨翟多吃几顿？……

【胜工师又朝两只鸡同时扑去。

12. 迟仲书房（日，内）

墨　翟 ……在尼山书院，我同子张夫子和巫马子，都发生过争论。主要集中在"为仁"
还是"兼受"、"厚葬久丧"还是"节葬短丧"两个观点上。

迟　仲 那你在一些儒者眼中，已经够得上一个十足的叛逆啦！

墨　翟 可是我认为，儒学应该革新，西周稳定时期的儒学，到了列国争雄时期的今
天，如果不革新，就会失去儒学原有的生命力！而且这种生命力，还会变成
腐蚀力……

迟　仲 我问你，你的"兼爱"和"节葬"思想，有多少人赞同？

墨　翟 真正称得上志同道合者，只有……

【迟仲看着禽滑釐。

迟　仲 德不孤，必有邻？

禽滑釐 邻，就是我禽滑釐！

【三人哈哈大笑。

禽滑釐 其实，尼山书院的年轻人，对儒家的"无补于时"普遍不满，要争取他们支
持儒学革新，关键是我们提出的新观念，要一个道理连着一个道理，使它具
有整体的说服力。为此，禽滑釐不揣浅陋，愿助师哥一臂之力。

迟　仲 你们两个人的想法，很大胆，真是后生可畏呵。但是儒学中，很讲究资历，
凭你们的身份，谈何容易？只怕你们的新观念，一旦超过儒学所能容忍的限
度，儒学本来各自林立的门户，反而会自动联合起来，一起来驱除你们吧？

墨　翟 老师，现在不用他们联合起来驱逐，我已经公开宣布脱离儒门了。

【迟仲似乎对此并不吃惊，只是觉得有些早了。

迟　仲 喔，我没想到，你这么快就与儒学决裂了？

墨　翟 老师，我参加了季孙氏母丧，亲眼看见惨无人道的活殉，儒学对此，不但没
有起码的是非，反而沦为殉葬的吹鼓手！脱离儒学，我绝无遗憾，只是不能
完成革新儒学的愿望了……

迟　仲 革新儒学，比我们当初求圆周新率，怕是要难不知多少倍……不过，我倒有
一个想法，你们不妨用这些新的学术观点，去试着说服子张先生，凭他在儒
学中的地位和号召力，由他提出对儒学的革新，定会比你们更有力量。

禽滑釐 迟仲老师到京城指导我们，并联络儒界朋友，岂不更好？

迟　仲 不不，我在儒学中的地位与子张不可同日而语。更何况，目夷这里，我们毕

竟需要留下一个退身之地。

墨　翟　老师深谋远虑，我们再从长计议。

【外面传来高石的呼叫。

（画外）师傅！师傅！

迟　仲　墨翟，你那个徒弟高石，倒是块好料。你留给他"木鸢飞天"的题目，他抓
　　　　得很紧哪！

【高石一头闯进来。

高　石　师傅！你再不回来，我们就要到曲阜找你去了……

【迟师娘进来。

迟师娘　今天晌午，都不许走，我让你们师徒喝个够！

13. 胜工师家院子（日，外）

【胜工师正在剁鸡爪子，胜绰哭着从外面回来。

【胜工师把剁下的鸡爪子单独放在一个瓦盆里，已经有了小半盆。

胜　绰　……哥哥不来了！……

【胜工师举着剁鸡爪子的刀，停在半空。胜师娘拿着把葱从里面出来。

胜师娘　他爹，你吓着孩子！

胜　绰　……娘……他们把哥哥抢走了！……

【胜工师听了，半空中的刀落在瓦盆上，剁下来的鸡爪子撒了一地。

14. 墨翟书房（日，内）

【墨翟正在最后做着一个欹器支架。

【栀妹抱着欹器的塑坯进来，熟练地把欹器悬在支架上。空腹欹器呈偏倚状。

栀　妹　怎么样，这"欹器三态"，总算是出来一态了吧？

墨　翟　好，太好了。赶快加水，看第二态？

【栀妹接过墨翟手里的瓢。墨翟不给。

墨　翟　我来！我来！

栀　妹　我来！要不就不灵了！

【栀妹舀起一瓢水，稳稳地向欹内添加，至半欹时，欹正。

墨　翟　正了！正了！第二态也成了！……

栀　妹　就剩这第三态啦，咱们得先讲个条件……

墨　翟　什么条件，你说吧！

栀　妹　这第三态嘛，要是成功了，你可以提前回曲阜。要是不成功，那是上苍有意
　　　　留你在家。你去把父母的墓地修整一下，尽到做儿子的责任；学会带孩子，
　　　　尽到做父亲的责任。

墨　翟　我全答应你，加水吧！

【栀妹提起桶，神情专注地向欹器注水。水已满，欹器却没有出现预想的倾斜，
　　　倒是不可侵犯地立在架上。墨翟与栀妹对视着。

墨　翟　是你有意留我？

栀　妹　也许是天意。

墨　翟　要是没有受人之托，我哪里舍得走？

栀　妹　也好，你可以和父亲再温习一下武功。

墨　翟　对，我还可以和高石试验木鸢飞天。

栀　妹　我再给你烧第二窑，保准给你一个，连子张夫子都看不出异样的欹器。

　　【墨翟紧紧地把栀妹抱在怀里。

15. 任工师家（晚餐，内）

　　【任工师一家和禽滑釐正在吃饭。墨翟抱着女儿。

任工师　……我看你们这两天也走不了，我想找点事情，给你们做做。

墨　翟　什么事呀？

任工师　比武。

禽滑釐　比武？！太好了！我早就盼着呢！

任工师　我读书没有你们读得多，但我有一身祖传的武功。栀妹是我的大徒弟，墨翟
　　　是二徒弟，我看架势，小禽子的功夫也不错。

禽滑釐　我的功夫，也是祖传的，愿意向工师、师姐领教！

任工师　这场比武，我设一百根桩，每个人要在桩上桩下，行动自如，比赛辗转腾挪，
　　　看谁能打断几根桩！

任奶奶　（看着任工师）你行吗？我看你手脚远没有前几年利落！

栀　妹　奶奶，还是父亲的功夫深。

任奶奶　是吗？

任工师　那就全家上阵！

禽滑釐　原来奶奶的功夫也很了得？

任奶奶　知子莫如母，瞧我怎么收拾他！

　　【墨翟举着孩子。

墨　翟　那我女儿可看热闹啦！

　　【大家哈哈大笑。

16. 鸢岭（日，外）

　　【墨翟、禽滑釐在高石的带领下，来到鸢岭上。胜绰也快步跟在墨翟后边。高
　　　石小心翼翼地拿着木鸢。

　　【一只鸢鹰从空中飞过。

高　石　……它多自在呀！要是有一天，我们匠人也能像鸢鹰那样飞翔，就好了。师

傅，你说呢？

墨　翟　我想都不敢想哪。和公输般约定的比赛时间只剩不到两年，我真怕自己食言。

高　石　现在木鸢的身重，已经减少了一半，比一只真鸢鹰的分量还轻。

墨　翟　可是，我们怎么才能让它飞上天哪？

高　石　师傅，今天我们从高处放飞，先看看它的滑翔时间。

墨　翟　好，我给你计时。

　　　　【高石抱起木鸢，顺着山道，向高处攀登。

胜　绰　哥哥，哥哥，咱们像放筝那样，用一根绳牵着跑，它不就飞上天了嘛？

墨　翟　比赛那天，我们要是用绳牵着，不就让公输先生笑掉大牙了吗？

　　　　【高石爬到山崖边，做出预备放飞的手势。禽滑釐赶紧点着一支香，插在地上。

　　　　【高石放飞了木鸢。四人全神贯注地看着木鸢在空中滑翔。

　　　　【不久，木鸢坠入林中。墨翟看看眼前的这支香，燃烧还不到一半。

　　　　【墨翟与禽滑釐，带着胜绰，向坠落的地方跑去，高石也从山崖向同一方向奔
　　　　跑，四个人会合一处，树上、地下，四处搜索。

胜　绰　在那！

禽滑釐　看我的！

　　　　【禽滑釐以熟练的攀登技术，很快从树杈上取下木鸢。

　　　　【墨翟和高石仔细检查木鸢在树上的碰损情况。

墨　翟　……看来，还是重了一点，我们要是改用细竹为骨，用绸布缝合，是不是能
　　　　更轻一些？

高　石　对，那样重量会再减去一半。

胜　绰　哥哥，这木鸢要是能吃就好了。

墨　翟　我就知道你会饿的。

　　　　【墨翟把早已准备的干粮给了胜绰，胜绰大口吃起来。

　　　　【远处渐渐传来一种隆隆的声音，大家向下看去。只见漫天黄尘之中，大队楚
　　　　军正驾着隆隆战车向鲁界开来。

禽滑釐　……怎么不像鲁国的军队？

墨　翟　是楚国军队！

高　石　楚国军队来这干什么？

禽滑釐　师兄，我们来的路上不是听说，楚国已经吞并了蔡国吗？莫非还要吞并鲁国？

墨　翟　……不会的，我看像是要在这里屯兵。

17. 楚军营地（黄昏，外）

　　　　【果然，楚国军队在鸢岭下安营扎寨，昔日宁静的山谷，顷刻间，鼓起了一个
　　　　个军帐，像雨后树林里的蘑菇。

18. 胜工师家（日，内）

【墨翟抱着女儿，和栀妹一起到胜工师家吃饭。大家说说笑笑的，唯有胜工师，一个劲地给墨翟上饭夹菜。

胜师娘　……墨翟呀，这回回来，就不走了吧？

栀　妹　干妈，百工坊怎么能拴得住墨翟？

胜师娘　那我们栀妹还拴不住？

栀　妹　我现在就是墨翟的工匠，他给我派了个难为的活儿，天天忙得两头不见太阳。

胜师娘　墨翟，你这一走，百工坊塌了半边天。

墨　翟　母亲，等我学成了，才能回来。

胜师娘　那得多久啊？

胜　绰　我也要跟哥哥到曲阜！

胜师娘　把你捆在你哥哥腰带上好了。

胜　绰　我要和哥哥一起做车匠……

墨　翟　对，咱们俩一起造一辆特别好特别好的车，拉母亲去京城逛逛……

栀　妹　一根筋，你哥哥在曲阜不是造车，是读书。

【胜工师突然冒出一句。

胜工师　我看造车比读书好。

【大家这才注意到一直没有说话的胜工师，只见他在墨翟眼前已经摆了三大碗饭，上面的菜已经堆起尖来，筷子上还夹着一只大大的鸡腿，往墨翟碗里放。

【大家哈哈大笑。

【只有胜师娘深切体会着，他对墨工师饿死在自己怀里，一直耿耿于怀的痛苦。

【高石急匆匆跑来。看见胜工师一家难得欢聚一堂，要说的话又咽回去了。大家拉高石坐下喝酒。墨翟悄悄问高石。

墨　翟　什么事？

高　石　……楚军昨夜突然进驻目夷南山，刚才来了一个楚军的长官，要我们车坊为他们到营寨去修兵车……

【高石虽然尽量低声，但是经历过目夷兵劫的人们，深深感到一种突如其来的危难。

19. 任工师家（日，内）

【任工师一家和禽滑釐正在商量去楚营修车。墨翟抱着女儿在地上走来走去。

任奶奶　……这回呀，谁说也不行，墨翟就是不能去！

墨　翟　奶奶，这不跟大家都说好了嘛。

任奶奶　说好了？跟谁说好了？我这就没有说好。你们想想，这墨家三口人，走了两口，就剩这么一个墨翟，今天叫他到齐营，明日要他进楚营，要是有个好歹，我们以后见了墨家老侄子和侄媳，我没法交代！

墨　翟　奶奶，你消消气。我得说，奶奶算错了一个数。（把栀妹拉到身边）我们墨家三口人，不是都在这吗？

任奶奶　你不用给我宽心！你要有个好歹，头一个趴到床上起不来的就是你师傅！

任工师　墨翟，修车的事，还得我去！

墨　翟　奶奶，工师，你们想，那次去齐营，我一人，就把人领回来了。这次去楚营，在自己家门口，还有那么多徒弟跟着，准保没有事。工师去了，我倒是不放心……

栀　妹　奶奶，到了外面，父亲不如墨翟能随机应变……

禽滑釐　这次我陪师哥去。我们弟兄俩在曲阜，什么鬼门关没闯过？

栀　妹　小禽子，你师哥是个不怕死的，你是个不要命的，你们俩就能包打天下！

禽滑釐　师嫂，我的马可交给你了。

墨　翟　你们不要外出放马，把马临时圈在院子里，以防被楚军劫走。

20. 楚军营地车场（日，外）

【军帐一侧的20辆战车，一溜排开，高石带着八个徒弟，外加墨翟、禽滑釐，共计11个匠人，在逐一检查，并叮叮当当地紧张修理着。远处军帐中，身着楚兵服装的军人，进进出出。

高　石　师傅，这些战车，都坏在车辐和车毂上，是按照楚军回郢都的水网路修呢，还是按照他们要去杞国的山路修呢？

【墨翟思考着没有回答。

【楚官从远处的营帐，向修车场匆匆走来。

楚　官　你们哪一位是带工的？

【墨翟正要回答，高石拦住他，自己应声上前。

高　石　我是，军爷有什么吩咐？

楚　官　你们的修理速度，还要加快！

高　石　军爷，这每天20乘，已经够快了……

楚　官　不行，要提高到每天30乘！

高　石　你们长官昨天谈的可是20乘。

楚　官　你们来的匠人这么年轻，手艺行吗？

高　石　军爷，你这活儿，是力气活儿，40岁往上的老匠人，根本干不动……

楚　官　干动干不动，每天都必须完成30乘。钱我们不会少给，完不成30乘，就按军法论处。

【墨翟走上前来。

墨　翟　请问，你的军车总数是多少乘？

楚　官　500乘！干什么？

墨　翟　需修理的是多少？

楚　官　400多乘。

墨　翟　我想知道，你下一步行军是山地，还是水网地？

楚　官　这……这个……你问这干什么？

墨　翟　军爷，这是你们的军事秘密，但不可瞒过车匠。因为山地行车还是水网行车，修车的要求是不一样的，修车的速度也是不一样的。

楚　官　你不用打听，只管干活。

【楚官走了。

高　石　师傅，我们怎么办？

墨　翟　按山地修车。

高　石　这样不会出什么麻烦吧？

墨　翟　要是按照水网地修，麻烦更大。

高　石　伙计们，都按照山地行车修理！

21. 楚军营地车场（黄昏，外）

【高石征询了一下墨翟，墨翟点点头。

高　石　伙计们，收工了！大伙收拾好家什，别落下。

【大家收了工，正要往外走，一队持枪的楚军士兵，匆匆跑了进来，把匠人们堵在里面。楚将指着墨翟。

楚　将　就是他！给我拿下！

【禽滑釐眼疾手快，拉开架子，用身体护住墨翟。高石等匠人，也都拉开了架势。

墨　翟　请问军爷，为何要捉拿匠人？

楚　将　你不是匠人，是探子！带走！

【楚军扑上前来。禽滑釐正要出手。墨翟紧紧地握住他的拳头。

墨　翟　大伙不要动气，准是有些误会，我去跟军爷说清楚就是。

【墨翟恳切地嘱咐禽滑釐。

墨　翟　你带大伙先回去，不可乱动！放心，不会有事。

【大伙只好眼睁睁地看着墨翟被带走。

22. 楚将营帐（晚，外）

【墨翟被五花大绑地押解过来。墨翟看见帐外停着数十辆战车，不由得停下脚步，细看。兵士呵斥着，推搡墨翟而去。

23. 楚将营帐（晚，内）

【楚将正在帐内独自饮酒，几个女乐人，舞于一旁。军官引墨翟进来，将军要女乐人退下。

【楚将瞪了一眼墨翟。墨翟与他平等对视。

楚　将　你是哪国人？

墨　翟　鲁国人。

楚　将　干什么的？

墨　翟　车匠。

楚　将　叫什么名字？

墨　翟　墨翟！

【楚将再次进逼墨翟。

楚　将　我看你是杞国的探子！

墨　翟　将军这样说，有什么证据？

楚　将　证据？你打听我的车辆和行车的路线，这就是证据！

墨　翟　将军误会了……

楚　将　我没工夫跟你废话，拉出去斩首！

【士兵上去押解墨翟。

墨　翟　将军！你把一个修车的巧匠当作奸细杀掉，还有谁再为你修理战车？

楚　将　谁知道你是巧匠还是奸细？我宁可错杀，也不能错放！拉出去！

【墨翟被带出帐外。

24. 楚将营帐（夜，外）

【墨翟被带出营帐，走到战车旁边，墨翟忽然大叫。

墨　翟　将军！你来看！将军！你来看！

【楚将听见喊声跑出来。

墨　翟　这就是我制作的车辆！

【楚将过来，兵士举着火把。

楚　将　这是你制作的？

墨　翟　是的。

楚　将　我问你，你到过郢都吗？

墨　翟　没有。

楚　将　你到过楚国的其他地方吗？

墨　翟　也没有。

楚　将　那这明明是我征用的楚国民车，怎么成了是你制作的？

【墨翟上前，抬起脚，用鞋底擦了擦车毂。

墨　翟　你看，车毂上勒名的地方，就是我的名字！

【兵士举起火把，楚将仔细察看。只见车毂上刻着一枚长方形的印章，上面冠名的正是"墨翟"二字。

【楚将一摆手，兵士给墨翟松了绑，又带回楚将营帐。

25. 楚将营帐（夜，内）

楚　将　既然你是车匠，为什么要打听我的行军路线？

墨　翟　将军有所不知，这车的种类很多，比如，有老人妇孺乘坐的安车，有青壮年
　　　　驾乘的立车，有装饰华彩的文车、打猎的田车……

楚　将　不用啰唆那么多，我只关心战车！

墨　翟　就是战车，也根据行军的地形不同，修理起来也不同。如果你要走水网地带，
　　　　我给你按照山路行车来修理，不用一个上午，你的四百多乘刚刚修好的车，
　　　　就得全部瘫痪。到时候，你又得说我是奸细。

楚　将　那你怎么判断我一定是走山路？

墨　翟　恕我直言。你们楚国刚刚灭了蔡国，现在正春风得意，想挟胜利之威，一举
　　　　吞并杞国吧？

楚　将　我们楚国兴师灭掉蔡国，完全是为了维护周天子的秩序！

墨　翟　各诸侯国，对楚王灭蔡之举，多有批评。

楚　将　蔡侯昏庸无道！

墨　翟　蔡侯昏庸，应该由蔡国君臣、百姓自己去办。历史上，楚国自己不也发生过
　　　　"弑君自代"的事嘛？如果别国以此而兴兵灭楚，将军会做何感想？

楚　将　兴兵灭楚？哼，兴兵灭楚之人尚未降生！我给你说句大白话吧，人间就是
　　　　这么怪，一个国家，要么打人，要么被人打。就说你们鲁国，前几十年，还
　　　　能打人家几下，人家不敢招惹你们。现在，你们不打人家了，人家就堵到家
　　　　门口打你们！

墨　翟　将军说的倒是实情。不过这种事，既然是人们所为，人们就不可以改变一
　　　　下吗？

楚　将　我的军令就是不能改变。跟你直说了吧，我军灭掉蔡国，不南返郢都，却北
　　　　上屯兵鲁境，就是为了便于下一步平息杞国。从国都发兵，议论纷起，还要
　　　　三日才到。我屯兵境外，从这里发兵，当日可到，借回师之机，捎带就把杞
　　　　国灭了！我的这步妙棋，居然也让你这个车匠给看穿了。你说，我能不杀
　　　　你吗？

第十七集 患难与共

1. 楚军营地（夜，外）

【庄信带着墨翟，走到僻静处。庄信回头拉住墨翟。

墨 翟 庄先生，目夷一别这么多年，你怎么干起了军需官？

庄 信 唉，一言难尽！

墨 翟 当初我为你制作的十辆车，怎么也成了军车？

庄 信 楚王下令，征收楚国所有马车参与征战，正是有这十辆车，我才混了个军需官……我断送了经商之业，才换下我十五岁的儿子，不来当兵送死啊！

墨 翟 这些无义之战，就像一架巨大的绞车，绞进了越来越多人的命运，你的、我的、那些战区百姓、士卒和将军们的命运……我们为什么不能以自己的才智和技艺，勤劳和勇敢去决定自己的命运？为什么，人们不能共同拂去战争的阴影呢？……

庄 信 墨翟啊，你还是几年前的那个心思，置个人生命于不顾，探求兼爱天下的大道理啊！可是我的好兄弟，我现在没有那份心思，也没有那个能力。我就担心你被那个将军看中，会把你带到楚国去。明天啊，你千万不要再来楚营了！听见了吗？快回去吧，匠人们在等你。

墨 翟 庄先生，我们还能就此一别？

庄 信 有空，我会去找你，记住，你千万别再来这里。

【墨翟辞别庄信。

2. 楚军营地（夜，外）

【墨翟匆匆出来。禽滑釐等迎上前去。

高 石 师傅，你明天不能再来了。

众徒弟 对！师傅不能再来了！

【黑暗中，众人悄然离去。

3. 尼山书院大门（日，内）

【巫马子在大门处，毕恭毕敬地站立，迎接着一个个从马车上下来的私学主事。
　　公孟子上前殷勤搀扶。

巫马子 ……夫子来了！走好！……走好！……

【公孙子方从车上下来。

巫马子 子方兄，今日私学主事聚会，你是羊群里来了只骆驼，显赫哪！

公孙子方 泮宫里没有事情可做，我也就是来凑个热闹。你不嫌白羊里来了只黑羊，就是给我面子了。

巫马子 子方兄过谦了。

公孙子方 我是想，顺便看看墨翟。

巫马子 哦，墨翟不在。

公孙子方 他是回目夷谷了？

巫马子 没有，没有！

公孙子方 那去哪儿了？

巫马子 子张夫子派墨翟采购"六艺"教具去了。

公孙子方 何时回来？

巫马子 去了宋国，得不少日子。

公孙子方 哦。

【私学主事们下车的、进门的，络绎不绝。

4. 尼山书院客厅（日，内）

【各位私学主事落了座。

巫马子 各位私学主事，还有特邀的公孙子方先生，今日是群贤毕至，老少咸集，高朋满座，盛友如云，尼山书院蓬荜生辉啊！我代表子张夫子，欢迎各位大驾光临……

主事甲 巫马子啊，都是儒学一家，没有外人，就不要那些虚篇子了，好不好？

巫马子 我说的可都是实话。子张夫子，夏日讲学之后，已回故乡陈地。行前委托我接待各位，是想让大家瞻仰夫子洞，共赏尼山秋色……

主事乙 子张夫子的好意，我们领了。我们老胳膊老腿的，今日来这里，可不是为了观山赏景啊！……

巫马子 哎？你们几家学堂设在曲阜，离宫墙虽近，却远没有这尼山的秋山秋水秋景，可供欣赏……

主事甲 我们最想知道的，就是尼山书院遭劫的情况。

主事乙 我们唯尼山书院马首是瞻，你这马首都遭了劫，我们这些马蹄子、马尾巴样的小书院，如何能安心教学？如何能再招收各国求学之生？

主事丙 这件事，今天不商量出个头绪来，孔子之学，怕就有失传的危险！

主事乙 如果孔子之学失传，我们这些亲传弟子，有何颜面去见孔老夫子？

巫马子 老先生们问及此事，在下不得不实言相告。尼山虽然遭劫，却没有损失。

主事甲 没有损失？

主事丙 怎么可能没有损失？

巫马子 我尼山书院，现有六国来读之生，今年春天，又有国学泮宫二十余生员，到尼山修读，大有冷落泮宫之势。有的人，心里不舒服，我想是自然之理。（看了看公孙子方）这当然不包括子方先生。至于本院遭到歹徒洗劫的损失，如果诸位要说有，那也算有。损毁图书一宗，盂器一件，还留下狼藉一片。

主事甲 这么说，外界盛传，孔子当年教学的敨器为贼人所毁，是子虚乌有啰！

巫马子 孔子仙逝，泮宫就提出索要这尊失传百年的敨器，只是子张夫子以孔子生前所赠，执意不肯。后来，这个孔子讲学的唯一遗物，就成为尼山书院的镇院之宝。看来，这次贼人背后的指使者，的确是为敨器而来，可是贼人不识敨器为何物，错将一个盂罐打破，回去报功。公孟子，呈上盂罐碎片，给各位主持看看！公孟子取出盛在竹盘中的一堆碎片，依次送到各位主事面前过目。各位主事先是紧张地伸长脖子细看，然后缩身释然。

主事甲 这，我们就放心了。

主事乙 可松了一口气！

众主事 是呀！是呀！

主事丙 我看，此事不能就此了结。

主事甲 对，我们得联合起来，上表鲁国执政！要刹住此风！否则，刚才哪位先生所说，我们几家马蹄子、马尾巴的小私学，还不更是任人欺侮了？

巫马子 请几位老者，向鲁国执政正式陈述……

主事甲 好哇，就这么办！

主事乙 这敨器保住，是一大幸事。我们此生，还能几次见到敨器，今日，何不请人做一番演示？

主事丙 是呀，这演示敨器一景，可是比尼山秋景有意思多了。

巫马子 诸位说的都对。只是，子张夫子尚在陈国故地，没有他的主持，我巫马子岂敢主持敨器演示，那将是何等的"僭越"？！

主事甲 也好，我们就等待子张夫子回来。请他亲自给我们演示敨器好了。

众主事 好！好！就这么说定了。

【整个会议当中，公孙子方一言不发。就是看碎片的时候，他不像别人那样认真，只是不以为然地扫了一眼。

【散会后，大家先后离开客厅。公孙子方和巫马子走在一起。

巫马子 子方先生，为何一言不发？

公孙子方 我那个表侄，没给巫马子添麻烦吧？

巫马子 客气了！客气了！墨生出类拔萃呀！

公孙子方 巫马子，不客气地说，墨翟将来的前途，非你我可比！

巫马子 ……哎……哎……

公孙子方 （沉重地）……唉，树欲秀，风必摧之啊！

【巫马子知道公孙子方的担心，故做轻松状。

巫马子　很好嘛，很好呀！……

5.尼山书院生员宿舍（日，外）

【巫马子从窗外看见索获正在读书。

巫马子　索获!

索　获　唉! 老师!

巫马子　你来一下。

6.尼山书院林荫道（日，外）

【巫马子和索获并肩走着。他们看似随便谈着，其实，巫马子始终在留心考察
　索获对墨翟的看法。

巫马子　……已经习惯了吧?

索　获　我喜欢这里能够安心读书。

巫马子　其他人呢?

【索获不好开口。

巫马子　说嘛。

索　获　整天读书也不行，大家还是想习练"六艺"。

巫马子　除了墨翟，你看这尼山书院，还有谁能教习"六艺"?

索　获　我看没有。

巫马子　可是墨翟已经走了?

索　获　老师，你就不应该放他走。

巫马子　是他自己要脱离尼山书院的嘛。

索　获　可是你也没有挽留他。

巫马子　你认为墨翟这样的生员，书院应该挽留吗?

索　获　老师，我读过泮宫和尼山两个书院，接触过的书院更多，我说出来不怕老师
　　　　生气，至今，我还没有遇到一个生员，像墨翟这样为人、为学，包括老师你!

【巫马子被索获的率直说得一愣。

巫马子　这么说，你很佩服墨翟了?

索　获　岂止是佩服，我都想拜他为师!

巫马子　……墨翟已经离开多少日子了?……

索　获　有二十一天了。

【巫马子再次惊讶。

巫马子　……怎么? 你还算着日子?

索　获　生员们都算着呢。

巫马子　哦?

索　获　大家说，来，就是冲着墨翟教习"六艺"来的，要是不能习练"六艺"……

巫马子　怎么？

索　获　……大家就不想再交学费了。

【巫马子见时机已经成熟。

巫马子　那好。我给你一个差事。

索　获　什么差事？

巫马子　去目夷谷。

索　获　去目夷谷干什么？

巫马子　目夷谷是墨翟的老家。

索　获　……真的！……老师让我去目夷谷，找回墨翟？

巫马子　嘘……

索　获　我何时动身？

巫马子　和任何人，一个字也不能漏！这是书院对你信任！

索　获　记住了，老师！

7. 墨翟书房（日，内）

【栀妹把重新做好的欹器塑坯摆在欹架上。

栀　妹　可以开始了。

【墨翟应声提着水桶出门。

8. 墨翟家门外（日，外）

【索获风尘仆仆地牵马来到，正在门外徘徊。到院子提水的墨翟，看见了索获。

墨　翟　索获？！

【索获已经走了过去，听见喊声又回来。他看见迎出来的墨翟。

索　获　墨兄！

墨　翟　索师弟！

索　获　可找到你了！巫马子让我来找你。

墨　翟　你进来看吧。

【墨翟帮着索获把马拴在院子里。

9. 墨翟书房（日，内）

【墨翟带着索获进来。

墨　翟　这是我的同窗索获。这是我妻子任栀妹。

索　获　见过师嫂。

栀　妹　看你一路辛苦，我去给你做饭吧？

墨　翟　不忙，先让索师弟，看看这个。

【索获这才看见几案上的欹器，正朝着一边倾斜着。墨翟提水倒入，欹器渐渐正了过来。水再继续倒入，整个欹器渐渐倾斜，多余的水，全都溢了出来。

墨　翟　成功了！

栀　妹　成功了！总算可以烧制了！

【索获看着他们两个几近哑语式的自乐，心里纳闷。

索　获　这是什么呀？

墨　翟　索获，这就是孔夫子教学的欹器！

【索获恍然大悟。

索　获　哦！夫子正是用这欹器，告诫学生，满则溢，虚则平！

墨　翟　对！你刚才看见的，就是"空则欹、中则正、满则覆"的欹器"三态"！你可以回去告诉巫马子，我妻子已经把砸碎的欹器仿制出来了。

索　获　原来巫马子让我来找你，是为了要这尊仿制的欹器呀？

墨　翟　是呀？你不知道？那你来干什么？

索　获　我以为他让我找你回去教习"六艺"呢！

墨　翟　我不会违背自己的良知和信念，去为吹鼓手们教习"六艺"了！

索　获　墨师兄，那你为什么还要为尼山书院仿制这尊欹器？

墨　翟　是巫马子求我帮忙的。

栀　妹　索获，你师兄就是看不得别人有难。

索　获　我听禽滑釐说，你在巫马子家当杂工，他连灯都不让你用，你为什么还这么帮他？

墨　翟　我帮他，就是帮尼山书院，帮尼山书院，就是帮儒学……

索　获　你怎么还要帮助儒学？

墨　翟　索获呵，我是这样想的，你看对不对？

【栀妹看他们两个要长谈，自己就悄悄去做别的事情了。

墨　翟　你知道，我是车匠出身，我们制车，要使用各种木头，最硬的檀木，和最软的桐木，搭配起来，都会各有用途。这学问，也是概莫能外。如果把各种学说，都摆在我们面前，我们就可以从中思辨、取舍。如果一旦形成独尊之言，必然称霸天下。这独尊之言，就是再好，时间久了，也会出现漏洞和缺憾。你看，产生于太平时期的《周礼》，到了战乱的今天，就成了我们匠人，用来沤木头的一池废水了。什么新鲜见解一旦加入，非沤个皮开肉烂不可。

索　获　墨师兄能小中见大，思辨透彻。可是我不明白，胸有大志的你，为什么还要相助儒学这池沤木头的死水？我在泮宫习儒多年，虽不甚用功，可也看出来，不管儒学分什么"君子之儒"和"襄礼之儒"，它的内瓤已经腐朽。不是冲着跟你习练"六艺"，我宁肯到乡、郡去做个刀笔官吏，也绝不会到尼山书院再来读"孔子曰"。

墨　翟　师弟对儒学的看法，和我一样。现在周礼"礼崩"，儒学不"儒"，再也没有什么学说是定于一尊的。谁都可以振臂一呼，喧嚣自己的主张，我看没有什么不好。可是鲁国的执政者呢？他们对其他的学说，动辄使用灭绝的手段，以求彻底封杀。火烧泮宫是一，打砸尼山是二。所以，为了探求真理，儒学再有毛病，我们也只能，天下私学是一家。你说呢？

索　获　对！求同存异。

墨　翟　还是师弟概括得好。

索　获　师兄，你离开书院之后，我每天都在想你，可是见到你，我心里又发虚……泮宫的事……我……

墨　翟　你还发虚？

索　获　是我哥哥索公子，锯断了车轴，我是杀人凶手的弟弟……

墨　翟　你才是我的救命恩人哪！栀妹！

（画外）　唉！

墨　翟　今天要好好招待招待我的救命恩人！

栀　妹　好啊！

【索获感激地看着墨翟，眼睛湿润了。

10. 目夷谷村口（日，外）

【墨翟送别索获，禽滑釐牵马在后。

墨　翟　……你转告巫马子，当众演示敧器，可在七日之后。

索　获　我想巫马子派我来，要的就是这个时间吧？

禽滑釐　巫马子这个人，就是瘦驴不倒架，明明求你，摆出的样子倒像你求他。

墨　翟　总得给老师点面子嘛。

索　获　我看是死要面子，活受罪。

墨　翟　你告诉巫马子，他可以邀请所有私学主事来尼山秋游，借机挽回书院被砸的面子。

索　获　好！

墨　翟　记住，时间无法提前，只能定在七日之后。

【墨翟和禽滑釐目送索获骑马远去。

11. 陶坊工场制陶间（日，内）

【栀妹在给敧器塑坯。墨翟在一边看着。工匠们已经能够熟练地使用快轮了。

陶工甲　……墨师傅，怎么样？

墨　翟　你们都使用得很熟练了。不过，有机会，我再给你们改进一下。

陶工乙　……不用改了，你和栀妹开个陶坊吧！

陶工甲　栀妹发明的仿铜用品，我们都分不出来真假，你们两个要是开个陶坊，赚的钱准得堆成小山一样高！

陶工乙　这两天，齐国和楚国的商人都来买呢！

　　【欹器陶坯已经做好，栀妹把它放在陶车上，墨翟推着陶车。栀妹跟他往窑上走。

栀　妹　墨翟，这欹器的陶坯，需要阴干后才能入窑。入窑烧制的火候很要紧。

　　【烧制时，我得在窑上盯着……

墨　翟　那可不行，天凉了，已经有露水了，我来盯着。

栀　妹　你管什么用？

　　【墨翟知道自己帮不上忙。

栀　妹　到时候，你别忘了，把女儿抱来喂奶就行了。

12. 楚军营地车场（日，外）

　　【楚将在楚官和卫队的护卫下，来到修车工地巡查。

　　【匠人们紧张地干活，看见他们来了，高石更是紧张。

　　【楚将巡视一圈，问楚官。

楚　将　那个工匠怎么没来？

楚　官　都来了，11个都来了，现在一天能修30乘。

楚　将　我问你墨翟哪？

楚　官　墨翟？！谁叫墨翟？（问高石）墨翟来了没有？

　　【高石一紧张，斧头正砍在手上，顿时鲜血直流。高石捏着手指。

高　石　报告将军，墨翟孩子有病，他抓药去了。

楚　将　什么时候回来？

高　石　这说不好，孩子小，病得不轻。

　　【楚将阴沉着脸。

高　石　将军，墨翟来不来，没有关系，我们几个也能完成！

楚　将　你告诉墨翟，我要请他喝酒！

　　【楚将一行离去。

　　【高石感到事情不好，急忙和车匠甲商量着。

高　石　我看他们不怀好意，得赶快通知墨师傅。

车匠甲　……好，你去吧，这里有我！

　　【高石向门口走去，却被把守的兵士拦住。

13. 窑前（夜，外）

　　【墨翟抱着孩子来窑上找栀妹，一直哭泣的孩子，栀妹一接过来，就不哭了。

　　【任工师带着庄信，神色匆匆地找来。

庄　信　墨翟！

墨　翟　庄先生！

庄　信　什么都别说，你听我的，快走！……快走！……

【墨翟不知何事如此紧急。

庄　信　楚军要来抓你!

墨　翟　庄先生，楚军将领怀疑我是杞国奸细，我要一走，不是弄假成真了吗?

庄　信　不不，他们相信你是车匠，现在看你不去修车，疑心你去杞国密报领赏。你
　　　　要快走! 再不走就晚了!

墨　翟　他们找不到我，岂不等于我真的去杞国密报了吗? 庄先生，我不但不能走，
　　　　还要当面去和楚军说清楚，否则，会给在楚营干活的匠人带来麻烦!

任工师　你个墨翟，怎么谁的话都不听! 庄先生是咱百工坊的救命恩人，现在又冒险
　　　　来告诉你，还不快走!

栀　妹　墨翟，听我一句劝，还是避一避锋芒为好。

【为了不给栀妹再添灾难，墨翟只得回避了。

【任工师和庄信离去不久，一队楚军追来，扣压了栀妹和孩子。

14. 楚将营帐（晚，内）

楚　将　墨翟在哪?

【抱着孩子的栀妹，从容回答。

栀　妹　我的丈夫，不是在给你们楚营修车吗?

楚　将　一个女人，竟然不知道自己的男人在哪儿?

栀　妹　请问将军，将军的妇人是否知道，将军此时正在逼迫一个婴儿的母亲吗?

楚　将　大胆!

【孩子被吓哭了。

栀　妹　将军是楚国人，初来我们鲁国有所不知。我们鲁国的老祖宗是周公，周公创
　　　　立的《周礼》，被孔老夫子发扬光大了，所以鲁国的君君臣臣、黎民百姓都
　　　　把周公之典的《周礼》，当作生命一样，重礼，讲礼蔚然成风……

楚　将　我们楚国也不是不讲理。

栀　妹　我们讲究，非礼勿视，非礼勿言，非礼勿听，非礼勿动。将军不是已经全部
　　　　违反了吗? 现在我的孩子要吃奶，请将军赶快放我们母女回家。

楚　将　要说非礼，首先是你的丈夫非礼! 我把他当自己人待，他却跑到杞国去密报
　　　　领赏!

栀　妹　你怎么知道我的丈夫去了杞国?

楚　将　那他就应该到我这儿来! ……

15. 窑前（夜，外）

墨　翟　……今晚歆器就要出窑，只有栀妹知道火候，我们一定要把她救出来。

禽滑釐　师兄，你放心，我去!

墨　翟　不行。你去备马，歆器一旦出窑，你立即星夜赶回尼山书院，交给巫马子，

不能耽误尼山书院的秋游。师弟，儒学存亡在此一举，墨翟拜托了！

【禽滑釐还想阻拦。

墨　翟　就这样定了！

【说完，墨翟消失在深沉的夜色中。

16. 楚将营帐（夜，内）

楚　将　……在我们楚国，一个让妻儿为自己承担罪过的人，才是大逆不道！

【墨翟突然出现。

【栀妹抱着孩子扑向墨翟。

墨　翟　不要怕！

楚　将　你来得好，看来你墨翟，还算是一条汉子！

墨　翟　你放我的妻儿回去，有什么事，我可以跟你说清楚。

楚　将　你们一家，这不是都到齐了吗？

墨　翟　你什么意思？

楚　将　我要把你们一块带去楚国！押下去！

【墨翟一行被兵士押下去。庄信进来。

庄　信　将军，这样恐怕不妥……

楚　将　墨翟明明是一个难得的巧匠，你却说他刚刚出徒，我看你当这个军需官的才
　　　　是不妥！

庄　信　将军慧眼识珠，墨翟的确是颗难得的珠宝，但是将军只有识珠的本领，而没
　　　　有用珠的心胸。

楚　将　怎么讲？

庄　信　墨翟的父亲，是邾泗一带著名的弓匠，几年前，墨工师被掠去齐军营地，他
　　　　宁可绝食而死，也绝不在被迫的环境里，造出一张弓。所以，从此天下墨弓
　　　　已经断绝。

【楚将感到，这个平时他根本看不上的军需官，有点不同。

庄　信　墨翟的秉性与他的父亲，如出一辙，甚至有过之而无不及。将军要的是修复
　　　　400乘战车，而不是一个工匠绝食而亡的尸体。

楚　将　我一个征战沙场的将军，还怕尸体？

【庄信紧张起来。

楚　将　他要是真的不知天高地厚，我倒要看看，饿死这么一条大汉，需要几天？！

庄　信　将军，既然你如此执迷不悟，我也要看看将军究竟有几分胆量！

楚　将　你……你什么意思？

庄　信　现在我在将军的手下，是个小小的军需官，你根本不会放在眼里。可是楚国
　　　　大军并吞杞国，已经指日可待，班师回朝之后，我还是原来的巨商富贾！此

刻，我以身家性命担保，保下墨翟一家。将军如果给了我这个面子，日后庄信定以重礼相报。如果不给，将军就算是结下了宿仇，庄家世世代代都会寻机复仇……

楚　将　那要是，我现在就杀了你呢？两军交战，你死于非命，谁也不会怀疑我。

庄　信　楚国政要鲁阳文君，想必将军也听说过，他是我的莫逆之交。如果将军杀了我，鲁阳文君就会杀了你。

楚　将　你想和我一命换一命？

庄　信　庄信并不怕死。不过，我替将军可惜，一个将军的首级，换取一介草民的头颅，将军不合算吧？

17. 目夷谷百工坊（夜，外）

【禽滑釐召集了数十个工匠，带着刀枪棍棒，准备劫回墨翟。

【迎面影影绰绰的几个黑影过来。

禽滑釐　师兄！

墨　翟　是我！

【大家见墨翟带着栀妹和女儿回来，都松了一口气。

高　石　没事吧？

墨　翟　没事了，大家回去吧。

禽滑釐　师兄，我看免得夜长梦多，应该尽快离开这里。

墨　翟　好，你去备马，我去出窑。

18. 窑前（夜，外）

【炉火正旺。墨翟和栀妹一同在窑前，守候着就要出窑的歆器。长长夜空，繁星茂密，墨翟仰望着浩瀚的星空，一颗流星匆匆划过，墨翟为之深深感慨。抱着女儿的栀妹发现墨翟的情绪低沉。

栀　妹　你怎么了？

墨　翟　……栀妹，你能不能告诉我？

栀　妹　告诉你什么？

墨　翟　我为什么总是给你带来灾难？

栀　妹　是吗？……灾难？我怎么不觉得？

墨　翟　你不说实话。……可见我带来的这些灾难，真是伤你太深了。

【栀妹依偎在墨翟胸前。墨翟紧紧抱住栀妹，心里苦不堪言。

栀　妹　墨翟，我真希望自己化成你的影子，时刻相伴，形影不离。

墨　翟　栀妹，我渴望自己是根木头，支在梁上，掩蔽我的妻子和女儿。但是墨翟是只大鸟，命中注定要志在远方。记得小时候，我们一块为庸工织布，是你竭尽全力，累得晕倒在市庸，而发起织布的我却得到了仁爱的美誉。那时候，

我就有一种预感，我的志在远方，会给最亲爱的人，带来最大的灾难……栀
妹，我对不起你呵……

【栀妹把手指放在墨翟的嘴唇上。

墨　翟　……现在，一步步验证了我的预感，让你，我软弱的妻子，和我新生的女儿，
面对了楚军的刀丛。栀妹，是我给你带来了灾难……

【栀妹离开了墨翟的怀抱，紧紧抱着女儿。

栀　妹　墨翟，你不知道，生孩子那是一场母亲的大灾难哪！

墨　翟　……可是我不在呵！……

栀　妹　但是所有的女人都渴望这一灾难，而且终生呵护这一灾难。选择夫君也是一
样，墨翟若是狗苟营蝇的小男人，没有灾难给我，也没有成就给我。若是对
黎民百姓有大心大爱的大男人，就必定有大灾大难大跌宕！墨翟，你说栀妹
这样的人，应该选择哪样的男人？

【墨翟沉默良久。

墨　翟　墨翟终生不负天下人，却负栀妹一人！

【栀妹把孩子交给墨翟。

栀　妹　什么负不负的，明天你就要走了，孩子还没名字，快给孩子起个名吧？

【墨翟抱着女儿，看着熊熊炉火，思索片刻。

墨　翟　人世间，千锤百炼，剩下的才是最精华的，咱们的女儿，就叫大英吧？

【栀妹抱过女儿。

栀　妹　大英！大英！……

【大英似乎明白，乐呵呵地笑着。

19. 尼山书院社稷场（日，外）

【一场"社稷"之祭，正在准备之中。

【社稷本是祭土地神，为乞农业丰收而设立。春秋时，社稷已成为国家的象征，
其地位与宗庙同，其重要性甚至超过君主。因此，凡有大的举动都要祭社，
出征之前国君祭于社，胜利归来献停于社，国有大难，国君哭于社。社祭以
牛为牺牲。一般多以木、石为神主。

【生员们正在准备为演示欹器而进行的一场社稷之祭。他们把一根根一人多高
的木桩钉在场院上。木桩如森林般茂密矗立。中间一个平台上，上面搭起了
一个小木屋。

20. 尼山书院大门（日，外）

【精神抖擞的巫马子立于大门口的台阶上，招呼着来访的宾客。公孟子正扶着
一个老夫子上台阶。与上一次不同的是，马车多了，夫子多了，阵容大了。

公孙子方　（悄声）这回我可得见到我的表侄了吧？

【巫马子知道他话中有话，仍然故作不懂，大声地说。

巫马子　子方先生，教具已经买回来了，一会儿你就能见到墨翟了。

【后面车上下来一个年轻人，带着一个家丁。巫马子一看，甚为反感。其他进门的宾客，也远远地躲着。

索纪家丁　这是季孙氏家宰索纪的长子索公子！

索公子　巫马子，在下索公子。

巫马子　索公子年轻有为，今天代表国学泮宫光临郿学，请多指教！

【索公子傲慢地进去。巫马子看着索公子的身影，流露出几分担忧。

【杨朱悠然过来。

杨　子　今天的阵势不小啊！够你巫马子招呼的。

巫马子　子张夫子特地邀请杨子，我巫马子岂敢不用心招呼？

杨　子　我是说人多嘴杂。

巫马子　到时候，请杨子一定美言。

杨　子　不隐恶，不扬善，是我杨子的一贯主张！

【杨朱从容进去。

21. 尼山书院客厅（日，内）

【由于宾客众多，除了上次亲到的那些夫子主事坐着，其他人都站着。公孙子方也在一旁站立。索公子却大模大样地坐在正中的位子上，家丁立于索公子身后。索公子表情虽然傲慢，却心里发虚。

【索获端着一把椅子，送给公孙子方。

【巫马子给索获使了个眼色。索获跟着他出来。

22. 尼山书院客厅（日，外）

巫马子　……你没有听错吧？

索　获　没错，千真万确。

巫马子　墨翟没说，七日之后，是上午，还是下午？

索　获　我也不记得是上午还是下午了，只记得七日之后。

巫马子　这都什么时候了？连个影子也没有……

索　获　老师，你别急，要不我去迎迎他们。

巫马子　你不能走，这书院里，知道此事生员，只有你。有什么事，你可得多长点眼色，快去里面招呼着吧。

【索获应声而去。巫马子向另外方向走去。

23. 尼山书院子张书房（日，内）

【巫马子敲门。子张书童谨慎地开了门。巫马子闪身进来。子张焦急地迎出来。

子　张　来了吗？！

【巫马子摇了摇头。子张也叹了一口气。巫马子抻了抻，还是说了。

巫马子　……夫子，人都到齐啦……你看……

子　张　（对书童）更衣！

巫马子　夫子，你一出面，我们就没有退路了！

【子张沉默着更衣。

巫马子　这个墨翟！真是害死人！他明明说好，七日之后……

子　张　墨翟信奉言必信，行必果，我们只有豁上了。

【子张吟诵起《小雅·何草不黄》，借征夫之怨，抒发苦难奔忙的人生。

子　张　何草不黄，何日不行！何人不将，经营四方！

巫马子　夫子，你是想起孔子厄于陈蔡，七日无食啦！

【巫马子接着吟诵起孔子厄于陈蔡所吟的诗句。

巫马子　匪兕匪虎，率彼旷野。

　　　　哀我征夫，朝夕不暇。

　　　　真是的，真是的，我们不是犀牛，也不是老虎，却整天奔跑，从早到晚，一刻也不能停歇啊！……夫子……我已经快跑不动了……

子　张　巫马子，你知道周文王和孔子一生遇到过多少危难？可是周文王拘而演《周易》，孔子厄而写《春秋》，他们哪一个说，跑不动啦？

【巫马子感到子张的威严和深邃，并且被他的超拔所鼓舞，又振作起来。

巫马子　夫子，我看，我们还有一个缓兵之计。如果落日之时，墨翟仍然未归，夫子就突然晕倒，请众人改日再来观看……

【子张沉默良久，一声喟叹。

子　张　我一世人品，竟然也要做这种鸡鸣狗盗之事吗？！

巫马子　大师莫言委屈，就是我等小鬼，也因为有了名分，不得不煞有介事。你说，我喝那个"五行"之水，哪里就顺应了什么天时？哪里就尝得出什么滋味？还不是孔老夫子说过"食不厌精，脍不厌细"，我才生生地做出个鬼精鬼精的样子……唬人哟！……学问做到这个地步，不是孔老夫子所愿，自己也累得有皮没毛……夫子，就把你的老面子，借给尼山书院一用吧？……

24. 尼山书院客厅（日，内）

【大家等待的时间已经不短了，都有些发急。

【子张书童进来高声通报。

子张书童　尼山书院主持……子张夫子……到！……

第十八集　指点《春秋》

1.尼山书院客厅（日，内）

【子张书童进来高声通报。

子张书童　尼山书院主持……子张夫子……到……

【众人肃然起敬。

【子张雍容大度，风度翩翩地进来。跟在其后的巫马子，完全换了一个人，刚才的沮丧一扫而空。

子　张　各位高朋挚友，各位师兄师弟，各位私学同人，各位对敧器演示有所关怀的学界士人，我颛孙师因为测定演示敧器的时辰，有失远迎，特表歉意。……

【索公子站起来毫不客气地质疑。

索公子　请问子张先生，敧器演示，何时开始？

子　张　这位年轻同人大概不知礼仪。演示敧器，时辰的确定十分考究。要合于"四时"，顺于"五行"。若白昼，过于阳亢，对敧器的"满则覆"之态不利。若夜晚，过于阴虚，对敧器的"空则敧"之态不益。……

索公子　请问子张先生，除了白天黑夜，还有什么时辰？

子　张　有。

【大家洗耳恭听。

子　张　黄昏时刻。

【众人一听要等到黄昏，议论纷纷。

子　张　孔老夫子既定了黄昏时刻，就是要利用"阴阳"运势的转换，将敧器演示，置于一个平和中正的瞬间完成，才谓之"中庸"之道。

【众人仍在议论纷纷。

子　张　夫子之礼，不可动摇！黄昏时刻，不可动摇！

【子张说完，巫马子立即接上。

巫马子　现在请诸位嘉宾，先去尼山拜谒夫子洞。有请！

【众人在巫马子的引导下，走出客厅。

2.尼山书院大门（日，外）

【巫马子、公孟子和索获等招呼着来宾上车。

【长长的车队，向尼山夫子洞驶去。

五十二集大型

历史电视连续剧

墨子

3.途中（日，外）

【墨翟和禽滑釐骑马飞奔，两个人的背上，各背着一个包袱。山路崎岖，两匹马时而并肩，时而先后。两个人的心情也随着山水的后移，渐渐开阔起来。特别是完成了仿制欹器的重托，心中充满了自信。禽滑釐对墨翟增加了敬爱，不禁吟诵起一首赞美伟男的《齐风·猗嗟》。墨翟不能接受，与禽滑釐同时吟诵，表示互相的称赞。

禽滑釐　猗嗟昌兮，颀而长兮。

墨　翟　抑若扬兮，美目扬兮。

禽滑釐　（同时）巧趋跄兮，射则臧兮！

墨　翟　（同时）巧趋跄兮，射则臧兮！

4.尼山书院社稷场（日，外）

【索获提着油漆桶，在林立的木桩中涂颜色。许多生员提着各种不同的油漆桶也开始给木桩涂颜色。

5.途中（日，外）

【骑马奔驰的墨翟和禽滑釐，仍在迎风吟诵。

禽滑釐　猗嗟名兮，美目清兮。

墨　翟　仪既成兮，终日射侯。

禽滑釐　（同时）不出正兮，展我甥兮！

墨　翟　（同时）不出正兮，展我甥兮！

6.尼山书院社稷场（日，外）

【满场的木桩，有成千上百根，有些已经被涂好颜色。木桩的颜色有赤橙黄绿青蓝紫不同的七彩。

7.途中（日，外）

【墨翟和禽滑釐继续吟诵着《齐风·猗嗟》。

禽滑釐　猗嗟娈兮，清扬婉兮。

墨　翟　舞则选兮，射则贯兮。

禽滑釐　（同时）四矢反兮，以御乱兮！

墨　翟　（同时）四矢反兮，以御乱兮！

8.尼山夫子洞（日，外）

【浩大的车队在尼山脚下的尼山夫子洞前停下。巫马子从第一辆车上下来。

巫马子　各位嘉宾，夫子洞已到，请下车敬拜！

【来宾纷纷下车。

主事甲 ……自夫子谢世，老朽再没有来过，转眼已30多年啦……

主事乙 怨不得孔子在这里诞生，本是块宝地啊！……

主事丙 这圣人诞生之地，就是有仙气呵！

　　【众人在夫子洞前一次次拜谒。

索公子 巫马子，我向先生打听一个人？

巫马子 索公子请讲。

索公子 墨翟不是在尼山就读吗？

巫马子 ……喔，是的。

索公子 书院生员全体出动，怎么没看见墨翟？

巫马子 墨翟去宋国采购"六艺"的教具了。

索公子 我在泮宫盯着他半年多，从来没有听说墨翟会做买卖？

　　【在一旁拜谒的公孙子方对索公子早有防范，连忙替巫马子回答。

公孙子方 索公子有所不知，墨翟的计算本领，可是没人能比得了。他用十个手指就能迅速计算出十分复杂的数字……

　　【索公子轻蔑地打断。

索公子 看来，子方先生莫非还要再请墨翟，去泮宫教"数"？

　　【索公子甩手而去。公孙子方面含侮辱。

巫马子 子方先生不必和"黄口小儿"一般见识。

9. 尼山书院社稷场（日，外）

　　【木桩的颜色已经大部分涂好，阳光下五彩缤纷的，极为壮观。

10. 尼山书院饭堂（日，内）

　　【午饭准备得极其丰盛，各位嘉宾陆续在桌前就座。子张一脸沉痛地走上前来。

子　张 ……诸位可知，今年是什么日子？

　　【子张出语，惊疑四座，纷纷窃窃私语互相打问着是什么日子。

子　张 我颛孙师，今年花甲，不禁想起我们花甲之年的孔老夫子，此时正困于陈蔡之地，忍饥挨饿！夫子把专以襄礼为职事的儒学，改造成了今日的君子之儒，开创私学之先河，使我们这些后来人，得以私学安身立命，而他老人家竟然在花甲之年，还有饥患之灾……

　　【子张说得不禁悲从中来。众人听了子张的表述，都被感染了悲伤的情绪。

　　【只有杨朱一人，冷冷地掐指算了算，一脸不惑地告诉身边的巫马子。

杨　朱 孔子困厄陈蔡是63岁，子张先生今年是56岁，为何硬要扯到一起？

巫马子 人到了这个年龄，只记整数。请杨子总其大意就是了。

　　【巫马子站起来。

巫马子 我建议，诸位嘉宾今日不妨，用盘中之餐，在此一祭。

五十二集大型 历史电视连续剧 墨子

【大家心情沉痛，纷纷夹起碗中大肉。

齐　颂　夫子先用！

【颂毕，众人咀嚼、吞咽，然后再夹起大肉。

齐　颂　夫子再用！

【颂毕，众人咀嚼、吞咽，然后再夹起大肉。

齐　颂　夫子三用！

【因为进食的速度不同，饭堂已经乱成了一锅粥。

【与众人不同的是，索公子不管不顾地大吃大嚼。杨子不紧不慢地细品细咂。

11. 尼山书院社稷场（日，外）

【索公子带着家丁来到如森林般茂密矗立的木桩中。索获正在给最后的几根木桩，涂上红色。

索公子　索获！

索　获　兄长！……你也来了？

索公子　父亲让我来看看你。

索　获　我一直不能令父亲大人满意，心中常有愧疚……

索公子　父亲让你常回去看看。

索　获　索获恩谢父亲大人关爱，只能愈加在尼山发奋读书。

索公子　你这是在干什么？怎么当起了小杂工？

索　获　我们要演示敔器给你们看，这是专门为你们准备的社稷之祭。

索公子　祭祀社稷？弄木头桩子干什么？

索　获　这里每一根木桩，都代表着天上的一颗星，这叫星桩，是按照星座的组合和位置，排列而成的，它们代表苍天。把苍天请来与大地同在，就表明社稷之祭，顺天时合地利。子张夫子说，这就是天人相应啊！

索公子　子张也真能虚呼！你们忙活半天，要是连个敔器都没有，祭祀什么？

索　获　怎么能没有敔器？

索公子　尼山书院的敔器已经被砸！

【索获刚想说什么，被索公子打断。

索公子　这些来看敔器的，根本看不到！敔器已经成了一堆碎片！

【索获不服气地脱口而出。

索　获　兄长说得不对！

索公子　你怎么知道不对？

索　获　墨翟已经把敔器仿制成功了！一定会按时送来。

【索公子明白子张为何如此张扬，原来有墨翟仿制的敔器垫底。

索公子　……原来如此！

【索公子抢下索获手里的油漆刷子，扔在桶里，溅了索获一身红油漆。

索　获　你干什么！

索公子　你去干点正经事。

索　获　这怎么不是正经事？

索公子　你去告诉那些正在午休的老朽们，就说尼山书院的欹器，已经被砸！

索　获　我在尼山书院读书，为什么要行尼山书院的不义？

索公子　你习儒多年，竟然连"亲亲为仁"都没学好！我提醒你，不要数典忘祖，不要忘记自己是谁的儿子？

索　获　我是索纪大人的儿子，可我也是尼山书院的生员。

索公子　你说不说？

索　获　我不能说！

索公子　从小我就看你胆小，现在你又在这借了个胆子！

【索公子狠狠地给了索获一拳，索获头上的血迹溅在了白茬木桩上。

【众生员过来，家丁摆开架势。

生员丁　……你是谁？为什么打人？

众生员　不许打人！

索公子　兄长教训弟弟，你们谁敢管？

【索公子知道家丁不是众生员的对手，只好气愤地走了。

【大家散开之后，索获回来，捡起刷子，默默地用红油漆把木桩上的血迹涂盖。

12. 沂水河畔（黄昏，外）

【墨翟和禽滑釐来到沂水河畔，没有下马，继续策马疾驰。马蹄溅起的水花，在秋阳的斜射下，如一团移动的礼花。

【到了河对岸，墨翟和禽滑釐下马饮马。

禽滑釐　师兄，这欹器出窑之后，也没有演示一下，这有水了，咱们试试怎么样？

墨　翟　师弟，我看，天要灭儒，试了也没用，天不灭儒，咱们就抓紧赶路吧。

【二人上马赶路。

13. 尼山书院生员宿舍（黄昏，内）

【生员宿舍腾出来，让诸位嘉宾小憩。

【索公子来到杨朱下榻处。杨朱以为他也是尼山书院的生员。

杨　朱　……这位生员，你们怎么还不开始演示欹器？莫不是欹器真的被砸了？

【索公子将计就计，冒充尼山书院的生员。

索公子　我们尼山的生员都知道，只有杨子还被蒙在鼓里！

杨　朱　哦？

索公子　别的夫子已经找到巫马子那里去了？

杨　朱　哦? 果然是欹器被砸了?

　　【门外传来众人的闹嚷声。

主事甲　……去找巫马子!

主事乙　……我们被骗了! 找子张夫子好了!

众　人　对! 找子张夫子!

　　【杨朱出门, 看见巫马子正好过来, 一下子被众人围住。

14. 尼山书院生员宿舍 (黄昏, 外)

　　【众人围住巫马子。巫马子苦苦支撑着。

15. 尼山书院大门 (黄昏, 外)

　　【墨翟和禽滑釐飞奔而归, 禽滑釐下马, 把缰绳交给墨翟, 自己背着欹器飞奔
　　　进门。

16. 尼山书院子张书房 (黄昏, 内)

　　【子张正在屋里急切地反复踱步。

　　【禽滑釐突然破门而入。

禽滑釐　夫子! 欹器!

　　【禽滑釐伸手捧着欹器包袱, 子张激动得双手颤抖, 竟然一屁股坐下地上。禽
　　　滑釐把欹器交给激动不已的子张。子张捧着欹器。

子　张　……天不灭儒啊! ……

17. 尼山书院社稷场 (黄昏, 外)

　　【人们在场内站立排列。通道中, 两个门人, 抬着欹架缓缓走来。后面跟着子
　　　张, 子张神圣地抱着欹器。欹架摆好之后, 子张把器欹郑重地交给巫马子。
　　　巫马子把欹器吊上欹架。

　　【子张站在主持的位置上, 声音洪亮地宣布。

子　张　尼山书院, 孔子亲传欹器演示, 开始!

　　【墨翟对欹器虽然心中有数, 但毕竟刚刚出窑, 没来得及检验一次, 难免有些
　　　担忧, 也挤在人群里焦急地看着。

　　【公孟子打来一罐水, 交给巫马子。

子　张　现在空欹, 欹器为欹状!

　　【众人点头称是。

　　【墨翟和禽滑釐在人群里也彼此会意。

　　【巫马子向欹内注水一半, 欹呈垂直状。

子　张　现在, 水半, 欹正!

　　【众人点头, 更为称是。墨翟和禽滑釐再次彼此会意。

【巫马子缓慢注水。

子　张　请诸位注意，水盈则覆……

【欹器口见水，欹器倾覆。多余的水倒出，又恢复到欹正状态。

众　人　（不约而同）好！好！好！

【墨翟和禽滑釐这才彻底放下心来。

子　张　欹器欹、正、覆三态，演示完毕！

【主事甲与身边主事乙感慨着。

主事甲　当年每见孔子演示一次，自己就觉得向人生真谛靠拢一步！

主事乙　是啊！是啊！

【突然，索公子跳到台前。

索公子　诸位主事！你们上当了！

【全场愕然。墨翟和禽滑釐非常吃惊。

索公子　尼山书院的欹器，已经被砸！这不是尼山书院的欹器，是仿制品！

【所有人们大惊。

索公子　不信，你们过来看看！

【人们一起涌向前台。索公子要抢欹器，巫马子立即抱住欹器，公孟子也学着
　　巫马子的样子，抱着巫马子的手。

【索公子和家丁上前撕扯，要抢夺欹器。

【墨翟和禽滑釐冲向前台，用身体护着巫马子。索获和其他几个生员，也冲上
　　前去，和墨翟一起，用身体护着欹器。

【人们越发向前拥挤。

【老眼昏花的私学主事们，靠近欹器仔细辨认。看不清的，就敲。听不清的，
　　就摸。

索公子　假的！假的！就是假的！

家　丁　就是假的！就是假的！

【子张站在台上，纹丝不动。巫马子声嘶力竭地申辩。

巫马子　这是真的，不是仿制的！是真的！是真的！

公孟子　真的！真的！就是真的！

【墨翟怒视着索公子。索公子怒视着索获。索获始终没有开口。

众生员　真的！真的！就是真的！就是真的！

索公子　你们都是儒学一家，自然不说真话！不能听你们的一家之言！

墨　翟　泮宫就不是一家之言了吗？！

众主事　泮宫也是一家之言！不能听泮宫的！

【杨朱从人群中走上前来。

杨　朱　容我说两句，好不好？！

【争吵声稍有平息。

杨　朱　这欹器嘛，儒学说真，国学说假，我杨朱既不是儒学，又不是国学，你们能
　　　　不能让我来说说看哪？

巫马子　好！让杨子说！

【巫马子说完，用哀求的眼光看着杨子。

众　人　让杨子说！

索公子　杨子就杨子！反正不能听你们一家之言！

【杨朱上前，对着欹器转着看着。巫马子怕露出仿制的破绽，焦急地跟在杨朱
　　身后。边看欹器，边看杨朱的表情。

【杨朱看完之后，又伸手敲击欹器，欹器发出清脆的声响。然后，杨朱又摸着
　　欹器的鼻绳，掂量片刻，心中有数的样子。

【巫马子不知这个不群不党的杨朱，会说出什么昏话，紧张得汗流满面。

【众人翘首以待。

杨　朱　外界传闻孔子欹器被砸，我也信以为真。今日得见，这尊儒学的正宗传家宝
　　　　器，就在眼前！

【众人发出感叹。

索公子　杨子也打诳语？

杨　朱　我杨子从不打诳语！

索公子　你号称"一毛不拔"……

杨　朱　我是不拔自己一毛，但是我也不拔别人一毛！

索公子　你今日怎肯为尼山书院豁上整张脸皮？

杨　朱　我杨朱长你几乎一倍的年龄，也不能为取悦于你，就刮下脸皮整张！

【索公子一把拽过索获。

索公子　是他亲口所说，这件欹器是墨翟仿制。

【众人的眼光都集中到索获身上，等待他说出真话。

生员甲　他叫索获，是你索公子的弟弟，当然为你说话。

索公子　他是尼山书院生员，还能不向着你们尼山书院？

【索获在众人的注视下，终于开口了。

索　获　墨翟只是一个制车的匠人，从来不会制作陶器。我哥哥如果一定认为这尊欹
　　　　器是墨翟仿制的，那一定是他听错了。

杨　朱　谁要是不信，就看看这根古老的挂绳！别说墨翟，试问，哪一个今人，可以
　　　　造出来？

【众人悬挂之心释然。

众　人　是真的！是真的！

杨　朱　诸位夫子，退一步说，如果这尊欹器，仿制到这般以假乱真的地步，说明尼

山书院有神力相助啊！那不正是天不灭儒吗？！

众　人　天不灭儒！天不灭儒！天不灭儒！……

　　【巫马子激动的泪水夺眶而出。子张临风玉树般地挺立着，老泪纵横。

主事乙　见敫，如见吾师！

主事甲　孔子吾师！孔子吾师！

主事丙　……吾师啊吾师！……

　　【私学主事们想起师从孔子的岁月，已经涕泗滂沱。

18. 尼山书院社稷场（夜，外）

　　【盛大的社稷，在月色中开始。五颜六色的星桩和天上的明星遥相呼应。通明的火把，平添了威风和神秘。

　　【全场吟诵起歌颂鲁僖公兴祖业、扩疆土的《鲁诵·閟宫》，这是一首专供祭祀之用的颂歌。

众　人　閟宫有侐，实实枚枚。赫赫姜嫄，其德不回。上帝是依，无灾无害。弥月不迟，是生后稷。降之百福。黍稷重穋，稙稚菽麦。奄有下国，俾民稼穑。有稷有黍，有稻有秬。奄有下土，缵禹之绪。

　　【墨翟和禽滑釐从人群中悄然离去，他们向没有灯光、没有喧嚣的角落里走去。宏大的吟诵之声，远远传来，成为背景。

19. 尼山书院林荫道（夜，外）

　　【星光下，墨翟忧郁地躺在草地上，看着天上的星星。禽滑釐也仰望着群星。远处传来祭祀的吟诵。

20. 尼山书院社稷场（夜，外）

　　【祭祀的场面宏大而庄严。吟诵的人们情感充沛，声调激昂。

众　人　乃命鲁公，俾侯于东。锡之山川，土田附庸。周公之孙，庄公之子。龙旂承祀。六辔耳耳。春秋匪解，享祀不忒。皇皇后帝！皇祖后稷！享以骍牺，是飨是宜。降福既多，周公皇祖，亦其福女。

21. 尼山书院林荫道（夜，外）

禽滑釐　……师兄，已经一个时辰了，你一句话都没说……

墨　翟　（极其痛苦）师弟，我怎么沦为杀人凶手了？！

禽滑釐　师兄，你不能这样怪罪自己……

墨　翟　……你没看见吗？那是我修理好的战车，正在杞国的大街上跑着，它们压倒了妇孺，撞死了老人！它们在大禹的封地上呼啸而过！……

禽滑釐　师兄，你就是不帮楚军修理战车，他们也会并吞杞国的！

墨　翟　对，战争就像一个魔掌，它不仅让我苦难，让我无奈！还要让我不知不觉地

帮助它制造灾难。我帮楚军修复了战车，如果杞国被灭，我岂不是把战争强加给我的灾难，又强加给了大禹的后代吗？孔子曰"己所不欲，勿施于人"，我也是这样修德修行的。可是战争偏偏要把我的不欲，一次次地强加给我。父母合葬的坟前，我曾经发誓，终生绝不以强欺弱！可是战争却让我成了以强欺弱的"帮凶"？战争！战争！你让我的誓言只是一现的昙花、一闪的流星，昙花尚且短暂风流，流星尚且划破黑暗，我墨翟呢？……

禽滑釐 师兄，你说我们应该怎么办？

墨　翟 非攻！非攻！我们应该建立完整的"非攻"学说，打出自己反战的旗帜！

禽滑釐 对！我们不能就这样离开尼山书院，要利用这个讲坛向他们宣战！

22. 尼山书院社稷场（夜，外）

【社稷进入了高潮。子张带领巫马子和公孟子，扮演着祭祀的角色，在台子上的木屋中舞蹈。

众　人 泰山岩岩，鲁邦所詹。奄有龟蒙，遂荒大东。至于海邦，淮夷来同。莫不率从，鲁侯之功。

　　　　　……

　　　　　徂徕之松，新甫之柏。是断是度，是寻是尺。松桷有舄，路寝孔硕，新庙奕奕。奚斯所作，孔曼且硕，万民是若。

23. 尼山书院讲堂（日，内）

【讲堂内，生员们席地而坐。

巫马子 今天，子张夫子继续给诸生讲授《春秋》。

子　张 《春秋》是夫子的晚年之作，达到了他的思想高峰。读懂了《春秋》，也就读懂了孔子的一生。正如孔子所说："知我者，其唯《春秋》乎？罪我者，其唯《春秋》乎？"这里的"罪我者"，是指一些指责孔子不该修史的人。可以说，诸生在尼山书院，读懂了《春秋》，也就完成了学业。现在，我想问问你们，孔子为什么要修《春秋》？

生员乙 孔子为了给生员编纂课本。

生员丙 孔夫子为了记录自己所思所想。

生员甲 孔老夫子为了给治国的君臣们提个醒。

子　张 不，孔子作《春秋》，是因为绝望，对现世彻底的绝望！

【生员们听得非常认真。

子　张 孔子经过游说列国，自卫返鲁，已经是68岁的老人了。他得出"吾道不行"的定论，才把一生的所见所闻，和所历经的磨难，渗透于这部编年史，借此抒发自己的理想和政治主张。因为对现世的绝望，一位古稀老人，在那些晦暗的日子里，才开始了《春秋》的写作……

【子张明显地激动起来。

子　张　……那是多么晦暗呵！于世，诸侯僭越天子，大夫僭越诸侯，陪臣执国命，"礼崩乐坏"；于己，妻丧子亡，爱徒殁去，高足惨死，心衰力竭。夫子就是在这种绝望悲愤的心境下，给我们留下了一部《春秋》呵！这些字，字字心酸，字字呐喊，字字血泪……呵！……

【子张的心情难以控制。巫马子示意书童扶他下去休息。

【子张离去之后，巫马子接着讲解。

巫马子　古代史公，一事一简。你们可以想一想，242年的记史竹简，累几累案，孔子仅用了一万六千五百字。其文字简约，微言大义，惩恶扬善，用心良苦，非圣人，谁能修之？故诸生必入书入理，方能看出孔子之道。

生员甲　孔子之道的要害，请老师一言以蔽之。

【书童进来向巫马子耳语，巫马子示意了公孟子，立即离去。公孟子接着走上讲台。

公孟子　孔子批评礼乐征伐自诸侯出，抨击控制天下的中心从周天子转移到诸侯中的霸主，告诫后世，周制不可改，天道不可违，唯有《周礼》可以经国家，定社稷，序人民，利后嗣。只有回到周公旧制，才能拨乱世，反诸正。

生员甲　老师，我问的是，一言以蔽之？

【公孟子摆出一副教师爷嘴脸，蛮横地训斥道。

公孟子　刚才子张夫子不是说了吗？《春秋》字字珠玑，没有一言，可以蔽之。

生员乙　孔子在《春秋》中的见的，游说列国时，那些国君为什么不肯采纳？

公孟子　这……这可不是我能回答的，恐怕要那些国君们去回答。

【讲坛内哄堂大笑。禽滑釐打了一个很响的口哨。讲堂内更加混乱。

公孟子　肃静！肃静！

【喊了几声，镇也镇不住，公孟子拿起书简，在几案上用力拍打。混乱渐渐止息。

【墨翟站起来，将要发问。

公孟子　你不是自动脱离书院了吗？怎么又回来了？

墨　翟　许多年，我就想听孔子的亲传弟子讲《春秋》，刚才听了子张夫子的讲解，已经足矣。如果公孟子让我现在就离开，我在尼山书院，已经没有什么遗憾了。

公孟子　那你这就离开吧？好马还不吃回头草呢！

禽滑釐　墨生有话要讲！

公孟子　我不要听墨翟那些叛逆儒学的蛊惑！

索　获　公孟子，墨生叛逆儒学，大家可以先听后驳，如果连一句叛逆的话，都听不进，驳不倒，我们不能在尼山书院学习闭目塞听吧？

生员丁　对！让墨生讲话！

公孟子　好吧，墨翟，你快讲，要一言以蔽之。

【众人又笑起来。

墨　翟　请问公孟子，《春秋》拨乱归正的呐喊，从孔子收记的242年，加上孔子谢世后的34年，历经276年之久，当今世道，你看出有拨乱归正的迹象吗？

【公孟子不予理睬。

禽滑釐　我看没有！一丝一毫也没有！不但没有，反而变本加厉！

墨　翟　田氏篡齐，越国灭吴，鲁哀公奔越，荀瑶与赵、韩、魏灭晋，楚国灭蔡……不一而足！还有，此刻楚国的战车，正轰轰隆隆地向杞国开进！夏王大禹的封地，很快就会沦为楚国的附庸。

【这些战乱的事例，对诸生是很有说服力的。

墨　翟　孔子反对战争，他指了一条路，一言以蔽之，就是"克己复礼"的《春秋》之路。非常遗憾，这条走了276年的"春秋之路"已经证明，此路不通！周王朝分封了天下，制定了"父死子继，兄死弟及"为权力更替的规则。多年来孔子把它奉为至高无上。其实，它正是产生动乱的根源。谁都知道，子有贤愚之别，弟有善恶之分。更何况，多子之君父，难免众子觊觎王位。于是，祸起宫帏，弑君弑父，兄弟相争，至亲戕害。既然"亲亲""尊尊"不能使权力和平更替，我们难道不可以走另外一条吗？

生员甲　墨生这是离经叛道！

墨　翟　不，试走另外一条路，如果成功，并不证明前者错误，而恰好说明后者是前者的继续。

生员甲　你还没有读懂《春秋》，岂敢指点春秋？

墨　翟　我曾见过陈兵鲁国边境的齐官和楚将，他们信奉的是权力和武力，《春秋》对他们没有任何约束力……

生员甲　墨翟，你一个工匠，见得齐官和楚将，岂不是痴人说梦？

墨　翟　我以为，孔子呼吁"亲亲""尊尊"，这只是劝善惩恶的良言。遇到利益纷争，齐官和楚将这样的人，就仿佛一根烧红的铁杵，良言只是一块木片，如何能挡得住？

生员乙　请问墨生，你说孔子的济世良言是木片，墨生可有挡住烧红铁杵的器物？

墨　翟　我们用任何器物，去阻挡烧红的铁杵，终究都会被它穿透。

生员乙　墨生的意思，我们对于攻伐，只能束手无策？

墨　翟　不，对于攻伐，我们有一个相反的武器，就是"非攻"！

【众人议论纷纷。

墨　翟　"非攻"是从根本上，剥夺大国的征伐特权，从根本上，阻止王室的权力厮杀。"非攻"就是倡导人人相爱，权力和平更替……

公孟子　我提醒墨翟，不可亵渎周天子！

墨　翟　周天子现在的境遇，不是我亵渎而成，而是他自身衰败所致。

公孟子　墨翟！你要从根本上颠覆《周礼》吗？！

禽滑釐　孔子曰"知无不言，言无不尽，言者无罪，闻者足戒"。

索　获　对，让人把话说完！

墨　翟　我以为，我们还应该走一条"尚贤"之路，把"父死子继，兄死弟及"改以推举。我们推举贤者为官，大贤为相，首贤者为天子……

生员甲　如果依你所言，推举首贤者为天子，齐推齐士，楚举楚官，恐怕引起的战乱更难收拾……

墨　翟　我赞赏师兄的判断，要现在公推天子，远没有成熟。但这绝不是说我们必须回到周天子那里去。既然《春秋》是研究天子之治的，我们就可以寻找孔子之道以外的治世之道。我们车匠的祖先是奚仲，但是，奚仲并没有把天下的车造尽，许多发明，都在奚仲之后。我尊崇孔子，孔子是圣人，但圣人之后还会有圣人。……

公孟子　大逆不道！大逆不道！周公定《周礼》，孔子习周公，子张习孔子，巫马子习子张，公孟子习巫马子，我们一代一代，把所有的精力和才华，都连缀起来……你一个小小的工匠，就想一刀斩断？！

禽滑釐　公孟子息怒，我有一个十年不解的难题，想请教公孟子。

【公孟子不得不缓了口气。】

禽滑釐　我有一个四世同堂的邻居，他们在谈论一个难题。太祖生下来是十斤，祖父生下来是八斤，父亲六斤，到了儿子只有四斤。他们谈论孙子生下来，如果还不如一只小狗，到底生还是不生？最后邻人全家一致决定，还是要生。他们为什么还要生这个只有两斤重的孙子，请问公孟子？

公孟子　这还不明白？这不就是亲亲为仁吗？自己的孙子，再小，也是亲骨肉。

禽滑釐　所以邻人的太祖一言以蔽之，"生，横竖一代不如一代"！

【大家静默了片刻，品出禽滑釐是在说公孟子"一代不如一代"，又是哄堂大笑。】

24. 索纪府邸客厅（夜，内）

【只有索纪与索公子两人。】

索　纪　……我不明白，工匠之子，从小就不知书简为何物？你们这些官家子弟，不愁吃穿，经籍图书齐备，怎么就比不上一个工匠能读书？

索公子　父亲，听说墨翟读过的书，过目成诵，几个月后，还能一字不错地刻在简上。我读过的书，下次再读，就如同读一本新书，过去读的早已忘得一干二净……

索　纪　那你还是读书不用心。

索公子　听奶奶说，父亲小时读书，也是这样……

索　纪　不过，我为官却很成功。

五十二集大型历史电视连续剧　墨子

索公子 所以我就想学父亲那样，不必在那几只竹片上枉费心机，径直学父亲的升官之道不好吗？

索　纪 其实，有用的为官之道，是很简单的。

索公子 我没看见书上，有说为官之道的？

索　纪 就是说了，也没人肯说透。

索公子 那为什么？

索　纪 简单的，就是好学的，如果大家都学会了做官，就没有我们了嘛。

索公子 父亲今日定要给我真传。

索　纪 今日不忙，现在墨翟复制了欹器，尼山书院的威望不减反升，你呀，要做出一副读书的样子，先去拜访子张。

第十九集　转益求师

1.尼山书院社稷场（日，外）

【索公子找到了索获。

索公子　……怎么？还生我的气呀？

索　获　……兄长不该在大庭广众之下，亵渎尼山书院。

索公子　算了，算了，你当着那么多主事的面，说我耳朵不好，我不也没怪你吗？谁让咱们是一个父亲的儿子？

【索获还是有些不高兴。

索公子　血浓于水嘛，我的好兄弟！

索　获　兄长来找我，就为这件事？

索公子　不不，这桩小事，不足挂齿。我来是有正事。

【索获对索公子的"正事"早已领教，把脸转向一边。

索公子　我要你带我去拜见子张。

索　获　你在你的泮宫，我在我的尼山，咱们井水不犯河水，你就让我安心读几年书吧！我求求你了！

索公子　弟弟你想错了。

【索公子交给索获一些钱。

索公子　父亲让我来，给你送宿资费用。

索　获　怎么这么多？

索公子　父亲看你读书很有长进，也让我来和你一起读书，这是我们两人的宿资费用。你来一起保管，怎么样？

索　获　还是兄长保管吧？

索公子　拿着，拿着。

索　获　兄长真的要来尼山书院就读？

索公子　快带我去找子张吧！

【索获只好带着索公子走了。

2.尼山书院子客厅（日，内）

【索公子见到子张，虔诚地行大礼。

索公子　晚生拜谒子张夫子。

子　张　都叫你索公子，我也这么叫吧。索公子有何贵干哪？

索公子　不敢，不敢。晚生想拜子张夫子为师！

子　张　你已经是泮宫的高才，岂可到我尼山书院屈就？

索公子　久闻子张夫子的大名，如雷贯耳，晚生经家父点拨，打算放弃泮宫，转学尼
　　　　山书院，投拜夫子，成为子张门下。晚生朝思暮想，如久旱之望云雨，大寒
　　　　之盼裘皮，恳请子张夫子收留不才。

子　张　哎呀！唉呀！我已经关门好几年了，以后我再给你找一个好的老师吧？

　　　　【子张边说边走，敷衍之后就要离开。索公子上前拦住。

索公子　子张夫子请留步！

子　张　（故作神秘）索公子，我有要事呀！

索公子　还有什么事情比我要说的事情，更重要？

子　张　我要去小溲呀！

索公子　（气愤地）尼山书院将有大劫！

子　张　哎呀，该出恭不出恭，该小溲不小溲，才是大劫哪！

　　　　【子张故做浚急状，匆匆离去。巫马子不敢怠慢，立即迎上前去。

巫马子　索公子，你刚才所指大劫为何事？

　　　　【索公子看着走了的子张，不得不对巫马子说。

索公子　墨翟不是私自放走了活殉的丫鬟嘛，季孙氏因为老夫人的殉葬被破坏，要问
　　　　罪尼山书院！

巫马子　……感谢索公子提醒！

索公子　……要不是看在你尽心襄礼的分儿上，我才不来，用热脸贴那个老夫子的凉
　　　　屁股哪！

巫马子　哦哦，索公子一定有帮助尼山书院，避免劫难的办法，巫马子请教了？

索公子　说难也难，说易也易。

巫马子　巫马子洗耳恭听。

索公子　季孙氏问罪尼山书院，定是要我父亲索纪大人，亲自来办。

巫马子　是，是。

索公子　能够说服我父亲的，只有我。

巫马子　是，是。

索公子　我看，你们干脆交出墨翟，尼山书院就可以免遭劫难。

巫马子　好好，请索公子一定在你父亲面前，为我们尼山书院美言。

　　　　【索公子傲慢地乜斜着巫马子。

巫马子　我顺便告诉索公子一件喜事。

索公子　什么喜事？

巫马子　是我巫马家的喜事。小女已经被入选进宫啦！

索公子　……是吗？……哦哦哦，我想起来了，这次入选的宫女，都是我父亲亲自主

持挑选的，你那个女儿，没准就是我父亲相中的……

巫马子　对对，一定是！一定是！改日，我要亲自登门，拜谢索大人！

索公子　改日，我也要进宫去看看你巫马家的宫女！让她认我这个兄弟，怎么样？

　　【巫马子连连作揖。

巫马子　同喜！同喜！

索公子　巫马子，晚生告辞了！

　　【巫马子看着索公子走后，做了一个厌恶自己的表情。

3. 李达衣冠冢（黄昏，外）

　　【墨翟和禽滑釐情绪低沉，他们坐在亡友的衣冠冢旁边。

墨　翟　……看来，尼山书院，我是真的待下去了。

禽滑釐　师兄，咱们一起走！

墨　翟　不，我可以准备另辟蹊径，你却要继续留在尼山书院就读。

禽滑釐　不，我要与师兄同去同留。

墨　翟　我非得避开儒学不可，因为我有一个缺陷，读了书就想弄个究竟，与人争辩，常常难以自控。而且，我又没有你幽默、灵活，容易与他们发生激烈的正面冲突。

禽滑釐　冲突就冲突呗，我们什么也不怕！

墨　翟　可是我们现在的主要目的，还是积累学问哪。

禽滑釐　那你要去哪里？

墨　翟　我想好了，有两条路。一是应邀到公输先生那里去重操旧业，一是到史角之后那里，求学天文。

禽滑釐　我不同意师兄去做木匠。那样，世上虽然多了一个鲁班，却少了一个冲出儒学藩篱、建立一支学术新军的领军人物。我赞成你改习天文。那些儒生们，包括孔子，对天文都是一窍不通。到时候，你就可以用天道胜于儒道，让他们口服心服！

墨　翟　临走之前，我还是要动员子张先生革新儒学。

禽滑釐　夫子不会听你的，到了关键时刻，他们都会同我们决裂的！

墨　翟　师弟啊，我倡导"兼爱"，"兼爱"的具体做法，就是要"有力相营，有道相教"。如果对儒学做不到"有道相教"，"兼爱"岂不成了一句空话？

禽滑釐　你就是说上一万遍，也是白说。因为他们同我们决裂，不会有任何损害，相反会提高他们在儒学中的地位。

墨　翟　可是，我看见一个人，正往泥潭里走，我能不喊住他吗？

　　【墨翟看着李达的衣冠冢，伤感地说。

墨　翟　李达兄弟，我就是没有喊住你哟！

禽滑釐 可是夫子你是喊不住的，我了解他，对于异己的观点，夫子充耳不闻。

墨　翟 我希望把自己的主张，"遍从人而说之"，如果连自己的恩师也不说，岂不自毁"兼爱"吗？

4. 尼山书院子张书房（日，内）

【巫马子正在和子张悄声商议着什么。】

（画外） 弟子墨翟求见。

（画外） 门人禽滑釐求见。

【子张和巫马子交换了一下眼色。】

巫马子 请进！

子　张 墨生呀，你一贯说"言必信，行必果"，此次复制敧器之事，我颛孙师得已亲见。尼山诸生，我一生所见诸人，像你这样口能言之，身必行之的，不是没有，但是没有一个能做得像你这样地道！

墨　翟 先生过奖了，墨翟复制敧器，不过还了先生收留墨翟的一个小情谊。墨翟还有一个大情谊，要还给夫子。

子　张 还有比复制敧器更大的情谊吗？

墨　翟 是的夫子，我还要奉送一个见解。

子　张 墨生有何高见？

墨　翟 子张夫子，墨生以为，儒学应该革新！

【子张听了一愣，没有说话。】

【巫马子一个劲地向禽滑釐使眼色，禽滑釐不理。】

墨　翟 革新需要旗手，我和禽师弟都认为，儒学革新的旗手，非子张先生莫属！

子　张 ……小禽子，我听说，听讲的时候，你屡屡闹堂？

【禽滑釐想不到子张不回答革新儒学的事，却批评起他来。一时支支吾吾。】

子　张 俗话说，宁当大家的奴，不做小家的主。你跟了我几年，长了见识，也长了本事。本事用在哪里？用在陵暴师尊上，就是给我丢人！

禽滑釐 ……公孟子不能解答我的提问，还要叫我滚……

子　张 他解答不了，还有巫马子，巫马子解答不了，还有我颛孙师！尼山书院没人了吗？为何要闹得乌烟瘴气？！

【禽滑釐不知如何是好。】

墨　翟 先生，是我当堂让公孟子难堪，是我提出儒学应该打开一扇窗户，透进新鲜气息，是我愿意为充实儒学，革新儒学，思考和呐喊，是我……

子　张 墨生，今天你不来找我，我也要找你。

墨　翟 先生找我何事？

子　张 我只想问你一件事，学问是什么？

墨　翟　学问是救民救世的武器。

子　张　不对！

禽滑釐　学问就是系统的知识。

【子张看着巫马子。

巫马子　先生的意思，我理解，学问有时、有时只是一个吃饭的碗。

子　张　对，一个吃饭的碗，不管泥碗、陶碗、石碗、玉碗，官家想砸就砸！

巫马子　墨翟，索纪派他的儿子索公子来通告，因为破坏了老夫人的殉葬，季孙氏要问罪尼山书院。索纪说只要交出墨翟，尼山书院就可以免遭劫难。我满口答应了他，这才争取了现在的时间，你赶快离开吧！

墨　翟　谢谢老师们的搭救。墨翟在离开尼山书院之前，还要把革新儒学的想法全部讲出来……

子　张　墨生哪，你还年轻，求学路正长，学术路更长，如果你能活着思考下去，儒学就是改革，也会后继有人！

【大家都为子张，这句亦劝亦赞的话惊讶。

墨　翟　墨翟再谢恩师！

巫马子　你要是没有地方去，可以先到我家暂避。

墨　翟　谢老师，墨翟不再连累。

5. 公孙子方府邸客厅（日，内）

公孙子方　……这半年多也没有你的影子，让表叔我着急呀！

墨　翟　我怕索纪会找你的麻烦。

公孙子方　麻烦不麻烦的，他已经把我辞退，我也用不着看他的脸子了。

墨　翟　那泮宫就没有主事了？

公孙子方　这正是索纪的心思，他的本意就是灭了士人。不去说他，你在尼山书院的学业如何？

墨　翟　我觉得，不如在泮宫读书多。另外，尼山书院，一家之言的气氛太浓。我的提问，只要与儒家学说不同，就引起哄堂大笑。各派学术观点更不允许接触和思考。

公孙子方　墨翟呀，你既然修的是儒学，就要入儒学规范嘛。

墨　翟　表叔，我打小就养成个习惯，对任何事物都讲信服，先信，而后服。当不了糊涂人。

公孙子方　儒学在天下纷争的今天，的确显得苍白无力。强国之君以为儒学太迂，弱国之君以为儒学无助。你的提问，加重了人们的危机感，谁会对你笑脸相迎呢？

墨　翟　那大家为什么不能坐下来，平心静气地讲理呢？

公孙子方　凡有派系的地方，理，自然降到第二位。我现在担心的，就是你涉世未深，将来会陷于窘境。我急着找你，就是为了提醒你，现在必须做出一个选择。

墨　翟　我对儒学尚怀有信心，希望儒学变成对天下有用的学问。

公孙子方　既然这样，你就应当立即停止对儒学的非难和挑战。

墨　翟　既然连表叔也不愿意我对儒学太认真，那我只有改习天文了。

公孙子方　改习天文？！

墨　翟　叔父为何如此惊讶？

公孙子方　墨翟你不知道，天文为国家史官所专擅，不是什么人都可以习的。就是孔子那样的私学大师，也没有敢于教习天文。墨翟，你就是天大的才能，才刚刚二十几岁，天下的学问你才习得了一点点，就算是凤毛麟角吧，你也不必急急忙忙地改习天文呀？

墨　翟　表叔，我常常观察，天地之气，日月之行，风雨之变，命运之数，它们之间到底有没有关系？后来我断定，天道和世道一定是互相关联的。可是怎样才能找到这种关联？我看关键是要有一双能够透视其中奥妙的眼睛。比如我们匠人，提前就能看到，哪一根木料可以做轮毂，哪一种陶土可以烧敞器。在天道世道之间，我也想练出那么一双独特的眼睛。借助天道，帮助自己更好地把握世道。我已经读了一些天文的书籍，也开始做天文观察，只是需要有人指点。

公孙子方　墨翟，看来我想给你当个老书童，也当不上了。

墨　翟　表叔玩笑了。墨翟请表叔为我引见史官吧？

公孙子方　那些史官呀，深居鲁宫，很少与外界交往。我认识的人，就算不少，可没有一个是史官。不过，我听说，鲁国著名史官史角之后，司星官史佚大人，最有星占学问……

墨　翟　那就请表叔，替我引见史佚大人！

公孙子方　这个史佚，鲁国学界都说他，占尽了两个最。

墨　翟　什么两个最？

公孙子方　他是星占学问之最，和无法结交之最。史佚真是个关起门来朝天过的独怪之人，谁也说不上话，谁也敲不开他的门。

　　【墨翟思考着。

公孙子方　这么多年，虽然没有听说有谁进过他的门，倒是听说他亲自请过一个人。

墨　翟　谁？

公孙子方　公输般。

墨　翟　哦？

公孙子方　史佚为修理住宅，请过公输般。

6. 司星官府邸（日，外）

【墨翟未经人引见，冒昧来到司星官史佚府邸。墨翟鼓足勇气，叩响大门。

【许久，大门开启。一位老年的守门人探出头来，一副莫名其妙的眼神。

史佚门人　……你走错门了！

【史佚门人正想关门。墨翟上前。

墨　翟　老者，孔门弟子子张门人墨翟，求见司星官史佚大人！

史佚门人　为何求见？

墨　翟　请向大人告禀，晚生想向司星官大人求教！

史佚门人　你想求教什么？

墨　翟　请禀报大人，有关星宿之事，晚生想向大人请教！

【史佚门人上下打量着墨翟，然后什么话也没说，关上了大门。

【墨翟不知他是否去通报，只得怀着一丝侥幸，在门外等着。

7. 司星官府邸客厅（日，内）

【鲁国司星官史佚，著名史官史角后人，50岁，一副黄土高原兵马俑似的面相。精于天文，忠于职守，为人正直，不善言谈，书生气十足。

【史佚正在想着什么，史佚门人进来。

史佚门人　……大人，今天真是奇怪，刚刚送走了索纪大人，门外又来了一个晚生求见。一个时辰来两位客人，这可是咱们府上从未有过的。

史　佚　他来干什么？

史佚门人　……大人，你是说索纪大人，还是门外那个晚生？

史　佚　索纪来求吉日修宅，门外那个为何？

史佚门人　他说是要向大人求教！

史　佚　你今天也糊涂吗？我什么时候见过此等客人？

史佚门人　他自报孔门弟子子张门人墨翟。

史　佚　什么孔门、张门，我这从来不开门，你不知道吗？

史佚门人　是是。我只是见此人，有些不一般。他心怀虔诚，像是真的要向大人请教星宿天文之事……

史　佚　你告诉他，自古畴人，"家学不传外人"，外传则有杀身之灾！

8. 司星官府邸（日，外）

【史佚门人出来，看见墨翟还在等待。

史佚门人　年轻人，走吧！

墨　翟　老者，你没有为我通报吗？

史佚门人　走吧，走吧。

墨　翟　老者若是不为我通报，墨翟就通宵达旦地等待！

史佚门人 不是我不为你通报，是通报了也没有用。

墨　翟 难道史佚大人不愿意见我？

史佚门人 ……你这个死心眼儿的年轻人，我为官人守门20年，大人只同他的儿子观天测星，从未见过他教授他人星宿之事。这是周天子立的规矩，官员没人敢于违背！

【说完，不等墨翟答话，大门已经关上。墨翟只得怏怏而去。

9. 曲阜街市（日，外）

【墨翟仰望着瓦蓝瓦蓝的天空，不知自己将向何处。他漫无目的地走着。

10. 公输般府邸（日，外）

【墨翟走着，不觉眼前出现了一只写着"公输"二字的灯笼。墨翟犹豫了一下，还是上前敲门。

【大门洞开，走出一位年轻人。

墨　翟 小兄弟，请通报，目夷谷匠人墨翟，求见公输先生！

公输门人 公输先生西去魏国，半年以后才能回来，你以后再来吧！

【公输门人正欲关门。

墨　翟 小兄弟，公输绛娘小姐可在府中？

公输门人 小姐恐怕不便会见匠人……

墨　翟 请你如实通报，见与不见，由小姐自便。

公输门人 ……我去试试看。

【墨翟在门外等候，端详着公输的府邸。

（画外） 这不是墨先生吗？

墨翟回头看见了绛娘的车夫公输洪。公输洪随着绛娘，看过墨翟染织和习练"六艺"，对他十分敬佩。

公输洪 早听说墨先生在曲阜，怎么一次也不见你来，快进去吧！

墨　翟 还是等着通报了小姐吧……

公输洪 墨先生礼大了，礼大了！

【公输洪把墨翟拽进府里。

11. 公输府邸庭院（日，外）

【公输洪带着墨翟来到庭院，墨翟迟疑地端详着。庭院内，浓重的鲁国建筑风格中，发散着楚国轻巧与燕赵粗犷的建筑韵味，是墨翟从来没有见过的。他正贪婪地浏览着，忽听身后有人叫他。

绛　娘 是先生吗？

【墨翟回头一看，一团鲜艳的绛色飘然而至，接着是绛娘一张娇美高贵的脸，出现在眼前。墨翟想不到，一年多没见，绛娘已经出挑得几乎有些不敢相认了。

墨　翟　……哦……是……

绛　娘　怎么？先生有些陌生了？

墨　翟　……是……是……

绛　娘　绛娘变得，让先生认不出来了吗？

墨　翟　……与在目夷谷相比，少了几分泼辣，多了几分娇美，不是吗？

绛　娘　（羞涩）先生说是，就是吧。……请。

【墨翟随绛娘进来客厅。

12.公输府邸客厅（日，内）

【客厅陈设考究，也是兼有南北之风。摆设都是各国君王对公输般的馈赠。

【落座之后，墨翟和绛娘，两个人谁也不说话了。丫鬟送上水来，绛娘亲自起身端给墨翟。墨翟起身，碰洒了茶水，他们互相关心是否烫伤了对方。再次落座之后，还是墨翟打破了沉默。

墨　翟　小姐，原来我以为，墨翟一辈子都不会给小姐添麻烦，求小姐办事情。

绛　娘　先生现在也没求我呀？

【墨翟觉得不好开口。

绛　娘　先生见我叔父，不知有什么要事？

墨　翟　其实，也没有什么要紧的事……

绛　娘　先生，据我看，有这样两种人：一种人，成功时从不张扬，失意时不甘受命运的摆布，才四处奔走；另一种人，成功时万分张扬，失意时连见人的自信也没有了，才闭门不出。

墨　翟　那依小姐，把我列为哪一种人？

绛　娘　先生自然是前一种人！

墨　翟　小姐抬举！那我就先求小姐，帮我判断一下。

绛　娘　先生抬举。

墨　翟　不！我把朋友也划为两种：一种是失意之友，足以共患难；另一种是得意之友，只能同欢庆……

绛　娘　不知先生把我列为哪一类？

墨　翟　你是我危难时必访之友，我不访你，你也会找到我的，对吗？

绛　娘　这么说，先生在求学方面遇到麻烦了？

墨　翟　墨翟是遇到了麻烦，不过小姐怎么就断定是在求学方面？

绛　娘　我看，吃穿住行，你自有主张，安危冷暖，你不放心上，人世间还有什么事能难住你？眼下，只有求学一件了吧？

墨　翟　小姐慧眼。

绛　娘　先生过奖。唉，那你就直说吧。

墨　翟　我还是先请小姐帮我判断一下。你说，我是跟公输先生习木匠，还是与史角大人习天文。

绛　娘　你要是习了木匠，历史上就不会留下我们公输家的美名了。

墨　翟　公输小姐不会此等见识？

绛　娘　先生也不会做此等选择吧？

墨　翟　不，我现在已经脱离了儒学，偌大的曲阜，我连个论辩的对手也没有了。像墨翟这样的匠人，不去做工匠，在曲阜就无立足之地。何况是跟着天下闻名的鲁班做匠，难道还不够风光？难道我还能有什么更好的选择？

【绛娘对墨翟的自我嘲讽，莞尔一笑。

绛　娘　超过鲁班，你还是一个工匠，只有超过儒学，才是你墨翟。

墨　翟　我现在哪里敢想超过儒学？

绛　娘　你想用"天道"去证明"世道"，这可是孔子没有涉猎而且始终避谈的领域。我尊崇孔子的创新和推进，但孔子身后令人窒息的儒者学风，则使人难以容忍。我希望看到先生在学成之后，与他们一辩高下。

墨　翟　可是，我求见鲁国司星官史佚，他连见也不愿意见我……

绛　娘　你呀，这才是今天你来公输府上的目的。叔父不在，你就顺便找一下小姐，小姐不在，你就会再也不来，对吧？

墨　翟　我没想到史佚能不见我……我……

绛　娘　先生，你说过，"志不强者智不达"，你为了把自己的才智充分地发挥出来，不遗余力地修炼自己的意志。可是事情总是会出现另外的结果。你的意志有着常人不及的"过于执"，也必定有着不足常人的过于自尊，史佚的拒见，对从不求人的你，受到打击的感觉就比别人重得多。其实，其实，民间之人，哪一个不求人，哪一个不被人拒求？

【墨翟还沉浸在自己被拒绝的痛苦之中。

绛　娘　史佚这个人，认天不认人。不过，他还是食人间烟火的。他家宅邸修葺时，就请教过我叔父。

墨　翟　听说，你叔父是史佚大人唯一的友人。

绛　娘　史佚的先辈是西周王朝派来的史角。此后，鲁国的司星官一职，就一直为史角后代掌管。这是一个家传的职事，从来没有外人继承。不过，我可以陪你去试试……

墨　翟　（感慨）知我者，绛娘也！

【绛娘想不到被墨翟如此认同和感激，羞涩的脸上泛起红润。

绛　娘　先生莫要过奖。

13. 曲阜街市（日，外）

【公输洪赶着绛娘的马车，在街市上行走。

14. 马车（日，内）

墨　翟　小姐！……

绛　娘　叫我绛娘吧。

墨　翟　好，绛娘，别看我造了那么多的车，可是我，还是第一次乘这么好的文车。

绛　娘　如果在一个地方待久了，就不会有什么第一次，要是能常常换一换地方，就会有好多的第一次。我随着叔父去楚国、魏国、宋国，还有东边的齐国，西北的秦国，北方的赵国、燕国，在那些国家，我就遇到过好多的第一次呢！

墨　翟　能去那么多的地方真好，我迟仲老师说，要读万卷书，行万里路。

绛　娘　如果你也想游历各国，真的可以跟着我叔父做一做工匠。

墨　翟　可惜，做匠和习天文，不可兼得。

绛　娘　既然世间还有不可兼得之物，那你的兼爱又如何可行？

【墨翟对绛娘的突然提问没有任何准备，他愣了一下。

墨　翟　这个题目，要找时间慢慢谈。

15. 司星官府邸（日，外）

【绛娘的马车向司星官大门口驶去。马车当门停下，坐在车门另一侧的墨翟先下了车。公输洪递上车凳，绛娘下了车。

【墨翟一看大门洞开，回头看着绛娘，绛娘也不知为何，正在迟疑。门里走出一位老者，正是那位史佚门人。

公输洪　请向史佚大人通报，公输家小姐求见！

【史佚门人只是摆手。大家都有些纳闷。

【史佚门人要关门，公输洪不肯，迅即把门推开。两人在僵持中。

绛　娘　老者，你只管通报，大人不见，你如实告知我们就是了，怎好一言不答就……

史佚门人　小姐，我家大人与公输先生交往甚密，实在不该相瞒。可是，上午这位先生来见，没有相见，现在公输小姐来见，也见不到了……

【史佚门人说着，声音哽咽起来。

绛　娘　老者，莫非发生了什么事情？

【史佚门人痛苦地摇头。

绛　娘　到底发生了什么事？

史佚门人　……刚才，季孙氏……以大人所报天象不实……将大人收押了……

【史佚门人说着哭着，要把门关上。墨翟上前一步。

墨　翟　请老者通报，为救大人出狱，公输家小姐求见夫人！

【绛娘和老者都一愣。

史佚门人　……哦，我这就去！

　　【史佚门人走了两步，回过头来。

史佚门人　小姐、先生还是随我一道来吧。

　　【绛娘和墨翟进门。

　　【绛娘对眼前发生的一切虽然惊讶，但是还能理解。可是她对墨翟在这突然事件面前表现的冲动，显然准备不足。好像不认识似的，重新审视地盯着墨翟。

16. 司星官府邸客厅（日，内）

　　【司星官夫人，40岁。

　　【史同，司星官之子，18岁，自幼随父亲观测记录天象，对天文已相当通晓。

　　【厅内摆设简洁，但是醒目地悬着一幅二十八宿天象图，还有一些《易》书的标识。

　　【史佚门人带进绛娘和墨翟。史佚夫人与公子史同正在哭泣。

史佚门人　夫人！

　　【史佚夫人抬起头，看着未经通报进来两位客人，心中一惊。

绛　娘　史佚夫人！

史佚夫人　是你？公输小姐！……

　　【史佚夫人抱住绛娘就哭了起来。绛娘陪着伤心。

绛　娘　夫人，他们为什么要拘押史佚大人？

史佚夫人　……公输小姐，司星官冤枉哪！……

绛　娘　到底是为什么？

史佚夫人　季孙氏要修建宅邸，让司星官测得吉日？司星官报去，说明年三月十五日没有不吉天象。可是上午来了一帮人，说有官员测得有月食。他们为此弹劾司星官，说他有意陷害鲁国执政，犯有死罪，不容分说，就把人……押走……

绛　娘　明年三月十五日还没有到，有没有月食，谁说了也不算，他们以此拘押人，根本站不住脚？

史佚夫人　公输先生是我家上客，我也就不背你了。他们拘押司星官，是因为他，两年前，得罪了季孙氏。

　　【绛娘和墨翟交换了一下眼色。

史佚夫人　两年前，季孙氏要司星官替他找到天象，佐证季孙氏可以篡夺鲁国君权。你知道，史佚这个人，只认天，不认人哪！他说找不到鲁国有"易君"天象，把季孙氏一口回绝了。这不就从此埋下了祸根啊……

墨　翟　夫人，来拘押司星官的，是什么人？

史佚夫人　（端详后，侧向绛娘）这位是……

绛　娘　夫人，刚才忘记引见，这位是叔叔的门人墨翟，他对司星官非常敬重，所以，陪我一起看望夫人！

史佚夫人　难为你们了，敢在这个时候登门！几次来的，都是季孙氏家宰索纪。

史　同　刚才押解父亲的，并非狱官，只是索纪的几个家丁！

墨　翟　夫人，你放心，我们一定会想办法，尽快把消息告诉公输先生。虽然他远在他乡，也定会尽快赶回来，拯救司星官！

史佚夫人　……谢谢你们！……那真是太谢谢你们了！

17. 马车（日，内）

墨　翟　绛娘，实在对不起。刚才没有征得你的同意，我就包揽救人，请你原谅我的莽撞。

绛　娘　先生，我想你岂止是莽撞，简直是夸下了海口！

墨　翟　我并没有说大话……

绛　娘　你一个正在寻求自救的人，如何去救一个鲁国在位的高官？

墨　翟　所以，还要烦劳公输一家。

绛　娘　你怎么就断定我会给叔父报信？又怎么断定我叔父会赶回来相救？

　　　　【墨翟不语。

绛　娘　你不仅做了我的主，还做了我叔父的主，而且就是我和叔父让你做主，我们又如何救得了一个得罪了鲁国执政的司星官？

墨　翟　我坚信。

绛　娘　你坚信什么？

墨　翟　我坚信，你们公输家都有"兼爱"之心。

绛　娘　你就那么坚信？

墨　翟　坚信。

18. 曲阜街市（日，外）

　　　　【公输洪扬起鞭子，打了一个响鞭。马车快速而匀速地跑得更欢。

　　　　【马蹄轻盈地踏在碎石铺就的路上，嘚嘚向前。

19. 公输府邸客厅（日，内）

　　　　【绛娘和墨翟走进客厅，他们边走边说。

墨　翟　……拯救司星官不是一件小事，我们得好好商量一下……

绛　娘　好的。先生如果不嫌弃，就在府上住下吧。

墨　翟　不，我还是回尼山书院去住。

绛　娘　那我们怎么便于商量拯救司星官之计？

墨　翟　（犹豫了一下）也好。

绛　娘　书房在那，我们可以共同使用。请随我来。

20. 公输府邸绛娘书房（日，内）

【绛娘领墨翟来到她的书房。浓郁的书卷气和闺房气扑面而来。

墨　翟　怨不得绛娘学问惊人，原来日日与书简相伴。

绛　娘　我这里只能读书，不像先生的书房，简直就是一个作坊。先生能读书，还能做事，文武不挡。

【墨翟已经拿过书简，专注地翻着。

绛　娘　我说，你这个人哪，怎么顷刻之间，就成了要去拯救一位，你并不相识的司星官了？

墨　翟　（看书）司星官的事，比什么事都紧急。

绛　娘　可是，这种拯救，是你力所不及，是我力所不及，恐怕也是我叔叔力所不及的。

墨　翟　我们总会有办法的。

绛　娘　可是，先生怎么就断定，明年三月十五日一定没有月食出现？我从《春秋》中，多次见到出现日食的记载，242年中大概有几十次吧？

墨　翟　对，绛娘记得不错，是36次。

绛　娘　这么说，平均七年不到，就有一次日食出现？可是，为什么没有关于月食的记载呢？

墨　翟　比起日食，月食还是比较常见的。

绛　娘　那明年三月，岂不是很容易出现月食吗？万一碰到怎么办？

墨　翟　（笑笑）这样的事，没有万一。出现就是出现，不出现就是不出现。

绛　娘　是呀，有无月食出现，是我们拯救司星官的要害，要是真的出现了月食，我们用什么办法也没有用啊？

墨　翟　是呀，要是出现了月食，索纪的无理就成了有理，他一定会置司星官于死地。

绛　娘　哎呀，那我们怎么办？

【墨翟沉默不语。

绛　娘　你快说呀？先生，你快说嘛！

墨　翟　我说了，绛娘会相信吗？

【绛娘错愕地看着墨翟。

第二十集　月食之测

1.公输府邸绛娘书房（日，内）

墨　翟　绛娘，我也喜欢观望天象，已经测得明年三月，没有月食出现。

绛　娘　（惊讶地）是吗？真的？

墨　翟　所以我才冒昧主动请救。

绛　娘　既然这样，明天我就派人去魏国送信，把司星官突遭羁押的事告知叔父，叔父定会立即赶回。还有，我希望，你把三月有无月食的事，再演算准确。等到叔父回来，由你演算天象证理，由叔父向大司寇求情，我们才能万无一失。

墨　翟　绛娘真是女中豪杰！

绛　娘　先生才是一代平民圣人！

墨　翟　绛娘，你说什么？

绛　娘　你没听错呀，我说先生是一代平民圣人！

墨　翟　你疯了……

绛　娘　刚才回来的路上，我就想，天下十人中有一个墨翟，这一个墨翟的言行就足以融化九人之间的隔膜和不睦。如果墨翟的言行能推而广之，也许能让人间的种种丑行，大为收敛。所以，我想到，先生何不自成一家，名正言顺地去讲墨翟的"兼爱"之说呢？

墨　翟　绛娘，你真的疯了！

绛　娘　我问你，先生京城读书两年，在争辩中你不曾屈服于人，反而越是倔强，这可是实情？

墨　翟　是的。

绛　娘　既然是实情，那么结论只有两个，一个是你的思想，已经渐成体系，具有了立一家之言的资格。另一个是你患了疯癫好辩症。

墨　翟　对，当不住，是我疯了！

绛　娘　是我疯了，还是你疯了，暂且搁置。眼前要做的，是救人的疯话已经出口，我们就得赶快去做起来！

墨　翟　好，我这就赶回尼山书院，那里有一个尼山七星石观星台。

【墨翟站起要走。

绛　娘　先生且慢，我与你同行。

墨　翟　绛娘，这种天象观测，是要通宵达旦的，你……

绛　娘　拯救司星官是我们两个人的事，我不看着你测定了天象，怎么能给叔父报信？

墨　翟　好，走吧。

绛　娘　我去拿些东西。

2. 公输府邸（夜，外）

【已经在马车上等候的墨翟，接过绛娘递过来的手巾包。

【穿上斗篷的绛娘上了车。马车启动。

3. 马车（夜，内）

墨　翟　这是什么？

绛　娘　我让她们拿些消夜来。

墨　翟　是绛娘要用？

绛　娘　我们两个用呀！

墨　翟　我不用。小姐请自用。

绛　娘　我这是在楚国养成的习惯，如果熬夜，定要消夜。

墨　翟　我是不能吃得太多，否则老要睡觉。

绛　娘　我知道，你的观念是"肉食者鄙"。

墨　翟　（谐谑地）有人说，我认为吃肉多的人傻，是因为自己吃不着肉。

绛　娘　（谐谑地）对，你就是吃不着葡萄，就说葡萄酸嘛。

墨　翟　所以这话不可外传哟！

绛　娘　唉，先生，你没去过南方吧？

墨　翟　没有。

绛　娘　去的地方多了，心里老有一种感觉，是那次听到你说"兼爱"，才把我这种感觉总括起来。这人与人之间，是爱，还是不爱，这是多么的不同！而爱之中，还分爱人和爱己。这爱人之中，又分了兼爱和仁爱。这么多道理，如果不辨，岂能明晰？如果不做，岂能区分？今日我跟着先生，去做兼爱之事，真是平生没有的高兴！

【墨翟看着绛娘由衷地感慨，心中也是美好。

4. 尼山七星石观星台（夜，外）

【尼山，是一座小山，登上主峰，山石垒叠，有七块巨石，如几如案，好似一座天然的观象台。在这里，日月星辰尽收眼底，一轮明月升上天空。

【墨翟坐下来，仔细观察着星空。绛娘静静地坐在他身旁。

绛　娘　……先生，古人说了许多世道主于天道的话，你信吗？

墨　翟　这苍天，太大，我们知道得太少。我是宁肯信其有，不肯信其无。

绛　娘　是呀，《春秋》中记载的日食，都是与世道相应的。

墨　翟　所以，我不信也得信。至少，我们现在要测准的月食，是与司星官的生死连

　　　　【墨翟借着月光，在竹简上不停地做着记载。

绛　娘　《诗经》中有"彼月而食，则维其常"的记载，表明古人对月食，有些战战兢
　　　　兢。那日食呢？

墨　翟　古人把日食与世道的关联，看得比月食更重。

绛　娘　好像《易经》上说"月盈则食"……

墨　翟　对，月食总是发生在望月之时。今日正是十二月望月，观察今日月亮升起的
　　　　时间和运行轨道，就能推定此后的第三个望月。我们来得正是时候。你看……

　　　　【面对浩渺的夜空，墨翟如醉如痴地看着。

绛　娘　……先生！先生！……

　　　　【墨翟没有听见。绛娘解下斗篷，给墨翟披上，然后如醉如痴地看着墨翟。

　　　　【公输洪过来叫着绛娘。

公输洪　小姐！小姐！

　　　　【绛娘也没有听见。

5.墨翟卧室（夜，内）

　　　　【栀妹夜半起身，披上衣服，出来。

6.墨翟院子（夜，外）

　　　　【栀妹凝视着夜空。

7.尼山七星石观星台（夜，外）

　　　　【月朗星稀，东方有些发亮。绛娘听见公输洪叫她。

公输洪　小姐，天都快亮了！

　　　　【墨翟听见说话声，发现绛娘陪了他太久。他把斗篷还给绛娘。

墨　翟　绛娘，你先回吧！

绛　娘　哪有同来不同去的道理？我们一起走。

墨　翟　现在已经可以断定，明年三月十五没有月食。你赶快回去给公输先生送信。
　　　　我还要在这，再连续观察三天，住在尼山书院才方便。

绛　娘　也好，我回去给叔父送信，三天之后，我来接你。

墨　翟　不用了，我会自己去的。

　　　　【绛娘把斗篷又给了墨翟。

　　　　【墨翟送绛娘上车的时候，悄悄把斗篷放在了车里。

8.墨翟院子（夜，外）

　　　　【栀妹在院中，看着夜空，心中充满欣悦。

9. 车上（夜，内）

　　【车上的绛娘，发现墨翟留在车上的斗篷，拿起来不禁慨叹。

10. 尼山书院社稷场（夜，外）

　　【早起的禽滑釐，正在练功。墨翟过来，二人就势一番搏击。少顷，收了架势。

禽滑釐　……师兄，怎么样？史佚大人答应收你为徒了？

　　【墨翟摇了摇头。

禽滑釐　那为什么？

墨　翟　我要去找大司寇。

禽滑釐　去找大司寇？

墨　翟　对，去找鲁国执法的最高长官大司寇！

禽滑釐　那，我跟你一起去，也去见识见识这司寇正堂！

墨　翟　好。

　　【墨翟和禽滑釐的身影，消失在黎明的山路上。

11. 大司寇典房（日，内）

　　【士师甲：四十余岁，鲁国大司寇属下的办案官员。

　　【士师乙：三十岁，鲁国大司寇的办案属官。

　　【墨翟和禽滑釐站在大司寇典房，两位称为士师的官员面前。

士师甲　案前站立者，可通报姓名！

墨　翟　我是公输般门人墨翟！

士师甲　那一位呢？

禽滑釐　我是孔门弟子子张门人禽滑釐！

士师甲　你们有什么申诉，尽管讲来！

墨　翟　我想请教，大司寇典刑，对官员犯罪如何纠察？

士师甲　《周礼》明文规定为"尚能纠职"，这是从无疑义的。不知二位申诉何事？

墨　翟　我想问，自从史角来到鲁国，他们世代都有功于鲁国，为何突然将司星官史佚无罪羁押？

士师甲　季孙氏家臣索纪，把司星官投来狱中的事，你们也听说了？

墨　翟　有没有月食，这是一种争论，不构成有罪。三个月后，如果出现月食，证明司星官失职，再办不迟，怎么可以此刻无罪羁押？

士师甲　……是呀！司星官现在并没有罪……不过……

墨　翟　我看出来，你们也有难言之隐？

士师甲　实话对你们讲，这抓人本来是我们典房的差事，索纪越权抓人，又没有证据……可是送来，我们也不能不收。

禽滑釐　那你们岂能拿国家的律条当儿戏？

士师甲　小兄弟，你不知道，就算是索纪错抓了司星官，如果我们把他放了，那才是儿戏！我告诉你，只能错抓，不能错放，否则国体无存。

墨　翟　我倒有一个办法……

士师甲　你能有什么办法？

墨　翟　我有一个办法，既让你们不要羁押无罪的司星官，又令你们在季孙大人家臣那里不至为难。

士师甲　那你快讲讲看！

墨　翟　你们先放司星官回家……

士师甲　这算什么办法？

墨　翟　我愿意代司星官受牢狱之苦……

禽滑釐　（拉拉墨翟衣角）师哥！……

士师甲　你要自投狱中？为什么？为什么呀？

墨　翟　因为我也测得，明年三月望日没有月食，既然我犯有与司星官同等之罪，我愿意自代羁押，等待那轮当空的皓月为我洗刷冤情！

【士师甲与士师乙对视片刻。

士师乙　这倒是一个解脱司星官的办法……

士师甲　不过，这事我们可是做不了主，要司寇大人定夺。

墨　翟　就请二位，现在去禀报司寇大人。

士师乙　这样吧，等我们商量后再告诉你……

墨　翟　我要看着司星官现在就走出牢狱……

禽滑釐　师兄！……师兄！……

士师甲　我问你，你和司星官是什么关系？

墨　翟　未曾谋面。

士师甲　既然不沾亲不带故，为何要自代羁押？

墨　翟　我和你们一样，只为公正。

士师甲　真是个年轻的义士！

士师乙　年轻人，可要想好了，寒冬腊月在牢狱坐三个月，不死也得脱层皮！

士师甲　我这就去给你问问。

墨　翟　谢二位士师，我等待司寇大人的决断。

【士师甲和士师乙走出典房。

禽滑釐　……师兄！你怎么能？！……

墨　翟　我就不能无动于衷！以前我只知道民间有不平，远没想到官家也有如此不平！鲁国执政因月食而羁押司星官，是自古无有的苛政！

禽滑釐　公输先生很快就会回来，我们很快就会有更好的办法……

墨　翟　可是司星官已是半百之人，怎能经受得住严寒的牢狱？

禽滑釐 师哥，你别忘了，在曲阜盯着你的，还有个索纪！……

墨　翟 所以，我们越过索纪，直达司寇正堂！……

禽滑釐 那要是大司寇，也置正义于不顾？……

墨　翟 无论怎么说，明年三月望月不会有月食出现，这是谁也更改不了的。

12. 索纪府邸客厅（日，内）

【索纪和索公子正在谈论着。

索公子 ……父亲，我们已经顺利羁押了史佚，下一步，是不是，我们就可以向大司寇发动进攻了吧？

索　纪 暂时还不行。

索公子 父亲还怕他不成？

索　纪 看来我儿还不懂得为官之道。

索公子 儿子早就盼望父亲给予面传亲授。

索　纪 其实这为官之道，很简单。

索公子 简单？那为什么为官的少，为大官的更少？许多人为了为官，费尽了心思，也一无所成？

【索纪指着桌子上的一把烧制精巧的茶壶。

索　纪 你想要这把茶壶吗？

索公子 想要。

索　纪 如果它在索获母亲房里，你怎样把它弄到手？

索公子 我请父亲去要。

索　纪 好儿子，你学为官之道一点就通呀！

索公子 这是我三岁就懂得的事情，可我看不出其中有为官之道呀？

索　纪 千条万条，你就记住一条，巴结一个人，霸道天下人，不能做君主，宁肯当恶狗。

【索公子似乎明白，又似乎不太明白。

索公子 那这个人，要是不受巴结呢？

索　纪 凡是有权力的人，十之有九，是喜欢巴结的。这巴结的内容是很多的。比如，经常递个悄悄话呀、提供一些好处呀、有事没事说两句顺耳的……最重要的是，要死心塌地为你所巴结的人办事效力。这是权力场上的第一秘诀。

索公子 那第二秘诀呢？

索　纪 这第二秘诀嘛，就是……

【索公子正听得津津有味，忽然管家进来。

管　家 大人！

索　纪 有什么事，以后再说！

管　家　大人，季孙氏大人有请。

【不以为然的索纪立即变了一张脸，急忙应招而去。

13.大司寇府邸客厅（日，内）

【大司寇，50岁开外，相貌端正，为人善良。

大司寇　……你说的都是真的？

士师甲　都是真的，他是要求自代羁押。

大司寇　这个要求自代羁押的，是什么人？

士师甲　回大司寇，他自称是公输般的门人？

大司寇　哦？公输般的门人？

士师甲　对，他长得身强力壮的，有浩然之气哪！

大司寇　既是公输般的门人，也是公输般的意思，你们就按他的要求办好了。

14.牢房（日，内）

【史佚坐在草铺上，士师甲、士师乙颇为恭敬地走上前去。

士师甲　司星官大人，经大司寇同意，你现在可以回府了。

【史佚倔强地把头扭过去，不予理睬。

士师甲　大司寇说，如明年三月望日，月食确未发生，大人的事，就自然了结……

史　佚　了结？谁把我史佚抓进来，谁来跟我史佚了结！

士师甲　你是有人弹劾并扭送而来，我们也没有办法……

士师甲　请司星官大人回府吧！

史　佚　我不出去！我倒要看看，那个把我送进来的人，怎么向季孙氏大人交代？

士师甲　不瞒司星官，索纪大人是打着季孙氏大人的旗号，强令我们把你羁押的。我们大司寇就是想放你，也得等到明年三月，证明确实没有月食出现之后。现在提前释放，是有一位天文观测者，愿意自代羁押，换取司星官的自由。

史　佚　（扭头）哦？！

士师甲　这位天文观测者表示，届时如有月食发生，愿与司星官一起以亵渎罪陪斩。大司寇觉得，有一个人替进，我们也好应付索纪大人的刁难。司星官大人要是不走，岂不让那位天文观测者，白白送来羁押？

司星官　鲁国善观星者极少，这位体恤老朽者，是哪位大恩大德的官人？

士师甲　此人只是出于正义，不愿告知姓名……

司星官　（自言自语）都说我只观天上，不见人间，今日方知人间善恶冷暖……

士师甲　请司星官回府吧！

15.牢狱（日，外）

【墨翟、禽滑釐，目不转睛地看着司星官从里面出来。司星官目不斜视地从他们身边走过。

士师乙　墨先生，得委屈你了，请吧！

墨　翟　士师大人，既然是羁押，就得准许我读书，给我在监内庭院观测天象的机会。

士师甲　这个好说，不用请示，我们就能做主。

禽滑釐　（泪流满面）师哥！……

墨　翟　我需要的简书和生活用品，你日后给我送过来！

禽滑釐　小弟明日就送来……

　　【墨翟点头，径直向牢狱里走去。士师乙跟在后边。

禽滑釐　（忍不住大哭）师哥！师哥！（追上去）我跟你一起去，也好有个照应……

墨　翟　你跟我进来，那些事谁去办？记住，羁押狱中之事，不可让栀妹知道，也不可让公输家知道……明年春天来到的时候，我们一定能相会！

　　【墨翟拍拍禽滑釐的肩膀，大踏步地向牢狱走去。

16. 索纪府邸客厅（夜，内）

　　【索纪和索公子谈着。

索公子　……父亲上次谈到第二个秘诀。

索　纪　这官场的第二个秘诀，就是选准一个权力最大的人，向他靠拢。

索公子　儿子记住了。

索　纪　那要是你的权力人向你提出十件事，你都替他去做吗？

索公子　当然，当然都要去做，而且都要尽心尽力去做。

索　纪　你做得过来吗？

索公子　……是……做不过来……可是……

索　纪　这时候，你就反过来想一想。

索公子　反过来想？

索　纪　既然你甘为人腿，靠自己的两条腿是跑不过来的。所以，你为人腿，也得人为你腿，你得随时寻找和收买食利者。这些食利者，不辨《周礼》，不管仁义，只要有利就任你驱使。这样，你就会没有办不成的事情。

索公子　对，他们就是"狗腿子"，我一定要多多地找些狗腿子。

索　纪　对这些食利者，不可只求数量，必须培植死党。

　　【管家从外匆匆而入。

管　家　……禀报大人，被羁押的司星官，昨晚被大司寇释放回家！

索　纪　什么？……反了！你去给我问问大司寇府，他们谁敢放人？

管　家　我问过一个经办此事的士师，他说，有一个天文观测者，所测与司星官观测相同，愿以自代羁押顶替司星官出狱。

索　纪　这就怪了，鲁国很少有天文观察者，不知是哪个不怕死的官员？

管　家　大人，不是官员，是墨翟！

索　纪　墨翟？就是那个泮宫的修车匠墨翟？

管　家　正是那个墨翟！泮宫演练"六艺"，放走殉葬女，两次连连逃脱的墨翟！

索　纪　那个墨翟，伐木、骑马、驭车还行，要讲天文，恐怕月亮从东面出来，还是从西面出来，他都弄不清楚，怎敢替代羁押的司星官？

索公子　父亲不知，墨翟可是一个有学问的人，泮宫生员能赶上墨翟的，还找不到一个人……上次他竟然替尼山书院复制了欹器，我对他的学问，都摸不着底呀。这回，他可是自投罗网！

索　纪　要真是这样，那倒可以借此，把两个与季孙大人作对的人一网打尽！

索公子　对，一网打尽！

索　纪　（对管家）你先去吧。

　　　　【管家走了，索纪继续。

索　纪　这权力场上，还有第三个秘诀，就是一网打尽！你要记住，要不惜代价消灭一切反抗者。有一个反抗者，就会诱发一群人的反抗欲望。下死力打掉第一个反抗者，就是为打掉所有反抗者制造声威。我之所以用心打掉司星官，就是运用这权力场上的第三秘诀。

索公子　今日，儿子得父亲真传，我们索家也称得上是家学渊源啦。

索　纪　子承父业嘛……

17.公输府邸（夜，外）

　　　　【禽滑釐来到公输大门外，见大门紧闭，情急之中，跃上高墙。

18.公输府邸（夜，内）

　　　　【禽滑釐溜进庭院，寻找着。看见有个亮灯的房间，过去一看，是公输绛娘正在灯下读书。禽滑釐犹豫了一下，还是敲了门。绛娘以为是丫鬟。

绛　娘　……进来吧，还没睡呢。

　　　　【禽滑釐出现在绛娘面前，绛娘大惊。

绛　娘　……你……什么人？……

　　　　【禽滑釐连忙行礼。

禽滑釐　公输小姐莫怕！

绛　娘　你……你要干什么？

禽滑釐　我是墨翟的师弟，叫禽滑釐。师兄叫我小禽子！

绛　娘　墨翟从来不做如此非礼之事，要观其人，但观其友，墨翟不会有你这样的朋友！

禽滑釐　小姐……小姐你听我说……

绛　娘　你赶快出去，不然我可要叫人了！

禽滑釐　我有急事相告……

绛　娘　出去！出去！

禽滑釐　小姐要是眼看着墨师兄身陷囹圄而不管，我这就出去！

绛　娘　你说什么？

禽滑釐　我师兄已经身在牢狱！

绛　娘　不可能，我们今晨刚刚分手！

禽滑釐　看来，就是在你们分手之后，他让我和他一起去了大司寇典房，要求自代羁押，换回了司星官史佚大人！

【绛娘知道禽滑釐说的全是真话了，她心痛而又突然觉得无奈。

绛　娘　……既然你陪他同去，为何不阻止先生这种不要命的做法？

禽滑釐　我师兄想干的事，谁能拦得住？

绛　娘　那你找我又有什么用？

禽滑釐　师兄多次提到你，说小姐是一个不凡的女士人，对你十分敬重。我是万般无奈，才冒昧来求小姐！

【绛娘呆呆地愣着，泪水潸然而下。

禽滑釐　小姐，哭是没用的，我们赶快想办法吧？

【说着，禽滑釐自己也哭了起来。

禽滑釐　……师兄啊师兄！……

【绛娘让禽滑釐哭得清醒过来。

绛　娘　小先生！……小先生！哭是没用的，我们赶快想办法吧！

【禽滑釐忍住悲伤。

绛　娘　小先生，今天早晨，我已经给我叔父捎信，告知史佚大人被羁押，请他立即回来相救……

禽滑釐　信使乘的是快马？

绛　娘　当然是。

禽滑釐　我要是也骑一匹快马，日夜兼程，明天早上就能追上他，把先生自代羁押的事，也一并告诉你叔父，请他回来直接去见大司寇。

绛　娘　好呀！我给你备马！

禽滑釐　可是我与师兄已经约好，明天给他送些日用品和书简。

绛　娘　那我去送！

禽滑釐　不是我不放心你去送，实在是我有一身，几十个人不能近身的武功，我去牢狱，若是发现有什么不好，可随时把师兄劫持出狱。

绛　娘　你怎么不早说，我这就去魏国！

禽滑釐　有劳小姐搭救我的师兄！禽滑釐来日定然相报！

绛　娘　你的师兄？还是我的老乡呢！什么时候了，还礼来礼去的？！快！

19. 公输般府邸（夜，外）

【禽滑釐牵着一匹健壮的高头大马，寒冷的夜色中，打着响鼻的马，跃跃欲试。

【一身男装的绛娘出来。禽滑釐双手叠加在一起，做了个马凳，绛娘一脚搭上，飞身上马。禽滑釐把缰绳交给绛娘，绛娘打马而去。

【禽滑釐看着马术并不熟练的绛娘消失在夜色中，心中甚为不安。

20. 尼山书院社稷场（黄昏，外）

【禽滑釐在跑木桩。一人多高的木桩子，禽滑釐在上面飞身行走，脚不沾地。他时而跳跃，时而屈蹲，时而劈叉，时而翻上翻下地运足力气，把木桩一根根打断。显然，他在把木桩当作狱卒，准备一场肉搏大战。

【索获远远地找来。他被禽滑釐的身手惊呆了，但还是急急忙忙叫住了禽滑釐。

索　获　禽师弟！禽师弟！

【禽滑釐不得不停下来。

禽滑釐　我不是跟你说了嘛，要是公孟子打听我，就说我去陈国子张夫子故地了。

索　获　你可是要去救墨师兄？

禽滑釐　你怎么知道？

索　获　今天我回家，听我兄长说，墨翟已经被关进典狱房了！

禽滑釐　不是被关进的，是墨师兄为冤屈的司星官史佚大人，自代羁押的！

索　获　怨不得我兄长说，墨翟这回死定了！我看，他们好像有什么阴谋？

禽滑釐　什么阴谋？

索　获　我也不知道，本想在家里多留一时，也好打听打听。可是他们都瞒着我，好像我的回家，也是多余。我想，还不如回来先告诉你，也好商量个办法。禽师弟，你说……

【禽滑釐顾不得再说，不顾一切地向曲阜跑去。

索　获　……禽师弟！……禽师弟！……你去哪？！……

21. 牢狱（夜，外）

【禽滑釐来到监狱墙外，利用一身轻功，飞身上墙，高高的墙头，在他脚下如履平地。禽滑釐从墙上下来，寻着墨翟羁押的地方找去。

22. 牢房（夜，内）

【狱卒正在打瞌睡，禽滑釐悄悄地溜了进来。

【墨翟借着月光，在看书。

禽滑釐　师兄！

【墨翟抬头一看，禽滑釐利用缩身功夫，从木栅中钻了进来。

墨　翟　师弟！好身手！

禽滑釐　师兄，跟我走吧！

墨　翟　你别胡来？！我要是走了，他们还会重新羁押史佚大人。

禽滑釐　索纪他们要害你！

墨　翟　这是国家的典狱房，不是索纪的私人牢房，他索纪有这个心，也没有这个胆！
倒是我一走，岂不让索纪当作通缉犯，到处捉拿了吗？师弟，你怎么进来的，
还给我怎么出去。有空来送书，只要书不断，就是你的功劳……

　　【正说着，狱卒起身巡查。禽滑釐一步上了房梁，把后背紧紧吸在房顶。

　　【狱卒看了看正在看书的墨翟，又去睡觉了。

　　【禽滑釐从房顶下来，还想说什么，墨翟让他快走。

23. 途中（日，外）

　　【一辆马车在山路上疾驰，车夫扬鞭催马。公输般从车窗探出头来。

公输般　再快一点！再快一点。

24. 曲阜西城门（日，外）

　　【眼看公输般的马车到了曲阜西城门。

公输般　不走西门，从东门进城，直接去大司寇府邸……

　　【车夫催马扬鞭，马车向东面驶去。

25. 大司寇府邸客厅（日，外）

　　【公输般在大司寇门人引领下匆匆来到客厅。

26. 大司寇府邸客厅（日，内）

大司寇　公输先生！你这是从哪里来？这么急急忙忙，有什么事？

公输般　大事！

大司寇　莫非是我的宅邸还要修葺？不是你刚刚修葺一新的吗？

公输般　司寇大人，我从魏国赶来，家门未入，就是专门来告诉你，以后你修建宅邸，
得另寻他人！我把丑话可说在前头了。

大司寇　哦，不知老夫如何得罪了？

公输般　你羁押了司星官，我这匠人不靠他测定良辰吉时，如何敢修房建宅？

大司寇　嗨，怪不得你火气这么大！

公输般　火气？今天你要是不给我讲清楚……

大司寇　你这个大匠人，自己已经派门人来自代羁押了，还要我讲什么清楚？

　　【公输般以为他要搪塞自己。

大司寇　老朽也为索纪羁押司星官大人，愤愤不平，但也无能为力。不想，你派门人
自代羁押，这真是有勇有谋啊！公输先生义门出侠徒，老朽自愧不如，自愧
不如呀……

公输般　大司寇，你为何要如此搪塞，我公输般从不授徒，哪里来的门人？

大司寇　……是……是士师报来，说是你的门人，我才破例同意的，咱们朋友一场，此事岂能乱说？

公输般　大司寇所说这门人姓名？

大司寇　……来人呀！（一家人应声而入）你立马去大司寇官衙，向士师问明，前日自愿替代司星官羁押者的姓名，快快报来！

　　【家人应声而去。

公输般　司寇大人，我这次应邀去魏国，替他们勘测一处别宫，他们所赠礼品，都是贵重工艺物品，在下愿与大司寇分享……

　　【公输车夫将礼品捧进。

大司寇　公输先生，别人讲的是"先礼后兵"，你今天对我用的却是"先兵后礼"。要是老夫不释放司星官，这礼品嘛，也许就与我无缘了吧？！

公输般　大司寇莫要取笑我公输般，这营造宫殿之事我会做到分毫不差，这官场上的事，我就一窍不通了。既然你我交情不浅，你就得让我先放炮……

大司寇　对，先放炮，后送礼……

　　【两人哈哈大笑，气氛宽松了许多。

家人　（进来）禀报大人，那位自愿替代司星官羁押者，名叫墨翟，现已羁押在监！

　　【公输般瘫在椅上。

第二十一集　公输义救

1. 大司寇府邸客厅（日，内）

　　【公输般听说墨翟已经被羁押，瘫在椅上。

大司寇　公输先生，我知道，你是又想救朋友，又心疼自己的门徒，但是我这里，总得有一个人，才好向索纪那条恶狗去搪塞……

公输般　我明白老兄的苦衷。只是这墨翟，是我一生所见的难得奇才！

大司寇　哦？如何奇才？

公输般　我的技能如何？

大司寇　那还用说，天下闻名的鲁班嘛。

公输般　可是天下技艺有能比肩我公输者，唯有墨翟一人！

　　【大司寇认真听着。

公输般　墨翟正在尼山书院就读，假托"公输般门人"自代羁押是出于正义！他的父母死于齐军的抢掠，而他却费尽了所有的心思，相助每一个靠近他的人，我们这些做长辈的，连一个失去双亲的孤儿，都不能保护吗？一个孩子尚能把自己一无所有的力量给予别人，我们这些有权有势的大人们，就舍不得给这个孩子一点点相助吗？

　　【公输般说着，老泪滚落双颊。

　　【大司寇也被公输般的情绪感染，思索片刻。

大司寇　公输老弟，明年三月望日，待月落西山，并无月食发生，我把一个完好的墨翟亲手交给你，这总可以了吧？

公输般　墨翟要是少了一根毫毛，你就别指望我公输般，此生再认你这个朋友！

　　【公输般说完起身就走。

大司寇　老朽今日已经领教了……

　　【大司寇笑着陪同公输般一起走出客厅。

2. 牢狱（日，外）

　　【禽滑釐来到牢狱大门，径直往里走。狱卒拦住他。

禽滑釐　我常来常往，为何要拦住我？

狱　卒　大司寇有令，任何人不得见墨翟！

禽滑釐　我昨天还见了，今天怎么了？

狱　卒　大司寇有令！不要啰唆！

【禽滑釐急得团团转，只好走了。

3. 公输般府邸（日，外）

【禽滑釐来到公输家，一看大门紧闭，使劲敲了敲门，没有开门。想到准是公输般和绛娘都没有回来，禽滑釐蹲在地上，绝望地放声大哭。

【公输般的马车过来，下了车，看见门口有一个孩子模样的人在哭。

公输般　孩子，为什么哭呀？

禽滑釐　（猛醒）……先生回来了？先生回来了！

公输般　你是谁呀？

禽滑釐　公输般大人，救救我师兄！救救我师兄！

公输般　你师兄是谁呀？

禽滑釐　狱卒不让我见，他们要下毒手啦！

【公输般明白了。

公输般　来吧。

4. 公输般府邸客厅（日，内）

禽滑釐　……我师兄被羁押，我每天都去看他，今天狱卒不让我进……说是大司寇的命令。我听说，索纪要在狱中害死我师兄啊！公输大人！怎么办！怎么办啊！……

公输般　你叫什么名字？

禽滑釐　（哭着）……师兄……叫我……小禽子……

公输般　我也叫你小禽子吧。我说小禽子，你先不要哭……

【禽滑釐勉强止住了哭泣。

【绛娘风尘仆仆地进来。

绛　娘　叔父！你回来了！

【绛娘说着就去喝水。公输般见绛娘回来，反而一脸的不快。

公输般　绛娘！

【正在喝水的绛娘，听见公输般严厉的声音，有些吃惊。

绛　娘　叔父？

公输般　你如实告诉叔父！

绛　娘　怎么了？

公输般　你对"匠人之子恒为匠"的说法，是赞成，还是反对？

绛　娘　叔父，这还用问吗？

公输般　问，要问，一定要问！

绛　娘　侄女以为，这是人间的不公！我们公输祖出匠家，我们目夷染坊以匠为业，我就是读了一点圣贤书，也不会数典忘祖呀？叔父今天怎么了？

公输般　既是这样，你寄书给我，不等我回来，为何让墨翟去狱中替代羁押？

绛　娘　叔父，侄女愚钝，却不敢出此下策。

公输般　这么说，是墨翟自己要这么做的啰？

禽滑釐　公输先生，不要错怪了小姐，我师兄的主意是谁也劝不住的……索纪老贼两次想杀害师哥没有得逞，这次索纪老贼要在三月望日之前，把我师哥杀害狱中啊……

公输般　你的消息确切吗？

禽滑釐　是索纪的庶出公子亲口告诉我的……

【绛娘手中的杯子"啪"地掉在地上。

5．任工师家（夜，内）

【任工师一家正在吃晚饭。栀妹在喂大英。

任工师　……这绛娘也不知道回没回染山？……明天你去染山一趟看看……

栀　妹　不用，绛娘只要回来，她一准先到我这来。

任工师　她不回来，这墨翟的消息是一点也没有呵？

任奶奶　我看，没有消息，就是好消息。奶奶抱吧？让妈妈吃饭。

【任奶奶从栀妹手里接过大英。

任工师　没有消息是好，要是传回点什么消息，一准让人着急……

任奶奶　那他爹，你就不能说句吉利的？

任工师　光说吉利的有什么用？火烧泮宫，智救活殉，从曲阜传来的消息，哪一次不像一把把刀子？

【栀妹担心地放下了饭碗。

【任奶奶在桌子底下踢着任工师。

6．牢房（夜，外）

【一个提着食盒的人进来。

狱　卒　什么人？

送饭人　狱吏大人，小的是墨翟家人。

狱　卒　大司寇有令，谁也不准见墨翟！

送饭人　小的只是来送饭，请狱吏大人代为转送，让墨翟服用。

狱　卒　去吧！

送饭人　小的不去了，在这等候，取走食盒就行。

狱　卒　上面新下来的规矩，送饭人必须亲自把食盒交到羁押人手中，走吧。

【送饭人只得跟着狱卒来到墨翟牢前。

7. 牢房（夜，内）

【墨翟在一扇透进月光的小窗户前，聚精会神地阅读书简。

狱　卒　犯人墨翟，你的家人，送饭来啦！

【墨翟放下竹简，接过食盒。

8. 任工师家（夜，内）

【栀妹端起饭碗，正要吃，突然饭碗莫名其妙地掉在地上。栀妹大惊。

【任奶奶和任工师惊疑地看着她。栀妹尽力掩饰着心中的惊慌，出了门。

9. 任工师家（夜，外）

【出了门，栀妹就没命地跑起来。

10. 牢房（夜，内）

【墨翟接过食盒，在牢中昏暗的光线中，努力辨认着来人。

狱　卒　犯人墨翟，你可认识此人？

【墨翟摇摇头。

送饭人　（焦急地争辩）墨少爷，我认识你！

墨　翟　我活到现在，还没有过"少爷"这个美称，不过，你一番好心，这饭，我吃……

【说着，墨翟打开食盒，拿出食物。

11. 目夷谷村口（夜，外）

【栀妹拼命跑着，似乎有些踉跄。

12. 墨父母坟前（夜，外）

【栀妹一头跪在墨母坟前，双手合十，急切地祈祷。

栀　妹　父母在天之灵，保佑墨翟！……

13. 牢房（夜，内）

【狱卒拦住墨翟，拿过食物。

狱　卒　我这里还有一条规矩，送饭人必须自己先吃，然后，才轮到犯人吃。

【狱卒盯着送饭人，把食物塞给他。

【送饭人向门外看了一眼，欲寻机逃走。

【另外两个狱卒把退路堵住了。

狱　卒　这饭，你今天非吃不可！

【送饭人扔掉食物，双膝倒地，捣蒜样地磕头不止。

送饭人　……老爷开恩！……老爷开恩！……我照实说……是我家老爷叫我送来的，说要药杀墨翟……

【墨翟呆呆地在那里听着。

狱　卒　你家老爷是谁?

送饭人　这……这……

　　【狱卒捡起食物,硬要塞进送饭人嘴里。

送饭人　我说,我说,我家老爷是……是……是索纪大人!

狱　卒　记录在案,签字画押,打入死牢,听候发落!

　　【两个狱卒把送饭人连架带拖地向死牢押去。

狱　卒　墨先生,看你小小年纪,惦记你的人还不少哪。大司寇吩咐,你的一日两餐,辰食、暮食,全由我亲自送来。你要是背着我吃他人的一口饭食,可要加刑50大板哪!

墨　翟　谢大司寇大人!

14. 墨父母坟前(夜,外)

　　【祈祷的栀妹,心中垒块顿时冰释,她睁开眼睛,两行清泪滚滚落下。

15. 索纪府邸客厅(日,内)

　　【索纪正和索公子说着什么。管家进来。

管　家　报告大人,我们派去的人,没能毒死墨翟。

索　纪　为什么?

管　家　因为大司寇从中作梗。

索公子　父亲,如果明年没有月食出现,大司寇必定会放出墨翟。墨翟的威望,就会在泮宫演练"六艺"之后,再次膨胀,如同给老虎添上了翅膀。

索　纪　一个小小的工匠,就在我们的刀尖上绕来绕去,干不掉他,季孙氏会以为我们,是条没用的狗,看来我们也得利用一点天意了。

索公子　父亲的意思是……

索　纪　祭告苍天!

索公子　对,我们也要祭告苍天!

管　家　大人高明!

索　纪　我们哪怕求个阴天,只要这月亮不露面,我们就可以把他们一网打尽!

16. 祭月坛上(黄昏,外)

　　【酉时,天空晴朗,万里无云。

　　【牢狱门外不远处,西侧有一山包,筑起祭月坛。

　　【西坛上的祭月人,是公输般从城中各隅请来的工匠,约几百人。他们对索纪迫害司星官和墨翟,愤愤不平,祭月气氛强烈。

　　【东侧也有一个山包,也筑起一个祭月坛。

　　【东坛上的祭月人,是索纪的家丁,和一些为赏钱而来的地痞流氓,五六十人。

他们在索公子的带领下，祭月言不由衷，声嘶力竭。

【一轮早出的明月，爬上东山。

【西祭月坛上，点燃篝火，呼声乍起。女巫穿戴彩衣，赤足起舞。女巫脚上的串铃，腕上的小鼓，形成有节拍的声响。女巫口念咒语。

西　坛　　月出皎兮，通接卯兮，

　　　　　　　司星官兮，鲁人好兮！

【众人击石为节，重复诵唱。

【东祭月坛，在索公子率领下，也不示弱，燃起篝火，女巫起舞而咒。显得冷清的五六十人，齐声诵起。

东　坛　　云神雨神，把天搅混，

　　　　　　　不让贱民，睹见月神！

【众人击木为节，重复诵唱。

17. 祭月坛上（夜，外）

西　坛　　天狗，天狗，勿食吾月，

　　　　　　　保佑君子，免遭危厄！

【西坛击石为节，重复诵唱。

东　坛　　天狗，天狗，大口食月，

　　　　　　　月亮皎明，正好吞咽！

【东坛击木为节，重复诵唱。

18. 祭月坛上（夜，外）

【两支队伍的祈祷，此起彼伏，针锋相对。

西　坛　　天狗，天狗，勿食吾月，

东　坛　　天狗，天狗，大口食月，

西　坛　　保佑君子，免遭危厄！

东　坛　　月亮皎明，正好吞咽！

西　坛　　天狗，天狗，

东　坛　　天狗，天狗，

西　坛　　勿食吾月，

东　坛　　大口食月，

西　坛　　保佑君子，免遭危厄！

东　坛　　月亮皎明，正好吞咽！

西　坛　　保佑君子！保佑君子！

东　坛　　正好吞咽！正好吞咽！

19. 百工坊车坊工场（夜，外）

【百工坊的匠人们在迟仲的带领下，也在祭月。迟仲念一句，人们重复一句。

迟　仲　月出皓兮！

众　齐　月出皓兮！

迟　仲　悬天高兮！

众　齐　悬天高兮！

迟　仲　残云扫兮！

众　齐　残云扫兮！

迟　仲　墨翟归兮！

众　齐　墨翟归兮！

【迟仲指挥着人们，反复诵唱。每念一句，就以各家生产的不同产品，陶器、铁器、木器、玉器、铜器，击节。

【分别击节，声声清脆；组合击节，声声震耳。节奏鲜明，声音浑厚，情感充沛，表达奇谲。

20. 祭月坛上（夜，外）

【索公子带领着东坛祭月的人们。

索公子　明月，明月！

东　坛　明月，明月！

索公子　当知羞怯！

东　坛　当知羞怯！

索公子　隐身天后！

东　坛　隐身天后！

索公子　藏于宫阙！

东　坛　藏于宫阙！

【东坛击木为节，重复诵唱。

东　坛　明月，明月！当知羞怯！
　　　　隐身天后！藏于宫阙！

21. 百工坊车坊工场（夜，外）

【匠人们祭月声声。墨翟的亲人、友人、邻人、徒人都在为他们心目中的圣人奋力祭月。

【染坊的白丝束，在匠人手里唰唰地响。

【陶坊的瓷器，在匠人手里丁丁地敲。

【一轮明月，始终皓皓在天。

众　齐　月出皓兮，悬天高兮！

悬天高兮！残云扫兮！

残云扫兮！墨翟归兮！

墨翟归兮！墨翟归兮！

【人们已经把握了祭祀的要领，任着情感的自然流露，齐声唱诵。

众　齐　墨翟归兮！残云扫兮！

残云扫兮！墨翟归兮！

归兮扫兮！墨翟来兮！

目夷谷兮！盼翟回兮！

【曾经和墨翟为了轮毂比例发生强烈争执的车工领班马师傅，也在队伍里，他和栀妹站在一起，诵唱的激情甚至超过栀妹。在这支深深热爱墨翟的队伍里，栀妹及其一家对自己至亲的怀念和祝愿，显然已经被大爱融化。

22. 牢狱（黎明，外）

【两辆马车，一前一后，静悄悄地缓缓驶来。

23. 祭月坛上（夜，外）

西　坛　月出照兮，天下耀兮，

邪恶败兮，仁人笑兮！

【西坛击石为节，重复诵唱。

24. 百工坊车坊（夜，外）

众　齐　月出照兮，天下耀兮，

邪恶败兮，仁人笑兮！……

25. 牢狱（夜，外）

【一夜过去，明月仍然皎洁，高悬天空，没有丝毫缺损。

【两辆马车缓缓停靠在大牢门口。车窗的帘子深深垂挂，车上也没有人下来。
它与喧闹紧张的场面相比，显得过于安静，所以有几分神秘。

26. 曲阜目夷两地共同（清晨，外）

【西坛人们和百工坊人们，在同一轮明月下祭祀了通宵。清晨，明月以其完美
的身姿，渐渐退隐西方。

齐　诵　月出照兮，天下耀兮，

邪恶败兮，仁人笑兮！

【西坛的人们，把手中的石块抛向天空，表示迎来了最后的胜利。

【百工坊的人们把手中雪白的丝束抛向天空，感激神明给予的相助。

【随之，两地的人们发出了畅怀的大笑。笑声响彻大地与天空。

五十二集大型

历史电视连续剧

墨子

【哈哈……哈哈……哈哈……哈哈……

27. 牢狱（清晨，外）

【人们的笑声中，牢门开启，狱卒打着火把，请出墨翟。已被拘押三个月的墨翟，长发长须、极为虚弱。火把照耀在他瘦削的面孔上，他一步步沉重地走出牢门。

【禽滑釐和公输般打着火把，绛娘紧随其后，他们看见火光中忽隐忽现的墨翟，眼里顿时涌出泪水。

【狱卒手持火把，向空中一挥。

28. 西祭月坛

【见到狱卒的火把信号，人们为墨翟被赦出狱，欢呼一片。

【西坛祭月的人们呼啸着奔向大牢。

【东坛祭月的人们望风而逃。

29. 牢狱（清晨，外）

【禽滑釐迎上前去，与墨翟紧紧拥抱。

【公输般迎上前去。墨翟迎向公输般。

墨　翟　公输先生！墨翟为你添麻烦了……

公输般　不，不，你墨翟称得上是天下志士！

【绛娘在人群里抽泣。墨翟走向绛娘。

墨　翟　绛娘，让你骑马去魏国，我真担心呵……

绛　娘　……先生！……

公输般　墨翟，你需要好好休养。（一把拉过墨翟）咱们走，绛娘已为你准备好住处……

【远处一辆马车，疾驶而来，车上走下的公孙子方，快步上前，拦住公输般。

公孙子方　公输先生，小侄墨翟多有麻烦，我很不过意，我那里有他现成的住处……

【此时，始终没有动静的垂帘车中，快步走下司星官夫妇。史佚拨开众人。

史　佚　诸位大人！诸位大人！请你们，请你们给我一个心灵补救的机会吧！……

【史佚夫妇拉起墨翟就向自己马车走去。

【祭月的人群涌来，有节奏地反复呼唤着。

众　人　墨翟，墨翟，仁人墨翟！

【墨翟向众人深深地鞠了一躬。

【司星官的马车，载着墨翟向远处走去。

众　人　墨翟，墨翟，仁人墨翟！

【公输般、公孙子方、禽滑釐、绛娘、狱卒，等等，都在人群中呼喊着仁人墨翟。

30. 司星官府邸客房（日，内）

【墨翟在司星官家的一间客房内沉睡着。

【绛娘在一旁守候，不时用手巾蘸着水，轻轻地湿润着墨翟干裂的嘴唇。绛娘心痛地看着墨翟憔悴的面容，泪水在眼眶里打转。

【突然，墨翟翻了一个身。绛娘给他重新盖好被子。墨翟缓缓睁开眼睛，定神之后巡视周围，有些不解。

墨　翟　……你？……

绛　娘　先生！

墨　翟　……是……绛娘吗？……

绛　娘　先生，是我。

墨　翟　……我怎么在这？……这是哪里？……

绛　娘　先生，你可醒来了，这两天两夜，把大家都吓坏了。

【墨翟松了一口气，重新闭上眼睛。

绛　娘　这两天，白天我从家里赶来看守你，夜晚由司星官夫人陪着你。先生，你整整睡了两天两夜……

墨　翟　绛娘，守候一个走到死亡边缘的人，你怕吗？

【绛娘点点头。

【绛娘的眼泪扑簌簌淌下面颊。

墨　翟　我们相识两年了，今天是第一次看见你掉眼泪……

绛　娘　（嗔怒地）又是第一次，第一次，你这样不要命，还想有第二次？

墨　翟　绛娘，我在狱中这三个月，几乎没有说话……

绛　娘　那你就说吧。

墨　翟　人们常说，人生的三大不幸，是少年丧父，中年丧妻，老年丧子。这次我在狱中，说话少了，思考就多了，我想人生的三大幸运，也是从这三大不幸中诞生的。

绛　娘　人生哪三大幸运？

墨　翟　结发一个好妻，终生一个好师，随处一个好友。你看，我都占全了。而且，现在好友还不止一个。你说，我墨翟是多么幸福啊！如果不是这次在狱中待了三个月，有工夫仔细地想一想，就会身在福中不知福呢。

绛　娘　这么说，你还感谢坐牢？

墨　翟　是的……

绛　娘　我不跟你说这些疯话。

墨　翟　绛娘，这不是疯话。幸福是一种美，苦难也是一种美，有时更美！虽然有着咬紧牙关的一缕忧伤。

【墨翟这种境界令绛娘十分吃惊和不解，她不敢再深谈下去。

绛　娘　……我……我这就去叫司星官大人！

墨　翟　不绛娘，我还要和你说话……

绛　娘　等你康复了，咱们慢慢说，好吗？

　　　　【墨翟依依不舍。

　　　　【绛娘走出。

　　　　【片刻，司星官一家三口，来到墨翟床前。

史佚夫人　墨先生，你可醒来了！

史　同　墨先生，公孙子方先生，禽滑釐先生都来看望。我母亲认为，人的身体调理跟天体运行一样，应该让你自己醒来。

　　　　【墨翟端详四人中唯一未曾谋面的人。

史　佚　墨先生呵！……

墨　翟　在下墨翟拜见司星官大人！

　　　　【墨翟要起身拜见。史佚扶住墨翟。

史　佚　你是我在鲁国见到，最可信赖的人！

墨　翟　司星官大人才是鲁国最耿直的官员！

史　佚　我们本来早该见面，但是都错过了。第一次我把你拒之门外。第二次我们失之交臂。前天凌晨，我们同乘一车，却没有看清你大伤元气的英容。请你原谅老夫，一生只求通晓天象，却不谙世事（哽咽）……

墨　翟　不，只有司星官大人这样的人，才配通晓天人之际……

31. 史佚府邸庭院（日，内）

　　　　【墨翟已经基本康复，正在庭院里晒着太阳，史佚和史同陪着他说话。

史　佚　……墨先生，这些日子，身体恢复得可好？

墨　翟　很好！很好！牢狱里有大司寇关照，饮食不缺，就是缺少阳光。只要晒上两天太阳，我就像野草见了春风。

史　同　墨大哥都开始在院子里练习拳脚了。

史　佚　好好，既然你已经康复，今日，我就要正式和你谈话了。

　　　　【墨翟高兴地站起来。

史　佚　坐坐。我要让你看一样东西。史同，你去取来！

　　　　【史同应声出去。

墨　翟　墨翟承蒙大人一家关照，每日吃饭胃口大开，睡觉日上三竿，肩不担担，手不提篮，都快成了一头猪，贪婪之心，也日日膨胀起来了。

史　佚　看你说的，粗茶淡饭岂能膨胀贪欲之心？

墨　翟　墨翟一想到，我和司星官大人相识的原因，这贪欲之心，就膨胀得不得不表露了呀！

【史佚显然知道墨翟所指的贪欲之心，就是要拜他为师。

史　佚　我看这一件东西，就足以满足你的贪欲之心了。

【史同捧着东西走来，然后，在石桌上慢慢展开。墨翟上前一看，立即惊讶不已。

【这是一整张的羊皮，上面绘制着星宿图。

墨　翟　啊？！这不是星宿图吗？……太宝贵了！……

史　佚　对，这一幅在整张羊皮上绘出的二十八宿图，为，天下仅有……

墨　翟　天下仅有！

史　佚　这天下仅有的宝贝，今天就送给你了。

墨　翟　晚生不能收留大人这天下仅有的宝物！

史　佚　好，既然墨先生看不上，史同，你就拿走吧！

【史同应着，却并没有拿走。

墨　翟　大人误会了，这实在太珍贵了，墨翟就是再贪婪，也不敢夺大人之爱啊！

史　佚　想要？

【墨翟羞涩地点点头。

史　佚　你听我说。这张二十八宿图，作为最为权威的版本是"天下仅有"，但是我的
　　　　先辈史角绘制它，却制有三帧。所以既为天下仅有，又不是天下仅有。

【墨翟听了，心中释然。

史　佚　这三帧图，一帧为司星官日常观天所用，我父亲传给我，我将传给史同。史
　　　　同还会传给他的儿子。还有一帧是防止焚毁或失盗的备份，唯有这第三帧，
　　　　是要送人的。

墨　翟　先人史角制作的时候，就准备送人？

史　佚　原本是要送给热心天文的鲁国君王。

墨　翟　鲁国的几代君主，没有听说哪一位喜好天文啊？

史　佚　所以可惜啊！我们史家几代司星官，都没碰到贤明睿智的鲁君。这个宝贝，
　　　　在我这闲置，一闲就是一个甲子年啊！我想，与其让它沉睡百年，不如今朝
　　　　赠予识宝之人！

【史同卷起二十八宿图，交给史佚，史佚郑重地递给墨翟。

墨　翟　墨翟敬领！

【墨翟郑重地接过二十八宿图。

墨　翟　不过，既然墨翟的贪欲之心，被大人开启，与其喂我个半饱，何不同时许我
　　　　另一件更为珍贵的馈赠，让墨翟享受从未有过的美餐？

史　佚　哦？请讲！

【墨翟"扑通"跪在史佚面前。

墨　翟　墨翟愿得"史佚门人"之称，做一个勤恳的弟子……

史　佚　断然不可！断然不可！

墨　翟　大人，你不能再把我拒之门外了！

史　佚　墨先生！墨先生！

【史同帮着去拉墨翟。墨翟坚绝不起。

墨　翟　大人，我求你收下我这个徒弟吧？

史　佚　墨翟呵，不是我有心拒绝你，而是我有上天的约束啊！司星一职，古称"畴人"。我们畴人，只作家传，不准授徒，若是违反，是要受到天惩的！

墨　翟　大人还看不出，墨翟是一个真心顺应天道，以求公平世道的人吗？

史　佚　正因为如此，今日我要是做了授徒之举，明日的你我，也许同时再入鲁国大牢！无论讲究天道，还是世道，我都不能收你为徒啊！

墨　翟　难道我墨翟永远与大人无缘师徒？难道我墨翟永远无法向大人学习天道，为自己追求世道的公平增添力量吗？

史　佚　这就是你墨翟的不是了。

墨　翟　请大人指教。

史　佚　你先起来吧。

【墨翟不得不站起来。

史　佚　授徒是个世俗的名分，我们授徒，在世道里，要受到多方谴责，那我们何不到天道之上，做自由自在的交流？

【墨翟不太明白史佚的意思。

史　佚　你作为观天爱好者，我们交流观天所得，谁人可以阻挡？

墨　翟　（恍然）对呀！对呀！我怎么就没想到？！

史　佚　史同！你要牢记，自今日起，史家大门，世世代代永远向墨先生敞开！

史　同　谨记父亲教诲！

墨　翟　史佚大人，你是我心中，永远的师长！

【史佚夫人过来，端着一只小碗滋补品，送给墨翟。

史佚夫人　墨翟，趁热喝了吧。

【墨翟接过来，转给史佚。

史　佚　你刚才不是说，只吃了个半饱，还要享受美餐吗？

【史佚少有的幽默，把大家都逗笑了。

史　佚　今晚我教你观天。

第二十二集　绛娘痛别

1．史佚府邸观星台（夜，内）

【夜幕降临，史佚与墨翟边走边说地登上观星台。

史　佚　……这个观星台，是公输般帮助建造的。

墨　翟　我说其中有些机巧，非常人所为。

史　佚　其机巧之处，是利用了屋顶的平台。虽然简易，观测天象却十分方便。

【史佚和墨翟各自坐定。

史　佚　今天，就按这张二十八宿图，我向你指认一遍这悬于苍穹的二十八宿。

【墨翟拿出二十八宿图，展开看着。

史　佚　二十八宿分为东西南北四个组合，每组七宿。这四个组合是"苍龙""白
　　　　虎""朱雀""玄武"。

【史佚指向东方。

史　佚　我们先看"苍龙"组合，自北斗星的斗柄起，为角宿、亢宿、氐宿、房宿、心宿、
　　　　尾宿、箕宿。看清楚了吧？

【墨翟对着星宿图看着。

墨　翟　清楚了，清楚了！

【史佚又指向北方。

史　佚　我们再看"玄武"组合，有斗宿、牛宿、女宿、虚宿、危宿、室宿、壁宿。
　　　　看清楚了吧？

【史同带着斗篷上来。

史　同　现在夜深有露，请父亲和墨先生披上斗篷……

史　佚　还是史同心细，我忘了墨先生身体尚弱。

墨　翟　清楚了！

史　佚　（指向西方）我们再看"白虎"组合，有奎宿、娄宿、胃宿、昴宿、毕宿、觜
　　　　宿、参宿。看清楚了吧？

墨　翟　清楚了！

【史佚指向南方。

史　佚　再看"朱雀"组合，有井宿、鬼宿、柳宿、星宿、张宿、翼宿、轸宿。

墨　翟　都看清了。

史　佚　你坚持天天观星，不久，二十八宿就会像二十八位朋友那样可以抬眼辨认。
　　　　在熟悉天体上，史同是你的朋友，因为他会从许多星体组合微小的变化中找

到某些星体的走向。

【墨翟羡慕地看着史同，他们默默地会意着。

2.曲阜街市（日，外）

【一行马车，气势汹汹地冲过来，撞倒了路边的小摊。耀武扬威的索纪家丁，呵斥着路人，扬长而去。人们纷纷退避三舍。

3.曲阜南城门（日，外）

【马车队出了南门，扬起一路飞尘。

4.尼山书院客厅（日，内）

【巫马子和公孟子正在议事。书童进来。

书　童　报告主事，索纪大人带着家丁，已经来到尼山书院！

巫马子　怎么提前了？

公孟子　都是那个墨翟惹的祸根，没完没了呵！

巫马子　别说废话了！按原定计划办吧。

公孟子　（对书童）快！快！

5.尼山书院客厅（日，外）

【索纪一行打马来到，在安静的书院里腾起一片尘土。在家丁的前呼后拥下，索纪快速步入客厅。

【巫马子迎出来。

巫马子　索大人，巫马子有失远迎！

公孟子　公孟子有失远迎！索大人！

索　纪　什么迎不迎的，不是要紧的大事，我怎么会亲自来？

【巫马子把索纪让进客厅。

6.尼山书院客厅（日，内）

【巫马子招呼索纪落座。

巫马子　我们只知道大人三日后来看欹器，不知为何今日提前来到？

索　纪　你们真的不知道吗？

【巫马子看了看公孟子。

巫马子　出了什么事？请大人指教？

索　纪　鲁国太庙的欹器被盗！

【巫马子心中一惊。

公孟子　索大人，我们这是书香之地，斯文之地，盗贼不会在此出没。

索　纪　官府正在四处追查。请把你们的欹器拿出来查看！

【书童已经搬出欹架。

巫马子　书童，快拿来欹器给索大人过目！

索　纪　巫马子，你有学问，这欹器为何叫欹器？

巫马子　回索大人。这个欹器，平日即使挂起来，也是偏倚的，半水而正，满水再覆，所以叫欹器。

【书童拿来欹器，索纪看也没看。

索　纪　就是它！

【管家上来，一把抢过欹器。巫马子一愣。

索　纪　鲁国太庙失盗的欹器，正是这一只！

巫马子　不不，索大人，这不是太庙的，这是我们尼山书院的！

索　纪　凭什么说是尼山书院的？

巫马子　这是孔老夫子赠予子张夫子的，在尼山书院已经有20年的历史了，全国学界，无人不知，无人不晓嘛……

索　纪　是无人不知，无人不晓，全国无人不知晓你们那个欹器已经被砸碎！

巫马子　贼人所砸的只是一个尿罐子，不信，书童，把盂罐碎片拿给大人过目！

索　纪　不要玩那些小把戏了！实话告诉你，这只欹器，是墨翟为你们仿制的！

【巫马子心惊。公孟子胆寒。

索　纪　你们尼山书院，拿着仿制的欹器，聚众会盟，哗众演示，弄假成真，欺世盗名！

【巫马子鼓了鼓勇气。

巫马子　索大人，我们演示的就是这个欹器呀！这是孔子赠予子张夫子的……

索　纪　我今天来，并不是要追究这件事。不错，原本是要严查深究的，可是我儿子索公子为你们求情，何况他又已经是子张门下，这个面子总是要给的。你们这件事，以后，我可以再也不提。

【巫马子和公孟子刚要放下心来。

巫马子　谢索大人！

【公孟子一个劲儿地点头。

索　纪　但是！……

【巫马子和公孟子被索纪的一阴一阳弄得摸不着头脑。

索　纪　我今天来，就是要告诉你们，墨翟给你们的欹器，并不是他仿制的，而是他从鲁国太庙盗窃的！

巫马子　（急不择言）这不可能！

索　纪　什么不可能？

【索纪逼视着巫马子。巫马子战战兢兢。公孟子开始打起哆嗦。

索　纪　这鲁国太庙的欹器，可是上了史书的镇国之宝！盗窃镇国之宝是死罪，你们

　　　　私藏镇国之宝，该当何罪？！

巫马子　…………没有！……没有啊！……

　　　【公孟子的裤腿里，流出尿来。巫马子一看，羞愧地皱起眉头。

　　　【管家和家丁们也看见了公孟子的狼狈，叽叽咕咕。

　　　【索纪看见了，顿时狂笑起来。管家和家丁们也跟着狂笑。巫马子羞愧地捂住脸。

　　　【公孟子连羞带吓，瘫坐在地。书童连忙把公孟子拖走了。

　　　【只剩下巫马子一个人，他置于死地而后生，忽然来了勇气。

巫马子　索大人，你说这个欹器是墨翟所盗，请问你有何证据？

　　　【索纪一时语塞。

巫马子　如果墨翟是贼人，现在贼人墨翟没有归案，倘若他把所盗欹器，放在别处，
　　　　尼山书院岂不要蒙受索大人的不白之冤？

　　　【索纪也转过弯来。

索　纪　巫马子，你如何证明，这一只欹器，不是墨翟所盗？

巫马子　是不是墨翟所盗，应该大人去证明。怎么能要我来证明？

索　纪　你要是不能证明，这一只欹器，就是太庙的欹器！

巫马子　我可以证明，尼山书院的欹器，不是鲁国太庙的欹器。

索　纪　你如何证明？

巫马子　不知索纪大人，是否见过鲁国太庙欹器？

　　　【索纪不置可否。

巫马子　在下有幸目睹。鲁国太庙欹器，上口直径四寸，寓意保四方平安。孔子入太
　　　　庙见欹器，常以此作谦恭劝诫，后来孔子请鲁国巧匠仿制欹器，不敢与太庙
　　　　的相同，就以上口缩进半寸，以作区别。书童，拿尺来，量给索大人看看！

　　　【书童拿来尺子，巫马子乘机从管家手里拿过欹器，抱在怀里。

　　　【书童照吩咐测量欹器上口尺寸。

书　童　大人请看，上口直径，不多不少三寸半！

　　　【索纪有些慌乱。

巫马子　还有，太庙的欹器以皮为索，孔子是知礼之人，他的欹器以绳为索。索大人，
　　　　请近前细看。

　　　【索纪知道自己的阴谋已经败露，转而做了个顺水人情。

索　纪　不看了，不看了，我回去还要向季孙氏禀报，说尼山书院有巫马子这样的明
　　　　白人，墨翟就是盗窃了太庙欹器，也绝不敢放在这里。

　　　【索纪阴沉着脸，带着家丁走了。

　　　【巫马子目送索纪，看见地上的污物，沉痛地流下泪来。

巫马子　……斯文扫地！……斯文扫地哟！……

7. 索纪府邸客厅（夜，内）

　　【索纪怒容满面。索公子狐假虎威。管家怯生生地站在那里一声不吭。

索　纪　……我叫你把那个欹器砸了！砸了！压压他们兴办私学的气焰。你可倒好，
　　　　砸了个盆盆罐罐，引来私学更为嚣张的气焰！你养的那帮家丁，统统是废物！

管　家　是大人，统统是废物！我这就把他们给除了！……不过大人，这回领教了巫
　　　　马子，他们士人，总是有能使自己脱身的本领。你看，他们都吓得尿了裤子，
　　　　欹器还是在他们手里……

索　纪　那是你笨蛋！

管　家　是笨蛋！是笨蛋！

索　纪　我跟他斗嘴，你看什么热闹？欹器不是抢在你手里了吗，摔在地上不就完了？

管　家　大人，我看咱们摔几个，他们还会摆出几个。

　　【索纪感到管家不会有高见，但是又舍不得不听。

索公子　你讲！

管　家　大人你想呀，我们砸欹器只能暗砸，谁也看不见，他们正好再暗中摆上。再
　　　　说这欹器是复制的，能复制一个，就能复制十个八个上百个……

索　纪　就你知道吗？！

管　家　是是，大人早有安排。

索　纪　管它十个八个上百个，只要拿下墨翟，他们就没有一个！

管　家　据我打探，墨翟正在生病。无非公输般、史佚、公孙子方三家，敢于接纳他，
　　　　而我们又不便于捉拿。大人，洞太深了……

索　纪　洞太深？不便捉拿，那就赶出来打嘛。

索公子　父亲，我明白了！

管　家　公子聪慧，小的还有些懵懂，请公子明示。

索公子　我们满街张贴布告，捉拿盗窃国宝的墨翟，言明窝赃者，与盗窃同罪。墨翟
　　　　生性仗义，绝不肯连累他人，必定匆匆逃离曲阜。我们就利用他的仗义，在
　　　　十二个城门布下重兵，严加盘查。他墨翟就是条泥鳅，也滑不出这张没有眼
　　　　的网！

管　家　公子真是将门虎子！

索　纪　这就是赶蛇出洞之计！你这就去办吧。

　　【管家应声退下。索公子等着索纪的称赞。

索　纪　……看来这官场三秘，你还是没有明白。

索公子　儿子刚才说的，有什么不妥吗？

索　纪　在权力人面前，说话必须遵循一个准则，不是自己说起来高兴，而是要让权
　　　　力人听起来高兴。

　　【索纪甩手而去。索公子深深地叹了一口气。

索公子　唉，这么难……

8. 史佚府邸观星台（夜，外）

墨　翟　……大人，不是我墨翟夸口，你这观星台，远不如我的观星台清晰。

史　佚　哦，你的观星台在哪里？

墨　翟　在尼山顶上。那里没有亭台楼阁，没有人间烟火，四处荒野，一览无余。但是能使人目力大增，好像添了好几倍的眼力。

史　佚　是不是有七块巨石？

墨　翟　是呀！坐在巨石上，脚下有根，心中有气，目力如箭，射向苍穹，真是痛快！……唉？大人怎么知道那里有七块巨石？

史　佚　我的先人史角，自周入鲁，就把那里作为观星台。从我做司星官开始，由于战乱频仍，曲阜来往于尼山的费用太高，我才请公输般先生造了这个观星台。开始还好，随着曲阜人口密集，户户炊烟，现在只到后半夜才可观天。

墨　翟　听说，鲁国宫殿中还有一座观星台？

史　佚　我懒得见季孙氏，这个足不出户的观星台，用着便利。

墨　翟　想不到，我竟无意中使用了一个有名的古观星台！我想邀请史佚大人，哪一天我们同去七星石观星台？

史　佚　还是不去为好，（手指西天）你不见彗星出现于那边天际，有不吉之兆吗？季孙氏对我的迫害，恐怕不会到此为止。我现在，只能以养病搪塞。如去尼山观星，岂不授人以柄？

史　同　父亲，天已寅时！

史　佚　墨先生，按照我们畴人的习惯，此时应该离开观星台了……

墨　翟　大人，墨翟还有一事要问。

史　佚　请讲。

墨　翟　人们常说，"天上一颗星，地上一个丁"，敢问大人，主宰墨翟的是哪一颗星？

史　佚　你真想知道？

墨　翟　不怕它是极其微小、极其昏暗的一颗星，请大人明示！

史　佚　你当真有勇气知道？

墨　翟　我渴望与苍天对话！

史　佚　我们"畴人"的规矩，天机不可泄露。……

墨　翟　我感到，我在曲阜的求学之路，已经走到尽头。下一步，我将去向何方？

史　佚　墨翟，我告诉你一个底儿，一般人以为我通晓苍天之事，其实，我只是一知半解。

墨　翟　史佚大人用毕生精力穷究天事，难道还只是一知半解？

史　佚　对，就是再加上史同，史同的儿子、孙子的一生穷究，我们还是一知半解。

这里面的学问太深了。你看，天上星宿发生的某种变异，与天下某一区域发生的凶吉事件相对应，称为"分野"。

墨　翟　"分野"应该是千古不变的定律。

史　佚　可是，某一个星相出现了，我们鲁国星相学家判断是，宋国郑国必饥，郑国星相学家则判断为周王及楚王之子必死。

【墨翟陷入深深的思索之中。

史　佚　这天象的学问，不像你们制车，丁是丁，卯是卯。啊？墨翟！

【墨翟恍然。

史　佚　我劝你不必走得太深，荒疏了你那么多难得的人间本领。

墨　翟　可是大人，墨翟怀有兼爱天下之心，却被一个小小的家臣，弄得几乎丢了性命……我是希望从苍天那里，得到改变天下的力量啊！

【史佚望着天空，无法回答。

9. 司星官府邸（日，外）

【禽滑釐来到，机警地看了看左右，确定无人，才叩门而入。

10. 司星官府邸客房（日，内）

【禽滑釐进来。

墨　翟　师弟，外面有什么消息？

禽滑釐　据索获说，鲁国上下对无端羁押史佚一事广泛谴责，迫使季孙氏公开指责索纪，对国家官员的粗暴无礼。尼山书院生员无不称快。

墨　翟　但是人们越是高兴，索纪越是恼羞成怒。

禽滑釐　是的。索获说，他们正在策划对你进一步的迫害。他们高价收买了一批来自齐国的技击高手，日夜操练，可能采取暗杀……

11. 司星官府邸书房（日，内）

【公输般正在和史佚商量着。

公输般　……外面已经全城戒严，我刚才来的路上，看见各个城门正在增加兵力，要捉拿墨翟和禽滑釐。

司星官　……索纪凭什么这样做？！

公输般　索纪编织的理由……卑鄙呀卑鄙！……说出来都脏了我的牙！

史　佚　不管他编出什么理由，这种时候，我不能让墨翟出城！

公输般　老兄，我看还是让墨翟出城为好。

史　佚　不就是一条老命吗？他索纪要，就让他拿去好了！我史佚，再也不能只见天道不见世道！上次是我昏庸，让墨翟为我入狱，此次我宁肯再次入狱而死，也要保护墨翟。

公输般　硬拼总不是办法。

史　佚　若为知己者死，史佚也算老来睁眼看人啦！

公输般　如果我有办法让墨翟安全出城呢？

史　佚　安全出城？

公输般　对，安全出城。

史　佚　你有什么把握？

公输般　你老兄不知道呀，我公输般从来没有看错过一个人，从来没有用错过一根木料！

史　佚　你怎么不早说！

公输般　我怕你舍不得放墨翟走。

史　佚　你呀，我史佚就是不谙世道，也不能连三十六计"走为上"都不懂？……可是，我总不能赶着墨先生上路吧？

公输般　我自有办法。

12. 司星官府邸客房（日，内）

　　【公输般进来。

墨　翟　公输先生！

公输般　墨先生，我看你是全好了呀？

墨　翟　全好了！

公输般　那我问你，你答应我的事，什么时候开始？

　　【大家一时都没想起是什么事。

公输般　木鸢飞天！

墨　翟　（恍然想起）木鸢飞天！

　　【墨翟明白公输般的用意。

墨　翟　公输先生放心，墨翟绝不会连累司星官大人。

公输般　现在全城戒严，到处张贴缉拿你的布告，还有你小禽子，你们如何出城？

　　【禽滑釐想不到缉拿的也有他，被激怒了。

禽滑釐　我和师兄以一当十，硬闯也能闯出城！别看它十二座城门，哪一座在我们面前，都是纸糊的！

墨　翟　小禽子说得对，曲阜城墙再高，我们徒手也能攀过去。

公输般　我知道你们是两条好汉，但也不妨听听我公输般的愚见。

墨　翟　先生有何高见？

公输般　墨先生，你到曲阜，求学于孔子之后，求学于史角之后，都已达到目的，此次，索纪用如此隆重的礼节欢送你，也是天意。我看，不走不如走，晚走不如早走。

墨　翟　依公输先生见，不如今晚动身？

公输般 明日一早出城!

13. 司星官府邸客房（夜，外）

【墨翟正在收拾东西。他拿出栀妹烧制的另外一只欹器。

【此时，绛娘进来，在一边听着他们说话。

禽滑釐 师兄，我还忘了说。昨晚，尼山书院的欹器再次被砸，巫马子大发脾气，吓得公孟子一早就来求我，要我无论如何找你帮忙……

绛　娘 先生不可再去尼山书院。这也许正是索纪的寻人之计?

墨　翟 ……俗话说，帮人帮到底，送人送到家。

【禽滑釐拿过欹器。

禽滑釐 我去!

【墨翟拿回欹器。

墨　翟 还是我去。

【禽滑釐飞快地抢过欹器，拿着就走。

【剩下绛娘与墨翟两个人在房间里，都有些不知说什么好。好一会儿，远远传来一声闷雷。

绛　娘 ……外面……好像要下雨……

墨　翟 下了吗?

【墨翟要出去看看。

绛　娘 不用看了，只有自己，才能分清雨水还是泪水。

【墨翟知道绛娘是为即将的分别而伤感。

墨　翟 看来短时间，我是不会来曲阜了，绛娘，你可以多去目夷谷，我和栀妹在目夷谷等着你……

绛　娘 先生，今日我是来诀别的。

墨　翟 是辞别! 嗨! 绛娘也有词不达意的时候?

绛　娘 不，是诀别。

【窗外劈过一道闪电。

【墨翟虽然不解绛娘为何硬要说诀别，但是他心情顿然沉重起来。

绛　娘 今日，我正式宣布，绛娘要与你的"兼爱"事业诀别。

14. 司星官府邸庭院（夜，外）

【大雨倾盆而下，地上溅起无数水泡。

15. 司星官府邸客房（夜，内）

墨　翟 ……上次你不是说，做"兼爱"之事，让你领略了从未有过的快乐吗? ……绛娘是嫌我做得还不够吧? 我当然还会继续努力。

绛　娘　我在楚国的时候，参加过一个歌会，与会者有千人之多。开始唱着流行的两支曲子，《下里》和《巴人》，人人都能张口。再唱《阳阿》和《薤露》的时候，合者只有数百人。最后，唱到《阳春》和《白雪》，只有十人能开口。到了歌曲的最后，从商调冲向羽调的时候，只剩下一两个人能够歌唱了。请问先生，这是为什么？

墨　翟　当然是因为曲调太高，人们唱不上去啦。

绛　娘　先生的"兼爱"不就是《阳春》《白雪》吗？

墨　翟　你是说"兼爱"曲高和寡？

绛　娘　用牺牲自己去拯救别人的"兼爱"，没有多少人能够认同，就是认同了，也没有多少人能够做到。

墨　翟　绛娘，我不明白，我们不是把司星官解救成功了嘛！这正是众人"兼爱"的成功啊！不是你践履"兼爱"搬师公输先生，不是公输先生心怀"兼爱"苦求大司寇，不是大司寇尚有"兼爱"，不是所有祭月的工匠们诉诸"兼爱"，不是那些我们不相见、不相识的人们，在有声地和无声地乞求"兼爱"，我们解救司星官怎能成功？

绛　娘　可是坐牢的只有你一个人……

墨　翟　用不着大家都去坐牢嘛，绛娘，你今天怎么不讲理了？

绛　娘　"兼爱"其实只讲了自我牺牲，这一点点小小的道理！

墨　翟　（恍然大悟）说得好！说得好！其实，我所倡导的"兼爱"，应当是兼相爱、交相利，这个"利"字，我们一直还没有时间探讨，在学术上看来，就出现了一个漏洞。绛娘，你太聪明了！

绛　娘　先生这是嘲笑我。

墨　翟　绛娘，你今天怎么了？

16. 司星官府邸庭院（夜，外）

【风雨交加，满院子的花木被打得东倒西歪。

17. 司星官府邸客房（夜，内）

绛　娘　先生，你知道吗？

【窗户被风雨无情地抽打着。

绛　娘　……我叔父无儿无女，把我当作掌上明珠。从来对我，没有一语指责。可是他从魏国赶回来，得知你自代羁押，第一次向我发了脾气……叔父的这次脾气，让我知道这18年来，叔父爱我有多深。叔父的这次脾气，也让我知道了"兼爱"，要用多少人的痛苦和牺牲来成就。

墨　翟　可是"兼爱"也会给他们带来幸福和欢乐啊！

绛　娘　对不起，你就没有带给我幸福和欢乐。

墨　翟　绛娘，我欠你的实在是太多了，你说我怎样才能补偿？

绛　娘　你能答应我，放弃牺牲自己、拯救他人的主张吗？

墨　翟　绛娘，你听我说，其实，我也享受着"兼相爱，交相利"的因果呀！我冒死独闯齐营，救回了五十名为齐军掠去的工匠，我也得到乡亲们特殊的关爱。我以替代羁押救出史佚大人，维护了苍天的尊严和人间的公正，我也因此求得了一位尊师。就是我帮你染制绛丝这种并无风险的事，我也从你赠送的绛丝中，仅仅抽出一根红线，就拴住了天上仙女……

绛　娘　可是，先生不会不知道，"趋利避害"是人的天性。你的主张真要做起来，面对的就是每一个人的天性。遇到美食就伸手，遇到火灾就逃离，你想用道理把人们改变成，避开美食，冲进火海的另类人吗？

墨　翟　我并不是要改变人们的天性，我只是要人们不要扭曲自己的天性。强不执弱，富不辱贫，贵不傲贱，诈不欺愚，这是完全可以做到的。

绛　娘　可是很多人都做不到。

墨　翟　爱人者人必爱之，利人者人必利之，恶人者人必恶之，害人者人必害之。并不是刀砍在别人身上，就只有别人疼，也不是发动攻伐的人，就永远不被攻伐。

绛　娘　可是人们的天性已经被扭曲了，你能矫正过来吗？

墨　翟　对，我的主张就是要告诉人们，我们还有另外一种自我解救的道路。

绛　娘　你的所谓解救，是以自我的不救为代价！换句话说，践履你的主张，就要最优秀的人最先牺牲；最亲近的人，最受煎熬。

墨　翟　任何一种爱人的主张，都要求少数先行者，付出牺牲。大禹是这样，孔子也是这样！你就让我作为这少数人，生存下来，不也可以吗？

绛　娘　那为什么是你墨翟？又为什么是我绛娘生活在你的周围？如果先生不肯放弃自己的主张，我只有被迫选择，与你断交……

墨　翟　不，绛娘！我需要你！

绛　娘　先生需要的不是我，而是你的"兼爱"！

墨　翟　墨翟需要你这样能讲肺腑之言的朋友！

绛　娘　可是，绛娘怎敢追随，你这个爱遍天下、唯独不爱自己的平民圣人？……我害怕靠近你，害怕心灵上永无休止的折磨。先生，原谅我，受不了这样的煎熬！……

【绛娘说完，起身出去。

18. 司星官府邸庭院（夜，外）

【大雨如注。绛娘投身雨中。

【墨翟追出来喊着。

墨　翟　绛娘！绛娘！

19. 司星官府邸（夜，外）

　　【绛娘在大雨中快步走着，她的裙裾委地，被污泥浊水玷污。

　　【墨翟追着、喊着。

　　【绛娘上了在外面等候的马车，马车踏雨而去。

　　【墨翟看着雨夜中渐渐消失的绛娘，心疼欲裂。

20. 尼山书院巫马子卧室（夜，内）

　　【巫马子凝视着窗外的大雨。

　　【有人敲门，巫马子开门。浑身水淋淋的禽滑釐进来。

　　【巫马子激动不已地看着禽滑釐。

　　【禽滑釐解开身上的包袱，拿出欹器交给了他。

　　【欹器滴着水，巫马子流着泪。半晌，感激涕零地。

巫马子　……仁人墨翟啊！……

21. 曲阜街市（日，外）

　　【一辆豪华的四匹马车，缓缓驶来，车窗垂下厚厚的帘子，驾车的是公输洪。

22. 曲阜南门（日，外）

　　【城门森严壁垒，兵丁严查行人。墨翟和禽滑釐一高一矮的画像贴在兵丁眼前。
　　　兵丁遇到男丁，立即盘问。若是两个身高相当的，便立即扣押。凡有马车出
　　　城，车上车下严格检查。

　　【四马的马车行至城门，兵丁拦住检查，撩开帘子一看，里面一个老太太，一
　　　边一个搂着自己撒娇的孙女。

兵丁甲　下来！下来！

　　【车上下来一个孙女，原来是绛娘。

兵丁甲　都下来！统统都下来！那两个人也下来！

绛　娘　军爷，她们不能下来！

兵丁甲　上面有令，所有的人，都得下来！

23. 曲阜南城门（日，外）

绛　娘　军爷不必费心了，姐姐正发疟疾，由我奶妈照顾，你们仔细不要传染上了哟！
　　　有什么事，找我就行。

兵丁甲　发疟疾？

　　【几个围着马车要检查的兵丁回过头来。

绛　娘　你们见过发疟疾吗？我姐姐这回发作得可厉害了！那个样子吓死人了！都说
　　　这发疟疾有四种模样，冷、热、颤、疼，我学给军爷们听听。

　　【守城的兵丁都伸长脖子来听。

绛　娘　冷呀冷，冷得冰上卧；

　　　　　热呀热，热得蒸笼坐；

　　　　　颤呀颤，颤得牙关错；

　　　　　疼呀疼，疼得天灵破呀！

　　【兵丁们听得津津有味，连过往的车辆都忘记检查。

绛　娘　我们一家人让她闹得没有办法，这不，父亲让奶妈带着我们，去城外找野郎中，求偏方哪！我求了偏方，回头你们谁需要……

兵丁乙　走吧！走吧！

　　【兵丁甲喝住过往的车辆。

兵丁甲　站住！站住！

绛　娘　我这两日，也不舒服，怕也有些传染啊！哪位军爷需要偏方……

兵丁乙　还不快走！再啰唆我就放火烧了你们！

绛　娘　（做状）哎呀！奶妈！吓死我了！

　　【绛娘上了马车。马车立即飞奔而去。

24. 曲阜城外（日，外）

　　【马车顺利出城，在原野上轻巧地跑着。

25. 马车（日，内）

　　【生病的姐姐抹下头巾，原来是禽滑釐。奶妈抹下头巾，原来是墨翟。

　　【绛娘、墨翟和禽滑釐，三个人痛痛快快地大笑了一阵。

　　【禽滑釐翻身到了车夫的位置上。

26. 曲阜城外（日，外）

　　【禽滑釐和公输洪并排坐着，他接过鞭子，赶起车来。

27. 马车（日，内）

　　【车内的气氛沉重起来。

墨　翟　……该分手了……

绛　娘　……再送一程吧。

墨　翟　……送君千里，终有一别嘛……

绛　娘　别时容易，再见就难了……

墨　翟　不难不难，曲阜到目夷谷二百里路，骑上快马，一眨眼就到！

绛　娘　可是"兼爱"这堵墙，隔在我们中间，咫尺也天涯……

墨　翟　绛娘不同意"兼爱"，却做着兼爱者才能做到的义举。

绛　娘　那不是兼爱……

墨　翟　不是兼爱是什么？

绛　娘　……

28. 沂水河畔（日，外）

【马车来到沂河边上，自动停了下来。禽滑釐兴奋得难以自制，情不自禁地喊
起来。

禽滑釐　目夷谷！目夷谷！我们就要到目夷谷啦！……

29. 马车（日，内）

墨　翟　你看小禽子高兴的！这才到哪？唉，我说，干脆一块回家多好，栀妹一定非
常想你。

【绛娘低头不语。

墨　翟　……你怎么啦？

【绛娘抬起头，平静地。

绛　娘　绛娘要出嫁了……

【这句平常之语把毫无思想准备的墨翟惊呆了。墨翟在与绛娘的交往中，从来
没有想过，这个华贵的灵魂，原来也是一个世俗女子，还要出嫁。墨翟努力
回想。

墨　翟　……是杨……戎……先生吗？

绛　娘　不，是杨朱。

墨　翟　杨朱是不是杨子？

绛　娘　杨朱就是杨朱。

墨　翟　绛娘，你千万要打听清楚，杨朱是不是杨戎？

绛　娘　杨朱就是杨朱，难道我绛娘还要到处打听未婚夫君的姓名吗？

墨　翟　可是……绛娘……这是你的终生大事，一定要慎重呀！

绛　娘　这是我叔父早就给我定的亲，难道我的叔父对我还不慎重吗？

墨　翟　杨朱如果是杨戎……

绛　娘　杨朱就是杨朱。

【绛娘径直下了车。

墨　翟　……不知杨朱是何等男子，能配得上我们绛娘？

绛　娘　……能送我一件礼物吗？

【墨翟掏遍了全身，也没有可以作为礼物的赠送。

绛　娘　……总要留个纪念吧？

【墨翟想了想，从包袱里拿出翟鸟灯碗，递给绛娘。

30. 沂水河畔（日，外）

【公输洪从车上解下两匹马，把缰绳交给禽滑釐。

【下了车的绛娘若无其事地笑着，对呆呆的墨翟说。

绛　娘　我们就此一别，先生一路好走！

【墨翟闻声心乱如麻，从禽滑釐手里抢过缰绳。墨翟没有道别，飞身上马而去。

禽滑釐　公输小姐，后会有期！

【禽滑釐追随墨翟踏水而去。

【绛娘看着两匹马，在沂河里踏出凄凉的水花。

31. 马车（日，内）

【空空的车厢里，刹那间只剩下绛娘一个人。她孤零零地坐在角落，独自听着飘零的马蹄声。秋风吹起窗帘，绛娘娇美的脸上，第一次涌出彻骨的悲伤，她空当当的心房，涌出断线珍珠般的泪水。

【窗外，马蹄声碎。

第二十三集 授徒讲学

1.任工师家（夜，外）

【两匹马，在百工坊的石路上踏出轻快的蹄声。墨翟和禽滑釐连夜归来。

【墨翟下了马，听见里面有孩子的哭声。高兴地对禽滑釐说。

墨　翟　……我女儿在叫我哪!

【墨翟敲门。

2.任工师家（夜，内）

【栀妹抱着女儿第一个迎出来。

栀　妹　（回头）……是墨翟和禽师弟!

任工师　我就知道，半夜敲门的，不是军爷，就是墨爷!

【大家听见任工师管墨翟叫"墨爷"，都笑了起来。

墨　翟　工师好! 奶奶好!

禽滑釐　问候工师和奶奶。

墨　翟　……我们又是半夜回来，真是打搅。

任工师　打搅? 你说得倒轻快! 你在曲阜坐大牢，差点没把我们的魂吓掉!

栀　妹　父亲要带着高石他们去劫狱呢! 要不是迟仲老师亲自去了一趟曲阜，找到公
　　　　孙子方，动静可就闹大了!

【墨翟接过栀妹怀里的大英，大英不哭不闹，让墨翟抱着。

栀　妹　这孩子也怪，平日里早就睡了，今晚就是不睡。这么久不见，见了也不生分……

墨　翟　哪有女儿跟爹生分的，是吧? 大英!

【大英乖乖地笑着。

栀　妹　跟你父亲到曲阜去吧?

任工师　娘! 还不快造饭?

任奶奶　墨翟呀，你们回来几张嘴?

禽滑釐　奶奶，两张。

任奶奶　不对吧?

禽滑釐　是的，只有我和师兄两张嘴。

任奶奶　我看那门外，还有两张大嘴哪?

【大家笑着，任工师起身。

任工师　我去喂马。

任奶奶 咳，小禽子，你们这次，该不是又回来烧那个坛坛罐罐吧？

禽滑釐 奶奶，你可别小看那两个罐罐，它抵了我们在曲阜两年的学费。

任奶奶 这么说，我们两人在曲阜读书，是你嫂子供的？

禽滑釐 就是呀！

任奶奶 那好办，再烧它十个八个，叫你嫂子拎搭着，全家人一起去京城读书！省得分开这么远……

【禽滑釐专门逗任奶奶。

禽滑釐 那要是我师兄坐牢呢，一家人不是也得分开吗？

任奶奶 有我们任家祖孙三代，我看哪个王八羔子敢动他！

【栀妹示意大家小声。大英在墨翟怀里安然睡去。

3. 墨翟卧室（夜，内）

【墨翟把睡着的大英放下，看不够似的盯着。

【栀妹整理着墨翟的行李。她发现了什么，脸上浮起一丝愁云。

【墨翟过来抱住栀妹。

【栀妹搂住墨翟，嘤嘤啜泣。他们共同经历过的患难和思念，尽在不言中。

【烛火轻轻地跳着。

（叠化） 窑火熠熠地燃烧着。

4. 墨翟家大门（日，外）

【晨曦初露，胜工师一个人走过来，他见墨翟的大门未开，就在门外坐下了。

5. 墨翟卧室（日，内）

【栀妹醒来躺在床上，看着熟睡的墨翟，心中忧伤。

【墨翟醒来，看见栀妹忧伤的眼睛。

墨翟 ……栀妹，我再也不离开你了……

【栀妹不语。

墨翟 我在曲阜求学已经圆满，这次回来，我不走了。

【栀妹并不因此而高兴，反而流下泪来。

墨翟 ……栀妹！你怎么了？……

【栀妹不答。

墨翟 ……栀妹，我们早就说好，无论有什么事，你我都要永不相瞒……

【栀妹抚摸着墨翟的脸。

栀妹 你是说永不相瞒？

墨翟 对，我们永不相瞒！

栀妹 那我问你，我给你做的翟鸟灯碗呢？

【墨翟方知栀妹是为了不见翟鸟灯碗而伤感。

墨　翟　（坦然地）分别的时候，送给了绛娘。

栀　妹　你果然是送给了绛娘？

墨　翟　是呀，绛娘说，她就要出嫁，想留个纪念……我……

【栀妹忍不住哭出声来。

墨　翟　……栀妹！……栀妹……

【栀妹越哭越伤心。

墨　翟　……我知道，这翟鸟灯碗是我们的定情之物，可我身上什么可送的东西也没
　　　　有……栀妹，你知道，只要绛娘开口，我根本无法拒绝……

【栀妹突然开口了。

栀　妹　……一定是你没有善待她！

墨　翟　……我？……

栀　妹　你没有善待我们绛娘啊！……

墨　翟　不，绛娘是要出嫁了。

【栀妹哭得更厉害。

栀　妹　……绛娘就是要嫁……为什么不能嫁给我们墨翟？……

【墨翟惊诧不已。半晌。

墨　翟　……栀妹，我的心里，只有你啊！……

栀　妹　栀妹只是墨翟的影子，绛娘才是墨翟的股肱……

墨　翟　你……

栀　妹　尧王不是也把自己的两个女儿娥皇和女英，嫁给了舜王吗？

墨　翟　我不是尧王舜王，栀妹和绛娘也不是娥皇和女英。

栀　妹　栀妹不在乎名分，绛娘还会纠缠世俗吗？一定是你怠慢了绛娘，她才伤心而
　　　　去……不该呀不该啊！……

【墨翟把栀妹紧紧搂在怀里。

墨　翟　栀妹，我的爱至大，大到爱上世，爱今世，爱天下所有应爱之人。可是它也
　　　　至小，小到只能容栀妹一人……

6. 墨翟家大门（日，外）

【胜工师还在门外等着。胜绰过来。

胜　绰　父亲！母亲叫你带哥哥嫂子回家吃饭！

胜工师　别喊，他们还没醒哪！

【胜绰上手就要敲门，胜工师拦住他。

胜工师　让他们睡吧。

【胜工师牵着胜绰，回家了。

第二十三集　授徒讲学

315

【胜工师的背影，显然过早地衰老了。

7. 目夷谷左庠（日，内）

【墨翟和禽滑釐带着胜绰来到左庠，他们正琢磨迟仲是否起来。胜绰看见迟仲从他们后面过来。

胜　绰　太师！太师！

迟　仲　你们可回来了！

墨　翟　老师！

禽滑釐　迟仲老师！

迟　仲　依我得到的消息，你半个月前就应离开京城。我几乎是在掐着指头，盘算你们回来的时间。

禽滑釐　听说老师去了一趟曲阜，什么事都知道了？

迟　仲　知道得一清二楚！这几年，鲁国的消息传得飞快。我还没有到曲阜，一路上就听说，"六艺"演练、火烧车库、智救活殉、自代羁押……整个鲁国都传得纷纷扬扬啊！

禽滑釐　是呀，曲阜城门上，到处都贴着我师兄的画像，要立即捉拿！

墨　翟　也少不了你禽滑釐！

迟　仲　胜绰，去告诉你太师娘，打酒办菜！

【迟仲把墨翟和禽滑釐让进屋里。

8. 迟仲书房（日，内）

墨　翟　……老师，你身体还好吗？

迟　仲　你师娘纳闷，说我怎么光长年岁，不长老？

【墨翟和禽滑釐笑着。

墨　翟　师娘可好？

迟　仲　她呀，一日两餐，一餐三个大麦饼，她种的粮食，只够她自己吃。

【大家都笑。

迟　仲　我看禽滑釐长高了。墨翟你嘛，长得好结实。这次回来，你们要给我做一件大事。

禽滑釐　什么大事？

迟　仲　现在不说，你们先给我好好休息半年再说。

禽滑釐　那可不行。

墨　翟　老师一日不说，墨翟一日不眠。

迟　仲　好，我告诉你们，这件大事，就是办学！

墨　翟　老师要把左庠再扩大？

迟　仲　不，不是办左庠，而是要办一个私学，就是书院。

墨　翟　老师终于要办书院了！我早就觉得该办！

迟　仲　不是我迟仲要办书院。

禽滑釐　那是谁要办书院？

迟　仲　是你。

墨　翟　我？

迟　仲　对，就是你墨翟，你要开始办一个目夷书院！

墨　翟　老师，你不是开玩笑吧？

迟　仲　你还记得三年前，我们关于"竹节衣"的对话吗？

墨　翟　记得，正是老师借喻"竹节衣"需要更换，提出我需要到曲阜求学的。

迟　仲　对嘛，我们还说到，你求学完成之后呢？

墨　翟　求学完成之后，我一不为官，二不为襄礼，走迟仲老师的办学之路。

迟　仲　现在你的求学之路已经完成，不是正该开始办学之路了吗？

墨　翟　老师，我……

　　　　【迟仲制止了墨翟，想了想，突然激将道。

迟　仲　你怕了？

墨　翟　老师，我是怕……

迟　仲　你怕以教书为业？

墨　翟　老师以教书为业，而无惧怕，墨翟岂有什么可怕？

迟　仲　不，我教的是左庠，是童蒙私学，完全没有风险。而你，要办的私学是讲学
　　　　术的。你读了儒学，又不肯照搬儒学，要顽强地去讲自己的"兼爱""非攻"，
　　　　必将引起儒学弟子群起而攻之。所以你怕？

禽滑釐　不，迟仲老师，我师哥在尼山书院已经同子张夫子，还有巫马子、公孟子交
　　　　过锋，他不会怕。

迟　仲　不，他怕！

禽滑釐　我跟师兄相处两年，可真不知道他怕什么？

迟　仲　他怕把曲阜的是非，引到目夷谷来！不瞒你们说，这也是我的一怕！也常常
　　　　为此而犹豫啊！

墨　翟　老师，这人间的是非，躲是躲不过去的。

迟　仲　所以你应该鼓起勇气，辩之于口，公之于众，办起一个像模像样的书院！

禽滑釐　我看，就按迟仲老师说的，在目夷谷办个书院，打出师兄已经准备好的"兼爱"
　　　　旗帜！我就是这个书院的第一个大弟子，我来帮师兄扛大旗！

墨　翟　老师，我真正怕的，是自己的学术准备，还远远不足……

迟　仲　我们选择自己的发展道路，不能仅仅盯住自己的本事，还要纵看天下世事，
　　　　是否需要我们的本事。如果不需要，十分学问只有三分天下，如果需要，三
　　　　分本事，就能成就十全武功。

【墨翟和禽滑釐认真听着。

迟　仲　我们先纵观天下大势。经过春秋的震荡，一向封闭的大周天下，好像一座冰
　　　　山正在消融。你们注意到没有？社会上各种消息传播很快，百姓抨击朝政像
　　　　家常便饭。那就是消融的冰水正在流淌，淙淙的水声，我听得真真切切，是
　　　　一天比一天地响呀！既然君王失去了权威，公室又没有尚文设道的能力，于
　　　　是呢，私学应运而生。你们在曲阜已经知道，书院如雨后春笋般地蜂起。这
　　　　乡间也是，只要听说哪里出了一个有学问的人，问道求教的，不惜重金，不
　　　　顾遥远，蜂拥而至。现在办书院，这叫合为时而行。

【墨翟知道自己无法推托了。迟仲还进一步劝说。

迟　仲　墨翟呀，我是看着你长大的。你的心智，摊开在我的面前，就像一片未开垦
　　　　的处女地。我在上面耕耘、种植，之后，就一天天地看着它结出果实。开始
　　　　如小小的青杏，后来渐渐如五月的桃子、六月的瓜、七月的苹果、八月的梨，
　　　　眼看着你一天天的成熟、硕大。现在你的学养和精力，就像仲秋那开口的石
　　　　榴，应该摆到赏月的人们面前啦！

【墨翟还想推托。

迟　仲　……墨翟，你先好好想想，再回答我吧。

9. 迟仲书房（日，内）

迟　仲　栀妹一来找我，准是有大事。

栀　妹　在栀妹是大事，在先生是小事。

迟　仲　不不，我看是我们共同的大事。

栀　妹　听说，先生要墨翟开办书院？

【迟仲点点头。

栀　妹　我只想问问先生，以墨翟现在的学养，办一个书院够不够？

迟　仲　栀妹，有一件事情，我一直没有告诉墨翟，所以你也不会知道。其实，这几
　　　　年，寻找墨翟求学的每年都有好几拨人。学制车的，学"六艺"的，学《春秋》
　　　　的，学天文的，都有。他们非墨翟不学，连我这个墨翟的老师，也不放在眼里。
　　　　我之所以没有告诉墨翟，是想让他在京城静心读书，把学术的底子打得厚实
　　　　一些。现在的确是时候了。

栀　妹　按照墨翟的个性，凡事他是前行，而不是缩后。可是这事，墨翟不同意办学，
　　　　是不是对自己的估计不足呢？

迟　仲　不会的。墨翟是很有自知之明的。

栀　妹　那是为什么？

迟　仲　我的学生我知道。

栀　妹　请先生明示。

迟　仲　墨翟担心的，也正是我所担心的，所以我也没有要他立即就办。

栀　妹　先生担心什么呢？

【迟仲长长地叹了一口气。

迟　仲　办书院不比到曲阜读书，除了高额费用之外，还要有一处很大的校舍啊！

【栀妹释然。

10. 百工坊（日，外）

【墨翟抱着大英，栀妹提着篮子，在百工坊走着，一路和人们打着招呼。

墨　翟　栀妹，这大英好沉哪，我不在家，可是辛苦你了……

栀　妹　你要是细细观察，大英可随你了，重感情，知道体贴人……

墨　翟　（逗着大英）是吗？是吗？

栀　妹　绛娘出嫁，我们应该给她送礼物啊……

墨　翟　你的翟鸟灯碗已经有了，倒是我的还没有想出来。

【迎面过来两个骑马的人，他们在墨翟面前下了马。墨翟一看，原来是两个楚
　国装束的年轻人。两个人下马后，突然跪在墨翟面前。

【栀妹知道又是来找墨翟求教的，莞尔一笑，接过大英来。

墨　翟　二位小弟兄，这是为何？

相里勤　在下相里勤，是楚国商贾子弟，欲求成为墨子弟子！

己　齿　在下己齿，也是楚国商贾子弟，欲求成为墨子弟子！

墨　翟　不可！不可！

相里勤　在下从楚国千里寻师，诚心可鉴！

己　齿　在下放弃商贾之浮华，投师学术之清贫，赤心所在！

墨　翟　这里只有墨翟，没有墨子。

相里勤　在下渴望墨翟始称墨子！

己　齿　今日墨翟就是墨子！

墨　翟　你们快起来！快起来！这像什么样子？

相里勤　（齐声）墨子若不收徒，在下长跪不起！

己　齿　（齐声）墨子若不收徒，在下长跪不起！

【墨翟从来没有被人这样求过，他也从来没有推辞过，慌张得不知如何是好。

墨　翟　……那……那我可不管了……你们俩就自己跪着吧……

【墨翟慌张离去。

【栀妹看见墨翟慌张的样子，很好笑。

墨　翟　……你当是儿戏？……我学还没上够，哪里能当老师？……

栀　妹　可也没有你这样拒绝人的。

墨　翟　那怎么拒绝？当街两个大活人，给你跪着，你也笑不出来？

【墨翟抱着过大英。栀妹边走边回头看着。

栀　妹　……哎呀！还跪在那呢！

墨　翟　……别看！别看！

【墨翟拉着栀妹快走。

11. 百工坊弓坊工场（日，外）

【墨翟打开关闭八年的弓坊大门。禽滑釐扫视一眼，禁不住感慨。

禽滑釐　这弓坊，这么大呀！

墨　翟　八年前，我父亲经营弓坊时，这里可容一百二十个工匠。

【突然有两只野兔从杂草中惊跳而起，隐入后院更深的草丛中。

【墨翟带领禽滑釐进入杂草丛生的院落。

墨　翟　这是我阅读战争的第一部教材。什么叫兵燹？这里就是答案！

禽滑釐　儒学对大国侵夺小国的战乱，发出的声音太弱，师哥，你的"非攻"思想，一定会得到天下人支持！

墨　翟　但是，你不要忘记，"非攻"之说也一定会引起大国国君们的警惕。他们会以为，"非攻"之说，会使士兵松懈斗志，甚至放下武器，不再愿意为他们的攻伐卖命。但是，既然作为治国、治天下的学说，我们无法回避这个最大的主题——战争！

禽滑釐　师哥，我们进作坊里看看，如果能修复，这可是一座现成的书院……

墨　翟　是呀，如果能在兵燹的遗址上讲"非攻"，那倒是个现成的垫脚石。

【禽滑釐推开虚掩的作坊大门。

12. 百工坊弓坊（日，内）

【作坊内阳光洒落。两人抬头望去，屋顶有的地方破损，已经露天。墨翟逐一检查作坊内的支柱，都非常结实，这使他高兴起来。

【他们在作坊内的走动，留下两行深深的脚印。

墨　翟　看来，这个作坊不难修复！我们将从这里制造出许多"非攻"之弓、"非攻"之箭，射向天下！

禽滑釐　不过，靠我们俩来修复，那可得猴年马月啦！

墨　翟　是呀！建立一个书院花费巨大啊……

禽滑釐　师兄，我们何不动员大家一起来办书院？

墨　翟　不行，现在跟谁也不要说办书院的事。

禽滑釐　为什么？

墨　翟　……不能再让栀妹一家承担如此重负了……

【其实栀妹已经早就来到墨弓坊，她悄悄听着墨翟的心思。

13. 任工师家（日，内）

栀 妹　奶奶，大英想你了……

任奶奶　尽说好听的，是你们又忙得顾不上她了吧？这墨翟一回来，你反而忙得不见面了。

栀 妹　那我让墨翟赶快走呀？

【任奶奶接过大英。

任奶奶　我正想我们的大英哪！

栀 妹　父亲，我有一件事，想了半天，只能求你啦！

任工师　你看，你看，墨翟一回来，你就说话见外了。

栀 妹　不是见外，是有大事需要父亲帮忙，真的不好意思。

任工师　你有什么大事？

栀 妹　墨翟在曲阜，三年避过四关，逃出一条命，还带回来一肚子学问。这次回来，他师兄弟俩想借弓坊旧址办一座书院。昨天，我们去看了看，房顶都露了天。墨翟他们打算自己修复。我想，我想……

任奶奶　好呀！好呀！有这么一个书院，咱就把墨翟的心拴住了，省得他东奔西走的，一家人为他操心。

任工师　那你去给他修？

任奶奶　你看你爹，又上来那个熊脾气了？

任工师　谁爱修谁修，反正，我不给他修。

栀 妹　爹？！

任工师　就是不给修。

【栀妹向任奶奶求救。

栀 妹　奶奶？

任奶奶　为什么不给修？你还想让墨翟再到曲阜去折腾？

任工师　我不能给他修。

任奶奶　你要是不给墨翟修，我就不给你做饭！

任工师　娘！要是给他修了书院，咱家的车坊，就后继无人，只有完蛋啦！……

14. 目夷谷村外（日，外）

【两辆马车满载行李，循着山路自西向东，后面跟着八个壮实的年轻人向前赶路。其中一个为首的年轻人上前，向正在耕种的迟师娘问路。

苦 获　老人家，这里离目夷谷，还有多远？

【迟师娘上下打量着他们。

迟师娘　你们从哪儿来呀？

苦 获　我们从西边的卫国来，要去目夷谷。

迟师娘　你们都去目夷谷？

众　人　是，都去。

苦　获　我们是找一位叫墨翟的先生，向他求学……

迟师娘　你们都是干什么的？

苦　获　老人家，我们都是匠人之子，听说墨先生也是匠人的后代，我们要向他学习
　　　　本领呀！

迟师娘　墨翟可不是匠人的后代。

苦　获　那他祖上是做官的？

迟师娘　墨翟自己就是匠人！

苦　获　那更好呀！我们都不相信，匠人之子恒为匠！

众　人　对对，墨先生肯定愿意收我们为徒！

迟师娘　那可未必。

众　人　为什么？

迟师娘　这几年来的人可不少，墨翟到现在，也没有收下一个徒弟。

苦　获　老人家，你快告诉我们目夷谷在什么地方，我们去求墨先生！

迟师娘　求也没有用。

众　人　那怎么办？

迟师娘　我倒有一个办法。

众　人　快请老人家指教！

迟师娘　你们呀，去找墨翟的老师！

苦　获　老人家，我们只求教于墨先生，除了墨先生，我们谁也不拜！

迟师娘　我看你们都是些脑筋不够使的！

苦　获　请老人家指点！

迟师娘　你们就不会拐个弯？……

15. 迟仲书房（日，内）

【刚才两个被墨翟拒绝的求学人，正在苦苦哀求迟仲。

相里勤　……太师！太师！你就答应了吧！

己　齿　……你要是不答应，何必把我们从当街领回来？

【迟仲为难地咂了半天嘴。

迟　仲　要不，你们明年再来？

【两个年轻人不肯。八个求学的年轻人又找上门来。大家围着迟仲苦苦哀求。

苦　获　太师！

众　人　太师！太师！

迟　仲　你们找我也没有用！

【年轻人几乎形成围攻架势。

众　人　求求太师！求求太师！

迟　仲　找我没用！找我没用！

【迟师娘进来。

迟师娘　后生们，找他没用，你们怎么不来找我？

【众人回头围住迟师娘。

众　人　求求太师娘！求求太师娘！给我们指点指点！

迟师娘　我问你们，干活你们会不会？

苦　获　我们卫国来的，都是工匠出身，就是不怕干活。

相里勤　我们楚国来的，虽然没有干过活儿，为了求师，什么样的活儿，都能学着干！

迟师娘　好！求人的事，用嘴不如动手。跟我来！

16. 墨翟书房（日，内）

禽滑釐　……师兄，我看，你不能再拒绝了。这办书院，说难也难，说容易，也容易嘛。无非，过去是人家在讲坛上答，你在下面问。现在变成人家在下面问，你在上面答。问答，问答，管它在上面，还是在下面，只要能问得清楚，答得明白，就是学问。我保准，你不会像公孟子被问得张口结舌、扬长而去就是了。

墨　翟　师弟说得也对，学问这条河，是深浅都能蹚的。兔子过河飘在上面，马匹过河，水淹其半，要是蛟龙，当然就能彻底地沉游其中啦。我们办书院，做不了蛟龙，起码也不至于是个兔子吧？

禽滑釐　师兄的真情大志我知道，你做学问，岂能甘做过河的马匹？

墨　翟　做成做不成蛟龙，这要时间来下结论。但是眼下，我们还有许多事情不能齐备。就说房子吧，要修理，得花很多钱。还有，生员所学，我想在授徒中特别照顾工匠子弟，这就出现了，同一讲坛上使大家都得到满足的困难。现在呀，就连这个书院叫什么名字，也没想好哪……

禽滑釐　这好办，不就起个名字嘛！弓坊那里，不是有个写着"弓坊"的大招牌嘛，你改一改不就行了？我这就去取回来……

【禽滑釐抬腿就向外走。

墨　翟　你倒是忙什么呀！八字还没有一撇哪！

（画外）　我一会儿就回来！

墨　翟　（嘟囔着）这个小禽子！……

【栀妹进来。

栀　妹　禽师弟去忙什么？

墨　翟　他呀，办书院比我还急。

栀　妹　你答应迟仲老师办书院啦？

墨　翟　……哦？没有。没有。

栀　妹　我看着那两个楚国的青年人，当街跪着求你，心里真不是滋味。

【墨翟显然心中也不是滋味，但是他转了话题。

墨　翟　……你说，绛娘结婚，我送给她什么礼物好呢？

栀　妹　我看最好的礼物，是办一个书院。

【墨翟低头不语。

17. 墨翟家院子（日，外）

【禽滑釐匆匆跑来，离家老远就急得高声喊叫。

禽滑釐　师哥！师哥！出事啦！出事啦！

18. 墨翟书房（日，内）

【墨翟听见喊声，立即跑出去。栀妹也跟着出去。

19. 墨翟家院子（日，外）

墨　翟　出什么事了？

禽滑釐　……有人！……有人！……

墨　翟　哪里有人？

禽滑釐　弓坊里有人！

墨　翟　哦？

禽滑釐　门口有车有马，连房顶上还有人哪！

墨　翟　走，去看看！

【三个人匆匆出了门。

20. 百工坊弓坊工场（日，外）

【墨翟一行来到弓坊，只见眼前一派繁忙景象。昔日荒芜的弓坊，突然变成一个尘土飞扬、斧锯之声连成一片的工地。

【墨翟惊讶地看着。一群他所熟悉的匠人们、徒弟们，在任工师和高石的带领下，正在整理院子，修理屋顶，修理门窗。干活的人中，还有一些完全不认识的年轻人。

【高石跑过来。

高　石　师傅！

墨　翟　高石，快告诉我，这是怎么回事？

【高石指了指，正在房顶上干活的任工师。

高　石　任工师带着我们，已经干了三天了！

【墨翟和栀妹不约而同地叫着。

墨　翟　工师！工师！

栀　妹　父亲！父亲！

任工师　是墨翟呀！

　　　【求学的年轻人一听见"墨翟"二字，蜂拥过来，其他匠人也跟着包围了墨翟。

　　　【年轻人齐刷刷地跪下来，齐称高呼。

年轻人　墨子！墨子！墨子！墨子！

　　　【禽滑釐和高石也跪下，高声喊着。

禽滑釐　墨子吾师！

高　石　墨子吾师！

　　　【墨翟正不知如何是好，迟仲赶来。墨翟连呼老师。

墨　翟　老师！老师！

　　　【大家都期待着迟仲的表态。

迟　仲　（激动地）墨翟，你是我的学生，但是现在，你可以为人师表了！

众　人　墨子！墨子！墨子！……

　　　【墨翟制止人们的呼喊。

墨　翟　迟仲老师劝我办书院，我不敢答应，因为我知道自己的力量。搬动十斤之物，
　　　　我很轻松；搬动百斤之物，我力所能及；办一个书院，推行一种全新的主张，
　　　　这就是搬动千斤、万斤之物，岂是我墨翟所能做到？可是，有这样一件事深
　　　　深地激励着我。我在曲阜被拘押，你们大概已经听说，是公输般带领千人之
　　　　众，冒死祭月，才有了墨翟现在的生命。每当我想推托，那祭月的场面和洪
　　　　钟大吕般的声音，就在我耳边回响！

（画外）　……月出照兮，天下耀兮，邪恶败兮，仁人笑兮！

墨　翟　既然众人要成就我为墨子，今日，我战战兢兢、如履薄冰，哪怕千斤、万斤，
　　　　墨翟终生不敢懈怠！因为，这是一副重担，承载着成就众人的使命。悠悠我
　　　　心，苍天可鉴！

21. 墨翟书房（日，内）

栀　妹　墨翟！

墨　翟　嗯？

栀　妹　你明天就要开讲了，你说穿什么样的衣服？

墨　翟　还有什么样衣服？就是我平时的衣服呗。

栀　妹　平时的衣服干活什么的，不够庄重吧？

墨　翟　我们工匠办学，就得有个工匠的样子。

栀　妹　尼山书院有专门的服饰吗？

墨　翟　有呀，生员一律饰有"儒服"，长袍大褂。

栀　妹　那我们工匠办学，也要有自己的服饰。

墨　翟　我们怎么穿得起那些丝织的、起码是细布的长袍大褂？再说那长袍大褂，也不如我这褐衣来得便当呀？

栀　妹　我的意思是，即要便当，又要庄重。

墨　翟　那怎么可能？

【栀妹拿出一身衣服。

栀　妹　我给你新做了一身，你试试？

【墨翟抖开衣服，原来还是粗麻编制的短衣，只是颜色变成了铁灰色。

墨　翟　这不还是分开上身下身的褐衣吗？

栀　妹　不好吗？

墨　翟　这是和铁器一样的颜色，你是怎么弄成这种颜色的？

栀　妹　以后再告诉你。喜欢吗？

墨　翟　当然！当然！太喜欢了！

【墨翟脱下原来的衣服，穿上新衣服。

墨　翟　栀妹，我就穿着它，开讲咱们目夷书院的第一堂课！

22. 目夷书院（日，外）

【"目夷书院"四个篆书大字，高高悬挂，以庄重而充满活力的墨绿色书写的招牌，在朝阳的丹染下，光昌流丽而又内涵淳厚，开阔的校园一眼看去，胸襟洞彻。

【目夷书院，就这样诞生了。

【许多生员从宿舍中走出来，往一间大厅里去。

【衣衫褴褛的耕柱来到目夷书院，他看了看牌子，也跟着大家向大厅走去。

23. 目夷书院讲堂（日，外）

【墨翟快步走进大厅，看见一个人正在窗户外面探头看着。

墨　翟　……这位生员，快进去吧，就要开讲了。

【耕柱回头一看见，墨翟正要进去。

【耕柱一把拉住墨翟。

墨　翟　……是你？

耕　柱　……墨先生！……

【耕柱泪如泉涌。

墨　翟　耕柱兄弟！……

耕　柱　找得我好苦啊！……

【耕柱拉着墨翟不放。

墨　翟　你先跟我进去听课。

【耕柱跟着墨翟进了大厅。

五十二集大型 历史电视连续剧 墨子

第二十四集　儒墨初分

1. 目夷书院讲堂（日，内）

【明亮的大厅，三十几个生员，盘膝而坐。前面是一座稍稍高出地面的讲坛，讲坛两旁置有几案，坐着迟仲老师和任工师两人。这里，除了生员人数少于尼山书院外，其他毫不逊色。耕柱跟着墨翟进来，在后面就座。

【庄重的气氛中，墨翟一袭浆洗平展的褐服，穿过身穿各色服装的生员中间，走上讲坛，引起一片惊叹。

众 人　真有派头呀！这才叫风度翩翩！从来没有见过这种颜色啊！

【迟仲和任工师看见英气勃勃的墨翟走上来，互相赞许地对视着。

【墨翟在讲台上站定，大家安静下来。

墨　翟　我郑重地邀请，我的师弟禽滑釐，前面几案就座！

【禽滑釐站起来。

禽滑釐　禽滑釐甘愿以墨子为师，请老师允许我坐在生员之中。

墨　翟　你要负责管理书院事务，已经在师长之列，还是请前面就座。

禽滑釐　禽滑釐愿意以生员身份，听墨子讲学。

【墨翟微微点头，又向迟仲示意，便开讲了。

墨　翟　生员们，你们来自楚国、卫国、鲁国还有目夷谷，明天还会有齐国、秦国、宋国、燕国等国的生员，从四面八方闻讯而来。我们将在这里，追求学问，充实生命。这个书院，从此，就是我们的家。在这个大家里，我们是来自五湖四海的天下兄弟。

【生员们听了这样的开场白，都很兴奋。

禽滑釐　我们四海之内皆兄弟！

众生员　对！对！四海之内皆兄弟！

墨　翟　我对国学泮宫，和私学尼山书院都比较熟悉，他们各自习染出了自己的一种精神品格。泮宫诉诸官，尼山诉诸礼。我们的书院，也要有一种品格。这种品格，既不是求官，也不是求礼，我们是求"兼爱"。什么是兼爱？人们能不能做到兼爱？我是这样看的，在一切人伦称谓中，应当说，"兄弟"二字最能够表达兼爱精神。父母对于儿女是慈爱，儿女对于父母是敬爱，只有兄弟之间，是平等的互助互爱。我们的书院，要把兄弟之间的互助互爱，扩大到每一个在书院就读的生员，让我们都感到人人爱我的同时，也我爱人人。这就是我们书院的兼爱精神。我这样讲兼爱，你们是否听得明白？

【高石站起来，刚刚行了拱手礼，还没及开口，耕柱就座在地上抢着说。

耕　柱　先生讲得痛快！

高　石　这种想法，我们早就到了嘴边上，可是讲不出来。

禽滑釐　兼爱就是互助互爱，墨子一言以蔽之！

墨　翟　好。我们习染了"兼爱"精神，再把它释放出去，一层层地去习染社会，形成我们对于国家社稷的贡献、对于黎民百姓的奉献。这，就是我们要办书院的宗旨和目的。

己　齿　老师，我们书院是不是儒学堂？

墨　翟　我求学于儒，但是儒学并没有解答我的疑问，所以我可以肯定地告诉你，我们的书院，不是儒学院。究竟是什么书院，还要靠全体师生共同创建。我希望生员们，都像己齿这样，大胆提问，使我们教学相长，尽早形成我们的学术风格。

【耕柱见大家都是先站起来，再行拱手礼而后发问。他也跟着学。

耕　柱　先生，我看在座的，只有我一个人不识字，你看我也能学明白那些高深的道理吗？

墨　翟　我给大家介绍一下，这位是我在泮宫时的患难兄弟，叫耕柱。

【耕柱不知如何打招呼，站在那里四处转着点头。

墨　翟　耕柱，刚才我讲的，你都听懂了吗？

耕　柱　听懂了，可以说没有一个字不懂。可是，你讲的都是平常的事、平常的话，要是真的讲起课来，我就听不懂了。

【大家善意地笑了。耕柱摸不着头脑，使得大家笑得更甚了。

禽滑釐　耕柱呀，这就是在讲课！

耕　柱　这不是拉呱吗？

【大家又笑了。

墨　翟　这学问哪，就像是在你面前的一座山。乍看浑然耸立，细分各有不同。有奇石珍泉、名药贵树，也有千年的陈积、万年的腐朽。有用的东西要学，无用的东西就要淘洗。我只把淘洗过的学问讲给你们，那些吓唬人的、自己说着玩的学问，最装腔作势，最花里胡哨，最故弄玄虚，最没有用处。真正的学问，说者清楚，听者明白，行者痛快。

耕　柱　先生在泮宫车库的时候，给我讲过课，现在听起来，比那时候痛快多了。

墨　翟　这是耕柱对我现在的夸奖，也是对我以前的批评。

苦　获　老师，我们工匠经过学习，也能做学问家吗？

墨　翟　"工匠之子恒为匠"，在我这里被视为谬说。孔子家境贫寒，自己做过襄礼的吹鼓手。孔门大弟子子张，本是陈国贩马人。子张弟子巫马子出身于兽医之家。我就是一个制车的匠人。所以出身并不重要，关键在于自己求知的勤奋。

相里勤　请问老师，我们的书院叫什么名字？

墨　翟　我想了许久，定名为"目夷书院"。

相里勤　刚才听老师讲兼爱，这是一个多么响亮的名字，为何不叫"兼爱书院"？

墨　翟　兼爱是我学说的核心，现在还不够丰润。急于呈现一个青涩的果子，不如从
　　　　容捧出一席盛大的果宴。

　　　　【相里勤满意地点头。

墨　翟　现在我宣布，目夷书院的教授课目和老师。《诗经》，请我的启蒙老师，也是
　　　　你们的迟仲太师讲授。

　　　　【迟仲站立向生员们鞠躬。

墨　翟　武功一课，由我的师傅任工师教授。

　　　　【任工师站立向学生鞠躬。

墨　翟　这里我要特别说明。教授武功，这是任何书院没有的，我们目夷书院开了历
　　　　史上书院教授武功之先河。为什么要教授武功，以后我再专题讲解。"六艺"
　　　　课目，由我的徒弟高石协助我教授。

　　　　【高石羞涩地站起来，向大家鞠躬。

墨　翟　其他《尚书》《春秋》和天文观测，由我教授。另外，匠人技艺课目，分别由
　　　　目夷谷的顶尖工师兼任。车工是任工师，陶工是任栀妹……

　　　　【栀妹在人群里站起来，她是唯一的女性，那么光彩夺目。她身着长裙，也是
　　　　和墨翟一样的铁灰色，更显得雅致。

墨　翟　还有铁匠、染匠、铜匠，等等，随时聘请教授。书院的事务管理，刚才已经
　　　　说过，请我的师弟禽滑釐代理。

　　　　【禽滑釐站立向大家鞠躬。

2. 墨翟家院子（夜，外）

　　　　【栀妹正在洗衣服。禽滑釐拿着几件衣服进来。

禽滑釐　嫂子！

栀　妹　禽师弟，今天的暮食，生员们满意吗？

禽滑釐　哎哟，我没问。

栀　妹　这么多人，南来北往的，也不知吃咸吃淡？

禽滑釐　嗨，吃饱就行。嫂子不用多操心。

栀　妹　你也留心打听一下。

禽滑釐　我倒有件事想麻烦嫂子。

　　　　【栀妹早就看见禽滑釐手里的衣服，一把拽过来，摁在水里。

栀　妹　我给你洗。

禽滑釐　……嫂子，我不要洗，这是干净的……

栀　妹　那你要干什么?

禽滑釐　我要染，染跟师兄一样的铁灰色。

栀　妹　你也看中了?

禽滑釐　生员们都看中了。

栀　妹　都看中了?

【门口呼啦一声进来30多个生员，个个都拿着衣服。

众　人　墨师娘!

栀　妹　好，我给你们染! 都放下吧!

【一件件五颜六色的衣服都放在院子里的磨盘上。

3. 陶坊工场坊间（日，内）

陶工甲　……栀妹，你们昨天开课啦?

栀　妹　开课了。

陶工甲　那墨翟成了墨子，我们该叫你墨师娘啦?

栀　妹　愿意叫，你就叫呗。

陶工甲　墨师娘，你们开课都讲的什么?

栀　妹　书院都办到家门口了，你们也可以去听嘛!

陶工甲　……别看书院办在家门口，我呀，还是进不了。

栀　妹　怎么进不了? 目夷书院也收工肆之人。

陶工甲　我白天要做工呀!

陶工乙　就是，谁能白天不做工去听课呢?

陶工甲　墨师娘，我看你不用来做工了，专门去听课，回来讲给我们听，大家说好
　　　　不好?

众　人　好! 好! 栀妹的活儿，我们来干!

陶工乙　好是好，我们几个也不顶栀妹一个……

陶工甲　那怎么办?

【禽滑釐进来。

陶工甲　小禽子! 小禽子!

栀　妹　人家禽滑釐，已经是目夷书院的老师了，你该叫禽先生!

陶工甲　好呀，禽先生给我们上上课吧?

陶工乙　禽先生讲呀! 讲呀!

【陶工们围住禽滑釐。

禽滑釐　姐妹们! 别闹! 我有正事。(转向栀妹)嫂子，师兄要我来通知你。为了照顾
　　　　农与工肆之人，目夷书院调整了讲课时间，能放在晚上的课，一律放在晚上。

陶工甲　那今天晚上有吗?

禽滑釐 今天晚上是迟仲太师讲《诗经》。

【匠人们欢呼雀跃，把陶土糊在禽滑釐脸上。禽滑釐也拿起陶土糊陶工，大家互相糊来糊去。栀妹与禽滑釐为一方，但是终不抵众陶工，被糊成了两个泥人。

【大家快乐地面面相觑。

4. 目夷书院讲堂（夜，内）

【由于改为晚间授课，百工坊的青年匠人蜂拥而至。听讲的人由30多人骤增至百人，讲堂坐得满满的。

【讲堂内点起几盏油灯，忽忽闪闪的，与旺盛的人气共同跳动。

【迟仲也是一袭长衫，也是铁灰色的，精神抖擞地走上讲坛。

迟 仲 我来给大家讲《诗经》。首先，我要告诉你们，什么是诗。

【墨翟和任工师坐在下面听讲。

迟 仲 在座的，谁记得目夷谷几年前遭遇的兵劫？

【绝大部分生员都举起手来，墨翟也在人群中举手。

迟 仲 凡是举手者，也就是兵劫的幸存者。一个幸存者走在回家乡的路上，《诗经》中是这样表达他的心情的。"昔我往矣，杨柳依依。今我来思，雨雪霏霏。行道迟迟，载渴载饥。我心悲伤，莫知我哀"……

【墨翟心中涌动起更深的感悟。

迟 仲 生员们，把心中的哀怨说出来，这就是诗！

胜 绰 太师，要是把心中的喜庆唱出来呢？

迟 仲 这也是诗呀！以前公输绛娘教过一首，整个百工坊都会吟诵的诗，大家还记得不记得？

众 人 记得！

迟 仲 关关雎鸠，在河之洲……

【参加过墨翟和栀妹婚礼的男女匠人们，都情不自禁地吟诵起来。

众 人 关关雎鸠，在河之洲。
窈窕淑女，君子好逑。
参差荇菜，左右流之。
窈窕淑女，寤寐求之。

【男女匠人们还要一个劲地吟诵下去。迟仲示意停止。

迟 仲 诗，就是心在说话。《诗经》把前人说过的这些心里话，都汇总了起来，供我们这些后来人，在其中，可以怨，可以兴，可以群，可以观。于是用《诗经》表达我们的感情，怒我之所怒，怨我之所怨，歌我之所歌，咏我之所咏。现在，我们再随便找一首。目夷书院的主持是墨子，墨子出身于车工，我们就吟诵一首车工伐木的诗，这首诗借着伐木的场面、鸟儿的鸣叫，劝人广交朋友、善待兄弟，正应了我们目夷书院互助互爱的宗旨。

【众人跟着迟仲，兴致勃勃地吟诵起来。

迟　仲　伐木丁丁，鸟鸣嘤嘤。

众　人　伐木丁丁，鸟鸣嘤嘤。

迟　仲　出自幽谷，迁于乔木。

众　人　出自幽谷，迁于乔木。

迟　仲　嘤其鸣矣，求其友声。

众　人　嘤其鸣矣，求其友声。

迟　仲　相彼鸟矣，犹求友声。

众　人　相彼鸟矣，犹求友声。

迟　仲　矧伊人矣，不求友生？
　　　　神之听之，终和且平。

众　人　矧伊人矣，不求友生？
　　　　神之听之，终和且平。

5. 百工坊车坊工场（日，外）

【车工们在高石领带下，边干活边吟诵《小雅·鹿鸣》。

高　石　呦呦鹿鸣，食野之苹。
　　　　我有嘉宾，鼓瑟吹笙。

众车工　吹笙鼓簧，承筐是将。
　　　　人之好我，示我周行。

6. 陶坊工场坊间（日，内）

【制陶坊间的陶工们，在栀妹的带领下，边干活边吟诵着《小雅·鹿鸣》。

栀　妹　呦呦鹿鸣，食野之蒿。
　　　　我有嘉宾，德音孔昭。

众陶工　视民不恌，君子是则是效。
　　　　我有旨酒，嘉宾式燕以敖。

7. 墨翟院子（日，外）

【栀妹带领着几个女匠人正在染衣服。

【有的熬锅、有的捶洗、有的烧火、有的晾晒。

【禽滑釐带领着高石等几个生员，扛着麻袋进来。栀妹指挥着他们倒进染锅，
　　原来是一些树籽儿。

【大家干得热火朝天，同时吟诵着《小雅·鹿鸣》。

众　齐　呦呦鹿鸣，食野之芩。

我有嘉宾，鼓瑟鼓琴。

鼓瑟鼓琴，和乐且湛。

我有旨酒，以燕乐嘉宾之心。

8. 索纪府邸客厅（夜，内）

【管家匆匆闯入。

管　家　禀报大人，据南面过来的商人所传，墨翟回到他先祖目夷子封地目夷谷，创办了一所书院，还颇为红火，听讲者达百人之多！

索　纪　消息准确吗？

管　家　一拨楚国的漆器商人这样说，一拨宋国的丝绸商人也这样说。

索　纪　我早就知道，那目夷子智谋过人，这姓墨的要是随了他的祖先，再得先祖封地之风水，无异于放虎归山！

管　家　请问老爷，是派杀手去，还是派细作去？

索　纪　你派的杀手在曲阜不能得手，何况到他家乡？快派两个细作，装成投奔书院的学生，去听听他讲些什么！

管　家　是！

索公子　父亲，家丁中恐怕没有能从墨翟讲学中挑出毛病的人，不如从泮宫的学生中挑两个人过去……

索　纪　算了吧，泮宫的贵胄子弟，哪有堪用之人？

管　家　家丁中识文篆字的，倒有两个，不妨一试？

索　纪　那就派去，快去快回！

【管家应声后习惯性地一溜烟走出客厅。

索　纪　看来墨翟是办起了私学，他这是借着大势，应运而生啊！你可有什么制服墨姓私学的办法？

【索公子想起上次自己多嘴，引来索纪的不快，欲说还休。

索公子　儿子不知，请父亲明示。

索　纪　管家只会打打杀杀。你读了书，要多用心计。他墨翟不是要办私学嘛，我们就用办私学的来制他。叫巫马子去解散他。让墨姓私学，怎么冒的头，再怎么缩回去。

索公子　父亲这手，真是英明！

索　纪　这叫，以私学制私学！

索公子　这样我们不费吹灰之力，就会引起他们相互攻击。这些读书人，打起嘴仗来，就像两个蛐蛐，只要父亲的茅草轻轻一拨，他们便会互相咬起来，且一个比一个狠，断胳膊断腿也不撒口！一个小蛐蛐都能斗上一天一夜，何况那一群群说长道短的士人！父亲英明啊！

9. 目夷书院主事房（日，内）

【墨翟和禽滑釐、迟仲、任工师，四个主事人在商量事宜。除了任工师之外，大家都穿上了铁灰色的衣服。

墨　翟　……老师，你劝我办学，我不想办，这一办起来，怎么就刹不住车了？

迟　仲　我也新鲜哪！教了一辈子书，昨晚这一堂《诗经》课，自己也……也……天下变了！天下真的变了！……

任工师　我活了半辈子，不知道这《诗经》，原来就是心里的话，这课呀，再忙，我也得听。

禽滑釐　我有个建议，我想在作坊后面的山坡上，扩出一块地，建个"六艺厅"。泮宫的"六艺厅"，被索纪老贼一把火烧了，尼山书院连匹马都养不起，更谈不上"六艺厅"了。目夷书院注重"六艺"，培养会驭车、骑射、能文能武的人才，而不是白面书生。

任工师　这个我赞成，建"六艺厅"这事，就包在我身上。

墨　翟　（高兴地）"六艺厅"建好后，就让高石去管理！

任工师　你先等一会儿高兴，我得说点你们都不高兴的话……

【墨翟、禽滑釐、迟仲三人有些吃惊。

任工师　你们三个人，谁管过家，谁主事过过日子？不客气地说，你们都是外行。

迟　仲　对对对！我一个老不会过日子的，也教不出会过日子的学生。墨翟嘛，积德有方，积学有方，积财无方，反倒散财有术。

任工师　不怕你们笑话，栀妹到现在还不让墨翟管钱。钱放在他身上，见人就接济，到自己用钱时，就抓了瞎。墨翟手里不能放钱，是他的母亲告诉胜师娘，胜师娘又叮嘱栀妹，到了曲阜，栀妹又叮嘱绛娘的……

【墨翟尴尬地笑着。

禽滑釐　怪不得师哥总是身无分文，到了用钱时，包管有人送上门。

任工师　小禽子你呀，更是独来独往。

【禽滑釐也笑着点头。

任工师　我们现在是三十多个生员，将来也许会上百。墨翟要吸收工匠子弟，工匠子弟交不起费用怎么办，没钱吃饭怎么办？这些，你们想了吗？

墨　翟　哎呀！我真的一点都没想。

禽滑釐　工师，你给推荐一个理财的人吧。

任工师　当家理财的事，我想叫栀妹帮帮你们，她比你们心细……

禽滑釐　好，嫂子帮着点，我学着点，不信我就学不会当家理财。反正，这事不能让我师哥操心，他要一心一意准备讲学。

迟　仲　墨翟啊，要是把学生饿跑，目夷书院倒闭，这么大的窟窿，我们都没看见哪！

墨　翟　要不怎么说，我有靠山哪！

禽滑釐　高山仰止，景行行止。虽不能至，然心向往之！

任工师　小禽子！又糊弄我不懂呀？

迟　仲　工师，他这是用《诗经》表达对你的景仰哪！

任工师　嗨！这个《诗经》呀，我非学到底不可！

10. 百工坊车坊账房（日，内）

【任工师正在一块葛布上，用竹笔轻轻描图，还不时用尺测量着。几个作坊主，不约而同地集聚而来。

任工师　哟！各位老哥、大妹子，你们都是事先商量好的吧？……

公输工师　帮墨翟建书院，你怎么一个人干了？

公孙工师　这墨翟办学，是工匠之子办书院，是为咱工匠长的志气啊！

司马工师　你也得分点给我们干哪！

【众工师笑。

任工师　我们墨翟，在曲阜学了一肚子学问，可就是两手空空。这书院的工程，你们不来，我也得逐家去请哪！

公输工师　有什么吩咐，你就直说吧。

【任工师指着那张画在葛布上的图。

任工师　这里是墨工师当初的弓坊作坊，容纳百十生员听讲、住宿。这件事，已经办成。下一步，想在这个地方，建一个"六艺厅"和跑马场，供学生骑马、驾车、射箭。中间还要挖一个小湖。鲁国国学叫泮宫，就是因为有湖有水，咱这书院也不能次于他们。还有，学生中有些工匠子弟，交不起学费、饭费，得给他们补贴一点。

公输工师　你这个"六艺厅"的费用，我全包了，也算做了件整桩事！

公孙工师　那个湖，我跟司马工师包下了，保准叫它四季有水！

陶工甲　我家工师说，生员用的陶器，我们陶坊全出。有一千，我们出一千，有一万，我们出一万……

【公输工师有意取笑这位年轻的陶工甲。

公输工师　你们工师，是算准了这里容不下一千学生，才说这个大话送人情……

陶工甲　我还没说完哪，贫困学生的饭食费用短缺部分，我们陶坊顶半年的。胜工师，墨翟，可是你半个儿子，你哪？

胜工师　我呀，先给墨翟送去一个学生。我们家胜绰还在家闹腾哪，死活要跟着他哥哥去书院。穷学生饭食不够的，我也顶半年。

任工师　我替墨翟谢谢大家。学生费用需要的补贴，我叫栀妹去通知你们。墨翟至今不会当家理财。这个毛病，要追根呀，还得追到他胜师娘那里……

胜工师　不对，不对。墨翟手里不能放钱，有了钱，他几天就给你散光了。这个根要追，就得追到墨师娘那里。

公输工师　你说的是哪个墨师娘呀？

胜工师　还有哪个墨师娘？

公输工师　墨翟的媳妇叫什么？

胜工师　那我还不知道，叫栀妹呀！

　　【众人笑了。胜工师明白过来，随后，深深地感慨着，悄悄对任工师耳语。

胜工师　一代人起来了！

11. 目夷书院工地（日，外）

　　【掘湖工地上，身穿一色褐服的全体生员都在劳动。随着劳动的节奏，传来《周南·芣苢》的吟诵声。

众齐　采采芣苢，薄言采之。

　　　　采采芣苢，薄言有之。

　　　　采采芣苢，薄言掇之。

　　　　采采芣苢，薄言捋之。

　　　　采采芣苢，薄言袺之。

　　　　采采芣苢，薄言襭之。

　　【一批齐国生员来到工地，禽滑釐放下劳动工具，接待他们。

齐国生员　……回先生，我们六位是齐国来的。

禽滑釐　你们两个呢？

细作甲　我们从京城来。

禽滑釐　好哇，不在京城读书，却到这山沟里读书，真是难得。

细作甲　听说这里书教得好，我们就来了……

禽滑釐　你们认识墨先生吗？

细作乙　不认识，只是听说，我们领了学费，就赶来了。

禽滑釐　哦，你们还有地方"领"学费？

细作甲　不，不，是向家长要了学费……

禽滑釐　"领了学费""要了学费"，都是一回事。不过，这里生活要比京城里苦，你们放下行李，就得先来工地做工……

细作甲　是，我们这就干活去。

　　【禽滑釐盯着这两个生员，心生疑窦。

12. 墨翟书房深夜内

　　【墨翟几案上摆着打开的《春秋》，他在踱步、沉思。

　　【禽滑釐叩门而入。

禽滑釐　师兄，明晚开讲《春秋》，准备得怎么样了？

墨　翟　这部编年史，与《诗经》相比，离百姓还是远了点。我总想尽力把它拉近……

禽滑釐　我相信你准能讲好！

墨　翟　《春秋》不比《诗经》容易引起学生兴趣，讲不好，很枯燥。

禽滑釐　是啊，所以这些日子，我没来打扰你。

墨　翟　有事吗？

禽滑釐　上次我跟你说的曲阜那两个生员，今晨突然不见了。那天任工师上武功课，我瞅了他们一眼，手脚都挺利索，肯定学过功夫！

墨　翟　看来，索纪大人还惦记着我们哪！

13. 目夷书院工地（日，外）

【墨翟正在与生员们一起劳动。禽滑釐找到工地。

禽滑釐　（隐蔽地）师兄，巫马子和公孟子来了！

墨　翟　哦？他们来干什么？

禽滑釐　不清楚。我安排他们在宾舍安歇。你要是不见，我就说你不在。

墨　翟　老师来了，岂有不见之理？

禽滑釐　那今晚的课还讲不讲？他们要是来听讲，向你发问，怎么办？

墨　翟　人家讲的时候，我提问，弄得人家下不了台，现在我讲，也得允许人家闹得我下不了台。师弟，今晚，要在讲台旁加出两个几案，请宾客上座！

【禽滑釐犹豫着。

墨　翟　我们的这场争论，迟早是要发生的。我们希望晚一些发生，好让自己更硬棒一些。可是，人家已经找上门来，我们只剩下一条路，那就是迎上去！走！

【禽滑釐很不情愿地与墨翟走出书房。

14. 目夷书院宾舍（日，内）

【墨翟与禽滑釐快步进入宾舍。

墨　翟　两位老师！墨翟来迟，请见谅……

巫马子　墨翟呀，我们俩是不速之客呀！

墨　翟　你们是我的老师，又是我的长辈，远道而来，是我们的座上客。

公孟子　墨翟能在这等穷乡僻壤开办书院，巫马子一定要我陪他来看看。

巫马子　听说今晚书院的《春秋》课开讲，我们正好去听听！

墨　翟　晚生在老师面前开讲，岂不是在鲁班门前舞弄斧子？

巫马子　你墨翟也学会客气了？过去我和公孟子讲《春秋》，你不是就吵着闹着地发问，弄得我们老脸通红嘛？你就放开讲吧！

墨　翟　晚生恳请两位老师当场指教。

【大家向外走去。

15. 目夷书院宾舍（日，外）

【大家一路走着，公孟子看见一个个生员从眼前走过，不解地问墨翟。

公孟子 我说墨翟呀，你们这是穿的什么东西，黑乎乎的。

墨　翟 我们这种褐服，便于干活。

公孟子 墨翟，你现在已经是私学主事了，你知道吗？君子必古言古服，然后仁。

墨　翟 仁与不仁，不在于是不是古言古服。何况先生法周之古，我法夏之古，学习的是大禹栉风沐雨的精神。

【巫马子拉过墨翟。

16. 目夷书院讲堂（日，外）

【在众人走向讲堂的路上，巫马子悄声告诉墨翟。

巫马子 ……我说我是不速之客，你懂吗？

墨　翟 如果老师不来，过些日子，我也会亲自去请。

巫马子 告诉你吧，今天我是专门来挑你毛病的。

墨　翟 只有老师挑出我的毛病，才能帮助堵住我的学术漏洞。

巫马子 没有办法啊！这是索纪的意思。索纪要"以私学制私学"，这个手段是很毒辣的。我当然不能苟同，但是墨翟，儒学的观念，是不能动摇的。

墨　翟 好，我们讲坛上见！

17. 目夷书院讲堂（晚，内）

【几盏油灯分布在讲堂的四方，人坐得满满的。讲坛两侧，一侧坐着巫马子、公孟子，另一侧坐着迟仲、任工师。

【墨翟登上讲坛。他看了看迟仲。迟仲点头示意。

墨　翟 今天开讲《春秋》。开讲之前，我荣幸地向大家引荐两位京城来的客人。这位是我的老师巫马子，这位是我的老师公孟子。他们不仅是我京城求学的老师，也是容我在京城栖身的恩师子张先生的门人。

【墨翟向巫马子介绍迟仲。

墨　翟 这位是我的启蒙老师迟仲，从艺师傅任工师。当着四位老师和长者讲学，墨翟实在忐忑。但是，自《春秋》成书以来，有谁向农与工肆之人讲授过《春秋》？没有。所以，我有责任给你们讲《春秋》。

【在座的人们心怀不同，却都认真听着。

墨　翟 我们大家都懂得记账吧？记账，记载的是往事，而算计的是未来。不算计未来的人，是会不记账的。那么《春秋》是一部史书，作为一本政事账，它记账的目的，跟记金钱账是一样的，同样是算计未来。孔夫子怎样算计未来的呢？他认为，未来天下要复于《周礼》。《周礼》的核心，是"亲亲为仁"。现在，孔夫子谢世已经35年，他的算计，我们一点也没有看到。相反，大国侵略小国更频繁了；弑君弑父、异姓篡国被周天子认可了；《周礼》定为"贱民"的人要寻知国家大事了，《周礼》的厚葬久丧被百姓冷落了……孔子的《春秋》没有成为恢复《周礼》的预言，反而成了送别《周礼》的挽帐！所以，我向你们讲解《春秋》的目的，就是帮助你们看清，那里是一个学术的泥坑，需要淘洗。或者说另辟蹊径，才能柳暗花明。我是个木匠，木匠做活儿要用眼睛吊线，好看看木料的走向。今日国家社稷的走向，不是"亲亲为仁"，而应当是"兼爱交利"。关于，兼相爱，交相利……

【讲厅前面清一色的铁灰色服饰中，巫马子和公孟子的华丽服饰显得那么轻薄。

【巫马子举手示意。

巫马子 我想请教迟仲老师，你作为墨翟的启蒙老师，向他讲授过《春秋》吗？

迟　仲 回巫马子，《春秋》是国家藏书，目夷之地无法见到，我没有教授过他。

巫马子 我作为墨翟在尼山书院的业师，尼山也没有这部藏书。我跟随子张夫子多年，也没读过这部书，不知墨翟所讲《春秋》据从何出？

墨　翟 我想告诉先生，我在曲阜求学是三年，不是两年，先生疏忽了我另外一年的读书。我在泮宫做修车匠时，兼作维修经籍韦编，读了许多散简的经籍，可谓近水楼台。其中《春秋》阅读七八遍之多。不知，这竹简入于我这个匠人之眼，算不算读书？

【巫马子走上讲坛，墨翟恭敬地避开。

巫马子 我想借墨先生的讲坛，在这里宣布一件事。墨先生对《春秋》的评价，有违儒家学说，而且，他在周礼的"亲亲为仁"之外，另有"兼爱交利"之说。我认为，这个书院讲授的不应称为儒学。

【坐在下面的迟师娘，怂恿胜绰发言。

【公孟子按捺不住地跳出来宣布。

公孟子 孔子的亲传弟子子张夫子，将墨翟和禽滑釐永远逐出尼山书院！

【高石进来和墨翟耳语。

墨　翟 各位，请稍候！

【墨翟跟随高石走出室外。讲堂内人声鼎沸，几乎所有的人都在交头接耳地议论着。

18. 目夷书院讲堂（晚，外）

【讲堂外，二十几个新生，见墨翟出来立即围上去。

新　生 先生，我们远道而来，为的是向墨子求学，我们现在就想进去听讲，可是这位不让……

墨　翟 高石，领他们进去，站在后排，不要影响讲堂秩序！

【高石领着众生向讲堂内走去。

19. 目夷书院讲堂（夜，内）

公孟子 ……墨翟和禽滑釐再也不能以子张门下自诩，他们已经被永远驱逐……

【胜绰在迟师娘的怂恿下，突然站起来，对着公孟子连连作揖。

胜　绰 感谢曲阜来的大人，送回我哥哥墨翟！感谢曲阜来的大人，又给我多送来一个哥哥禽滑釐。大人再有哥哥送来，我都要全部收下。

【引起哄堂大笑。公孟子有些气急败坏。

公孟子 这哪里是儒学？这哪里是儒学？连儒学的渣滓都没有！

高　石 请问公孟子，目夷书院不应称为儒学，应该称为什么学？

公孟子 什么目夷书院？农与工肆之人也进了学堂，黄口小儿都敢信口雌黄，你看你们穿的什么？这也叫服饰？简直一塌糊涂！你们就叫黑乎乎的墨学算了！

【又是一阵大笑。

【墨翟进来，重新登上讲堂。他看了面无表情的巫马子一眼。

墨　翟 刚才，巫马子一番郑重的表态，逼迫我在老师和真理之间，要做出一个选择。那我就回答你，人，大不过天，师，大不过理。我墨翟终生感激恩师，但是不会舍大求小。

公孟子 那你的意思，就是要背离子张夫子啰？

墨　翟 借公孟子吉言，称我为"墨学"。其实儒学，当年出于侏儒之义，才称之为"儒"，这并没有影响一个伟大孔子的出现。你的"墨学"之称，也不会因此污涂我的思想。墨学就墨学，我看很好！

【生员们一起拍击面前的几案。没有几案的就拍击地面。

禽滑釐 谢谢公孟子封我们为"墨学"。我禽滑釐本是子张门人，今天就是墨学的第一弟子！

墨　翟 儒学本是训练襄礼的，今日既然把我逐出儒门，我就向先生，也向儒界同人申明，墨学，师不教襄礼，生不习襄礼，想入襄礼者，归儒不归墨！

苦　获 我是来自卫国的门生。说句不客气的话，襄礼，不就是盼着人家死人，好去喊几嗓子，挣碗饭吃的大叫花子嘛！京城来的先生尽可放心，你们认为我们这些工匠是"贱民"，我们再"贱"，也绝不和世间那些嘴巴，去争饭碗！

墨　翟 苦获，不可言辞过激！

迟　仲 我是生在曲阜、长在曲阜，自小就读孔子之书的儒者。今天，我不能不说几句话。孔子在《春秋》中以维护《周礼》为己任，他的精诚是感人的。但是，孔子自己就没有按照《周礼》去做。依照原封不动的《周礼》，私人是不能办学的，孔子开私人办学之先河。私人是不许修史的，孔子开私人修史之先河。依照原封不动的《周礼》，恐怕我们首先得谴责孔子私人办学，同时要声讨《春秋》是非法读物。还有你巫马子，你也在私人办学，岂不违背了《周礼》？

【公孟子要起来反击。巫马子示意他坐下。

迟　仲　墨翟还在童蒙时，是我这个儒者，把《周礼》的核心——"亲亲为仁"传授给他，并被他幼小的心灵接受。墨翟长大了，发现整部《春秋》充满了孔子对"亲亲为仁"不能推行的哀叹。他与我争论。在我去重新阅读时，才发现弟子的感验，是难以推倒的。我也赞同了他的见解，"亲亲为仁"作为治国之道，是行不通的！为了《春秋》不成为无人问津的死书，就应该像当年允许孔子发展儒学那样允许墨翟新见。我看，你们把墨翟逐出门墙，这是儒学的分水岭。只要迈出这一步，儒学的衰败必将伴随墨学的兴起，与时俱来！

【众人欢呼起来。

【巫马子和公孟子愤然离去。墨翟向迟仲耳语，自己追上巫马子。

20. 目夷书院讲堂（夜，外）

墨　翟　老师！请留步！

【巫马子回过头来。

墨　翟　弟子备薄酒一杯，请老师赏光。

公孟子　我就不去了。

【公孟子独自回宾舍去了。

【巫马子拉起墨翟的手，二人并肩而行。

第二十五集　木鸢飞天

1.墨翟书房（夜，内）

【墨翟秉烛，把巫马子请进来。巫马子环视着这间作坊式的书房。他的眼睛陡然聚焦在一件十分眼熟的陶器坯件上，那就是搅得他筋疲力尽的欹器。他上前抚摸着，感慨万千。

巫马子　墨翟，你说我们俩到底是什么关系？表面上看哪，是师生，师生之前，还是主仆，实际上呢，是患难之交啊！

【墨翟想说什么，巫马子制止了。

巫马子　你让禽滑釐送来第二件欹器，当时正电闪雷鸣，那是苍天在明示我，无论我们场面上如何争辩，私底下，却是最可信赖的挚友。

墨　翟　老师能把墨翟的不足当面指出，当然还是良师。

巫马子　场面上的话，我不敢说，私下里，我能做到实话实说。

【栀妹进来，彬彬有礼地。

栀　妹　巫马老师！请用膳！

墨　翟　哦，这是我妻子任栀妹。

【巫马子打量着栀妹。

巫马子　就是你这双巧手仿制了欹器！

栀　妹　巫马老师见笑了。

巫马子　真是巧啊！

栀　妹　这边请。

【巫马子和墨翟向外走着。

巫马子　墨翟呀，都说是好汉没好妻，赖汉娶花枝。可是你和杨子两个好汉，怎么都娶了花枝？你的这个巧，杨子的那个雅，这两个摆在一起，比得老夫家里那个，简直就是糟糠呵！

【墨翟笑了。

巫马子　杨子那个，是京城有名的女士人，才貌双全，诗书礼乐，样样精通……唉，杨子那个夫人，你也认识嘛。

墨　翟　我怎么会认识？我给他修车的时候，他还说，要去掉一个奴仆，再娶进一个妻子呢。

巫马子　就是那个公输般的侄女嘛，你在泮宫演练"六艺"的时候，她还给你送过斗篷哪，忘了？

【阴影里，墨翟的脸色很难看。他想不到绛娘嫁的竟然是杨戎。

2. 墨翟堂屋（夜，内）

【墨翟和巫马子走着说着，来到堂屋，桌上已经摆好酒菜，他们在桌前坐下。

巫马子　……那个杨朱老儿美的，整天带着公输般的侄女，到各地周游，明里是讲学授徒，实际上，谁还看不出来，不就是展览内宝嘛。

【墨翟低头沉思。栀妹进来送菜。

栀　妹　巫马老师，我手艺不到家，你凑合慢用。

【巫马子看着桌上的酒菜。

巫马子　你这个巧媳妇，就差一身士人装束啦……

墨　翟　……哦……我们栀妹，可不识字……

巫马子　我那个，还要让我教她认字！教十遍，忘记十一遍……嗨！喝酒！

【墨翟勉强端起酒杯。

墨　翟　老师，满饮！

【巫马子又一饮而尽。墨翟也一饮而尽。

【墨翟再给巫马子斟酒，并且给自己斟满，又是一饮而尽。

巫马子　（痛苦状）……墨翟呵！……把你逐出儒门？……都是索纪那个奸臣逼我……没办法啊！……

墨　翟　……你那一套襄礼的嘴脸……我早就……早就忍无可忍！你们不给他们当吹鼓手，就没有饭吃……我有……我有手艺，走遍天下都不怕！……他们怕我！

巫马子　怕你？

墨　翟　我是他们的掘墓人！

巫马子　……你是叫花子咬牙……穷发狠！……

墨　翟　……你哪？你是热脸蹭他们的……凉屁股！……

【两个人哈哈大笑。

巫马子　……他们……他们想让我们斗！……我们明斗暗不斗……

墨　翟　天下……私学是一家！……是……一家！……

巫马子　……墨翟呀，我告诉你个秘密！千万不要对任何人讲！

【墨翟又给巫马子上酒。

巫马子　我有八个儿女，其中一个，已经入选宫中！……我们士人的女子，那些公侯女子、民间女子，谁能比得了？！……等着瞧吧！……巫马我有扳倒索纪的一天！……

【墨翟再给巫马子上酒，显然两个人都已经喝多。

巫马子　墨翟呵，从我第一眼见你……就喜欢你……我有八个女儿，怎么样？

【墨翟明白巫马子的意思，但是想起绛娘的归宿，倍觉痛苦。

巫马子　……我看你将来……准能成个大气候……我的女儿……跟了你……

墨　翟　老师，墨翟钩之以爱，揣之以恭！……

3. 墨翟卧室（日，内）

【早上起来，栀妹看着宿醉的墨翟。沉睡的墨翟舔了舔嘴唇。栀妹给他喂水。

墨　翟　……我……喝醉了？……

栀　妹　你们两个呀，醉了一对！

墨　翟　……我说什么了？……怎么一点也不记得？……

栀　妹　谁知道你们两个说了什么？一阵阵地大笑。

墨　翟　栀妹，我失态了吗？

栀　妹　反正我从来没见过你这样……

墨　翟　我哪样？！

栀　妹　喝醉了那样呗。

墨　翟　……我以后，再也不喝酒了！它让我失去了清醒……

栀　妹　我看你也难得，自从咱们结婚以后，你现在是最轻松了。

【墨翟要起身。

栀　妹　再休息半天吧？

墨　翟　今天巫马子要回曲阜，我得去看看。

【墨翟起来穿衣服。

栀　妹　你准备的礼物，正好请他捎着。

墨　翟　……礼物？什么礼物？

栀　妹　给绛娘的结婚礼物呀？

墨　翟　……忘了！压根就忘了……

栀　妹　你不会忘记任何人，怎么就忘了绛娘？

【墨翟的心情突然沉痛起来。

墨　翟　……知道绛娘嫁给谁了吗？

栀　妹　（谐谑地）反正没有嫁给墨翟。

墨　翟　栀妹，咱们以后，不要再开这个玩笑了。

栀　妹　瞧你，还真的生气了？

墨　翟　绛娘果然嫁的是杨子。

栀　妹　杨子？你不是说她嫁的是杨戎吗？

墨　翟　昨天巫马子说，杨朱和杨戎，是一个人，（自语）都叫杨子。

栀　妹　你认识杨子吗？

【墨翟点点头。

4.杨朱府邸庭院（日，外）

【已成杨子夫人的绛娘，好像成熟了许多。但是她的灵性并未舒展。她坐在庭院的角亭里，拿着书简，却依在亭柱上，看着天上的大雁。

【雁群一阵阵在头上盘旋。丫鬟过来。

丫　鬟　夫人，先生有请。

绛　娘　杨子的客人走了吗？

丫　鬟　刚走。先生请夫人过去。

绛　娘　你就说我，想自己待一会儿。

丫　鬟　夫人，你还是去吧。

【绛娘复又看着天上的一只离群孤雁，并没有走的意思。

【少顷，杨子过来。绛娘礼貌地站起来。

杨　朱　我还请不动夫人吗？

绛　娘　我以为客人还没有走。

杨　朱　我有话要对夫人说。

绛　娘　今天风和日丽，这里说吧。

【丫鬟赶紧走了。

杨　朱　客人的茶水是你让送的？

绛　娘　怎么，又不对啦？

杨　朱　府上的规矩，夫人还不懂，以后来客，一律不要泡茶。

绛　娘　人家到家里来，我们总不能让人家干渴着吧？

杨　朱　我又没有请他来？

绛　娘　人家请你去讲学，不是帮助你传播你的"贵己"学说吗？

杨　朱　那，我就更要先给他上一堂"贵己"课了。

绛　娘　杨子这是，置人之常情于不顾。

杨　朱　夫人此言差矣！我没喝他的茶，他为什么要喝我的茶？

绛　娘　杨子"贵己"，竟然"贵"到一杯茶的地步？

杨　朱　一个我没有约请的客人，一场我未必接受的讲学，为什么要我先送给他一杯茶？

【绛娘轻蔑地瞥了杨子一眼。

杨　朱　夫人，从今往后，凡是来客，一律不让座、不送茶。让了座，他说起来没完，送了茶，他又以为要留他吃饭……

绛　娘　原来杨子要做一只铁公鸡！

杨　朱　对，一只一毛不拔的铁公鸡！

【绛娘气得甩手而去。杨子跟在后面。

5. 杨朱府邸书房（日，内）

【绛娘进了书房。杨子跟了进来。

杨　朱　……夫人，你为一杯茶生气，就是妇人之见了。杨子是位哲人，岂能斤斤计较于一杯茶？

绛　娘　那你是什么意思？

杨　朱　你跟着听了我这么多的讲学，我的主张应该明白了？

绛　娘　你不就是关起门来，朝天过吗？

杨　朱　对！我关起门来，希望你也关起门来，天下人，人人都关起门来……

绛　娘　我要是关起门来，岂能出得公输之门？你要是关起门来，岂能娶得绛娘之人？

杨　朱　我是说，人人都关起门来，谁都不去抢掠他人，谁都不去毁损他人，这样就能天下太平！

绛　娘　就算你邻人不往，友人不访，亲人不来，你也不可能关起门。

杨　朱　怎么讲？

绛　娘　家里的废弃物，总要倒出去，外面的消息，总要传进来吧？

丫　鬟　先生、夫人，可要用茶点？

【杨子朝丫鬟一挥手。

杨　朱　我杨朱以好辩驰名，今天非把这"一杯茶"辩明不可！你我坐下讲。

【绛娘和杨子都坐下了。丫鬟只好下去。

杨　朱　一杯茶，对于我杨子，如一体之一毛。一毛之于一体，为万分之一。可是绛娘，一毛小于肌肤，肌肤小于肢体，肢体小于一体。积一毛而成肌肤，积肌肤而成肢体，积肢体而成一体。你要是小看了一毛，不就是轻视我整个的杨子吗？

绛　娘　谁也没有轻视你，不就是一杯茶嘛？

杨　朱　他今天取我一杯茶，明天取我一杯茶，日积月累，就会把我杨朱身上的毛，全部拔光。

绛　娘　人家明天根本不会再来！

杨　朱　他既然得到甜头，岂有不来之理？战乱就是从获得这一点点小利开始的！我杨子看不惯兼并攻伐，看不惯弱肉强食，我苦苦地找寻着救世的良方。良方何在？就在脚下！每个人，踏着自己的国，守着自己的家，不要觊觎别人的国，抢掠别人的家。每个人保护好自己的一毛，不要让别人来拔，也不让别人拔。如此，帝王全性葆真，百姓贵己重生，人人不取不予，独自养己，让不平之鸣、怨悱之声消弭，让巧取豪夺、奸佞邪恶之徒休矣！天下岂能不重归泰初之清澄、灵性之安详？

【丫鬟进来。

丫　鬟　先生，季孙氏家臣索纪、索大人来访。

杨　朱　有请……杨子请夫人一同会见索大人。

【绛娘轻蔑地起身而去。

6.杨朱府邸客厅（日，内）

【杨子和索纪同时进入客厅。

杨　朱　索大人！

索　纪　杨子表弟！还是叫我表哥吧？

杨　朱　索大人光临，也不提前打个招呼？

索　纪　杨子表弟迎娶这样的大事，也没有打个招呼嘛。

杨　朱　娶妻纳妾，不过买进一两个奴仆而已，何必张扬？

【索纪管家拿出礼物奉上。

索　纪　表兄的这点薄礼，以示恭贺。

杨　朱　索大人，请收回，此礼杨朱不受。

索　纪　这都十年了，你怎么还是老脾气？

杨　朱　索大人结婚时，我杨朱并未送礼。

索　纪　以后，你表外甥大婚，再送也不迟嘛。

杨　朱　表外甥结婚，也就是买进一个奴仆而已，何须送礼？

【索纪忍了忍，挥手让管家把礼物放下。

索　纪　你真天下名辩！天下名辩呀！

杨　朱　索大人何事来访？

索　纪　我想请杨子表弟出山！……我那个国学泮宫，自从罢黜了公孙子方，到现在都没有一个主事。杨子表弟是天下有名的辩士，倘若肯去泮宫屈就，岂不更为风光？

杨　朱　索大人，这十年，听说你宦途腾达，官运亨通。可是你也越来越看不清，我杨朱的那点志趣了？

索　纪　一寸年龄一寸心，我以为，人总是会变的嘛。

杨　朱　那请回答我的提问。

索　纪　杨子表弟请问。

杨　朱　假如，碰你一寸肌肤，付你万金，你干吗？

索　纪　当然干。

杨　朱　假如断你一截肢体，送你一国，你干吗？

索　纪　干。

杨　朱　假如杀了你的头，把天下都许给你，你干吗？

【索纪想了想。

索　纪　年轻的时候，我不会干……年老了，为了我的儿孙……也许会干。怎么，难道杨子表弟不干？

杨　朱　拔一毛利天下，我不为；用天下换我一毛，我也不取。

索　纪　杨子把世事抖落得如此干净，真是少见！

杨　朱　索大人，不要少见多怪哟？

索　纪　那么出任泮宫主事，支取俸禄，总该是干干净净的吧？

杨　朱　不！索大人罢黜了公孙子方，我去顶替，就算不是为虎作伥，也是鸠占鹊巢。

索　纪　杨子表弟的学识，难道不及公孙子方？

杨　朱　十个公孙子方不如一个巫马子，十个巫马子不如一个子张夫子，十个子张夫子不如一个杨子。

索　纪　我要是把原来的泮宫废掉，再另起炉灶，杨子表弟是否肯屈就？

杨　朱　爵位再高，高不过帝位，钱财再多，多不过富贾，我杨子一张嘴巴，只参辩，不参政，只为师，不为官。请索大人收起美意。

索　纪　聘请杨子表弟，也是季孙氏大人的意思。

杨　朱　杨朱是父母所生，父母的意思都撼动不了杨朱，何况季孙氏大人并不是我的父母。索大人，你说对吧？

索　纪　表弟，就算表哥我求你！你就看在我们一百年前是一家的面子上，像个一家的样子吧？

杨　朱　给我天下，换我一毛，我都不为，你给我一个泮宫主事，就想换取我三十多年的修炼，你说我能为吗？

索　纪　告辞！

杨　朱　不送！

　　　　【索纪气得甩手而去。杨子示意索纪管家拿走礼物。

7. 目夷书院习武场（日，外）

　　　　【中国功夫，其发源之一是春秋战国时期的"技击"，即由古老的角力向角"巧伎勇力"转型，奠定了中国功夫的雏形。随着诸侯兼并战争的推行，"技击"作为军事教习的主要内容，由齐国向周边国家迅速传播。而在一个学术团体中教授中国功夫，墨家开风气之先。

　　　　【生员们已有近百人围站场边。场上有一片仿佛祭祀的"星桩"，不同的是高矮不等，并且没有涂上颜色，一色的白茬子。

　　　　【任工师紧衣装束，走上前来。

任工师　生员们，我一个匠人，不会讲什么道理。今日的武功课，我先做给你们看，道理以后墨子再讲给你们听。今日，我们一家祖孙三代，再加上禽滑釐，先让你们开开眼！

　　　　【五十根木桩前，四个人紧衣打扮，威武站立。不等生员们对女人和老人也来表演武功发出惊叹，禽滑釐一个箭步，飞身上桩。

【木桩高矮不等，禽滑釐在上面行走，却如履平地。他完成几个大回转的桩上行走后，一跃落入桩丛，在紧密的桩柱间进出自如。随后，禽滑釐自桩间拔地上桩，两手扶住桩柱，只听"喀嚓"一声，两桩倒地，禽滑釐一脚一个地踢出断桩，然后，伸腿一扫，三根木桩齐刷倒下。

【栀妹一个简练的动作，三根断桩随着她灵巧的脚上功夫，依次飞出三丈之外，然后在木桩密处，两肘向后，两根木桩断落于地。她用腿的后蹬动作，于是前后五根断桩整齐地码放一起，准确的程度令人叫绝，然后飞身桩上，在桩上连续几个后空翻，脚点到木桩，以一个灵巧的空心翻下桩。

【任工师进入桩阵，用右腿绕住一根木桩，平地拔起，踢出，再用左腿拔出一根桩柱，踢出，随后上桩，在桩上做了几个飞身动作后，一跃而平躺于桩柱上，然后一个鲤鱼打挺，在木桩上趴着行走，所走之处，木桩倒下一片。

【任奶奶故作老迈之态，慢慢弯腰捡起一根断桩，然后飞身将断桩杵在另一根断桩上，腾空倒立。生员们惊讶之时，任奶奶做晃晃悠悠状。生员们齐步上前，准备搀扶。不想，晃晃悠悠的任奶奶，又将断桩移杵到另一根断桩上，人仍然倒立其上，依然晃晃悠悠。

【突然，任奶奶晃晃悠悠地掉到了地上，生员们大惊。

【只见地上的任奶奶一发力，手中的断桩，像刀似的砍断了所剩下的木桩，但是木桩并不倒下。

【此时，四个武功师共同踩脚，木桩纷纷震落，露出齐展展的断桩茬口。

【看傻了的生员们，纷纷跑上断桩茬口，走着、跳着、叫着。

8. 途中（日，外）

【一辆马拉轿车，向北急行。十骑马队护送，紧相呼应，骑士为楚军装束。

9. 途中（日，外）

【岔路口，马队突然减慢速度。

【中间那辆轿车停下来，公输般从车上走下，与军士打着招呼。

公输般　我说呀，前面就是目夷谷了。你们护送我，就到此为止吧！

军　士　公输先生，我们一定要看着你迈进自家大门，才能回郢都复命！

公输般　那好吧，这路不远啦，你们就陪我走走吧！

【军士一招手，十个骑手一齐下马。

10. 目夷书院讲堂（日，内）

【讲堂内，鸦雀无声。生员们都在写《春秋》和《诗经》的竹简。

【墨翟在为一个学生作刻简时的用刀示范。

【墨翟检查高石在写简。高石发现墨翟。

高　石　师傅在泮宫一年，演练六艺还读了一百卷书，我读不了百卷，读十卷总可以吧？师傅可别嫌我慢哪？

墨　翟　高石，你怎么越大越害羞了？

【高石憨憨地笑着。

墨　翟　你的六艺演练也该开始了吧？

【外面传来一阵马嘶。

高　石　该喂马了！

【墨翟和高石悄悄出来。

11. 目夷书院马棚（日，外）

【墨翟和高石正在给马喂草料。

墨　翟　高石呀，我们还欠下一笔账，债期快到了……

高　石　师傅说的是木鸢飞天之事，徒弟哪敢忘记？我根据你说的，将木鸢的木骨改为竹骨，布翼改为丝翼，现在一只木鸢，只有一个鸡蛋的重量，已经可以在天上飞一炷香的工夫啦。

墨　翟　太好了！我被讲学缠住，这木鸢的事，连想都不敢想，多亏了你。等我腾出空来，咱们再想办法。

高　石　我想，怎么也得飞半天，飞一天。

【禽滑釐过来。

禽滑釐　师兄，你猜谁来了？

墨　翟　谁？

禽滑釐　公输般先生！

墨　翟　在哪？！在哪？！

禽滑釐　昨天到的染山。

墨　翟　恩公来啦！我这就去看他！

【墨翟高兴地把马料放下就跑。

12. 公输工师客厅（日，内）

【墨翟一路喊着"恩公！恩公！"跑进来。公输兄弟俩起身迎着墨翟。

墨　翟　……恩公受在下一拜！

公输般　墨翟呀！你要折我的寿不是？

墨　翟　感谢公输先生的搭救之恩！

公输般　不不，这一论起"搭救"来，咱们可就得转着圈儿地感谢了。

公输工师　首先得感谢墨先生，让我的染坊重新红火起来。现在我家染坊的染织品，有多少京城销多少呀！

墨　翟　（连连摆手）那是染工们干的，不是我干的！

公输般　那司星官大人总是你墨翟"搭救"的吧？

墨　翟　没有，没有，我自代羁押，只是出于公理……

公输般　难道我救你出狱，就不是出于公理？

墨　翟　当然是，当然是！好好，今日都不说感谢的话了。绛娘回来了吗？

公输般　唉，嫁出去的女，泼出去的水啊！我的小绛娘哪，如今已经成了杨子夫人啰……

墨　翟　绛娘生活得一定挺好吧？

公输般　要是不好，还不早就跑回来了？她一定是过得很好，把我这个叔父都忘到脑后，好久没有见到她啦。

墨　翟　（应付着）好就好……好就好……

公输般　墨翟，听说你在目夷谷办起一座书院？

墨　翟　是呀！先生歇息过来，请过去看看。

公输般　为这事，绛娘是又舞又跳啊！绛娘这孩子，是高兴了跳，不高兴了也跳。她说，她早就看到你要走这一步。我呢，怎么也高兴不起来。

墨　翟　公输先生是舍不得绛娘女大当嫁？

公输般　这是一。二呢？我以为，墨翟你应该从匠。天下办私学者，就像那青檀紫檀，好是好，还是有，不缺一个墨翟。而在技艺上，能超过我公输般这把斧子的，除了墨翟，还没有第二把哪！

墨　翟　三年前，我请求从师，先生不收。当初若收下我这徒弟，随先生行走各国，墨翟也可助一臂之力嘛。

公输般　那我现在收徒也不晚哪？

墨　翟　我在自代羁押的时候，不是已经自报"公输门人墨翟"了吗？

公输般　哎呀！我也就是过过嘴瘾罢了。你那颗"兼爱"之心，是什么行当也诱惑不去的了。

墨　翟　这好办，我愿终生以先生为师！

公输般　这回呀，我可不敢当哪！

13. 目夷书院"六艺厅"（日，外）

【墨翟陪着公输般一路走着。

公输般　……这次楚国之行，应该说是上了楚王的当！

墨　翟　哦？先生一生没用错过一根料，没看错过一个人，怎么也会上当？

公输般　不怕贼偷，就怕贼惦记。这回，是让人家给惦记上了。本来楚王邀请我去，是在郢都的北侧高地上建一新宫，以防水患。可见了楚王，他却要我帮他造一件抗拒越国侵扰的水战器械。

墨　翟　听说越国自从灭吴之后，宋、郑、鲁、卫、陈、蔡的国君们，都纷纷争相朝见。

公输般　所以这越王的野心才越来越大，大有吞并楚国之势。楚、越两国的舟师，多次在长江中交战。

14. 目夷书院"六艺厅"（日，内）

【一行人进来。

墨　翟　这是正在建造中的"六艺厅"。

【公输般环视着。

公输般　墨翟，你这是麻雀虽小，五脏俱全哪！

墨　翟　楚、越交战的结果呢？

【公输般拿起台子上的几块木块，比画着说起来。

公输般　每次进攻都由越人发起，每战都是楚师必败。楚国的军帅兵家，拿不出破敌
　　　　之策，就合着伙，邀请我去营造宫殿。这不是让贼惦记上了嘛？

【大家笑着。

公输般　楚王见了我，鼻涕哭下来这么长，要我救他"灭国之灾"。我一听，本来气鼓
　　　　鼓的肚子，也就瘪了。

墨　翟　想不到，先生还懂军械？

公输般　我不懂军械，更不懂水上军械。他们把越、楚两军的水战给我做了一场十分
　　　　逼真的演习。这么一看，我全明白了。越师的船小，便于靠上打。楚师的船大，
　　　　不好逃跑。我就给楚师做了两件水上战具。一件叫"钩"，一件叫"拒"。墨翟，
　　　　你反对我替人造军械？

墨　翟　不，我赞成帮助弱者，我也赞成制造防御军械。

公输般　还要看哪里？走呀！

【大家正听在兴头上。

墨　翟　说完再看。

公输般　好。这"钩""拒"造好之后，正好越师来攻。……楚王就用了这"钩拒之备"
　　　　来应战，并且邀我在江边观战。那天，楚军的大船像花生，越军的小舟像黄
　　　　豆，撒满了江面。你挨着我，我贴着你，是密密麻麻呀。楚师准备好了"拒"，
　　　　只要越军的小舟一靠近，就把它推开好几丈远。小舟贴不上，优势就变成了
　　　　劣势，当然打不过楚师，一下就败了。

禽滑釐　败了，那就跑吧？

公输般　是呀。以前楚师吃亏，就是因为在上游，要逆流而逃，逃不掉。这一回，本
　　　　来在下游，逃跑很方便的越师，却是逃不掉了。因为楚师的战船都伸出了
　　　　"钩"，把那些逃跑的小舟这么一钩，一钩，一钩……

【公输般用一根铁丝钩住一卷卷的刨花。

公输般　哈哈！越师几乎全军覆没啦！

高　石　公输先生可是为楚国立了大功！

公输般　是呀，楚王高兴得大宴群臣，给我重赏，一再挽留我在楚国为官。被我一概拒绝。……

墨　翟　可是楚王怎么会放你？

公输般　哎？墨翟，你还欠我一笔账哪！我这次回来，就是来讨账的。

墨　翟　好，明天就还先生的账！

禽滑釐　先生楚王怎么会放你，让晚辈也长长见识！

公输般　是呀，你们猜猜看，我是怎么脱身的？

15. 鸢岭（日，外）

【万木初染，春意盎然，大地被染成"绿衣黄里"。

【目夷书院的百余弟子，还有百工坊的匠人们，目夷谷的男女老少们，来到鸢岭下。

【墨翟一方由高石从马车里取出一只黑色木鸢。公输般一方由公输洪从马车里取出一只褐色木鸢。两个人擎着向高处走去。

迟　仲　木鸢飞天比赛即将开始，现在请双方准备！

【人们远远看见，双方已在崖前站立。迟仲双手交叉一挥。

迟　仲　放飞！燃香计时！

【禽滑釐把早已准备好的一支香燃起。

【褐、黑两色木鸢，在空中翔翔，人群中发出欢呼声。这时，两只本来清晰可辨的木鸢混进几只真的鸢鹰，穿梭其间，真假难辨。这一天上奇观，引来了人群中的阵阵感叹声。

公输般　墨翟呀，我本来想将你一军，没想到你真的飞上天了！

墨　翟　先生将的这一军，弄得我寝食不安。

禽滑釐　我看这两只木鸢，还得飞好一阵子。先生不妨再接着讲，你在楚王那里，是怎么脱身吧？

公输般　好吧。

【公输般拉着墨翟在草地上坐下。

公输般　话说，楚王苦苦劝了一阵，见我执意不肯留下，就改要我推荐可以替代之人。我说，可以代公输之巧者，天下仅有一人。而此人治国学说之精良，则胜过公输百倍。

禽滑釐　这不把楚王高兴坏啦？

公输般　我说，你先别高兴，他是否肯来楚国效力，要待我回去之后说服他。楚王一听，觉得在理。可是他的大臣鲁阳文君不肯，一定要我说出所荐之人。

禽滑釐　那先生如何应对？

【公输般看见香火已经燃尽，立即指着禽滑釐的鼻子。

【禽滑釐连忙再点燃一支香。

公输般 为了脱身呀,我只好报出举荐之人。

禽滑釐 先生所举何人?

公输般 远在天边,近在鸢岭!

禽滑釐 原来公输先生举荐的是两只木鸢呀!

公输般 (惊奇地)墨翟呀,你的大弟子,肚子里是不是有根竹竿呀?

禽滑釐 没有呀!

公输般 不会拐弯嘛。

【墨翟笑着。禽滑釐明白过来,原来公输般举荐的是墨翟。

公输般 现在天下荐贤成风,几个大国的国君求贤若渴,我这样做,是想给你施展才华开辟一条道路,你说呢,墨翟?

墨　翟 是的,先生以对楚国建有大功的身份荐举,是很有分量的。但是只怕,墨翟并非其才。

禽滑釐 公输先生,我们书院弟子百人,个个都有真才实学,以后你到各国周游,请多为荐举。只是他们的老师嘛,还是不荐为好……

公输般 为什么?

禽滑釐 小时候,我母亲养了几只鸡,她只卖鸡蛋,从不卖鸡。

公输般 你是说墨翟是个老母鸡,要不断地生蛋?

【计时的香燃尽,冒出一缕青烟。

迟　仲 木鸢飞天已满一个时辰,公输般、墨翟双方获胜!比赛到此结束!

【众人发出欢呼声。褐、墨两色木鸢,仍在空中有规则地绕行。

16. 目夷书院主事房(日,内)

【高石拿着木鸢。

墨　翟 你对照过制作技艺上,有什么不同吗?

高　石 我仔细比较过了,公输先生的褐鸢,比我们的黑鸢要轻,他还在褐鸢尾部装了一个水平仪,使木鸢随风滑翔,而不降低高度。所以它能在天上飞三天三夜……

17. 目夷书院讲堂(日,内)

【讲堂内清一色的墨服,座无虚席。墨翟走上讲台。

墨　翟 今天,技艺课开讲。开讲之前,我有一事向大家提问。我和公输般的木鸢竞赛,你们都是见证人,请问谁失败了?

众　齐 没有失败!

墨　翟 不,我和公输二者必有一败!

苦　获 老师,迟仲老师不是宣布双双获胜吗?

墨　翟　但是我墨翟，确实败了。

苦　获　老师如此自贬，岂不让弟子们寒心？

相里勤　先生的这一宣布，恐怕会造成对仲裁人的不敬？

墨　翟　你们再回答我一个提问。技艺被我们通常称为"巧"，谁能告诉我，什么是"巧"吗？

高　石　老师，技艺上用心用智，就是"巧"。

墨　翟　我用三年做一木鸢，在天上飞了一天，公输先生数日成鸢，在天上三日方落。显然，我的用心用智要输于公输先生，公输先生之巧，很值得我们去学。这是技艺上的一败。我的第二个失败，败在哲理上。因为我没有弄清，什么是"巧"。

【讲堂内议论纷纷。

墨　翟　判定什么是"巧"，高石讲的是一种，但是我认为，"利于人谓之巧"。比如，我用燃支香的工夫，砍削一个车挽，可挽千斤之力，足代十人之劳，它"利于人"，所以足堪称巧！而我用三年造一个木鸢，与万民何益？"食患不饱，衣患不暖，劳患不歇"的人称为"三患"之人。我下了一个狠心，把那种与救"三患"之人无关的技艺，称之为"淫技"。

己　齿　世间只有技艺创新，才有生命力。有如先生的圆周新率，我们楚人称先生的"径一而周三一四加"为"墨率"，群起而学之。先生怎知，木鸢竞天不会群起而学之？

墨　翟　我所惧怕的，正是竞鸢引出的群学之风。因为它距离社会需求太遥远。其实，放胆说来，木鸢的飞天，并不是我们的目的，我们的目的是，人要飞天。既然，鸟儿可翱翔天穹、蜻蜓可起降自如、蝴蝶能翩翩起舞，人为什么不可以飞天？

【生员们第一次听见这样大胆的说梦，议论纷纷。

墨　翟　但是，飞天的梦，还是留给我们的后人去做吧，比如百年之后、千年之后。现在，我们还是要关注当今之时！……

【生员们被墨翟的严厉镇住了。

墨　翟　当今之时，再"巧"的车船，只为官家和富人专用，再"巧"的铁器，人们只能夸其精良，而舍不得用。织工伏几不息，一人织而三人衣。农夫暴晒日下，一人耕而五人食。一件精陶，只供祭祀之用。如果能用我们的"巧"，使人人得享车船之便；使农夫有铁镰、铁犁，每人不少于一件铁器；使工匠有铁斧、铁锯，每人不少于一件铁具；使织工，一人织而十人衣；使农夫，一人耕而十人食；家家用精陶，人人有衣装。凡此种种，不正是我们施"巧"的广阔空间吗？所以，墨翟郑重宣布，自今日起告别"淫技"，有见我再操"淫技"者，请鸣鼓而攻之！弟子中有操"淫技"者，将自列于门墙之外！

第二十六集　墨守成规

1.目夷谷村口（日，外）

【清明时节，原野清新。

【胜绰背着大英，栀妹扛着篮子，篮子里放着祭祀的用品，向祖坟走去。

大　英　小叔！我们上哪去呀？

胜　绰　我们去看你的爷爷奶奶。

【墨翟从后面赶上来，抱过大英。胜绰接过栀妹手里的篮子。

大　英　爷爷奶奶住在什么地方呀？

墨　翟　……爷爷奶奶住得可远了。一年当中，只有今天，我们才可以和他们相见……

胜　绰　哥哥，大叔大婶去世的时候，你哭过吗？

墨　翟　哭过。

胜　绰　不像大英昨天找不到栀妹，那样哇哇大哭吧？

【栀妹摸了摸胜绰的头。

2.墨父母坟冢（日，外）

【坟头燃起香火。摆好供品。墨翟带领四个人在墓前跪叩。

【童蒙已开的胜绰，吟诵着《小雅·采薇》。依稀有着少年墨翟的哀伤。

胜　绰　昔我往矣，杨柳依依。

　　　　今我来思，雨雪霏霏。

　　　　行道迟迟，载渴载饥。

　　　　我心伤悲，莫知我哀。

【祭祀完毕，四人起身。南面过来一群青年男子，径直向墓地走来。

栀　妹　墨翟，你看！

墨　翟　……不像鲁人装束……

【栀妹赶紧把大英揽在怀中。

墨　翟　你带孩子先走吧？

栀　妹　好，你也要当心！

【栀妹带着大英、胜绰先走了。墨翟收拾着祭祀的供品。

詹　何　请问这位匠人，目夷谷怎么走？

娄　仲　听说这里有个人叫墨翟的？我们要投奔他求学！

詹　何　你这是祭祀父母吧？

墨　翟　是的。

詹　何　唉……我们的父母都不知是死是活啊！……

墨　翟　听口音，你们不是鲁国人吧？

詹　何　我们是杞国人。

墨　翟　那你们如何落到这般地步？

娄　仲　楚军突袭杞国，杞君被俘，杞国灭亡，我们这八个人，都是杞国的达官显贵子弟，是突出楚人封锁跑出来的。

詹　何　……俗话说，凤凰落毛不如鸡了……

娄　仲　听说在目夷谷读书，能得到真才实学，我们也算寻一条生路吧。

墨　翟　跟我走吧，我顺便给你们带个路。

詹　何　多谢先生带路，我会给你钱的。

墨　翟　不用了，你们路上也不容易。

3. 途中（日，外）

【墨翟带着他们走着。

詹　何　匠人，真让你说对了，这一路才是千辛万苦哪！你看这，我哪里穿过没有浆洗的衣裳？跟你的一样了嘛！成了烂抹布……

墨　翟　孔夫子曾说过"继绝世"，你们到这里读书，是不是也想继大禹后嗣的绝世呀？

詹　何　哦，看你这个工匠，也知道"继绝世"？

墨　翟　是的，我是制车工。

娄　仲　那你也说说看，杞国是复国好，还是不复国好？我们一路上就争论不休。

墨　翟　你说呢？

娄　仲　我以为杞国贵族太腐败了，他们把大禹的精神早丢得一干二净……

詹　何　娄仲兄，你这话也太绝了！

娄　仲　詹何兄，我一路上看你那个公子哥的样子，就知道杞国贵族的腐朽，已经烂到骨子里了！

詹　何　我现在已经和工匠穿着一样没有浆洗过的衣裳，你还要我怎么样？

娄　仲　不是我要你怎么样，是你想怎么样，而不能怎么样！

【詹何气鼓鼓地，转向墨翟。

詹　何　对了，我们逃出来很匆忙，没有带佣人，你一个匠工，也挣不了几个钱，不如替我兼做帮佣，怎么样？

墨　翟　一月给多少钱？

詹　何　日工八钱，每月二百四十钱，给你二百五……

娄　仲　詹何老弟呀，国都亡了，你这世族的架子，还是放不下呀！

【众人跟着墨翟一家，向目夷谷走去。

4.目夷书院学生寓所（日，内）

【八个杞国生员正在收拾行李。墨翟进来。

詹　何　哎！来啦？你这个匠人，倒是挺讲信用的！

【詹何转脸对其他几个杞国生员说着。

詹　何　兄弟们！把一路上的脏衣服，都拿出来吧！娄仲兄，别不好意思！这个月的佣钱，不用你们出，我一个人出！

【几个人把衣服，收了一大包，交给了墨翟。墨翟抱着脏衣服正要出门。

詹　何　唉唉唉！

【墨翟回过头，詹何把脚上的袜子，一只只地脱下来，塞给了墨翟。

詹　何　记住，洗干净了，一定要浆！

【墨翟应声而去，詹何拍了拍墨翟的肩膀。

詹　何　别忘啦！一定要浆！

5.墨翟院子（日，外）

【院子里，洗好的衣服晾满了一条条绳子。

【栀妹正在用开水冲浆，浆子冲好之后，栀妹把洗好的衣服放进浆子里揉搓，然后取出挂在绳子上，晾晒。

【墨翟、禽滑釐、迟仲和任工师在议事。

墨　翟　我想，我们目夷书院应该有个守则。

禽滑釐　不就是作息时间和课堂纪律那些事吗？我早已安排好了。

迟　仲　不，墨翟说的不是你那个。

墨　翟　我说的守则，要把我们墨学的主要精神品格和行为方式，概括起来，便于生员们学习、记忆、背诵。

迟　仲　以至于成为格言，传之万代。

任工师　你们说的我不懂，我觉得，墨翟说的这个守则，是不是就像小九九那样的东西，好念好背，还好用？

墨　翟　这个守则就是个"兼爱"的小九九！我试着写了一个，一起推敲推敲……

【栀妹在一块平展的大石头上，把浆过的衣服展开，捶平。

任工师　栀妹，不年不节的，你浆什么衣裳？

墨　翟　咱们的兼爱小九九，也得这么仔细地浆洗浆洗哪……

6.目夷书院学生寓所（日，内）

【墨翟把浆洗好的衣服送来。

詹　何　衣服浆洗得蛮不错，你们鲁国的匠人，做什么，都认真。

五十二集大型 历史电视连续剧 墨子

墨　翟　公子，那你不可以向鲁国匠人学点东西吗？

詹　何　瘦死的骆驼强似驴，亡国的杞国世胄，也不能沦落到工匠地步……哦，（去摸钱袋）我得先付你佣钱！

墨　翟　我估计，你的钱，不能用。

詹　何　我带的是齐国刀币，在鲁国是流通的呀！

　　【墨翟匆匆离去。

詹　何　……这个匠人！还不要钱？……

7. 目夷书院讲堂（夜，内）

　　【讲堂内众生坐定。禽滑釐把杞生八人带入。

禽滑釐　我介绍一下，这八位是刚从杞国来奔的新学子。杞国已为楚国所灭，他们国破家亡，背井离乡，希望诸生格外关爱他们。

　　【杞国生员坐定下来。

　　【墨翟登上讲坛，引起杞生们一阵不安。禽滑釐劝他们安静。詹何不由自主地站起来，张着嘴半天回不过神来。墨翟向他示意坐下。

墨　翟　生员们，杞国为什么会被楚国吞灭？从外部看，是楚国扩张疆土的野心太大。那么从内部看呢？我看是杞国的贵族太腐败，失去了先祖的大禹精神。对于自己的腐朽糜烂，我们提倡一种极端的苦行，给予根除。我要告诉你们，杞国虽亡，大禹精神仍在！我拟就了一个简明的《墨守》，借以祭奠我一生崇尚的大禹精神。不能遵循《墨守》者非禹之道，不足以墨！

8. 目夷书院讲堂（日，外）

　　【讲堂外墙上，一张木板，以大篆体公布了《墨守》，众生读着，议论着。

　　【《墨守》的内容为：

　　（1）日夜不休，自苦为极，穷且日坚，不坠青云之志。

　　（2）兼相爱，交相利，有智以教人，有力以劳人，有财以分人。

　　（3）不立巧誉，以身载行，言必信，行必果。

　　（4）卑己尊人，以情归之，论技实巧，以能服之，以是辅其君而存其国。

　　（5）君有难则死，赴火蹈刃，死不旋踵。

詹　何　这是说着玩的吧？

　　【苦获指着第三条的"言必信，行必果"给詹何看。

苦　获　匠人出的学问，肯定是刀劈斧削，斩钉截铁！

高　石　詹何师弟，你刚来，不知道。墨者从来无戏言。

詹　何　要是真的，这开头第一句，就把我吓了一跳！"日夜不休"？谁能晚上不睡觉？那是神仙吧？

高　石　詹何兄，"日夜不休"就是强调要勤勉不辍，并不是说不睡觉。

苦　获　要是像你这样抠字眼，你说吓了你一跳，不是也没跳吗？

【众人笑着。

9. 目夷书院生员寓所（日，内）

【禽滑釐和高石在杞国生员宿舍，听他们争论《墨守》。

詹　何　……还日夜不休？我咬咬牙，做到日劳夜休，也得脱五层皮！

相里勤　禽师哥，墨子以禹为师我很赞成，只是《墨守》这五条，我怕"道高和寡"，吓跑了才，影响墨门繁荣。

禽滑釐　你们所说的，都有几分道理。不过，你们都没有看出墨子制定《墨守》的目的。

相里勤　你说什么目的？

禽滑釐　如今天下伶牙俐齿、摇唇鼓舌的人多，脚踏实地、勤勤恳恳干事的人少。墨子以为，不能甘为"墨守"者，与其两相耽搁，不如请君早做他图。

苦　获　我明白了，墨子这是打招呼呀！让吃不了苦的，趁早走。

禽滑釐　对，墨学与其他学派不同，在于"道艺并重""德力并重"，要培养知行合一、能说能做的人才。其实，各国有作为的国君，都在奋发图强、招徕英才，早把那些不懂农战、不善军谋、不知技艺、不通民情的人，排斥于遴选之外。

娄　仲　《墨守》里的那五守，要是我只能做到两守、三守，那怎么办呢？

禽滑釐　只要你赞成五守，日后继续去做，也就可以了。

詹　何　我怕是一守也不守。

娄　仲　詹何兄，你不要再抠字眼儿了嘛……

詹　何　不抠能行吗？这"自苦"还不算，再加上一个"极"字！"自苦为极"，一棍子把人捅进了地狱！再说那个"死不旋踵"，死到临头了，还不逃跑？谁能做到？杞国灭亡了，我们不都是逃出来的吗？到了逃命的关头，都是要跑掉鞋子的！不知天下还有什么事，能让我"死不旋踵"？

高　石　真是人各有志呀！我看你适合杨子的学说。

詹　何　杨子？听说过，杨子怎么说？

高　石　杨子说，不入危城，不处军旅……

詹　何　对对！太对了！提前避开战争的危险，那才是不旋踵哪！想不到，世间也有我詹何心仪的学说？

高　石　你可以拜杨子为师！

【大家都笑着走了。

【栀妹拿着浆洗好的衣服，进来送给詹何。詹何收下衣服给钱。

栀　妹　目夷书院不收洗衣费用。

詹　何　这好呀，这一条为何不写进《墨守》？

【詹何又脱下衣服交给栀妹去洗。

10. 目夷书院（日，外）

【公输般跟随一辆马车进来，看见墨翟等匆匆迎出来。

墨　翟　先生！先生呀！

公输般　墨翟，我这是给你送贺礼来了！

墨　翟　什么贺礼还要用车拉？

公输般　你看。

【家仆从车上搬下一方石礅。众人围观，原来是一幅刻在石板上的天下域图。

公输般　这两天，我用目夷山石，给你雕了一幅刻在石版上的地域图。我把自己近年周游列国所见疆域变迁，尽收其中，算得上是最新域图了。

墨　翟　先生所到之处，恐怕是各国使臣都难以到达的？

公输般　那是，很权威呀！就是重了点……

墨　翟　这既是目夷书院的镇院之宝，又使墨翟的眼界不为目夷所障目啊！谢啦！谢啦！

【墨翟和公输般说着，向主事房走来。

11. 目夷书院主事房（日，外）

【来到主事房，公输般并不进门。

公输般　我听说，你的书房陈设非常丰富，我给你做了一个"守门鱼"。

【公输般边说边用"守门鱼"把门锁住。

墨　翟　先生的"守门鱼"一定暗设机关？

公输般　只有专门的钥匙才能打开啊。

【公输般将钥匙交到墨翟手中。墨翟仔细端详钥匙，揣摩其中道理。

墨　翟　要是我把钥匙丢了，怎么办？

公输般　我这"守门鱼"只认钥匙，不认人。

墨　翟　"守门鱼"不讲"亲亲为仁"，倒是像墨者讲究一律平等的"兼爱"。

【墨翟用手中的钥匙开"守门鱼"，门被打开，墨翟连连点头。

墨　翟　巧，巧！

公输般　利于人谓之巧！

墨　翟　（吃惊地）墨翟的这一谬说，先生从哪里得知？

公输般　你的学说，不胫而走，不翼而飞！

【大家哈哈大笑地进了门。

12. 目夷书院主事房（日，内）

公输般　……你们这几个人，赤手空拳就办起了一座像模像样的书院，很了不起。但是，我建议……墨翟，按说我现在这话不该说，但是我这个人哪，遇到反感的，一句话没有，遇到喜欢的，说起来呀，不分前八百年，还是后八百年，是竹筒倒豆子呀！

墨　翟　先生，你就倒吧，我们八只耳朵接着哪。

公输般　我看你们下一步，要走出目夷谷，要把书院，办到泰山去。

【大家听到这么大的设想，一时都很惊讶。

公输般　现在不是兴"工肆"吗？高明的匠人，会把自己的货色摆到"工肆"去，以货比货，便于买主放心成交。不敢把自己货色摆进"工肆"的，不用说，已经证明自己是拙匠了。泰山，可是天下书院集中的地方。普天下的明君，常派出使者去泰山各书院寻求贤良。你们若是长期把书院深藏在目夷谷，岂不自贬为拙匠了吗？

【大家被公输般的眼界和道理，说得口服心服。

任工师　你老兄真是见过大世面，敢想敢说。不过，办这个书院都几乎让我倾家荡产，要是去泰山……这……这只能做梦啦！

墨　翟　……先生是个巧匠，自有自己独到的梦境。墨翟是个凡人，聚财敛物的本领是一窍不通，只能琢磨"兼爱"之梦啦。

公输般　墨翟，你是说我小心眼，专门来报复你的"淫巧"之说？

墨　翟　先生把我想到哪去了？

公输般　人间的事，都得先做梦，后践梦。墨翟反对我的飞天梦，说不定哪一天，我真的造出个飞在天上不落下来的东西呢。这泰山办学，你们不也可以先梦着，说不定哪一天，就会飞来一个现成的书院，等着你们去办吧？

13．目夷书院大院（日，外）

【墨翟和公输般走着。

墨　翟　先生何时回曲阜？墨翟想跟你同行，去向绛娘道贺。

公输般　你呀，我看还是不去为好。

墨　翟　怎么？绛娘不愿意见我？

公输般　我揣摩索纪这个人，不会放过你的。他想打击的人，只是在你身上屡屡失手，所以十分恼怒。近期你还是不去曲阜为好！

墨　翟　栀妹一再让我去看看绛娘，不知杨子对她好不好？

公输般　我看很好。

墨　翟　先生可是从来没有看错过一个人？

公输般　要是不好，我们绛娘才不受那个委屈呢。

墨　翟　我平白受了先生如此重礼，却连绛娘的一件婚嫁礼物，都没有准备好。先生你说，我怎么就想不出个礼物来？

公输般　你这不是瞎费力吗？我回去一说这目夷书院，不就是你给绛娘准备的大礼、重礼、奇特之礼嘛？

14. 目夷书院讲堂（日，内）

墨　翟　……我再一言以蔽之，《墨守》的精神，就是大禹的精神！

娄　仲　老师，大禹的封地为什么会被别人践踏！弟子尚不明白，大国与小国，强国
　　　　与弱国，怎样"兼爱"？我们杞国人想爱楚国人，楚国人反而要吞灭我们。

墨　翟　我体会娄仲的心情，现在要楚、杞兼爱，的确很难。但是娄仲呀，你随我放
　　　　眼前朝，看看我们的远祖推崇什么样的人，或许就会找到答案。距今2000年
　　　　前，人类还在原始群居时期。那时候，部落里把只认自己生母，或者偏向于
　　　　自己一奶同胞的人，视为自私之徒。都推举亲近他人，友爱弱者，最能维护
　　　　群体利益者为部落首领。首领之中，再推举更为"兼爱相利"的人为部落联
　　　　盟首领。这样一代代的连绵传承，最终涌现出大禹这位负有"兼爱"使命的
　　　　千古一帝！后来，周朝的姬姓父子，背离了夏王的精神，提倡血亲之爱，取
　　　　代了远古尚贤的淳朴民风。《周礼》把家天下的规则固化，儒学使其彰显，我
　　　　们的祖先，最不齿的"亲亲为仁"，才成为主宰我们今天的时尚。于是，大
　　　　欺小，富辱贫，强执弱，众劫寡，成为规则。我们如此放眼前朝，就洞穿了《周
　　　　礼》，它曾经不是，未来也不会是人类社会的永则。恰恰相反，被"亲亲为仁"
　　　　削弱的"兼爱相利"，将会重放光芒！

【詹何从生员中慢慢地站起来。

詹　何　老师，我想问，兼爱的代价是什么？

墨　翟　詹何，我告诉你，兼爱无价。

詹　何　不，老师回避了我的问题，兼爱的代价就是对自己的不爱！

墨　翟　我们说兼爱，完整的提法应该是"兼相爱，交相利"。一个不爱自己的人，也
　　　　不会爱别人，一个只爱自己的人，别人也不会爱他……

詹　何　如果两个人同时落入水中，请问老师，先救谁？

墨　翟　当然先救那个最有生还希望的。

詹　何　如果两个人都有同样的生还希望呢？

墨　翟　那就先救，那个容易解救的。

詹　何　如果那个容易解救的是个路人，而远处的那个是我，老师怎么办？

墨　翟　我还是刚才那样办。

詹　何　就是说，我与老师的师生情谊，还不如一个路人？

墨　翟　詹何，正因为我们的师生情谊超过路人，我才得先救路人，因为我们是"兼爱"
　　　　的师生，而不是"亲亲"的师生。

詹　何　如果老师和路人同时落水，我会先去救老师。

墨　翟　如果你救出的老师是个尸体，而救出的路人可以健康地生存多年呢？

詹　何　我只要救出老师，哪怕是具……

墨　翟　就是说，你宁肯捞出一具熟悉者的尸体，也不肯救出陌生者的生命？

詹　何　弟子是这样想的，也会这样去做。

墨　翟　这样的话，詹何，你将违背我的学说，怎么能成为我的弟子？

詹　何　如果老师的学说，总是以牺牲自己为代价，我詹何也不敢苟同。

墨　翟　我们刚才只是举了一个极端的例证，正因为人们有"亲亲为仁"的观念在先，要想纠正，倡导者就得用加倍的牺牲力量来矫正。而牺牲，又必须以自我的牺牲为前提。为使强不执弱，富不辱贫，贵不傲贱，众不劫寡，凡天下祸患怨恨不再起，我们墨者要高举起"兼爱"的火炬，哪怕用自己的身体去燃烧，也要照亮那通向美好明天的黑暗旅途！

詹　何　我做不到。

墨　翟　相信詹何，可以慢慢学习做到。

詹　何　老师，詹何不想学。詹何自幼被"贵"所染，使用奴仆，熟读诗书，历练做人之贵。就说最简单的吧。人天生两手，不能只往别人嘴里喂饭，而饿着自己的肚子吧？人天生两腿，是为自己身体的移动所用，而不会为别人走路吧？用自己的手为别人梳头，用自己的腿为别人赶车，那都是奴仆所为。詹何自幼使用奴仆，现在就是落魄了，也不会给别人当奴仆，自甘落入"贱民"之列。

禽滑釐　可是詹何，给你当奴仆的，也是和你一样的人呀？

詹　何　我生而贵，养而贵，学而贵，这是上天赋予我的幸运，所以我没有权力自贱。"兼爱"的学说，不就是把自己"贱"成一头祭祀时被牺牲的牛吗？我不能用自己的身体去燃烧火炬，照亮别人的黑暗。强执弱，富辱贫，贵傲贱，众劫寡，与我何干？我詹何只为自己活着！

禽滑釐　可是你的国家已经因此而覆灭了！

詹　何　就是天宇因此而塌陷，我也还是我。老师，詹何明人不做暗事，既然我们师生一场，我也不愿意不辞而别。

墨　翟　詹何，你来去自由！

詹　何　谢老师，詹何告辞了！

墨　翟　詹何，你永远是我们的兄弟！生员们，让我们一起欢送兄弟詹何！

　　　　【生员们全体起立，异口同声地吟诵《墨守》。

　　　　【詹何在众生员齐声朗诵《墨守》中坦然离去。

众　人　日夜不休，自苦为极。

　　　　穷且日坚，不坠青云。

　　　　智以教人，力以劳人，财以分人，卑己尊人。

　　　　不立巧誉，以身载行，赴火蹈刃，死不旋踵。

　　　　兼相爱，交相利，言必信，行必果。

15. 目夷书院大门（日，外）

【詹何孤零零地走出大门。

【生员们背诵《墨守》的声音渐渐淡去。

【栀妹拿着衣服走进大门。

16. 墨父母坟冢（日，外）

【詹何一个人孤零零地走着。

【栀妹追了过来。

栀　妹　詹何！詹何！

【快快不快的詹何听见喊声，停下来。

栀　妹　……詹何！……你怎么说走就走哇？……

詹　何　墨翟尚且没有逼我，你一个女流之辈，为何要逼我从墨？

【栀妹把衣服交给詹何。

栀　妹　衣服不带，路上怎好换洗呀？

【詹何接过衣服，看着浆洗一新的衣服，连忙拿出一大把刀币，捧给栀妹。

【栀妹不收。

【詹何百感交集，一屁股坐在地上，长长地叹了一口气。

詹　何　……大姐！……我还不知道你的名字？……

栀　妹　詹何兄弟，你记住我是目夷书院的洗衣妇，这就行了。

詹　何　……大姐，不是《墨守》不好，是它太好了……

栀　妹　好吗？好你为什么还要离开？

詹　何　……太好的东西，只能看，不能用。

栀　妹　詹何兄弟为何这么说呢？

詹　何　我的祖上，是杞国的世族，曾经权倾朝野，连家里的仆人，进出都坐轿子。我祖上有一副金马绳，一代代传下来，因为是纯金的，只能瞻仰，从来不使用。想不到，杞国灭亡时，最先遭难的就是这副金马绳。那些楚国的士兵，从来没有见过。他们就轮流作践它，折不断就砸，砸不烂，就用火烧，最后烧也烧不化，干脆扔进粪坑里……堂堂一副金马绳，只能枉留黄色在人间了……

栀　妹　詹何兄弟不要过于感伤了。目夷书院不是无用的金马绳，起码不是还能浆洗衣服吗？

【詹何又要付钱。栀妹把他捧刀币的手推回去。

栀　妹　天下之大，能够相识已经不易，我们又谈了这么多的心里话，更是不易。詹何兄弟，你就带上目夷书院的一番心意，去找自己心中的学问吧。

17.目夷书院习武场（日，外）

【在禽滑釐带领下，生员们列队等待昔日的任工师教练武功。远处，却快步走来一位年轻美貌、身材修长的女子。

【栀妹站在队前，略施一礼。

栀　妹　任工师今日有事，由我代任武功课目……

【众生一笑。

相里勤　你一个文弱女子，轻飘飘的身子，也就是弄个星桩表演，如何教得武功?

栀　妹　武功练的是，打击敌方，保护自己。一个好的武术师，不一定身躯硕大……

己　齿　那也不能像你这样吧?

【众生又一阵哈哈大笑。

禽滑釐　相里勤、己齿出列!

【相里勤、己齿两个来自楚国的学生站到队前。

禽滑釐　看棍!

【两条木棍从禽滑釐手中飞出，相里勤、己齿眼疾手快各接住一条。

禽滑釐　你们两个块头都不算小，而且每人手持一棍，现在，请武功师空手与你俩对打。如果你们得胜，你俩就可升任武功师! 要是败了……

相里勤　我们已经跟任工师习练多日，怎么会败?

己　齿　打伤了她，可不许哭鼻子?

栀　妹　出招!

【相里勤、己齿胡乱挥舞棍子，向栀妹逼来。

【栀妹巧妙地躲闪，从不出招。相里勤和己齿，一再扑空。两个人打得气喘吁吁，而且还互相棍棒落身。

相里勤　……禽师兄，她不出一招，这叫什么武打，这不是武逃吗?

禽滑釐　栀妹，给他们点厉害的!

相里勤　小女子! 看棍!

己　齿　看棍! 小女子!

【栀妹轻易就夺过了两条棍子，舞得他们眼花缭乱。相里勤和己齿大惊失色。只见栀妹高高举起双棍要向他们打来，两个人吓得连忙趴在地上，护住脑袋。

【相里勤半天不见棍子落在自己身上，斜眼看去，半天找不着人。原来栀妹早已放下棍子，正和全体生员一块看着他们的狼狈相。

【相里勤拍拍还在趴着的己齿，让他起来。

【生员们哄堂大笑。

18.目夷书院主事房（夜，内）

【墨翟、迟仲、禽滑釐、任工师，在商量《墨守》的事。

墨　翟　……《墨守》公布后，学子们反响如何？

禽滑釐　杞国公子詹何之后，又有一位杞国公子今日走了。他说，就凭这《墨守》，墨者的弟子一定会遍及天下，只是自己自小享福，吃不了这个苦。

禽滑釐　咱们《墨守》这把筛子，足以筛去清谈之徒，聚集干练高才。我估计，不出五年，各国贤君聘募墨者的马车，会把目夷谷塞得水泄不通。

迟　仲　我倒是觉得公输先生的建议有道理，我们日后应该迁去泰山办学。

禽滑釐　那我们和儒学的争论，是不可免的。

迟　仲　他们在京城，传播扭曲我们的观点很容易，我们要反驳，又看不见对手。到了泰山，诸子可以短兵相接。争论的范围越大，越能争取同情者。

墨　翟　我赞成迟仲老师的话，在一二年之内，最好能展开与儒学的公开辩论。

禽滑釐　那就是两军相遇，勇者胜了！

任工师　搬到泰山，哪里去弄房子？由谁补贴经济上的亏空？迟仲老师如何兼两校授课？另外，我们还将失掉一批白天做工、晚间读书的年轻工匠……

墨　翟　这天上的事，高石比我敢想，办学的事，老师比我敢想。

19. 目夷书院习武场（日，外）

【禽滑釐充任习武教官，生员们在晨曦中开始操练。

【突然，山坡后面出现三三两两的人头。

【高石过来向禽滑釐示意。禽滑釐看去，只见北面过来的是一伙武士。眨眼间，他们已经包围了习武场，乌压压的，人数竟有百人之众。

禽滑釐　……快让胜绰去通知师兄！

【武士头目上前，神气十足地拍了拍禽滑釐的肩膀。

武士头　小家伙！停停，停！停！

禽滑釐　你们要干什么？

武士头　你们这是聚众造反！

禽滑釐　我们是聚众，但是没有造反！

武士头　给我拿下！

【武士头一招手，过来十个膀大腰圆的大汉，向禽滑釐围拢过来。

【禽滑釐拉开架势。大汉们收缩包围圈。禽滑釐出其不意地腾身翻出圈外。一个武士回身向他打来，禽滑釐借力打力，把他重重地摔在地上。几个武士一拥而上，禽滑釐再次跳到圈外，又是同样地后发制人，把三个出拳者同时打倒在地，正好压在呻吟着的第一个武士身上。其他六人，见势不妙，连连后退。

武士头　都给我上！

高　石　师弟们！上！一个也不要让他们跑了！

【于是，双方拉开约150人的徒手大搏斗。各自为战，组队为战。人数相当，功力相当，双方打得难解难分。

【禽滑釐以一当十，所到之处，武士纷纷倒地。

【武士头也是以一当十，所到之处，生员纷纷倒地。

【禽滑釐终于与武士头短兵相接了，禽滑釐左右躲闪腾挪。

禽滑釐　兄弟是齐国技击高手吧？

【武士头出手愈来愈狠。

禽滑釐　齐国技击讲究利用器械，以力胜人。现在你们长途奔袭，力所不及。

武士头　你是何家功法？

禽滑釐　我们墨功，讲究以心胜人。举之如飞鸟，动之如雷电，发之如风雨，要以奇
　　　　巧制力。

武士头　看我如何生擒你！

禽滑釐　你们不是来拿墨子的吗？墨子的武功比我高明十倍，他正带领另外100名生员
　　　　赶来，你们必败无疑！

武士头　你们不是讲"众不劫寡"吗？我们一个对一个！

禽滑釐　你也知道"众不劫寡"？

武士头　齐国风传你们墨学武功！今日我特来领教！

禽滑釐　我们墨学武功，要做到从不伤人！

武士头　我们齐国技击，以胜为本。

禽滑釐　我们人数相当，功力相当，你无法制服我们！

【武士头一招比一招凶狠，禽滑釐还是尽量躲避。

禽滑釐　我不是顾虑伤人，定能把你生擒！

武士头　那就来吧！

禽滑釐　你不许逃跑！

武士头　看我收拾你！

【禽滑釐使出看家本领，连连在地上滚动着扫堂腿。武士头跳跃躲闪，终于还
　　　　是被扫进水里。武士们看到头目已经成了落汤鸡，士气顿时瓦解，随即个个
　　　　被擒。

【胜绰带着墨翟赶来。武士头狼狈地站在水里。

墨　翟　兄弟，快上来，水凉。

【武士头走了上来。墨翟脱下上衣。

墨　翟　快穿上吧。

【武士头不接。

墨　翟　我想问一声，兄弟们吃过早饭没有？

众武士　……昨晚的饭还没吃……

【墨翟看了禽滑釐一眼。禽滑釐点头。

禽滑釐 生员们，我们的早饭推迟一个时辰，先请远来的弟兄们用膳！

武士头 你是墨子吧？

墨　翟 我是墨翟。请问尊姓？

武士头 我叫胡非，先生，是索纪老爷差遣我们来的……

墨　翟 这事与你们无关，带兄弟们吃饭去吧。

【生员们为刚才还厮杀一起的武士们整理衣服，带领他们向饭堂走去。

20. 目夷书院讲堂（日，内）

【生员们和武士们分立两边。墨翟已经站在讲堂上。

墨　翟 俗话说，不打不相识，现在我们已经相识了，就麻烦你们这些远道而来的弟兄，陪着听一堂我们墨学的习武课目。大家请坐。

【生员们和武士们坐下。

墨　翟 相里勤！己齿！

【裹着伤口的相里勤和己齿站起来。

墨　翟 我们近百名生员，只有你们两个负伤，请问为什么？

【胡非站起来，拱手回答。

武士头 墨子，是我们下手太重了……

【墨翟示意胡非坐下。

墨　翟 只要动手，肯定是要制服对方，难道其他生员就没有遇到强劲对手？

相里勤 ……是，是我们武功没有学好。

墨　翟 都是一样的师傅，你们为什么没有学好？

己　齿 我们在楚国听说，士人不可舞拳踢脚、使枪弄棒，所以就对讲武、习武，很不热心……

墨　翟 士人？你可知道什么叫"士人"？

己　齿 弟子当然知道，士人就是读书的人。

墨　翟 不，这是过去的说法。现在的士人，已经细分为谋士、勇士、巧士、技士等。比如公输般先生，就因他是著名巧士，天下各国皆称他为公输子。谁把有武功的人排除于士人之外，只能说他无知。我们是墨者，不仅要说，而且要做。没有武功，怎么做到辅其君而存其国？怎么做到赴火蹈刃，死不旋踵？所以，墨者把讲武、习武，作为自己的重要课目。今天，索纪派来的这些武士兄弟给我们上了一课。

【坐在一侧的武士们，有的低下了头。墨翟示意相里勤和己齿坐下。

墨　翟 这一课告诉我们，要有兼爱之心，就必须练就一身好武功。否则在遭到突袭面前，既不能保护自己，更谈不上保护弱者，何谈治理社会、治理国家？

相里勤 儒墨杨三家，独墨家讲武、习武，老师不怕影响墨者声誉吗？

墨　翟　墨者强调的是"好勇非斗"，就是俗话说的，不找事，也不怕事。"好勇非斗"这四个字，强调墨者以武助人，而不以武伤人！今天这场格斗就是最好的证明。

胡　非　我是齐国来的，今天首次领教墨家武功，墨功远比技击高明，一场肉搏，没有伤我们一个人，是我们自己俯首就擒的。

众武士　服了！服了！口服心服呀！

墨　翟　我们也感谢你们，你们不仅是索纪送来的老师，还是我们兼爱天下的武行弟兄。

【众生起立欢送。武士起立欢呼。

【生员们欢送着武士们。武士头带着几个武士过来。武士头带头跪在墨翟面前。

众武士　墨子！在下愿意革心除面，重新做人！

第二十七集　杨朱门下

1. 杨朱府邸庭院（日，外）

【角亭里，绛娘一个人坐着，她拿着竹简，依在角亭的柱子上，看着天上的大雁飞过，这种状态已经成了她内心独处的一种经常。

【丫鬟过来。

丫　鬟　夫人，门外有位先生，拜见杨子。

绛　娘　让他等杨子回来，再来吧。

丫　鬟　……他说……

绛　娘　他说什么？

丫　鬟　……我也学不上来……他说，只要说他是逃跑……哦，逃墨归杨，杨子就一定会见他。

绛　娘　你说逃什么？

丫　鬟　逃——墨……

【绛娘突然站起来，急切地吩咐。

绛　娘　快！快请进！

【丫鬟走了，绛娘的心里，一石激起千层浪。总算有一个人，可以打听一点墨翟的消息了。她情不自禁地整理衣装、梳妆，其实也没有什么好整理的，只是坐立不安。她想迎出去，又觉得不妥，还是坐下了。

【丫鬟带着詹何来到。

詹　何　杨子夫人，在下詹何拜见！

绛　娘　你为何要见杨子？

詹　何　我本是墨子的门生，现投奔杨子门下。

绛　娘　你从目夷谷来？

詹　何　是的，夫人。

绛　娘　墨子那个书院办得如何？

詹　何　平心而论，墨子的书院办得很规矩……

绛　娘　那你为何要"逃墨"？

詹　何　我受不了那里的苦。

绛　娘　受苦？一个书院何苦而来？

詹　何　书院公布了一个《墨守》，要求弟子必须做到。

绛　娘　你把《墨守》背给我听听。

詹　何　詹何惭愧，背不下来。只记得里面有五守。詹何一守也不守。

绛　娘　你既是"逃墨"而来，要是杨子这里，也有这守那守的，你岂不是又要"逃杨"？

詹　何　不会的，杨子的学问是自己的学问，不像墨子的学问，是天下人的学问。墨子的为人，是我从来没有见过的，他竟然亲自给生员浆洗衣服。

绛　娘　这么好的师尊，你为什么要离开？

詹　何　可是，他活得太累了……

绛　娘　他很累吗？

詹　何　他倒是浑身有使不完的劲，生员们听他讲课，都可以忘记吃饭。可是，我觉得，墨子的心里，只有他所钟爱的"三患"之人，为了他的兼爱，他连自己都不顾，当然更不会顾及亲人、友人、弟子……

绛　娘　你刚才不是说，他还给你浆洗衣服嘛？

詹　何　衣服他可以浆洗，但是我要是掉进水里，他救都不会救！

绛　娘　你以为杨子会救你吗？

詹　何　跟着杨子，"不入危城，不处军旅"，早就远远地躲避了险境，不会掉进水里的。

【绛娘觉得詹何倒像是杨子的弟子，心中十分反感。但是她又希望多多得到一些墨子的消息，还是耐着性子。

绛　娘　栀妹，她好吗？

詹　何　回杨子夫人，我不认识栀妹。

绛　娘　就是墨子的夫人呀？

詹　何　没有见过。目夷书院没有女人，只有一个洗衣妇。杨子夫人，我跟这个洗衣妇说话，有种奇怪的感觉……

绛　娘　哦？

詹　何　跟她说着说着，心里就像有阵阵春风吹来，那些冰冷的坚冰，一层层慢慢融化开了……

【丫鬟过来。

丫　鬟　夫人，杨子回来了。

詹　何　夫人，你好像很关心墨子？

绛　娘　我只是随便问问……

詹　何　有空，我再给你讲。詹何先去见杨子了。

【詹何走后，绛娘怅然地望着天空飞过的雁群。

2. 墨翟卧室（夜，内）

【栀妹已经有了身孕，墨翟小心翼翼地扶她上床，生怕碰着。

栀　妹　没那么娇贵。生大英的时候，我还上着工，是姐妹们把我抬回来的……

墨　翟　上次我不在，苦了你一个人，这次我们一起辛苦！

栀　妹　要是能轮流轮流就好了，让你们也尝尝生孩子的滋味。

墨　翟　真可惜，这天下的百般辛苦，都是男人女人共同承担，唯有生育之苦，男人无法替代，女人因此比男人多受一重磨难啊！

栀　妹　瞧你说的，哪有这么严重？

墨　翟　从今往后，家里的活儿，你再不要动手，我全包了。

3.杨朱府邸回廊（日，外）

【丫鬟带着史同进来。

丫　鬟　……夫人说，她在书房等你……你还要不要先见一下先生？

史　同　不必了。我只是向夫人借两部书，借了就走。

【丫鬟带史同走去。

4.杨朱府邸客厅（日，内）

【杨朱正与詹何谈话。

詹　何　……先生前几日所讲，字字珠玑，声声入心。詹何夜不成寐，思来想去，尚有生死大事，今日向先生请教。

杨　朱　讲来。

詹　何　弟子信仰先生的"贵己重生"，并努力为之。敢问，弟子若是做到全性葆真，可否求得不死？

杨　朱　人没有不死的。

詹　何　退一步，可否求得不老呢？

杨　朱　人也没有不老的。

詹　何　请先生进一步讲解。

杨　朱　生命，并不因为"贵己"而存在，身体，并不因为有爱就能健壮。五情好恶，四体安危，世事苦乐，变异治乱，这些，你没有见见过，总听说过。古往今来，谁也不能改变，你更不必再怀疑了。人生百年已嫌太多，况且不死，那是多么苦的啊！

詹　何　老师，既然不死不老这么难求，这么痛苦，那么乞求速死，总该是一件快乐的事吧。像墨家那样，出入于刀锋，滚身于汤火，虽然立即就结束了生命，尚能留下奇谲的志气被人们传扬，是否这样更好？

杨　朱　不然。生，就是结束一个欲求，再产生一个欲求，一直到生命的终结。死，也是结束一个欲求，再产生一个欲求，直到把所有的欲求结束净尽。如果没有结束，没有产生，我们谈论速死和久生，岂不闲着没事干了？

詹　何　老师的意思是？……

【詹何看见杨朱的眼睛突然直钩钩地看着门外。

【门外绛娘正送出史同，史同拿着借到手的书简，正向绛娘施礼告别。

【杨朱看了，满脸不快，转而把气撒在詹何身上。

杨　朱　……我能有什么意思？已经跟你讲了三次，适欲！适欲！适欲！你一次也记不住！刚才又把墨子的疯话拿来谈论！墨子是一个疯子！把自己的肉，一点点地割下来，喂养那些芸芸众生。弄得自己面容枯槁、心力枯槁！众生呢，要吃他的肉、喝他的血，看他有多少血肉可供喂养？我不讨论生死，只讲"适欲"！适欲了，当生则生，当死则死。不适欲，生则不生，死则不死！

【杨朱一挥手，詹何连忙告辞而去。绛娘路过客厅。

杨　朱　夫人！

【绛娘进来。

绛　娘　先生回来了？

杨　朱　我回来，我才能看见！

绛　娘　你又看见什么啦？

杨　朱　看见我杨朱的东西，拿在别人手里。

绛　娘　不过是一部书简。

杨　朱　看来，"一杯茶"的课没有上好，你们都是一样，要三百六十遍地讲！

绛　娘　杨朱府邸与史佚府邸仅一墙之隔，史佚家人，从来不去任何地方走动，更不要说借书了。这是看得起我们！

杨　朱　是看得起你！趁我不在家，专门来看得起你！

绛　娘　你也可以去史佚府上求教天文方面的学问嘛，三人行，必有吾师……

杨　朱　我刚才说了，生的事，我不管，死的事，我也不管，我还要去管天上的闲事吗？你立即把我的书，给我要回来！

【绛娘转身就走。杨子拦住绛娘。

杨　朱　要回来！

绛　娘　我不去！

杨　朱　去不去？

绛　娘　不去！

【杨朱气得眼珠都快瞪出来了。

杨　朱　你敢？！

【绛娘毫不退让地怒视着杨朱。外面传来激烈的狗咬声。丫鬟进来。

丫　鬟　索纪索大人驾到。

【绛娘转身要走。索纪已经进来。

索　纪　这就是表弟妹吧？我是杨朱的表哥，你也该叫表哥呀！

绛　娘　索大人见谅，绛娘告辞了！

【索纪看着绛娘匆匆离去的身影。

索　纪　杨子表弟，这位弟妹，我好像在哪里见过？……想起来了！想起来了！是在泮宫演练六艺！绛娘给那个叫墨翟的，大庭广众之下送过斗篷……

【索纪观察着杨朱的神色，杨朱一脸怒容。

索　纪　表弟，表哥有句话，不知当不当讲？

杨　朱　（没好气地）不讲也罢。

索　纪　是不讲也罢，可我就是不忍心，表弟妹这样的良马，跑出去不就成了野马？

【杨朱感到莫大的羞辱。

杨　朱　我杨朱不要别人的女人，自己的女人也绝不允许别人染指！

索　纪　我说你做学问有一手，训练人可不算内行。要是我，野马也能驯成家马。你可倒好，别说训练夫人，就是你门口的那只狗，都训练不好。上次我来，穿了件白衣服，它已经认识我了，这次换了件黑衣服，它又不认识了，一个劲儿地咬。

杨　朱　（没好气地）别说是你，那条与它朝夕相处的母狗，白毛出去，变成黑毛回来，它也要吠个不停！

【索纪讨了个没趣。

5. 杨朱府邸书房（日，内）

【丫鬟手捧书简进来。

丫　鬟　夫人，史同先生刚刚还回书简，说家里有事，就不进来了。

【绛娘接过书简，交给杨朱。丫鬟退下。

绛　娘　你查查，是否少了一个字？

杨　朱　字虽然没有少一个，量他史同也抠不掉，但是留下一个青年男子手上的汗渍，将会长久地被它腐蚀。

绛　娘　我看是索纪这样的人，在长久地腐蚀你的灵魂！

杨　朱　我不能允许一个奴仆，如此放肆！

绛　娘　你说清楚，谁是奴仆？！

杨　朱　夫人和奴仆，还有什么两样？！

绛　娘　你再说一遍？

杨　朱　奴仆，说买就买，说卖就卖！夫人，说娶就娶，说休就休！你不要动不动就和其他男人来往……

绛　娘　你没有权力限制我的人身自由。

杨　朱　既然嫁给我，你就是我的一件衣裳，我杨朱可以穿，也可以放，还可以扔！

绛　娘　你想干什么？

杨　朱　我有休妻的权力！

【绛娘也不示弱。

绛　娘　你这就去写休书，我来抄，一式两份，立此存照！

6.杨朱府邸卧室（夜，内）

　　【翟鸟灯碗孤零零地燃烧着，烛泪长流。

　　【绛娘独自面对，清泪潸然。

7.目夷谷小树林（日，外）

　　【墨翟带着生员们正在采摘树籽。

大　英　小叔，这个能吃吗？

胜　绰　能吃。你没看见鸟吃了这种树籽，鸟粪都是黑的吗？

　　【大英吃着树籽。

大　英　有点苦。我们要它干什么？

胜　绰　当染料呀，我们的墨服，都是用它染的。

墨　翟　大英，这可是你母亲发现的染料。

　　【大英张开两手给墨翟看，她的两只小手都被染成了铁灰色。墨翟笑着。

墨　翟　这种树叫女贞树，也叫蜡树。你看，叶子上像有一层蜡。

　　【大英摸着女贞树的叶片。

墨　翟　你母亲看见小鸟吃了女贞树籽，落在地上的粪便颜色又好看又牢固，就发明
　　　　用它来染墨服。你也要学母亲，用心做事呀。

　　【大英点点头。她的小嘴已经被女贞树籽染成了铁灰色。

　　【大路上来了一个风尘仆仆的年轻人。

腹　䵍　请问小兄弟，这里就是目夷谷吧？

胜　绰　你找谁？

腹　䵍　我来投奔墨子？

胜　绰　哥哥！这位先生要找墨子！

　　【墨翟过来。

腹　䵍　在下腹䵍，有心成为墨子门生，请先生指路。

　　【墨翟低头看见他的鞋子已经破了，脚指头露在外面。腹䵍连忙藏掖着。

墨　翟　坐下歇会儿吧？

　　【腹䵍和墨翟坐下，难为情地解释着。

腹　䵍　我从秦国都城而来，日夜兼程，走了20余日……瞧……

　　【腹䵍知道藏不住，索性伸出脚趾。

墨　翟　秦国是个大国，你为什么不远千里来小小的目夷谷求学？

腹　䵍　先生，你哪里知道？我们秦国虽然是个大国，但是内乱深重。我一直想寻求
　　　　一个治国修身的学说。

墨　翟　天下的学说可太多了！

腹　䵍　是呀，诸子各家，谁都说自己的主张好。可是，我不喜欢儒学的繁文缛节，

也不喜欢老子的清静无为。杨学的贵己重生，虽然是对人欲横流的约束，但说到底，还是为了一己私利。

墨　翟　那么你以为这目夷谷的墨子，是怎样一种学问？

腹　䵍　我听说墨子是匠人出身，也许他有救民救世的真学问。

墨　翟　为何匠人的学问就会是真学问？

腹　䵍　匠人不会没事拿木头劈着玩吧？他总是看准了，一斧头下去！匠作行当里，不出学问家则已，出了总不会像那帮子做襄礼的，尽玩虚的。

墨　翟　如果你在墨子这里，也找不到真学问呢？

腹　䵍　那我就继续找下去。

墨　翟　找到何时为止？

腹　䵍　先生，不怕你笑话我，若是早上找到了，哪怕晚上死去，我腹䵍也没有什么可遗憾的。

墨　翟　汝生可教矣！

腹　䵍　先生？……你……你就是墨子？

墨　翟　我是墨翟。

腹　䵍　（磕头）墨子受弟子腹䵍一拜！

【胜绰端坐地上，模仿墨翟的样子，非让大英一拜不可。

胜　绰　侄女大英，给小叔一拜！

大　英　小叔，又不过年，为什么要拜呀？

8. 史佚府邸观星台（夜，外）

【史佚和史同观天，史佚发现了异常，指着天空，让史同仔细观看。

9. 目夷山观星台（夜，外）

【墨翟带领禽滑釐、高石、己齿、相里勤、腹䵍等几个弟子，在目夷山顶观测天象。那张司星官赠送的星宿图，铺于石上，一盏点燃的油灯，在颇有寒意的夜风中闪动。

苦　获　鲁国以奎、娄二星的星野为降娄。楚国以翼、轸二星的星野为鹑尾。

己　齿　卫国以室、壁二星的星野为诹訾。齐国为虚、危二星的星野为玄枵。

相里勤　越国以斗、牛二星的星野为星纪。宋国以氐、房、心三星的星野为大火。

腹　䵍　秦国以井、鬼二星的星野为鹑首。燕国以尾、箕二星的星野为析木。

墨　翟　你们都记住了这些星野的划分。苍天和我们人类一样，它也是有意志的。不过苍天没有语言，却有自己独特的表达方式。它借日月之食、灾异天象，说出自己对人世治乱的看法，并且，总是要惩罚那些敢于违抗它意志的人。

高　石　师傅，日月星辰，各行其道，为什么会相互吞食，而终究不得不再度吐出？为什么过了几年，他们又重复这种无谓的吞食？

墨　翟　苍天浩渺无穷，我们所知，不过万之一二。天行天道，人行人道。我总想从
　　　　中探知天道与人道的关联。孔子一生避谈天道，也许他是对的……

腹　䵍　老师，我们勤习天道，你又为何说孔子避谈天道是对的？

　　　【墨翟情绪低沉，没有答话。

腹　䵍　老师的意思，是不是尽信书，不如不信书？

墨　翟　腹䵍问得好呀！

　　　【大家不由得围拢过来。

墨　翟　智者有一种痛苦。

娄　仲　老师，智慧是帮人摆脱痛苦的，智者怎么还会有痛苦？

墨　翟　智者思常人所未思，见常人所未见，感常人所未感，行常人所未行，他怎么
　　　　能不孤独，不寂寞，不悲苦，不怆然？但是，你们不要因此而退缩。退至常人，
　　　　没有了孤独，也就没有了独特，没有了那一番智者的境界。

腹　䵍　老师，你是不是看到了什么？

　　　【大家都看着墨翟，墨翟不语。

腹　䵍　难道老师还信不过我们几个？

墨　翟　好吧，我告诉你们。

　　　【大家不由得又往墨翟身边凑了凑。

墨　翟　今年将有日食发生！

众　人　啊？！

禽滑釐　老师所言先不要向外传播，以免引起人们的恐慌！

众　人　是。

10. 索纪府邸客厅（夜，内）

　　　【索纪匆匆进来，边走边气愤地发泄着。

索　纪　……没有一个好东西！这些士人，没有一个好东西！杨朱六亲不认，给脸不要脸！
　　　　史佚这个司星官，简直就是个丧星官！今天上书月食，明天上书日食，你要
　　　　干什么，他就捣什么……

索公子　父亲，我看这天下，最难对付的就是士人！你说一个理，他有十个等着你。
　　　　你出一个招，他也能琢磨出两个以上。父亲，当务之急我们得赶快拉住公输
　　　　般，他要是听了史佚的上书，下令停工的话……

索　纪　那你快去找公输般，就说我要登门拜访。

索公子　父亲，公输般可是各国君王都争相聘请的大匠人，此次主持修建宫殿，连季
　　　　孙氏都礼让他三分，怎么对付他，我们还得好好想想……

　　　【管家匆匆进来。

管　家　……大人！大人！……停工了！

索　纪　你说什么？

管　家　公输般知道了史佚的上书，以五月将有日食发生，下令停工了！

索　纪　已经停了？

管　家　工匠们已被遣散。

索　纪　（盛怒）……大好的一个宫殿，叫他们给搅黄了！……

索公子　父亲息怒。我看还是用老办法。先把司星官羁押起来！

管　家　对，有日食放人，没有日食，就加罪问斩。他史佚再高明，也总有测错的时候。赶上一回，就要他的命。

索　纪　不！这次我要连那个姓墨的一锅烩了！

11. **杨朱府邸书房（日，外）**

　　【公输洪被丫鬟带进来。

绛　娘　是你？

公输洪　小姐，公输先生要你回家看看。

12. **公输般府邸客厅（日，内）**

　　【公输般为迎接绛娘回来而张罗着。

公输般　……房间！房间！……这地不是已经扫过了嘛……绛娘的房间要熏香……不是这个香……绛娘喜欢楚国的……

丫　鬟　先生把香放在什么地方了？

公输般　（对公输夫人）你放的？

公输夫人　不是你要专门收着的……

　　【公输般立即去找。

丫　鬟　……我好像听见小姐的马车响了！……

　　【公输般连忙跑出去，一看，并没有回来，沮丧地又进来了。少顷，公输般突然感觉到了什么，连忙又跑了出去。

13. **公输般府邸回廊（日，外）**

　　【绛娘和公输般相向而来。

　　【公输般老远就伸出双手，喊着。

公输般　……我的小绛娘回来啦！……我的小绛娘回来啦！……

绛　娘　……叔父！……叔父！……

　　【绛娘扑在公输般怀里哭泣。

　　【公输夫人从后面跑过来，把绛娘从公输般怀里抢过来。

公输夫人　……我的小绛娘！……我的小绛娘！

　　【公输般抹了一把泪。

公输般　……你这孩子，怎么就不知道回来看看？

绛　娘　……人家上次回来，你去了楚国……叔父把……把绛娘忘了！……

　　　　【绛娘说着，又流下泪来。

公输夫人　好孩子不哭，不哭……

公输般　是你把我们忘了，你还倒打一耙？

绛　娘　婶婶！婶婶！

　　　　【绛娘哭得更伤心了。

公输夫人　（申斥公输般）你少说两句吧！进屋！进屋！

14.公输般府邸客厅（日，内）

　　　　【一行进来。绛娘止了泪水，这才想起了礼节。

绛　娘　小女给叔父、婶婶请安！

公输般　今天要是公输洪叫不回你，叔父我真得去杨子府上找你哪。

绛　娘　叔父有何要事？

公输般　季孙氏让我修建新宫，我不能不从吧？

绛　娘　当然，这事叔父自有主张。

公输般　我带着工匠，已经动工了，可是史佚上书，说届时将有日食发生……

绛　娘　什么？又将出现日食？

公输般　所以我就下令停工了……

　　　　【绛娘对即将出现日食的消息特别敏感，她已经不在听叔父往下说了。

公输般　……闲下来了，我想让你陪着我，回趟目夷谷。一来看看你父母，二来也看
　　　　看墨翟开办的目夷书院，他们都牵挂着你……

绛　娘　叔父，你已经停了工？

公输般　停了。我们明天就可以动身……

绛　娘　叔父不能停工！

公输般　为什么？

绛　娘　我求求叔父了，你不能停工！

公输般　你这孩子，史佚大人测得今年五月有日食，我怎么能不停工？

绛　娘　开工吧，赶快开工吧！绛娘我求叔父开工啊！

公输般　（怒斥）小绛娘！你昏了头！我一生没有用错过一根木料，你却要我在鸡蛋上
　　　　建造宫殿？

绛　娘　你只管建造宫殿！什么日食、月食的，都不用管！

公输般　你想让"天谴"降落在我的头上？

绛　娘　"天谴"和你没有关系！

公输般　杨子夫人！你嫁离了公输家，也要抛离我公输的半世英名吗？！

【绛娘哭着跑了。公输夫人追上去。

公输夫人 回来！回来！

公输般 天哪！嫁出去的女，泼出去的水啊！……

15. 史佚府邸（日，外）

【公输洪驾车来到，绛娘匆匆下车。

16. 史佚府邸客厅（日，内）

【绛娘匆匆进来。

绛　娘 夫人，史佚大人在吗？

史佚夫人 绛娘小姐，看把你急的。他在书房里，我这就去叫。

【史佚听见声音，自己出来。

史　佚 哦，是杨子夫人呀？

绛　娘 给大人请安！

史　佚 （对史佚夫人）你去把史同找来。

【史佚夫人走了。

史　佚 是公输先生找我？

绛　娘 不，是绛娘要请求大人！

史　佚 请讲。

绛　娘 大人所测定今年九月要出现日食，可是确实？

史　佚 有关天道大事，作为国家史官，岂敢戏言？

绛　娘 绛娘恳请大人收回上书！

史　佚 这是为何？

绛　娘 绛娘再请大人收回上书！

史　佚 我史角世族，代代以天象为信奉，以忠实社稷为己任！……

绛　娘 大人要是再坚持下去，还有可能被索纪拘押！

史　佚 （大怒）一个妇人怎么有权干涉国事？你去告诉你那个亲戚，史佚只知天道，不懂人道。索纪他若是无法无天，自然会受到天惩！

绛　娘 ……大人，你这是要断送墨翟呵！……

【绛娘痛别而去。

【史佚夫人和史同进来。

史佚夫人 绛娘呢？

史　佚 你们少跟那个索纪的亲戚来往！

史　同 父亲，绛娘可是个好人！

史　佚 你听好了，今晚连夜赶去目夷谷，告诉墨翟……

17. 杨朱府邸客厅（日，内）

【绛娘疲惫不堪地回到家里。

杨　朱　夫人回来了？

【绛娘没有理睬。杨朱跟着绛娘后面。

杨　朱　夫人去了哪里？

18. 杨朱府邸卧室（日，内）

【绛娘径直进了房间。杨朱也跟着进去。

杨　朱　……夫人，你不回来，我就觉得家里少了什么……

【绛娘不予理睬。

杨　朱　……夫人你看怪不怪？你一走，我这心里就好像少了什么……

绛　娘　（冷冷地）少了一件衣裳。

【杨朱认真想了想。

杨　朱　……少了……衣裳……好像还不止！……

绛　娘　你出去！

杨　朱　我为什么要出去？

【绛娘转身逼视着杨子。杨朱一步步地向外退着。

【绛娘把门"砰"地关上了。

【杨朱在门外自语。

杨　朱　……少了什么呢？……

19. 索纪府邸客厅（夜，内）

索公子　……父亲，我已经放出风去了……

索　纪　你估计墨翟会上当吗？

索公子　我认为，父亲这一招是点在了墨翟的死穴上，而且太妙了！他来与不来，都是两难。

索　纪　如果打掉一个墨翟，其他士人，就再也不敢反抗了。

索公子　我们索家树大根深，枝繁叶茂，墨翟的兼爱，就像一条大虫，要咬断我们这棵大树的根系……

索　纪　记住，索家不灭墨翟，墨翟必灭索家！

20. 杨朱府邸（日，外）

【绛娘从杨朱府邸出来，正要上自家的马车，突然听见身后动静异常。回头一看，只见史佚府邸大门洞开。

【几个索纪的家丁吆喝着出来，后面是被押解的史佚大人。索纪家丁把他押上马车，马车呼啸而去。

【这一切已经在绛娘的意料之中。绛娘立即上了马车，向公输般家方向驶去。

21．公输府邸客厅（日，内）

【公输般、绛娘、司星官夫人、史同，四个人坐在那里。

史佚夫人　……我一再劝他，只管报出日食，谁作恶，谁遭"天谴"，你不要再管这么多了。为此，史同专门去了一趟目夷谷……

史　同　墨先生也一再嘱咐，不要与他们硬扛。

史佚夫人　这个史佚，上了那个劲，谁劝也不听，还是跟上回一样啊！……

史　同　这回，父亲还生着病……

史佚夫人　这回怕是他性命难保啦……

【史佚夫人哽咽地难以说下去。

公输般　夫人，此次可以"替代羁押"，是谁说的？

史　同　是索纪家丁抓人的时候说的。刚才我已向司徒府呈报，愿代父羁押。

绛　娘　（急切地）他们怎么说？

史　同　他们的回复是，按照惯例，同门羁押无效……

公输般　那，还有我！我下令停工，由我代为羁押，岂不让索纪大出一口恶气！

史佚夫人　不可，不可，你与司星官是同龄人啊！……

公输般　……那就……那就只有……

绛　娘　叔父！绝不能让墨翟替代羁押！

公输般　墨翟已经知道，只怕拦也拦不住啊？

绛　娘　替代羁押，先由索纪放出风来，正是说明他们设下了圈套，想要墨翟自投罗网。既是司星官和墨翟，两地同时测得日食发生，我看必有把握。司星官在狱中受苦，但并无劫难。若是墨翟入狱，他没有身份，随时会被杀害！既然两害相权，我们只能取其轻啦！

史佚夫人　小姐说得对，墨先生上次在狱中就险遭毒手……

史　同　万万不可再让墨先生替代羁押！

公输般　是呵，我们不能上索纪的当！我与司徒大人通融，请他关照狱中的史佚大人，减轻他的磨难。

史　同　我在探监时，再请父亲宽心等待。

公输般　我看，只能这样了。

史佚夫人　墨先生是至贤之人。史同，你得再去一趟目夷谷，转告我们的意见，嘱咐墨先生，千万不可上当！……

史　同　母亲，我立即上路……

史佚夫人　儿呀，要快！

22. 墨翟家大门（日，外）

【墨翟、禽滑釐和索获并肩走来。

索　获　……巫马子回去说，你在目夷谷授徒讲学，大家都想来看看……

禽滑釐　让他们都来看嘛，我们欢迎老学友！

索　获　今日我捷足先登，这一看，才知道巫马子为什么怕我们来看，你们的目夷书院，可以和尼山媲美啊！

墨　翟　我们这还是草创，不足之处，比比皆是呀！……

【墨翟和索获走进书房。

23. 墨翟书房（日，内）

索　获　……瞧瞧你这书房，没有金银，不设显摆，都是自己的亲手制作，摆满了一个房间。贵族世家的书房，也陈设许多经籍图书，不过摆摆样子，他们连看也不看，更不用说自己亲手制作。墨翟，你是我们这一代中的佼佼者！

【墨翟笑着，摸了摸自己的脸。

墨　翟　还佼佼呢，我可是"黑黑"的呀？

索　获　你这是逼着我当面说出称赞的话呀！虽然我很不习惯，可是我还得说。你是我所见过的，最有才能的人，最勤奋的人，最能善待别人的人……

墨　翟　言重了，我不过是"兼爱"的热心倡导者罢了。巫马子把我驱出门墙，他是"儒者"，我是"墨者"，师兄到我这里来，当心被我这个"墨者"染黑了？

索　获　我倒是希望，巫马子哪一天也把我驱除门墙，那我就借着他这个驱劲儿，一头扎进你这个大染缸里来呀！

墨　翟　那你不把我的缸，扎出个大窟窿呀！……

【三人大笑起来。

索　获　……咱们师兄弟见面，太高兴了！……我都忘了我是来干什么的……

禽滑釐　不就是来参观的嘛……

【索获止了笑，严肃地说。

索　获　我是专程来报信的，师兄有难呀！

墨　翟　哦？

索　获　司星官史佚，因为上书九月出现日食，已经被季孙氏羁押！

墨　翟　哦？

索　获　我怕你听到消息进京，落入陷阱，所以赶来……

24. 目夷书院主事房（日，内）

【书院的主事们正在争论，声音时高时低，异常激烈。

高　石　……这明明是索纪的陷阱，我们绝不能去！我不同意！

禽滑釐　我也不同意！

墨　翟　上次我自代羁押，不是好好地出来了……

禽滑釐　上次是你求着人家自代羁押，他们没有准备。这次，是人家诱使咱们，已经
　　　　设好了圈套！

　　　　【禽滑釐、高石，两个人同时看着迟仲。

迟　仲　（没有好气地）你们看我干什么？

高　石　你是我们老师的老师，你总该说句话吧？

迟　仲　话我可以说，就怕你们老师不听！他当小学生的时候，我的话他就可以不听，
　　　　何况他如今当了这么大的老师，我还没说，他早有话在等着我哪！

墨　翟　老师！……

迟　仲　你别叫我老师！……

墨　翟　老师，有话咱们慢慢商量嘛。

迟　仲　如果还有商量的余地，你就叫我老师，如果没有商量的余地，我就叫你老师！

墨　翟　老师请讲！

第二十八集　日食之争

1. 目夷书院主事房（日，内）

【主事们发生着激烈的争论。

墨　翟　老师！……

迟　仲　你别叫我老师！……

墨　翟　老师，有话咱们慢慢商量嘛。

迟　仲　如果还有商量的余地，你就叫我老师，如果没有商量的余地，我就叫你老师！

墨　翟　老师请讲！

【迟仲指着墙上张榜公布的那个《墨守》。

迟　仲　上次公布《墨守》，这"赴火蹈刃，死不旋踵"，我就担心，明明知道要死，这脚后跟还不能转？我想，我的学生这不是不要命了吗？你们两个呢？当时调子喊得比谁都高！我这一下午，为什么不说话？我就知道你老师，会拿这个《墨守》对付我……

墨　翟　老师，我们的"兼爱"不是交易，如果此次不再相助，上次的自代羁押，别人会误为，是以收徒为交易。

迟　仲　交易？谁能交易得了你墨翟的那一肚子"墨学"？如果史佚大人能够替代你的"墨学"，你尽管去好了，我什么也不说。墨翟，我提醒你，你要是轻贱自己，谁最高兴？士人中最有希望的一门新派，轻而易举就失去了一个领头人，拍手称快的只有索纪！

墨　翟　老师，我去意已定。

迟　仲　那还找我们商量什么？！墨翟呀墨翟！我后悔啊！我教你立志，教你做人，教你知识，教你创业，我怎么就没有教给你保护自己？这么多年，我看着你强力从事，废寝忘食，怎么就没想到，你正一步步向一个忘却自己生命的使命靠近！如今，我就是用尽全部力量，也拉不动你了……墨翟，你就忍心，让我眼看着自己前半生的心血和后半生的指望，顷刻间，化为乌有吗？……

【迟仲声泪俱下地诉说着。禽滑釐和高石都伤心地哭起来。

【墨翟跪在迟仲面前，紧紧抱住迟仲的腿。

墨　翟　……吾师啊吾师！……是你把弟子从一个蹒跚学步的孩童，历练成具有学术新见的士人，是你给了我生命的价值，领我进入了兼爱的天宇，是你让我看见了那个浩渺的星空，看着我把自己的爱，赋予了每一颗闪耀的小星。这每一颗小星的生命，已经悄悄地组成了我的生命。他们的喜怒哀乐，就是我的喜怒哀乐，他们的安危冷暖，就是我的安危冷暖……老师，你就让我去吧！我是为了一个更大的我，而去冒险的啊！……

【禽滑釐和高石，帮着迟仲扶起墨翟。

【墨翟慢慢坐下，大家都在黄昏后的黑暗中，默默地坐着。

墨　翟　高石，点灯。

2. 目夷书院主事房（夜，外）

【主事房内亮起灯光，窗上映出人影。

3. 目夷书院主事房（夜，内）

【墨翟踱着，激动地说着。

墨　翟　……我所以要去自代羁押，不是要去送死，恰恰是要去求生。求一个人们信得过的"墨者"形象的诞生！我们倡导的"兼爱"应当是有恒性的，而不是一次性的，如果帮人一次，就不再帮了，关爱一次，就不再关爱了，这就不是"兼爱"，而更像是货物的交易。有限的货物要靠交易，来保证它不致枯竭。而无限的兼爱，是不需要交易的，它就像大海、天空，永不枯竭。用拳头大的酵母，可以发酵一盆面；用一盆酵母，可以发酵一袋面。这兼爱，就像是发面的酵母。爱能生爱，善能引善呀！

【墨翟抚着禽滑釐的肩膀。

墨　翟　因为帮过司星官一次，就再不帮了，因为自己有危险，就对处比自己更危险的人不关爱了，这好比我们就此收起了酵母，坐看兼爱大业，从一个紧要的关头退缩下来。今日退了一步，明日就会再退一步。这样一步步地退下去，最后手里攥着的，就是一个不再发酵的死面团。今日我们正站在这个关节点上，是前进还是后退，深系着"墨学"的存亡啊！

【迟仲、高石和禽滑釐，低头不语。

墨　翟　老师，两位师弟，我们开弓没有回头箭！你们得帮着我一起往前闯啊！

【油灯急促地跳跃着，人们心中充满着无奈。

墨　翟　墨翟我，还有一事相求。

【三个人都抬起了头。

墨　翟　栀妹身孕在身，我代为羁押之事，千万要瞒过栀妹……

【禽滑釐和高石突然给墨翟跪下，双双声泪俱下地苦苦衷求。

禽滑釐　师兄，你说得都对！可是我们不能没有你呀！

高　石　师傅，让我去替你吧！

墨　翟　（生气地）都给我起来！

迟　仲　墨翟，你是百工坊的后代，百工坊不能眼看自己亲手养大的孩子……

墨　翟　老师！……

迟　仲　墨翟！……你要让我……也给你跪下吗？！……

墨　翟　……老师啊！……

　　　　【墨翟痛苦地流下泪来。

　　　　【这时，门突然开了，身怀六甲的栀妹，出现在大家眼前。

　　　　【禽滑釐和高石好像见了救星。异口同声地叫着。

高　石　栀妹！师傅他不要命了！

禽滑釐　栀妹！你快劝劝师兄吧！

　　　　【栀妹缓缓走来。墨翟起身搀扶栀妹坐下。

栀　妹　你们两个先起来。

　　　　【禽滑釐和高石站起来。栀妹起身给迟仲行礼。

栀　妹　迟仲老师！

迟　仲　栀妹，你就替我劝劝墨翟吧！

栀　妹　这儿，就我栀妹是个不识字的，既然你们都要我说，那我就说说看。

　　　　【迟仲、高石、禽滑釐都期待着栀妹能劝阻墨翟。墨翟也不知栀妹要说什么。
　　　　大家都紧张地看着栀妹。

　　　　【栀妹拿起墨翟的手，看着。

栀　妹　……这是一双长满老茧的手，我看着它从小到大，也看着墨翟的学说伴随着
　　　　这一个个老茧而生长。你们想，如果这双手上的老茧正在悄悄地褪去，如果
　　　　这双手变得白嫩起来，与那些以四体不勤、五谷不分的高贵的儒学夫子们，
　　　　有什么两样？儒学是讲出来的学问。墨翟是做出来的学问。如果不做，或者
　　　　做不到底，你们还会追随他吗？我还会为他而自豪吗？我们辛苦集合起来的
　　　　墨者队伍，还有什么必要而存在吗？

高　石　……栀妹！……师傅是，是你未出生孩子的父亲啊……

栀　妹　自打墨翟办学之日起，我就再也没有把墨翟，只当作自己孩子的父亲，他是
　　　　我们农与工肆之人所有孩子的父亲。为了我们大家的孩子，你们就让他去再
　　　　冒险，并在冒险中求生吧！……

　　　　【史同突然风尘仆仆地进来。

墨　翟　史同先生！

史　同　墨先生！

　　　　【史同要说什么。

墨　翟　我都知道了，我们正在商量拯救史佚大人的办法！

史　同　不不，你千万不能去！我和公输般两家所有的人，特地让我赶来劝阻你！

栀　妹　史同先生，我谢谢你们的好意。但是我的疑问，谁要是能解答，墨翟就可以
　　　　不去。如果解答不了，墨翟的曲阜之行，谁也不要再劝阻了，好吗？

禽滑釐　好！我能解答！

栀　妹　墨翟一次自代羁押，吃尽了苦头，而且险些丧命。如果再扬言，可以二次替代羁押，按照常人的想法，墨翟绝不会上当。索纪不知道吗？

禽滑釐　索纪看准了师兄的为人，认为师兄一定会去。

栀　妹　你的师兄是何等为人？

高　石　说白了，就是帮人帮到底，送人送到家。

栀　妹　如果这回墨翟改变了自己的为人，帮人不帮到底，送人不送到家，就是说，墨翟不去自代羁押，索纪是赞成还是反对呢？

禽滑釐　索纪当然希望师兄自投罗网。

栀　妹　那我们呢？我们是赞成，还是反对呢？

禽滑釐　我们……我们反对。

栀　妹　你们反对墨翟改变自己的为人？那他就要去替代羁押。

高　石　不，我们赞成！

栀　妹　高石，你赞成墨翟为了保全性命，就改变他的为人？

高　石　……我……我不是那个意思……我是说，既要师傅避免危险，又要保全师傅的一贯为人……

栀　妹　去与不去，二者必取其一。迟仲老师，我也后悔，后悔没像墨翟一样，跟你读书识字。现在我说不出更多的道理，只能用我烧制欹器的事，拿来比喻。墨翟倡导兼爱，好比他正在烧制欹器，不能差一丝泥，不能少一把火，为此，他要呕心沥血，筋疲力尽。你们都是他的亲密师长和伙伴，眼下，是帮他咬紧牙关，把欹器烧制成功，还是为了疼爱他，以倾盆之水，浇灭窑炉的熊熊大火？

【墨翟紧紧抓住栀妹的手。

栀　妹　索纪并不仅仅是要墨翟的性命，他要的是墨翟的意志。一个放弃意志的墨翟，就是活着，索纪也不会胆寒！一个敢于抵抗的墨翟，胆寒的索纪，又敢如何？！

【禽滑釐和高石突然给栀妹跪下，声声叫着。

禽滑釐　师娘！……师娘！……我们听你的……

高　石　师娘！……师娘！……我们听你的……

【史同也给栀妹跪下。

史　同　墨师娘受史家老小一拜！

【迟仲起身过来，把栀妹紧紧地抱在怀里。

迟　仲　……我的好孩子！……你要受苦啦……

4. 墨翟卧室（夜，内）

【墨翟给肚子硕大的栀妹洗脚。

栀　妹　……哎，你先给孩子取个名字吧？

墨　翟　要是女孩，就随着大英叫二英，男孩嘛，依墨家男子以鸟命名的规矩，我是大鸟，他就叫小燕吧。

栀　妹　你希望是男孩还是女孩？

墨　翟　一个男孩也好，两个女孩也不多。

栀　妹　都让你说了。

墨　翟　我们还要生好多好多的小墨翟、小栀妹，我们墨学后继有人！……

栀　妹　（谐谑地）你这不是"亲亲为仁"？……

【墨翟倒掉洗脚水，小心翼翼地照顾栀妹上床。

墨　翟　有时候，亲亲还挺管用，今天这要不是你来说，哪有那么大的说服力？栀妹，连迟仲老师都服气了！

栀　妹　俗话说，跟着当官的做娘子，跟着杀猪的倒肠子。我跟着你这张铁嘴，最差也得是个陶瓷嘴呀？

墨　翟　我看看！我看看！

【栀妹嘬起嘴来。

【墨翟情不自禁地亲吻。吻着吻着，墨翟慢慢沉下脸来。

墨　翟　……栀妹！……

栀　妹　嗯？

墨　翟　……你，你就真的一点都不担心？

栀　妹　嘻，女人心小，担不了太多的心。

墨　翟　一点也不担？

栀　妹　担一点也就够了。

墨　翟　栀妹呀，这么多年我都没有好好研究过你，你究竟是个什么样的人？

栀　妹　是个陶匠呀！

【栀妹笑脸看着墨翟。

墨　翟　你说，我到了曲阜，是不是先去看看绛娘？然后再去监狱。

栀　妹　你替代羁押，可不能让绛娘知道，她会担心死的。

墨　翟　杨朱的夫人，还会为墨学的首领担心？

栀　妹　怎么？

墨　翟　杨朱是"贵己"学派的主持。"贵己"与我们的"兼爱"，正是一对冤家。

栀　妹　那你以前怎么没有告诉我？

墨　翟　其实，我早就认识杨朱，还为他修过车，只是不知道他叫杨朱。这个人，一点也没有儒家的虚伪，为人是一眼见底的，像个透明的铜镜。就是他"贵己"学说，实在让人受不了。巫马子他们，抓住杨朱的一面攻击他，"拔一毛利天下而不为"，其实他的另一面是，把整个天下都给他，他也不要。杨朱无非就是一个人，"全性葆真"。

栀　妹　那绛娘怎么受得了？

墨　翟　绛娘不但受得了，而且贡献了绛娘的聪慧，已经成为杨朱的帮手。无怪乎，"贵己"学派的势力，发展很快，现在已经超过儒学……

栀　妹　要是这样，你真该先去看看绛娘，我总觉得绛娘过得不一定好……

墨　翟　绛娘现在过得很好，连公输般都很难见到她……

栀　妹　墨翟！

墨　翟　嗯？

栀　妹　你什么都懂，可就是有时候，不太懂得女人……

墨　翟　是吗？这男人女人，不都是人嘛……

栀　妹　女人有时要反着看？

墨　翟　反着看？怎么反着看？

栀　妹　绛娘是个大家闺秀，内心高贵而又倔犟，不会轻易向人吐露自己的哀伤。现在她疏远亲人，淡忘友人，可能正是心里有苦，有难言之苦……

墨　翟　我不信。

栀　妹　你到了曲阜，还是先去看看绛娘再说。

墨　翟　好，我听你的。

5.目夷书院习武场（黄昏，外）

【禽滑釐和高石在山间小路上散步，夕阳，映照着两个年轻人的背影。

禽滑釐　……这事，就这么定了。

高　石　你放心吧！

禽滑釐　这样，我明天上路心里才踏实！

高　石　我会仔细准备的……

【两个人继续走着，谈着。

6.目夷谷村外（清晨，外）

【墨翟和禽滑釐骑马上路，斜刺里突然蹿出一个人，惊得两匹马同时抬起前蹄，大声嘶鸣。

【来人"扑通"跪在大路中央，挡住了墨翟的去路。墨翟定睛一看。

墨　翟　……耕柱？！……

【墨翟和禽滑釐双双下马。

【耕柱抬起头，泪水横流。墨翟知道耕柱的意思，是来劝阻。他呵斥耕柱。

墨　翟　弟子耕柱！我命令你回去！

【耕柱不动。

墨　翟　弟子耕柱！听见没有？！

【耕柱不起。墨翟转身要走。耕柱一把抱住墨翟的腿。

耕　柱　耕柱不是你的弟子，耕柱是你的兄弟！

墨　翟　是兄弟，你就不该拦我！

耕　柱　……自从季孙氏葬礼上分手，我找你，找得好苦……现在咱们兄弟刚刚团圆，又要分手，不如耕柱我，一死了之！

【墨翟扶起耕柱。

墨　翟　耕柱，我的好兄弟。

【耕柱勉强站了起来，仍然泪水满面。

墨　翟　耕柱啊，你不要忘了，我们还有另外一个兄弟——李达……

【耕柱痛苦地点点头。

墨　翟　李达兄弟的冤魂，已经在天地间徘徊五年了，我想去看看他的家人，但是无法抽身。你去替我看看他的家人，顺便送些抚恤。好吗？

【耕柱哭着点了点头。

墨　翟　耕柱，你不是信命吗？我的命呀，就攥在你手里，有了你这兄弟情分，我墨翟就会大难不死！

耕　柱　……兄长……我……每天都……给你……烧香……

【墨翟和禽滑釐翻身上马。

【耕柱的泪眼，看着他们的坐骑消失在山道尽头。耕柱放声悲喊。

耕　柱　兄——长——！

7. 途中（晨，外）

【墨翟与禽滑釐的坐骑，循着山路疾驰。

8. 曲阜城南门（日，外）

【禽滑釐勒住马，等着墨翟跟上来。

禽滑釐　师兄！我们走南门吗？

墨　翟　不，走东门！

禽滑釐　你不去公输先生家吗？

墨　翟　还是先不让他们知道，咱们直奔大牢。

【二人打马而去。

9. 大牢（日，外）

【大牢之外，墨翟和禽滑釐下了马。

墨　翟　师弟！你只能送到这了……

【禽滑釐心情沉重。

墨　翟　……你听我说。万一……我是说万一，我要是有什么不幸，咱们的目夷书院也一定要办下去！

禽滑釐　没有师兄你，目夷书院是根本办不下去的……

墨　翟　师弟，你呀，已经不是尼山书院的小书童了，目夷书院的生员们，很快就会称你为禽子了……

禽滑釐　我不是什么禽子，我是小禽子！

墨　翟　在尼山书院你是小禽子，在我面前你也可以是小禽子，在目夷书院和学界，人们不久就会称你为禽子，这是自然规律嘛。

　　　　【春秋以前，子，为天子属下的卿职官员的简称。春秋中期，大夫即可称子。进入战国，子便成为著名学者称号，此后，子又成为一般学者尊称。

　　　　【禽滑釐抚摸着马头，泪水一个劲地流。

墨　翟　是禽子，就要有个禽子的样子，我们的学说不能系在我一个人身上，无论有没有我，你都要把墨者这支队伍带好！

　　　　【墨翟把马缰交给禽滑釐。禽滑釐紧紧抓住墨翟不放。

墨　翟　你要记住，我们兄弟的情分比山高，比海深，但是还有更高更深的，是我们墨者的理想。

　　　　【说完，墨翟挣脱开禽滑釐的手，径直向大牢走去。

　　　　【禽滑釐紧紧咬住嘴唇，渗出斑斑血迹。

　　　　【他看着墨翟的身影消失后，骑马飞奔而去。

10. 牢狱（日，内）

　　　　【墨翟被推进了昏暗的牢房。

墨　翟　司星官大人呢？

　　　　【狱卒不容分说地把牢房的门用铁链子锁上。

墨　翟　……我要看着你放司星官大人出去！

狱卒甲　放？谁说放了？

墨　翟　……不放，怎么叫替代羁押？

狱卒甲　替代羁押可以，但司星官不能放！

墨　翟　你们应该立即释放司星官？两年前我自代羁押，不就是你把司星官大人释放的吗？

狱卒甲　上次是大司寇的指令，这次，我没有接到指令。

墨　翟　索纪家丁羁押司星官的时候，说可以替代羁押！大司寇怎会没有指令？

狱卒甲　你说什么也没用，我只听指令！

　　　　【墨翟气愤无比，大声喊着。

墨　翟　……放人！……放人！你们赶快放人！……

史　佚　墨翟！

【墨翟看清了牢房墙角里坐着的史佚。

墨　翟　史佚大人！

史　佚　……墨翟，我史佚死又何足惜？为什么还要再次连累你呀……

墨　翟　大人，这是上苍给了咱们师徒一个见面的机会啊！

史　佚　唉！……

11. 公输般府邸客厅（日，内）

【禽滑釐正和公输般说着什么。公输般气急交加。

公输般　……索纪满城戒严抓他，他怎么会送上门去？把自己的脑袋，放在索纪的斧头底下！这是三岁孩子都看出来的把戏，怎么墨翟就看不出来？

绛　娘　是叔父没有看出来。

【公输般转过脸听绛娘说。

绛　娘　墨翟这样的人，只要知道了，没有不来的。当初我力主瞒着墨翟，就是这个意思。你们谁也不听。

【公输般想了想。

公输般　小禽子，你能打听到索纪的动向吗？

禽滑釐　我认识索纪的庶出儿子索获，他专门去了目夷谷，给师兄报过信。

公输般　好，你要密切注意索纪的动向。

禽滑釐　行，我这就去尼山书院。

【史同匆匆进来。

史　同　公输大人！

公输般　有什么新的情况？

史　同　墨翟已经自代羁押，父亲却没有释放回来……

【众人对此，大感愕然。

【公输般一拳打在桌子上，震掉了一件小摆设，掉在地上，摔得粉碎。

公输般　恶狗！

12. 公输般府邸绛娘卧室（夜，内）

【公输般过来，从虚掩的门里看去，绛娘正在油灯前发呆。

【公输般推门进来。

公输般　……绛娘呀！

【绛娘看着翟鸟灯碗。

公输般　……绛娘！刚才杨府来人催了，问你什么时候回去……

【绛娘走到床边，拉过被子，蒙上了头。

公输般　……你这是跟谁怄气？……如果墨翟救不出来，你还能一辈子不回去？

【绛娘一下子坐了起来。

绛　娘　请叔父立即去找大司寇。

公输般　你以为官场上的人，像我们匠人？一斧头劈下去，方是方，圆是圆。官人的肠子都要多绕好几道弯。上次大司寇暗中帮忙，事后索纪在季孙氏那里搞得他一年抬不起头！现在大司寇有事都躲着我……我看，这事得从长计议，你还是先去给墨翟送点东西，他离不开书啊！

绛　娘　你让史同去送吧。

公输般　你就不去看看墨翟？

绛　娘　我的叔父，见难不救，我还有什么脸面去看人家？

公输般　……这不是在想办法嘛……

绛　娘　如果想不出办法，就是叔父存心要害死墨翟！

公输般　你怎么说起疯话来了？！……你还是先去看看墨翟吧。

　　【绛娘复又蒙上头去。

公输般　你这个小绛娘，硬，硬过紫檀，软，软过桐木，真不知道，你是块什么木头？

绛　娘　（嘟嚷着）是块朽木……

13. 公输般府邸客厅（夜，内）

公输夫人　……孩子怕是在杨家受了什么委屈吧？

公输般　我们绛娘一贯任性，谁敢欺负？他杨子敢？

公输夫人　……可是你看，不受委屈，怎么能变了个人？

公输般　我知道她的心思，救出墨翟，就什么委屈也没有了……

14. 牢狱（夜，内）

　　【牢房里，潮湿阴冷，史佚合衣而眠，冻得蜷缩一团。

　　【墨翟解开衣襟，把史佚的双脚抱在自己怀里。

　　【黑暗中，史佚老泪横流。

15. 公输般府邸后院（日，内）

　　【公输般在后院的作坊里，一个人鼓捣着什么。

　　【公输夫人过来，老远就喊他。

公输夫人　老东西！吃饭啦！

　　【公输般没有答话，还是一个劲地低头鼓捣着。

　　【公输夫人走过来。

公输夫人　怎么？丫鬟请不动，还得我亲自来请？吃——饭——啦——！

　　【公输般忽地站起来，气不打一处来。

公输般　你就知道吃！吃！吃！

　　【公输夫人吓了一跳。

公输夫人 老东西！不吃，饿死算了！

【公输夫人气呼呼地走了。

16. 公输般府邸绛娘卧室（夜，内）

【绛娘躺在床上，公输夫人端着一碗美羹，好言相劝。

公输夫人 ……这是婶婶专门给你做的，起来吃一口！我们小绛娘听话，乖，就吃一口……一口……

【绛娘蓬头垢面，目光呆滞。

公输夫人 你跟婶婶说实话，是不是有什么委屈呀？

【绛娘干脆闭上眼睛。

公输夫人 ……你们叔侄俩，一个愁得吃不下饭，一个忙得吃不下饭，为了一个墨翟，莫非我们公输家要塌天了吗？……

【绛娘呆滞的目光湿润起来。

【翟鸟灯碗孤独地燃烧着。

17. 墨父母坟冢（日，外）

【耕柱在坟前烧香。

18. 牢狱（日，内）

【墨翟抠着墙上的泥土末，拢在一起。

【狱卒提着饭桶过来，给墨翟和史佚分了饭菜。墨翟把菜汤倒进泥土里，和着。

史 佚 先趁热吃吧。

墨 翟 你先吃。

【说着，墨翟做好了一个小泥人。

墨 翟 史佚大人！

史 佚 什么大人不大人的，我都该叫你老师了。昨天你给我讲了半天"墨律"，今天又鼓捣什么？

墨 翟 我发现，这光呀，从来不拐弯，在任何情况下，都是直线穿行。

史 佚 是吗？这我可不懂呵……

【墨翟把小泥人放在射进的光束前，小泥人的影像就打在对面的墙上。墨翟从铺草上扯下一节麦秸秆，插住了小泥人，交给史佚。自己撕下一片衣襟，在上面咬出一个小孔，又指挥着史佚，把小泥人在墙上的影像透过小孔反射在地上。

【史佚好奇地帮着墨翟拿着小泥人。

墨 翟 你看！

【史佚一看，地上小泥人的影子，居然倒立着。

史　佚　哎？反了！反了！

墨　翟　（琢磨着）对，倒立了……

史　佚　这为什么会是倒立的呀？

墨　翟　原理我还没有弄清，正在琢磨……

史　佚　墨翟，我呀，真是半个废物啊！只会天上的学问，地上的学问哪，是一窍不
　　　　通啊！……

19. 目夷书院讲堂（日，内）

【高石走上讲堂，把一个轮毂放在上面。

高　石　生员们，我们今天继续讲"墨律"。这是一个轮毂，轮毂的周长和径高，是有
　　　　比例的，通过计算，墨翟求出了这个比例数，是"径一而周三又一四多"现
　　　　在人们通称这个数为"墨律"。现在，左侧之生，以软尺测轮周长度，求出
　　　　轮径高度。右侧之生，以硬尺测轮径高度，求出轮周长度。你们测量和计算
　　　　之后，我再讲解。

【高石把两件测量用具，分发下去。

【众生先后登上讲坛，进行测量。

20. 目夷书院习武场（日，外）

【任工师在队伍面前训话。

任工师　……大家知道，我是不会说话的，但是今天也得说几句。这几天我总在想，
　　　　你们的老师墨子，他的本事，是从哪来的？我亲眼看着墨翟长大，天赋这东
　　　　西有，但是关键是他遇事不后退，自己把自己逼出来的！一个徒工，敢打破
　　　　老辈传下来的"径一而周三"的规矩；还是一个孩子就敢同齐国的领兵、楚
　　　　国的将军对话；在京城念了三年书就敢自己办书院！所以，要想成就武功，
　　　　练出你们禽滑釐师兄弟那样，前跳丈五，后跳丈二的本领，你们就得下狠心，
　　　　自己逼自己！来！我们再来一遍！

【生员们在任工师的启发下，发狠地习练起来。

【远远传来生员们的齐声诵读。

众　齐　日夜不休，自苦为极。穷且日坚，不坠青云。
　　　　智以教人，力以劳人，财以分人，卑己尊人。
　　　　不立巧誉，以身载行，赴火蹈刃，死不旋踵。
　　　　兼相爱，交相利，言必信，行必果。

21. 索纪府邸客厅（夜，内）

索公子　……父亲，看来，我们在牢狱之内，根本无法下手。这几个月来，我和管家
　　　　想尽了办法，大司寇的防范很严，连墨翟和史佚的家人，也一律不许探视。

如果我们硬闯，做不好，就会弄巧成拙。

索　纪　大司寇明着不敢跟我抗衡，暗地里，就是一条拦路虎。

索公子　打入狱卒的人，已经找好了，可是时间恐怕来不及了。

　　　　【索纪思考着。

索公子　父亲是否考虑过，让季孙氏出面打击大司寇。

索　纪　我在季孙氏面前，一定要揪住大司寇的尾巴。可是，大司寇自从上次较量
　　　　之后，尾巴夹得紧紧的，拽都拽不出来。季孙氏也正忙着，根本顾不上这档
　　　　子事。

索公子　这不等于，让墨翟再次逃脱嘛？

索　纪　逃脱？没有日食，他就死定了。出现日食，他也死定了！

索公子　对，我们组织武士，突然闯进去，把墨翟和史佚都杀死在狱中，然后再向季
　　　　孙氏告大司寇一个渎职，怎么样？

索　纪　这，倒是干净利落，一箭双雕。可是有个麻烦，武士少了冲不进去，武士多了，
　　　　难免露了口风。

索公子　那我们就一不做，二不休，再让劫狱的武士全部灭口！

索　纪　再仔细想想……

索公子　父亲，九月朔日在即，留给我们的时间不多了！

索　纪　好，你去准备吧……

22. 史佚府邸观星台（夜，外）

　　　　【史同一个人在观星，因为此次观星关系到两个人的性命，史同格外严肃。

　　　　【史佚夫人拿着斗篷上来，站在一旁看着。她感觉儿子身上，依稀有着丈夫的
　　　　影子。

23. 公输般府邸后院作坊（日，内）

　　　　【公输般放下手里的活儿，高高兴兴地从作坊里，大呼小叫地跑出来。

公输般　……饭呢？！……吃饭！……我要吃饭！……

24. 公输般府邸客厅（日，内）

　　　　【公输夫人听见喊声，跑出去。

公输夫人　天哪！他总算知道吃饭了！……

25. 公输般府邸回廊（日，外）

　　　　【公输般喊着跑过来。

公输般　……我要吃饭！……我要吃饭！……

　　　　【公输夫人迎出来。

公输夫人　唉！我这就去……

公输般　……叫绛娘，快叫绛娘来！……

公输夫人　绛娘呀，三天三夜躺在床上，不吃不喝，谁也叫不动！

　　【公输般掉头向绛娘屋里跑去。

26．公输般府邸绛娘卧室（日，内）

　　【公输般一头钻进绛娘房间。

　　【绛娘还是蓬乱头垢面地躺在床上，神色更加萎靡。

　　【公输般上前，附在她的耳朵上说了一句话。

　　【绛娘一下子蹦起来，拉着公输般的手就走。

27．公输般府邸餐厅（日，内）

　　【公输般和绛娘一起大口吃饭，他们互相给对方布菜，狼吞虎咽的样子，把公
　　　输夫人看得目瞪口呆。

　　【丫鬟进来。

丫　　鬟　大人，小姐，史同求见。

　　【公输般嘟嘟囔囔地。

公输般　……不见，不见……让他去尼山书院，找到禽滑釐……一同来见……

　　【绛娘和公输般热火朝天地吃饭。

公输夫人　……还说是我惯的，也不知道是谁惯的？看那个吃相，都是一个模子扣出
　　　来的……

28．公输般府邸客厅（日，内）

　　【公输般、绛娘、史同、禽滑釐，正在紧张地商量着。

公输般　……史同，你先说？

史　　同　根据我昨晚再次观天所得，与我父亲的结论完全相同，日食将于明日，九月
　　　朔日，准时发生！

公输般　万无一失？

史　　同　万无一失！

公输般　禽滑釐，说说你打听到的消息。

禽滑釐　索纪原想在狱中杀死我师兄，但大司寇防范甚严，几次都难以下手。现在又
　　　打算在明天，也就是日食出现时刻，在人群中混入持有毒箭的百名武士，只
　　　要师兄和史佚大人一走出牢狱，他们就……

公输般　我就料定索纪会有这一手！

禽滑釐　那我们怎么办？

1. 公输府邸客厅（日，内）

公输般　我就料定索纪会有这一手！

禽滑釐　那我们怎么办？

公输般　这一手，我来对付！

禽滑釐　公输先生如何对付？

公输般　兵来将挡，水来土囤。索纪用毒箭，我就用盾牌。

禽滑釐　那……？

公输般　索纪他有100个弓箭手，我就准备下500个盾牌手，只要司星官和墨翟一离开牢门，我的500个盾牌手就立即上前保护。

禽滑釐　公输先生，这500个盾牌手一时从哪里寻找？即使已经找到，在牢狱前如此张扬，岂不引来更大麻烦？

公输般　禽滑釐考虑缜密。但这件事，就全交给我吧。你们记住，我的盾牌手分为两路，一路护送司星官上车，上车以后由史同负责。一路护送墨翟出城，出城以后由禽滑釐负责。

史　同　我会把车辆尽量靠近牢狱……

公输般　不不，你家的车一定要远离牢狱，防止堵在里面，动不了。还有，车厢要突击装上防箭加层，至少一寸以上。禽滑釐，你的担子可不轻，我可以护送墨翟出城，但是你们的路远，你一个人保得住墨翟安全吗？

禽滑釐　保得住！不是我一个人，而是一彪人马。

公输般　你的"一彪人马"埋伏在城下待命？

禽滑釐　我的一彪人马，都是以一当十的"墨者"，车也做了防箭加层。

公输般　很好！很好！但是到目夷谷还有一两天的路，索纪他们随时都可能……

禽滑釐　我还可以把路途缩短。

公输般　你把路途缩短？我知道你禽滑釐有缩骨术，难道你还有缩路的神力？

禽滑釐　索纪以为我们会出南门，必有埋伏。我出其不意，改走东门。东门离牢近，缩短了公输先生的护送路程。出了东门两舍地，就进入齐境，这不就把一天的路程，缩短为一个时辰了嘛。

公输般　（点头）天不灭墨，天不灭墨啊！你们有"前仆后继""死不旋踵"的意志，再加上做事精密务实，"墨者"将遍行天下！今天晚上，大家都要睡个好觉，养精蓄锐，以备明日……

【整个过程，绛娘一言不发，但是她既紧张又有了着落的情绪，显而易见。

2. 牢狱（夜，外）

【暗夜，伸手不见五指。

【两个黑衣人无声无息地蹿了出来。他们正要攀登牢狱的高墙。巡逻的狱卒打着灯笼过来。他们只好隐蔽等待。偏偏巡逻的狱卒不再行进，蹲在墙根下，打起盹来。两个黑衣人，彼此交流了一下，拿出暗器，把两个狱卒放倒。

【然后，他们每人抽出两把匕首，以匕首扎入墙体，交替向上攀缘。眨眼之间，两个人就翻过了牢狱的高墙。

3. 牢狱（夜，内）

【已经睡下的墨翟和史佚，躺在草铺上说话。

史　佚　……今天是八月三十……

墨　翟　对，明天就是九月朔日。

史　佚　九月朔日，是咱们测定出现日食的日子啦。

墨　翟　只要日食一出现，索纪又将在国人面前，留下一桩丑闻。

史　佚　墨翟呀，和你在一起，我几乎觉不出来是在坐牢……

墨　翟　要是不摸着自己的胡子，我也不敢相信，我们已经在这里待了三个月啦！

史　佚　哎呀，三个月没有观星！有了你这个新朋友，我就……

【墨翟突然警觉起来，示意史佚不要说话。

【史佚听了听，什么声音也没有，继续说。

史　佚　……我就把星相这些老朋友都丢到一边去了……

【墨翟知道不好，"腾"地站起来，把史佚一把拉到墙脚。

【只见房顶上的泥土正扑扑簌簌地往下落。墨翟把铺草掀起来，一股脑儿地盖在史佚身上，悄悄嘱咐他。

墨　翟　别动！

【然后，墨翟顺手把两个饭碗，口朝上地扔在地上，自己避向一边。

【果然，一个黑衣人从房顶上跳了下来，正好落在饭碗上，只听饭碗踩裂的声音里伴着黑衣人的一声轻叫。两把雪亮的匕首飞了出去。

【黑衣人跪在地上，寻找匕首。他捡起了一把匕首，对着扑过来的墨翟。墨翟飞起一脚，把匕首踢开，然后用一只脚尖，朝另外一只匕首把上一搭，匕首立刻飞到了墨翟手里。

【黑衣人还要挣扎着和墨翟搏斗。

墨　翟　兄弟！你不要命了？这瓷片有毒！

【黑衣人一听，顿时坐在了地上，惊恐地抱着脚。

【墨翟跪下，把扎进黑衣人脚里的瓷片拔出来，然后撕开自己的衣襟，给他包扎。

【黑衣人的两只眼睛从蒙面中惊愕地看着墨翟。

黑衣人　你为什么不杀我?

墨　翟　我为什么要杀你?

黑衣人　是索纪派我来杀你!

墨　翟　所以我不杀你。

【说话间,房顶上又跳下一个黑衣人,他轻松着地,一手一把匕首,正向墨翟
　扑来。墨翟就势一滚,黑衣人正好扑在了他的同伙身上。

黑衣人甲　大哥! 是我!

【黑衣人乙寻找墨翟搏斗。

黑衣人甲　他是真兄弟! 大哥!

【墨翟与其徒手搏斗。

墨　翟　这位兄弟,不要再替索纪卖命了! 我们无冤无仇,为什么要互相伤害。我看
　　　　你们,还是快走! 惊动了狱卒,一个也别想跑!

黑衣人甲　大哥!

【黑衣人甲从身后抱住了他的同伙。

黑衣人甲　大哥,快走吧!

【黑衣人乙挣扎着。

黑衣人乙　不杀他,我们也活不成!

黑衣人甲　大哥! 我中毒了!

【黑衣人乙一惊,低头看着已经被包扎好的伤口。他惊疑为什么墨翟还替他兄
　弟包扎。

黑衣人乙　兄弟,你是什么人?

墨　翟　我是一个匠人!

【史佚从草丛里钻了出来。

史　佚　不,他不是一个匠人,他是一个替天行道的神人! 他的武功,别说你们两个,
　　　　就是十个,也别想活着出去。他同情你们受人利用,故意放开一条生路,还
　　　　不快走!

【外面传来狱卒的问话声。

狱　卒　……里面什么声音?

墨　翟　回大人,有两只老鼠,闹得睡不着觉。

狱　卒　打跑就算了,怎么也闹得我睡不着觉?

墨　翟　大人,这就安生了!

【墨翟示意黑衣人快走。

【黑衣人乙踏着墨翟的手和肩膀,蹿上房顶。

【墨翟又把黑衣人甲同样送上房顶。

【一切复归平静。墨翟铺着铺草，对史佚说着。

墨 翟 大人，老鼠走了，睡觉！睡觉！

【史佚拿起地上的碎瓷片看着。

史 佚 这不是做梦吧？……

4. 索纪府邸客厅（夜，内）

【索纪父子在焦急地等待着。

【管家进来。索纪急切地迎上去。

索 纪 怎么样？

管 家 ……还没有……回来。

索公子 父亲，我们不能再等了！

管 家 可能又失手了……

索公子 那人总该回来吧？

管 家 他们大概怕……

索 纪 （一摆手）第二、第三套打算，给我同时行动！

5. 索纪府邸庭院（夜，外）

【成队的武士，在庭院里集中起来。

【他们把箭支捆绑在身上，再穿上宽大的长袍，严严遮盖。

【有的武士，正在往车辆上搬运张弓。

【整个院子气氛肃杀，武士们在索公子和管家的严格监督下，整装待发。

6. 墨父母坟冢（夜，外）

【即将分娩的栀妹，带着大英，来到坟前。已经懂事的大英扶着母亲，慢慢跪
下，然后，学着栀妹的样子，双手合十。

栀 妹 父亲母亲在天之灵，保佑墨翟平安！

大 英 爷爷奶奶在天之灵，保佑父亲平安！

7. 牢狱（夜，内）

【两个狱卒过来，打开墨翟的牢房。

【墨翟和史佚从沉睡中警醒。狱卒进来，给墨翟戴上手铐脚镣。

史 佚 你们要干什么？

狱 卒 提审！

史 佚 哪有三更半夜提审的？我们不去！墨翟，不能去啊！

【史佚扑向墨翟，拦住不让走。

墨 翟 史佚大人，明天肯定出现日食，我们已经胜利了！

狱 卒 没你的事！

【狱卒推开史佚，把墨翟带走了。

墨　翟　大人，即使苍天灭墨，墨翟也无愧苍天！

【史佚高声呼叫。

史　佚　……苍天啊！……公道的苍天啊！……救救墨翟！救救墨翟啊！……

【墨翟的脚镣声在寂静的夜晚格外瘆人。

8. 牢房（夜，内）

【墨翟被带到另外一间牢房。想不到等候他的是索纪。他们互相对视着。还是
　索纪先恭敬地开口了。

索　纪　墨子！

墨　翟　索大人！

索　纪　我能屈身来这里，你想不到吧？

墨　翟　我已经被羁押了五个月，索大人有什么话，非今晚说不可？

【索纪纳头便拜。墨翟本能地向后一退。

索　纪　索纪恳请墨子，出任国学泮宫的主持！

墨　翟　索大人请起。

索　纪　恳请墨子接受聘请！

墨　翟　老不跪少，尊不跪贱，我和索大人的儿子一般年纪，快快请起！

索　纪　墨子若是不答应，我就不起来。

墨　翟　那好，我提出几个条件。

索　纪　请讲。

墨　翟　索大人请起！

【索纪站起来。

墨　翟　第一，彻底改造泮宫的招生体制。不分国人野人，不分贵胄贫民，凡可教可
　　　　学者，一律平等录取。

索　纪　我答应你。

墨　翟　第二，彻底改造泮宫的教学体制，恢复"六艺"教习，设立"说书""谈辩""从
　　　　事"课目。其中"从事"科目是专门教习技艺，目的是把单纯培养襄礼和官
　　　　吏的教学，扩展为培养多方面的人才。

索　纪　教学内容，完全由你亲自定夺。

墨　翟　第三，彻底改造泮宫的举荐体制，废除世卿世禄的举荐标准，任人唯贤唯才
　　　　是举，只要是社稷可用人才，给予同等举荐。

索　纪　就依墨子所言。

墨　翟　建立国学与私学的联盟，国中所有学府，不分门派和睦共处，允许各种学术
　　　　观点共生共存，在争辩中，由历史选择是非优劣。

索　纪　当然，历史的年龄比你我都长，想不让历史说话也不可能。

墨　翟　这么说，我的四个条件，索大人全部答应了？

索　纪　不仅这四个条件我全部答应，另外我还要给你，高于你的表叔公孙子方的俸禄。

墨　翟　我的表叔公孙子方的俸禄是一千石。

索　纪　那我给你一千钟，高于他十倍。

墨　翟　这就是说，一个农夫耕种百亩之田，平常年景收粮五百石，索大人用年俸相当于五口之家百姓的20年收入，聘我担任泮宫主持？

索　纪　如果墨子觉得身价还不够，我另外再给你宅基费、车马费、役仆费、讲学费，等等，这都好商量。如果你愿意，我可以让你做鲁国的大司寇，怎么样？

墨　翟　大司寇这个官位不小，不知索大人是否做得了主？

索　纪　实话跟你说吧，季孙氏和我，别看我是仆，他是主，其实我们就是一个人，他主外，我主内。

墨　翟　这么说，主管律条、典狱、近卫的大司寇，你说扳倒，就能扳倒？

索　纪　我是扳不倒，说动季孙氏，就可以借力打力。

墨　翟　索大人所言可是真？

索　纪　不是一片诚心，谁三更半夜到这里来访？

墨　翟　既然是真，那就给我打开手铐脚镣吧！

【索纪想不到墨翟突然这样要求。

索　纪　……这个……只要你答应去泮宫当主持……

墨　翟　你若是真心聘我，为何不给我打开手铐脚镣？

索　纪　这是狱中的规矩……

墨　翟　你连主管牢狱的大司寇都不放在眼里，还怕狱中的规矩吗？

索　纪　我刚才的承诺，都一定会兑现的。

墨　翟　你连个手铐脚镣都不敢打开，我怎么能相信你？

索　纪　你墨翟言必信，刚才所说，也一定要兑现。

墨　翟　对一个言不信者，我有必要言必信吗？

索　纪　那你是拒绝与我合作了？

墨　翟　一切有信誉的合作，我都不会拒绝的。

索　纪　你怎么知道我没有信誉？

墨　翟　往者可知。

索　纪　不错，以往我是对你迫害，而且不择手段地迫害。那是因为你坏我的事。从今往后我们上了同一条船，你的条件我答应，我的条件你答应，我不但不会迫害你，相反还会保护你。墨子呀，我长你一倍年龄，书没你会读，但是知道世间许多你不知道的事，往者可知，来者不可知啊！

墨　翟　我有一个提问请索大人解答。

索　纪　好呀!

墨　翟　如果你的父母病于百里之外,你一日内赶到,他们就生,赶不到他们就死。现有固车良马,也有劣车驽马,你将何乘?

索　纪　当然我要选乘固车良马。

墨　翟　那为什么?

索　纪　它们可以迅速到达呀?

墨　翟　你刚才不是还说,往者可知,来者不可知吗?

　　　　【索纪转了眼珠,口气温和地说。

索　纪　好,我今天累了,你也好好地睡一觉,咱们明天接着谈。

　　　　【墨翟看着索纪走了。

9. 目夷谷村口(夜,外)

　　　　【祈祷完毕,大英扶着身子滞重的母亲往家走。一阵剧烈的疼痛袭来。栀妹无法站立,瘫倒在地。看母亲疼得满面汗水,大英急得哭了起来。

栀　妹　……大英,不哭……快去找外公……

　　　　【大英懂事地忍住泪水,立即向家里跑去。

10. 野地(夜,外)

　　　　【大英在黑暗中没命地奔跑。

11. 墨父母坟冢(夜,外)

　　　　【栀妹一个人在荒郊野地里,大张着嘴喘气。

12. 野地(夜,外)

　　　　【荆棘挂住了大英的衣服,大英义无反顾地向前,肩头撕开了口子。

　　　　【撕开口子的肩头,露出稚嫩的肩膀,大英没有停步。

　　　　【大英肩膀上渗出斑斑血迹。

13. 牢狱(清晨,外)

　　　　【人们陆续来到牢狱门外的广场。

　　　　【其中有一大群整齐的匠人,他们每人手持一只木盆,盆中盛满清水。他们按照队形站好,把水盆放下,依照风俗,在木盆水中窥日。

14. 任工师家(清晨,外)

　　　　【一双大手迅速卸下门板。

　　　　【大英气喘吁吁地看着,眼前那些绳子、扁担、脚步和闪动的身影。

　　　　【大人们飞也似的向外跑去。

五十二集大型
历史电视连续剧
墨子

【已经累得筋疲力尽的大英，再次投身到营救母亲的行列之中。

15. 野地（清晨，外）

【任工师、高石、耕柱、腹䵃等正在向坟冢奔跑，他们扛着门板，拿着绳子扁担。

【大英已经被远远落在后面。但是小小的大英，咬紧牙关，拼命跟上。汗水把她的刘海紧紧地粘在额头。

16. 墨父母坟冢（清晨，外）

【大人们七手八脚地把已经昏厥的栀妹，放上门板，抬起就走。

17. 牢狱（日，外）

【集结起来的匠人们，把一个个水盆放好，一轮高悬的红日，在一个个水盆中映显出来，匠人们对着水盆，边看边唱边舞。

众　齐　日月告凶，不用其行。

　　　　四海无政，不用其良。

　　　　彼月而食，则维其常。

　　　　此日而食，于何不臧？

　　　　　　　……

　　　　　　无罪无辜，谗口嚣嚣。

　　　　　　下民之孽，匪降自天。

【水盆之中的太阳，渐渐黯淡了光芒，只剩下一个清晰的圆盘。

18. 任工师家（日如黄昏，内）

【人们把栀妹抬进家里。

19. 野地（日如黄昏，外）

【大英还在野地里奔跑。

【她的头上已经不再是汗水，而是浃水。肩头的血迹和汗水混在一起，洇透了上衣。

20. 任工师家栀妹卧室（日如黄昏，内）

【大汗淋漓的栀妹，正在经历产前的巨痛。

21. 牢狱（日如夜，外）

【水盆中的太阳，开始隐晦，缺了一牙儿。

22. 野地（日如夜，外）

【大英跑着跑着，一头栽倒，她努力地爬起来，爬起来又再次栽倒。大英用尽最后的力量，向母亲身边爬去。

【空中，已经隐晦一半的太阳，仍在继续隐晦。

23. 牢狱（日如夜，外）

【水盆中的太阳，已经隐晦了大半。

【匠人们仍在看着、舞着、歌着。

【水中的太阳继续隐晦下去。

众　齐　日月告凶，不用其行。

　　　　四海无政，不用其良。

　　　　彼月而食，则维其常。

　　　　此日而食，于何不臧？

　　　　　　……

　　　　无罪无辜，谗口嚣嚣。

　　　　下民之孽，匪降自天。

24. 任工师家栀妹卧室（日如夜，内）

【栀妹分娩的高潮来临。

25. 牢狱（日如夜，外）

【水盆中的太阳，最后的一点亮光渐渐隐去，天地一片昏暗。

【人们的群唱达到高峰。

26. 野地（日如夜，外）

【大地一片昏暗，大英终于累得再也爬不动了，她躺在大地上，看着天上出来的星星，用孩子的呢喃，嘱咐父母平安。

大　英　……父亲母亲……你们平安！……

【大英累得合上了眼睛。

27. 任工师家（日如夜，内）

【栀妹的一个女婴，呱呱落地。

28. 史佚府邸观星台（日如夜，外）

【公输般、绛娘和史同，站在史家观星台上，看着浩渺的夜空。

史　同　……还有半个时辰，日食就要过去，天下即将大白。

绛　娘　叔父，应该开始了。

公输般　好，我们走！

29. 史佚府邸（日，外）

【公输般、绛娘和史同分别上车。

【公输般拉住绛娘。

公输般 绛娘随我一起!

绛 娘 不了,叔父,还是你自己去吧。

公输般 你这个孩子,怎么不听话?

绛 娘 叔父保重!

【公输般看着绛娘上了自己的马车,只得上车而去。

30. 索纪府邸客厅(日如夜,内)

索 纪 开始行动!

【管家和索公子,应声而去。

31. 索纪府邸(日如夜,外)

【已经装备好的武士们,鱼贯而出。

32. 牢狱(日如夜,外)

【禽滑釐打扮成工匠模样,在人群中穿梭行走。

【装扮好的武士,不时出现于人群中。禽滑釐绕过他们,向匠人们悄悄传达着命令。

【天空逐渐露出亮光。

【公输洪驾的马车,不声不响地从人群中穿过。

33. 马车(日如晨,内)

【绛娘坐在车中,透过车窗,向外警觉地观察着。

34. 牢狱(日,外)

【太阳复出,大地一片明亮。

【人们的欢呼,声震云天。

【此时,观日人端起木盆,互相向身上洒水,以洗刷日食带来的晦气。

35. 任工师家栀妹卧室(日,内)

【栀妹又分娩出一个呱呱落地的男婴。

36. 牢狱(日,外)

【天空洒满了晶莹剔透的水珠。

【大地洒满了伸张正义的水珠。

【匠人们的脸上洒满了欢庆凯旋的水珠。

37. 马车(日,内)

【车里的绛娘,撩开车帘,远远地注视着。

【只见匠人们各自端着木盆，向牢狱门口聚拢。

38. 牢狱（日，外）

【牢门洞开。

【已经埋伏好的弓箭手，在人群里蠢蠢欲动。

【史佚在墨翟的搀扶下，走出大牢。

【顿时，武士们聚集起来，向几辆马车跑去。

【马车的车厢打开，武士们从中拿出弓箭。

【刹那间，他们占领了所有的制高点，齐刷刷地脱去长袍，露出身上的箭支。

39. 马车（日，内）

【公输洪拉开车门，紧张地问绛娘。

公输洪　小姐，小姐，公输大人的500盾牌，一个也没有来啊！

绛　娘　你呀，你还想当"墨者"，摆在眼皮底下，硬是看不见？

公输洪　真的，我看了多少遍，满地木盆，就是不见一个盾牌！

绛　娘　你看！

40. 牢狱（日，外）

【武士们张弓搭箭，对准了牢狱门口的墨翟和史佚。

【霎时，弓箭手们的前面，突然出现了一道道的盾牌。原来匠人们将木盆里的水洒尽，翻过木盆，一只只木盆就变成了一只只盾牌，组成了一个坚固无比的盾牌阵。

41. 马车（日，内）

公输洪　看哪！看哪！公输大人真是太巧啦！太巧啦！……

【绛娘示意公输洪小声。

42. 牢狱（日，外）

【武士们放箭，飞镝向前，正中木盆盾牌。

【盾牌阵里传来一阵呼喊。

众　齐　非攻！非攻！非攻！非攻！非攻！……

【武士们再放箭，再被盾牌阵阻挡。

【盾牌阵里再次响起更加响亮的呼喊。

众　人　非攻！非攻！非攻！非攻！非攻……

【武士们抽出刀剑，冲上去，又砍又刺。盾牌阵毫不示弱地迎上前，厚厚的盾牌，挤住武士的身体，令他们无法发力。

【僵持之中，后面的一部分盾牌悄悄护着墨翟和史佚分别上了马车。

【武士们发现后，又向史侠的马车射箭。车厢上发出箭头咚咚扎入的声响。

【墨翟安然上了禽滑釐的马车。

【盾牌阵簇拥着马车，潮水般地退去。

43. 曲阜城东门（日，外）

【城外，百十个目夷书院的生员，在高石的带领下，随时准备冲进城去。

【只见，禽滑釐亲自驾驶的一辆马车，在一群盾牌的簇拥下，远远向城外驶来。

【高石带领"墨者"们迎上前去。

【两处人马汇合一处。

【禽滑釐打开车门，扶着墨翟从车上下来。

【盾牌阵突然变成了一个个健壮的匠人，他们向墨翟呼喊着。

众　齐　兼爱！兼爱！兼爱！兼爱！兼爱！……

【墨翟连连向匠人们作揖。匠人们久久不肯离去。

【墨翟手拉禽滑釐，和生员们列队向众人三鞠躬。

众　齐　兼爱！兼爱！兼爱！兼爱！兼爱……

44. 马车（日，内）

【跟随匠人们而来的绛娘，远远地停下车来。绛娘坐在车里，看着这一切。她再次感到兼爱的温暖，再次为墨翟的获救而欣慰。但是也为再次的离别而感伤。

45. 曲阜城东门（日，外）

【墨翟一行向匠人们，挥泪告别后，疾驰向东。

46. 马车（日，内）

【绛娘的马车，轻轻拉上了窗帘，悄然而去。

47. 双石岭驿站（日，外）

【墨翟一行，来到齐鲁边境齐国一侧的双石岭驿站。突然，一辆马车挡住了去路。

【第一车的高石放慢速度，高声打问。

高　石　这是谁家的车，横在路上？

【公输般从宾舍中从容走出。

高　石　是公输先生！（转向后面）公输先生来了！

【墨翟从车上下来。

【公输般迎上前去，两个人紧紧拥抱在一起。

48. 双石岭驿站（日，内）

【公输般牵着墨翟的手，双双进来。禽滑釐、高石、腹䵍跟在后面。

公输般　……墨翟呀，我真想咱们一起痛饮美酒，一醉方休。可是现在不是时候。你先说说你的行进路线。

禽滑釐　我们按照计划，由此沿齐国边界南行。

公输般　我现在有一个新主意，是由此北行……

禽滑釐　北行？去哪呀？

公输般　去泰山……

【几个人顿时面面相觑。

禽滑釐　去泰山？

墨　翟　先生曾经建议我去泰山办学，墨翟记住了，将来一定去。

公输般　不，我要你现在就去。

墨　翟　先生不是开玩笑吧？

公输般　我知道，你去泰山办学，只是缺少房舍，我可以送你一座。

【墨翟睁大了眼睛看着公输般。

公输般　去年，泰山地方长官求我去祭祀地营建房舍，答应新的建成之后，以原舍酬谢。我原来想，我要那上百间的房子做什么？后来看了你的目夷书院，我就想，给了你墨翟，不就是物尽其用嘛。

【公输般拿出一方绢巾，交给墨翟。墨翟展开绢巾。

墨　翟　这不是泰山书院的房舍图吗？！

【禽滑釐、高石凑过去看图。

公输般　从今日起，这些房子就是你们"墨者"的一笔财产了。因此，我想请你们先顺便去那里看看，师生一起筹划一番，过几天，再回目夷，避一避索纪的锋芒，省得遭他暗算。

墨　翟　（激动地）迟几天回目夷谷可以，但我不能收下先生如此昂贵的馈赠。

公输般　一个连生命都可以为别人牺牲的人，还要计较一点点财产的归属吗？

墨　翟　那也不成……

公输般　其实，这也不是我的意思。这些房子原本已经给了绛娘作嫁妆，绛娘执意要我转给墨翟。你说，我能回去对绛娘说，墨翟嫌弃这些房子，一间也不收？

【墨翟一直对绛娘有所误解，此刻才知是自己错了。他悔恨地连连说。

墨　翟　不不不！

【墨翟拿起绢巾，深情地捧着。

墨　翟　公输先生和绛娘小姐的这份重礼，我收下。不过，先生，请替小姐一并接受，我们全体墨者一拜！

【墨翟领着禽滑釐、高石，给公输般跪下。公输般看看拉不起墨翟一行，干脆自己也给墨翟跪下。

公输般　墨翟呀，史佚是我的老朋友，我却看着他被索纪迫害，而束手无策，你两次替代史佚羁押，若干次帮助我们公输一家，现在我也替史佚全家和我们公输全家，给你一拜。

【墨翟扶起公输般，公输般扶起墨翟。

公输般　（同时）大恩不言谢！

墨　翟　（同时）大恩不言谢！

49.泰山墨学书院（日，外）

【墨翟手持公输般所赠房舍的绢巾，按图索骥，带领十余弟子，来到泰山。禽滑釐一马当先地走在前面。

禽滑釐　找到了！找到了！……

【众人紧步跟上，只见一片房舍出现在眼前。

禽滑釐　看！就是这儿！

墨　翟　啊！这么大啊！

众　人　好大一片啊！看哪！还有新房子！

禽滑釐　这里原来是一片祭祀的旧址！以前我常跟着子张夫子来这里讲学，当时还没有这排新建的房舍。现在就可以入住呀！

【高石指着另一处破旧的房舍。

高　石　那一排旧房虽然破旧，但宽敞，而且就近有一个广场，这房子我"六艺厅"接管了！

腹　䵍　这就是我们的泰山书院了！我们又有了一个新家！

墨　翟　其实，我们早就应该来泰山办学，以前没有房舍，我想都不敢想，今天现成的房舍从天而降，明验了我们必须来泰山办学的道理。

禽滑釐　师兄，什么道理？

墨　翟　泰山之阳，古为龙邑，我们到龙的故乡去办学，岂不如蛟龙腾飞？

【众人振奋。

墨　翟　这是其一。其二呢，泰山之阳，古称铸国，我们这些工匠到了铸国，不就是回到了自己的家乡吗？！

众　人　太好了！太好了！

禽滑釐　看来在泰山办学，我们得天时地利之合啊！

众　人　老师！什么时候搬家呀？

墨　翟　我们按公输先生所说，在这休整几天，做出搬迁方案，再回目夷谷。

禽滑釐　腹䵍，你辛苦一下，明天先回目夷谷报个喜讯。

腹　䵍　老师，我这就回去！

墨　翟　哎，先歇息一下嘛……

腹　䵍　我不累！

【腹䵍翻身上马而去。

【墨翟看着腹䩅匆匆而去的背影，和禽滑釐交换了一下心中对腹䩅的赞许。

50.途中（日，外）

【一行马车向南飞驰，隐没于山道之间。

51.马车（日，内）

禽滑釐 ……师兄，到了目夷谷，你先回自己家，还是墨师娘家？

墨　翟 栀妹比你大不了几岁，你还是叫她栀妹吧。

禽滑釐 不敢！不敢！你不知道，墨师娘在关键时刻，有种男人没有的力量……

墨　翟 什么力量？

禽滑釐 说不好，反正我是服了。

墨　翟 我算着栀妹一定在家坐月子，那就先回墨师娘家！

【前面突然传来高石的惊叫声。

高　石 你们看，村口有数辆马车！

墨　翟 停车！

【禽滑釐探出车外。

禽滑釐 停车！

1.目夷谷村口（日，外）

　　【车队停了下来。

　　【禽滑釐率先跳下马车，墨翟撩开车帘，向前一看。只见前面的几辆马车疾驰
　　　而来。

禽滑釐　会不会是索纪的马车？我去看看。

　　【墨翟一把拉住禽滑釐。

墨　翟　做好准备！

　　【弟子们严阵以待。

2.目夷谷村口小树林（日，外）

　　【马车停下，车上下来一个官员模样的人，正快步朝这边走来。

3.目夷谷村口（日，外）

禽滑釐　好像不是鲁国人？

墨　翟　是宋国人！

　　【那位官员模样的宋国人，来到跟前。

商　九　敢问，眼前来人可是墨子？

禽滑釐　你是什么人？

商　九　我是宋国国君派出的使者商九。

　　【墨翟和禽滑釐互相对视了一下。

禽滑釐　请问商九先生，你找墨子何事？

商　九　呈送宋国国君，对墨子的聘书。

　　【商九恭敬地递上宋昭公的聘帖。

　　【墨翟接过宋国聘帖。

墨　翟　敢问使者，宋国国君聘我何由？墨翟不敢无才为官！

商　九　近年发生的月食、日食，朝野震惊，先生不仅测得，而且自代羁押，贤名遍
　　　传天下。宋国国君新政，求贤若渴，特派使臣迅即赶来，恳请墨子前去辅佐
　　　国君，以作强宋之计！

墨　翟　墨翟本为"贱民"，不敢言"辅佐"，只是授徒讲学而已。请使者回去禀明主君，
　　　就说墨翟不敢受聘。

商　九　墨子不肯入宋，使者难作归途，更无颜面见宋国父老！

墨　翟　有这么严重?

商　九　使者所言,皆为实情!

【墨翟看看禽滑釐,禽滑釐不置可否。

商　九　我们主君,虽然求贤若渴,但是在聘请何方神圣上,是用心斟酌的。儒墨杨
　　　　诸子之言,主君觉得还是墨子的"兼爱"说,更适合宋国。

【墨翟又和禽滑釐交换了一下眼色,禽滑釐点了点头。

商　九　既然墨子的学说是兼爱天下,那么,总不该推辞一个国君的信赖吧?

墨　翟　既然这样,只好奉命!

禽滑釐　不知需几日路程?

商　九　此去西行南行,若好马快车,早起晚驻,需足足两日路程。

禽滑釐　那我们后日上路。

商　九　请问,可否……

【高石突然喊着。

高　石　墨子,你看!

【大家都往高石指的方向看去。只见前面涌来百工坊的人们。

【任工师走在人群的前面,栀妹和任师娘抱着一对孩子跟在后面,再后面就是
　　　　百工坊的匠人和乡亲们。

【墨翟一行迎上前去。两支队伍高兴地汇在一起,人们喜气洋洋,互相打着招
　　　　呼。大英跑在队伍前面,一下子扑在墨翟怀里。

大　英　父亲!父亲!

【墨翟把大英抱起来。

墨　翟　大英,我的好女儿!

任工师　墨翟!

墨　翟　工师!奶奶!栀妹!

【栀妹把手里的孩子交给墨翟。墨翟掀起孩子脸上的襁褓,急着要看一看。

栀　妹　还没满月呢!以后再看,反正是你的女儿!

墨　翟　是二英!是二英!我有两个女儿了!

任奶奶　这还有一个呢!

【任奶奶把手里的另一个孩子交给墨翟。墨翟奇怪地说。

墨　翟　这不是有了嘛?……

【大家笑墨翟那个样子。

任奶奶　我们栀妹,给你生了个双胞胎!

墨　翟　这是小燕?!

【墨翟一只大巴掌托着一个婴儿,两边看来看去。看着看着,墨翟突然对着栀
　　　　妹鞠了一躬。

五十二集大型
历史电视连续剧
墨子

墨　翟　感谢墨师娘！

【人们笑着欢呼起来。

【墨翟抓住孩子的襁褓，举起双手。栀妹和任奶奶连忙抢过来。

商　九　（上前行礼）墨子！

墨　翟　商九大人请见谅，我和乡亲们，以及家人，好久不见！我这一对龙凤胎儿女，
　　　　也是第一次相见，哦，不是相见，是相会，还没有见哪……

商　九　所以，商九不忍心当强盗。

墨　翟　当强盗？此话怎讲？

商　九　宋君要我五日内将墨子聘去宋国，我们已经在此等候了六天。

【墨翟依依不舍地想了想，终于下了决心。

墨　翟　好吧，我们即刻上路。

商　九　既然商九不得不做一回强盗，只有奉上宋国君王钦定的俸禄，以表歉意。

【商九把一包钱币递给墨翟。

墨　翟　我不能收！

商　九　你一定要收。

墨　翟　不！不！

商　九　你总不能让家乡父老，说我们宋国，是个专门抢人家亲人的强盗吧？

【墨翟只得收下俸禄，交给栀妹。

墨　翟　栀妹，一切都拜托啦！

栀　妹　放心吧……

【墨翟向高石交代了几句。

高　石　有我和墨师娘，你就放心去吧！

【墨翟和禽滑釐给乡亲们作揖告别，上了商九的马车。

【百工坊的人们，远远地看着两辆马车驶出目夷谷。

4. 途中（日，外）

【墨翟和商九的两辆马车，前后艰难地在水网地带穿行。

5. 马车（日，内）

禽滑釐　……师兄，听说宋国的君王，只是刚刚20岁的年轻人。

墨　翟　他就是再年轻，也是一国之君。

禽滑釐　我们第一次被一国君主正式邀请，你总得穿得好一点吧？

墨　翟　师弟，你也看见了，无论是讲学、为匠，还是坐牢，我就是这一身衣服。现
　　　　在全书院的生员都跟着这么穿，这已经成了我们墨者的标志，墨服，更不能
　　　　改变了。此次面见宋国国君，也依然故我。

6. 目夷书院主事房（日，内）

【栀妹和高石、迟仲、任工师商量搬迁。

迟　仲　……这搬迁的事，头绪太多，我看还是等墨翟回来再说吧。

高　石　让我们墨师娘说说看！

栀　妹　父亲和老师在上，栀妹岂敢胡言？

任工师　瞧你那些礼道，大家让你说，你就说嘛。莫非你没有可说的？

栀　妹　既然父亲激将，我就说了。我想，这搬不搬迁的事，没有什么可商量的，我
　　　　们要商量的是，如何尽快搬迁。

任工师　栀妹这话是对，季节不饶人，眼下已经立秋，再不搬，就得明年春天了。

栀　妹　明年春天可不成。咱们百工坊，生意兴隆，是因为工匠齐集，有个比较。前
　　　　几年，几位工师的作坊迁往染山，顾客就少多了。我听墨翟说，泰山是百家
　　　　通衢，各种学说都在那里展示，我们不想回避这种比较，就要尽快搬迁。

【大家听栀妹说得条理分明。

栀　妹　我听师娘说，立秋十八天，寸草都结籽。现在山草已经全部成熟，这个时候，
　　　　收割下来，苫房子最好。所以我看，为了抢在上冻之前搬迁，我们得兵分两路，
　　　　一路由高石带领，去泰山修葺书院。一路由我栀妹领着，组织搬迁。

高　石　好！房舍修缮的事，包在我身上！

栀　妹　泰山的山草尽挑尽拣，高石一定要打到耐烂、保暖的最好山草。

高　石　你放心！

任工师　我派十个车匠去帮你们修房子。完工后，他们愿回来就回来，不愿回来就留
　　　　在泰山念书……

栀　妹　不，父亲，请你一定要派十个不能留在泰山的工匠。

任工师　唉，那为什么？

栀　妹　这十个工匠修完房子，还要回到目夷谷，正好把我们搬迁借用的车辆赶回来。

迟　仲　任工师，你女儿比你算得精，连回来的车夫都安排好了。

任工师　是安排得好，但是栀妹知道不知道，怎么安排你的父亲？

栀　妹　按说泰山书院是非常欢迎父亲的，但是父亲惦记着车坊，恐怕难舍。

任工师　这还像我的女儿，没有打算让我把车坊赔个精光。今天，大家都在这，我也
　　　　算是公开声明，泰山我就不去了。

高　石　工师，你不能不去！

任工师　栀妹早给我安排好了，她让我好好经营着车坊，再把墨翟的一对双胞胎带
　　　　着，等着你们没有饭吃的时候，我好挣些钱粮接济你们。

高　石　墨师娘，你真是这样安排的？

栀　妹　这还用我安排吗？我父亲自己最会安排。

迟　仲　那我在这里也说句实在话，我的年龄大了，不适合南跑北颠的，还是留下来，

教我的左庠为好。

高　石　迟仲老师不能留下！你刚刚开始的《尚书》课，谁来讲？

迟　仲　我要是走了，这目夷左庠也得停学。

高　石　五个主事，走了两个，这不是散摊子了嘛？

栀　妹　高石，你尽管准备去泰山，后天一定动身。十日之后，我带着大队人马，咱们泰山见。今天，咱们就议到这儿吧？

7. 迟仲书房（夜，内）

【迟仲正和迟师娘说着什么。栀妹进来。

栀　妹　老师！师娘！

迟　仲　栀妹来啦。

迟师娘　快坐。

栀　妹　迟仲老师知道我来干什么吧？

迟　仲　是呀，这不正和你师娘说着嘛。

栀　妹　栀妹请老师，偕同师娘，与墨翟同去泰山办书院。

迟　仲　刚才我们还说，我这个老人，不能拖累你们年轻人，怎么你还说要加上你师娘？你们是嫌背着不沉，还要再抱上一个？

栀　妹　老师怎么尽说笑话？

迟　仲　可不是嘛。那么多人，好大的费用。我就不去了。

栀　妹　老师，你知道，墨翟从小失去双亲，俗话说，一日之师，终生之父，他一直把你当作自己心灵的父亲。何况，老师去了泰山，绝不是让墨翟养老，而是帮着墨翟办学的。眼看墨翟的交际愈来愈广，泰山书院授课的事，他肯定无暇多顾。只有迟仲老师支撑起教学的重担，那百十个生员，才能每日得到墨学的滋养，终成人才。要是迟仲老师就此收山，岂不是看着墨翟骑上了一匹脱缰的野马，在悬崖上奔跑？

迟　仲　栀妹，你的信任，我领了……但是，我老了……

栀　妹　请问师娘，老师的身体可好？

迟师娘　自从你们办了目夷书院，我看他是愈活愈年轻。

栀　妹　一顿能吃几碗饭？

迟师娘　还不吃个三碗五碗的。

栀　妹　迟仲老师三五碗的饭量都说老了，那我栀妹，只能吃两碗，岂不老得路都走不动了？

迟　仲　我看着墨翟的本事日日见长，想不到栀妹也突然长得这么高？！

栀　妹　既然老师夸奖我长高了，你又不肯去泰山，那我栀妹就以一字不识的白丁任教书院，天天让生员们背诵《诗经》，做一个误人子弟的榜样，给天下留个笑话看看，老师觉得如何？

【迟仲被栀妹绵里藏针的劝说打动了。

迟师娘　栀妹，不管他去不去，我可是跟你先号下，我去，我去给你们做饭！

8. 目夷书院讲堂（日，内）

【满堂生员坐定。栀妹走上讲堂。

栀　妹　生员们，今天专门由我来讲一堂，我们目夷书院搬迁到泰山的事。泰山是个书院汇聚的宝地，我们目夷书院搬迁过去，就正式和最有名望的杨学书院和儒学书院，同台唱戏了。据我了解，山前的杨学书院和山后的儒学书院，住宿、伙食和校舍都要比我们的好。所以我想，在没有搬迁之前，生员们可以做一次选择。

【栀妹拿出墨子仕宋的俸禄，放在台前。

栀　妹　这是你们的老师，受聘为宋国大夫的首次俸禄。如果有要离开墨子的生员，可以到我这里领取路费。

【台下没有人上来。

栀　妹　你们的老师，是一个和你们一样的普通人，但他有了为兼爱而献身的使命，就常常表现得与众不同。他要求你们很严，要求自己更严。你们跟着老师，只能习才，不能聚财，而且还要"自苦为极"。就是将来你们学有所成，受聘各国，也不会荣华富贵。所以，哪位生员觉得自己无法终生甘为清贫，就不如现在另作他图。

【有的生员从人群里站起来，拱手之后激动地称呼着。

己　齿　栀妹师娘！

苦　获　栀妹师娘！

腹　䵍　一日从师，终生为娘。

生员齐　栀妹师娘，栀妹师娘，一日从师，终生为娘。

9. 宋国宫殿（日，外）

【商九在前面，引领着墨翟和禽滑釐走上大殿前的高阶。

禽滑釐　（悄悄）师兄，我见过多少知名学者，从来不紧张，今天怎么感觉不同。

墨　翟　那是因为你对官场陌生。

禽滑釐　据我所知，你也是第一次见君王，为什么就不陌生？

墨　翟　我看《春秋》，里面什么样的帝王都有，这一个也不例外。

10. 宋国宫殿（日，内）

【年轻的宋国国君新政，盛装端坐。十数大臣开列两边。商九引领墨翟进殿。

【墨翟向宋君施礼。

宋昭公　墨子贤名，远播天下。今日得见，果然意气真诚。寡人欲问政于你。

墨　翟　墨翟首次入宋，只是一路走来，孤陋寡闻，不敢轻谈治国方策。

宋昭公　宋国四面强敌，国势日衰，不知墨子对宋国强胜，有何见教？

墨　翟　宋国处于强国之间，欲作强国之计，只有"尚贤"一途可循。依墨翟所见，
　　　　国势趋衰的国家，不能摆脱厄运，常常是犯了同一毛病，那就是深怕颠覆，
　　　　于是信任的圈子越来越小，用人的圈子越来越小，循环往复，如泥淖中的挣
　　　　扎，愈来愈难以自拔。所以，墨翟认为，周礼的"亲亲为仁"，并非强国之制，
　　　　而乃弱国之方。

　　【在墨翟说到用人的圈子愈来愈小的时候，群臣中有一个叫子罕的大臣，不怀
　　　　好意地盯着墨翟。

宋昭公　墨子"尚贤"一说，已是天下之言。

墨　翟　天下言"尚贤"者的确日多。但他们之"尚贤"与墨翟之"尚贤"不同。

宋昭公　哦？如何不同？

墨　翟　他们以为，"尚贤"只是在世族贵胄中遴选贤能入政。而墨翟倡导的"尚贤"，
　　　　属"众贤"。也就是说，天下贤能绝不仅存于世族贵胄的狭小圈子之中。要
　　　　冲破禁忌，取天下贤能。如此所取得的，不仅是贤者之智，而且有民者之信、
　　　　众者之力。只是可惜，天下敢于走出这一步的国君，寥寥无几……

宋昭公　听墨子所言，胸襟洞彻！听说，你是宋国元祖微子后裔，长期困守在目夷子
　　　　封地，真是蛟龙困于浅水。寡人今请墨子入宋，以大夫为封！

襄礼官　（高呼）国君赐给墨翟大夫官服一袭！

　　【侍从官捧上大夫衣冠，恭敬地站在墨翟面前。

墨　翟　国君，墨翟有一事相求！

宋昭公　请讲！

墨　翟　墨翟受宋国大夫之封，甘为宋国强盛赴汤蹈火。但墨翟自幼身处贱民之列，
　　　　习惯于无拘无束，要墨翟身着官服，被周围的"贱民"看上去，就像个另类。
　　　　故请国君破例，允许我做个布衣大夫。

宋昭公　（环视大臣）布衣大夫？不穿官服？那百姓谁听你的，嗯？

　　【大臣们出于对这个新封大夫迂阔的不齿，禁不住满堂大笑。

墨　翟　如果强要墨翟穿戴官服，墨翟宁可不受大夫之封！

宋昭公　这袭官服，必须收下，这是我们先人立下的规矩。只是为你破例，允许你便
　　　　服入朝就是了。

墨　翟　谢国君。

宋昭公　如果你忙于讲学，不便抽身，可派几个得意门生，到宋国为官。

墨　翟　为臣照办。

宋昭公　商九，给墨子最好的马车，最好的馆舍，最好的膳食，总之墨子是寡人的

上客！

墨　翟　墨翟粗茶淡饭，薄衾草铺足以，只是需要到处走走看看，知晓一些国情。

宋昭公　宋国境内，墨子任意往来。

商　九　为臣照办。

【子罕不服气地撇了撇嘴。

11. 目夷书院（日，外）

【任工师带领着工匠在装车。栀妹指挥生员们装行李。

【任奶奶一手抱着一个婴儿，带着大英，站在一边看着栀妹。

任奶奶　……傻丫头，你再想想！

栀　妹　奶奶，你都看见了，我没工夫想了。

娄　仲　栀妹师娘，炊具全部装车！

栀　妹　知道了。

任奶奶　……孩子这么小，就断奶，万一有个三长两短……

栀　妹　奶奶，我的好奶奶，母亲生下我，一口奶也没喂，就去世了，你不也把我养这么大嘛？

己　齿　栀妹师娘，教具已经装车！

栀　妹　嗯。

任奶奶　可是……这是两个……

栀　妹　奶奶，一只羊是放，一群羊也是放。

任奶奶　说得轻巧……

腹　鞟　栀妹师娘，行李全部装车！

栀　妹　（大声）好，准备出发！

【腹鞟吆喝着准备出发。生员们开始集合。

任奶奶　……栀妹，你真的要走？！

栀　妹　奶奶！

【任工师过来，知道任奶奶又在叨叨栀妹。他拉着任奶奶就走。

【任奶奶扭过脸哀求着。

任奶奶　栀妹，这是你的一双儿女啊！

【栀妹眼里顿时涌出泪水，紧紧地把大英抱在怀里。

【大英懂事地拉着栀妹的手。

大　英　母亲，叔叔等着你说出发呢！

【栀妹镇定下来，向腹鞟发出了出发的指令。

栀　妹　出发！

腹　鞟　出发！

【车辆陆续启动了。

12. 途中（日，外）

【大英自己坐在行李车上。

【栀妹在队伍中跑前跑后地招呼着。

13. 宋国城门（日，外）

【两辆马车从城里出来，车上分别走出商九和墨翟。

墨　翟　商九先生，就送到这吧！

商　九　墨子，我们相识恨晚哪！

墨　翟　我一定会常来常往。

商　九　我把你从亲人相聚的时刻，硬硬地拉来，而且是空着手，这回我送给你几瓶宋国的美酒，让夫人尝尝，聊表歉意。

墨　翟　墨翟不能接受先生的歉意，酒可以收下。

商　九　你们鲁国的酒厚，我们宋国的酒薄，你尝尝就知道，不醉人的。

墨　翟　后会有期！

商　九　后会有期！

【墨翟上车远去。

14. 泰山墨学书院（日，外）

【高石的建房队伍和栀妹的生员队伍，会合在泰山书院。

高　石　墨师娘！你们一路辛苦啦！

栀　妹　高石，都修理完啦？

高　石　这里房子太多，一时修理不完，我们可以边住边修。

栀　妹　好！

【高石带着队伍进去。

【栀妹突然听见身后有人"师嫂""师嫂"地喊她。回头一看，索获正向她跑来。

索　获　师嫂！

栀　妹　是索获！你怎么来了？

索　获　师嫂，我是来投奔墨翟的！

栀　妹　你怎么知道我们迁来泰山，我这从目夷谷来，连门还没进哪！

索　获　整个泰山都听说墨子要来办书院啦！儒学的泰山书院，和杨朱的泰山书院，都有生员要来投奔哪！我带来的这些是尼山书院的生员。……快来见过你们的墨师娘！

【索获身后的十几个尼山书院的生员上来。

众　人　墨师娘！见过墨师娘！

【索获说着，把他们扛来的一块牌坊挂了出来。牌坊上书写着"墨学书院"。

15. 墨翟家门外（日，外）

【墨翟和禽滑釐来到家门口，他们下了马，看见门上有"守门鱼"把门。

墨　翟　栀妹肯定在工师家坐月子。走!

【墨翟上了车夫的位置。

墨　翟　师弟，你先去把高石找来，眼看就要上冻了，这搬迁的事，不能再拖了。

【禽滑釐应声而去。

【墨翟赶着马车向任工师家行去。

16. 任工师家（日，内）

【任奶奶一人正抱着两个孩子，孩子在哭，怎么也哄不好。

【墨翟一头闯了进来。

墨　翟　奶奶!

任奶奶　墨翟! 你可回来了!

墨　翟　奶奶，工师呢? 栀妹呢?

任奶奶　墨翟啊墨翟，你把我们栀妹逼成个大老爷儿们了! 孩子也不管了，带着一大
　　　　帮子男人们，直奔泰山去了!

【任奶奶把孩子都给了墨翟。

任奶奶　我去给你们弄饭。你工师还没下工哪。

【任奶奶走了，墨翟抱着两个孩子。

【禽滑釐进来。

禽滑釐　师兄，高石他们早就去了泰山!

【墨翟放下孩子，就走。禽滑釐从桌子上拿了点干粮，跟着走了。

【任奶奶端着锅回来，只有两个孩子在床上哭闹。

17. 泰山墨学书院（黄昏，外）

【墨翟和禽滑釐牵马赶来，看见"墨学书院"的牌子豁然醒目。

墨　翟　你这个墨师娘，可是了得呀!

禽滑釐　师兄也服气了吧?

18. 泰山墨学书院（黄昏，外）

【墨翟和禽滑釐进来，看见里面偌大的院子，学生们在用山草苫房，忙得热火
　　　　朝天。

【有人喊：老师回来啦!

【师生、夫妻、父女，人们别后重逢。

19. 泰山书院大院（夜，外）

　　【繁星满天。

　　【墨翟抱着大英，和禽滑釐、迟仲在院子里高兴地谈论着。高石向墨子匆匆走来。

高　石　墨子，巫马子突然来访。

墨　翟　哦？

高　石　巫马子还带来一个白面先生，说是杨子！

墨　翟　杨子？好呀！都是朋友，快请进！

20. 泰山墨学书院银杏树（夜，外）

　　【硕大的银杏树下，有一方石桌和几个石凳。

　　【巫马子和杨朱结伴而来，墨翟、禽滑釐迎上前去。

墨　翟　晚辈墨翟，有失远迎！

禽滑釐　老师！

　　【巫马子冷冷地哼了一声。杨朱淡淡地点了点头。

墨　翟　本想登门拜访，只是我这书院，还是草创……

巫马子　（火气很冲）墨翟，如今你也是一方神圣了，我也尊你一声墨子！但是你不要以为我是来为你祝贺的！

墨　翟　巫马子何事如此恼怒？

巫马子　你大概已经忘记了吧？索纪以盗窃国宝罪名，到尼山书院拿你，我相信你的为人，冒险反驳。现在你怎么变成公开抢夺我们儒学书院的生员了？

杨　朱　我杨学书院的生员也被你墨子抢夺了，如此墨子，何以为人师表？

墨　翟　二位，这是从何说起？生员的腿都长在自己身上，我如何抢夺得了？

巫马子　你在目夷谷好好的，为何要来泰山办书院？

墨　翟　二位没听俗话说吗，物以类聚，人以群分。大家都是办书院的，自然要往一块扎堆。总不能让我把书院办到宫殿里吧？二位先来，我后到，这好比工匠之肆，聚而为市，便于买主货比三家。我这个工匠不改旧习，这不就追随二位来了嘛。

杨　朱　我问你，生员为什么不去风景好的儒学书院，也不去伙食好的杨学书院，偏偏要到你这又穷又破的墨学书院，你要讲清楚？

墨　翟　我看不妨这样，选它一个好日子，我们三家来个群英雄辩，让来泰山的生员们，听个痛快，选个明白，自己决定何去何从。或者我墨翟取匠人聚市的规矩，邀请巫马子、杨子，到我的书院讲学。你们尽管摇唇鼓舌，使劲挖人。我的弟子有愿从儒者，我送巫马子，有愿从杨者，我送杨子。我这里，墨院如果走了生员，我自动打道回我的目夷谷。

巫马子　此话当真？

墨　翟　言必信，行必果。

禽滑釐　两年前，我们在目夷书院一场论争，巫马子要我们不得以儒学，而以墨学为
　　　　　名，我们从此就冠以"墨学"。老师，我们还不够讲信用吗？

【巫马子气呼呼地哼了一声。】

禽滑釐　还有，当初言明，为避免弟子职业上的竞争，墨学弟子一概不以襄礼为职，
　　　　　现墨学弟子，人人皆视襄礼为"身着礼服的叫花子"……

巫马子　小禽子！你也是出于儒门，对儒学怎得如此无礼？！

杨　朱　不，他可不是你尼山书院的小禽子，应该叫他禽子了吧？让禽子说下去。

【墨翟和禽滑釐互相对视了一下，墨翟欣慰于同行中终于认同了禽滑釐的地位。】

【巫马子却为半路掉转枪口的杨朱大为不满。】

杨　朱　我反对久丧！我反对厚葬！我反对淫欲！每每看见那些为贵族、富贾们呼天
　　　　　号地的襄礼们，我就咬牙切齿！我看，襄礼还不如叫花子，叫花子把讨要的
　　　　　诚实摆在脸上，襄礼呢，那就是当婊子的去立牌坊呀！……

【周围发出一阵异样声响，有如众人发出的笑声。】

杨　朱　这是什么声音？

禽滑釐　泰山风大，秋风扫落叶而已！

巫马子　你这个杨子，从来都是不群不党？

【杨朱率先坐在石凳上。】

杨　朱　我就是不群不党。

巫马子　俗话怎么说？你这样的，就叫麻袋装菱角，里戳外捣。

杨　朱　在"节葬""节用"上，我与墨子认同。

巫马子　那你们两个合为一处，叫个杨墨书院算了。

【巫马子也坐了下来。】

杨　朱　你和墨学，共有"仁爱"之说，不是也可以联合起来，反对我的"贵己"之
　　　　　说吗？

巫马子　不不，儒家之仁，以君臣为纲，以"亲亲为仁"，完全不同于墨子那种不分君
　　　　　臣、不分贵贱的兼爱，那叫什么兼爱，分明是乱爱。

墨　翟　儒家把仁，作为国君的恩慈，作为血亲关系中一个小圈子内的纽带。一个学
　　　　　派，聚精会神地去探究亲疏尊卑，就不会用心区分贤与非贤，难免沦为"厚
　　　　　所至私，轻所至重"的大奸行列。而上苍的爱却是，对一切人"兼而明之""兼
　　　　　而有之""兼而食之"的兼爱。

杨　朱　（摇头叹息）看来，儒家的仁爱，和墨家的兼爱，一字之差，天壤之别。我看，
　　　　　既然你们爱也爱不到一起，还不如随了我的"贵己"。

【巫马子和墨翟谁也不理杨朱，继续论战。】

巫马子　先圣孔子回避谈天，墨子却把自己的学说归于"天志"，不怕亵渎圣人？

墨　翟　我谈天志，是通过对历史的考察，对天文星宿的观察，才确信苍天是有意志的。所以，当顺天与顺"圣人之言"相背时，我只能选择顺天。

巫马子　墨者讲天志，却又反对儒家的天命，我不知道，墨者将怎样自圆其说？

墨　翟　儒家的天命说，以为贫富寿夭、治乱安危，都是命定的。这种"天命"，治国之人奉行，就会放弃治理国家的努力；身居下位之人奉行，就会不去勤勉从事。孔子连自己的弟子伯牛有病，也以"命矣夫"为由，不给医治。所以，墨者反对儒门的"天命"，而主张"非命"，就是要教人通过自己的努力，才能获取苍天的眷顾。

【周围又发出一阵异样声响。

杨　朱　（警觉地）这是什么声音？

禽滑釐　还是秋风扫落叶！

巫马子　我来问你，墨子既讲顺天，为什么苍天却降你两次牢狱之灾？

墨　翟　那是因为苍天嫌我为"兼爱""非命"奔走，仍有不尽力之处，故以牢狱之灾警示我。我在身处囹圄时，终于悟到，治世之理，不过顺天而已。

巫马子　天在哪里？你是看见了，还是摸着了？

墨　翟　天，就在我们看不见、摸不着的地方。但是，苍天混茫，意志赫赫，苍天常常把它的意志明示于我，让我用人间的语言来讲说。苍天不使大国欺辱小国，所以我主张"非攻"；苍天知乐与万民无利，所以我主张"非乐"；苍天使贤人有尽才之机，所以我主张"尚贤"；苍天欲使天下同心，不使飘风苦雨凑凑而至，灾异之难降临人间，所以我主张"尚同"；苍天欲使厚葬、久丧者国家必贫，人民必寡，刑政必乱，所以我主张"节用""节葬"；苍天明天鬼之所欲，避天鬼之所憎，以保国家兴旺，所以我主张"明鬼"；苍天认为上不利于天，中不利于鬼，下不利于人的天命，是以凶言"暴人之道"，所以我主张"非命"；苍天兼而饱天下之饥人，兼而暖天下之寒人，兼而歇天下之劳人，所以我主张"兼爱"。总之，我的一切主张，都是顺乎苍天、顺乎民意的。

巫马子　我看，我们儒墨杨三家，可以用三种人来比说。

杨　朱　哦？哪三种人？你说说看。

巫马子　我们儒家，洒扫庭除，相夫教子，是个良家妇女。你杨家就是个光棍汉，一个人吃饱了，全家不饿。一个人死了，断子绝孙……

杨　朱　你巫马子八个女儿，都不怕断子绝孙，我杨门何惧之有？

巫马子　墨家呢，我看就是个疯子！谁家有事，他都去逞能，结果呢，忙得蓬头垢面，形容枯槁，活得没个人样子。

【禽滑釐站起来。

禽滑釐　我这里也有一个比喻。既然老师用了地上的人，我禽滑釐不揣冒昧，就用天上的星，不知可否？

杨　朱　好好，快快讲来！

禽滑釐　杨子倡导"适欲"，把天下奉一身，不取，拔一毛利天下，不予。我想，要是天下贵族皆如杨子，则篡政夺国的勾当休矣，征战略地的勾当休矣。杨子好比天上的一颗星，一颗最明亮的星！

【杨朱高兴得手舞足蹈。

杨　朱　禽子说来，我是哪一颗星？

禽滑釐　天上最亮的那颗，是荧惑星！

杨　朱　禽子过奖，禽子过奖！

禽　子　巫马子力主"亲亲为仁"，力驱暴政，主张父子兄弟相亲相爱，即使仅仅在贵族的世卿世禄中施以仁政，也为天下争得半壁太平。依我看哪，巫马子嘛，好比天上的一个星座。

【巫马子露出矜持的喜悦。

巫马子　不知小禽子，哦，就把"小"字去掉吧，不知禽子把我比作哪个星座？

【禽滑釐向东南方向一指。

禽滑釐　是井宿星座！

杨　朱　禽子是说，你虽然不如我的个人名望，但是有儒学的百年积淀，哲人巫马子的周围，就被一些追随者井然有序地拥戴着啰。

巫马子　说下去，那墨子哪？

禽　子　墨子嘛，他这个人，不拒明星与暗星，不择大星与小星，不斥奇星与俗星，他认为地上一个丁，天上一颗星，墨子对所有的星星，一视同仁。

巫马子　对，墨子是一星也不星！

杨　朱　既然你巫马子都是星座，墨子也得是个大星座。禽子，快说，墨子是什么星座？

禽滑釐　墨子不是星，也不是星座……

巫马子　（同时）那是什么？

杨　朱　（同时）那是什么？

禽滑釐　墨子称得上是，星——斗——满天——！

【呼号声突然从四面响起。三个哲人，一时不知就里，也情不自禁地起立张望。

【原来众多弟子，一直围绕在周围听辩，禽滑釐说的秋风扫落叶之声，就是他们不时以石块击节之声。

禽滑釐　这是弟子们，为三位哲人坦诚之论喝彩！

杨　朱　哪里来的这么多人？

禽滑釐　这里除了有墨门弟子，还有杨门弟子、儒门弟子，众生今夜有幸啊！

【欢呼声大作。四面篝火燃起。

【墨翟和禽滑釐的手紧紧地握在一起。迟仲远远看着，满意地捋着胡子。

21.泰山墨学书院大院（夜，外）

【篝火中，组织好的一组生员，借着吟诵一首夫妻久别重逢的《郑风·风雨》，咏叹起大家的相聚。

众 齐　风雨凄凄，鸡鸣喈喈。

　　　　既见君子，云胡不夷？

　　　　风雨潇潇，鸡鸣胶胶。

　　　　既见君子，云胡不瘳？

　　　　风雨如晦，鸡鸣不已。

　　　　既见君子，云胡不喜？

【迟师娘站起来，吟诵了男女盛会时所唱的约会情歌——《邶风·静女》。她边吟边以彩旦的夸张表演，逗得大家捧腹。

迟师娘　静女其姝，俟我于城隅。

　　　　爱而不见，搔首踟蹰。

【大英和胜绰从人群里跳出来，被打扮成两只老鼠的他们，吟诵着《鄘风·相鼠》。

大 英　相鼠有皮，人而无仪。

胜 绰　人而无仪，不死何为？

大 英　相鼠有齿，人而无止。

胜 绰　人而无止，不死何俟？

大 英　相鼠有体，人而无礼。

胜 绰　人而无礼，胡不遄死？

【胜绰倒在地上，大英忘记自己也应该倒在地上，胜绰拉她，她却向墨翟跑去。胜绰追逐大英，大英扑进墨翟怀里。

第三十一集　星斗满天

1.泰山墨学书院校舍（日，外）

【这是一处小院，禽滑釐带着生员们在用山草苫房子。

【禽滑釐在房顶上，接过下面扔上来的草把，自下而上向房顶铺设。

【苦获把铺好的屋脊，用泥巴压好。人们干得井井有条。

【墨翟不会苫房，只在旁边做些清扫工作。

【苦获压好最后一坨泥巴，双手一举，房上房下的人，欢呼一片。

【禽滑釐敏捷地跳到地上。

禽滑釐　师哥，今天晚上，你就可以住新房子啦！

墨　翟　我说过了，我只住最后苫好的房子。

高　石　迟仲老师已经有得住了，这个小院，别人住也不合适。

己　齿　老师，你先住进去，其他的房子，我们人多，抓把紧，也就是三五天的活儿，大家就都能住进去了。

墨　翟　禽子，南国人怕冷，先把楚国的几个生员安置进去。

苦　获　（同时）老师，你不住，我们怎么敢住？

己　齿　（同时）我们不能先于老师而住！

墨　翟　（不容置疑地）我再说一遍，我只住最后苫好的房子。

【生员们齐声请求。

众　齐　老师！请老师入住！

【墨翟转身走了。大家还要再劝。

栀　妹　墨子做事总有他的道理，我都不劝，你们也别劝了。

众　齐　老师总比我们年龄大吧？栀妹师娘！

栀　妹　我告诉你们一个秘密。

【大家当真。

栀　妹　你们老师，就愿意睡在露天的房子里，便于观察天象呀！

【大家知道上当了。

2.泰山墨学书院墨翟卧室（夜，内）

【这间房子没有苫好，仍然露天。墨翟躺在床上，看着星空。栀妹瑟缩地蜷缩着。墨翟把她拉进自己被窝，紧紧抱着。

墨　翟　还冷吗？

栀　妹　……好点了……你在想什么呢?

墨　翟　我在想,上苍真是公道。生了墨翟,又给了我一个栀妹!搬迁这么件大事,
　　　　竟然不用我操一点心……

栀　妹　你说……

墨　翟　说什么?

栀　妹　要是我不在了,谁来给你操这个心呢?

　　　　【墨翟沉浸在自己的思路里。

墨　翟　……我们结婚六年,你说我们经历了多少次危机……

栀　妹　泮宫的一把大火、楚军的绑架、两次自代羁押,一共是四次。

墨　翟　……谁知道未来,还有什么在等着我们?……

　　　　【栀妹也在自顾自地说着。

栀　妹　唉!那天我看见杨朱,就想起了绛娘,你去看她了吗?

墨　翟　没有。

栀　妹　你不是答应我,要去看绛娘的吗?

墨　翟　我怕公输先生阻拦我,就先去了牢狱。你不必为绛娘担心,我在狱中,她都
　　　　没去看我,可见,和杨朱过得挺好。

栀　妹　这泰山的房产,本应是绛娘继承,公输先生全部给了你,你怎么就一点也不
　　　　感谢绛娘?好像她八辈子就欠下你的?

　　　　【墨翟无言。

栀　妹　只怕绛娘从此再也没有自由了……

墨　翟　你怎么这么说?

栀　妹　你二次自代羁押,曲阜全城都倾巢而动,怎么就是不见绛娘的影子?

墨　翟　你的意思是,莫非杨朱薄待我们绛娘?这不可能!

栀　妹　要是这样呢?

墨　翟　那我找杨朱算账!

栀　妹　你算哪门子亲人?

墨　翟　这样吧,我约请杨朱来讲学,绛娘肯定跟着来,我们不就能见面了吗?反正
　　　　我跟杨朱,可以把话说透……

栀　妹　你们一个“兼爱”,一个“贵己”,真要像那天论战起来,撕扯的还不是绛娘
　　　　的心?

墨　翟　唉,说实话,有的时候,我真是不愿意见到绛娘……

栀　妹　那为什么?

墨　翟　近朱者赤,近墨者黑。我怕失去朋友,不如留下一个美好的回忆……

3. 杨朱府邸绛娘卧室（夜，内）

【绛娘已经和杨朱分居，自己住在一间偏房里。偏房潮湿阴冷，绛娘把被子裹得紧紧的。

【翟鸟灯碗在燃烧，绛娘出神地凝视着，想起在目夷谷的美好时光。

（叠化）陶坊的紧张。栀妹教绛娘脱坯，两双素手紧紧抱在一起。

（叠化）车坊的热闹。绛娘在教工匠们跳舞。

（叠化）染坊的鲜亮。一匹匹雪白的绢丝，放进染缸。

（叠化）绛色的染丝在"螳螂车"上滚动。

（叠化）墨翟和栀妹的婚礼。绛娘和栀妹翩翩起舞，匠人们组成了一只雪白的大鸟。

【绛娘眼前的翟鸟灯碗忽闪着，终于熄灭，眼前一片漆黑。

【月光洒在绛娘清冷的脸上，一行热泪滚滚而下。

4. 泰山墨学书院房舍（夜，外）

【禽滑釐带着生员连夜修葺剩下的房屋，好让墨翟早点住进新苫好的房子。

禽滑釐 ……索获，都半夜了，你们先去睡吧。

索　获 禽子。怎么还分你们、我们的？

禽滑釐 尼山书院来的生员从来没吃过这样的苦嘛……

索　获 墨子睡在露天的房子里，你说哪个生员能睡得着？

【索获的下巴向更远处扬了扬。

【禽滑釐看去，只见远处点点灯火闪耀。

5. 泰山墨学书院房舍（夜，外）

【高石带着另一部分生员也在连夜赶修房子。

6. 泰山墨学书院房舍（夜，外）

【禽滑釐突然发现索获的铁锹把上，都是血，拉开索获的手一看，已经血肉模糊了。

禽滑釐 师兄！

【索获无所谓地拿起铁锹就要走。

【禽滑釐撕开衣襟，给索获包扎。

7. 泰山墨学书院讲堂（日，内）

【新建的讲堂，比目夷书院的更为宽敞明亮。坐满了生员，有200多人。不时有赶来的其他书院的生员进来。

【年轻的孟胜，带着30多个生员进来。

孟　胜 禽子，我们是杨学书院的，想听墨子讲学！

【禽滑釐为他们安排座区。

【迟仲老师与墨子在台上小声探讨着。

【年轻的公尚过，带领着20多个生员进来。

公尚过　禽子！禽子！我们是儒学书院的……

【禽滑釐为他们安排座区。

【禽滑釐向墨子点头，墨子走上透着新鲜气息的讲坛。

墨　翟　本书院，从目夷谷迁来，这是在泰山的第一次讲学。今天，还有其他书院的生员听讲。开讲之前，我想请大家谈谈，来墨学书院的目的，也借以彼此相识。所有在座的生员，一视同仁，都可以发问。

孟　胜　我是楚国人孟胜，为求官到杨学书院就读的。我们杨学书院前来听讲的35位生员，那天听了三哲论辩，才知道还有与"适欲"完全不同的学说。如果墨子同意，我们愿意在两院同时就读。

墨　翟　我这里欢迎，只是你们还要和杨子商量为好。

公尚过　我叫公尚过，我们儒学泰山书院前来听讲的28位生员，觉得儒学只说地，不谈天，人生好像少了半边，都想来听听关于"天志"的讲说。

墨　翟　好，今天我就满足你们的要求。

娄　仲　我们杞国被楚国所灭，我娄仲作为大禹的后代，求学于墨，是为了寻求救国的道路。

墨　翟　我们以前已经说过，墨学的精神，就是大禹的精神。

耕　柱　我是泰山猎户的儿子，父亲希望我能有田可耕，故名耕柱。但我长大了，仍无垄田可耕，占卜者说我是奴役之相，我来这里就是为了出出这口气。

墨　翟　耕柱呀，你习《春秋》之学，习"六艺"之术，已经有了真才实学，又身体健壮，将足堪大任。奴役之相，找都找不到了呀！

【耕柱赧然一笑。众笑。

墨　翟　我已经答应往宋国派遣生员出仕，你要做好准备。

【耕柱吓得连连摆手。

耕　柱　我可不去。我还没有学好！

【众笑。

【一个儒学书院的生员站起来。

儒　生　我是儒学书院来旁听的学子。墨子若是承诺，学成之后，推荐我去宋国出仕，我就立刻投奔墨学书院。

墨　翟　我不会推荐你出仕的。

儒　生　我的身体比耕柱还要强壮，我的学识比耕柱还要思虑徇通，为什么耕柱可以，我就不可以？难道一直批驳儒学"亲亲为仁"的墨学，也是口惠而实不至的吗？

墨　翟　我们鲁国有这样一个故事，让我慢慢给你讲来。有户人家，兄弟五个。父亲死了，老大只顾喝酒，不去埋葬。四兄弟善言劝说："你埋葬了父亲，我们去给你买酒。"老大帮着四兄弟安葬了父亲，就要他们买酒。四兄弟说："我们不能给你买酒。"老大好不高兴，问他们为什么食言。四兄弟说："你葬你的父亲，我葬我的父亲，又不是我一个的父亲。你要是不葬你的父亲，人们就会笑话你，所以我才劝你。"

【有些听懂墨翟寓意的生员，笑了起来。

儒　生　墨子，我不懂你的意思。

墨　翟　好，我回答你，也一并回答为了"出仕"而来墨学求学的生员。今天，你想习墨，是为了"义"。你为你的"义"，我为我的"义"，又不是我个人的"义"。你不学，人们将笑话你，所以我只劝学。酒，还是你自己去买吧！

【众笑。

腹　韕　我腹韕来自秦国。当今各强国能臣之中，都是起学于儒的，但是他们都在儒学之外，另有自己的治国新策，我求学于墨，就是为了寻找治国新策，想把我秦国建设得最为强盛。

墨　翟　腹韕胸存大志。

苦　获　我是楚国的工匠苦获，看着自己制造的车辆，被征用去攻打别的国家，我就觉得自己也跟着犯了罪。我求学于墨，是想找一条心中无愧的人生道路。

索　获　我和己齿相同。我是鲁国执政季孙氏家奴索纪的庶出公子索获。达官显贵的冷酷，已经遮掩了我的眼睛，我下决心撕开这层翳障，投身人情温暖的世界。人活一世，草木一秋，我宁肯在人情的温暖中献身，也不愿意在利害的计较中苟且。

墨　翟　己齿和索获的追求，都是超脱于物欲之上的。这种浩然之气，从远古的大禹一直贯穿至今，并且还要一直贯穿下去。但是，愈是高远的追求，愈是要以个人的牺牲为代价，你们得做好准备啊！

臧公子　我是曾在鲁国国学泮宫、尼山书院读书的鲁国贵胄子弟，都称我臧公子，我自觉学识和才能在墨子弟子之下。所以，我特来投奔！

【场内学生目光投向臧公子。

墨　翟　师弟，我们欢迎你。

高　石　（羞羞答答）我从小就跟着师傅干活，跟着他，我就觉得心里踏实。

墨　翟　你们不知道，起先，高石还是我的师傅。高石这个人，谦虚谨慎到了家，他早已经给你们讲课了，从今开始，他就是我们的高石子啦！

众　齐　高石子！高石子！高石子！

【高石红着脸，低下了头。

孟　胜　墨子，我很想知道，墨学究竟与其他学说有什么不同？

【还有许多生员举手，墨翟示意放下。

五十二集大型 历史电视连续剧 墨子

墨　翟　你们都来自五湖四海，个人求学于墨的具体目的虽然不同，但是大的方向都是一致的，都想寻求一种新的学说。现在，我就先讲一讲墨学与其他学派的不同。墨学有十大主张——"兼爱""天志""明鬼""非命""非攻""非乐""尚贤""尚同""节用""节葬"。这些观点，有的与杨学同，有的与儒学同，但是最根本的不同在于"兼爱"。我们墨者不仅仅为了自己的生存，同时还要为了更多人的生存。墨者的一生，绝不会比信奉儒学、杨学的人长久，但是墨者的一生，一定会比他们更壮烈、更辉煌、更温暖、更有益。墨学的目的是"兴天下之利，除天下之害"，我把这个目的归结为"天志"。我们是人，却要完成天的意志，所以必须万般努力，万般辛苦。

【墨翟边说边走下讲坛，拿起索获包扎的手。

墨　翟　这只是皮肉之苦，还会有刻骨之苦、殉心之苦、灵魂崩裂之苦。如果你们没有这样的准备，就不必为了一时的热闹和实用而习墨。因为只为了个人的私利，你们尽可以去习杨、习儒或是习其他学说。只要个人有一点点的聪明，再加上一点点的努力，还需要一点点的机遇，也许，再付出一点点的小爱，就完全可以达到。而墨学则不然，墨学是一种需要自我献身的学问，一种需要为了美好理想终生求索不息的学问。墨学不会给个人带来世俗的利益，却往往要你们奉献出自己的安危冷暖。把个人的利益淹没于墨学的大成就之中。好像一棵小草之于春天，一条小鱼之于汪洋，一颗小星之于苍天，一时一刻之于永恒。作为个人，你们只能为了成就墨学而努力。而墨学成就的是什么呢？墨学成就的是，关怀每一个生灵的，大仁大义大情大爱的大事业！所以，墨学需要的是，大智大勇大无大有的大情感！

【生员们都被墨翟的激情打动，齐声背诵《墨守》。

众　齐　日夜不休，自苦为极。穷且日坚，不坠青云。
　　　　智以教人，力以劳人，财以分人，卑己尊人。
　　　　不立巧誉，以身载行，赴火蹈刃，死不旋踵。
　　　　兼相爱，交相利，言必信，行必果。

【高石进来，向墨翟耳语。

高　石　杨学书院的詹何来访。

墨　翟　下面请迟仲老师给大家讲解《尚书》。

【墨翟向迟仲示意后离去。

【迟仲走上讲坛。

8. 泰山墨学书院主事房（日，外）

【墨翟迎上过来的詹何。

詹　何　詹何拜见墨子！

墨　翟　詹何，怎么客气起来了！

詹　何　想起误让墨子为我洗衣之事，寝食难安。

墨　翟　詹何呀，你走的时候，我们都怕你没有钱吃饭，大家担心了好一阵呢。

詹　何　詹何现已在泰山杨学书院任职，今日特来送还洗衣费用。

墨　翟　这我可不能收。

詹　何　那詹何就为墨子洗衣，以求不取不予。

墨　翟　杨朱的学说，你真是活学活用了。你这可不是，不取不予，你这是既取又予，叫一还一报。

詹　何　无论墨子怎么说，洗衣费一定得收下。墨子一日不收，詹何一日不安。

　　　　【詹何把一包钱币放在桌上。

詹　何　詹何今日来，还有个建议。

墨　翟　何事？请讲。

詹　何　我有时用墨子的观点去问杨子，杨子回答了，我就无话可说。我想如果墨学书院和杨朱书院，能够互换讲学，所有的问题就可以对答了。

墨　翟　好！我早就想邀请杨朱，今日就请你代为邀请好了。

詹　何　詹何一定转达。

墨　翟　詹何，你见过杨子夫人吗？

詹　何　见过。杨子夫人可是少有的女士人。

墨　翟　她……还好吗？

詹　何　说不好。她有时一言不发，有时，滔滔不绝。

墨　翟　我和杨子夫人是目夷同乡，再见了，请你替我问候一声。……哦，干脆也请杨子夫人同来墨学书院讲学，怎么样？

詹　何　杨子夫人，好像从来未与杨子同行过，似乎更愿意深居简出。

墨　翟　哦？……

9. 杨朱府邸书房（日，内）

　　　　【绛娘一个人在书房看书。杨朱进来，搭讪地。

杨　朱　……夫人看书久了，不如出去走走？

　　　　【绛娘仍在看书。

杨　朱　夫人……你已经整整一月不与我说话了……出去走走吧……

绛　娘　出去可以，请杨子说清楚，你是怕我累了，还是要我陪你？

杨　朱　这……这，反正出去就是了。

绛　娘　我们不是约定，在杨府就要服从杨子的学说嘛。我从来没有要求你陪我，你也不应该要求我陪你。

杨　朱　按照杨朱的学说，你是我的夫人，夫人就是奴仆，奴仆就得服从。

绛　娘　你要我怎样服从？

杨　朱　我要你陪我出去走走。

绛　娘　绕了这么大一个圈子，你还是说了实话。是你要我陪你。

杨　朱　就算是吧。

【绛娘向外走去。杨朱在后面跟着。

10. 杨朱府邸回廊（日，外）

【杨朱和绛娘走着。

杨　朱　……墨翟……在泰山办起了书院……

【绛娘就像没有听见。

杨　朱　有些尼山书院的生员，本来应该投奔我的书院，却让墨翟给抢了过去。

【绛娘只顾走着，来到角亭，独自坐下。

杨　朱　你怎么不说话？

绛　娘　奴仆怎么能随便跟主人说话？

杨　朱　你不是奴仆，你是我的夫人？我要你跟我说话！

绛　娘　夫人就是奴仆。

杨　朱　是奴仆！是奴仆！我要奴仆跟我说话！

绛　娘　你要我说什么？

杨　朱　我说墨翟抢了我的生员，你说！

绛　娘　这可是你让我说的，要是你听了不顺耳，可别恼？

杨　朱　让你说，你就说。

绛　娘　墨翟这个人，我了解，他从来都是送上门去，绝不会抢夺别人！

杨　朱　你就是看着他顺眼！

绛　娘　我们是目夷同乡。

杨　朱　（话中有话地）岂止是同乡？……

绛　娘　对，还是恩人。

杨　朱　恩人？你是他的恩人吧？不是你和你叔父，把他从牢狱里救出来的吗？那几天，你忙得连家都不回，简直像匹野马！

绛　娘　杨子若是有野马作夫人，也是禽兽之类吧？

【杨朱把手中的书简一下扔进水里，溅起两尺水柱。

杨　朱　你！你！

绛　娘　你要是再这样，我就一年不理你！我说到做到。

【杨朱忍了忍。

绛　娘　还让说吗？

杨　朱　好好，童言无忌！

绛　娘　杨子要是把我的话当戏言，岂不是奴仆戏君，有犯上之罪呀？

杨　朱　说嘛，说嘛！

绛　娘　刚才说到哪了？

杨　朱　说到墨翟是你的恩人。

绛　娘　那是。我们家在目夷谷的染坊，眼看就要倒闭了，墨翟帮我们发明了新的染色剂，这才起死回生。这种大恩岂能不报？

杨　朱　哦……那墨翟两次自代羁押，都是你们公输家帮助解救的，就算你报他一回恩，他还差你一回呢？

绛　娘　不，按照杨子的算计，是我还差墨翟一回。

杨　朱　你怎么算的？

绛　娘　墨翟两次自代羁押，都是替代的史佚大人……

杨　朱　这不用你说，全曲阜都知道。

绛　娘　史佚大人是我叔父的至交，所以墨翟的两次自代羁押，都是帮我们公输家的，与公输家两次营救墨翟对兑，我还欠着墨翟一回起死回生的大恩。

杨　朱　这么说，以后要是墨翟有难，你还会相助？

绛　娘　当然。

杨　朱　我就知道你忘不了这个野人！

　　【绛娘拂袖而去。

11. 杨朱府邸绛娘卧室（夜，内）

　　【杨朱在绛娘门外。

杨　朱　……夫人！夫人！……回正房里睡吧？……偏房里冷呀！……

12. 杨朱府邸绛娘卧室（夜，内）

　　【绛娘冻得紧紧裹着被子。

13. 杨朱府邸绛娘卧室（夜，内）

杨　朱　……墨翟邀请我去他的书院讲学，过两天我去泰山，你也同行吧。

绛　娘　我不去。

杨　朱　结婚前听说，公输小姐走南闯北，现在怎么大门不出，二门不迈？……（悄声自语）野马让我驯成了家马？……

14. 杨朱府邸绛娘卧室（夜，内）

　　【绛娘看着窗外，鹅毛大雪，飘然而至。

15. 泰山墨学书院讲堂（日，外）

　　【厚厚的雪，装扮着泰山，装扮着书院，远远望去，迟仲老师在授课。

五十二集大型

历史电视连续剧

墨子

16. 泰山墨学书院讲堂（日，外）

　　【万木复苏，透过绿树的嫩枝细条，远远望去，高石在授课。

17. 泰山墨学书院讲堂（日，内）

　　【盛夏，禽滑釐给生员们授课。

18. 泰山墨学书院膳食坊（日，内）

　　【迟师娘正在做饭。

　　【胜绰领着大英进来，看见地上摆着一只大盆，里面用水泡着满满一盆藕。胜
　　　绰正要伸手去拿。

迟师娘　小馋猫，你又来了？

　　【胜绰把手缩了回来。

迟师娘　书院规定，任何人一律不准进入膳食重地，你不知道？

胜　绰　大英饿了！

迟师娘　饿了，这有麦饼。

　　【迟师娘拿了一个麦饼给大英。

大　英　太师娘，大英不饿。

迟师娘　（瞪着胜绰）我就知道是你！

　　【胜绰领着大英走了。

19. 野地（日，外）

　　【胜绰把一个大泥团从火堆里扒拉出来，他用两把土垫在手上，捧起泥团，摔
　　　在地上。泥巴裂开，露出一节烧熟的藕。

　　【胜绰吹着，把藕掰开，递给大英。大英不接。

胜　绰　大英，快吃，可香啦！

大　英　是你拿的？

胜　绰　我这是专门烧给你吃的！

大　英　我不吃！

　　【说着，大英舔了舔嘴唇，咽了咽口水。

胜　绰　你不吃，我就扔了！

大　英　拿回去，给太师娘！

胜　绰　你吃吧，我保证一口也不吃！

大　英　我不吃！

胜　绰　你吃了，我以后再也不拿了。

大　英　……上次，你也是这么说的。

　　【大英转身走了。胜绰沮丧地跟在后面。

20. 途中（日，外）

【一辆豪华马车，从南向北驶来。

【一个衣衫褴褛的穷苦人，拄着棍子摇摇晃晃地挣扎着走，终于倒在路上，正挡了豪华马车的去路。

【车夫停下车来。车窗里杨朱探出头来，不耐烦地呵斥。

杨　朱　怎么了？！

车　夫　一个路人摔倒了。

杨　朱　他摔倒了，关你什么事？走！

车　夫　他挡了我们的路。

杨　朱　我们没挡他的路，他为何要挡我们的路？拉到一边去！

【车夫把路人拖到一边，上车继续前行。

21. 泰山杨学书院主事房（日，内）

【已经在泰山杨朱书院供职的詹何，恭恭敬敬地把杨朱迎进来。

詹　何　老师一路辛苦。

杨　朱　辛苦谈不上，就是许久不来了。

詹　何　老师许久不来书院，詹何积攒了一大堆问题，急于请教！

杨　朱　这回，我要住些日子，不要急，慢慢说。

詹　何　老师赶着这时候来书院，真是有先见之明？

杨　朱　怎么了？这时候怎么了？

詹　何　生员们都在叽叽喳喳，詹何有些应付不了……

杨　朱　不就是要去墨学书院听课嘛，让他们去好了……

詹　何　不是。上次转学走了30多个，剩下的说，墨学那边就是座金山，他们也不去，还是先生的"适欲"，对他们的口味。

杨　朱　吃两天墨子那个粝粱之食、藜藿之羹，就得饿得他们跑回来。

詹　何　不过，这次，还没见到瘟疫发生，就已经走了40多个……

杨　朱　你说什么？

詹　何　已经走了40多个，剩下的也嚷嚷着要走……

杨　朱　你说发生瘟疫？

詹　何　先生，这只是刚刚听到传言，说可能要发生瘟疫……

【杨朱想起路上碰到的那个倒地人，立即起身就走。詹何跟在后面，追出来。

詹　何　先生，这只是传言，未必就真的发生瘟疫……

【杨朱停下，呵斥道。

杨　朱　你才吃几碗干饭？！

詹　何　……

杨　朱　我吃的盐比你吃的饭还多！

詹　何　听老师安排。

杨　朱　他们谁想走，就让他走。

詹　何　是。

杨　朱　你詹何不能走，留下看守书院。

詹　何　是，詹何不走，看守书院。

杨　朱　如果发现谁有瘟疫之状，不管死活，当即掩埋！

詹　何　老师！你说什么？

【杨朱逼视着詹何。

詹　何　……老师，没有死的人也掩埋吗？

杨　朱　我再说一遍，发现谁有瘟疫之状，不管死活，当即掩埋！

【詹何目瞪口呆地看着杨朱匆匆离去。

22.泰山墨学书院讲堂（日，内）

【生员们正在提问。

苦　获　老师，鲁国最近两年连续出现月食、日食，是百姓该当"天谴"呢？还是天下王公大人，该当"天谴"？

墨　翟　百姓有了过错，官吏谴责；官吏有了过错，大臣谴责；大臣有了过错，君王谴责，那么我问你，君王有了过错呢？

苦　获　君王有了过错，无人能够谴责。

墨　翟　无人能够谴责的人，就是无法无天的人。苍天是不会答应的。一个做了坏事的儿子可以逃过父亲惩罚，一个有罪的官吏可以逃过国君惩罚，但是没有人能躲过阳光！"天谴"就是没有解药的苍天惩罚！天志所辖，首先是天子，是国君，是天下大事。世间治理，千谋万略，不过顺天而已。儒家的天命说，是对天志、天意、天谴的转嫁。其实，苍天是任天下细民相竞自由，绝不会给百姓以"天谴"的！百姓之灾，只能遭之于层层官吏的压榨。

儒　生　我听说，墨子门下多为工匠，工匠善治器，可是，治器不同于治国。而且，工匠治国，又谁来治器，岂不违背"工匠之子衡为匠"的古训？

墨　翟　你说对了一半。我的弟子多为治器之匠，我自己也是工匠。但我敢说，我弟子的睿智，不下于他人。他们能文能武，人人具有论技实巧的真才实学。无论谈辩、说书、从事，我的弟子愿与泰山各书院弟子切磋比试。

【腹䵍等墨院诸生举手，被墨子示意放下手臂。

孟　胜　请问墨子，你对天文有那么深的研究，又讲"天志"，以后你的弟子是否将应聘到各国做卜师、巫祝之职？

墨　翟　不，我是天志者，又是非命者，我的弟子也许会做史官、司星官，也许会做主管工匠的工正官，也许会任守卫疆土的虎贲、司马之职，但是他们独独不入襄礼，更不会去做卜师、巫祝之事。请在场儒家门生、杨家门生放心，我的弟子不会去抢你们的官职！

【耕柱匆匆进来，向讲堂上的墨翟紧急地招手。

墨　翟　请禽子替我回答生员的提问。

【墨翟快步出来。禽子走上讲堂。

禽滑釐　现在请诸生继续提问。

23.泰山墨学书院讲堂（日，外）

墨　翟　耕柱，你不是回家去了吗？怎么这么快就回来了？

耕　柱　先生，出大事了！

墨　翟　快说！

耕　柱　泰山周围突发瘟疫！

墨　翟　瘟疫？

耕　柱　是瘟疫！

墨　翟　严重到什么程度？

耕　柱　方圆五十里，家家见尸首，户户有哭声。有的全家死亡。流亡外地的车辆，把路都堵住了。所有的地方官吏，已经跑得无影无踪！

24.泰山墨学书院主事房（夜，外）

【墨翟、禽滑釐、迟仲、耕柱、索获和苦获正在议事。

耕　柱　……官家说的与老师讲授的正相反，说今年的瘟疫，是去年日食给百姓的报应。

迟　仲　实际情况是，连续三年大旱，今年夏天干旱更甚，所以秋瘟来临。官家为了推卸救护的责任，就把"天谴"转嫁给了百姓！

【高石从外面走进，带来了臧公子。

墨　翟　臧公子，你从曲阜来，可曾听说泰山突发瘟疫之事？

臧公子　我有个舅舅，就是泰山的地方官员。我临来泰山之前，他要我不要来，说上面传下来，"天谴"要降罪于黎民百姓。我说你是父母官，不应该丢掉百姓不管。他说，不能搭上自己的命，去救贱民。

墨　翟　耕柱，这种瘟疫，过去在泰山一带发生过吗？

耕　柱　我父亲说，三十年前发生过。上一次，人畜死伤大半，泰山香火也断绝了数年之久。这次的瘟疫，与上次的很相像……

【大家都很紧张。

墨　翟　三十年前的那场瘟疫，既然死伤大半，你父亲一家，是怎么活下来的？

耕　柱　父亲说，我们这处书院，当年就是一家富户宅邸，那次瘟疫后全家死绝，房屋才充作祭祀之地。父亲说，他能活下来，是因为常在山上打猎，与人交往甚少。而且得益于，他在深山遇到的一位老者，向他传授了一个方剂。父亲采了草药给家里人服用，也给遇到的所有人服用，结果竟无一人死亡。

迟　仲　你父亲健在？

耕　柱　父亲健在。

禽滑釐　他老人家，可还记得这种草药？

耕　柱　父亲要我转告先生，请先生务必救泰山百姓于水火之中！

迟　仲　墨翟，快拿主意吧！

禽滑釐　师兄，你说怎么办？

墨　翟　一、通告所有生员，从明日起，一律不得外出，也不接受外校学子进入，聚众讲学活动暂停。二、书院由迟仲老师，带领索获和臧公子三人掌管，有违反纪律者，严惩不贷。三、禽子在家，做好一切救护百姓的准备。四、高石、耕柱陪我去采纳验方……

臧公子　不！我不赞成，我们是书院，既非国君身边的医官，又非乡间郎中，墨子有什么必要在瘟疫盛行期间外出？墨子学术体系初成，要有个好歹，将要断送的不是书院，而是一个完整的学术体系！

高　石　耕柱呀，你可真是个实在人，这话，你跟我们说说多好……

耕　柱　（悔恨地拍自己的头）唉，我实在，谁知先生比我还实在！

苦　获　不，既然我们是墨者，是以兴天下之利为己任的墨者，就不能见死不救！

禽滑釐　对！墨子的安排我都同意。采纳验方，应该我去。泰山地面我比你熟。

墨　翟　我小时跟父亲采过药，对这行很熟悉。找到验方以后，大家都有救泰山百姓的事做。耕柱，我们连夜去找你父亲。大家分头准备吧！

众　人　好！

第三十二集　泰山瘟疫

1. 泰山山道（日，外）

【大雾弥漫，二十步之外，什么也看不见。

【耕柱在前面带路，墨翟顺着山路匆匆爬着，高石紧随其后。

高　石　耕柱，你这领的什么路，怎么走这么长时间，还没有到哇？

【耕柱抬头望望大雾中的太阳。

耕　柱　不远了，马上就到……

墨　翟　耕柱，这条路……很久以前，我好像走过？

耕　柱　这是鲁国过齐长城锦阳关的路，老师什么时候走过？

墨　翟　嗯，要不是大雾，我能说个确切。

【耕柱指着前方山坡上，那里大雾渐疏，隐约可见一处路旁小屋。

耕　柱　先生，到了！到家了！

【耕柱快步跑去。

2. 耕柱家（日，外）

【耕柱跑到家门口，大声喊着。

耕　柱　爹！客人请来了！

【耕柱进门。

【墨翟和高石来到小屋前，门前空地上，有几个树桩做的木凳。墨翟看见，想起自己的确到过这里。

墨　翟　高石，我去齐国救亲的时候，路过此地……

【耕柱爹从屋里出来。墨翟迎上去。

墨　翟　老人家！是你呀？

耕柱爹　你是？……

耕　柱　爹，他就是在峄山救我的恩人——墨先生！这一位，是我的师兄高石。他们都是来救百姓于水火的！

耕柱爹　好呀！好呀！年轻人，就盼着你们来呵！我这前村，瘟疫已经死了十几个，年轻人跑光了，剩下跑不动的，在家等死。我有诊治瘟疫的验方，可惜老了，救不了这么多人，你们这是积德啊！……

【墨翟紧紧握住耕柱爹的手，想说多年前他们相遇的事，但是耕柱爹一句接一句的。

耕柱爹 ……其实，这个验方很简单，只有四味药，就是采集起来，费点事，要到深山老林里的背阴面，你们行吗？

【墨翟决心不再提起往事。

墨 翟 老人家，你快带我们去吧！

耕柱爹 那你们不怕身染瘟疫？

耕 柱 爹，我们是墨者，墨者为救百姓于水火，要死不旋踵！

耕柱爹 你说什么？

耕 柱 就是前面有火炕，也得往里跳！

耕柱爹 这是谁说的？

耕 柱 是我的先生说的。

墨 翟 老人家，我们说到做到。

【耕柱爹一听，立即转身回屋，拿出一个药罐，和四个陶杯。耕柱帮着酌满药汁。

耕柱爹 你们有这份心气，就喝下我刚煎制的避瘟药，喝下这种药，就是在死人堆里走来走去，也没有事……

【大家端起陶杯。

耕柱爹 来，喝了！咱们上路！

【四人喝完。耕柱拿起竹篮，耕柱爹扎紧了腰带，带着他们向山上走去。

3. 泰山山涧（日，外）

【此时，大雾已经渐渐散去。耕柱爹带领墨翟一行，向山凹走去，他们边走边说。

耕柱爹 ……这个验方叫"还魂汤"，药草只有四味，也并不珍贵，到处都可以采到。

墨 翟 这么简单？

耕柱爹 只是根据我的经验，对付瘟疫，用药不同。同样都是四味草药，春瘟，用山阳一面的为好，对付今年的秋瘟，就是这背阴一面的草药见效快。

墨 翟 老人家，你都成了良医了！

耕柱爹 这三十年，不算这次，我经历了一次大瘟疫，一次小瘟疫，每次都能救活成百上千的人！这次是心有余而力不足……

4. 舍身崖（日，外）

【一处背阴的山崖旁，耕柱爹停了下来，随手拔了一些草药。

耕柱爹 这四种草药，可以在这里一次采齐，所以咱们多跑了点路。你们都来认认。
这个叫荍苣，这个叫蓷草，这个叫茜草，这个叫天子芽。你们各采一棵辨认！

【三个人如获至宝，各自辨认着采在手中的药草，念叨着相应的药名。

耕柱爹 认准了，你们就采吧。这舍身崖里，草药长得最旺。

【大家动手采集起来。

耕柱爹 哎！幼小的不要采，它药力不够。就是长得旺的，也不要一次采光了……

【篮子很快装满，耕柱脱下外衣，铺在地上。

【耕柱爹在一旁，老是盯着墨翟看着。

【墨翟偶尔抬头，看见耕柱爹，两个人对视一笑。

5. 耕柱家（黄昏，外）

【夕阳，在山尖上跳动；一背篓的草药，在夕阳前跳动。耕柱爹带着墨翟一行回来，每个人都背了堆尖的一背草药。

【大家把草药放在耕柱家门前。

耕柱爹 墨先生，我这里饭菜现成，你们吃了再走。

墨　翟 谢谢老人家，救命如救火，我们得赶快回去煎药。

耕柱爹 墨先生，请等一下，我给你看样稀罕物件！耕柱，把那把墨弓，拿给墨先生看看。

【耕柱爹说着，紧紧地盯着墨翟。墨翟不露声色。

耕　柱 对，先生可是识货人。

【耕柱进屋。

耕柱爹 我这里有一把强弓，已经封藏了八年，今天不是遇到墨先生，我也不会拿出来。

【耕柱拿出一把荷叶包住的强弓。

耕　柱 先生，这是我父亲珍藏的墨弓，从来不让我用，只是每年我的生日，才让我拿出来，试试力气。

【墨翟一层层打开荷叶。他本不想再提往事，但是一看到久别的父亲遗作，顿时被沉痛袭来。墨翟捧起墨弓，痛苦地凝视着。

【一直觉得墨翟有些眼熟的耕柱爹，终于也恍然大悟。

耕柱爹 你是墨工师的儿子？你就是那个，只身赴齐营救父亲的后生？

【墨翟痛苦地点了点头。

耕柱爹 你父亲呢？救出来了吗？

高　石 老人家，老师救出了所有被齐军抢掠去的50个匠人，唯独抱回来的是自己父亲——墨工师的尸骨……

耕柱爹 ……孩子呀！你吃了大苦啦！……

【眼泪淌满墨子的双颊。

耕柱爹 好人哪，你能从齐营救出工匠，必有苍天相助，今日救泰山黎民于水火，非你莫属！好人呀，我把耕柱交给你！好人呀，我把这张珍藏多年的墨弓，也交给你！

墨　翟 老人家，刚才我没有相认，是因为使命在身，等到瘟疫消除，我会再来看你，并请你到我们书院，奉养终生！

【耕柱爹也泪流满面。三个人背起草药。

【耕柱爹深情眺望。三个人消失在陡峭的山路上。

6. 泰山墨学书院大院（夜，外）

【禽滑釐带领着生员扛着山竹回来。已齿和苦获背着大捆的山竹，深深地压弯了腰。

【大院里，有些生员正在把山竹锯断，半尺一节，放进竹筐。

7. 泰山墨学书院迟仲房舍（夜，内）

【灯下，迟仲背着筐子回来，里面是一节节新截断的竹管。迟仲不放心地叨叨着。

迟　仲　四种药草，各装一株！一株也不能少呀！

迟师娘　我不就是这样装的嘛。

迟　仲　这是给百姓盛采药标本的，你得挑大点的，新鲜的……

迟师娘　做样本的还能不挑大的？我懂！

迟　仲　装进鲜竹管再塞上湿布，不致枯萎，百姓才好辨认……

迟师娘　这个我懂！老东西，你快点干，别让年轻人看我们无用！

迟　仲　懂！懂！看我最后抽查，你要是装错了……

【高石进来。

高　石　师娘，你服过避瘟药了吧？

迟师娘　服过了。高石呀，你去盯着胜绰那孩子，别漏了他。

高　石　我找了一圈，就是没看见胜绰。

迟师娘　我这一做起药草标本，也顾不上他了，你再去找找。这些做好的，你先拿去，墨翟不是说，附近的村庄要连夜去散发嘛。

【高石连忙向袋中装入草药标本。

迟师娘　他老师，你还查验不查验了？

迟　仲　我那是吓唬你，叫你多用心！

迟师娘　好啊，你把我当左庠的狡童了！

【三人笑着。

高　石　老师、师娘，墨子嘱咐你们，不要跟着熬夜。

迟　仲　让他别为我们分心了。

【高石带着药草标本急去。

8. 泰山墨学书院（夜，外）

【胜绰提着一个小瓦罐，扛着一根鱼竿，大摇大摆地回来。

【苦获又扛着大捆的山草回来，山草压得他，只能低头看路。胜绰见他非常吃力，放下小瓦罐，上去帮他抬。胜绰抬的是山草的下面，一抬把苦获抬了个趔趄。

苦　获　哎哎哎！

【山草滚下来，把胜绰的小瓦罐打翻了。里面的水和几条半大的鱼，倒了出来。

苦　获　谁呀？谁呀？这么混！

胜　绰　你看你，把我的鱼都弄洒了！

苦　获　胜绰！你到哪去了？高石子找了你一个时辰！

胜　绰　我去五龙潭钓鱼了！

苦　获　你这是找死啊！

胜　绰　你才找死呢！

苦　获　快去喝避瘟药！

胜　绰　你才喝药呢！

【胜绰把鱼装进小瓦罐，进了书院。

9. 泰山墨学书院大院（夜，外）

【大院里，人们忙得热火朝天。

【有的担水，有的担柴。有的洗草药，有的摘草药。大院靠墙的一边，支起了
　　好几口大锅。每个大锅前，烧火的烧火，搅拌的搅拌，旁边堆积着刚刚打来
　　的山草。

【栀妹也在一口大锅前熬药，大英帮助烧火添柴。

【胜绰晃悠着过来，探头朝大锅里看了看，一股刺鼻的草药味，熏得他一歪脑袋。

【胜绰又晃悠到另一口大锅前，相里勤把锅里的药汤盛进水桶，又放进清水，
　　然后走了。胜绰把他的半大小鱼，麻利地倒进锅里。他又到大英的锅前。

胜　绰　大英！

大　英　干嘛？

胜　绰　明天我带你去五龙潭！

大　英　谁让你出大门的？

【相里勤抱来新的草药，倒进大锅，并拿起棍子搅和着。胜绰看见，过去一把
　　抱住相里勤。

胜　绰　我不准你搅！

相里勤　胜绰，别闹！

胜　绰　我的鱼！我的鱼！

相里勤　……鱼？

【相里勤果然闻到一股鱼腥味，他连忙去捞，鱼已经和一锅草药烂在一起了。

【胜绰一看他的鱼已经搅烂，号啕大哭。

胜　绰　……你赔我的鱼！……你赔我的鱼！……

相里勤　你哪来的鱼！你准是私自出了校门吧？胜绰你太胡闹了！

【栀妹听见胜绰的哭声，过来。

胜　绰　（委屈地）……我给哥哥钓的鱼！……我给哥哥钓的鱼！……

栀　妹　（对相里勤）赶快把锅洗一洗吧，煎药是一点腥味不能沾的。

【栀妹生气地点着胜绰的额头。

栀　妹　一根筋，你成事不足败事有余！

【栀妹这才想起来，胜绰准是私自出了校门。

栀　妹　谁让你出去的！

胜　绰　……我给哥哥钓鱼！……我给哥哥钓鱼！……

【栀妹气急之下，拉过胜绰，在他屁股上打了两巴掌。

【高石过来。

高　石　胜绰！你到哪去了？我找了你两个时辰！

【栀妹一看高石提着的避瘟药，就知道胜绰没有服用。她拉过哭着的胜绰，让他喝。胜绰推开药罐不喝，栀妹着急地给他往里灌。

10. 泰山墨学书院大院（清晨，外）

【身背竹管的十几个生员们，正在喝着避瘟药。

【墨翟、禽滑釐、高石和腹䵍，边喝边商量着。

墨　翟　……我们四个人，一人各带一支队伍，朝着东、南、西、北四个方向，进村散发。

【墨翟说东南西北的时候，分别点着每一个人。

墨　翟　必须保证接触病区的生员，每天两次服用避瘟药。这一点要作为铁打的纪律，一丝不苟地执行！

禽滑釐　大家记住，送药的村庄无论多么远，天黑前，一定要回到书院！我们不要饮用病区的食物和水，尽量自己带上。

腹　䵍　可是大家都想多带一些竹管……

墨　翟　那也不行。这和习练武功的道理是一样的，必须把保护自己，当作重要手段。如果我们也病倒了，不但无法救助百姓，还会传染书院。另外，要告诉乡民，凡是已经死亡者，要尽快深埋，以免瘟疫流传。

【大家点点头。

墨　翟　好，出发！

11. 泰山墨学书院（日，外）

【迟仲带着一队生员过来。

迟　仲　栀妹，该换班了！

栀　妹　老师，我一点也不累。

迟　仲　这次瘟疫的大头，恐怕还在后面，体力上要留有余地。

栀　妹　对，你先让昨天熬夜的生员回去休息……

迟　仲　还是得你来带头啊？

栀　妹　我在窑上熬惯了……

迟　仲　你不走，他们谁也不会走。

栀　妹　好吧，这里就交给你了。

12. 泰山儒学书院主事房（日，内）

　　【禽滑釐带着己齿、苦获和唐姑，来到泰山儒学书院，校工把他们让进主事房。

校　工　……书院主事因为丧事在身，已经离开多日。

禽滑釐　找其他主事的也行。

校　工　尼山书院的公孟子，暂时来此代理主事。

禽滑釐　那就快请公孟子！

校　工　诸位，请稍候！

13. 泰山儒学书院主事房（日，内）

　　【公孟子进来。禽滑釐上前行礼。

禽滑釐　公孟子！

公孟子　（傲慢地）哦，是小禽子呀！哪阵风把你给吹来了呀！

禽滑釐　我是无事不登门！

公孟子　不就是墨翟要找我们论辩嘛，巫马子已经知道了。听说，大家也称呼你为禽子了？一人之下，百人之上呀！

禽滑釐　公孟子，恕我实话实说，泰山周围正在发生瘟疫。

公孟子　瘟疫？耸人听闻！我怎么没听说？

禽滑釐　我们墨学书院特来赠送防止瘟疫的"还魂汤"。

　　【禽滑釐递上一包草药。公孟子不接。

公孟子　我们书院，没有瘟疫流行。

禽滑釐　没有瘟疫流行，减半服用这种"还魂汤"，就叫"避瘟药"。

公孟子　你们既不是官家御医，又不是民间郎中，谁敢相信？

禽滑釐　公孟子，这是墨子专门到深山老林里寻到的民间验方，三十年前流行的泰山瘟疫，就是用它，救活了很多人！

　　【公孟子轻蔑地抓起一把草药。

公孟子　听说你们书院日子过得很窘迫，粝粱之食，藜藿之羹，这该不是你们想让我的弟子，品尝一番野菜度荒的滋味吧？

禽滑釐　其实，野菜身处荒野，纳天地之灵气，集百味之精华，品尝一下，并无坏处……

公孟子　我的生员，绝不要粝粱之食，藜藿之羹，还是留给你们墨者自己品尝吧！

【公孟子甩手而去。

苦　获　禽子！这书院里有200多学子呢！

己　齿　禽子，我们怎么办，不能看着不管啊！

【禽滑釐想了想。

禽滑釐　这样，我留下来做校工的工作，让他送到膳食坊，先煎制出来，以备后用。你们先去村里分发草药标本，顺着东南方向走，一会儿我去追你们。

苦　获　好，这样两不耽误。

【苦获等快步离去。校工匆匆进来。

校　工　公孟子！公孟子！

禽滑釐　老先生，何事如此紧急？

校　工　我来禀报主事，南舍突然死了五个学子！

禽滑釐　啊？怎么才来禀报！

校　工　昨天，也就是头痛脑热什么的，谁料，一夜之间，就不喘气了！同室学子逃得不知去向，没有一个来报告的呀！……

禽滑釐　这是瘟疫！你赶快带我到膳食坊去煎制这包草药。所有生员，不管有病无病，每生一盅！

校　工　不行，我得先去禀报公孟子！否则我吃罪不起！

禽滑釐　那你告诉我，膳食坊在什么地方？

校　工　就在后面。

【禽滑釐和校工朝相反的方向跑去。

14. 泰山墨学书院膳食坊（日，内）

【膳食坊外面接了一个草棚，里面有放着磨盘、碾子和碓臼，栀妹和迟师娘正在加工麦子。

栀　妹　……师娘，这两天的伙食，要好一点……

迟师娘　行，我干脆把过年的存货拿出来，先救个急……

栀　妹　大家出汗多，汤汤水水的多做点，多放点盐……

迟师娘　我说熬绿豆汤，你老师不让。

栀　妹　大家都在服药，绿豆是解药的。

【迟师娘恍然。相里勤匆匆跑来。

相里勤　栀妹师娘！栀妹师娘！……

栀　妹　什么事？

相里勤　不……不好了！……胜绰他……恐怕……

【栀妹一听，就知道是胜绰感染上了瘟疫，跟着相里勤就跑。

15. 泰山书墨学院生员寓所（日，内）

【栀妹进来，看见躺在床上的胜绰满脸通红，昏昏沉沉。

【栀妹沉着地对相里勤说。

栀　妹　相里勤，你去告诉老师，我把胜绰带去库房，让他派人给我送石灰和铺草。石灰要十担以上，不够，让他们再烧。铺草要五担，都放在库房外面，不许任何人靠近。快去！

【相里勤应声而去。迟师娘后面赶来。

迟师娘　栀妹，你要干什么？

栀　妹　胜绰必须隔离。师娘，这里的一切，都要全部打扫洗涮。被褥用开水烫，房间里撒上石灰。库房那边，每天你亲自给我送饭、送药……

迟师娘　我跟你一起去吧……

栀　妹　师娘，大英就交给你了。

【栀妹抱起胜绰，迟师娘要帮忙。

栀　妹　（厉声）不要动！快照我说的办！

迟师娘　好好……

16. 泰山墨学书院库房（日，外）

【这是一幢孤零零的草棚。栀妹吃力地背着胜绰过来。

【栀妹放下胜绰，把他靠在墙上。

栀　妹　好孩子，听话，靠在墙上，咱们坚持一会儿，我给你收拾一下，就能躺下……

【胜绰迷迷糊糊地靠在墙上。栀妹推开门，进去。胜绰站不住，顺着墙根坐在地上。

【相里勤挑来了铺草。

栀　妹　放下！

相里勤　我挑进去！

栀　妹　放下！

【相里勤只得放下。

栀　妹　后退！

【相里勤迟疑地后退着。

【栀妹挑起沉重的铺草，进了库房。

17. 泰山岱下地神祠（日，外）

【地神祠，为商代遗址"八主祠"之一，地处泰山南侧，是大地保佑苍生平安的神位。

【地神祠一年四季，祭者络绎不绝，今日祭者，皆为泰山乡民。香火缭绕，近百人跪拜，求避瘟疫之灾。

【墨翟在耕柱、娄仲的陪同下，走上祠前台阶。

墨　翟　众位乡亲，请暂停祈祷！

乡民甲　你是什么人？

墨　翟　我是泰山墨学书院的主持墨翟。乡亲们，我知道你们是为泰山发生的瘟疫而祈祷，但是请停下来，听我一席话！

乡民甲　天神已经震怒了，降罪给我们百姓，你打断祈祷，难道还要地神，再降罪于我们百姓吗？！

墨　翟　乡亲们，泰山发生的瘟疫，不是天神的降罪，而是连续三年干旱，今夏又久旱无雨，秋天才发生了秋瘟。

乡民乙　你不是老天爷，怎么知道老天爷的事？

墨　翟　我不知道老天爷的事，可是我知道对付瘟疫的办法，请乡亲们暂停祈祷，让我把这个"还魂汤"的验方，讲给你们听！

乡民甲　口出狂言！你一介书生怎能救得苍生？

乡民乙　我们才不相信你的话呢！让开！让开！

　　【人群中出现愤怒的呼喊声。

众　人　下去！下去！

　　【突然，人群中一个老太太高声喊着。

老太太　乡亲们！乡亲们！

　　【众人都向老太太看去。她抱着一个五六岁的孩子。

老太太　……我的小田五，眼看不行了……你们要是敢收下我这个要死的孙孙，乡亲们，我们就听他讲！

　　【墨翟走下台来，接过老太太的孙子。耕柱立即给他灌了一些提罐里的汤药。

墨　翟　老人家，我们把你的孙子带回墨学书院医治，七分靠药力，三分靠他自己的命力，虽然不能保证一定治好，但是我们墨者会尽心尽力。

　　【墨翟把田五交给娄仲。

墨　翟　快去交给你师娘！

　　【娄仲抱着田五匆匆离去。

老太太　乡亲们，我们就听这位先生说吧！死马当活马医啦！

　　【墨翟重新走上台去。

墨　翟　这剂"还魂汤"，只有四味普通药草，煎后日服一盅，可避瘟疫。已患瘟疫的人，早晚各服一盅，十天就可恢复……

　　【耕柱把四种草药摆在台上。

墨　翟　这四种药草，摆在这里，请大家牢记在心。不认识这四种药草，又家在远地的，我给你们这个竹管，这里面盛着药草样品。你们带回去，仔细辨认，依样采集，水煎服用。

　　【众人涌向台前，辨认草药。耕柱等向众人解释着。

墨　翟　乡亲们，请你们一定记住，这"还魂汤"大家要广为传播，一传十，十传百，百传千，千传万……万民得救，天下才能得救。

18. 泰山墨学书院库房（黄昏，外）

【栀妹一个人提着木桶，在库房周围撒着石灰。

【白色的石灰，铺成三尺宽的一道防护圈。

【大英蹲在高处的石头上，远远地看着母亲做着这一切。

19. 泰山杨学书院（黄昏，外）

【墨翟率弟子一行，来到杨学书院外面，远远看见两个人，吃力地抬着一个人，向院外的荒僻处走去。

墨　翟　杨学书院送了没有？

耕　柱　老师，上午我去送了，是詹何收下的。

墨　翟　詹何不至于不相信吧？

耕　柱　詹何说，他们立即煎服。

【墨翟放心了，刚要离去，忽然听见远处传来微弱的喊声。

（远处）　……你们放下我……放下我……我还没死……

【墨翟驻足看着，只见那个被抬着的人，还在吃力地挣扎着、喊着。

墨　翟　走！去看看！

耕　柱　先生，天快黑了！

【墨翟头也不回地快步走去。耕柱一行紧紧跟上。

20. 荒野（黄昏，外）

【这里已经挖好了一个大坑。重病的孟胜被抬到坑边。早已在此等候的詹何，犹豫不决。看见孟胜过来，他痛苦地下定了决心。

孟　胜　……我还没死！……我还没死！……

【詹何一摆下巴，孟胜被扔进坑里。孟胜站在坑里，摇摇晃晃地苦苦哀求。

孟　胜　……詹先生……我服了"还魂汤"，我会好的！……詹先生，请你就把我放在这……麻烦你每天给我送点"还魂汤"……如果不好……我会自己去死……我已经觉得有了起色啊！……

【詹何心中不忍，犹豫半天。

詹　何　……拉上来吧！

【校工又把孟胜拉出大坑。

詹　何　孟胜，不是我詹何心狠，是杨子嘱咐我，只要染上瘟疫之状，不管死活，一律掩埋。

【孟胜一把抓住詹何的裤脚。

孟　胜　……我不怕死……可是我还没有死……你怎么能活埋我……

詹　何　我不埋你，就会流传给其他生员。孟胜，詹何对不住啦！

【詹何把下巴一扬，校工又把孟胜推进坑里。

孟　胜　……我才十六岁啊！……我还有好多书没有读……好多事没有做哪……

【孟胜晕了过去。两个校工不敢下手。詹何拿起铁锨，战战兢兢地要向坑里填土。

【一只大手紧紧地抓住了他的铁锨。詹何一看是墨翟，本来就深受良心谴责的他，吓得面如土色，"扑通"跪下。

詹　何　我……没有办法……没有办法……

【墨翟和耕柱等拉出孟胜。墨翟把孟胜抱在怀里。

墨　翟　孟胜！孟胜！

【孟胜睁开眼睛。

孟　胜　……墨子……

【墨翟抚摸着他的一头乱发。

墨　翟　把"还魂汤"拿来！

耕　柱　剩下那点，是给你留着的。

墨　翟　拿来！

耕　柱　先生，这是栀妹师娘专门嘱咐，你要是回来晚了，赶不上服药……

墨　翟　（厉声）拿来！

【墨翟给孟胜喂汤药。

孟　胜　（有气无力地）……你不是说……"天谴"……不关百姓吗？……这瘟疫……怎么专要……百……姓……的……命……

【孟胜昏了过去。墨翟背起孟胜。夕阳把墨子一行的背影染成橘红色。

【詹何跪在地上，哭了起来。

21. 泰山墨学书院库房（黄昏，内）

【一只敧器挂在木架上。栀妹取下敧器，倒出里面的水，湿了湿手巾。

【地上铺满铺草，胜绰、孟胜和那个叫田五的孩子，躺在铺草上。

【栀妹把湿手巾附在胜绰头上，再给田五喂汤药。

【孟胜突然说起胡话。

孟　胜　……我不想死……我还要读书！……我还要做事！……我不想死！……

【栀妹放下田五，又来照顾孟胜。

【胜绰突然抽起风来，焦急不安的栀妹，看着他们都在发烧。无奈之下，她想起了架子上的敧器。这只敧器，本来是为尼山书院烧制的附件，现在用它盛水。情急之中，栀妹抱起敧器，朝地上摔去。敧器霎时变成了一地碎陶片，栀妹挑出一片碎裂的陶片。

【栀妹翻过胜绰的身子，掀起他背上的衣服，撩上一点清水，给他刮痧。十来下之后，眼见着胜绰的后背，由红变紫，再接着十几下，由紫色变黑。

【胜绰呻吟着，栀妹给他喂水。之后，胜绰安然睡去。栀妹浑身大汗淋漓。

22. 泰山墨学书院库房（夜，外）

【此时，天已经完全黑了。大英一个人蹲在高处的石头上，看着库房。

【库房里亮起油灯。

23. 泰山墨学书院库房（夜，内）

【栀妹给孟胜刮痧。孟胜身上，同样出现大片大片黑紫的痧斑。

24. 泰山墨学书院大院（清晨，外）

【几口大锅，锅锅冒着滚滚热气。

【索获和几个生员吃力地挑着水，摇摇晃晃地，眼睛都睁不开了。

【禽滑釐和娄仲在铡草药。

【迟仲夫妇在洗草药。

【其他生员，有的从背篓里倒出采来的草药，有的在分开草药，都在紧张地忙碌着。

【生员们装着熬好的"还魂汤"，一坛坛、一罐罐的。

【不时回来取药的生员，放下空罐，拿走满罐。

25. 泰山墨学书院库房（清晨，内）

【草铺上的病人，又增加了好几个。

【栀妹拖着疲惫的身子，精心治疗和护理着。

26. 泰山墨学书院库房（清晨，外）

【孤单的大英，还是一个人蹲在大石头上，往下看着母亲的隔离小屋。

【小屋的周围撒了一圈厚厚的石灰，迟师娘送来东西，只能放在圈外。

迟师娘　栀妹！栀妹！

（画外）　师娘，放那吧，我就来！

【迟师娘走了。

【大英看见栀妹没有出来拿东西，拼命地叫着母亲。

大　英　母亲！母亲！

【栀妹出来，看见大英。

栀　妹　大英！

大　英　母亲！

栀　妹　大英！

大　英　母亲!

栀　妹　父亲呢?

大　英　父亲让我来看你!

栀　妹　大英听话，千万别过来!

大　英　母亲，大英不过去!

【栀妹一步步地退着进了库房。

【大英继续蹲在石头上，看着库房。

27. 泰山墨学书院大院（日，外）

【墨翟正在往背篓装竹管。

迟　仲　墨翟呀，栀妹已经护理了两天两夜，需要换换人了。

墨　翟　换谁也不合适，等我今天晚上回来，我去换她。

迟　仲　你师娘说，几个病人都大见起色，开始要喝粥了。

墨　翟　太好了!

迟　仲　还有，儒学书院的公孟子，来讨要"还魂汤"……

墨　翟　不是禽滑釐给他们送去了吗?

迟　仲　公孟子打发人来说，他们不会煎熬，请给他们现成的。现在求服"还魂汤"的百姓越来越多，我们都熬煎不过来。要是给了他们，得耽误多少百姓的性命。

墨　翟　我看还是派个人，去帮着他们煎药。就让苦获和己齿去吧，他们很在行。

【耕柱跑来。

墨　翟　耕柱，你去把苦获和己齿找来。

耕　柱　先生，苦获、己齿、唐姑，三个人失踪了!

墨　翟　什么? 昨天上午，我还见到他们?

耕　柱　昨天下午，我们还在一起，地神祠那些瘟疫死者，就是我们一起埋葬的。可是昨天晚上，就没人见他们回来过!

墨　翟　每次出去，他们都喝"还魂汤"吗?

耕　柱　都喝!

墨　翟　那回来呢?

耕　柱　回来也喝! 不过，这几日，熬药数量不够，他们就把自己的那份药，让给别人喝了!

【墨翟心中一惊。

墨　翟　赶快派人去找!

28. 泰山山道（日，外）

【高石与耕柱艰难地走着。

高　石　……苦——获! ……

耕　柱　己——齿！唐姑！……

29. 泰山山道（日，外）

【另外一处山道上，禽滑釐和娄仲等找着。

禽滑釐　……苦获！……己齿！……唐姑！……

娄　仲　禽子，找了一下午，都不见踪影，泰山这么大，他们能到哪去呀？

禽滑釐　不管他们到哪，一定要把他们找到！万一他们得了瘟疫，尽快找到，才能
　　　　挽救！

30. 泰山山道（日，外）

【高石和耕柱走着商量着。

高　石　……他们就是去采药，昨天晚上也该回来啊！

耕　柱　我看，他们准是出事了！

高　石　你怎么能肯定？

耕　柱　我昨天最后见他们，像是有身患瘟疫的症状……

高　石　你怎么不早说？

耕　柱　咱们一下午都找不到，我才敢往这儿想。

高　石　耕柱，我们来假设一下。假设你患了瘟疫，你会到哪里去？

耕　柱　师哥，你让我说真话，还是说假话？

高　石　这都到了什么时候，还用得着说假话？

耕　柱　要说真话，我就到泰山舍身崖去！

高　石　为什么要去舍身崖？

耕　柱　那里是百仞峭壁，深不见底，我一跳了之，绝不连累老师和同学！

高　石　走，我们就去舍身崖！

【两个人向舍身崖攀登。

第三十三集　诸生出仕

1. 舍身崖（日，外）

【从远处望去，舍身崖上面似乎有人影。耕柱首先看见。

耕　柱　师哥！崖上有人！

高　石　你能看清？

耕　柱　还是墨者装束……看不清面目……

【耕柱要喊。

高　石　不要喊，再靠近些！

【靠着崖石喘气的苦获，发现高石、耕柱向他们走来，赶忙去摇己齿和唐姑。

苦　获　醒一醒，老师找我们来啦……

【病重的己齿、唐姑，艰难地睁开眼。己齿无法起身，断断续续地说。

己　齿　……此生投师墨子，己齿瞑目……你对他们说吧……

【苦获支撑着，用嘶哑的声音喊道。

苦　获　师哥！

高　石　苦获！我们可找到你们了！

耕　柱　苦获！己齿、唐姑都在吧？

【高石和耕柱说着就向崖上攀登。

苦　获　师哥止步！

高　石　是老师派我们来找你们的……

苦　获　你们往前走一步，我们就此后退一步！

【耕柱前进了一步。苦获立即后退了一步。

苦　获　我们三个人，将不久于人世，为救泰山百姓，我们死而无憾！

高　石　己齿兄弟！唐姑兄弟！

耕　柱　三位师弟，我回去给你们取药！你们一定要等着我！

【高石向耕柱示意，耕柱飞奔而去。

【高石无奈地坐在地上。苦获半卧地躺下歇息，看着高石，微微一笑。

【高石痛苦地抓住自己的头发。

2. 舍身崖前（日，外）

【山道上，两匹快马飞奔而来，虽然是上坡路，马依然跑得很快。显然，骑马人是在拼命争赶时间。

3. 舍身崖（日，外）

【高石听见马蹄声，看见耕柱陪着墨翟骑马赶来。

高　石　三位师弟，老师来看你们了！

【警觉的苦获，挂着一根树枝，挣扎着站起来。

【墨翟飞奔而来。

苦　获　……弟子请老师，就此止步！

【墨翟硬要上前，高石拦住墨翟。

高　石　老师！他们苦心选择了舍身崖，就是为了保全墨者！

【墨翟被高石、耕柱两个硬硬拉住。

【墨翟挣扎着，喊着。

墨　翟　苦获！己齿！唐姑！我的学生啊！

苦　获　老师！我们不能……再为泰山百姓送药了……

墨　翟　跟我回去！跟我回去！老师能治好你们的病！

苦　获　……我们病入膏肓，已无法医治！……

墨　翟　我们能创造奇迹！

苦　获　……不能因为我们……耽误了书院……泰山百姓还等着你们哪。

【己齿和唐姑挣扎着站起来，三个人一起拼尽全力、嘶哑地喊着。

苦　获　（同时）……弟子求老师……回去呵！

己　齿　（同时）老师……回去吧！……己齿求求你啊！……

唐　姑　（同时）老师……回去呀！……唐姑求你回去啦！……

【己齿和唐姑又摔倒在地。墨翟心痛得直跺脚。

墨　翟　……吾生啊吾生！……我的学生呵！……

【禽滑釐带着几个生员赶来，想悄悄绕到他们身后，被苦获发现。

苦　获　……你们再走一步……我们就跳……跳下悬崖！

【禽滑釐一行待在那里。

苦　获　禽子！……让我们有个全尸……在苍天的怀抱里……安息吧！

【禽滑釐无奈地退回原地。

苦　获　……苦获求学于墨，终于找到了一条无愧的生路……我生得痛快，死得其所。……临终能和老师见上一面，今生没有任何遗憾了……

【禽滑釐满面泪水地点点头。

墨　翟　苦获，能让为师的离你近一点吗？……我想好好地看看你们啊！……

苦　获　……苦获也想……再好好地……看看老师啊！

【墨翟往前走了两步。

墨　翟　唐姑呵！……

苦　获　……唐师弟……老师看你来了！

【在苦获的呼叫声中，唐姑睁开眼睛。唐姑露出一丝笑容，重新闭上双眼。

墨　翟　己齿！……

　　　　【苦获呼叫己齿。己齿开口说话，但发不出声音。

　　　　【墨翟已泣不成声，他慢慢跪下，哭诉着。

墨　翟　……你们走在了，为师的前面哪！……在这阴阳两界的分手处，你们请受墨
　　　　翟一拜吧！

　　　　【墨翟深深叩拜。

　　　　【高石、耕柱、禽滑釐等都跪下叩拜。

苦　获　……学生只是……没有玷污老师……而已……

墨　翟　苦获……在这舍身崖前，没有师生！只有墨者！

　　　　【禽滑釐等齐声呼喊。

众　齐　墨者苦获！墨者己齿！墨者唐姑！

　　　　【禽滑釐递上药罐，墨翟以药代酒，祭于崖前。

墨　翟　我的墨者兄弟！一路走好！……

　　　　【众人失声痛哭。

众　齐　墨者兄弟啊！……一路……走好！……

　　　　【一轮火红的夕阳，沉沦而下。

4.泰山墨学书院库房（日，内）

　　　　【库房里，瘟疫病人又多了几个，横七竖八地躺在草铺上。

　　　　【栀妹穿梭似的忙碌着，终于累得晕倒在地。

5.泰山墨学书院库房（日，外）

　　　　【大英蹲在石头上，远远地看着迟师娘来送东西。迟师娘把药罐和盖着手巾的
　　　　饭篮，放在石灰圈以外。

迟师娘　栀妹！……栀妹！……

　　　　【里面没有人回答。

迟师娘　栀妹！……你要不回答，我可进去了！

　　　　【相里勤跑来，边跑边喊着。

相里勤　师娘！师娘！墨子他们回来，要吃饭！

迟师娘　大英！替我喊着你妈妈点，让她出来拿东西！

　　　　【迟师娘不放心地跟着相里勤走了。

大　英　妈妈！妈妈！

　　　　【喊了半天，仍然不见栀妹出来。大英就自己跑了过来。

6.泰山墨学书院库房（日，外）

　　【大英一路喊着妈妈，跑到库房。

　　【大英提起药罐和饭篮，踏着石灰圈，进了小屋。

7.泰山墨学书院库房（日，内）

　　【满地人堆里，大英找到了昏迷的栀妹，她放声大哭。

大　英　妈妈！妈妈！

　　【昏迷中的栀妹，隐隐听见大英的喊声。

　　【大英拿着药罐往栀妹嘴里灌。汤药顺着栀妹的脖子流下去。昏迷的栀妹醒来。

栀　妹　谁让你来的？快走！赶快走！

　　【大英端起药罐，往自己的小嘴里灌，边灌边哭边说。

大　英　……我喝药！……我不会病……我喝药！……

　　【栀妹心痛地把大英抱在怀里。其他病人在呻吟，栀妹放开大英，又抖擞起精
　　　　神，开始给他们刮痧。

　　【稍稍有点点起色的胜绰，也学着栀妹的样子，躺在草铺上，用瓷器碎片，给
　　　　其他病人刮痧。

孟　胜　……水……水……

　　【大英给昏迷的孟胜喂水。

　　【孟胜微微睁开眼睛。

孟　胜　……你……是……谁？

大　英　我是大英。

孟　胜　是谁……救了……我？

大　英　是父亲母亲和好多墨者叔叔！

孟　胜　……墨者……墨者……

8.空镜头（日，外）

　　【一场暴雨前的狂风，从小到大，痛痛快快地刮了起来。

　　【渐渐沥沥的雨点，随风飘落。

9.泰山墨学书院大院（日，外）

　　【大院里，干活的人们，被愈来愈大的狂风振奋。都放下手里的活儿，仰视苍天。

众　人　老天爷开眼啦！天要下雨了！天神来帮助墨者了！……

10.泰山墨学书院库房（日，内）

　　【雨点愈来愈大，雨声愈来愈急。

　　【已经痊愈的胜绰和孟胜，正在帮助栀妹护理其他病人。他们一齐跑到门口，
　　　　兴奋不已地叫着。

胜 绰 下雨啦！下雨啦！

孟 胜 是暴雨！下暴雨了！

大 英 瘟疫害怕暴雨吗？

孟 胜 对，暴雨是瘟疫的克星！

【小屋里的人们欢呼起来。胜绰和孟胜带头冲出小屋。大英和其他痊愈的病人
也冲出小屋。

【栀妹长长地出了一口气，累得倚在门框上。

11. 泰山墨学书院库房（日，外）

【大雨把石灰圈冲毁，冲出小屋的人们，踏着泅湿的石灰圈，向外跑去。

12. 泰山墨学书院大院（日，外）

【大院里的人们，欢庆暴雨的来临。

【胜绰一行和院子里的人们会合，他们在暴雨中欢呼雀跃。人们把铡碎的草药，
抛上天空，从大锅里舀出汤药，互相往身上泼着。

13. 泰山山道（日，外）

【大雨中，墨翟把背着的一筐草药，向天上抛撒。草药落在他的头上，他把草
药没头没脑地揉搓着。

【突然，他想起了什么，奋力跑去。

【草鞋、泥泞、赤足……

14. 泰山墨学书院库房（日，外）

【暴雨中，浑身泥泞的墨翟，跑到库房。

15. 泰山墨学书院库房（日，内）

【筋疲力尽的栀妹，累得倚在门框上，已经连欢呼的力气也没有了。

【雨中远远跑来一人。栀妹看清是墨翟时，挣扎着站起来，缓缓走出小屋。

【墨翟和栀妹，在暴雨中紧紧拥抱。

16. 舍身悬上（日，外）

【三座新坟，分别插着木牌，上面写着"墨者苦获""墨者己齿""墨者唐姑"。

【全体墨学书院的生员，站立默哀。

【一遍遍重复背诵《墨守》的声音，一直延续过来，袅袅不绝。

17. 泰山墨学书院主事房（日，内）

【一场秋雨骤然而至，绵延数日。墨翟与迟伸在主事房。迟伸看着外面的雨水。

迟 伸 ……好哇！三年大旱，不下则已，一下就下个透，下个够！

墨　翟　老天爷是看着我们太辛苦，送这场雨，来帮忙呀！

【说话间，禽滑釐、高石、索获、耕柱，臧公子先后冒雨进来。

墨　翟　禽子，趁着下雨，让大家都好好地休息一下，养精蓄锐。

禽滑釐　已经安排了，先放假三天。

迟　仲　主要是让他们睡觉！

墨　翟　这次瘟疫究竟死了多少人？

禽滑釐　百姓人口十损其一，与三十年前那次瘟疫相比，不足一半。

索　获　禽子让我把"还魂汤"写成竹简，要生员每人抄写一简，以便日后使用。

臧公子　这回咱们书院，每人都掌握了治疗瘟疫的方术。我看，经过此次历练，书院的弟子都可以派到诸侯各国去当医官。

耕　柱　有我们这样不怕死的医官，那才是百姓的福分！

禽滑釐　我们的墨学书院，此次名声大震，百姓人人皆知，竟然有人还模仿着穿我们的墨服。都传说，是天神派墨者来拯救百姓！这可是上了一堂活生生的"兼爱"课啊！

高　石　连索获、臧公子这样的世族贵胄，也给"贱民"送"还魂汤"哪。

墨　翟　是呵，讲了多少堂"兼爱"课，不如做出泰山救助这一桩啊！……

【相里勤来报。

相里勤　杨学书院詹何求见！

墨　翟　请他进来。

【詹何冒雨来到，进门，纳头便拜。

詹　何　恩人在上！

墨　翟　詹何，起来，起来。

【站在詹何旁边的人，连忙扶起他来。詹何把一包很重的银两，放在墨翟面前。

墨　翟　詹何呀，你又来送洗衣费呀？

【大家笑着。

詹　何　杨学书院感谢你们送的"还魂汤"！喝了之后，我们书院没有一个再得瘟疫。墨子，如果当年洗衣有费，今日"还魂汤"则无价。詹何请求，允许我到墨学书院听讲。

墨　翟　听讲可以，这洗衣费不能再收了。

詹　何　这是杨子要我送来的。他听说贵书院牺牲了三个生员，请墨子以此金，厚葬他们，聊表心意。

【尽管大家小心翼翼地回避，牺牲三个生员的事还是被提起，大家都心情沉痛，谁也不说话。少顷，还是墨翟打破了沉痛。

墨　翟　詹何呀，你们的孟胜已经痊愈，你可以把他带回去了。相里勤，你去把孟胜找来。

【相里勤应声而去。

【大家看见外面天晴了。

迟　仲　好，我们走吧！

【迟仲带着禽滑釐、耕柱、索获、臧公子和高石一起走了。

18. 泰山墨学书院习武场（日，外）

【雨后初霁，天边挂着彩虹。孟胜正在和大英练习武术。小小的大英，因得家
　　传，有板有眼地指点着孟胜。相里勤过来。

相里勤　孟胜！

孟　胜　哎！

相里勤　墨子有请！

孟　胜　师妹，我先去了。

19. 泰山墨学书院主事房（日，内）

【孟胜兴高采烈地进来。

孟　胜　孟胜奉命前来！

墨　翟　孟胜呀，哪里要你奉什么命，我是要看看你，身体恢复得怎么样了？

孟　胜　师娘给我做饭，师妹教我习武，我的身体全好了！

墨　翟　既然你的身体已经痊愈，我们也就不再留你了。孟胜呀，现在你就可以，跟
　　着詹何回去了……

【孟胜一眼看见了门后的詹何，立即怒火中烧，怒目而视。

【詹何羞愧地掩起面孔。

孟　胜　墨子，你既然救了孟胜的命，又为什么不肯收留我？是我天资愚顽？是我性
　　灵龌龊，是我不能成为墨者？是你一定要赶我走吗？

墨　翟　孟胜，你是杨学书院的生员，为了治疗瘟疫，我把你带来，现在瘟疫过去了，
　　你的病也好了，总要回去的嘛。这不，詹何今天来接你……

【孟胜怒视着詹何。

孟　胜　你还有脸来接我？！是你把我推进坑里要活埋！是你要亲手结束我16岁的生
　　命，是你"贵己"贵到毫无人性的地步！你詹何睁开眼睛看看，站在你面前
　　的，是孟胜还是一堆孟胜的白骨？……

墨　翟　孟胜，过去的话就不要再提了，还是跟着詹何回去吧。

孟　胜　詹何，你听着！"贵己"的孟胜已经死了！今日再生的孟胜，是"兼爱"的
　　孟胜！孟胜生是墨学的人，死是墨学的鬼，孟胜今后的余生，要誓死捍卫
　　墨学！

【孟胜突然给墨翟跪了下来。

孟　胜　人间至贤墨子，救命恩人墨子，请不要把孟胜再往火坑里推啊！

墨　翟　詹何，杨子总说我抢了他的生员，你看怎么办？

【詹何悄悄溜走了。墨翟看见桌子上的银两，示意相里勤。相里勤拿起银两，
　　追了出去。

【孟胜泪流满面。

孟　胜　孟胜请求，终生为墨子鞍前马后！

墨　翟　好，起来吧。

【孟胜坐下，止住了眼泪。

孟　胜　老师！我有一事不明？

墨　翟　讲来。

孟　胜　我们牺牲了三个兄弟，救活了杨子的多少生员，他的银两你为什么不收？收
　　下好给苦获兄弟他们，好好发个丧啊！

墨　翟　那些银两是不少，足够厚葬我们的墨者兄弟。但是，按照杨子的不取不予，
　　或者说是一报还一报，苦获他们的精神，就在这性命和丧葬费的交换中……
　　化为乌有了……

【墨翟沉痛得说不下去。

孟　胜　老师！你就把我当作苦获，当作己齿，当作唐姑吧！

20. 泰山墨学书院银杏树（日，外）

【银杏树下，墨翟一家和迟仲一家共进午餐。

迟　仲　墨翟，你是不是还忘记了一件事？

墨　翟　什么事？

迟　仲　你到宋国，不是被封了个宋国大夫吗？

墨　翟　老师没看见，当了个宋国大夫，把我都愁瘦了。

迟　仲　你还要去宋国那边赴任吗？

墨　翟　这倒不用，可是宋君跟我约定，要我给他派生员出仕？

迟　仲　这宋君，还真是个明君？

墨　翟　我看，他不过图个"招贤纳士"的名声。我的主张，他一项也不会真的去办。
　　所以，我这个"宋国大夫"，不过虚名而已……派谁去呢？……

迟　仲　这么多能干的生员，派谁不行？

【墨翟摇摇头。

迟　仲　自己当了老师，就舍不得了吧？

【孟胜过来。

孟　胜　老师，卫国使者来访。

【迟仲和墨翟交换了一下眼色。

墨　翟　有请。

五十二集大型　历史电视连续剧　墨子

21.泰山墨学书院主事房（日，内）

【墨子与迟仲接待着卫国使者。

【四十岁左右，身着华丽官服的卫国使者，向墨子递交国君聘书。

卫国使者　卫国国君，知墨子贤达，所教弟子，皆才艺过人，特派我持书来聘，请派出你的得意弟子，出仕卫国！

墨　翟　不知国君所求何才，是为政者，是治军者，是理财者，是管理工匠、商贾者？

卫国使者　只要你以为是得意门生，即可。国君说，他希望得到守在身旁，以备问询的人……

迟　仲　不知使者欲聘多少人？

卫国使者　二三人足矣。

墨　翟　好，请使者休息，我们商量后即刻告知！

卫国使者　请墨子尽快回复。

【孟胜送使者走出主事房。

迟　仲　卫国是个小国。他的国君也未必求贤，不过想让身边有个"墨子之徒"，炫耀炫耀就是了，你这"得意门生"，动动哪一个，你都心痛，我看就派不太得意的门生吧？

墨　翟　……不过，这毕竟是我们派出的第一批门生。在书院内也有个择优从政的舆论。我倒有两个人选。一是高石，他不善言辞，却善理政。

禽滑釐　高石是我的帮手，他走了，就像卸了我的一只臂膀。

墨　翟　让你再挑一个帮手就是了。孟胜，去把高石叫来！

【孟胜应声而去。

墨　翟　师弟，你再试试相里勤，他很能干！

迟　仲　那另一个呢？

墨　翟　另一个就是苦获，他是卫国人，了解民情，善于理财，强力从事，苦获是最合适的……

【墨翟突然想起苦获已经英年早逝，后半截话被痛苦地咽了下去。沉默片刻，墨翟还是接着说下去。

墨　翟　……那就派杞国的娄仲去吧。

【孟胜把高石领进屋来。

墨　翟　孟胜，再把娄仲叫来。

【孟胜出去。

高　石　师傅，什么事，这么急？

墨　翟　卫国使者来聘人才，你和娄仲是书院读满三年的优秀弟子，决定派你俩出仕。后日一早随卫使出发。

【高石淌下泪来。

墨　翟　你觉得太突然了吧?

高　石　师傅,我跟你当学徒,都快十年了,你怎么不要我了?

墨　翟　这怎么是不要? 这是出仕,你出去就是我们墨者的脸面!

高　石　以前我就说过,我不是当官的材料,只能随着师傅,跑前跑后。谁爱去谁去,反正我不去……

迟　仲　(有意板起面孔)高石子! 你像什么话?

高　石　……我不离开师傅……我不离开师傅……

迟　仲　小孩子早晚还得离开母亲,你都是高石子了,还能不独当一面? 你要是真的心疼你师傅,就把你师傅的“兼爱”之说遍传卫国,使卫国皆夸“墨子门徒”。我是你老师的老师,这个事,没有讨价还价的余地!

高　石　……禽子? !

【禽滑釐抹了一把眼泪,走了。

【高石看看没有人可求,红着眼勉强答应了。

高　石　……我去……

墨　翟　高石,老师说得对,我们兄弟亲如手足,但是该分手也得分手。我们要把墨家的思想传播给更多的兄弟。

高　石　我不会说,只会做。

墨　翟　说,只用上下两片嘴皮,做,却要付出一生辛劳。你是最会付出辛劳的,你不去,还有谁能去呢?

高　石　自从跟着你,我觉得做什么都有力量,只怕离开你,自己不知还有没有做事的力量?

墨　翟　我们只是肉体分开,精神上永远也不会分开。

22.泰山墨学书院(日,外)

【众生集合在书院大门内外。欢送高石、娄仲出仕卫国。卫国使者向墨子施礼。高石和娄仲,向众多的同学施礼。高石向墨翟施礼。

高　石　师傅保重!

墨　翟　天涯咫尺!

【卫国马车启动。墨翟眼含热泪,挥手告别。

【卫国的马车在墨翟眼前渐渐消失。

孟　胜　老师,回去吧。

墨　翟　我要一个人再待一会儿。

【卫国马车消失的地方,又驶来一辆马车。

孟　胜　老师,你看!

【墨翟抬头看去。才知离别的伤情未消,宋国的马车又到。

五十二集大型
历史电视连续剧
墨子

墨　翟　是宋国来要人啦……

23. 泰山墨学书院膳食坊（夜，内）

【索获起劲地推着磨，后背全是汗水。

【墨翟进来。索获看了他一下，又继续推磨。

墨　翟　索获呀，明天你就要启程了，宋国的路遥，今天早点歇着吧。

【索获继续推磨。

【墨翟过去，抓住磨杠。索获的泪水簌簌而下。

索　获　……师兄，你就让我，再为书院推一次磨吧！

【墨翟和索获一起推起磨来。

墨　翟　……我们相识有八年了吧？……还记得在泮宫车库第一次见面吗？

索　获　想不到，那次偶然的相识，改变了我的命运。我有父亲，却得不到父亲的关爱。我有兄弟，却没有兄弟的温暖，是你，给了我超过同胞的情谊。

墨　翟　瞧你说的，这么多年，在我最艰险的时候，总是得到你的帮助。所以我，一直把这份情愫，珍藏在心底深处，轻易都不敢拨动它呵……你这一走，我这心里呵……

索　获　师兄，别说了。我们得走出去啊！

墨　翟　你走出小小的泰山墨学书院，外面还有一个更大的世界。

索　获　不，走出官宦，我才觉得世界之大。走进农与工肆，我才找到天下之美呀！师兄……

【墨翟深深地点点头。

索　获　师兄，我在宋国，要改名叫曹公子了。

墨　翟　那为什么？

索　获　宋国知道我是索纪的儿子，总是不方便吧。

【墨翟点点头。

【索获轻轻吟诵起《王风·黍离》，借以抒发悲伤的心情。

索　获　彼黍离离，彼稷之苗。
　　　　行迈靡靡，中心摇摇。

【墨翟和索获滞重的脚步。

墨　翟　知我者谓我心忧，
　　　　不知我者谓我何求。

【外面，朗朗的星空。

墨　翟　悠悠苍天，此何人哉？

【索获接着吟诵起下一个段落。

索　获　彼黍离离，彼稷之穗。

行迈靡靡，中心如醉。

24. 泰山墨学书院（日，外）

【天空晴朗。书院门口停放着两辆宋国马车，宋国使者早已守候在车前。

【索获紧随墨子之后走出，两个人手牵着手。墨翟和索获的心中继续在吟诵着。

墨翟（画外）（同时）知我者谓我心忧，

索获（画外）（同时）不知我者谓我何求。

　　　　　悠悠苍天，此何人哉？

【墨翟向宋国使者行礼。

【索获和五个弟子向同学施礼。

【五个弟子上了马车。

索获（画外）　彼黍离离，彼稷之实。

　　　　　行迈靡靡，中心如噎。

【索获单独向墨翟行礼。

墨翟（画外）（同时）知我者谓我心忧，

索获（画外）（同时）不知我者谓我何求。

【三辆马车分别启动。墨翟瞩目远眺。

墨翟（画外）　悠悠苍天，此何人哉？

25. 泰山墨学书院墨翟卧室（夜，内）

【连连送出自己的弟子，墨翟心情沮丧，夜不能寐。

【栀妹见墨翟一个劲地翻身。

栀　妹　还没睡呀？

【墨翟索性坐起来。栀妹也跟着坐了起来。

栀　妹　……你看，全书院，不管谁有了心事，你都能帮他解开，唯独到了你自己，就只有一个劲地翻身、翻身……你说出来嘛？

墨　翟　说有什么用？……我的十位弟子，牺牲三位，出仕七位，说也不能复归……

【墨翟又躺了下去。栀妹俯身对他说。

栀　妹　我看，你应该向母亲学习。

墨　翟　哪位母亲？

栀　妹　所有的母亲呀！你想，哪一位母亲，不是生儿育女？哪一位母亲，不是辛辛苦苦？

【墨翟不理睬了。

栀　妹　哪一位母亲，不是盼望自己养大的女儿出嫁？

墨　翟　所以女儿出嫁时，母亲总是一把鼻涕一把泪地哭。

栀　妹　对了！我就是要你学着哭呀！

墨　翟　你要我这个为人师表的大男人，一把鼻涕一把泪？

　　　　【栀妹搂着墨翟。

栀　妹　……男人不会哭，才憋在心里难受……

　　　　【墨翟像孩子似的依在栀妹怀里，渐渐流下泪来。

26. 泰山墨学书院习武场（日，外）

　　　　【栀妹出现于练武场上。生员队伍里，许多新鲜的面孔，以奇异的眼光，看着这位女功师的精湛武艺。

　　　　【刀枪棍棒的舞弄中，春夏秋冬的转换中。

　　　　【孟胜成熟了。

　　　　【胜绰长大了。

　　　　【大英出落成一个英飒的少女了。

　　　　【墨翟和耕柱并排走着，看着几个英气勃勃的年轻人在习练武功，心中欢喜。

　　　　【三十多岁的墨翟，已经蓄起了胡子。

墨　翟　孩子们都长大了……

耕　柱　大英的个子蹿得真快，听栀妹师娘说，像你小时候。

墨　翟　我看，你再动员动员你父亲，让他来书院里养老吧。

耕　柱　父亲在深山里惯了，我说什么也没用。

墨　翟　那你得常去看望。他也是我们书院的恩人哪！

耕　柱　嗯。

墨　翟　哎？李达家里的情况，怎么样了？

耕　柱　每年李达祭日，我都去送些钱粮。你就放心吧。

　　　　【禽滑釐经过多年的历练，已经一副少帅模样。他却孩子样地跑来。

禽滑釐　师兄！师兄！

墨　翟　看你跑得！

禽滑釐　目夷谷来人了！

　　　　【墨翟一听，也几乎蹦了起来。

27. 泰山墨学书院墨翟书房（日，外）

　　　　【墨翟跑来，只见任工师带着两个孩子，正在等候。

墨　翟　工师！我的工师大人哪！

任工师　墨翟！你看！

　　　　【任工师把一双儿女推给墨翟。

墨　翟　这是二英、小燕？长得这么高，几岁啦？

　　　　【墨翟抱起他们。

墨　翟　二英、小燕，叫父亲！

二　英　父亲！

【小燕哭了起来。大英接过小燕。

【栀妹拿出花生和红枣，小燕扑向栀妹。

小　燕　母亲！

【迟仲与迟师娘也闻声出来迎接。

迟　仲　工师，你把这两个宝贝带来，山神也高兴啊！

任工师　我看过不了三天，山神也会被他们闹得，满脸都是褶子！

【大家欢笑不已。

墨　翟　奶奶好吗？

任工师　非要跟我一块来不可，我硬是把她留下看家。

墨　翟　我看，奶奶准能活到一百岁！

28. 旷野（日，外）

【泰山的春天，风和日丽，墨子一家老少三代在一片空旷地上放风筝。墨子把小燕的风筝放上天空，喜得小燕收不拢嘴。墨子把风筝线的一头捆在小燕腰间，以防脱绳。墨翟把小燕交给大英。栀妹陪着二英放飞。

【任工师向墨子走来。

墨　翟　工师，栀妹小时候就没离开你们，还有这两个，一下都离开，奶奶一定很难过……

任工师　嗯，她哭了一场。我怕她孤独出病来，所以得赶快回去！

墨　翟　要是我和栀妹能回去，看看奶奶，看看胜工师、胜师娘就好了！还有公输工师、司马工师、公孙工师……哎呀，点着哪个想哪个啊！……

任工师　瞧你们一个个忙的，两头不见太阳。算啦，以后找机会，我带他们来看你们！

墨　翟　我只在书上看，忠孝不能两全，现在，这心里沉甸甸地装着哪。

任工师　百工坊都知道，泰山上的几个书院，顶数你的书院日子过得寒酸，又顶数你的书院，被诸侯聘走的门生多。这回，作坊主们又凑了些钱，叫我带给你……

【孟胜跑来。

孟　胜　詹何来报，应老师邀请，杨子十日后来墨学书院，愿与老师同台讲学。

墨　翟　好呀！

孟　胜　这绝不是讲学！

墨　翟　不是讲学是什么？

孟　胜　这是一场"贵己"与"兼爱"的恶辩！

墨　翟　嗯，恶辩。

栀　妹　墨翟，绛娘来不来呀？

墨　翟　詹何没说杨子夫人也一起来吗？

孟　胜　没说。

　　【禽滑釐过来。

禽滑釐　师兄，公输先生来信了！

　　【墨翟接过信看着，愈看愈高兴。

墨　翟　公输先生说，半月后，他要来泰山书院！

栀　妹　绛娘来不来呀？

墨　翟　信上没说。

栀　妹　墨翟，我准备亲自去曲阜，请绛娘一起来泰山。

墨　翟　好主意！你明天就出发。

二　英　（同时）母亲！我也去！

小　燕　（同时）母亲！我也去！

第三十三集　诸生出仕

473

第三十四集　共享天伦

1. 索纪府邸客厅（日，内）

【管家急匆匆进来。

【索公子从另外一个方向，也是疾步走进。

管　家　公子！

索公子　快说！什么情况？

管　家　是这样的，大司寇等五名高官，联名向季孙氏大人弹劾索大人！

索公子　他们怎么说的？

管　家　他们说，索大人去泰山打猎，明明知道泰山发生了瘟疫，却不禀报，致使泰
　　　　　山的乱民涌进京城，造成市肆拥堵，关闭多日。

【索公子严峻而紧张地思考着。

管　家　除了泰山瘟疫一事，他们还说索大人治理泮宫无方，说是国学泮宫的风气奢
　　　　　靡，生员白天声色犬马，晚上公然宿妓。他们向季孙氏大人强烈要求，举荐
　　　　　救治泰山瘟疫的墨翟，担任国学泮宫的主事。

索公子　季孙氏大人如何对待他们的弹劾？

管　家　听说，大司寇一党，近日常常围在季孙氏周围，轮番鼓噪。就连那个公输般，
　　　　　也借着修建宫殿之名，出入于季孙氏府邸，领头举荐墨翟担任国学泮宫的
　　　　　主事。

索公子　又是墨翟！墨翟是索家的天敌啊！……

管　家　公子，墨翟现在泰山办书院，我看派刺客的办法，最合适。

索公子　……我们现在已经自身难保呵！

管　家　公子，老爷在这种时候，还去泰山打猎，怎么就不知道……

【管家说完，观察着索公子的表情。

【索公子厌恶地扯了一下嘴角。

管　家　公子看，我们是不是要把老爷请回来？

索公子　不，我倒要请管家去一个地方。

2. 汶祠（日，外）

【这是路边山脚下的一处寺庙，它依山而建，虽然不大，却有亭台回廊。

【一辆豪华马车，在汶祠前停了下来。车上走出索公子和管家。

3. 汶祠（日，内）

　　【索公子进了汶祠，管家跟在后面。

　　【索公子回身把门关上。

索公子　这里只有我们两个。

　　【管家觉得周围有些阴森森的，四处打量着。索公子口气亲切地。

索公子　管家，你在我们索家有多少年了？

管　家　……有30年了。

索公子　也就是说，你是看着我长大的？

管　家　是。我是看着公子一天天地成长起来，现在都、都有些，我说大了，公子别
　　　　见笑，公子都快赶上老爷啦。

　　【管家紧紧盯着索公子的脸。

索公子　这里没有外人。你说清楚，是赶上老爷，还是不如老爷？

　　【管家眼珠滴溜溜地转了一下。

管　家　这要看怎么说。要是公子谦虚，就说自己不如老爷，要是老爷一心抬举，就
　　　　说公子已经超过老爷。

索公子　我要你说！

管　家　我说？

索公子　对，你说，现在说，立即、马上说，你给我张嘴就说！

管　家　当然是……当然是将门出虎子！

索公子　你不要给我要滑头！

　　【索公子一甩衣襟，佩带的剑鞘"当"的一声，碰到石头上。管家心一惊，接
　　　着又听见空旷的汶祠里，发出了剑鞘的回响。

　　【管家看了一眼索公子身上摇动的佩剑，立即拿出对待索纪的嘴脸。

管　家　我听公子的！

索公子　那老爷的呢？

管　家　我也听老爷的！

索公子　那要是，我和老爷，见地相左呢？

管　家　我听公子的！

索公子　要是我和老爷南其辕而北其辙呢？

管　家　我听公子的！

索公子　要是我要向季孙氏大人，参他索纪一本呢？

管　家　啊？啊！

　　【索公子抽出剑来。

索公子　说！

管　家　……我我我……说……说说……

【索公子"唰"地把剑插入剑鞘。摆手不让管家张口。

索公子　你效忠索纪三十余年，主仆共生，俱荣俱损。索纪生养我三十余年，我们打断骨头连着筋。可是今日，他是一只无帆无桨、无舵无锚的空壳船！他的沉没，将会把我们一起带入深渊！

【管家惊吓得流下汗来。

索公子　索纪知晓瘟疫发生而不禀报，这已经是欺君之罪！何况还有其他罪孽，他有几个脑袋？

管　家　那季孙氏会杀索……纪……大人？

索公子　杀？杀是轻的，我只怕季孙氏，为了平息官怨和民愤，会满门抄斩！

【管家一屁股跌坐在地。

索公子　管家，按说，你是我的长辈……

管　家　不敢！不敢！我是公子的老仆。

索公子　老仆也罢，长辈也罢，你我的脑袋，现在都滚在一把铡刀底下！……要么陪着索纪同归于尽，要么，放胆求一条生路。

【管家心里做着激烈的斗争。

管　家　……我听公子的……

【索公子上前拉起管家。

4.大司寇府邸（日，外）

【一辆马车在大司寇的府邸停了下来，公输般从中走出。

5.大司寇府邸客厅（日，内）

【大司寇正在等待。公输般进来。

公输般　司寇大人，召唤公输何事之有呀？

大司寇　老弟，奇事！奇事呀！

公输般　你们官场里，都是按部就班，还能有什么奇事？

大司寇　弑父弑君，在官场里，的确算不得什么奇事，但是你可曾想得到，索纪的儿子索公子，向季孙氏检举揭发索纪的罪过，竟然跟我们的弹劾，如出一辙？

公输般　你是说，索公子弹劾了索纪？

大司寇　还有旁证。

公输般　我的个乖乖！

大司寇　索纪的管家，作为旁证，证明索公子的弹劾句句属实。

公输般　他都弹劾了些什么？

大司寇　与我们的弹劾不同的是，他说索纪企图利用泰山的瘟疫，激起民怨，推翻季孙氏，投靠孟孙氏。

【公输般思考了一下。

公输般　这儿子弹劾老子，是够奇的。但是弹劾的这些理由，可是没有人会相信。谁
　　　　都知道索纪是季孙氏的家宰，他怎么会投靠，势力小于季孙氏的孟孙氏？这
　　　　不是黄口小儿的把戏嘛，季孙氏绝不会相信。

大司寇　我说的奇，就在这里，季孙氏完全相信了索公子的弹劾。

公输般　啊？！

6. 泰山墨学书院银杏树（日，外）

【银杏树下，墨翟、禽滑釐、迟仲、臧公子、耕柱围着石桌石凳坐着，异常高兴。

禽滑釐　……这才叫，善有善报，恶有恶报，不是不报，时候未到，时候一到，统统
　　　　都报！

臧公子　（同时）不是不报，时候未到，时候一到，统统都报！

耕　柱　（同时）不是不报，时候未到，时候一到，统统都报！

【大家齐声大笑。

迟　仲　索纪是唯一置我们于死地的敌手，想不到一场瘟疫，就让他土崩瓦解了！

禽滑釐　这就叫"天谴"！

臧公子　可是我不懂，季孙氏为什么会杀索纪？

耕　柱　就是，我们书院同学才一两年，分手就像是生死离别，那么难过，索纪跟了
　　　　季孙氏三十年，说杀就杀！

臧公子　就是养条狗，还舍不得呢。

墨　翟　狗能看家护院的时候，主人豢养，狗能攻击敌手的时候，主人喂肉，但是这
　　　　条狗，如果长了一身无法治愈的赖皮疮，季孙氏这样的主人，岂能让自己受
　　　　狗的连累？

耕　柱　季孙氏杀索纪，我倒能明白。我不明白的是，为什么还要索公子当了国学泮
　　　　宫的主事？

禽滑釐　这还不明白？大狗杀了，再抱个小狗来养嘛。

迟　仲　只怕，此狗，非彼狗也！

【大家笑着。

禽滑釐　季孙氏用这种手段，平息了官怨民愤，又笼络了一个家宰，不能不说是，手
　　　　段高明呀！

墨　翟　我看是，精明而不高明。这种挖肉补疮的权宜之计，将会埋下更深的祸乱。
　　　　其一，在重臣面前，留下的是离心离德。其二，在索公子心里，留下了杀父
　　　　之仇。一旦时机成熟，打着复仇旗号的索公子，可以师出有名地作乱季孙氏。
　　　　其三，在国人眼里，留下了一个不用贤良、重用宵小的口实。季孙氏在这个
　　　　十字路口，本来可以幡然挺身，走一条真正解救鲁国百姓的大道，但是他还
　　　　是继续滑向了泥潭。

禽滑釐　不过，这倒给我们墨学的发展，提供了一个很好的契机。我看能过几年太平日子。

7. 泰山墨学书院墨翟书房（日，内）

【墨翟在书房切削竹篾，大英在帮着干着什么。二英和小燕围着墨翟，绕来绕去。书房内一片吵吵声。

【小燕爬到墨翟身上，二英叫着也要上去。墨翟任着他们胡闹，还喜滋滋地。

【栀妹进来，好奇地看着父子四人亲昵的情景。

栀　妹　大英，你怎么不带着弟弟妹妹出去玩，闹得父亲不能读书……

【大英神秘地对着栀妹的耳朵悄声说。

大　英　母亲，是父亲不让我们走！

【栀妹再次看着墨翟与孩子们嬉戏不够的样子，心中甜蜜。

8. 泰山墨学书院墨翟卧室（夜，内）

【床上，墨翟被二英和小燕揉搓着。

大　英　二英、小燕，我们睡觉去吧！

小　燕　我不睡觉！

二　英　我要在爸爸床上睡！

小　燕　我也要在爸爸床上睡！

【两个孩子吵着闹着。

9. 泰山墨学书院墨翟房舍（夜，外）

【迟仲路过，听着里面的嬉戏声，不忍打搅。

【禽滑釐过来，也在门外止步。

禽滑釐　……要知道是这样，应该早点把二英、小燕接过来。

迟　仲　有事吗？

禽滑釐　楚国使者来了。

迟　仲　楚国也要聘我们的生员？

禽滑釐　不是。楚国出现了瘟疫。楚王特聘墨翟，前去解救。

迟　仲　楚国使者呢？

禽滑釐　我已经安排他们，在宾舍歇息。

迟　仲　明天再说吧。

10. 泰山墨学书院墨翟卧室（夜，内）

【床上睡着大英，大英一边搂着二英，一边搂着小燕。三张孩子的脸上，洋溢着童稚的甜蜜。

【墨翟和栀妹在一边看着，心中极为幸福。

五十二集大型历史电视连续剧 墨子

墨　翟　（悄声）儒学的理论核心，就来源于这种骨肉之亲。

栀　妹　是呀，人和动物，在这一点上是一样的。

　　　　【床边，一只小狗紧紧地依偎着一只大狗。

墨　翟　（悄声）我们要再生好多好多的小狗！

　　　　【墨翟紧紧抱住栀妹，俯身亲吻。栀妹躲闪着。

栀　妹　那些小狗……

墨　翟　我是大狗！

　　　　【墨翟不顾一切地亲吻栀妹。

11. 泰山书院主事房（日，内）

　　　　【四十几岁的楚国使者，衣着华丽，他彬彬有礼地递上国书。

楚国使者　……特呈上楚君国书一封。

　　　　【墨翟接过，启封看书。

楚国使者　楚王听说，墨翟在泰山灭瘟疫，救百姓于水火，十分钦佩，现在楚国疫病
　　　　　流行，百姓死伤甚众。国君要我来聘墨子前去搭救楚国百姓！

墨　翟　楚国百姓的疫病，不知有何症状？

楚国使者　多以腹泻开始，染病者，十者亡之六七，楚国上下，人心恐慌！墨翟和禽
　　　　　滑釐对视了一下。

禽滑釐　楚国近期可有洪灾？

楚国使者　今年以来，洪灾不断，数月来天天阴雨，几乎不见晴日。楚王请墨子速速
　　　　　前往。

墨　翟　楚王忧心，墨翟体谅。但是楚国的疫情，与泰山瘟疫不同，我现在跟你去了，
　　　　　也不能即刻阻止疫病流行。

楚国使者　难道墨子也没有办法了吗？

墨　翟　不，我有救急之法，可请使者带回！

楚国使者　不能请到墨子赴楚，使者恐难向楚王复命。

墨　翟　使者尽管放心，我派弟子与使者随行！

楚国使者　愿听墨子的救急之法。

墨　翟　使者需耐心等待十日。

12. 泰山墨学书院墨翟书房（夜，内）

　　　　【栀妹用泥团正在捏塑着一个水井的井台模型。

　　　　【墨翟、禽滑釐、耕柱、臧公子站在一旁，边看边说。

墨　翟　……这次楚国的疫病流行，是因为洪涝灾害，造成污水粪便进入了饮用水中
　　　　　所致。

臧公子　井台高出地面一两尺，怎么还会进入污水？

禽滑釐　我随子张夫子去过楚国，你们不知道，楚国人基本不用水井，都是在河塘沟坝中，直接取水饮用。

耕　柱　那我们教给楚国人打井，不就行了吗？

墨　翟　光打井还不行，我们还要给楚国制造一种特殊的水井——陶井。

栀　妹　我们这个陶井，高出地面二尺，一般洪水不会流入……

　　　　【大家看着栀妹捏好的陶井口模型。

禽滑釐　还有地表水呢？地表水会从井口的衔接处渗入井中，也不行呀？

　　　　【大家沉默思考着。

栀　妹　我有办法啦！

　　　　【栀妹拿起泥土，迅速地捏起来。

　　　　【四个人目不转睛地盯着那灵巧的双手。栀妹边捏边说。

栀　妹　这个陶井，是一节节接起来的，衔接处，加一个凹凸接口，可拆可合。再根据水位的高低，可长可短。下层陶圈深入井中，四壁凿有渗洞，既能阻止地表水入侵，又使地下水充盈井中。栀妹敏捷地制作着。

　　　　【栀妹把陶井模型做好，向前一推。四个人把可拆可合的水井模型打开，仔细察看。

禽滑釐　巧夺天工呀！

栀　妹　巧什么巧，手艺都快忘光了。

臧公子　师娘的绝技，让我大饱眼福呀！

栀　妹　明天我就能制出标准模型。耕柱尽快就近找到窑场。坯子一干，立即入窑。

墨　翟　禽子，你从生员中挑出三个出身陶工的弟子，准备出仕楚国。

禽滑釐　那谁带队呢？

　　　　【墨翟看了耕柱一眼，耕柱害怕地避开了。

墨　翟　以后再说吧。

13. 泰山墨学书院墨翟书房（日，内）

　　　　【墨翟抱着小燕，哄他睡觉。小燕怎么也不睡，一个劲儿地叫娘。

墨　翟　大英，你带妹妹睡觉，我带弟弟去窑上。

14. 窑场窑炉（夜，外）

　　　　【星夜，炉火正红。墨翟带着小燕来到窑炉上。

栀　妹　你怎么找来了？

墨　翟　是你儿子闹着要来，他不要爹，只要娘。

　　　　【栀妹接过小燕。

　　　　【墨翟和栀妹在窑前坐下。

墨　翟　怎么样？

五十二集大型历史电视连续剧 墨子

栀　妹　明天上午就能出窑。

墨　翟　有把握吧？

栀　妹　要是细活儿，就不敢说，放了这么长时间，手生。这种粗活儿嘛，不是吹，闭着眼睛也能干。

【小燕在栀妹怀里安稳地睡去。

栀　妹　墨翟呀，我今天脱坯，想起一件事来。

墨　翟　这三个孩子，也没把你的心填满？

栀　妹　书院里200多个孩子，可是都管我叫师娘呢。

墨　翟　（嬉笑着）墨师娘！

栀　妹　（瞪了一眼）书院收费甚低，一直没有稳定的经济来源。

墨　翟　工师这回又送来一些捐赠。

栀　妹　我们得靠自己，才能把书院长久地办下去。

墨　翟　你有什么好办法吗？

栀　妹　我有个笨办法。

墨　翟　巧匠还有笨办法？

栀　妹　全院动员，开荒种地、纺纱织布，自己养活自己。

墨　翟　好！……好是好，那样他们就更得说我们是农与工肆的书院啦！

栀　妹　所以我说是笨办法嘛……

墨　翟　兹事体大，以后再好好商议。现在你先帮我琢磨一个人。

栀　妹　琢磨谁呀？

墨　翟　我们去楚国得有两手准备，一是教他们制作陶井，一是还要准备用中药治疗，可能还有瘟疫。你看派谁去合适？

栀　妹　当然是耕柱最合适……

15. 泰山墨学书院主事房（日，内）

【墨翟正在发愁。迟仲劝他。

迟　仲　……要不我来跟耕柱谈？

墨　翟　算了吧，我们再换一个人。

迟　仲　可是，耕柱去，的确最合适……

墨　翟　耕柱一走，耕柱爹一个人……

迟　仲　我们把他接来书院……

墨　翟　耕柱动员了多次，他说离不开深山老林……

迟　仲　你说怎么办？

墨　翟　不行，我就亲自去一趟……

迟　仲　墨翟！哪有主帅打冲锋的！……

【耕柱进来。

耕　柱　先生！迟仲老师！

墨　翟　哦，耕柱呀。

耕　柱　先生，我想请假，去看父亲。

迟　仲　耕柱呀，你不是前两天刚刚跟我请假，去看过了吗？

耕　柱　我再回去跟父亲说一声。

【迟仲看了墨翟一眼。

迟　仲　说什么？

耕　柱　我跟他说，我替老师去一趟楚国。

迟　仲　好个耕柱！

墨　翟　那你父亲怎么办？

耕　柱　我把"还魂汤"交给楚国百姓，就回来，用不了多少日子。

墨　翟　好，就按你说的办，我们耕柱，给楚国救个急，很快就回来。

16. 泰山墨学书院主事房（日，内）

【墨翟召见楚国使者。禽滑釐在场。耕柱等四弟子，已经远行装扮，守候一边。

墨　翟　……使者，让你等了十天，楚王若有责难，就说墨翟笨拙，思量许久，方拿出这灭瘟计策……

楚国使者　哪里，哪里，楚国食禄之官千计，医官百计，人人无计可施，墨翟十日即有良策，真是神人！

【禽滑釐奉上一个精制木盒，放在楚国使者面前，然后打开，里面是一个陶井模型。

【楚国使者大吃一惊。

楚国使者　使者敢问，这是何等灭瘟良药？楚法严峻，如不灵验，是有杀身之祸的……

禽滑釐　使者毋躁。楚国瘟疫，是由饮水不洁所致。这个陶井，可隔断洪水和地表水，只取深层洁水。只要饮用陶井之水，瘟疫自当消失。陶井的制作方法，楚人一时难以掌握，我们派出四个弟子帮助制作。另外，我们还另备一法。如果楚国瘟疫与泰山一样，即由这位弟子耕柱，开方医治。如此两法齐备，万无一失。如两法皆不得验，禽滑釐愿到楚国抵罪！

【禽滑釐边说边把陶井的模型组合起来，给楚国使者看。

楚国使者　既然如此，使者就可带着这陶井，放心回国了。只是不知这陶井，如何命名？

【这突如其来的问话，禽滑釐哑然难答，望着墨翟。墨翟从容应答。

墨　翟　这种陶井，名叫栀井，取井水洁白如栀树之花的意思。

楚国使者　楚国当以何礼答谢墨子？

墨　翟　如果楚人要答谢的话，只在每个凿成的栀井旁，植栀树一株，作为标志，百姓见花如见水，以便放心饮用！

楚国使者　一定！一定！瘟疫消除之后，楚王一定重谢！

17．泰山墨学书院（日，外）

【墨翟和书院生员送别耕柱。这是一次没有眼泪的送别。耕柱乐呵呵地。

墨　翟　耕柱呀，你父亲，我会抽空去看他的。

耕　柱　我昨天刚去看了，他很好。

墨　翟　他是我的恩人，也是救泰山百姓免受瘟疫之灾的恩人，你放心走吧！

耕　柱　我教会了他们，就回来。很快，很快。

【楚国的马车在双方道别声中启动。

18．泰山墨学书院墨翟书房（日，内）

【禽滑釐进来，看着墨翟正和孩子玩得高兴，不忍开口，站在一边看着。

墨　翟　师弟，你看什么？有话就说嘛。

禽滑釐　我看师兄难得这么高兴……

墨　翟　快说！

【栀妹进来。

禽滑釐　今天是与杨子相约，来书院讲学的日子。

墨　翟　（恍然）哎哟，我立即去接。

栀　妹　我也去。

二　英　我要去！

小　燕　我也要去！

【二英、小燕缠着墨翟，要一块去。

19．泰山墨学书院墨翟房舍（日，外）

【西边，天空有些乌云，风中含有雨意。禽滑釐仰天看了看。

禽滑釐　师兄，天恐怕要下雨。

墨　翟　下雨就下雨嘛。

禽滑釐　我觉得像是暴雨。

墨　翟　暴雨？

禽滑釐　我们还是等着雨后，再走不迟。

墨　翟　要是一时半时不下，岂不耽误了接杨子？

栀　妹　还有绛娘。

墨　翟　绛娘能来吗？

栀　妹　绛娘准定来！

墨　翟　嗨，也不知怎么的，我也总想赶快见到他们。

【长成大小伙子的胜绰，冷不丁地插话。

胜　绰　也许他们今天不会来。

【大家都看着他。

大　英　就是他们不来，我们也要去。

胜　绰　那为什么要白白跑路？

大　英　墨者信奉"言必信，行必果"！

【大家又看着大英。

大　英　杨子从曲阜远道而来，我们是东道，岂有不接之礼？

墨　翟　大英说得好。

胜　绰　那二英、小燕不要去。

【二英、小燕一起向胜绰嚷嚷。

栀　妹　二英还在咳嗽，就不去了，大英留下看妹妹，好吗？

大　英　好。

二　英　我要去！我要去！

栀　妹　二英，听姐姐的话。

【大英哄着二英。

二　英　（哭着）娘！我不让你走！

【胜绰也在后面不走，栀妹回来拉着胜绰。

栀　妹　走吧！

胜　绰　栀妹，我也不让你走！

栀　妹　傻孩子！

【栀妹硬把胜绰拉走了。

20.泰山墨学书院（日，外）

【墨翟一家分别上了两辆马车，前车胜绰驾车，后车孟胜驾车，马车先后启动。

21.途中（日，外）

【驾车人的衣帽，被大风吹起。

【詹何在狂风中驾驶着一辆马车，向泰山方向驶来。

22.马车（日，内）

【车内，绛娘独坐。绛娘仍是那般妖媚动人，但是已经没有少年时代一览无余的聪颖，而是秀于外而慧于中了。

23.途中（日，外）

【风太大了，詹何把车停下，打开车门。

詹　何　夫人，前面就要到泰山了，我看夫人还是坐到后面杨子的车上吧？

绛　娘　这不挺好吗？

詹　何　唉，杨子也太"全性葆真"了，真到连起码的面子，也不顾及！杨子不与夫人同车，却与两个小妾同车！……

绛　娘　你就别抱不平了，我是愿意一个人乘车，找个清静呀。

詹　何　儒墨两家，都是很重礼仪的。杨子这样，让墨学书院的200多弟子见了，我这个做学生的，都无地自容。

绛　娘　杨子从来不管别人的感受，那我们也自己管自己吧。詹何，你只管把车赶得再快一些。

詹　何　夫人，你怎么能有杨子这样的夫君、墨子这样的乡亲？

【绛娘知道詹何的感受。

詹　何　这是两个天壤之别的人哪！

绛　娘　走吧，一会儿他们赶上来了。

【詹何启动马车。阴云密布，狂风夹着暴雨，骤然而至。

24. 马车（日，内）

【车内，杨子的身边坐着两个小妾。

杨　朱　……以往绛娘哪都不去，这回一说去泰山书院，她早就催着动身，催出这场暴雨，走也不是，回也不是……

【小妾欲安抚杨朱。杨朱不耐烦地把她推开。

25. 途中（日，外）

【暴雨如注，地上溅起密密匝匝的水泡。

【横空霹雳，电闪雷鸣。

26. 马车（日，内）

【一个惊心动魄的炸雷，把小燕吓得一激灵。栀妹连忙搂过小燕。小燕被这从未见过的山中暴雨，吓得紧紧缩在栀妹怀里大哭不止。

27. 途中（日，外）

【墨翟的前后两车，在泥泞的山路，愈来愈难以驾驶。

28. 马车（日，内）

【禽滑釐陪着墨翟在一辆车中。

禽滑釐　师兄，雨太大了！山路有翻车的危险，我们还是避一避吧！

墨　翟　这荒郊野外的，有地方避雨吗？

禽滑釐　前面不远就是汶祠……

墨　翟　好，等雨过了再走！

29. 汶祠（日，外）

【墨翟的两辆车先后向汶祠靠拢过来，停在雨中。

【大家下车，跑进祠内。

30. 汶祠（日，内）

【胜绰抱着小燕，第一个进来。小燕身穿一身蓝白相间的直纹衣裤，上下一色，
特别醒目。

胜　绰　小燕，你的衣服是哪里来的？

小　燕　是妈妈做的。小叔，好看吗？

胜　绰　好看——好看个屁！

小　燕　为什么，好看个屁？

【胜绰气哼哼地把小燕放下。大家随后进来。

栀　妹　胜绰，还生气哪。

胜　绰　我说不要来，不要来！

栀　妹　下雨怕什么？停了雨再走就是了。

胜　绰　栀妹！

栀　妹　胜绰，眼看你就是大人了，怎么还是孩子脾气？

胜　绰　栀妹，你是我的姐姐，也是我的母亲，我一直跟着你……

【墨翟和孟胜过来。

墨　翟　你们俩说什么悄悄话呢？

小　燕　小叔说我的衣服好个屁！

孟　胜　你小叔呀，他是捞不着穿，心里难受。

小　燕　我给小叔穿！我给小叔穿！

【小燕立刻要脱背心。大家笑起来。栀妹抱过小燕。胜绰难过得到一边去了。

栀　妹　自从离开目夷谷，我呀，再也没有织布。昨天翻出这最后一块布，还是结婚
以前织的，只够小燕一身，连二英的都不够。等到今年换季，我打算再把织
布机架起来，给你们每人做一身新衣裳。

【大家高兴地说，等着穿栀妹的新衣服。胜绰悄悄附在栀妹耳边。

胜　绰　（悄悄）娘，我不要新衣裳。

栀　妹　为什么？

胜　绰　我不要你累。

栀　妹　我不累。

【小燕在栀妹怀里，突然说。

小　燕　父亲做的风筝，可以在天上飞，也可以在水里游吗？

墨　翟　要是能在水里游，那得变成小鱼！

小　燕　父亲，我愿意变成小鱼！

墨　翟　小燕，我们墨姓的男子，都以鸟来命名，还是在天上飞，来得自在。

小　燕　小鱼在水里游，就不怕下雨了。

墨　翟　你看外面汶河的大水，流得多急呀，要是做小鱼，还不把你碰个鼻青脸肿呀！

小　燕　不嘛，我要做小鱼！我就要做小鱼！

　　　　【墨翟张开双手，抱过小燕。

墨　翟　你要是变成小鱼，父亲就变成一条大河，让你游个够！

　　　　【小燕在墨翟怀里欢蹦乱跳。

　　　　【暴雨渐渐停下来，淅淅沥沥地滴着。

31. 马车（日，内）

　　　　【绛娘从车窗里向外看去，只见汶祠前，有两辆马车停靠。

绛　娘　詹何，停车！

32. 汶祠（日，外）

　　　　【詹何放下凳子，绛娘款步下车。绛娘盯着两辆停在一旁的马车，若有所思。

詹　何　夫人，雨已经停了，我们还是赶路吧？

绛　娘　我进去看看就出来。

詹　何　我看这雨还得下。

绛　娘　无妨，下就在这祠里避一避。

　　　　【绛娘说着自己进了汶祠。

33. 汶祠（日，内）

孟　胜　禽子，雨停了！

禽滑釐　可能还要下。

墨　翟　停了我们就走，下了我们再避，总之，我们要迎出两舍之地……

禽滑釐　师兄，杨子之人，值得我们如此隆重吗？

墨　翟　我的禽子呀，不是还有绛娘吗？绛娘可是我们泰山墨学书院的恩人哪！

栀　妹　什么恩人不恩人的，我就是想念绛娘，都分不出什么是醒，什么是梦了，快
　　　　走吧！

　　　　【栀妹说着，第一个向外走去。

第三十五集　栀妹舍身

1. 汶祠（日，内）

【栀妹第一个走出去。迎面碰上进来的绛娘，栀妹愕然地呆在那里。

【绛娘也错愕不已地愣着。片刻，她们都喃喃自语。

栀　妹　（自语）这不是做梦吧？

绛　娘　（自语）是栀妹？

栀　妹　绛娘？

绛　娘　栀妹！

栀　妹　绛娘！

【栀妹跑过去，紧紧和绛娘拥抱。

栀　妹　……想死我了！想死我了！……

【已经具有母性心态的栀妹，看着绛娘，油然而起对于孩子的怜爱之心。

栀　妹　……小绛娘！……小绛娘！……

【绛娘听到这声久违的称呼，酸甜苦辣一起涌来。

栀　妹　……我叨叨你多少年，你就是听不见！……是墨翟惹你生气了？还是我惹你
　　　　生气了！……

【绛娘泪水如雨。

栀　妹　……让我看看！……让我看看……

【栀妹捧着绛娘的脸，看着她的滚滚泪水，又心痛地把绛娘搂在怀里。

栀　妹　我们的小绛娘！……不哭！不哭！……

【栀妹劝着，自己的泪水狂涌而出。

【墨翟抱着小燕，看着两个女人久别重逢的苦乐交织，什么话也插不上。

【小燕从来没有看母亲这样哭，在墨翟怀里大哭起来。

【绛娘听见孩子的哭声，方才看见墨翟。

【绛娘上前，客客气气地行礼。

绛　娘　绛娘让先生见笑了……

【墨翟一愣，想不到，多年不见的绛娘，竟然说了句有意拉开距离的话。

墨　翟　小姐赠送泰山书院，墨翟多年没有登门拜谢，早失大礼在先哪！

绛　娘　泰山书院是叔父所赠，绛娘不敢受拜！

栀　妹　瞧你们生分的！墨翟不是墨翟，绛娘也不是绛娘了！

墨　翟　绛娘还是绛娘，只是我这个黑脸小子，是不是变得更黑，让我们绛娘认不出

来了？

　　【这句重提的旧话，把大家都逗乐了，也把绛娘逗乐了。

　　【墨翟怀里的小燕伸过头来。

小　燕　绛娘，我也是黑脸小子。

　　【大家笑起来。

墨　翟　（同时）小燕，叫姑姑！

栀　妹　（同时）小燕，叫姨娘！

　　【小燕左右看着，不知叫什么好。

　　【绛娘被小燕天真的样子逗得笑了起来。

2. 马车（日，内）

　　【暴雨重新降下。杨朱看着窗外，大雨如注。

杨　朱　……泰山这个鬼地方，哪一次来，不是瘟疫，就是暴雨，怪不得我书院的学
　　　　生都跑光了！……真不是人待的地方！……

　　【突然，杨朱看见绛娘的马车停靠在汶祠前。

杨　朱　尚目！停车！停车！

　　【车夫是一个叫尚目的弟子，停下车来。

3. 汶祠（日，内）

禽滑釐　见过公输小姐！

绛　娘　见过禽子！

禽滑釐　哎呀呀，这十年把小禽子变成了禽子，公输小姐还是公输小姐呀！孟胜、胜
　　　　绰，见过公输绛娘！

孟　胜　（同时）见过公输绛娘！

胜　绰　（同时）见过公输绛娘！

　　【绛娘和墨翟一行，其乐融融地交谈着。忽然传来一阵凶狠的呵斥声。

尚　目　让开！让开！统统让开！

　　【人们闪开，后面的墨翟看见了被两个女人搀扶着的杨朱。

　　【尚目看见绛娘与祠里这些人的关系不一般，立即趾高气扬起来。

尚　目　杨朱驾到！

　　【栀妹迅速地看了一眼绛娘，绛娘很快把头低下。

　　【孟胜一步跨到杨朱面前。

孟　胜　墨学鼻祖墨子在此！

尚　目　孟胜！你的老师在此！

孟　胜　尚目，孟胜的救命恩人在此！

　　【尚目还要说什么。

绛　娘　（同时）尚目，不得无礼！

禽滑釐　（同时）孟胜，不得无礼！

墨　翟　墨翟一行专门前来迎接杨朱！

杨　朱　早有传言，杨墨之言盈天下！今日杨墨在暴雨中相聚，可见连风雨也不能阻挡我们的交锋！

　　　【墨翟给杨朱让座。

杨　朱　不过，孟胜逃杨归墨，似乎给了我难堪……

墨　翟　哪里，不是也有一个逃墨归杨的詹何嘛。大河小河本是相通的嘛。

杨　朱　那么杨子和墨子，谁是大河，谁是小河？

墨　翟　这恐怕得由历史来做定评了。

杨　朱　不，现在就有定评。

　　　【栀妹一听杨朱说交锋，就感到几分火药味，她悄悄放小燕去找墨翟，想缓和一下气氛。墨翟抱起过来找他的小燕。

墨　翟　墨翟愿意领教。

杨　朱　如今，杨墨之言盈天下，儒墨杨三家争天下。儒家把你的兼爱，称为"狂人哲学"。我倒不这样看。我看，顶多算个"傻人哲学"。所以，墨学是条小河已经有了定评。

墨　翟　"傻人哲学"？愿听杨朱指教。

杨　朱　我们相识的时候，你是单身一人，现在看你抱着孩子，那份父爱也与常人没有两样。你说，在座的人，在你心里，哪一个能比得上，可以为你传宗接代的儿子？你的兼爱，又是何来之有呀？

　　　【墨翟不打算与杨朱论辩，只是看着自己怀里的小燕。

杨　朱　我杨朱今天先不说我的"贵己"，就说儒家的"仁爱"。这"仁爱"，是有根基的。就像你抱着自己的儿子，有骨肉的根基、家族的根基、世族的根基……

　　　【杨朱拍了拍身边的一棵老树。

杨　朱　这"仁爱"就是一棵百年老树！"仁爱"，就是爱自己的枝叶，爱自己的果实，爱自己的哪怕虫子咬出的疤痕。总之，"仁爱"是爱自己，爱一个扩大了的自己！你呢？

　　　【杨朱一挥手，让墨翟跟他一起向汶祠的下面看去。

　　　【下面是一条河，河面上的片片浮萍，在山水的冲击下打转之后，顺流而去。

杨　朱　你的兼爱，就是这浮萍，可以顺水漂流，其聚之亦快，其散之亦快。

　　　【墨翟看了看绛娘。绛娘在一边十分尴尬。禽滑釐要起而反驳，墨翟制止。

墨　翟　杨子，咱们的论辩，还是放在讲堂上好，现在大家刚刚见面……

杨　朱　你们目夷老乡，是刚刚见面，要说什么，你们尽管去说。

　　　【墨翟看看栀妹。栀妹看看绛娘。

五十二集大型 历史电视连续剧 墨子

杨　朱　怎么，当着我的面，还有什么不好说的吗？那我走。

　　　　【詹何进来。

詹　何　杨子，已经停雨了，我们还是赶紧上路吧？

　　　　【杨朱站起来要走。禽滑釐嗅了嗅鼻子。

禽滑釐　我看还会下大暴雨！

杨　朱　禽子的鼻子，还能闻出暴雨的味道？我听禽子的。

　　　　【杨朱又坐下来。

　　　　【墨翟向栀妹使了个眼色。栀妹拉着绛娘到汶祠外去了。

杨　朱　还要跟她们到外面去说嘛？

墨　翟　杨子夫人有我的夫人陪着，杨子我来陪。

杨　朱　那我接着说。

　　　　【墨翟和禽滑釐，对杨朱这种论辩的癖好，彼此苦笑了一下。

杨　朱　你的"傻人哲学"，上没有枝叶，下没有根系，基于空想，流于空乏，是两头
　　　　空空呀！

4. 汶祠（日，外）

　　　　【祠外，乌云散去，雨已停歇，天边透出一缕阳光。早已不耐烦的小燕，跑出
　　　　汶祠，雀跃而欢。栀妹携着绛娘的手，避出祠外。

栀　妹　……绛娘，告诉姐姐，过得好吗？

　　　　【绛娘笑了笑。

栀　妹　跟姐姐说实话，过得好不好？

绛　娘　姐姐过得好，就好。

栀　妹　我是问你……

绛　娘　我有什么不好？

栀　妹　绛娘，这可不像你。

绛　娘　我们十年没有见面，姐姐不见，今日绛娘，早已物是人非……

栀　妹　可是我看今日绛娘，比十年前的绛娘更加多情。瞧你那双眼睛，你就是不说，
　　　　姐姐我也早已看得真切。

　　　　【绛娘苦笑了一下。

绛　娘　记得你家先生，曾经因为染丝而悲叹，当时我丝毫不能知晓，只当先生有种
　　　　悲丝病。其实，世间的女儿家，哪一个不是一束白丝？婚嫁之后，就是把这
　　　　束白丝，丢进了染缸。染于苍则苍，染于黄则黄……

栀　妹　不过，无论是苍、是黄，丝还是丝！我们绛娘还是绛娘呀！

　　　　【绛娘看着栀妹。

绛　娘　听詹何说，整个墨学书院，都在叫你栀妹师娘！

栀　妹　他们瞎叫呗。

绛　娘　可见姐姐深得众生爱戴。

栀　妹　还说爱戴，你连来都不来一回……

绛　娘　妹妹今天不是来了吗？

栀　妹　你知道，墨翟有索纪的迫害，不便到曲阜，我一个妇道人家，出不得远门，你不来看我们，我们就是想死你，也没有办法见你啊！曾经，墨翟准备冒险去曲阜，给你祝贺新婚，大家硬拦，才没有成行。我也打算，今年秋天专程去曲阜，看看你究竟过得怎么样。说实话，我这心里一直不踏实……

绛　娘　姐姐别说了，绛娘已是一块朽木……

栀　妹　绛娘！绛娘！看你胡说，绛娘要是一块朽木，栀妹不就是一粒风尘了？

5. 汶祠（日，内）

杨　朱　……如果为了拜师，陪着坐一次牢，倒算是你们说的有来有往。可是你又二次坐牢，这简直是，留下了千年的傻名！

　　　　【墨翟要开口。

杨　朱　我不听你的，我要听禽子说。

禽滑釐　请问杨朱想听什么？

杨　朱　禽子你说，你说墨子，傻不傻？

禽滑釐　傻！

杨　朱　你看看，你看看……

禽滑釐　我认为墨子傻，很傻！

杨　朱　禽子就是禽子。

禽滑釐　可是，我是墨子的第一大弟子，所以我更傻。

　　　　【杨朱一愣。

禽滑釐　一个傻子说傻，请问杨子是傻，还是不傻？

　　　　【杨朱不置可否。禽滑釐步步紧逼。

禽滑釐　杨子再听我说。先生下车伊始，不替"贵己"申明，却替"仁爱"力辩，真是够"兼爱"的了。

杨　朱　好，那我就彻底地"兼爱"一回吧。

　　　　【杨朱站起来，神气十足地。

杨　朱　儒家说，"爱由亲始"。

禽滑釐　墨家说，"爱无等差"。

杨　朱　那墨子抱着自己的孩子，怎么不抱别人的孩子？

禽滑釐　莫非杨朱有子，我去取来，让墨子抱上一抱？

墨　翟　禽子！

五十二集大型
历史电视连续剧
墨子

【杨朱哈哈一摆手，大度地继续说下去。

杨　朱　儒家说，"先己而后人"。

禽滑釐　墨家说，"先人而后己""爱人不外己，己在所爱中"。

杨　朱　儒学的"仁爱"是以人道协天道，儒本于人。

禽滑釐　墨学的"兼爱"是以天道济人道，墨本于天。

杨　朱　儒家的爱，是入木三分，筋骨相连。

禽滑釐　墨学的爱，是爱上世与爱后世，如同今世。释小爱为大爱，荡偏爱为泛爱，
　　　　爱能生爱，善能引善，竖穷三际，横贯四方，终成竭爱、天爱！

6. 汶祠（日，外）

栀　妹　……他们这要辩到什么时候？

绛　娘　杨子这个人，可以不吃饭，不可以不论辩。他就是发着烧，一听论辩，就能
　　　　立刻坐起来，直到把嗓子喊哑为止。

栀　妹　杨子也是个有什么说什么的人。

绛　娘　是说，说个不停。

栀　妹　他会疼人吗？

绛　娘　会疼。

栀　妹　那就好。

绛　娘　会疼他自己。

栀　妹　有一次，墨翟说要是杨子对我们绛娘不好，他就去找杨子算账！

【绛娘刚刚有些诉说忧伤的意思，遂又封住了。

绛　娘　……没有，挺好的。

【栀妹知道说也无益，只得长叹了一声，看着天边的乌云。

【乌云又重新聚集起来，压抑得很。

7. 汶祠（日，内）

杨　朱　……那我来问你，苍天造人，为何其心如握拳之大，其臂仅咫尺之长？

禽滑釐　愿听杨朱指教。

【墨翟饶有兴致地听着。

杨　朱　……其心如握拳之大，而不似头颅那般硕大，就是叫人只管自己，不烦天下。
　　　　其臂咫尺之长，刚好触及己背，不及他人（用手比画）……

【杨朱在全身心投入的论辩中，不慎跌倒。禽滑釐一把拉起杨朱。

【禽滑釐拉起杨朱之后，却不肯松手。杨朱不解地看着禽滑釐。

禽滑釐　杨朱不可忘记，拳拳之心，心量无穷，"无穷不害兼"；两尺之臂，有手相接，
　　　　万人衔臂，足挽长空！

墨　翟　杨朱呀，你说不过他，我们还是歇歇吧。

杨　朱　好个禽滑釐！你也要干"赴汤蹈刃，死不旋踵"的傻事？

禽滑釐　杨朱不也说过，既然生，就要不断地有所欲求，一直欲求到死吗？"赴火蹈刃，
　　　　死不旋踵"，也就是一种完成"兼爱"的欲求，并不那么可怕。

　　　　【栀妹和绛娘进来，本想劝他们上路，见雄辩正盛，只得袖手旁观。

杨　朱　不可怕？你们的一个"墨守"，就把詹何吓到了我这里，直到如今，他还心有
　　　　余悸！

　　　　【禽滑釐善意地看了詹何一眼。詹何羞惭地低下了头。

　　　　【一直在旁边的孟胜，上步插言。

孟　胜　杨子的利己哲学，把人变成鬼，那才真的可怕！……

墨　翟　孟胜，不可在杨子面前口出狂言！

杨　朱　我就说孟胜，他懂得什么兼爱，不就是被墨子救了一命，便立即改弦更张了
　　　　吗？如此"以物累形"，如此世俗，如此世俗呀！

　　　　【绛娘忍无可忍。

绛　娘　泰山瘟疫，杨学书院全体生员，如果不是每人每天如此世俗的一盅草药，杨
　　　　学书院还会存在吗？

　　　　【杨朱想不到绛娘当着众人，给他难堪，立即暴怒而起，一声比一声恶毒地斥
　　　　骂道。

杨　朱　奴仆之人！奴仆之口！奴仆之心！奴仆之害！

　　　　【绛娘当众受辱，气恨交加，浑身发抖。

　　　　【墨翟和栀妹见状十分吃惊，栀妹示意墨翟停止论辩。

墨　翟　大家都不要说了！赶快上路吧！

杨　朱　不！今天杨墨之言，不讲出个淋漓尽致，谁也不要走！

　　　　【墨翟无奈。绛娘只身走出祠外。栀妹跟了出去。

　　　　【杨朱再次挑战，墨翟不得不应战。

杨　朱　墨子，你看我这拳头，打你的时候，我就能使上劲，打自己的时候，我就使
　　　　不上劲。世间之人，谁能自胜其私？

墨　翟　杨子请看那太阳，它日夜不休，朗照大地，普惠众生，不分厚薄。杨子再请
　　　　看这大地，它自苦为极，任人耕耘，四季更替，酬谢勤劳。大地和太阳，就
　　　　是"兼爱"的根基！

杨　朱　大地和太阳，恰恰是"仁爱"的佐证。大地只酬谢勤劳之夫，太阳也照不到
　　　　背面。万物无限，细物有边。一个墨子鼓噪"兼爱"，即使你尽情挥洒，将
　　　　每一滴血都当作倾盆大雨来下，将每一口气，都化作春风来吹，又能荫蔽多
　　　　少三患之人？又能抚慰多少三不患之人？我看是孤家寡人，绝非圣贤之道！

墨　翟　杨朱的圣贤之道，就是一己之道。杨朱看见这滔滔大水了吗？一己不过水中
　　　　一滴。再看这满目森林，一己不过林中一木。还有这巍巍泰山，一己不过山

中撮土。只有兼爱，才能滴水汇江河！只有兼爱，才能独木聚成林！只有兼爱，才能撮土垒成山……

【祠外骤然传来隆隆之声，人们为之一惊，不知什么声音。

【禽滑釐敏锐地感觉到。

禽滑釐　不好！是山洪！

【胜绰从外面跑进来。

胜　绰　山洪来了！

禽滑釐　快抢救马车！……抢救马车！……

【禽滑釐惊呼着冲出祠外。孟胜和胜绰跟着冲出祠外。

8. 空镜头（日，外）

【远处，滔声轰鸣，震耳欲聋，滚滚山洪，铺天而来。

【一场不期而遇的山洪暴发了。

9. 汶祠（日，外）

【禽滑釐冲出祠外，和孟胜、胜绰去赶马车。

【人喊声、马嘶声，孩子哭声和车轮碾压碎石的声音，混为一团。

【栀妹紧急招呼着小燕。

【绛娘趁着混乱，一个人悄悄向山洪下来的方向走去。

10. 汶祠（日，内）

【汶祠后有一石崖，可供三五人站立，是山洪袭来唯一安全之地。

【尚目不顾杨朱，自己迅速向石崖攀登。詹何也紧随其后。

11. 汶祠（日，外）

【心灰意冷的绛娘，面对突然暴发的山洪，不但没有恐惧，反而对着滔滔而来的洪水，目光里充满轻生之意。

【绛娘义无反顾地向山洪走去。

12. 汶祠（日，内）

【杨朱在慌乱中和两个侍妾，只顾四处乱跑。

杨　朱　……詹何！……尚目！……

墨　翟　……杨子！……杨子回来！……杨子不要乱跑！……

【杨朱不听墨翟招呼，还是没头没脑地乱跑。

【崖石上，尚目已经攀了上去，詹何正在攀登。杨朱的两个侍妾，也在各自攀着崖石，她们拉着詹何的裤脚。詹何不得不拉拽她们上去。

13. 汶祠（日，外）

【禽滑釐和孟胜、胜绰正在艰难地把受惊的四架马车向高地赶去。

胜　绰　……你快去照顾墨子一家！

孟　胜　你快去！快去！……

【禽滑釐把缰绳交给胜绰。

14. 汶祠（日，内）

【禽滑釐从高处滑进汶祠内。

墨　翟　赶快，先救杨子一家要紧！

【栀妹带着孩子从祠外进来。

墨　翟　栀妹，快带夫人和小燕上去！

【墨翟搀扶着杨朱，向石崖攀去。

【栀妹这才发现绛娘没有跟来。

栀　妹　绛娘？绛娘！

【栀妹回头向祠外跑去。小燕跟着跑出祠外。

【禽滑釐来到崖石下，对詹何和尚目咆哮着。

禽滑釐　……你们俩给我滚下来，让杨子和墨子上去！

【尚目紧紧搂抱着松树不肯放手。詹何犹豫了一会儿，还是纵身跳了下来。两个侍妾，很不情愿地向后避了避，腾出一点刚够杨子的立足之地。

【墨翟和禽滑釐让杨朱踩着自己的身体，上了崖石。

15. 汶祠（日，外）

【栀妹找到轻生的绛娘，连拖带拉地往汶祠里走。山洪奔袭而至，在她们身后，扬起几尺高的水头。

【小燕正在汶祠门口。

栀　妹　小燕！回去！小燕！快回去找父亲！……

【小燕不听，下了台阶，向栀妹这里走来。

【栀妹不由得放开绛娘，扑向小燕。

【身后一个巨浪，把绛娘冲倒。

【绛娘立刻向下游漂去。水面上，绛娘的衣裙顿时就和浑黄的洪水浑然一体，只有一只雪白的手臂，露出水面。

【栀妹把小燕推上汶祠的台阶，立即转身扑向水中。

【几经扑腾，栀妹抓住了绛娘。

【正在栀妹把绛娘扶起，两人紧紧抱住一棵大树的时候，一股更猛烈的洪水冲到汶祠的台阶上，带走了小燕。

小　燕　……母亲！母亲！……

五十二集大型 历史电视连续剧 墨子

【小燕像一片树叶，跟着洪水打转。

【墨翟冲出汶祠。

【栀妹把绛娘交给冲出来的墨翟。

栀　妹　绛娘交给你了！

【墨翟紧紧抓住绛娘的手臂，眼看着栀妹扑入水中去救小燕。母子俩在水中翻滚。

绛　娘　……快救栀妹！快救栀妹！……

【绛娘挣脱了墨翟，不顾一切地跳进水中。

【墨翟跳进水中，捞出绛娘。

【禽滑釐冲出汶祠。看见栀妹母子在水中，立即跳进洪水。

【栀妹母子在水中几经翻滚，随后不见踪影。

【绛娘撕心裂肺地呼喊着。

绛　娘　……栀妹！……栀妹！……

【墨翟紧紧抱着绛娘，不使其挣脱。

【洪水愈来愈大，已经漫过汶祠的台阶。

16. 汶祠（日，内）

【墨翟把绛娘拖进汶祠，绛娘抓住柱子死不撒手。

绛　娘　……栀妹！……小燕！……栀妹！……小燕！……

【墨翟一次次地扒开绛娘的手，又被绛娘一次次地抱紧柱子。

【绛娘撕肝裂肺地呼喊。

绛　娘　……你快去救栀妹！……墨翟我求你了！……

墨　翟　……你答应我！……你答应我！……

绛　娘　……我答应你！……

【墨翟把绛娘交给詹何。

墨　翟　詹何！还会有更大的山洪！杨子和夫人的安全，就交给你了！你快让夫人
　　　　上去！

17. 汶祠（日，外）

【墨翟冲出祠外，向下游跑着。

禽滑釐　……栀妹！……栀妹！……

【孟胜向下游跑着。

孟　胜　……师娘！……师娘！……

【胜绰向下游跑着。

胜　绰　娘！娘！……

【三个人只见滔滔河水，不见栀妹和小燕的踪影。

墨　翟　师弟！……

孟　胜　禽子！……

胜　绰　禽子！……

　　　【三个人呼喊着，飞身向下游奔去。

18. 汶河滩（日，外）

　　　【墨翟喊着、找着。

　　　【孟胜喊着、找着。

　　　【胜绰喊着、找着。

19. 汶河滩（黄昏，外）

　　　【禽滑釐抱着栀妹的尸体，从洪水中走出。

　　　【孟胜和胜绰发疯般地跑去。

　　　【墨翟却顿时呆住了，他的眼睛发直，灵魂出窍。多年没有出现过的情景又再
　　　　次残酷地降临到他的面前。

　　　【栀妹尸体陈于汶河滩头，一只手还紧紧抓住小燕的蓝条上衣。

　　　【禽滑釐和孟胜、胜绰，跪在栀妹尸体前，号啕大哭。

　　　【墨翟步履沉重，缓缓靠近。

　　　【禽滑釐捧起栀妹的胳膊，栀妹手里抓着小燕那件蓝白相间的竖纹上衣。

禽滑釐　……小燕……小燕……

　　　【墨翟顿时坐在了地上。

　　　【空中再次响起，一连串的炸雷。

　　　【墨翟发直的目光活转过来，异常平静地转向禽滑釐。

墨　翟　你去保护杨子一家，防止山洪再来！

　　　【墨翟转向胜绰。

墨　翟　你去买一口三寸桐棺，再加一口小棺。

　　　【墨翟转向孟胜。

墨　翟　你去把大英、二英接来。我箱子里有一束绛红丝线，让大英找到，一起
　　　　带来……

禽滑釐　（同时）师兄！……

孟　胜　（同时）老师！……

胜　绰　（同时）哥哥！……

　　　【三个人都不肯离去。

墨　翟　你们走吧！我在这待一会儿，再和你师娘说说话……

　　　【禽滑釐等三人泣不成声。

墨　翟　走吧！不要告诉杨子和绛娘！

五十二集大型
历史电视连续剧
墨子

20. 汶河滩（黄昏，外）

【墨翟跪下来，打量着栀妹陌生的身体。

【墨翟发现，今天的栀妹是那么的不同。他似乎找到了为何不同，连忙用颤抖的手，轻轻合上栀妹圆睁的双眼。墨翟再仔细打量，还是不同。他又再用手抠出栀妹嘴里的乱草和树叶。

【墨翟要收起栀妹伸出的右手，已经僵硬的肢体，怎么也拢不到身边。墨翟去拽栀妹手中小燕的衣衫，也拽不出来。

【墨翟摸着栀妹的臂膀，发现已经冰凉，他把栀妹抱起来，想用自己的体温去暖她。

【墨翟的泪水，这才一点点涌了出来。

墨　翟　……栀妹啊！……怎么如此冰冷……你那火热的情肠在哪里？……小燕！我那刚刚懂事的儿子！……莫非已经变成一条小鱼？……小鱼的母亲啊！……我的天空，我的大地！……大地枯萎了，百草无语，苍天嘶哑了，万里沉寂，还能温暖过来吗？还会苏醒过来吗？我的妻……我的妻……

21. 途中（黄昏，外）

【五六辆马车在路上疾驶。

22. 汶河滩（黄昏，外）

墨　翟　……我是车哟你是轮，行走时，最先承重的是你……我是烛哟你是蜡，燃烧时，最先融化的是你……我是翟鸟，你是翎羽，每次飞翔，最先飘落的是你，是你，还是你……

23. 途中（黄昏，外）

【依稀看见，前面赶车的是孟胜、禽滑釐、胜绰……

24. 汶河滩（黄昏，外）

【墨翟紧紧抱着栀妹渐渐僵硬的尸体。

墨　翟　……依依的杨柳啊，为我妻把红装梳理；滔滔的洪水啊，为我妻把筋骨淘洗；霏霏的雨雪飘来啊，为我把栀妹的冬衣织起；厚厚的泥土铺就啊，为把我爱人的劳累歇息……让我，让我这个没用的人，随你去哟……带上我们的小鱼哟……随你去……

25. 汶河滩外（黄昏，外）

【一行马车先后来到河滩。

【人们几乎是从车里滚了出来。大英哭叫着跑在最前面。

【孟胜背着二英向河滩疾跑。

【一群被巨大悲痛震撼的人们，向他们的栀妹扑来。

26. 汶河滩（黄昏，外）

【大英一下子扑在母亲身上，撕心裂肺地痛哭不已。

【幼小的二英，想把熟睡的母亲唤醒。

二　英　母亲醒醒呀，你醒醒呀!

【迟仲夫妇互相搀扶着，跌跌撞撞地过来。

【迟仲看见墨翟，扑过去把墨翟抱在怀里。

迟　仲　……孩子! ……我的孩子! ……

【迟师娘提着一包衣服，扑向栀妹，呼天抢地。

迟师娘　……女儿呀女儿! ……你怎么能走在为娘的前面……

【胜绰等人，把三寸桐棺从马车上卸下来，抬到栀妹尸体旁边。

【禽滑釐过来，哭着对墨翟说。

禽滑釐　……嫂子……嫂……子该……入殓了……

【墨翟点头。

【人们抬起栀妹，栀妹拽着小燕衣服的那只胳膊，怎么也收不进棺木。人们痛极无奈地哭着。

墨　翟　……把锯子拿来!

【众人吃惊地看着墨翟。

【胜绰递上锯子。

【墨翟熟练地在大棺的右侧锯开一个口子，又在小棺的左侧锯开同样大的开口，然后，把大棺与小棺并拢，两个开口相衔。

【人们这才明白过来，墨翟给自己的妻子和儿子，做了一个连体棺木。

【众人合抬，轻轻把栀妹平放棺中。

【禽滑釐把栀妹伸着的右臂，顺着两棺的开口搭入小棺。栀妹母子终于相连入棺。

【迟师娘把小燕的枕头、衣物和一个小燕子风筝，放进棺中。

墨　翟　……栀妹，你牵着咱们的小燕吧……他愿意上天，你就陪他上天……他愿意戏水，你就陪他在水中游戏吧……

【众人泣不成声。

【大英哭着把一束绛红丝线送到父亲手中。墨翟接过，放进栀妹手中。

墨　翟　栀妹，是这束丝线，拴住了你，再让这束丝线陪你去吧……我们永不分离……

【众人哭声。

禽滑釐　大英、二英，再看母亲一眼吧……

大　英　母亲，你忍心丢下我们吗？!

二　英　娘! 二英跟你去啊!

【大英、二英哭喊着。

墨　翟　封棺!

【胜绰突然扑向棺木，死死把住，不让封棺。

墨　翟　（忍痛喝道）封棺!

【在墨翟目光的逼使下，禽滑釐、孟胜拉开胜绰。

【棺木封钉声中，响起一片震动山谷的哭声。

【悲痛欲绝变成怒火中烧的胜绰，一个人向汶祠跑去。

27. 墓穴（黄昏，外）

【母子连体棺木，已经沉在墓穴之中。

【两个女孩的小手，为母亲和弟弟的棺上盖上了第一把土。

【血色的晚霞，染红西天。

28. 泰山墨学书院墨翟宅舍（晚，内）

【一桌的饭菜，动也没动，父女三人沉浸在巨大的悲伤中。抽泣着的大英把妹妹揽在自己怀里。迟仲与迟师娘站在一边，默默地看着墨翟一家。

【禽滑釐和孟胜进来，见桌上的饭菜一口没动。

禽滑釐　……师兄，你得吃一口啊!

迟　仲　墨翟，为师要看着你吃饭哪!

孟　胜　老师，孟胜也是死过一回的人了!……当初孟胜得了瘟疫，是师娘喂我吃饭……今天这顿饭，就请老师替师娘吃吧!替师娘和小燕吃吧!

【孟胜"扑通"跪在地上。

孟　胜　孟胜求老师了!……

墨　翟　……好吧……

【孟胜起来，帮着大英摆出了三副筷子，大英又继续摆出两副。

迟师娘　墨翟呀，大英、二英今晚跟我睡吧……

大　英　太师娘，我会替母亲带好二英的……

墨　翟　孟胜，这鱼，是小燕，你把它葬了吧，墨翟一家从此不再食鱼……

【孟胜端起桌子上的烧鱼。

墨　翟　老师、师娘，你们都回去吧。

【墨翟起身，把迟仲等送出门外。

29. 泰山墨学书院墨翟房舍（夜，外）

【门外的情景，一下把墨翟惊呆了。上百弟子门外站列。

众　齐　请老师用膳!

【墨翟向大家摆摆手。

墨　翟　大英、二英，向你们的师哥们跪拜叩谢！

【大英拉着妹妹的手，向门外跪拜。

【生员们看着昔日团圆的一家，顿时妻离子散；看着心中爱戴的栀妹，顷刻香消玉殒，禁不住放声悲泣。哭声愈来愈大。

【墨翟轻声背诵起《墨守》。

【人们震动夜空的哭声中，禽滑釐首先合着墨翟的背诵，接着迟仲和孟胜，也合着墨翟的背诵。昔日饱含坚毅的《墨守》中，糅进了无限的悲壮。

众　齐　日夜不休，自苦为极。穷且日坚，不坠青云。

　　　　智以教人，力以劳人，财以分人，卑己尊人。

　　　　不立巧誉，以身载行，赴火蹈刃，死不旋踵。

　　　　兼相爱，交相利，言必信，行必果。

第三十六集　三子之辩

1. 泰山墨学书院墨翟卧室（夜，内）

　　【墨翟睡前，拿出绛娘给栀妹的那身丝织衣服，铺在自己身边。

　　【床上，半边墨翟，半边栀妹的衣裳。墨翟抚摸着栀妹的丝衣。

　　【墨翟眼前出现了新婚之夜的情景，对吟着热恋的相思曲《王风·采葛》。

墨翟（画外）　今夕何夕？见此良人？

栀妹（画外）　一日不见，如三月兮！

2. 闪回

　　【山花盛开的鸢岭下一条窄窄的沙河环绕，一衣带水。墨翟和栀妹牵手跑来。

墨翟（画外）　今夕何夕？见此邂逅？

栀妹（画外）　一日不见，如三秋兮！

　　【沙河边，墨翟轻松抱起栀妹。他把头埋进妻子怀里，贪婪地呼吸着栀妹的气
　　　息，感受着心上人的心跳。栀妹紧紧抱着丈夫，让他充满智慧而温情的头颅
　　　紧紧贴着自己的心房。他们依偎着，几乎在水面上漂行而去。

墨翟（画外）　今夕何夕？见此粲者？

栀妹（画外）　一日不见，如三岁兮！

3. 泰山墨学书院墨翟卧室（夜，内）

　　【彻夜不眠的墨翟，把栀妹的丝衣抱在怀里，轻声吟诵起《陈风·泽陂》。

墨　翟　彼泽之陂，有蒲与荷。

　　　　有美一人，伤如之何。

　　　　寤寐无为，涕泗滂沱。

　　　　　……

　　【墨翟泣不成声。

4. 泰山墨学书院习武场（日，外）

　　【在禽滑釐的带领下，生员们习武赳赳。

　　【队伍中，大英戴着重孝。练功的胜绰也同样戴着重孝。

墨翟（画外）　彼泽之陂，有蒲与蕑。

　　　　有美一人，硕大且卷。

　　　　寤寐无为，中心悁悁。

5. 泰山墨学书院墨翟书房（夜，内）

【灯下，看书的墨翟抱着戴着重孝的二英。

【二英在墨翟怀里睡去。

墨　翟（画外）　彼泽之陂，有蒲菡萏。

　　　　　　　有美一人，硕大且俨。

　　　　　　　寤寐无为，辗转伏枕。

6. 泰山墨学书院墨翟卧室（夜，内）

【墨翟睡在栀妹的丝衣之旁。

7. 泰山墨学书院大树下（日，外）

【墨翟一家。在银杏树下吃饭。大英俨然是个主妇的模样，给墨翟盛了饭，又
　　照顾二英吃饭。

【石桌上，仍然摆着五副碗筷，栀妹和小燕习惯坐着的一侧，摆着两副碗筷。

8. 泰山墨学书院（日，外）

【禽滑釐在集合起来的生员队伍面前。

禽滑釐　……生员们，按照栀妹师娘生前的安排，从今日始，我们书院要增加一门
　　　　　新的功课，那就是开荒种地、纺纱织布！我们要用自己的双手，自己养活
　　　　　自己。……

9. 山地（日，外）

【墨翟和生员一起，在山坡上开垦土地。

【胜绰抱起大块的石头，垒着堤堰。石头上沾着血迹。

【孟胜光着脊梁，高高抡起镐头。

【腹䵍和臧公子抬起大石头。

【迟师娘给大家送水。

【迟仲和生员一起，在新开垦的土地上播撒麦种。

【娄仲跑来。

娄　仲　禽子！宋国使者来到。

禽　子　什么事？

娄　仲　宋国主君要召见墨子！

禽滑釐　墨子新逢大丧，我看不宜出行。

娄　仲　好，我这就去转告宋国使者。

禽滑釐　不，我亲自去。

【墨翟过来。

墨　翟　禽子，何事？

禽滑釐　宋君要召见你。我去告诉使者，不能前往……

墨　翟　不，禽子，你告诉使者，明日启程。

10. 泰山墨学书院大英卧室（夜，内）

　　【大英给二英铺床，墨翟给二英洗脚。

墨　翟　……大英，在家好好带妹妹。

大　英　父亲，放心去吧。

二　英　我也要跟父亲去嘛。

墨　翟　你知道父亲要去哪儿？

二　英　二英跟着父亲走。

墨　翟　二英听话，和姐姐在家里。你要每日跟着姐姐读书练武，自己的事情自己做，
　　　　记住了吗？不要给迟仲太师他们添麻烦……

　　【二英扒拉开墨翟的手，不让他给自己洗脚。

墨　翟　二英，不听话了？

　　【二英拿过手巾，自己擦脚。

二　英　自己的事情，自己做。

　　【墨翟看了看大英，父女俩会心一笑。

11. 途中（日，外）

　　【宋国使者的马车在前，后面两辆，驾车的分别是孟胜和胜绰。三辆马车在河
　　　网地带穿行。

12. 马车（日，内）

禽滑釐　……师兄，这次宋君召见，不知是什么事？

墨　翟　使者没有明说。我看，我的话宋君未必听信。

禽滑釐　那师兄，为何一定要在大丧之中匆匆奔赴？

墨　翟　我既有宋国大夫的头衔，又食人之俸禄，岂能不来？

禽滑釐　我看那个宋君，不过是个摆设。宋国的大权，握在世族手中。记得上次，宋
　　　　君说话的时候，大臣们照样喊喊喳喳，就像没有国君在场……

墨　翟　食君禄，为君愁啊！

禽滑釐　师兄，何谓君子呢？

墨　翟　现在外面到处邀请你去讲学，都以禽子相称，还要跟我讨论何谓君子吗？

禽滑釐　……师兄，为了杨朱这样的君子，我们太不值得了……

墨　翟　连你都怀疑我们的主张，栀妹的死，岂不真的没有价值了？

　　【禽滑釐哭了起来。

禽滑釐　……还会有更多的兄弟……为我们的主张……而死啊！……

第三十六集　三子之辩

505

墨　翟　你怕啦?

禽滑釐　为什么不是我去死!……让我去替嫂子……替嫂子死吧!……

　　　【禽滑釐哭得趴下身子。墨翟抚摸着禽滑釐，喃喃自语。

墨　翟　……最亲爱的……最先牺牲……

13. 索纪府邸（日，内）

　　　【管家正在和索公子密谈。

管　家　……墨翟应宋君召见，正在赴宋途中。

索公子　可带有队伍?

管　家　回少爷，不，回老爷，他只有两辆马车，轻车简从。

索公子　对付现在的墨翟，我们只能用暗杀，而且还不能让他身后的那200多个墨者，
　　　　找上麻烦。

管　家　对，老爷，我们趁机把墨翟杀死于宋国境内，再嫁祸于宋君。那样，墨者定
　　　　会与宋君结下死仇，我们就在一边偷着乐了……

索公子　好! 不过，何劳我们动手? 墨翟的高明，是把我父亲杀于"天谴"，而不费举
　　　　手之劳。我要让他死，也不费举手之劳!

管　家　少爷比老爷高明! 不，少爷比老爷高明再高明!

　　　【索公子同管家耳语。

14. 重馆驿站（日，外）

　　　【驿站门口，两辆马车缓缓停下。禽滑釐下车。

孟　胜　禽子，我们在此休息一下吧?

禽滑釐　好吧。

　　　【墨翟下车。胜绰、孟胜去喂马。公尚过下车，向驿站内走去。墨翟环顾四周。

墨　翟　禽子，我看就在这里留宿吧。

禽滑釐　好。

　　　【公尚过拿来水，递给墨翟和禽滑釐。

禽滑釐　公尚过，你从儒学书院转来，要多用点心，把墨子一路所言所行，及时记在
　　　　简上。

公尚过　禽子放心。

　　　【只见远处过来两辆马车。

禽滑釐　这鬼门驿，还生意兴隆哪!

　　　【两辆马车先后停在驿站门口。

　　　【墨翟一看，车上下来被弟子搀扶的巫马子，连忙迎上前去。

墨　翟　巫马子，我们泰山一别，竟然在这里相遇!

巫马子　我们三位都是应宋君邀请，在此不期而遇吧?

墨　翟　还有哪位？

　　【杨朱的一只胳膊吊着绷带，由弟子扶着下了车。

杨　朱　还有我！

墨　翟　拜见杨子。

杨　朱　看来，我们儒墨杨三家缘分不浅，好几百里，专门跑到这里来聚。

　　【巫马子吩咐弟子。

巫马子　解马卸鞍，不走了。

杨　朱　这大白天的，为何不抓紧赶路？

巫马子　杨子，你是明知是故问吧？

杨　朱　确实不知。

巫马子　我说了你也不信，你问墨子。

墨　翟　这是鲁国的最后一个驿站，名重馆，再往前，就进入宋国境内。这个驿站，
　　　　人称鬼门驿。

杨　朱　鬼门驿？听着就不是个好地方。

墨　翟　鬼门驿的前方是一处连绵数十里的古战场，孤魂野鬼，出没无常，常在白日
　　　　伤人，午后是不可以过境的！特别今日这样的大风天，鬼蜮暴怒，过境者难
　　　　以生还！

杨　朱　好你个巫马子！你明明知道杨朱"贵己"，为何不另择他路？

巫马子　由鲁国去宋国，只此一途！

杨　朱　要是早知只此一途，我绝不成行！

巫马子　宋君邀请我们儒墨杨三家问政，你杨子不来，岂不三足缺一？

墨　翟　有不信鬼的巫马子在，杨朱何惧之有？

杨　朱　那你呢？

墨　翟　我可是相信鬼的哟，这不是早早地就住店了吗？

杨　朱　那我要跟你一起住！

墨　翟　请吧。

　　【杨朱快快不快地跟着进了驿站。

15．重驿驿站（夜，内）

　　【房舍内，三个人择地而坐。

杨　朱　……看来，我的"不入危城，不处军旅"，还得再加上一条，不走死地。

墨　翟　杨朱如此"贵己"，为何弄伤了手臂？

杨　朱　我不告诉你。

墨　翟　杨朱还有讳莫如深的时候？

巫马子　那也是太阳从西边出来。

杨　朱　既然到了鬼门驿，我们不妨谈谈鬼。

巫马子　鬼有什么好谈的，孔子曰，"未能事人，焉能事鬼"。

墨　翟　但孔子也说过，"祭如在""敬鬼神而远之"。

杨　朱　看来，孔子对于鬼神之事，难以断言有无，在信与不信之间。听说墨子知天明鬼。

墨　翟　今日儒者，多持"无鬼"之论，墨者却以"明鬼"为论。

巫马子　耳听为虚，眼见为实。你见到过鬼吗？

墨　翟　今天我们没有见到太阳，能因为浓云蔽日，就说天上没有太阳？

　　　　【胜绰送水进来。

杨　朱　这位弟子叫什么？

墨　翟　他叫胜绰，也是我的弟弟。

　　　　【胜绰恶狠狠地瞪着杨朱。

墨　翟　胜绰，见过杨子、巫马子。

　　　　【胜绰一听，扭头就跑了。

杨　朱　林子大了，什么鸟都有。

墨　翟　墨者认为，天道世道相通，人间鬼界相联。人在大地，鬼升天穹，人死变鬼，鬼死投胎，人鬼互变，人鬼同源。

巫马子　那么人有良莠，鬼也应该有善恶，墨子不怕为厉鬼所伤害吗？

墨　翟　尊神敬鬼，是从殷商开始，距今千年之久，远在你们儒礼之先。既然祖制祭天神地祇，祭人鬼，鬼必是人世善良不足的补充。我墨翟行人间正道，事兼爱大业，即使有厉鬼，也无法伤害我。

巫马子　那总有人会被鬼所伤害吧？

墨　翟　邪恶之人，受到天鬼的监视督察，必有所收敛，会少一些有恃无恐之徒。善良之人，通过努力去获取天鬼的眷顾，能多一些正义的力量。天目之监无处不在，鬼窥之察随处皆有。如此，有什么不好？

杨　朱　墨子的"明鬼"说，正合了我的"适欲"说。

巫马子　这可是风马牛不相及。

杨　朱　人是什么？人就是肉体和灵魂的组合。人死了，是肉体死了，灵魂并没有死，而是飞到了什么地方，就算是天界那里吧。人间的"淫欲"和"寡欲"，要靠天鬼来纠正。一个欲求太多的人，天鬼要惩罚他。一个欲求太少的人，连天鬼都不会眷顾他，这不正是我的"适欲"之说吗？

巫马子　那你说，墨子是"淫欲"之人，还是"寡欲"之人？

杨　朱　墨子是个"适欲"之人。

巫马子　墨子如何成了你杨朱的同党？

杨　朱　墨子行兼爱之道，不辞劳苦，弄得形容枯槁，心力枯槁，这是过犹不及的"淫欲"。墨子舍己为人，不谋私利，不存私心，这是先人而后己的"寡欲"，一淫，一寡，为之"适欲"。

墨 翟 按照杨朱的解释，巫马子也是"适欲"之人啦？

杨 朱 正是。只是巫马子的"适欲"和墨子的"适欲"正好相反。巫马子的"仁爱"是从爱自己扩而大之，把一个自己，无穷地扩大，已经扩大到"淫欲"的地步了。而对于治国安民，巫马子却是"寡欲"的。

巫马子 我巫马子如何成了个自私小人？

杨 朱 你们儒家呀，是述而不作，即使说，也说不到治国的要处。仿佛花开半朵，酒饮半醉，为君半愁，为民半忧。你们什么都有一点，什么都说不透，做不到底。一山夹二水，一女嫁双夫。反正自己合适。

巫马子 杨朱，你又信口开河！

杨 朱 那我问你，孔子说"有教无类"，体恤贫苦学子，可是子路救济了百姓，孔子气得呵斥他粗野，又让弟子把子路的饭菜掀翻在街上。你们说"学而优则仕"，国家动乱，你们的仕者，不是全力平乱，而是"乱而退，卷而藏之"。就说你巫马子吧，一面和索纪明争暗斗，一面把自己的黄花闺女送进宫中。女为宫妃，儿为大夫，自己为儒，水陆两栖，官学两途。还有，你们尼山书院，一面受官学迫害，一面又出面迫害墨学……

【突然，外面传来一阵人喊马嘶。

16. 重驿驿站（夜，外）

【一支官军马队，打着火把，围住了鬼门驿。人群里传出喊声。

（喊声） 有重要客人进驻！驿站的所有客人立刻离开！

【墨翟、巫马子走出室外，借着火把观察动静。

【墨翟悄声对孟胜说。

墨 翟 你去打听一下，是谁派来的官军？

【孟胜消失在黑暗中。驿站官员据理力争。一片争吵声。墨翟小声对禽滑釐说。

墨 翟 备一份祭礼，立刻驾车出行！

【孟胜回来，向墨翟耳语。

孟 胜 是季孙氏的家宰索公子派来的！

墨 翟 他们这是借鬼杀人！

【驿站官员与官军争吵声越来越大。两辆马车已在暗处备好待发。

【巫马子拉住墨翟。

巫马子 你夜度沙场，是要去送死啊！

墨 翟 人家本来就是要你去死的，父死"天谴"，其子就是要借鬼报仇？

【杨朱急呼呼地赶来。

杨　朱　墨子慢走，杨朱"贵己"，贵一毛一发，但更贵颜面，我愿随墨子，一起夜度
　　　　沙场！

　　【墨翟把杨朱送入车内，自己挡在杨朱身外。

　　【月黑风高，三辆马车在吵闹声中，向古战场遗址驶去。

　　【巫马子一看杨朱跟着墨翟走了，自己紧跑两步，跳进墨翟马车。

　　【风声大作。前车的火把，为后车引路。

17. 马车（夜，内）

　　【车内墨翟和杨朱并肩而坐，巫马子跳进马车，墨翟把座位让给他。

18. 沙场（夜，外）

　　【墨翟出去站在胜绰赶车的位置。墨翟牵紧缰绳，以防马惊。

　　【大风狂吹，飞沙走石，昏天黑地，鬼哭狼嚎之声不绝于耳，然后一串火球扑来。

墨　翟　（向后车高喊）拉紧马缰！

　　【一群地滚鬼，矮如侏儒，脚踏火轮，直扑而来。这群地滚鬼，全被墨翟拦在
　　　　脚下，原来是被狂风卷起的沙丘荆棘。

　　【墨翟俯身，把那发光的火轮抓在手中，借着火把的光亮，看了一眼。

墨　翟　这是一条壮马的腿骨，马尚不甘夭亡，何况血气方刚死于疆场的男儿？这是
　　　　孤魂野鬼的最后一口气啊！

　　【突然，巨人鬼们，高大的身躯，成群结队地直奔墨翟而来。

　　【马惊，扬起前蹄。

杨　朱　墨子当心！

　　【墨翟一把抓住一个巨人鬼。火把照去，原来是被狂风吹动着的祭奠用的纸人。

　　【墨翟向后车的禽滑釐高呼。

墨　翟　全部下车，准备祭奠！

　　【车辆在狂风中停驶。墨翟带领墨者跪地祭告。

墨　翟　飞沙走石兮，天地苍茫。

　　　　战之神鬼兮，勿躁勿狂。

　　【巫马子和杨朱从车上下来，紧紧牵着手，一起跪下。

　　　　墨翟父母兮，时绕衷肠。

　　　　痛侵夺之战兮，切齿入肓。

　　【杨朱和巫马子也跟着念叨。

　　　　君思妻小兮，念及高堂，

　　　　以尔精灵兮，助"非攻"尽扬。

　　　　止兮，息矣，

　　　　墨者诚祭，神鬼以向。

19. 沙场（日，外）

【狂风渐渐止息。

【火把将纸人点燃，火光冲天，东方霞红，马车再次起程。

20. 马车（日，内）

杨　朱　……我看，你巫马子不信鬼，却怕鬼，墨子信鬼，却不怕鬼。我是又信鬼，
　　　　又怕鬼！

巫马子　想不到，几年前我们在曲阜南门遇到的"黄口小儿"，竟然通神啦！

杨　朱　你要是守口如瓶，我就告诉你一件秘事。

巫马子　你那张漏勺一样的大嘴，能有什么秘事？

杨　朱　看见我这胳膊了吗？

巫马子　你不是说，为了躲洪水，从树上摔下来的吗？

杨　朱　为了躲洪水不假，不过不是摔的，是打的。

巫马子　谁打的？

　　　　【杨朱指着前面赶车的胜绰。

杨　朱　就是他。

巫马子　他不是墨子的弟弟吗？真要是他打了你，你还不得找墨子算账？

杨　朱　墨子救了我一条命！他的弟弟就是打断了我一只胳膊，我还欠着墨翟的账呢？

巫马子　怎么回事？我可听不明白了？……

　　　　【外面传来，宋国使者的喊声。

商九（画外）　宋国使者前来迎接，墨子、杨子、巫马子三子赴宋！

21. 宋国宫殿（日，内）

　　　　【年轻的宋君坐在殿上。下面坐满了文武大臣。后排有国学学子数十人。巫马
　　　　子与杨朱，置几于国君一侧，早已坐定。对称的另一侧，墨翟与禽滑釐落座。

宋昭公　昨日得墨卿"兼爱"说，巫马子"仁爱"说，还有杨朱的"贵己"说。你们三子，
　　　　都说自己的主张是治世良策。故今日特请当面陈辩，以辨高下。我的大臣和
　　　　国学学子们，也来听辩。哪位先做陈述？

杨　朱　我们三方，两家谈爱，一家谈己，可见爱的力量是多么强大。可是两方谈爱者，
　　　　昨天争得那么凶狠，又可见爱是多么的孱弱。我杨朱今日愿袖手旁观，由"兼
　　　　爱""仁爱"，你们自己分出个高下。

巫马子　墨子兼爱天下，巫马子不爱天下，我们二者无论怎样主张，结果都没有出现，
　　　　如何分清是非？

墨　翟　不然。假如发生火灾，一个人要捧水，一个人要煽火，尽管他们的目的都尚
　　　　未达到，你就不能说是非了吗？

巫马子　我就是捧水的意思，而不是煽火的意思。

墨　翟　不，这正是我的意思，而不是你的意思。

巫马子　你的意思是兼爱，我不能兼爱。我巫马子爱吾身胜过爱双亲。爱双亲胜过爱家人。爱家人胜过爱乡人。爱乡人胜过爱鲁人。爱鲁人胜过爱邹人。爱邹人胜过爱越人。

宋昭公　如此说来，巫马子的爱，爱到我们宋国，就没有多少了？

巫马子　恕我直言，我们儒家的爱，像水中的涟漪，愈往中心愈浓烈，愈往边远愈淡薄。

墨　翟　请问，巫马子的爱，如何浓烈？如何淡薄？

巫马子　我可以杀他人以利己，而绝不会杀己以利他人！

墨　翟　我在巫马子门下两年，若知你有"杀人以利己"之心，怕是我早就逃之夭夭，唯恐不及啦！

【听众中一片笑声。

巫马子　我认为，自私自利是人的本性。

墨　翟　爱人之人，人恒爱之，憎人之人，人恒憎之，也是人的本性。

巫马子　人之初，放声哭，婴儿召唤母亲喂养自己，而不是提醒母亲去喂养别人。这就是"亲亲为仁"的根系。

墨　翟　母亲抚育幼小，壮年赡养老迈，富有接济贫困，健康救助残疾，人类生存要义，是取有余奉不足，以求温暖众生。这才是"兼爱"的源头。

巫马子　墨子所说，恰恰是"仁爱"，而不是"兼爱"。

墨　翟　仁爱为子，兼爱为母，"兼相爱，交相利"中包含仁爱。

巫马子　仁爱始于亲亲，看得见，摸得着，兼爱，人不得见，鬼不得见，墨子强力为之，是有疯疾！

墨　翟　倘若巫马子有两个弟子，其中一人，见到你才从事，不见到你，就不从事。另外一个，见到你从事，见不到你也从事，你认为谁好？

巫马子　当然是那个见到不见到我，都一样从事的好。

墨　翟　要是这样，你巫马子也有疯疾。

【众笑。

墨　翟　儒家主张"爱有差等"，持差等之爱者，我们不妨称之为"别士"。墨家主张兼爱，兼爱天下者，我们不妨称之为"兼士"。我再请问巫马子，假使一个战士披甲远征，生死难卜。或者一个大夫，奉命远使，路途凶险。请问，他们把年迈父母和娇妻爱子，托付给"别士"呢，还是托付给"兼士"？

巫马子　我知道墨子的意思，是要我回答托付给"兼士"，但是对不起了，我要托付给"别士"。

墨　翟　"别士"会给自己的孩子穿棉花，而给你的孩子穿芦花。"别士"会让自己的老人吃粮食，而让你的老人吃野菜……

巫马子　不错，但是因为"别士"爱有等差，"别士"起码不会把我的妻子，当成他的老婆!

【少顷，众人琢磨过来，哄堂大笑。

巫马子　墨子倡导毫无差别的兼爱，不就如同，把所有的家庭全部拆散，全部合并了财产，共同了妻小吗？这不是大逆不道吗？！

【宋国世族子罕起来反驳。

子　罕　兼爱，那是天外说梦，无人能够做到。在人间说兼爱，好比左手举起泰山，超越黄河，右手举起泰山，超越济水，墨子，你能做到吗？

墨　翟　墨翟一人无法举起泰山，但是人心齐，泰山移。兼爱就是把散在的爱心凝聚起来，让大家齐心协力，举起泰山。

子　罕　在座的几十个人，几十条心，墨子连大家想的什么都不知道，何谈凝聚？

墨　翟　晋文公尚俭，总是身穿粗衣，脚登笨履，于是臣子风行，晋人模仿。楚王好细腰，楚国之士纷纷节食，满朝文武饿得又黑又瘦。越王勾践喜好勇猛，他纵火烧船，文臣武将赴火急救，死者百人之众。凡天下事，上有所好，下必盛焉。兼爱之心人皆有之，就在你我他之间。只要倡导，人们必风起而行之！

【墨翟看了看宋昭公，宋昭公频频点头。

墨　翟　依墨翟所见，凡臣子对国君不忠，皆臣子自爱而不爱国君。儿子对父亲不孝，皆儿子自爱而不爱父亲。弟弟对兄长不敬，皆弟弟自爱而不爱兄长。反之亦然。国君只爱自己，对臣下必失惠爱。父亲只爱自己，对儿子必失慈爱。兄长只爱自己，对弟弟必失友善。大夫只爱自家，必侵扰别家而自利。诸侯只爱自国，必侵夺别国以自肥。一言以蔽之，天下之祸，皆起于反"兼爱"之心。宋国实行兼爱，可使君惠、臣忠、父慈、子孝、兄友、弟悌，由人伦和谐走向天下为公的大同世界。

宋昭公　墨卿之言，用心良苦，我宋国君臣，当兼爱同心！

子　罕　墨子的一番兼爱之说，该不是只说给我宋国国君听的，而自己则是另做一套吧？

商　九　不然，墨子奉行"言必信，行必果"，天下皆知。

子　罕　那我想问，假如墨子妇孺与他人妇孺，同时落水呼救，不知高唱兼爱的墨子，将何以施救？

【人群中发出狞笑。

墨　翟　人的生命，同样珍贵，墨翟将择可救者先救之！

子　罕　滑天下之大稽！

巫马子　墨子是欺人之谈！

【人群中爆出笑声。杨朱站起来。

杨　朱　墨子绝非欺人之谈！

【杨朱的突然发言，满座皆惊。

杨　朱　我曾经亲眼所见，墨子为了救出别人的妻子，而牺牲了自己的妇孺！

【众人惊讶地看着墨翟。

杨　朱　不过，我尊重墨子，并不说明我赞成墨子的主张。我恰恰是反对墨子的主张。墨子舍己救人，这是义举，但也是徒劳之举。自己妇孺的两条性命，换回别人的一个妻子，这已经缺损了。而且，这种交换，不过是用一家的悲伤，替代了另一家的悲伤。世上什么也没有少，什么也没有多。这样的兼爱，空耗了人间的精气，与世何补？

【人群中议论雀起。禽滑釐按捺不住，要起来反驳，墨翟悄悄制止。

杨　朱　墨子最推崇的是夏王大禹。夏禹其生也勤，其死也薄，是个反天下之人。他为了治理洪水，栉风沐雨，日夜不休，整天泡在泥水里，弄得腿上的粗毛都掉光了，连细毛也不长了……

巫马子　孔子曰，"禹，吾无间然矣"。对大禹，连圣人孔子都没有任何可以指责的，岂容你杨子挑剔？

禽滑釐　没有大禹治水，哪里能容我们在这里谈辩？黄河之水泛滥，我们岂不都变成了大大小小的鱼虾？

【众笑。

杨　朱　我们是没有变成大大小小的鱼虾，可是结果呢？结果是夏禹自己累成个一体偏枯，那就是半身身子一动也不能动呀！

墨　翟　难道大禹以一体的偏枯，换来天下洪水的安澜，还不值得吗？

杨　朱　我说了半天，你是一句也不懂呵！把天下拿来换我一毛，我都不干，我岂能容忍，用天下洪水的安澜，换取我的半个身体？这是左庠狡童都会计算的得失，墨子却计算不好。可见，"兼爱"之言，不能治国？

宋昭公　请问杨朱，何以治国。

杨　朱　"贵己"者可以治国。

宋昭公　我听说，杨朱有一妻一妾不能治理，家中有三亩之园，不能耕耘，怎么还能治理天下？

杨　朱　君不见，五尺之童，牧放百羊之群，拿着鞭子一赶，欲东而东，欲西而西。如果让尧王牵羊，舜王赶鞭，准得乱了套。所以，腹可吞舟之鱼，不在小河里游。高飞的鸿鹄，不落污浊之池。黄钟大吕，不可为细琐的舞蹈伴奏。我说的就是这个道理。能治大者不治小，成大功者不小苟。

宋昭公　请教杨子的治国之道？

杨　朱　治国，首先要治人。人世间，什么是最贵者？墨子说是"义"，我说是己！一体不智、不贵，国有何存？墨子为道义伤身害性，谋天下大利的道德理想，是公而忘私。儒家的愚忠愚孝、求全求美的君子人格，是先公后私。他们都没有考虑到一体。口之欲五味，目之欲五色，耳之欲五声，鼻之欲芬香。有贪有欲，谓之一体。天生一体，就是神农、黄帝，也与夏桀、商纣一样，吃饭、睡觉、娶妻生子。所以，我认为，一体高于一切！论其贵贱，爵为天子，无人可比；论其轻重，富有天下，无人可改；论其安危，一朝起来死了，再也不能复生。所以，没有什么比一体的生命更宝贵？我杨朱不为官，不为富，不为功名利禄所累形，不为道义礼乐所牵挂。不要天下人负我的奉献，也没有我负天下人的霸道。一体就是一体，活得踏踏实实，真真切切，全性葆真，"贵己""重生"！如果宋国的每一个百姓都这样做到了，一个"贵己"的宋国，将会光昌流丽，天下太平！

宋昭公　你杨朱不拔自己一毛，也不拔别人一毛，若是贼人硬要拔下你杨朱的全身之毛，你又如何保护？

杨　朱　我不入危城，不处军旅，不走死地。知道有贼人要拔我的毛，我就闻风而动，早早躲避。落到那种危机的地步，岂不玷污了我杨朱之智？

宋昭公　你一个人可以躲避，一个国家呢？倘若宋国遇到攻伐，往哪里躲避？

杨　朱　君王自有君王的躲避。

商　九　那黎民百姓呢？宋国几十万的黎民百姓，往哪里躲避？

杨　朱　"贵己"者自有躲避之法，不"贵己"者，躲也无益。

商　九　那杨子的"贵己"，只是"贵己"者的"贵己"？

杨　朱　杨朱所关心的，是少数如我杨朱一样的智者。芸芸众生之事，你问墨子。墨子的"兼爱"，虽不合智者之心，却得愚民之欲，正是"役夫之道"。

墨　翟　宋国过去，曾争盟于诸侯，现在落得四邻皆欺的弱国地步，原因何在？我看就在于，看见他人妇孺落水，而不相救！这就好比，若有强邻侵宋，作为大夫不挺身而出，作为臣民不冲锋陷阵，作为国君，不率众抗侮！个人首先保护自己的利益，置他人利益、社稷利益于不顾，倘若真是这样，一个"贵己"的宋国，岂能不亡？

巫马子　杨子"贵己"，失之狭隘，墨子"兼爱"，失之宽泛，只有孔子的"仁爱"，执于二者之中，才是人间正道。

杨　朱　巫马子的人间正道，就没有争斗吗？

巫马子　要说争斗，自从盘古开天地，哪一天、哪一处没有争斗？猪狗尚且有争斗，士人怎能没有争斗？君臣怎能没有争斗？国家怎能没有争斗？

墨　翟　巫马子言必称禹汤文武，行事却混同猪狗！这是何等的悲哀呀！

杨　朱　诸位！我杨朱岂能与猪狗同堂论天下？！

【群情哗然。巫马子自知失言，满脸涨红。

巫马子　杨子无君，墨子无父，无君无父，如同禽兽！杨墨之道不熄，孔子之道不著，我要是有一把钳子，定要把杨墨之口钳住！

宋昭公　巫马子息怒。

【巫马子气得直喘粗气。杨子哈哈大笑。墨翟微微一笑。

宋昭公　杨子谈的只是治人之道，我请巫马子谈谈治国之道。

巫马子　修身、齐家、治国、平天下，都是一个道理，我们儒家认为，最好的道理，就是"亲亲为仁"。别的不说，周天子与诸侯各国公室，以"亲亲"相结，使国家得以"父死子继，兄殁弟及"，传承至今，六百年不绝。请问，夏朝400多年，商朝500多年，哪一个超过了周天子的600年呢？由此可见，"亲亲为仁"利于治国安民。

墨　翟　周天子以"亲亲为仁"笼络诸侯，巩固天下，曾经很有成效。但是随着历史的发展，其腐朽破落之虞，渐次显露。横行多年的世卿世禄制，让公子公孙填满了官位，黄口小儿为卿相，三尺顽童升司徒。原本应在大风大浪中历练而成的王公大夫，成了深宫后院里的花花草草。应该像大禹那样的明君贤相，成了宫闱争斗中脱颖而出的阴谋老手。凡此种种，说明"亲亲为仁"的权力更替制，已经沦为一只小鞋子，紧紧箍住了社会前进的脚步，致使血脉不畅，脚疾丛生，以致危及性命。为此，墨翟提出"尚贤"之说。

巫马子　墨子的"尚贤"之说，充其量不过母腹之婴，尚有胎死腹中之险，怎能与传承六百年不绝的"亲亲为仁"相提并论？

墨　翟　墨翟认为，以亲情待亲人，是永恒的人之常情。以"亲亲为仁"治国理政，到了今日，已经在祸国殃民了！

杨　朱　我不赞成墨子的"尚贤"之说。君主"尚贤"，黎民则争当贤人。争则不能"适欲"。相反，不尚贤，就可以"使民不争"。施行圣人之治，就是要百姓虚其心，实其腹，弱其志，强其骨。所以，我以为，以智治国，国之贼也；不以智治国，国之福也……

墨　翟　当今之时，有作为的国君，纷纷"礼贤下士"，而各国世族却仍然卖官鬻爵，网罗亲信，逆历史潮流而动。他们不知，士起寒门，卿出贱民，一士之谋胜过千军万马。所以，争天下者必先争士。入国而不存其士，则国必亡，"缓贤忘士"，则国不存！

宋昭公　尚贤之说，墨卿所言甚切。不过嘛，听说墨子之徒雷厉风行，可是你所荐弟子曹公子，入宋一年，没有为宋国荐一贤才，不知何故？

【墨翟非常吃惊，即有表示。

墨　翟　不荐贤者，空享国家俸禄，非墨者也！墨卿当众宣布解除对曹公子的推荐！并向国君谢罪！

1. 子罕府邸庭院（日，外）

【宋国京城睢阳城内的子罕府邸，十分奢华。子罕携小妾金枝来到庭院。金枝搔首弄姿，极力挑逗。子罕却提不起精神。

金　枝　……老爷怎么像霜打了似的？……宋公那个小玩闹，亲近谁不亲近谁又有何妨？老爷还在乎他？

子　罕　你知道，是谁把那个墨子引来宋国的？

金　枝　还能有谁？还不是商九那个老贼。

子　罕　本来就有这么一些老朽挡道，现在又添了个身强力壮的！

金　枝　那也休想挡住我们老爷的路！

子　罕　宋公一个乳臭未干的小儿，商九这些加起来没有四两重的老朽，我一个也不怕。只怕这半路杀出来的墨子，他才是真正的绊脚石！

金　枝　谁绊脚就踢开谁！我们老爷自然有办法。对吧？

子　罕　（抱过小妾）还是我的金枝！

2. 宋国宾驿馆（夜，内）

【禽滑釐正和索获谈话。

禽滑釐　师兄，你怎么可以一年也没有举荐一个贤人？这不是……

索　获　师弟不知，我的数次荐贤，都被子罕之类的世族，全部阻挡。

禽滑釐　哦？

索　获　后来我才知道，荐举一个贤才，如同砸了世族们的饭碗，甚至如同掘了他们的祖坟！无德之爵、无功之禄，已经糜烂于宋国官场。

禽滑釐　你没警告他们，这就是亡国的前兆？

索　获　说到国家的兴亡，他们都觉得，还不如一场斗鸡的胜负重要！

禽滑釐　他们不知道，"君子之泽五世而斩"吗？

索　获　五世？他们对每一官职的瓜分，都安排到七代八代之后了！

禽滑釐　怨不得……

索　获　师弟，我不能再待下去了！我想咱们的书院！我要回去！唉？大家都好吗？栀妹师娘好吗？那天杨朱急不择言，胡说八道的……

【禽滑釐顿时伤痛起来。

索　获　……真的？……栀妹她……她……

【禽滑釐点了点头。

【索获被这晴天霹雳惊痛不已，旋即一拳狠狠地砸在墙上。

【墨翟进来，生气地瞪着索获。

墨　翟　索获！

【索获怕控制不住自己，没有回头。

墨　翟　怎么？不愿意见我？

【索获想到栀妹的死，心痛欲裂。

墨　翟　你竟然一年没有荐举一个贤才！你让我们墨者在宋君面前，当场受辱！墨者
　　　　多年的英名，让你索获一朝毁尽！

【索获终于哭出声来。

墨　翟　你还有脸哭？！你应该去钻地缝！

禽滑釐　师兄！……

墨　翟　想不到，相处这么多年，你索获竟是荡口之人！说得比唱得还好听，做得比
　　　　偷盗还可耻！

禽滑釐　师兄！索师兄没有……

【索获制止住了禽滑釐。

索　获　没有！没有！我就是没有荐举！

【索获放声痛哭。墨翟震怒不已。

墨　翟　尸位素餐！尸位素餐！我看你就是墨学的第一个败类！

索　获　……我就是败类！……我就是败类！……

【墨翟几乎无法控制自己。

【从未见过墨翟如此震怒的索获，蜷缩一角，许久才说出一句。

索　获　师兄！……你让我回泰山重读吧……

3. 宋国宾驿馆（日，外）

【孟胜和公尚过把书籍和衣物装上车。索获帮着巫马子收拾行李。胜绰帮着伤
　臂的杨朱收拾行李。只要得到机会，胜绰就狠狠地瞪着杨朱。杨朱总是宽容
　地把目光转向他处。

【突然，一群文武大臣来到。人群中传出商九的高声唱诵。

商　九　宋国国君，为墨子送行！

【杨朱一听，立即上了马车。

【墨翟迅速整理了一下自己的衣服，迎向前去！

宋昭公　知墨卿应卫敬公邀请，去卫国问政，特来送行！

墨　翟　墨翟不敢有劳主君！

宋昭公　听说你的妇孺，为抢救他人而殉难于泰山洪水。为君不知墨卿身负失去妻儿

之苦，劳你远行，昨日，我以为杨子只是戏言……

【杨朱在马车里看着。

【刚凑到宋君面前的巫马子，脸唰地红到脖颈，缩回人群后面。

【跟在国君身后的子罕，也缩身人群之后。

墨　翟　国君爱臣之心，令墨翟起敬。

宋昭公　壮哉，墨卿！你是挟泰山以越黄河、挟泰山以越济水之人！历史会像记载先
　　　　祖微子、目夷子一样，记载墨子的！

墨　翟　国君言重，墨翟不敢当！

4.途中（日，外）

【四辆马车，烟尘滚滚于北行路上。

【一个岔路口，四辆马车陆续停了下来。人们下车。

墨　翟　墨翟只好在此与二位长者分手了。

巫马子　墨子呀，宋君发起的这场争论，叫我们枉费口舌，还伤了和气。

杨　朱　墨子知我心直口快，你听着就是了。

墨　翟　如今天下大乱，我们的学说为治乱而争，不图升迁发达，不求聚富敛财，都
　　　　是处于公心。

巫马子　那倒是，那倒是……

杨　朱　我可不是处于公心，我只是处于不想让你墨子太辛苦的私心。

巫马子　请问墨子去卫国，是何人所邀请？

墨　翟　我应卫国执政公良桓子的邀请，听卫君问政。

巫马子　我有一事相求……

杨　朱　我俩商量好的，他不好意思，让我陪着一起来求。

墨　翟　请讲！

巫马子　子路殉难卫国，已经多年，我欲随同墨子前往，以吊子路，不知方便不？

杨　朱　我看你还是实话实说。刚才不是还说，自从子路死后，孔子之徒就未能入卫
　　　　嘛。你是以吊唁子路为名，行重振儒学在卫之实嘛。

巫马子　什么话，让你一说，就那么难听。墨子如果不方便……

墨　翟　没有什么不方便。

杨　朱　我没有什么特别的事情，就是不想让卫国少了我杨朱一家之言。

墨　翟　墨翟请二位同行！

巫马子　卫国方面，没有不便之处吧？

墨　翟　卫国执政公良桓子，是墨翟挚友，如有困难，将由公良桓子向国君疏通。请
　　　　二位一起上路吧。

巫马子　墨子义重，乃真君子！

【大家上车。

杨　朱　禽子，听说昨日你在宋国国学讲学，博得学子们的一片呼声！

禽滑釐　那还不是因为你们三子的一场恶辩，我对你杨子的一口恶气，一下子撒了
　　　　出来！

【杨朱哈哈大笑。

5. 马车（日，内）

【墨翟和禽滑釐坐在一辆车上。

墨　翟　杨子的率真，真是让人爱憎不得，哭笑不得。

禽滑釐　师兄，昨天我在宋国国学，许多人提出请你讲一场"天志"。宋国人把你在鲁
　　　　国日月之食中的作为，都传为神话了……

墨　翟　那我就更不敢去讲了。

禽滑釐　那你怎么愿意与那二公，再去卫君面前吵得面红耳赤？

墨　翟　你不觉得他们是论战的极佳对手吗？与其我们在君后暗攻，不如置于君前明
　　　　辩。这样利于卫国，利于墨者，也利于儒杨。世间事理，越辩越明。争辩者
　　　　说出的，常常是听众想说而怯于说出的话。

禽滑釐　我本以为，这次卫国讲学，没有杨朱、巫马子的搅和，一定非常精彩。

墨　翟　我倒觉得，有了他们，更精彩。

禽滑釐　真想赶快见到高石啊！……

6. 泰山墨学书院（日，外）

【书院外的大路上，大英带着二英在路口张望。

二　英　……姐姐，我们天天来等，父亲会知道吗？

【大英目不转睛地盯着前方。

二　英　姐姐……我想母亲……我想弟弟！……

【二英大声哭泣。大英默默流泪。

7. 卫国宾驿馆（日，内）

【禽滑釐在宾舍里与墨翟商议着。

墨　翟　……此次墨学西播，已近三晋之地，师弟看讲什么合适？

禽滑釐　宋、卫这样的小国，奢靡之风甚盛，师兄不要跟他们讲"兼爱""尚贤"，是
　　　　不是讲节用、节葬、非乐？

8. 卫国宾驿馆（日，外）

【高石急急忙忙地跑来。边跑边喊。

高　石　师傅！师傅！我师傅在哪儿？！

9. 卫国宾驿馆（日，内）

墨　翟　再听听高石的见解吧。

　　【外面忽然传来高石的喊声。

　　【禽滑釐一个激灵，匆促间急不择路，从窗子里翻了出去。

10. 卫国宾驿馆（日，外）

　　【禽滑釐拦住高石，想跟他说什么。

高　石　禽子！真想你们哪！

　　【墨翟从窗户里探出头来。

墨　翟　高石！高石！

　　【高石听见墨翟一喊，两步就跨到了窗户跟前。高石和墨翟两个人隔着窗户，
　　　激动得互相看着，一句话也说不出来。

　　【高石想爬进窗户去。

墨　翟　高石！你有官位在身，不可斯文扫地！

高　石　什么斯文不斯文，听说师傅要来，我已数日难眠。今天，竟然白日做起梦来！
　　　梦见我乘上木鸢上天察看，远远地看见你们向卫国奔来，车里坐的还有我们
　　　栀妹……

禽滑釐　高石，你胡说什么？

高　石　车里就是坐着我们栀妹，还抱着个孩子，是二英还是小燕，我看不清了……

　　【高石激动地哭了起来。墨翟也是悲从中来。

　　【墨翟抓住高石，久久不放。禽滑釐索性在后面一搓，把高石从窗户外推了进去。

　　【禽滑釐向宾舍内快步走去。胜绰跑着迎了出来。

禽滑釐　我让你在外面等着高石子！你上哪去了？！

胜　绰　我等了一个时辰！刚去大溲……

禽滑釐　嘿！

11. 卫国宾驿馆（日，内）

　　【禽滑釐进来。墨翟和高石已经坐下了。

高　石　……我知道栀妹不会来，可就是梦见她来了。她好吗？

　　【禽滑釐一再给高石暗示，高石茫然不知，一个劲儿地向墨翟倒着苦水。

高　石　在目夷谷的日子，在泰山的日子，就像画一样，在我眼前一遍遍地闪过。那
　　　时候，不管多么苦、多么累，心里总是热烘烘的、暖洋洋的。在这卫国的官
　　　场上呢？白天虚情假意，夜晚阴谋算计，没有一丝真东西。连一声咳嗽，都
　　　是从嗓子眼里挤出来的。就是笑，后面也许藏着刀。师傅，我高石哪怕做八
　　　辈子木鸢，也不做半辈子官了。你说怪不怪，我看着满桌子的山珍海味，却
　　　想起栀妹给我做的菜饼……

【墨翟显然在极力控制自己的情绪。

高　石　我都记得清清楚楚！菜饼那个香啊！……一口一个，一口一个，我那涎水真有的三尺长呵……师傅，我想嫂子呵！……

禽滑釐　高石，听说你在卫国向卫君提了许多治国建议……

高　石　建议有什么用？卫公升我为大夫，俸禄仅在执政大夫公良桓子之下，但我的意见他只当耳旁风。我高石枉拿国家俸禄，这与偷盗有何区别？师傅，我决意辞官，你把我带回泰山重读吧。千万不要把我一个人放在这个冰冷的地方，我都快冻僵了。

【禽滑釐看着墨翟，意在征询他的意见。

墨　翟　好哇，我赞成！背弃道义而贪图俸禄的人，叫作"背义向禄"，我遇到不少，不重俸禄而重道义的人，叫作"背禄向义"，高石就是一个！走，这种食百姓之粟而于百姓无益的官，咱们不做！

12. 卫国宫殿（日，内）

【卫敬公，名弗，卫悼公之子，在位19年。卫为小侯，从属于赵国。

【卫敬公端坐君位。文武大臣分列两侧。最后一排是国学弟子。索获、孟胜和胜绰等也在后面就座。君前有两排摆有几案的座席，墨翟、禽滑釐坐于一侧，巫马子、杨朱坐于另一侧。

卫敬公　今日，我邀请当今天下名士墨子来卫国讲学。人说儒墨不同席，不想，墨子邀请著名儒者巫马子、天下辩士杨子同场接受本君问策。如此，儒墨杨三子之说，可供我们君臣有个比较，择其善者以作强国之治。请巫马子、杨子接受我迟到的邀请。

【巫马子、杨朱起身行礼。

巫马子　（同时）谢卫公邀请！

杨　朱　（同时）谢卫公邀请！

卫敬公　当年，孔文子问兵于孔子，孔子不答。卫灵公问兵于孔子，孔子说"军旅之事，未之学也"。请问孔门再传弟子巫马子，孔子真的不懂用兵之学吗？

巫马子　吾师孔子出于厌兵，不肯作答。儒家不近兵法，不学兵法，不传兵法。反对国家之间兵戎相见，而主张以《周礼》治天下！

卫敬公　那么请问，我的四邻强国，兵戎相加，我请巫马子"以《周礼》治天下"游说，能劝退大军于三舍之外吗？

【众臣与国学弟子大笑不已。议论之声四起。

卫敬公　我再问兵于天下辩士杨子，何计可保我卫国之疆域？

杨　朱　卫公要我谈兵？这好比是要我杨朱，庖厨于锅灶，织布于纤机，执鞭于羊群，垦壤于稼禾。杨朱"不入危城，不处军旅"，则更不言兵。我从来反对战争，而且耻于谈兵，谈兵之事，不足挂我杨朱之齿。

禽滑釐　现有贼人，闯入杨子家园，偷桃李瓜果、鸡鸭犬豕，打烂你的坛坛罐罐，杨子也不谈吗？

杨　朱　那是要谈，还要好好地谈。

禽滑釐　杨子如何谈？

杨　朱　杨朱要告诉主人杨朱，桃李瓜果失去了，来年再种。鸡鸭犬豕，失去了，可以再养，千万不要为了一点点身外之物，而以物累形，愁身伤生！

【台下哄堂大笑。墨翟也忍俊不禁。杨朱莫名其妙地看着周围。

禽滑釐　若是这贼人，还要杀人越货，要你杨子的命呢？

杨　朱　要我的命？那太好办了！

【大家静听杨朱的高见。

杨　朱　我让他这种"淫欲"之人，先放下屠刀，听听我杨子的"适欲"之说！

【台下再次响起更大的哄笑声。

【卫敬公转问墨翟。

卫敬公　难道墨子也回避谈兵吗？

墨　翟　墨翟不避谈兵。今天下混战，墨者为救天下于水火，"兵"不仅要谈，还要研究兵学，教授兵法，学会运用兵法。

卫敬公　墨子有何高见？

墨　翟　同样是用兵，有正义之兵，称为"诛讨"，有非正义之兵，称为"攻伐"。大禹征讨三苗，商汤"诛讨"夏桀，武王攻灭纣王，都是"诛讨"的正义之兵。这两种战争绝不能等量齐观。墨者研究的兵法，就是要"诛无道"。

【人群中发出赞叹声。

【墨翟看了一眼卫敬公。敬公点头。墨翟继续。

墨　翟　现在，有些君王，自恃强大，以坚铠利刃，攻击无罪，兼并弱小。对这种"攻无罪"的不义战争，不足挂齿的"无对"，就如同默许！而伸张正义，兴利除害的战争，天下人则应当"诛无道""共救之"，不可以"无对"而衰其志！

卫敬公　墨子所言有理。

墨　翟　卫国处于四面强邻之中，为了有效抵御强国侵犯，备战，是卫国之重。国无备兵、备粮、备守，虽有义，不能征无义；在抵御"大攻小""强执弱"上，疏于守备者，有七患。

卫敬公　七患？我只听高石爱卿常在我耳边说"三患"，今愿闻墨子当面说七患。

墨　翟　第一患，城郭沟池不足以守御，却大肆修建宫殿；第二患，敌国大军压境，四周邻国都不肯救援；第三患，耗尽民力，用于无用之事，赏赐无用之人；第四患，居官的只顾保住禄位，游学的只顾清谈交友；第五患，国君自以为圣智而不问政事，自以为兵强而不重守备，四周邻国图谋进攻而不知警戒；

第六患，信任的人不忠诚，忠诚的人不被信任；第七患，粮粟不足食，大臣不足事，赏赐不能喜，诛罚不能威。凡七患所在，社稷必亡无疑！

卫敬公　甚好，请墨子明言，卫国七患之中，哪患居首？

墨　翟　言兵者，必先察之而后言。墨翟初入卫境，不敢枉说。卫国濒临黄河，善用兵者黄河可为天堑，不善用兵者黄河可淹城池。这些都是守备者之所虑！

巫马子　墨子所言七患，条条似有道理，但观其总，岂不忒愚天下战备？墨子何不劝天下人皆守《周礼》？

禽滑釐　我想，以巫马子游说之才，定能使卫国的东邻齐国，西邻赵、韩、魏国，南邻楚国，各减战车500乘，以合于《周礼》？

巫马子　这个，这个我怎么能做到？……

　　【人群中发出笑声。

墨　翟　国君，请允许墨翟把话说到"言兵"之外。

卫敬公　请讲。

墨　翟　处于大国之间的卫国，就像一个穷汉处于富人之中，如果模仿富人考究衣着，不计用度，撑不了一年半载，就自寻破落。卫国大臣，有的家有文车百辆，侍女百人。如果祛除奢靡，这些用度可以养士千人。国家危急之时，就不乏救亡之策、赴难之人！一个大臣如此，众臣皆能如此，全国上下兴节用、节葬、非乐之风，卫国这个穷汉，就会渐渐家道殷实起来，民心凝聚起来……

巫马子　卫国开国之君康叔，乃周文王之后，就是靠着《周礼》起家的！若大夫的宫殿，一如平民的草棚，若国君的龙乘，改为平民的徒步，若满朝文武的锦绣丝绸，变成平民的筚路蓝缕，高下无别，尊卑不分，卫君将何以牧民？墨子的节用、节葬、非乐，皆治国左道旁门！

禽滑釐　卫国始祖康叔创建之初，周公以"务爱民"相告，《尚书》中之《康诰》《酒诰》《梓材》，皆有记载，难道巫马子如此健忘，竟把周公诫卫君之言也打入治国左门？

公良桓子　国君，墨子所言文车百乘、侍女百人，指的正是公良。墨子是公良挚友，秉公言于君前，足见墨子救卫国之心，公良自愧不如……

高　石　吾师墨子，把"仕者持禄"列为国家"七患"之一，令高石不安。高石在卫无功受禄，敬请辞去官职，随师攻读，待学有长进，再入卫效力！

卫敬公　子如其父，徒如其师呀！我等当以卫国开祖康叔的"爱民"精神捍卫国家。并请墨子再派司星官、技击官、医官、武官，各两位，赴卫相助。

13. 卫国宫殿（日，外）

　　【巫马子和墨翟并肩走出来。

巫马子　卫公问政，有意冷落儒者，墨子必为之窃喜吧？

墨　翟　不，我是甚忧。

巫马子　哦？墨子也学会说假话了？

墨　翟　假如将来，墨者到了只剩下几句空洞说辞，不知据时势以对，人们也将像敝　　　　屣一样，把它扔得远远的。你说我能不甚忧吗？

14. 子路坟冢（日，外）

　　　　【巫马子在子路坟前跪叩。墨翟一行默默站立。杨朱在一边旁观，连车都不下。

　　　　【巫马子跪叩完毕，起身让开。墨翟一行上前祭祀。

墨　翟　子路殉难，光阴四十蹉跎，

　　　　【率众弟子，墨翟前来讴歌。

众　人　子路精神如泰山巍峨！

　　　　【仲由意气如天地开合！

禽滑釐　子路有爱哦，爱到生死忘我！

　　　　【爱其师，爱其友，爱其民，爱路人，拯救溺水者，于危难时刻！

墨　翟　子路有信哦，信抵千乘之国！

　　　　【子路是儒不是墨，却开墨者先河！

　　　　【墨翟看了看得意的巫马子。

墨　翟　叹息今日儒者哟！

　　　　【诚信者几何？爱民者几何？善治者几何？勇武而肯以身殉职者几何？

众　齐　子路在天之魂魄哟，

　　　　　保佑儒学力除积弱。

　　　　　墨者特来安慰寂寞，

　　　　　不负子路一生走过！

　　　　【墨者向子路三鞠躬。

　　　　【祭祀完毕，大家上车。巫马子过来。

巫马子　我想邀请墨子，顺路到尼山书院小住。

墨　翟　谢老师邀请，不过我已出门多日，泰山还有生员百人等着听讲……

巫马子　我有要事相商！

　　　　【墨翟为难地犹豫着。杨朱从后面上来。

杨　朱　巫马子，你应该邀请墨子去讲学！当年的墨生，今日的墨子！去看看有什么　　　　不好？一起一起，走！走！

15. 尼山书院（日，外）

　　　　【巫马子带着墨翟一行，来到尼山书院。在门前的高台阶前，停下了马车。

　　　　【墨翟和禽滑釐看着旧地，感慨万千。

墨　翟　老师，老师！今晚我们住哪？

禽滑釐　老师，老师！我和师兄，就住我们当年住的生员房舍？

　　【巫马子许久没有听见墨翟和禽滑釐这样亲切的称呼了。

巫马子　好！好！就依你们！为师教出你们，你们就是反对为师，为师也照样高兴啊！

　　【杨朱有些落寞，一个人落在后面。

巫马子　杨子，请呀！

杨　朱　……我怎么没有这样两个生员呢？……

16. 尼山书院生员房舍（夜，内）

　　【禽滑釐点起灯。巫马子带着杨朱进来。

巫马子　你们俩住进来，感觉怎么样？

禽滑釐　我觉得自己又成了个小书童了！

巫马子　墨生！

墨　翟　在！

巫马子　小禽子！

禽滑釐　在！

　　【众笑。

巫马子　不瞒你们说，尼山书院已有三年无人来聘啦。每次使者从墨学书院聘走一批弟子，我这里就像地震一样，好一个晃荡啊！

　　【巫马子少有的坦诚相见，令大家都很愉快。

巫马子　此次宋、卫两国之游，我感触最深的，是儒学为人所轻啊！说实的，我走到哪里，好像都有多余之感。而墨学，却能回答人们急切欲知的许多问题。不出尼山，不知天下有变！

禽滑釐　老师可能是被"亲亲为仁"捆得太死了。如今天下争雄，只有能解决国家之治、国间之争的学说才有活力。否则，老师纵有移山之力，也无人肯听空论。

巫马子　想不到，当年墨子出了儒家门墙，倒是放开了你们的手脚！墨子从实论政，自成一体，主君信任，弟子弥丰，充满天下。我看，墨显于儒，已成定势！没想到，儒学在孔子之后仅数十年，就沦落到这等地步……

墨　翟　一桶水，不添新水，会干涸。一棵树，不发新枝，就死亡。何况是治世学说。

巫马子　我看咱们今天，不做师生，也不做论辩对手，就是谈谈心，好吗？

墨　翟　（同时）当然当然。

禽滑釐　（同时）好呀好呀。

巫马子　你们对儒学的批驳，说实话，有时我也是很赞成的，但是我只要一想到孔子所著的《春秋》，就被它的厚重和尊贵，压得抬不起头。你墨翟现时名声如炽，总还拿不出一部《春秋》这样的著作吧？这身前身后的名声，不都是靠着著书，而非立说，来传扬的吗？

墨　翟　老师，墨翟知天下事，是从读《春秋》开始的，因此，我对孔子的敬仰，至今不泯。而且孔子历70多代君，而拒不为官，专心致志做学问，其胆情以至操守，皆圣人之志。但是我对《春秋》绝不顶礼膜拜，相反倒有五大批驳。

巫马子　无妨，你说就是。

墨　翟　《春秋》既是史书，就应该是"铁笔青史"。可是，《春秋》对鲁桓公夫人与齐侯通奸，细加记载，而对连弑二君的庆父，却无一字揭露？可见，孔子的"笔削"《春秋》大失史书水准。这是一。二是，《春秋》对人物的评价前后不一。比如，孔子对子产和管仲的评价很高，但《春秋》中却没有子产、管仲在诸多大事中的只字记载。出现这样重大疏漏，人们从中看出的是，作者对革新所持的冷漠身影。三是……

杨　朱　这三嘛，我来讲。《春秋》中有不少雕饰之处，使人看不到历史的真相。我给你举个例子吧。晋景公去世，鲁成公入晋吊唁，被晋国新公扣押，强迫为晋景公"送葬"，至次年放回。这样一段极为屈辱的交往，却被轻描淡写为"公如晋"三个字，其实应该是"公囚晋"。这一个字的"曲笔"，就像是一个游移于经籍间的蠹鱼，挡住我想看到历史真相的眼睛。

墨　翟　四是，《春秋》所记历史人物，限于大夫以上文武官员和王公贵族，而下层人载入史册的事，仅纪其事，删削姓名。这与历史的前进方向背道而驰。应该说，只有下层有才能人的不断涌现，才构成一部生龙活虎的历史。

禽滑釐　老师，历史不是一把干柴，而是一个不断涌现新枝、绽放花蕾的巨树！要说这第五，我一言以蔽之。一部《春秋》，成于"亲亲为仁"，败于"亲亲为仁"。

墨　翟　我们师生一场，今晚，话说得重一点，也未尝不可。

巫马子　也许有一天，某一圣者发现儒学的这些失误，会采取一个聪慧之举。一边痛骂墨学，一边又偷偷把墨学精华巧妙地纳入儒学，如此，儒学不也会有重振的希望吗？

杨　朱　儒学已经是兔子尾巴，长不了了。谈何重振？你没听说吗，杨墨之言盈天下？

巫马子　沧海变桑田，各领风骚三百年。杨墨之言虽盛，总有一天也会像儒学的今天，由盛而衰。

墨　翟　请老师指点，墨学为何会衰败？

巫马子　难道你看不出来？难道你们都看不出来？

禽滑釐　请老师指点。

杨　朱　就你巫马子看出来？

巫马子　一国之重，在于吏治。而吏治，又要有学说作支撑。现在的世卿世禄制度，你们说，与谁家的学说最近？……是儒学。他们近的，简直就是一对齐眉举案的夫妻！男耕女织，夫唱妇随，配合得多么完美！不过，他们现在正在被离间。被墨学和杨学这两个半路杀出来的女人离间。……有朝一日，现在的世卿世禄制度，看清了墨学这个黑脸义女最终是要他命的，看清了杨学这个白脸妓女，是人尽可夫的，才会下定决心，善待儒学这个黄脸娘子！

杨　朱　巫马子老没正经！为何说我是妓女？

巫马子　妓女睡遍天下男子，她又爱其中的哪一个？还不是只爱自己到手的钱财？

杨　朱　我杨朱从不爱钱财！

巫马子　你已经听不明白了，去睡觉吧。小禽子！送杨子下榻！

【禽滑釐扶着杨出去。杨朱已经出去了，又回过头来。

杨　朱　你儒学是一个天大的婊子！想吃鱼又怕腥，想偷汉子又害羞！还不如我这个妓女，明码交易，光明磊落！

【禽滑釐劝着杨朱走了。

巫马子　墨翟，我是有话要跟你说，专门把他气走的。

【墨翟微笑着看着巫马子。

巫马子　墨翟啊，我查了一下你的世系族谱，才知道你和孔子都是一家人。孔子是微子的第十七代孙，你小孔子七代，是微子的第二十四代孙。你们这家人家，尽出圣人，可以说是个圣人之家呵。

墨　翟　"五世之族，别为公族"，我与孔子早就出了五服，姓氏已不相同，我不过是个贱民。

巫马子　正因为你不是贱民，是圣人，我今天才要对你说。圣人古来多灾多难。孔子少年丧父母，老年丧妻子。你也是少年丧父母，中年丧妻子。人生的三大不幸，你已经提前遭遇啦！

【墨翟痛苦地低下头。

巫马子　我问你，连杨朱这样的东西，你都对他如此仁义，你得有多少爱，才能填满世间那个自私自利的大窟窿呵？！

墨　翟　（极为痛苦）墨翟好比一个染缸，赴汤蹈火的精神，染于弟子，也染于妇孺，栀妹为救他人而舍身，殉难以彰兼爱，是墨翟之师……

巫马子　你真舍得用自己的妇孺去殉道吗？为师听到栀妹牺牲，看着敁器，哭了一夜……栀妹那双救我尼山书院的巧手，怎么就……

【墨翟流下泪来。

巫马子　我知道自己说也无用。但是为师的还要再劝。墨翟啊，把那个《墨守》改一改吧！什么"死不旋踵"，那是轻生送死！

墨　翟　……墨翟要用自己毕生的精力，去创造一种新的理想。

巫马子　你还要再创造什么理想？刚才杨子在这里浑搅，我没有说完。作为统治术，孔子的那点"亲亲为仁"已经足够千年万代所用啦！

【墨翟要反驳，巫马子制止了。

巫马子　你是匠人出身，我就说一个数字给你听听。孔子号称三千弟子，72贤人。其中在诸侯各国任卿大夫的学子有77人。这77个学子，会把儒家的思想带进官场，带进执政者的骨子里。他们一代代相传、相袭。多年之后，学术的力量再加上权力的力量，谁人可以抵御？天事地事不如人事，这就是儒学振兴的人事基础。可是你墨学呢？严以律己，严以律人，曲高和寡，水清无鱼。即便盛极一时，也是皎皎者易污，尧尧者易折。其兴也勃，其亡也速呵。

【墨翟深思着。

巫马子　但是，我今天要跟你说一句话，你别怪为师出言不吉。倘若你墨翟再有大难，我巫马子就是你的托孤之人！

【墨翟苦笑着。

17. 途中（日，外）

【三辆马车，冒着淅淅沥沥的小雨，向北行驶。

18. 马车（日，内）

【杨朱和墨翟坐在一辆车上。

【寒风吹来，杨朱瑟瑟发抖。墨翟把自己的衣服脱下，给杨朱的伤臂盖着。

墨　翟　杨子的臂膀是怎么伤的？

杨　朱　我不告诉你。

墨　翟　还不告诉我？

杨　朱　对，终生不会告诉你的。

墨　翟　……杨子夫人，还好吧？

杨　朱　她呀？谁知道她怎么了？自从墨子妇孺牺牲，我就没有见到过她。

【墨翟暗暗吃惊。

19. 泰山墨学书院（黄昏，外）

【大路上。大英背着二英在路口张望。二英已经睡着，大英还是不肯回去。

【迟师娘找来。

迟师娘　大英！大英！……我们回去吧。

【大英不理睬。

迟师娘　天晚了，你不吃饭，二英也得吃饭哪！

【大英一动不动。

迟师娘　真是个死心眼！

【僵持之中，大英看见墨翟一行归来。

【大英背着二英跑上前去。

【车上下来的墨翟，接过仍在熟睡的二英，热泪盈眶。

20. 泰山墨学书院墨翟书房（夜，内）

　　【墨翟抱着二英。大英要接二英入睡，二英在父亲怀里不肯下来。

墨　翟　大英，你先睡吧，我再抱她一会儿……

大　英　父亲，路上劳累，你要早睡！

墨　翟　好。

21. 泰山墨学书院墨翟卧室（夜，内）

　　【大英为父亲铺床，把栀妹的丝织衣服，铺在一边。

22. 泰山墨学书院墨翟书房（夜，内）

　　【墨翟左手抱着已入睡的二英，右手仍在奋笔疾书，做着记载。

23. 泰山墨学书院墨翟卧室（夜，内）

　　【已经铺好的床上，半边是被子，半边是空空的丝衣。

第三十八集　绛娘归来

1. 泰山墨院主事房（日，内）

【主事房里坐满了人。墨翟、禽滑釐、迟仲、高石、索获、孟胜、公尚过和臧公子。

高　石　……我先报告一下书院费用情况。这次带回的资费，足以维持书院半年的费用。其中包括，宋君支付给"墨卿"的大夫全年俸禄，我的卫君所给俸禄，还有索获在宋国俸禄所余。

迟　仲　让我说两句吧？你们出游期间，各门课程照常讲授不说，我和臧公子，还得迎接那些使者呀，客人呀，忙得我们两个，脚后跟都朝了前！你们再不回来，我就准备带上大英、二英，回目夷谷避难去了！……

禽滑釐　迟仲老师这一阵子太累，我给你找个清闲的地方。这次我和师兄顺路去尼山书院看了看，那里倒是清闲，清闲得三年无人来聘。迟仲老师，你还巴望我们书院也清闲吗？

【大家笑着。迟仲随手拍了禽滑釐一下。

臧公子　老师出游期间，齐国使者携聘书来过。另外还有楚国、鲁国、秦国、齐国新起墨学研究者，也前来索取墨子讲学文稿。我们以前，从来没有留下文稿，我只好推脱，请他们明年来取。

公尚过　我在宋国和卫国，遇到很多索取墨子讲学文稿的人。他们对墨学呀，可以说如饥似渴！我和高石子几个，一路走，一路就把老师《答宋君问》《答卫君问》整理成文了。下一步，该是刻录成书才好。

索　获　我们光靠一个泰山墨院，培养的弟子难以满足各国诸侯需要，我们应该支持各国的墨学研究团体。

墨　翟　我们的墨学研究，到现在为止，都是针对小国和弱国的，还没有研究对大国有用的治国方略。所以我想，我们应该与大国、强国的国君对话。知道他们在想什么、做什么？才能有的放矢地把话说到他们心里去。

迟　仲　这个主张我赞成，的确应该开始向大国游说了。从哪一国开始呢？齐国？

墨　翟　田齐篡国，名声不好。

孟　胜　老师，我陪你去游说楚国吧？

禽滑釐　楚王太老了，很难接受新的事物。

公尚过　你们看，越国怎么样？

索　获　越王新胜，欲独霸天下，墨子的"非攻"，他绝不会听。

腹　鞟　秦国呢？

高　石　秦君刚刚上台，他的治理还很不明朗，而且路途遥远！

曹公子　魏国呢？魏文侯倒是有治国气魄的人！

禽滑釐　魏国由于革新而新近强盛起来，只是没有魏国的邀请，很难进入。

墨　翟　禽子，你赶快安排把迟仲老师的课减下来。要是真的逼得他出逃，书院少了
　　　　一位资深太师不说，我还会被拐走两个女儿！

禽滑釐　我看这样，从明天开始，索获接手《春秋》。臧公子接手《尚书》。

迟　仲　《诗经》别给我减了。

墨　翟　高石接手我的筹算课，并且开设新课《答宋君问》《答卫君问》。禽子主讲墨
　　　　学研究。我呢，腾出精力，主要考虑与大国的交际。将与大国对话，正式提
　　　　上议程。大家看怎么样？

众　人　好！这样好！

2.泰山墨学书院迟仲房舍（夜，内）

　　　　【迟师娘在往包袱里，放着一些食物。迟仲进来，看了看，深感落寞。

迟师娘　你转悠什么？掉了魂似的。我告诉你，只要墨翟在家，大英、二英是谁也不跟，
　　　　墨翟是谁也不让带。

迟　仲　你这是在忙什么？

迟师娘　明天就是栀妹的祭日。

　　　　【迟仲恍然，长叹一声。

迟师娘　眼看栀妹去了一年，家里没个女人，苦了孩子，也苦了墨翟。我说你就不能
　　　　想想办法？……我说老东西……

迟　仲　我有什么办法？

迟师娘　你不能动员动员墨翟，让他赶快续弦哪？

迟　仲　续弦？墨翟的性情你也不是不知道？学问的事，现在我都插不上嘴，更别说
　　　　续弦了。再说，整个墨学书院，一帮子秃和尚，续谁呀？

迟师娘　我是要你留心。墨翟到曲阜求学的事，你不是一留心，再难也有办法嘛？

迟　仲　求学和续弦，这风马牛不相及，我……

迟师娘　我要你留心好女人。

　　　　【迟仲半天没说话，迟师娘以为被她说服了，想不到迟仲蹦出一句。

迟　仲　栀妹最好。

迟师娘　你们师徒，都是这么死性，一个针眼儿里穿出来的？！

3.泰山墨学书院墨翟房舍（日，外）

　　　　【墨翟带着极其简单的祭品，父女三人悲伤地上了门前的马车。胜绰正欲驱车。

二　英　父亲，等一下，弟弟喜欢吃的藜膏，还没有带哪！

【墨翟点头。六岁的二英下车去取。

【迟仲夫妇走来。迟师娘掀开墨翟所带祭品，摇了摇头。

迟师娘　墨翟呀，带的祭品太少，这一年就这么一天，总得让他们娘俩吃顿饱饭吧？

墨　翟　师娘，栀妹一向俭省，带多了，她会生气的……

迟师娘　小燕子爱跑爱跳，饿得快，把我准备的这份也带上！

【二英拿了藜膏出来，上了车。迟仲夫妇目送墨翟一家，默默上路了。

4. 汶河途中（日，外）

【马车沿着汶河疾驰。胜绰坐在车前驾车。

5. 马车（日，内）

二　英　……弟弟见了藜膏真的会高兴吗？……

【墨翟抱过二英，紧紧攥着她的小手。

6. 马车（日，外）

【驾车的胜绰忽然发现了什么。

胜　绰　哥哥！汶河岸边有一辆马车停在那里！

【墨翟从车窗探出头来。

胜　绰　你看，母子冢前，有人祭祀！

【墨翟看去，一个黑衣人正向母子冢缓缓走去，她孤独而忧伤的步履，十分艰难。

7. 汶河岸（日，外）

【墨翟的马车来到停在汶河岸的那辆漂亮的文车跟前。墨翟一行下了车。

【公输洪上前问礼。

公输洪　墨子！

墨　翟　是你？小洪子！你怎么在这儿？

【公输洪面带忧伤地向黑衣人看去。大家都随着公输洪的目光，向黑衣人看去。

大　英　父亲，她是谁？

墨　翟　是你绛娘姑姑。

【墨翟把二英背在身上，大英拿着祭品，跟在身后。孟胜把马拴在一棵树上。

8. 母子冢（日，外）

【墨翟一家向祭祀者走来。绛娘正在母子冢前跪拜哭泣。哭声断断续续传来。

【大英拉着二英，一边一个，前去搀扶绛娘。

大　英　谢谢姑姑来祭祀我母亲……

二　英　姑姑起来，姑姑起来，我母亲，不喜欢好哭的孩子……

大　英　姑姑起来吧，不要哭坏了身子……

【二英一脸稚气，用力去拉姑姑起来。绛娘在两个孩子的拉扯下，勉强站起来，方看见他们身后的墨翟。墨翟和绛娘的四双泪眼已经无法交流。绛娘紧紧揽着二英。

【大英打开包袱，把祭品摆上。核桃、花生和一把山枣。

大　英　……母亲！你怀弟弟妹妹的时候，最喜欢吃山枣……

【二英从兜里掏出藜膏摆上。

二　英　弟弟！弟弟吃藜膏的时候，要分一点给母亲尝尝……

【大英打开迟师娘准备的包袱。

大　英　……这些是爷爷、奶奶，给你们准备的……

【墨翟默默跪下。搂着大英、二英的绛娘，三人一起跪下。胜绰也在一侧跪下。

墨　翟　大英、二英，向你母亲和弟弟祭告！

大　英　母亲和弟弟，请你们按时回家吃饭……你们的碗筷，每天都摆放，每天都洗涮。母亲放心，我一定照顾好父亲，也跟父亲好好读书……母亲啊，父亲还是经常忘记吃饭，晚上忘记睡觉……

【墨翟轻轻去拉大英的衣襟，不让她说这些让栀妹操心的话。

【大英已经泣不成声了。

大　英　不，我要说，我要说，我要对母亲说！……你回来劝劝父亲吧，他瘦多了……弟弟！父亲给你扎的小燕风筝还在吗？……弟弟，你要愿意在水里游，就同小鱼一起玩，大鱼会吃掉你的……弟弟……

【大英泣不成声地伏在地上。

二　英　……娘，我长大了，我不哭了……我以后也不让父亲抱着睡觉了……娘，二英想你……你回来看看二英吧……抱抱二英吧……弟弟，二姐想牵着你的手……

【二英的小手在空中伸着、抓着。

绛　娘　……三百天呜咽……三百天啼血……三百个断肠日月……

　　　　汶河畔，噩梦惊厥！栀妹呀栀妹！

　　　　你有绕膝的儿女、相爱的夫君，

　　　　辞去红尘，何必与我争先别？

　　　　你是千乘铁骑，枉替得我这半尺小马靴？

　　　　你是万里锦绣，怎舍得换回一只绣花鞋？

　　　　浪叠叠，何不葬我入沂水？

　　　　山巍巍，何不送我上宫阙？

　　　　我求女娲莫补天，任天地洞开，寻回我那旷世姐妹！

　　　　一声声呼唤，伴生生心碎……栀妹！栀妹！……

【绛娘哭得气绝。胜绰哭得蜷缩一团。墨翟泪水横流，半张着嘴什么也说不出来。

【母子冢前，哭声撕心裂肺。

9.汶河沿岸（日，外）

　　　　【公输洪慢慢把绛娘的马车掉过头来。

10.母子冢（日，外）

　　　　【祭祀完毕，大英背起二英，墨翟和绛娘并肩，四个人一步一回首地离开母子冢。

墨　翟　你从哪儿来？

绛　娘　昨日从曲阜出发，夜宿双石岭驿站，今晨一早赶来……

墨　翟　你现在去哪儿？

绛　娘　回双石岭驿站，明天赶回曲阜。

墨　翟　去年见面，你心里有苦水，为什么不倾诉？是信不过栀妹和我……

绛　娘　……去年今日的山洪，遇难的应当是我。栀妹换回我一个无用的人……

墨　翟　我听杨子说，你已经和他分手？

　　　　【沉默良久。

绛　娘　……我们……也就此分手吧？

　　　　【墨翟远远看见两辆马车，车尾对着车尾，一个准备西行，一个准备东行。

墨　翟　你不能回双石岭驿站，公输小姐应该回家！

　　　　【绛娘许久没有听到墨翟喊她公输小姐，泪水正要涌出，又强忍回去。

绛　娘　……是的，叔父对我出门很不放心……

墨　翟　泰山墨学书院才是你的家！墨翟斗胆邀请小姐回家！

绛　娘　绛娘已是无用之人……

墨　翟　泰山书院正等着小姐去大用。那里有你的事业！

绛　娘　我有何用？

墨　翟　整理文稿！

绛　娘　……整理文稿？

墨　翟　对，整理文稿，非小姐莫属！

大　英　姑姑，回家来吧？

　　　　【二英从大英背上下来，抱着绛娘苦苦哀求。

二　英　姨娘！姨娘！……我要姨娘回家！……

　　　　【绛娘抱起二英。

11.汶河沿岸（日，外）

　　　　【墨翟等四人，走到马车近前。

墨　翟　小洪子！

公输洪　在！

墨　翟　还不快把车头掉过来！

【公输洪惊喜地看着绛娘。绛娘微微点头。

【公输洪高兴地把车头掉转过来。大英、二英立即登上绛娘的车。

【两车向泰山书院奔驰。

12. 泰山墨学书院习武场（日，外）

【书院生员列队在习武场上。墨翟带着绛娘来到。

墨　翟　我给你们介绍一位曲阜京城出名的女士人，她就是公输绛娘小姐！

【绛娘向生员们行礼。

墨　翟　公输绛娘的叔父，就是闻名天下的著名巧匠——公输般！

【人群里议论纷纷。

墨　翟　我们这座泰山墨学书院，就是公输家族所赠。这位公输小姐，才是泰山书院
　　　　房舍的真正主人！

【禽滑釐带头喊起来。

禽滑釐　感谢公输绛娘！欢迎公输绛娘！

众　生　感谢公输绛娘！欢迎公输绛娘！感谢公输绛娘！欢迎公输绛娘！……

【绛娘久别了这种温暖，流下激动的泪水。

13. 泰山墨学书院膳食坊（日，内）

【迟师娘正在烙饼。胜绰挑水进来，他把水倒进水缸，匆匆要走。

迟师娘　胜绰！

胜　绰　干什么？

迟师娘　过来过来！

胜　绰　我不过去，过去又该馋了。

迟师娘　拿着拿着。

【胜绰不情愿地过来，犹豫了一下，拿起迟师娘递给的烙饼就吃。

迟师娘　这绛娘一来，我看你们都挺高兴的？

胜　绰　（横眉竖眼地）谁高兴了？！

迟师娘　绛娘的丈夫不是京城的名人吗？他也来了？

胜　绰　来我就再揍断他另一只胳膊！

迟师娘　你要是敢胡来，看我不告诉你哥哥！

胜　绰　告诉我也不怕！

【迟师娘知道胜绰，吃软不吃硬。

迟师娘　胜绰好孩子，师娘跟你打听个事。

【胜绰老实地听着。

迟师娘　这绛娘的夫君，到底……

【胜绰一听，掉头就走。

迟师娘　你要是不给我打听清楚，就别想再多吃一口……

14.泰山墨学书院迟仲房舍（夜，内）

【迟师娘在灯下缝补。迟仲高兴地回来，把衣服一下盖在迟师娘头上。

迟师娘　……老东西！你疯了！

迟　仲　别动！

【迟师娘掀起一半的衣服停在空中。

迟　仲　放下你的红盖头！

迟师娘　看你疯的！

迟　仲　告诉你一个好消息！

迟师娘　你能有什么好消息？

迟　仲　绛娘已经和杨朱分手啦！

迟师娘　真的？你不是哄我高兴吧？

迟　仲　你要是不信，就算了。

迟师娘　我不信，我是巴不得！

迟　仲　我可告诉你，宁破十座庙，不拆一家婚！

迟师娘　那算什么鬼婚？绛娘本来就该是咱目夷谷的媳妇！去外面转了这一大圈，早
　　　　该回来了。哎，我说，墨翟和绛娘也是天生的一对，你怎么就没想到？

迟　仲　你不是也没想到吗？

迟师娘　你不是有学问嘛，应该想得多呀？

迟　仲　学问想得多了，其他事就想得少。这续弦的事，就交给你来办吧。

迟师娘　交给我，就交给我……

【正说着，墨翟抱着自己的铺盖进来。

迟师娘　你来干什么？

墨　翟　师娘，家里没我睡觉的地方了……

【迟师娘连忙赶他回家。

迟师娘　走走走！回家去！回家去！这也没有你的地方……

【迟仲接过墨翟的被子，冲着迟师娘悄悄说。

迟　仲　你不也是个急性子呀？……

15.泰山墨学书院绛娘房舍（日，外）

【高石带着人正在盖着一处新宅。院落周围还散放着许多物料，工程已经收尾。
　　禽滑釐陪着绛娘过来查看。三个人指指点点，有说有笑。

绛　娘　……我没想到，你们盖一所房子，竟然比女人做件棉衣还快？

高　石　要说这土木活儿，我们只是不敢跟公输般比，其他，一律不在话下。

绛　娘　只怕是我叔父也比不过你们的速度。

高　石　我师傅嘱咐，说小姐怕冷，所以墙是双料的，房顶的苫草也特别厚。不知小姐是否满意？要是不满意，我们推倒了，再重来？

绛　娘　高石子是存心再让我夸奖哪？

禽滑釐　小姐的院子还得再打扮一下，明春种上几棵树，栽上几株好看的花。

绛　娘　为什么我的房子，要挨着先生的房子？

【墨翟带着大英、二英过来。

墨　翟　这样讨论问题方便嘛。

绛　娘　先生，是不是吵架也方便？

墨　翟　哦，那就算我引狼入室吧。

绛　娘　狼入了室，可是要大吃大嚼的，如果入了套狼的套子，可是得大哭大嗥了吧？

墨　翟　怨不得我的房间，夜夜都传来一阵阵狼嗥，还不时有两只幼小之声。

绛　娘　大英、二英，你父亲嫌我占了他的房间，今晚我的房间盖好了，我就不陪你们睡了。

【大英、二英叫着扑向墨翟。

二　英　（同时）我要和姨娘睡！我要和姨娘睡！

大　英　（同时）我也要和姑姑住在一起！

墨　翟　好好好！新房子太潮，谁也不能住。不过禽子，我们今晚的讨论会，就在小姐的新房吧，一来图个喜庆，二来也算给小姐温锅。

16. 泰山墨学书院绛娘房舍（夜，内）

【绛娘的新书房里无窗无门。墨翟、禽滑釐、迟仲、高石、索获、孟胜、公尚过、臧公子，大家围坐在一盏油灯下。

墨　翟　上次议事，我提出要墨学走进大国，同大国国君对话。今天大家把各自的思考再交流一下。谁先说呀？

【彼此惯熟的男性中间，突然出现了一个靓丽而又有些陌生的女性，大家似乎都有些拘谨，你看看我，我看看你，没有一个发言。

【墨翟环视着大家的样子，笑了笑。

墨　翟　我主张请公输绛娘先说。

【绛娘吃惊地看着墨翟。

墨　翟　你是这个书房的主人，我们请教到门上，小姐总不该拒绝吧？

众　人　（笑着）对！小姐先说！

绛　娘　既然大家要我讲，我也就不推辞了。我这个人，苍天降之痛苦，同时也赐给我贴近儒、墨、杨三家学说的机会。所以，我有责任说些什么，即使是墨者不愿意听的话。

【迟仲看了一眼墨翟。绛娘也紧紧盯着墨翟。

墨　翟　旁观者清呀！我们墨者要聆听各种意见，千万不走儒家作茧自缠的老路。请小姐放开讲。

绛　娘　过去的一年，我把儒墨杨三家学说。孔子的"亲亲为仁"、墨子的"兼爱交利"和杨子的"贵己重生"，做了比较思考。墨学能异军突起，关键在于它看准了天下前驱的大势，提出儒家没有提出的救时之论。墨子的十论，其中兼爱、尚贤、非攻学说，深得平民、小国、新兴士人之心。其中节用、节葬、非乐，为谋求富国富民之治。其中天志、明鬼、非命，既不亵渎上苍，又给万民以激励。这些都引起君主与庶民的好感和重视。下面我想着重强调，墨学的不足。

【大家的眼睛都瞪得直直的，听着这些闻所未闻的话。

绛　娘　墨学有一个最大的不足。大国诸侯如何统一天下的要求，它未能回答。

【大家交头接耳，议论纷纷。绛娘停顿了一下。禽滑釐示意大家安静听讲。

绛　娘　诸国纷争，非长远之计。天下总有一天要统一。

公尚过　请问小姐，为何是统一，而不是其他？

绛　娘　我从小习儒，儒家的"家"与"国"等同的观念，在我根深蒂固。后来我随着叔父一同周游列国，进入千家，仔细比较下来，更觉得，一个统一的九州方圆，是顺其自然的。仿佛股肱统一于头脑，兄弟姐妹统一于父母。

索　获　儒学对统一，已经有过有诸多论述。

绛　娘　儒学对建成王业的论述，精髓就是孔子的"克己复礼"。孔子回答解决分崩战乱的办法，就是恢复东周的天下。可是周天子已经是朽木一具，并且还在一天天溃烂，无论浇水施肥都无可相救了。因而，孔子的救时世之论，自然成了过时之论。至于杨家，不过是没落世族力求自保的哀鸣，并无治理天下的愿望。有，也不过一丝丝奢望而已。东周这几百年，简直就是一部混战史。眼下，实力雄厚的诸侯，已不满足"诸侯之长"，而想取代周天子成为"诸侯之王"。在此天下大乱、人心思治的时代，一部新的建成王业的论说，是呼之欲出的时候了。

【大家全神贯注地听着。

绛　娘　墨子应该大胆提出，建立一个新的中央王朝取代周王朝的学说。这就是墨子文稿中，已经有所论著的"尚同"说。我认为，应该强化"尚同"说。用"尚同"与兼爱、尚贤、非攻为一组的连环论述，去回答"王天下"之大计。用尚同思想，去吸引、影响、规范大国国君的行为，以求他们中的天下明君，一统九州，造福四海炎黄。

【众人赞叹之声雀起。

迟　仲　好哇！好哇！绛娘小姐说得入木三分啊！

禽滑釐　公输小姐的"尚同"之见，绝非我等在工匠堆里长大的人所能提出。高石呀，你盖的这座房子，小姐还没住进去，就换来了这番鞭辟入里的高论，太值了呀！

【众人大笑。

高　石　这么说，下一步我还真得造一座写简厅哪？否则，削竹的、烤青的、写简的、韦编的、校书的，没有一间大房子，怎么在一块干活呀？

迟　仲　有理，有理！现在我宣布，我们正在整理的墨子文稿，已经完成！定稿后，还要集中一批弟子刻简，一次成书十部。既可以让远方的墨者读到不是以讹传讹的文稿，又可以让墨者持"尚同"之说走进大国宫廷！

众　人　对！对！

墨　翟　高石呀，你还是先把这所房子早早完工，让小姐住进去，以便留住她的心。小姐同老师一样，招待不好，他们都会跑的！

迟　仲　墨翟呀，大英、二英把我的鞋子都没收了，我现在是想跑也跑不了啦……

【大家笑着。墨翟看了看绛娘，绛娘抿嘴一笑，未置可否。

墨　翟　公输小姐上述的一番政见，回答了"王天下"的大是大非。在天下统一的大业上，我们墨者，既不倒退恢复东周，又不止于眼前混乱，而是要朝前走。不过，要想走出一条独特的大同之路，没有公输小姐的指点，我们也会迷路哪！

众　人　对，高石快给小姐盖好房子吧！小姐人才难得！有了人，什么都会有！

17. 泰山墨学书院绛娘书房（夜，内）

【墨翟和绛娘在商量着桌上的书简。大英和二英在小声地争论着。

大　英　……我说叫姑姑！

二　英　就叫姨娘嘛！就叫姨娘嘛！

大　英　父亲说叫姑姑！

二　英　姨娘是母亲的妹妹，我就要叫姨娘！

墨　翟　你们两个吵吵什么？

大　英　父亲，你说我们应该称呼绛娘姑姑，还是绛娘姨娘？

【墨翟向大英、二英使了一个眼色，让她们问绛娘。

大　英　你说呢，绛娘姑姑？

二　英　绛娘姨娘，你说你说？

绛　娘　我说，随你们的便吧。

二　英　绛娘姨娘！

绛　娘　哎！

大　英　绛娘姑姑！

绛　娘　哎！

【大家快乐地笑着。

五十二集大型历史电视连续剧　墨子

18. 泰山墨学书院写简厅（日，内）

【写简厅已经落成，厅内井然有序。

【绛娘正校阅刻好的竹简，全神贯注。墨翟来到她身边，怕打扰她校书，默默
　　站立。

【一组弟子在割竹制简。

【一组弟子在"杀青"，把青竹烤干定型。

【还有十数个弟子在伏案刻简。

【墨翟站立许久，绛娘也没有发觉。墨翟又轻手轻脚走开了。

19. 泰山墨学书院膳食坊（日，内）

【迟师娘正在忙活着。迟仲进来，吓了迟师娘一跳。

迟师娘　哎哟！吓死我了！你来干什么？

【迟仲低头在屋子里找着什么。他掀开谷囤，看看又盖上，打开麦缸，看看又
　　盖上，再去几个坛坛罐罐里翻着。

迟师娘　你找什么哪？

【迟仲从一个坛子里抓起一把黄豆，质问迟师娘。

迟　仲　这黄豆，不是可以吃吗？

迟师娘　谁说不吃了？你是吃了也记不住，昨天午饭不就是炒的黄豆芽吗？

迟　仲　你没看见，绛娘才来了几天，已经累得脸色发黄了吗？

迟师娘　是呀，我也着急……可是她那个饭量，还不如二英……

迟　仲　你不会想想办法，让她多吃点黄豆？

迟师娘　我还不知道黄豆是个好东西？有钱吃肉，无钱吃豆嘛。可是绛娘吃黄豆芽，
　　　　就像嗑瓜子，只挑那么几根根……

迟　仲　黄豆芽，黄豆芽，你就知道黄豆芽！你不会把黄豆磨一下，煮成浆？

迟师娘　黄豆浆能养人？

迟　仲　健脾宽中，润燥行水，益气养血，下消积痢……

迟师娘　我听不懂。

迟　仲　就是滋阴，对女人有好处！

【迟仲说完转身就走。迟师娘明白过来，嘟嘟囔囔地。

迟师娘　滋阴？这一大帮子大老爷儿们，哪有女人的味道？

20. 泰山墨学书院绛娘书房（夜，内）

【三只小碗，盛着煮好的豆浆，迟师娘端着进来。

【绛娘埋头在竹简堆中校书。

迟师娘　小姐，歇歇吧！趁热喝了。

绛　娘　谢谢迟师娘！

【绛娘喝了豆浆，又继续闷头校对简书。迟师娘把豆浆端给在一边的大英、二英。她们也学着绛娘的样子，悄悄喝了豆浆，然后继续做着各自的事。

【墨翟进来。看见绛娘三人都在干着自己的事。

墨　翟　小姐，今晚叫她们跟我回去住吧，不要影响你校书呀！

【绛娘并没有停止校书。

绛　娘　不行，她们走了我会孤独的，你不怕我跑回曲阜？

墨　翟　这么忙，我估计你跑不了吧？

绛　娘　说真的，我现在哭都没有时间哭了。

墨　翟　进度如何？

绛　娘　依照现在的进度，明年春天，可以同时完成十部书稿。

【尽管墨翟与绛娘谈话的声音很小，还是被大英、二英听到，两个人高兴地跑过来。

大　英　（同时）父亲！

二　英　（同时）父亲！

墨　翟　父亲来领你们回家，不能老打扰姑姑……

二　英　我没打搅姨娘！

大　英　父亲，我们都学姑姑的样子，安静地做事。你看，这是我写的一枚竹简。

【墨翟拿过竹简，上面稚嫩的笔触，写着"兼相爱，交相利"。

墨　翟　太好了！我们大英会写竹简了！

大　英　是姑姑教我的……

墨　翟　嗯，字也写得像你姑姑！

大　英　父亲，过几天不是你的寿辰吗？这是女儿给父亲的礼物！

墨　翟　父亲反对祝寿，但是大英的这份特殊礼物，父亲收下。

【墨翟高兴地把这枚竹简，珍藏进贴身的衣袋。二英羡慕地看着。

21. 泰山山道（日，外）

【墨翟和绛娘、大英、二英一起散步。

绛　娘　……这两天，我校对着你这些年的文稿，忽然觉得，先生已经成熟了。

墨　翟　小姐真会说笑话，我都而立之年了，还不成熟？

绛　娘　我说的是思想的成熟，所以我想起一个主意。

墨　翟　小姐的主意，墨翟洗耳恭听。

绛　娘　你这么说，我就不说了。

墨　翟　你只要不说走，你说什么我都洗耳恭听。我是真怕你在这里吃住不惯，哪一天早上起来，忽然不见了我们的公输小姐……

绛　娘　我的主意你还听不听？

墨　翟　哦，请讲。

绛　娘　我想呀，你不要坐在家里再等待邀请，应该主动去和大国对话！

　　　　【墨翟深思了一会儿。

墨　翟　孔子一生总是给王公大人送上自己的主张，我一生总是给黎民百姓送上自己的帮助。既然公输小姐要我主动给王公贵族送上门去，虽然有悖我的一贯做法，但是也应该一试。你说，先去哪国为好？

绛　娘　那要看，未来"王天下"者是何人？

墨　翟　小姐说是何人？

绛　娘　据我所见，未来"王天下"者，不是楚国，就是秦国。

墨　翟　那你说，先去楚国，还是先去秦国？

绛　娘　我看，两路同时出击。

墨　翟　出击？

绛　娘　对，主动出击。我权父与楚国令尹鲁阳文君结交甚笃，与楚王交往尚密，可以促请楚王向你发出邀请，一俟书稿完成，你就可以为献书楚王而南行。另外，同时派出得力弟子，携带简书，以"游士"身份去秦国。

墨　翟　那齐国、越国和魏国呢？

绛　娘　可以推迟一步再说，先生看呢？

　　　　【孟胜跑来。

孟　胜　老师！小姐！公输先生到了！

　　　　【墨翟高兴地赶快往回跑。

22. 泰山墨学书院墨翟写简厅（日，外）

　　　　【公输般和禽滑釐、迟仲、高石等，谈笑风生。墨翟匆匆跑来。绛娘和大英、二英在后面紧紧跟上。

墨　翟　公输先生！公输先生！

公输般　哎呀！墨先生呀！

墨　翟　你也不打个招呼，好去接接你！

公输般　还怕我不认识？

墨　翟　你的家嘛，还能不认识？

公输般　我的家哪有这样兴旺，你看看，你看看，我都眼花缭乱哪！

墨　翟　去年约好了，你怎么没来？

公输般　对，去年约好了没有来，是去了楚国。今天没有约就来，是因为你们扣压了我的侄女！

　　　　【绛娘带着大英、二英赶来。

绛　娘　绛娘见过叔父！……快叫爷爷！

大　英　（同时）大英见过公输爷爷！

二　英　（同时）二英见过公输爷爷！

公输般　好！好！好！墨翟呀，我得先跟你说件事，要不一会儿，我就高兴忘了。

墨　翟　何事如此重要？

公输般　你有个弟子在楚国做医官是吧？

墨　翟　对，他叫耕柱。

公输般　对对，就是耕柱。

墨　翟　耕柱怎么了？

公输般　看把你吓得？耕柱好着哪。就是因为他太好了，楚国舍不得放人……

墨　翟　去年，楚国使者专门来泰山，请求耕柱他们再留一年，今年夏天，就到期了……

公输般　对，所以楚国令尹鲁阳文君专门要我替他求情，要耕柱再留任下去。

大　英　爷爷，什么叫令尹？

公输般　令尹就相当于咱们鲁国的执政、齐国的相国，一人之下，万人之上。墨翟，这楚国的鲁阳文君可是我的好朋友，给不给这个面子，你看着办。

墨　翟　公输先生的面子，我墨翟岂敢不给？

23. 泰山墨学书院写简厅（日，内）

【墨翟带着公输般参观写简厅。

公输般　这么大呀？

墨　翟　公输先生，不是我扣压了你的侄女，是这些书简粘住了公输小姐。

公输般　这回，墨翟呀，你就是让我带走绛娘，我也绝不带走。

墨　翟　你就是用八抬大轿来抬，我们也绝不给你。

绛　娘　照你们这么说，绛娘成了个东西，叔父和先生可以送来送去？

【公输般讪讪地看着绛娘。

公输般　绛娘，几日不见，跟叔父就生分啦？

绛　娘　难道，绛娘自己就没有意愿了吗？

【墨翟和公输般面面相觑。

墨　翟　当然……我们都尊重小姐的意愿……小姐是什么意愿？

绛　娘　我的意愿是，先帮着先生完成向大国的游说，之后再回曲阜照顾叔父。

墨　翟　……这这……

绛　娘　先生要是不答应，我现在就跟叔父回曲阜。

墨　翟　……不不……小姐的意愿嘛……

绛　娘　怎么？

墨　翟　会会……会尊重的吧……啊？……还是要看……

绛　娘　当着叔父的面，请先生承诺？

墨　翟　……好……好……

绛　娘　墨者可是"言必信，行必果"？

墨　翟　好！

　　【绛娘和大英、二英陪着公输般高高兴兴地继续参观。

　　【只有墨翟一脸惆怅。

第三十九集 楚王拒书

1. 泰山墨学书院（日，外）

【春光明媚，万物复苏。墨翟一行准备赴楚，书院全体送行。

【送行的人群里，绛娘又穿上了她那身绛红的衣裙，在泰山一片新绿中，更显
万绿丛中一点红。绛娘正在和墨翟告别。

绛　娘　……到了楚国，你先去鲁阳文君处拜访。

墨　翟　哎呀！我是不是应该给鲁阳文君带些礼物呀？

绛　娘　我给你准备好了，已经让他们放在车上。

墨　翟　给这些王公大臣送礼，真不知小姐怎么打点？

绛　娘　你的书院以俭朴闻名，当然不会送厚礼。但初次见面，又不能轻率。我就带
着大英、二英去采摘了一些松蘑……

墨　翟　这松蘑，平日里百姓都采来食用，也能登大雅之堂吧？

绛　娘　王公大臣们，整日吃甘餍肥，都没有胃口了，送上这当地的特产，反而觉得
新鲜。何况是泰山的松蘑，带着灵气和祝愿，更有一番意味。

墨　翟　公输小姐，真是大俗大雅呀！

【生员们捧着书简，往车上装。高石在和禽滑釐互相嘱咐着。

高　石　……耕柱父亲就交给你了！

禽滑釐　墨子的安全可是交给你了。

高　石　李达家里的抚恤，今年还没有送……

禽滑釐　师兄放心去吧。

【人群中，大英找到孟胜。

大　英　孟胜！

孟　胜　大英，你让我好找……我还以为咱们见不着了……

大　英　还说呢？刚才你到哪去了？让我好找！

孟　胜　我知道你要嘱咐我，照顾好墨子。

大　英　知道就不兴我再说一遍了？

孟　胜　你放心吧！

大　英　人家也不是光为了说这个。

【那边喊着让孟胜上车。

孟　胜　大英，我得走了！

【孟胜向自己的马车跑去。

【四辆马车一字排开，第一乘车由高石驾驭。第二乘车由孟胜驾驭，为墨翟所乘。第三乘车由胜绰驾驶。第四乘车由田襄驾驭。

【人群里，大英、二英、绛娘挥手告别。禽滑釐、迟仲、索获、臧公子等挥手告别。

【四辆马车缓缓上路。

2. 泗河渡口（日，外）

【两辆马车，自北向南疾驶来到渡口，停下。

【前车的家丁急忙向后车走去，搀扶下一个五十岁的人。正是前鲁国执政季孙氏家宰索纪的管家。管家下车，首鼠两端地看了看周围，才放心地向渡口走去。

家　丁　渡船！快来渡船，老爷要渡河！

【一只船从河心向岸边驶来。

家　丁　船家！你们的渡船，可能渡车马？我这两辆马车要同时渡河！

【船到岸边，甲板上站着一个眉清目秀的船夫。船夫用手比画着，只张嘴不出声。他的身后却传来一个年轻女子的问话。

船家女（画外）　老爷，你是交齐国刀币，还是交楚国蚁贝？

管　家　我们交鲁国布币！

【船夫闻声警觉起来。

船家女（画外）　你们是鲁国人？

管　家　是鲁国人。船家渡我过去，钱币好商量。

【船夫做了个请的手势，他身后那个女人，随着他的动作发出相应的声音。

船家女　请老爷登船！

【这下已经看清，船夫是个哑巴。一行人前呼后拥地扶管家上船。

3. 船上（日，外）

【船在河上行使，随即飘来一支悦耳的乐声。

【管家一直目不转睛地盯着船夫，看着看着，管家突然问。

管　家　船家，你风里来雨里去的，怎么相貌比女人还俊秀？

【船夫有所掩饰，却没有答话。

家　丁　老爷，他是个哑巴吧？

管　家　那刚才答话的女子，是你媳妇？

【船夫还是不答话。

【乐声愈来愈响，管家凝神听了听，觉得奇怪，起身，顺着乐声找去。

4. 船舱（日，内）

【管家进了船舱，见到一个女子，正在抚琴，相貌甚是美妙。

管　家　小姐，你是何人？

船家女　船上人。

管　家　（摇摇头）你弹的怎么不是山野之调，完全是宫廷之乐呀！

　　　　【船家女停下琴。

船家女　老爷如何得知？

管　家　我是鲁国季孙氏家宰索纪的管家！

船家女　我才不信呢？索纪早就死于泰山瘟疫的"天谴"了。

管　家　（狞笑着）索纪死了，管家并没有死呀？

船家女　那我向老爷，打听一个人。

管　家　所问何人？

船家女　不知索纪的公子索公子，现在何处？

管　家　你也认识索公子？

船家女　是呵，我很想见到索公子！

管　家　哎？你一个船家女子，怎么打听宫中之事？

船家女　老爷有所不知，我和哑巴哥哥在泗水撑船度日，十分辛苦。我自知有几分姿
　　　　色，想托人进宫。听说索公子很有权势，每逢有鲁国人过河，我便想打听打听。

管　家　有老爷在你面前，你还找什么索公子？你就跟着我吧？

船家女　你一个老迈之人，能给我当几天靠山？

管　家　几天？你跟了我一天，我就让你享一辈子清福。

船家女　不，我还是要找索公子。

管　家　晚了。索公子已经逃难了。

船家女　索公子有权有势，怎么会逃难？

管　家　你还不知道？鲁君已经复位了！执政多年的季孙氏只得退守费邑，索公子的
　　　　权势，也跟着云飘雾散了。

船家女　哎呀呀！这如何是好？索公子怕不会有难吧？

管　家　过几天，季孙氏家逃难的大官，还要从这里过河。你不跟着我走，他们一来，
　　　　大大小小一帮子莽汉，你可就得不到我这样的斯文了。不瞒你说，我这车上
　　　　装的，你是两辈子也吃喝不尽。

船家女　……那，那我跟哥哥商量一下吧。

　　　　【船家女出了船舱。家丁进了船舱。

5. 船上（日，外）

　　　　【船家女到了船夫身边，用手比画着跟哥哥说着。

6. 船舱（日，内）

管　家　你们给我盯住了这个女人，我要带回老家去！

家　丁　老爷放心吧!

船家女（画外）　老爷! 老爷!

　　【管家出了船舱。

7.船上（日，外）

船家女　老爷! 老爷你来呀!

　　【管家走过去。

　　【几个家丁在后面叽叽咕咕地说着管家刚才的意思。

　　【只见船家女突然向管家扑了过去，一下把毫无防备的管家推进河里。

管　家　……啊! 啊! ……救命啊! ……

　　【几个家丁剑拔出鞘。船夫横过船篙。船家女迅速从什么地方抽出两把利剑。

　　【双方一阵对打，显然船家一方功夫了得。家丁倒地的倒地，落水的落水。全部拿下。管家在河里几经挣扎，终于沉没。

　　【船家女用剑挑开车门的帘子，只见里面放着一只大木箱。船夫用斧头砸开上面的锁，打开一看，满是金银财宝。

8.泰山墨学书院迟仲房舍（夜，外）

迟师娘　……老头子，墨翟一走，我这心里头，怎么老是"扑通扑通"地跳?

迟　仲　死人心才不跳哪!

迟师娘　我跟你说正经的。墨翟此行有没有风险呀?

迟　仲　我又不会算命。

迟师娘　你教了墨翟这个学生，走到哪里，怎么老是跟有风险的事打交道?

迟　仲　唉，你说得不对，其实，是风险专找我们墨翟。

迟师娘　甭管谁找谁，要是我们墨翟再有什么风险，那绛娘怎么办?

迟　仲　怎么? 你的续弦有谱啦?

迟师娘　看着他们两个挺好，住得挨着又近，你来我往的，不分黑白……可是……

迟　仲　可是什么?

迟师娘　……可是……可是不是那个劲儿……

迟　仲　哪个劲儿?

迟师娘　哪个劲? 就是你当初对我的那个劲呗……

　　【迟仲笑着。

迟师娘　等墨翟回来，我还得再烧一把火……

迟　仲　对，把你当初对我那个劲儿，拿出来。

迟师娘　我哪个劲儿啦? 老东西!

迟　仲　你别整天说风险风险的，要说顺利顺利!

9. 泗河渡口（日，外）

【墨翟一行在河边等着上船。高石过来。

高　石　师傅，船家说，要分两次摆渡，先渡人，后渡车。

墨　翟　好，留下几个会水的，好保护咱们的书简。

【墨翟在几个弟子的簇拥下，上了船。船家女和船夫紧紧地盯着墨翟。只见胜
　　绰对墨翟照顾有加，他们彼此会意地点了点头。

10. 船上（日，外）

【船到河心，船夫突然抛锚停泊。

高　石　船家，为何抛锚？

【船夫继续放锚。

高　石　我们有急事，钱也不少你的。你刚才不是还说，鲁国人可以免费吗？

船家女　你们是鲁国人吗？

高　石　当然是鲁国人了！

船家女　是鲁国人就好！

【船家女"唰"地抽出两把利剑。船夫横起船篙。

【五个弟子立即拉开架势，把墨翟围在中间。

高　石　你们要干什么？！

船家女　我们跟鲁国有杀身之仇，今日我要报仇雪恨，送你们鲁国人上西天！

高　石　你们睁开眼睛看清了，我们的武功以一当十！

船家女　这可是在船上。你们之中会水的，已经留在岸上了，我四两就能废了你们的
　　　　千斤之力！

【众人紧张地看着，船夫手里那根让人无法近身的长篙。

11. 泗水渡口（日，外）

【孟胜和徐弱两个会水的楚国人，突然发现船上的双方，已经剑拔弩张，立即
　　不顾一切地跳水游去。

12. 船上（日，外）

船家女　我们姐妹二人……

【船夫抹下头巾，一头秀发散落下来。她突然开口说话。

船　夫　我们姐妹二人在泗水岸边等了你们十年，今天总算等到了！看篙！

【船夫抡起船篙，向墨翟一行打去。墨翟数人伸手紧紧抓住船篙。船夫一个女
　　人，纵然有力，也抵不过几个男人的力量。眼看船夫就要被举起来。只见船
　　家女举剑砍断了长篙。几个抓住长篙的人，几乎被踉跄到河里。

【船身随之晃动起来。人们站立不稳。

五十二集大型　历史电视连续剧　墨子

【两个女人身手稳健，一个劲地加大晃动的力度。

13. 水中（日，外）

【孟胜与徐弱拼命向船上游去。

14. 船上（日，外）

【墨翟在剧烈摇晃的甲板上，尽力保持着平衡。

墨　翟　二位小姐，死我不怕，但要死得明白！

【船家继续用力摇晃。眼看就有翻船的危险。墨翟突然大声呵斥。

墨　翟　荷花！菊花！

【两个女人为之一震，不由得停止了晃动。

墨　翟　鲁国官家欠你们的债，要还，你们欠我的债，是不是也该还哪？！

船家女　本姑娘一生仗义，从来不欠债！

船　夫　（似有所悟）我们俩欠你什么债？

墨　翟　你们欠我两身孝服！

荷　花　你说的是十年前？

菊　花　你是？……莫非，你是那个黑脸高个子襄礼？

墨　翟　我能认出你们，你们也该认出我啊？

【原来船夫和船家女，正是十年前的荷花、菊花。她们扑通跪下。

荷　花　……救命恩人啊！……

菊　花　……我们欠你的不是两身孝服，而是两条性命！

菊　花　荷花、菊花能活到今天，全凭先生搭救！

荷　花　我们不婚不嫁，十年守候泗水渡边，就是此生有恩要报，有恨要雪……

菊　花　想不到，今日大恩人来到……

【荷花、菊花的叩头声，使木船咚咚作响。

墨　翟　我墨翟心中有愧呀！季孙氏葬母活殉50人，我只救出你们两个，连我要好的弟兄也没救出来……你们就不要再叩谢啦！我立志一生授徒讲学，向天下人诚恶劝善！你们要谢，就快快送我们师生渡河吧！

15. 河中（日，外）

【孟胜和徐弱看着一场灾难化解，总算松了一口气，但仍游过来。

16. 船上（日，外）

【菊花取来一个小包裹，递到荷花手中。

【荷花打开小包裹，金灿灿的楚国蚁贝，呈现在众人面前。

荷　花　先生，我看你同弟子都很清苦，这一包楚国金质蚁贝，足够你们师生长途使用，请先生收下！

墨　翟　你们两个弱女子，风雨江上，我们师生怎忍心去花你们的血汗钱？

【双方几番推辞，荷花索性一把将小包裹揣在墨翟衣袋之中。就在此时，只听江上"扑通"一声，包裹落入水中。众人惊呆在那里。

【正巧，孟胜徐弱游了过来。他们立即潜入水中。

【荷花上前，大方地打开墨翟的衣袋，一看衣袋底部竟然是敞开的。众人为之再惊。

荷　花　先生的衣袋为什么没有底？

墨　翟　哦，这是家人对我的惩戒。我小时候，总把自己的东西分光，伙伴们就把我的名字墨翟，戏称"没底儿"。后来夫人知道了我的毛病，干脆就把衣袋底部完全剪开了。

荷　花　你的夫人，把大地作为衣袋之底，寓有取之不尽、用之不竭之意。真是位聪慧的夫人！

【孟胜捞起小包裹，扔上甲板，荷花接住，捧给墨翟。

荷　花　先生不收，我们绝不放你走！

高　石　师傅，孔子当年，不是也没有拒绝涉足商贾的子贡之力吗？

【看墨翟没有再反对，高石接了过来。

17. 泗河对岸（日，外）

【墨翟的四辆马车准备启动。

菊　花　……先生，菊花、荷花有一事相求。

墨　翟　请讲。

荷　花　既然先生以拯救天下为大义……

菊　花　既然先生在泰山著书讲学……

荷　花　（同时）就请收下我们两个吧！

菊　花　（同时）就请收下我们两个吧！

【菊花、荷花跪下。

墨　翟　墨学书院现在没有女生员，以后有了，我再专门来接你们，好吗？

荷　花　先生说话算数？

墨　翟　这是我十一岁女儿所写的一枚竹简，赠给你们为证。

【荷花接过竹简。

墨　翟　我们后会有期！

【荷花和菊花看着竹简上的六个字，"兼相爱，交相利"，她们感动得热泪盈眶。

18. 鲁阳文君府邸回廊（日，外）

【鲁阳文君，权倾朝野，故而在楚国郢都的府邸，一派南国陈设，十分考究。

【墨翟携高石、孟胜进来。鲁阳文君在客厅外面等候。

墨　翟　墨翟拜见令尹大人！

鲁阳文君　墨子，你是公输般的朋友，公输般是我的朋友，叫我鲁阳文君好了。请！

19. 鲁阳文君府邸客厅（日，内）

【大家落座。

鲁阳文君　公输般多次谈起墨子的人格和才华，今日得见，真有故友重逢之感！

墨　翟　我亦如此。今日登门，特来感谢鲁阳文君，向楚王的举荐。

鲁阳文君　你的到来，昨日我已报知楚王。

【墨翟等待鲁阳文君言明楚王的反应。鲁阳文君却面露难色。

鲁阳文君　……楚王说他年已衰老……请你先去见大臣穆贺……

【墨翟略微有些惊讶。

20. 穆贺府邸客厅（日，内）

【墨翟与高石、孟胜，已经在穆贺客厅就座。穆贺有些大国大臣的傲慢。

穆　贺　……墨子进献的简书，楚王已命本臣仔细阅读了。

【墨翟点头致意。

穆　贺　先生的政见，为臣以为很好。

墨　翟　感谢穆大人知我所言。

穆　贺　只是楚王乃天下大王，怕他以"贱夫之见"而不肯采纳。

【墨翟惊讶地与高石对视了一下。

墨　翟　穆大人，可以治病的药草，天子都不因"一草之本"而弃用。农夫粗手笨脚酿成的美酒，上苍鬼神也不会以"贱人之所为"而不享用？如果墨翟政见可用，楚王怎么可以因我出身贫贱而弃之不用？

穆　贺　不过，先生不可悲观，天下有宝，必有识宝之人，需待以时日！

墨　翟　有这样一个故事，不知穆贺大臣可曾听说？汤王告诉驾车的彭氏之子，他要去见一个叫伊尹的贤人。彭氏之子吃惊地说，伊尹是个农夫，"天下之贱人"，召来就行，怎么可以求见呢？商汤很生气地说，伊尹如同治国之良医良药，你却反对我求之、用之，说明你是很难明白治国大道的人。于是，汤王把彭氏之子赶下去，不再让他驾车了。汤王正是肯于向伊尹求教，治国有方，后来才被人称为圣王……

穆　贺　话中之意，墨子以为穆贺就是那个驾车人"彭氏之子"了？

墨　翟　但愿不是！不过，天下的"彭氏之子"太多了！可悲呀！许多大国的车子就驾在他们手上，医治天下的良医良药，就被他们的车轮任意践踏！

穆　贺　墨子……我……

墨　翟　墨翟告辞了！

【墨翟带着弟子，头也不回地走出厅堂。穆贺在后面追上两步，只得看着他们离去。

21. 楚国宾驿馆（夜，内）

【耕柱带领在楚国赴任的弟子，匆匆赶来看望墨子，被宾驿馆的执事官挡住。

耕　柱　请让我们进去……

执事官　墨子已经就寝。

耕　柱　墨子是我的先生，我一定要立即见到他。

执事官　鲁阳文君有令在此……

耕　柱　我是楚宫的医官耕柱，就是奉了令尹之命来给墨子诊治的。

【执事官似信不信。

执事官　……那你一个人进去吧，其他人不准进！

22. 楚国宾驿馆（夜，内）

【耕柱急匆匆进来，看见一间间房门紧闭。他轻轻推开其中一间。黑暗中，渐渐看清有两个人睡在那里。他轻手轻脚地仔细辨认着，一个是盂胜，另外一个果然是墨翟。

【墨翟已经安眠，他瘦削而有力度的脸上，被月光洒上一层柔和的情义。

【耕柱慢慢坐下来，就着月光，深情地看着自己的恩师。少顷，耕柱悄悄诉说着。

耕　柱　（悄声）……老师，带我回去吧，我想家……

墨　翟　（画外）　耕柱呀，你的医术已经很高明了，楚宫离不开你……

耕　柱　（悄声）……可是我想咱们兄弟相守的日子……

墨　翟　（画外）　你硬要回去，楚王会认为是我在赌气。

耕　柱　（悄声）难道先生永远把我一个人丢得这么远吗？

【耕柱满眼含泪。

墨　翟　（画外）　……我已经不是泮宫车库的墨翟，而是一个门派和一支五百人队伍的领军人物了……我想你，做梦都在和你说话……可是我……

【耕柱的泪水滚滚而下。

【墨翟刚毅的脸上，似乎有泪水流出眼角。耕柱伸出大手，轻轻为墨翟拭去梦中的泪水。黑暗中，耕柱久久地凝视着沉睡的墨翟。

23. 楚国宾驿馆（日，外）

【穆贺一行踏着朝阳来到宾驿馆。

24. 楚国宾驿馆（日，内）

（画外）　穆贺大人到！

【墨翟起身，迎入穆贺。耕柱给穆贺行礼。

穆　贺　墨子派来的四名医官，誉满大楚，百姓人人皆赞。你们师生在此一见，岂不

是乐事?

墨　翟　是的，师生之谊，有时超过手足之情。

穆　贺　前日我对先生说，是真宝，总有识宝人。昨日楚王召我，叫我转告先生，说他读了你的书，认为是一部好书。楚王还说，他虽然不能得为天下，但楚王愿养贤人，小臣专来通报先生，请墨子留在楚国!

墨　翟　我无求于楚王，所以献书，只是希望天下大治，苍生得福。我听说，世上贤人遵循一个规矩，"进道不行，不受其赏。陈义不听，不处其朝"。既然楚王不用，墨翟不必再留。请即行!

穆　贺　(为难地)……那，我在楚王面前，可不好交代呀!

墨　翟　我的献书，楚王不用，大臣何须为难。高石，送客!

25. 楚国宾驿馆（日，外）

【四辆车子，整装待发。耕柱陪墨子最后走出。墨子登车。

【无人送行的马车，冷冷清清地离开郢都，向北疾驰。

26. 楚王宫殿（日，内）

【楚宫十分堂皇而具南国风情。宫人急促走进王宫内室。

宫　人　禀报大王，鲁阳文君紧急求见!

【躺着闭目养神的楚惠王，是春秋战国时期在位最长的诸侯王之一。墨子献书时，是其执政的第50年，岁在70，故以老而推辞不见墨子。逝世时执政57年。

楚惠王　见!

【侍者将慵懒的楚王搀扶起来。

27. 楚国宫殿（日，内）

【楚王端坐于王位。

鲁阳文君　禀报大王，墨子已离楚而去!

楚惠王　我不是告诉穆贺，把墨子留在楚国，把他养起来吗?

鲁阳文君　禀报楚王，墨子虽然出身卑微，但从不屈就，他是不肯作为养贤居留楚国的，这一点，公输先生早已告知……

楚惠王　那你为何不早早报来?

鲁阳文君　此事，君王已委托穆贺去办，微臣不宜多问。

楚惠王　(吩咐侍者)请穆贺速来!

【侍者得令而去。

楚惠王　(生气地)墨子这叫不辞而别!

鲁阳文君　不，墨子昨日有"辞"在先，倒是楚国未能以礼相送，失礼者是楚国! 墨子乃北方圣贤，君王不见，又不礼送，恐怕会有楚国"失士"的舆论流传天下。

楚惠王　楚国对墨子失礼，的确是"失士"啊！

鲁阳文君　天下可与公输般共称巧者，仅墨子一人。我们得罪墨子，公输般还会像过去那样帮助楚国造钩拒以取胜越国吗？如果公输般，甚至加上墨子，都以其巧帮助越国，届时，在水战中取胜者，恐怕仍将是越人！

【楚王十分后悔。

楚惠王　当初，为什么没有想到？

鲁阳文君　君王，我们丢掉的何止公输与墨子之巧，还有道义之失！

楚惠王　哦，有这么严重？

鲁阳文君　两年前，楚国瘟疫流行，君王派使者求见墨子。墨子派弟子四人，带来验方一剂，栀井模型一具。现楚国上下，瘟疫平息，人强马壮。墨子此来，君王可有一字之谢？

【楚王心中不安。

鲁阳文君　制作陶制栀井的人，是墨子夫人栀妹，栀妹不幸暴亡于汶河洪水。一个对楚国有恩的女子，君王可有一言相吊？

【楚王不禁从位子上站了起来。

鲁阳文君　得人之恩，不谢、不吊，天下人岂不笑我大楚不义？

楚惠王　文君哪，你们为什么不早说，竟要我负此天下恶名？

鲁阳文君　墨子之去，还有更大之失，不知……

楚惠王　（有些丧气地）文君，你就讲吧？

鲁阳文君　墨子多游小国，第一次出游大国奔楚而来，并非随意之举，是他见楚王有"君临天下"之气。墨子献书中《尚同》一章，对君王何以得天下，说得非常明白。君王不见墨子，又以"老"而不用其政，只以"养贤"待之，这这这……

楚惠王　（大声哀叹）穆贺，误事呀！误国呀！

（画外）　穆贺大人到！

楚惠王　传我之命，备文车十辆，以五百里之封，请文君即刻上路，追回墨子！

穆　贺　（向楚王施礼）穆贺遵命见大王！

【楚王拂袖而去。

28. 符离塞野店（日，外）

【这是鲁楚边境上的一个关塞，关塞下的树林里，有一个山野小店。

【墨翟一行在此停车。因为天热，用餐的桌子就摆在大树之下。墨翟一行坐下，店主不停地端上热腾腾的饭菜。旁边已经有一桌客人在用餐。

耕　柱　老师，你吃得惯这南国饭菜吗？

墨　翟　我家目夷谷处在楚鲁交汇之处，这南国饭菜，我并不生疏……

【弟子们大口地吃着南国的饭菜。

【墨翟突然发现不远处有一株栀树，栀树上开着洁白的花朵，栀树下有一个栀井。这一眼，勾起墨翟不尽的哀思。他起身向栀井走去。

【高石发现了，跟了过去。耕柱和弟子们也跟了过去。

29. 栀井（日，外）

【栀井旁，店主正在洗菜，一个六岁多的小男孩正在玩耍。墨翟只顾端详栀井。

店　家　先生像是北人？没有见过这栀井吧？

墨　翟　店家，我是北人。

店　家　你这位北人，应该尝尝这栀井之水。

【墨翟点头。拿过水桶打水。

耕　柱　先生，我来！

【耕柱欲去夺过墨翟的水桶，被高石暗自制止。

店　家　你们可曾知道这栀井的故事？

【墨翟只顾打水。

店　家　这乡间栀井之水，特别甘洌，你们喝着，我给你们讲着。话说三年前哪，楚国瘟疫流行，死伤无数，那是村村有新坟、家家有哭声啊！

【弟子们逐渐向店主围拢过来。

店　家　……楚王下令，医不好瘟疫要拿医官问斩，楚国医官纷纷弃官而逃。楚王只好派人去求你们北人墨子。墨子派来四个弟子，提着巴掌大的一个小盒子，就来到楚国。这小盒里装的就是这只栀井。

30. 途中（日，外）

【十辆马车疾奔而来。

31. 栀井（日，外）

【墨子肃穆地从栀井打上一桶水。高石接过，分到碗中。弟子们喝着栀井水。

店　家　……这个鲁国井神，叫栀妹。所以每个栀井旁边，都植有栀树为记。无栀树者为土井，不可饮用。有栀树者为洁水。这栀井呀，巧设机关，只滤两丈以下净水，喝在嘴里甜丝丝的吧？

32. 符离塞（日，外）

【十辆马车飞奔而来。

33. 栀井（日，外）

店　家　……你们可知道，这栀妹，就是当今闻名天下的仁人墨翟的夫人哪！

【高石、孟胜等，止不住热泪流淌，有的低下头用水碗去遮掩涕泣的面孔。

【耕柱并不知情。

耕　柱　怎么，你们都听得打不起精神来？高石，这是怎么回事？

店　家　哎哟！楚王来了！

高　石　店家，何以见得是楚王？

店　家　只有楚王出行，才有十辆文车！

34. 符离塞野店（日，外）

【文车在野店旁停下来。鲁阳文君下车，径直向墨翟走来。

鲁阳文君　墨子！墨子！

墨　翟　鲁阳文君！

鲁阳文君　墨子走得何其仓促，我还有话，请进小店一叙！

【鲁阳文君与墨翟向小店走去。

35. 符离塞野店（日，内）

【鲁阳文君和墨翟进来。光线射来，室内半明半暗。

鲁阳文君　楚王对墨子的失礼，颇有歉意，许以500里之封，派文君带十辆文车接墨子返回郢都！

墨　翟　文君可知，现在天下士之兴起，如潮如涌，不过士之人格，无非三别。为百姓赴汤蹈火者为英士；弃义而一心谋官、谋利者为卑士；诬人以利己者为恶士。楚王既然以"老"而不用墨子之说，墨翟受500里之封留在楚国，岂不让天下人笑墨子兼爱是假，求官、求封为实。文君是我的朋友，该不会驱墨子入卑士之流吧？

【鲁阳文君极为难堪。

36. 符离塞野店（日，外）

【耕柱哭得十分伤心，显然他听说了栀妹牺牲。

高　石　……耕柱，千万别在师傅面前再提这件事……

【耕柱只得强忍悲痛。

【墨翟和鲁阳文君从店内出来。

【店主拿着一截竹管，过来。

墨　翟　店家，刚才，喝栀井之水，甘洌解渴，店家所讲故事也是人间一股清泉，北人在此谢啦！

店　主　先生，敝人姓水，却被这栀井之水，救了性命，今有一事相托。请带一壶水，给井神栀妹解渴，以表谢恩之情！

墨　翟　北人愿受老者之托！水老汉，我一定带到！

【墨翟恭敬地接过竹管，交给孟胜。孟胜紧紧抱入怀中。

墨　翟　墨翟告别文君！

鲁阳文君　医官耕柱，你们继续送老师北行，到看不见栀井之处，方许返回！

耕　柱　医官明白！

【墨翟上车。打开车门，墨翟看见刚才栀井旁的那个小男孩，已经在车上睡着了。

【耕柱要抱走孩子，墨翟不让惊动。

37. 符离集野店（日，外）

【一行马车驱动。店主深情向墨翟招手告别。

【鲁阳文君目送墨翟车队远去，摇头长叹。

38. 马车（日，内）

【马车晃动，墨翟让熟睡的男孩靠在自己胸前。

【墨翟看着窗外一口口栀井。栀妹的身影在他眼前晃来晃去。

【墨翟看着熟睡的男孩。小燕的身影缠绕着他的思绪。

39. 途中（日，外）

【车队行至鲁阳境内，前面一车，堵塞去路。一位老者走来，远远就喊着。

庄　信　墨先生！墨先生！

40. 马车（日，外）

【墨翟伸头往前看去，异常惊喜，一面下车一面说。

墨　翟　……庄先生？庄先生！

庄　信　墨先生！墨先生！

【两位故友重逢。

庄　信　咱们是老朋友，不过，今天我却公务在身。

墨　翟　公务？

庄　信　我自弃商后，就来到鲁阳，为鲁阳文君管家，今天他派急马报信，要我在这里专候，务必请先生到他的封地住几天！

墨　翟　看来，鲁阳文君是非留我不可了！好，老友相邀，耕柱，随车！

【墨翟上车后，耕柱站在车门口。墨翟把熟睡的男孩交给耕柱。

墨　翟　你交给水老汉吧。

耕　柱　（迟疑）……先生……

墨　翟　怎么？

耕　柱　先生如果想过继这个孩子……我去跟水老汉商量……

【墨翟摆了摆手，关上了车门。

第四十集　禽子学兵

1.鲁阳文君封地宅邸客厅（夜，内）

【鲁阳文君的封地在楚国的鲁阳，即今河南鲁阳县。墨翟看着封地府邸的客厅。

墨　翟　……鲁阳文君封地的府邸，比在郢都的府邸还要豪华嘛。

庄　信　是呀，郢都是在天子鼻子底下，这里嘛，冒言一句，文君先生就是天子。

墨　翟　有南国宫廷之风，也有北方豪宅气派，像是出自公输般之手？

庄　信　墨老弟的眼睛真毒！这府邸正是公输般所建。楚王此次，失去墨老弟这一治国大器，真是令人扼腕长叹啊！

墨　翟　楚王在位50年，我看今后"王天下"者，楚国只能望洋兴叹了。

【庄信一个劲地摇头。

墨　翟　楚王究竟为何不肯用墨翟学说，却愿意养墨翟这个"闲"人？

庄　信　用你的学说，一个"非攻"，捆住手脚的是楚王。而养一个贤人，楚王付出的不过些许薪俸，捆住手脚的可就是你墨翟了。

墨　翟　楚王真的对"非攻"那么害怕吗？

庄　信　楚王并吞"泗上十二诸侯"，正吞得有滋有味，你的"非攻"，可是触了人家的兴头。你想，他会照你的学说去实行吗？但是，他又想把你养起来，用我们商人的话说，就叫"囤积居奇""奇货可居"。

墨　翟　我怎么成了"奇货"？

庄　信　你的"奇"，一是你有一个"尚同"说，想取代周天子而为的诸侯，都感兴趣。还有一"奇"，是你与公输般并称天下两巧，公输般为楚国制作兵器钩拒，在与越国交战中取胜。把你养起来，不也可以制作点什么兵器出来吗？相反，你被别人养起来，比如被越人养起来，楚国的这笔赚钱的买卖可就亏大了呀！

墨　翟　庄先生以为，我同公输般一样，也会制作什么兵器吗？

庄　信　你在泰山关起门来研究制作守备兵器，以帮助被侵夺的小国，外界传说很多。所以，你的"非攻"学说才让齐、秦、楚、越等大国特别不放心。

墨　翟　哦，庄先生消息还这么灵通？

庄　信　如今天下大变，以前靠诸侯使官、商贾往来传递消息，现在是天下士人兴起，各国的政治角逐、军事动向、生产技艺、文籍书簿，传播得很快。有的士人，以传递各种消息为职业，就如同当年我这个商人，在诸侯国间贩运货物一样。你墨老弟的消息，就是掮客们的抢手货！

墨　翟　庄先生对我有救命之恩，也有知遇之恩，不知此时对墨翟可有劝诫之言？

庄　信　你的学说，欲霸天下的诸侯都想借用，但不会全用。你的巧技，欲霸天下的诸侯都想独用，而不想让他人染指。我以商人的敏感预计，越国不久将有聘先生，以增加对楚战争的砝码。越方出价，自然不在楚国之下。我想，先生不会把自己贱卖了。不妨来个待价而沽……

墨　翟　庄先生商贾的精明不减当年。我有一笔账目想请先生帮我计算。

庄　信　你说的一定是笔大账。

墨　翟　商贾为趋利而奔走四方，贩货得二倍利益，则为之，得五倍利益，虽有牢狱之灾，盗贼之危，也不会放弃，反而冒死为之。

庄　信　不错，这就是商贾本性。

墨　翟　那么先生以为，墨翟的待价而沽，以什么价，方可以出手？

庄　信　以实行你的全部学说为条件，岂不足矣！

墨　翟　足矣！足矣！凡高明商人都是讨价还价的高手！

【两人爽朗的笑声，在空旷大厅中回荡。

2. 楚国边境（日，外）

【五辆马车停在路边，留在楚国的弟子与墨翟一行依依惜别。墨翟与耕柱另处告别。

墨　翟　……耕柱呀，我冬天特地去看望了你父亲，他身体挺硬朗，就是不肯来书院住……

耕　柱　父亲说，山上的地气，是他健康长寿的灵丹妙药。先生就随他老人家吧。

墨　翟　高石带人帮老人家修了房子，给他盘了个炕，冬天暖和点。

耕　柱　……先生，什么时候允许我回泰山去？

【墨翟看了一下周围的弟子，压低声音。

墨　翟　耕柱，又来了？都看着你呢！

耕　柱　（顽强地）什么时候允许我回泰山？

墨　翟　鲁阳文君都求到我的面前，你说我能回绝吗？再说，墨学在楚国也需要有你这样的资深墨者……

【耕柱不管不顾，大声申辩。其他人都朝这边看着。

耕　柱　为什么索获能离开宋国？高石能离开卫国？我就不可以离开楚国？

【墨翟嗔怒地站起来。

墨　翟　那你回泰山，我留下来好了！

【耕柱也生气地站起来。

耕　柱　先生就是看不上我！我哪里不如高石？不如索获？

【大家都围拢过来。墨翟看着耕柱，又气又痛。

高　石　耕柱！你太不像话了！我怎么跟你说的？

耕　柱　你站着说话不腰疼！

【墨翟还是平静下来，耐心说着。

墨　翟　耕柱呀，你不要这样气鼓鼓的。我给你出个题目，你要是答上来，我立刻带你回泰山。怎么样？

耕　柱　不准先生出乖戾之题。

墨　翟　都是日常之事。听好。我马上要回泰山，这是大行，你来当车夫。作为车夫的你，是用一匹好马，还是用一只绵羊来给我驾辕？

耕　柱　我当然用好马驾辕！

墨　翟　为什么？

耕　柱　好马足以担当此责！

墨　翟　足以担当此责？

耕　柱　对，足以担当此责！

墨　翟　回答得对。

耕　柱　（惊喜）那先生立刻带我回泰山！

墨　翟　我以为，耕柱留在楚国，足以担当此责。

【耕柱沮丧地低下了头。

高　石　师傅，该上路了。

【墨翟看着难过的耕柱，依依不舍。

【耕柱从衣兜里掏出一只小包裹，猛地扔给高石，转身就跑。

【高石打开，里面是一包金灿灿的楚国蚁贝。弟子们围拢过来看着。

高　石　老师，这是楚国四弟子，多年所积的俸禄，全部献给泰山书院！

【墨翟看着耕柱跑去的背影，像是自言自语，又像是说给其他弟子听。

墨　翟　耕柱啊耕柱！你在楚国接待过往师弟，过于寒酸，引来微词。谁知你是为书院，勒紧腰带在日积月累呀……

3. 土堆（日，外）

【耕柱躲在土堆后面，目送墨翟一行的马车远去。

【耕柱泪眼眺望，痛苦地自虐着。

4. 泰山墨学书院（黄昏，外）

【还是那个经常等待墨翟归来的地方。绛娘带着大英、二英在路口盼归。

【绛娘给她们跳起了楚舞。

二　英　姨娘，你跳的是什么舞？

绛　娘　你父亲不是去楚国了吗？我跳的就是楚舞。来，跟我学。

【大英、二英跟着比画起来。二英学得投入，大英老是向远处眺望。

绛　娘　大英，是这样……这样……腰、胯、肩要形成三道弯……你看！……大英看，二英都会了……对对，二英跳得对……

【大英索性停下来不跳了。

绛　娘　大英！

大　英　姑姑，还是习武好。

绛　娘　姑姑从不习武。

大　英　墨者都要习武。

二　英　我要习楚舞。

大　英　父亲提出"非乐"，专门反对乐舞。

绛　娘　大英，你说姑姑跳得好不好看？

二　英　好看！好看！

大　英　好看。

绛　娘　好看为什么要反对？

大　英　好看有什么用呢？

【绛娘停下来，看着大英，她一时无法回答。

大　英　（自信地）还是练武有用。

5. 泰山墨学书院绛娘房舍（日，外）

【墨翟轻步走到绛娘宅院，远远就听见喊声。墨翟走近一看，原来是大英正在练武。虽然稚嫩，但可透出栀妹的勇武泼辣。

【墨翟生怕打扰她。练完一个段子后，大英发现父亲在院外看她练武。

大　英　父亲！

【绛娘闻声从里屋出来。

绛　娘　先生！什么时候回来的？

墨　翟　昨天太晚了，没敢打搅你。二英哪？

大　英　我领父亲去看！

【大英牵着墨翟的手就走。

6. 泰山墨学书院绛娘房舍（晨，内）

【墨翟看着二英睡时的甜美，高兴地点头。

墨　翟　真是谢谢你呀！

绛　娘　还谢我？我得谢谢你呢。给了我这两个宝贝。我从她们身上得到的乐趣，恐怕要大于我对她们的关爱。大英自立能力很强，好像我和二英都归她照管似的，像你。

【墨翟把大英拉紧在自己身边，表示对女儿的赞许。

绛　娘　二英呢，活脱脱就是个小栀妹。

【大英瞪着一双大眼看着父亲那又黑又瘦的面容。

【墨翟看着酣睡的二英。绛娘看着父爱浓郁的墨翟。

7. 泰山墨学书院迟仲房舍（夜，内）

【迟师娘准备了一桌丰盛的饭菜，欢迎墨翟南游归来。

迟　仲　……五百里！五百里的封地呀！……

大　英　迟仲爷爷，五百里有多大？

迟　仲　比个鲁国还大嘛！不实行我的学说就硬是不受！墨翟呀，有骨气，你为墨者
　　　　开了个好头！

迟师娘　我看该要，比个鲁国还大的地方，能办多少书院呀？

绛　娘　师娘不知，如果要了，泰山这一块也就没了。

迟师娘　那怎么会？

绛　娘　拒封五百里者，是墨者，纳封五百里者，是儒者。

迟　仲　绛娘一语破的。墨翟，我看抓紧把你这次楚国之行的《谢楚王聘》，整理成篇，
　　　　以告天下，墨者就是墨者。

绛　娘　这件事，还是我来做吧？

迟　仲　绛娘文字犀利、动人，运笔很巧呵。

绛　娘　谢迟仲老师夸奖。给我三天时间，就可以把这篇文字立起来。

迟　仲　我说这拒封之事呀，也会像月食、日食一样，传遍天下。

【二英依偎在父亲身边，墨翟不断为二英夹菜。

迟师娘　墨翟呀！

墨　翟　嗯？

迟师娘　吃完饭，你陪我去一趟膳食坊，我忘了泡豆子了。

8. 泰山墨学书院膳食坊（夜，外）

【墨翟提着灯笼，迟仲师娘跟着墨翟。两个人来到膳食坊。

9. 泰山墨学书院膳食坊（夜，内）

【墨翟给迟师娘打着灯笼。迟师娘拿出黄豆，泡上。

迟师娘　墨翟呀，知道我泡黄豆干什么？

墨　翟　师娘自有安排。

迟师娘　这黄豆呀，要泡好了，再磨碎了，还要煮开了……

墨　翟　为何如此奢侈？

迟师娘　这是给绛娘和两个女孩子喝的。

墨　翟　（应付着）哦。

迟师娘　你老师教给我，说黄豆的浆子，滋阴。

墨　翟　你说什么？

迟师娘　滋阴呀？

墨　翟　嗯。

迟师娘　这女人和男人呀，就是不一样。你对绛娘要格外关心哪。

墨　翟　我看，倒是绛娘对我的两个孩子格外关心。

迟师娘　你怎么就不明白？

墨　翟　是，我是打算把大英、二英接回来。可是绛娘不让，她们俩也不来。

迟师娘　墨翟呀墨翟，这天下就没有比你还不开窍的！

墨　翟　师娘？我有什么不周到的，惹你生气啦？

迟师娘　你是太不周到了！

墨　翟　请师娘指点。

迟师娘　你赶快给我续弦！给我把绛娘娶回来！

墨翟终于明白了迟师娘的意思。

墨　翟　……师娘，你看现在忙得，哪有工夫想那些事……

迟师娘　我问你，打通一堵墙需要多少工夫？

墨　翟　举手之间，举手之劳。

迟师娘　你和绛娘的两间茅屋不是连着嘛，举手之劳，不就打通了吗？

墨　翟　……墙可以打通，心未必可以打通。

迟师娘　墨翟，你别以为师娘不识字，就糊弄我。你那《墨守》我都背过了，你给我
　　　　打通了这堵墙，你就"兼相爱，交相利"了。

墨　翟　……没人能替代栀妹在我心中的位置。

迟师娘　我的墨翟呀，你从小是孤儿，还能让大英、二英，也永远没有母亲吗？

10. 泰山墨学书院绛娘卧室（夜，内）

【虽然简朴，依然透着绛娘的趣味。总是有些不经意的装饰，和随意的摆设，
显示出主人的高雅和聪慧。那只栀妹亲手做的翟鸟灯碗正在燃烧。

【大英、二英躺在被窝里，听绛娘讲大禹治水的故事。

绛　娘　……传说呢，大禹是女娲的第十九代孙，活了三百六十岁。实际上，大禹家
　　　　住在嵩山之下，颍水岸边，是和我们一样的普通人……

11. 泰山墨学书院绛娘卧室（夜，外）

【墨翟路过绛娘窗外，听见里面的对话。

二英（画外）　大禹有妻子吗？

绛　娘（画外）　有呀，大禹的妻子叫女娇。

12. 泰山墨学书院绛娘卧室（夜，内）

绛　娘　……这一天哪，女娇听说，大禹治水要经过自家的门前，女娇那个高兴啊！就赶快打扮呀！她把脸上擦了一点粉，又觉得太白。再涂上一点胭脂，又觉得太红。忙着忙着，女娇的儿子哭了……

【绛娘抱起枕头。

绛　娘　女娇抱起儿子想，什么也不用忙了，就把这个刚刚生下十天的儿子给大禹看吧！女娇就抱着儿子，等呀等呀……

大　英　等到了吗？

绛　娘　大禹忙着治水，没有回来……

【大英十分沮丧。二英更是伤感。

二　英　二英的娘也没有回来……

【二英看着绛娘，绛娘没有回答。

【二英突然扑向绛娘。绛娘抱着二英。

二　英　我想娘……

13. 泰山墨学书院绛娘卧室（夜，外）

【墨翟心如刀绞。

二英（画外）　……我想娘……

14. 泰山墨学书院绛娘卧室（夜，内）

二　英　（极为轻声地）……娘……娘！

【二英终于向绛娘喊出自己的心声。绛娘又惊又羞，迟疑了一下，随口应着。

绛　娘　哎……

15. 泰山墨学书院绛娘卧室（夜，外）

【墨翟闻声心惊。

二英（画外）　娘！

绛娘（画外）　哎！

16. 泰山墨学书院绛娘卧室（夜，内）

大　英　娘！

绛　娘　哎！

二　英　娘娘娘！

绛　娘　哎哎哎！

【三个人正高兴地打成一团。脸上带着怒气的墨翟破门而入，大家立刻噤若寒蝉。

墨　翟　大英、二英！回到自己家里去！

二　英　这也是我的家嘛！

墨　翟　回去！

　　【墨翟说完，自己走了。

　　【大英、二英面面相觑，只得起来穿上衣服。

　　【绛娘看着她们委屈地走了。

17. 泰山墨学书院马棚（夜，外）

　　【绛娘解开缰绳，骑上一匹白马。

18. 汶河沿岸（夜，外）

　　【白衣白马的绛娘，像一道闪电，在汶河沿岸疾驰。

19. 泰山墨学书院墨翟卧室（夜，内）

　　【大英、二英紧紧抱在一起，默默抽泣。

20. 母子冢（夜，外）

　　【月光皎洁，绛娘在母子冢前跪下。

绛　娘　……栀妹在天之灵！听绛娘倾诉衷情！
　　　　谁让你拉着手，把我交给了先生？
　　　　谁让我偏偏对他一往情深？
　　　　可是先生钩之以爱，揣之以恭，
　　　　我化不开他心里的冰……

21. 泰山墨学书院墨翟书房（夜，内）

　　【墨翟忧伤而无助地坐在书桌前，他翻着绛娘抄写的书简，那些娟秀的字体，
　　　像一把把沙子，向他扫来。

22. 母子冢（夜，外）

绛　娘　……
　　　　他兼爱天下，却没有近前的火炉来驱散寒冷，
　　　　他袒露身心，却没有柔软的盔甲来护卫胸襟，
　　　　我岂能看着他这永远转动的车轮，
　　　　没有驿站，没有歇憩，
　　　　永远滚滚在风尘？

23. 泰山墨学书院习武场（日，外）

　　【习武的队伍里，突然出现了绛娘。绛娘一改平日装束，穿一身黑色的紧口衣
　　　装，来到正在练武的大英面前。

　　【绛娘按照武行规矩，向大英行礼。

绛　娘　绛娘拜大英为师！

大　英　姑姑？姑姑从不习武呀？

绛　娘　姑姑从今开始习武。

大　英　那得不怕疼，不怕摔？

绛　娘　绛娘甘拜大英为师！

大　英　好！看拳！

【大英为了试试绛娘的承受力，加上孩子出手没数，绛娘被一次次地击中。

【大英停下手来。

绛　娘　……再来……再来……

24. 泰山墨学书院写简厅（日，外）

【墨翟远远看见，绛娘被打得东倒西歪，却又一次次地站起来，心痛得扭过脸去。

墨　翟　胜绰！

【胜绰跑过来。

墨　翟　去把绛娘请到写简厅来！

胜　绰　是！

25. 泰山墨学书院习武场（日，外）

【胜绰跑到绛娘跟前。

胜　绰　公输小姐！

【大英和绛娘停下来。绛娘直喘气。

大　英　小叔，有事吗？

胜　绰　哥哥要公输绛娘去写简厅，抄录《谢楚国聘》。

绛　娘　告诉先生，我就来。

【胜绰一走，绛娘又和大英对练起来。

26. 泰山墨学书院绛娘卧室（日，内）

【迟师娘给绛娘擦着身上的瘀伤，一个劲儿地喷喷叹气。

迟师娘　……喷喷……看看……看看……不疼吗？！

【绛娘疼得眼泪流下来，却咬紧嘴唇。

迟师娘　满书院几百号人，就我们两个不会武功。你要是会了，不就剩下我一个了？
　　　　看你摔打成这样，我是又心疼又坐不住呀！……

27. 泰山墨学书院绛娘卧室（日，外）

【墨翟看绛娘屋里开着门，抬脚就进。

28. 泰山墨学书院绛娘卧室（日，内）

【墨翟一看书房没人，听见卧室里有人声。

迟师娘（画外） ……以后你白天出去摔打，晚上回来教我，我这把老骨头，只能悠
着练……

【墨翟一步跨进卧室，正好看见绛娘雪白的背上，布满了青紫的瘀伤。墨翟立
即退出卧室，站在外屋，又气又痛。

墨　翟　公输小姐！

【迟师娘听见墨翟那么大的声音，吓了一跳，不知怎样才好。

墨　翟　你为何不去写简厅，抄写书简才是你的本分！

绛　娘　近朱者赤，近墨者黑。

墨　翟　你就是练断了胳膊练断了腿，也不如栀妹！

【墨翟说完这句双关语，自己也十分难受，立即走了。

【绛娘两行清泪顺颊而下。

迟师娘　这个浑小子！我去找他算账！

29. 母子冢（日，外）

【大英带着二英，提着竹管来到母子冢。大英把竹管里的水，慢慢倒在母子冢上。

大　英　母亲，父亲到楚国去，带回这栀井之水，你尝尝，也给弟弟尝尝。母亲，告
诉弟弟，他要是飞到南方过冬，一定要喝栽有栀树的井水……今天我和妹妹
自己来看母亲，就是有事要听母亲的指教……

二　英　……娘！……我想把绛娘姨娘叫娘……父亲不让……娘，你让不让？……

大　英　母亲要是不让，大英就不叫……

二　英　……二英想要娘……二英想要娘……

30. 泰山墨学书院观星台（夜，外）

【墨翟和弟子们观星。

墨　翟　……禽子，派出去的弟子中，有几人做司星官？

禽滑釐　有五人。我们泰山墨院，是天下私学中，唯一能培养司星官的书院，其他国
家司星官，还是作为家学传承的……

高　石　……师傅，现在鲁国的形势对我们非常有利呀。鲁君复位，季孙氏逃逸，索
公子累累如丧家之犬。我们不妨去看望史佚大人。

禽滑釐　现在可以说，是我们墨学最为兴旺之时，也是最为轻松之时。

墨　翟　是吗？

禽滑釐　师兄，找个时候，我可是有话要跟你说。

墨　翟　现在说吧。

禽滑釐　不，明天我和你去五龙潭，单独说。

墨　翟　好呀。

31.泰山墨学书院膳食坊（夜，外）

【墨翟走到膳食坊，发现里面有人影舞动，而且乒乓作响。

【墨翟推门进去，迎头劈来一闷棍。墨翟抓住棍子，用力一搡。

32.泰山墨学书院膳食坊（夜，内）

【举着擀面杖正在习武的迟师娘，一屁股坐到菜筐子里。

【墨翟进来一看，立即上前搀扶。

墨　翟　师娘！师娘！我不知道是你，你怎么也耍起擀面杖了？

迟师娘　我摔了，你知道心痛，你就不知道比我皮嫩的，摔得更疼？

【墨翟一屁股坐下，无奈地抱着头。

迟师娘　让一个女人家习什么武功？真要是有了危难，一书院的大男人，还保护不了
　　　　一个绛娘？……

墨　翟　师娘，我没有，真的没有让小姐习武……

迟师娘　什么没有？你心里老拿栀妹和绛娘比什么？

墨　翟　我没有比……

迟师娘　没比？没比我问你，你能爱天下人，为什么就不能爱一个弱女子？要不是你
　　　　老师现在年龄大了，我真鼓捣他把绛娘娶过来，看你眼馋不眼馋！

【墨翟哭笑不得。

33.泰山墨学书院绛娘卧室（夜，内）

【二英吹着绛娘的瘀伤，心痛地说。

二　英　……娘不疼！……

【绛娘没有回答。

34.泰山墨学书院绛娘卧室（夜，外）

【墨翟郁郁寡欢地走到绛娘窗外，听见里面二英在一个劲儿地喊。

二英（画外）　……娘！……娘！……

【墨翟凝神听着。绛娘没有答应。

二英（画外）　我今天问娘，我说要让绛娘姨娘给我当娘……娘说行……娘，你说呢？

【墨翟凝神再听。

绛娘（画外）　你们的父亲就要回来了，快回去吧……

【墨翟怅然。

35.泰山五龙潭（日，外）

【胜绰扛着棍子走在前面，墨翟和禽滑釐在后面走过来。

【墨翟纳闷，他看着低头不语的禽滑釐。

墨　翟　……师弟，什么事，得到这么僻静的地方说呀？

禽滑釐　……师兄，我们相识多少年了？

墨　翟　从尼山书院算起，已经有十几年啦。

禽滑釐　十四年了。

墨　翟　对，十四年了。那时候，还没有大英呢。这一步步走过来，怎么也不知不觉的？你那时候，还是个白白净净的小书童。

禽滑釐　你知道这十四年，我心里憋了一句话，始终没说出口。

墨　翟　什么？咱们俩之间，还能憋住话？而且竟然憋了十四年？真有你的！坐下说，坐下说……

禽滑釐　师兄，我一直叫你师兄，其实，你始终是我的老师……老师！

墨　翟　你怎么了？

【禽滑釐突然给墨翟跪下。墨翟一下站起来。

墨　翟　禽滑釐！

禽滑釐　我想跟老师学兵法！

【墨翟突然发现眼前的禽滑釐，他好像不认识了。

禽滑釐　我怕自己知识浅薄，学不会，每次都把到了嘴边的话，又咽回去了……

【墨翟受到极大震撼。他想不到与自己十四年朝夕相伴的禽滑釐，对他的敬爱这样深，对自己的自爱也是这样深。墨翟也慢慢跪下来，拿起禽滑釐的手仔细端详着。

墨　翟　我的好兄弟呀！看看你的手臂吧！十四年的奔走呼号，你为了宣达"兼爱"，把自己累成了什么样子？皮破了，肉伤了，长起了一层厚厚的茧子。我们朝夕相处，你就这么一个求学的欲望，为兄的竟然没有发现，让你苦苦等待，墨翟愧对啊！

【禽滑釐感动得泪流满面。

【五龙潭那边，传来胜绰兴奋的喊声。

胜绰（画外）　……我打了一只兔子！……我打了一只兔子！……

【墨翟和禽滑釐擦了擦泪水，赶快站了起来。

【胜绰提着一只野兔跑过来。

墨　翟　胜绰，你去打点米酒，再问迟师娘要一把花生米，快点拿来！

【胜绰高兴地跑了。墨翟和禽滑釐重新坐下。

墨　翟　兄弟呀，除了学兵，你还有什么愿望呀？

禽滑釐　兄长，我只想知道，墨学的兵法到底与其他兵法有什么不同？

墨　翟　现在什么也别说，你就让为兄的，把这只野兔炖了，让弟弟先享受一下美味吧！

36. 泰山五龙潭（夜，外）

【篝火上，架着一只吊罐，吊罐里冒着缕缕热气。胜绰抱着捡来的柴火过来。

【禽滑釐全身心地嗅着，轻轻地闭上了眼睛。

【墨翟精心地炖着野兔，盛出一碗，端给禽滑釐。禽滑釐不好意思接。

【墨翟一定让他先喝。禽滑釐喝了一口。

墨　翟　香吗？

【禽滑釐感动地直点头。

墨　翟　都喝了。

【禽滑釐喝着野兔汤，兄弟情谊化作串串泪水。

墨　翟　我游宋、卫、楚三国回来，就在集中研究兵法。孔子以"未之学也"搪塞谈兵，老子以"有道者不处"拒绝谈兵。我不但要谈兵，还有谈出我们墨学之兵的与众不同！我迟迟没有跟你谈兵，是因为我要把这个问题想透啊……

37. 泰山墨学书院墨翟书房（日，内）

【禽滑釐、高石、孟胜、胜绰等十几位弟子，在书房听墨翟谈兵。这对他们无疑是一个新课题。

墨　翟　墨者研究兵法，与历来兵家有一个根本的不同。历来兵家诉诸进攻，而墨学言兵的主旨却是"救守"。"救守"，就是告诉小国弱国，怎样抵御强敌的侵略。墨学力主"非攻"，如果没有"救守"，我们的"非攻"，就会对弱小之国造成松懈，墨者反倒成了侵略者的帮凶？所以，墨学的"非攻"必须辅以"救守"。

高　石　师傅，要是打仗，只有进攻才能主动？

胜　绰　对呀，主动才能获胜嘛！

墨　翟　由于我们研究的是"救守"，必然要有"救守"的独家法宝。

众　人　什么独家法宝？

墨　翟　墨者有三个独家法宝。一是我们既讲用兵，又讲制造兵器。墨者乃匠中能者，善于制造新式的防守和反攻器械。这是天下兵家很难两全的。你们记得《墨守》中怎么说的吗？

禽滑釐　《墨守》中说，论技实巧，以能服之，就是要我们用技巧，征服侵略者。

众　人　对！用技巧征服侵略者。

墨　翟　二是我们既讲用兵，又讲用民。"救守"者，要唤起百姓参与，要全民皆兵，才能以弱胜强。三是有城防可拒。"救守"者，要最大可能地利用地形地物，打败来犯之敌。

【大家七嘴八舌地议论起来。

胜　绰　墨子，怎样利用地形地物呢？

腹䵍　老师，怎样才能全民皆兵？

高　石　师傅，制造什么样的兵器利于"救守"？

墨　翟　我们不要纸上谈兵了。从明天开始，我们就做攻守城池的演练。

38. 泰山墨学书院墨翟房舍（晨，外）

【天刚刚放亮，墨翟就与禽滑釐在小院中挖土筑城。城墙模型为4米×4米，周长16米，城高半米。两个人筑得满头大汗。高石赶到，把昨夜赶制的四个城门衔接上去，严丝合缝。

39. 泰山墨学书院墨翟房舍（日，外）

【弟子们陆续来到。

禽滑釐　墨子守城，我带领大家攻城。攻城各将军听令：孟胜、相里勤、邓陵攻南门，胜绰、相夫攻东门，高石、五侯、谢子攻北门，腹䵍、卢参攻西门。你们这十员大将，每人身后有战车五十乘，带甲士兵千人。现在，各就各位！

【各攻城将军来到自己战位，等待统军的命令。

禽滑釐　我是统帅，帅帐设在南门军团！

墨　翟　好，我这城方三里，城内储粮三月，我的各种新造守城兵器，样样齐备，

【墨翟高兴地指着放置城门之上的那些叫不上名字的守城兵器模型。

墨　翟　对着我这个守城的郡守，你们就开攻吧！大英给我当助手。

第四十一集　救守兵法

1. 泰山墨学书院墨翟房舍（日，外）

墨　翟　对着我这个守城的郡守，你们就开攻吧！大英给我当助手。

禽滑釐　我令东门击鼓佯攻，待墨子兵员集结到东城守卫时，我再调两门将领合攻西门，出其不意，突袭西门就可得逞！

墨　翟　战争中传递消息是很重要的。攻城期间，城内每60尺有一个"传言者"，每个人都要准确无误地传达给下一人。有紧急要事，则用鸡毛信传递，表示要达到飞鸟的速度。这两种办法还不算快，我设有调兵的各种旗帜，四门军情，郡守顷刻便知。佯攻东城实攻西城，是攻方作战秘密，但守方通过观察知西门吃紧后，即用旗帜调兵。

【大英从地上拔出十几杆不同颜色的旗帜。

墨　翟　摇动不同颜色的旗帜，就可调来所需兵种和所需器材，足以迎敌！

胜　绰　我东门攻城部队，分为十个组团，百人、五车为一组团，发起不间断进攻。我身先士卒，相夫将军镇后，轮番攻城，不信五十辆战车，一千士兵，就攻不下小小一个城门！

墨　翟　这在"救守"兵法叫"备蚁附"，也就是像应付蚂蚁打架那样的进攻方式。备蚁附，最好的办法是制作精良的守城武器，如搡车、转射机、连弩车、搡石机等。守城方面，居高临下，敌人远的时候用搡石机。靠近一点，就用连弩车。

【墨翟发射连弩车的模型。因为用绳子拴住箭杆，放出去的弩又收了回来。

墨　翟　这样可以保证箭杆不会放尽。敌人若一拥而上，且已近前，就打开转射机，放出排箭。

【大英帮墨子打开转射机模型，果然放出密密麻麻的排箭，弄得"将军"们措手不及。

墨　翟　转射机杀伤力很大。攻城的人若再密集，就可用搡车，打退敌方的进攻。

【大英启动搡车开关，抛出炭火、铁蒺藜等。

墨　翟　现在各国所用守城器具，既短缺又陈旧。我们这次救守论战之后，要集中一批能工巧匠，改进救守兵器。你们记住，能避免破城之难，我们就保护了上万人的生命和财产的安全。

高　石　我北门造了车载云梯二十台，每辆云梯车配备登城勇士五十名，只要有几个云梯登城成功，我的人就可以在混战中，从里面打开城门！

墨　翟　这在"救守"兵法叫"备轩车"。我守城，首先要深挖城边的壕沟，再灌满水，让你攻城的云梯不容易靠近城墙。如果壕沟没有挡住云梯攻城，我会在城墙上居高临下，使人相机齐射，再射。矢、石、砂、炭像天雨点降落，再辅之以薪火、水汤，云梯攻城必败！

【几个回合下来，大家都已经大汗淋漓。孟胜看了看墨翟，向禽滑釐使了个眼色。

孟　胜　统兵，饥兵不战嘛，我们的肚子饿了，停止攻城吧？

禽滑釐　好，今日停止攻城，各将领连夜准备，明日继续！

2. 泰山墨学书院写简厅（黄昏，内）

【索获正在竹简上写简。墨翟进来，远远地看了看，向一边走去。

【绛娘正在写简，不过不像以前那样写在竹简上，而是写在一方绢帛之上。墨翟站在旁边看着。绛娘已有所察，却没有搭腔。她心中的百般爱恨，都像是倾诉在这方寸之间。旁边抄写好的文稿，已经摞起一寸厚了。

【墨翟站了一会儿，几次欲开口，又什么也没说，向索获走去。

【索获站起来。墨翟示意跟他走。索获放下笔，跟着墨翟出去。

【绛娘看着他们的背影，点起灯，依然继续埋头抄写。

3. 林中（夜，外）

【墨翟和索获在林中漫步。

索　获　……这么些年来，我看今天是师兄最为轻松的时刻。

【林中空地上，出现了一张石桌。石桌上摆着两碗菜，还有一只酒壶，两副筷子。

索　获　哎呀，这不是苍天摆的酒宴吗？师兄，我们能享用吗？

墨　翟　今日，我专门请你喝酒。

索　获　请我？好呀。

【索获不知墨翟为何如此，索性一屁股坐下来，夹起一只碗里的东西就吃。索获起劲地咀嚼着，满足之态跃然脸上。

索　获　……美味呀美味！……师兄见笑了……

【墨翟把碗向索获推近了一些。

索　获　以前在家里，顿顿山珍海味，也不如这一口肉干香呀！

【墨翟看着索获有滋有味地吃着，心中甚为感动。墨翟斟酒，端起一盏给索获。

墨　翟　我先敬你一杯！

【索获恍然觉得有些失礼。

索　获　师兄，为何给我敬酒？

墨　翟　我要连敬三杯！

索　获　师兄，我们相识十四年，你第一次请我喝酒，你要是不说清楚为什么，我怎么敢喝？

墨　翟　什么敢不敢的，你顶着你父亲的迫害，屡次给我通报生死攸关的险信，那得多大的胆量啊！

【索获放下酒盅。

索　获　师兄这是在指责我吗？

墨　翟　我这是肺腑之言呵！师弟呵，你律己太严了。

索　获　其实，还用师兄指责吗？我自己就常常自责。如果我在尼山书院的时候，就具有了现在的感悟，师兄得减少多少风险啊！

墨　翟　可是，我对不起你啊！

索　获　这是从何说起？

墨　翟　我在宋国错误地训斥了你，这是为兄的终生耻辱啊！

【索获沉默着。

墨　翟　后来我才知道，不是你不举荐人才，而是子罕从中作梗，另有所谋。可是我发那么大的脾气，明明说得不对，你为什么不解释？

索　获　……当时，我就是希望你把郁气发出来，别说是骂我，如果能换回栀妹，索获死也无憾！

墨　翟　索获啊，你最好还是把我，当成泮宫书库里的那个修车匠。

索　获　不，师兄，修车匠承受的只是个人的荣辱，你现在要支撑着众人的理想。我热爱你，也是热爱这种理想。在这种理想的熊熊火焰中，我们每个人都是一根根干柴，无论长短轻重，都要燃尽自己的光芒。索获囿于学识、人品和气度，不能像师兄那样，成为照亮黑暗的火炬，只能甘做跟着火炬同行的一缕萤火之光。

【林中的萤火虫在月下飞舞。

索　获　我以萤火之光，加入师兄的火炬之光，已经是借辉煌而灿烂了。我岂能不情愿以自己的所有，换来火炬的燃烧？

【墨翟感激地看着索获。索获站起来。

索　获　十四年来，我们没有机会对饮，今日师兄受师弟一敬，原谅我兼爱来迟。

【墨翟慢慢站起来，双手端起酒盅。

墨　翟　平民习墨，几乎为了生路，贵族习墨，则多为了信念。放弃富贵追踪简朴，放弃"亲亲"求索兼爱，索获所行是圣人之道啊！

索　获　师兄，我敢说，千年万年之后，人们真正说起的圣人，正是墨翟你呀！

墨　翟　喝酒！咱们今天一醉方休！

4. 泰山墨学书院墨翟房舍（日，外）

【一如昨日阵势，但是多了一些攻城器械，显然有备而来。

禽滑釐　现在开始攻城！

孟　胜　今天，南门先攻，我们把五十乘解去马具的兵车，使车尾向敌，车上竖起大型盾器，箭、矛难以击穿，五兵推车，十兵跟进，冒矢石攻入城内！

【孟胜说着拿出连夜做好的攻城车。

墨　翟　孟胜以牛皮与木料制造的攻城车，称贲辒。抵挡这种车，在救守上称"备贲辒"。这种像龟甲的车，坚硬的部分在前边，软肋在后部。要想办法击打这里。抛石机抛出的石块呈抛物形，正好打击推车士兵和跟进士兵。如击打无效，可用燃起的火堆阻止贲辒前进！

【大英操纵起模型抛石机，枣子大的石子抛向孟胜。孟胜一惊。

孟　胜　大英，你慢点……

大　英　这是攻守，你当是什么啦……

【众笑。

相里勤　我南门将士，用柴草加土，在城下筑成高台，改守者居高临下为攻者居高临下，然后借助高台跳攻城头，从占领局部，扩展到整个攻城胜利！

【相里勤说着在城墙南门，垒起了一个土堆。

墨　翟　这是并不高明的攻城方法。你想，一个城池，经十年而成，高二十丈，你怎么可能在短期内筑得比它又高又结实呢？

相里勤　老师，是不是这个方法就不用琢磨了。

墨　翟　不。救守兵法叫"备高临"，借助坚固的城头筑起一座台城，依旧保持对攻城者居高临下之势。台城与台城之间可以用木板连起来……

【大英置台城模型于城墙之上，并用木板相连。

墨　翟　这叫作"行城"，实际上是城上之城，两层城，各有各的用场。

腹　䵍　我西门攻城军士，打算利用夜幕掩护，每个攀登士卒，把爪勾抛向城墙，攀缘登城，暗杀守城者，开门引大军入城！

墨　翟　我管这叫"备钩"。我的办法就是在城墙的外沿，突出一道土坎。爪钩只能抓住土坎，而不能抓住石墙。

【大英在城墙外沿，用泥巴加出一道土坎，然后用爪钩一抓，爪钩滑脱。

墨　翟　这样，攀缘者就会自行跌落，难有成功。注意，城墙上必须日夜有人巡逻，防止意外。

【一场夏季的瓢泼大雨，猝不及防地袭来。

【大家帮助墨翟收拾起各种兵械模型，一齐到墨翟书房避雨。

5. 泰山墨学书院墨翟书房（日，内）

【墨翟的书房，本来为书简和各种模型摆得满满的，弟子们抖干身上的雨水，趁此参观老师书房。三三两两，指指点点。对这个书房颇知根底的高石、胜绰、禽滑釐，不时向人们解释着。墨翟与一弟子在一部简书前聚精会神地讨论着。

6. 泰山墨学书院习武场（日，外）

【雨越下越大，地上形成径流，急促地流淌着。

7. 泰山墨学书院墨翟书房（日，内）

【站在窗前的禽滑釐，端着一只碗，正在喝水。他看着书房外面的雨水，看着城墙模型下形成的径流，突然高喊。

禽滑釐 有了！有了！

【众人惊疑地向这边看来。

禽滑釐 这是天助我攻城一方啊！

众 人 禽子有办法了？有攻城的办法了吗？

禽滑釐 你们看，这么大的雨，我们可以开河放水，以水淹城池，这岂不是破城良策？

众 人 对呀！对呀！

【禽滑釐拿起一块小铁器，放进水碗里。

禽滑釐 这雨一停，咱们郡守的城池呀，一准成了我这只水碗！

众 人 对对！

墨 翟 这在"救守"来说，叫作"备水"。

【几阵雷声过后，暴雨骤然停止。顷刻之间，外面雨过天晴。

众 人 天晴了！

禽滑釐 我们去看看墨子的水碗吧！

【大家雀跃地跑出书房。

8. 泰山墨学书院墨翟房舍（日，外）

【弟子们走出室外，见城内并无积水，大为吃惊。

墨 翟 禽子的水攻，的确是个好方法。水攻，有的借引江河之水，有的借天雨。禽子借天雨，真是得来全不费功夫。可惜，我这城池没有成为他的水碗呀！

【众人笑着。禽滑釐抓耳挠腮。

墨 翟 我事先在城内依就地势挖了几条排水壕沟……

禽滑釐 壕沟在哪里？我怎么看不见？

墨 翟 不密则失嘛。

【墨翟打开壕沟上的棚盖。一条弯弯曲曲围绕全城的暗壕豁然显现。

【众人恍然，惊叹。

禽滑釐 师兄，这城池是我们昨天干了一夜筑起的，我怎么没看见你挖壕沟？

墨 翟 你是攻城的统帅，要时时置我于死地，我能让你看见吗？

【众人笑着。

墨 翟 出水口是个要害。为防你们的禽子堵塞，我把它开在这里。

【墨翟指着一块巨石下边的出水口。

墨　翟　在守城"备水"上，还要做到，即使城内积水，以舟相通，也不使城破。我看我们的攻城，暂时告一段落。

众　人　不，我们明天接着再攻！

墨　翟　不干了，我不干了。

禽滑釐　墨子不是要实战讲解兵法吗？

墨　翟　你们这叫实战？这不是我们小时候玩的游戏嘛。没有什么新鲜的，我再陪着你们玩，心里就要锈住了。

【墨翟见大家十分沮丧。

墨　翟　不过，我可以告诉你们一个，能够攻破我城池的秘密。

【众人提起精神。

墨　翟　这个秘密很简单，就是攻城和守城，最后剩下一个招数者，必是胜利一方。禽子带着你的将军们，再去想办法吧。

【墨翟悠然而去。禽滑釐和他的将军们愁眉苦脸。

禽滑釐　我就不信，我们十一个人，就想不出比墨子还多一个的办法？

众　人　对，我们众人捧柴火焰高，大家再动脑筋！

9. 泰山墨学书院写简厅（夜，内）

【绛娘在绢帛之上抄写文稿。旁边抄写好的文稿，已经摞起两寸厚的好几摞了。

【墨翟拿着自己的笔墨，来到绛娘对面。

【绛娘还是没有搭腔，埋头抄写。

【墨翟默默坐下，在绛娘的对面书写起来。

【少顷，绛娘把翟鸟灯碗向墨翟一边轻移了一点。

【墨翟并没有发现。绛娘又埋头抄写。

【少顷，墨翟又把翟鸟灯碗向绛娘一方轻移了一点。

【绛娘抬起头，正好看着墨翟正在看她。

墨　翟　小姐，该歇息了。

绛　娘　先生不是也没歇息吗？

墨　翟　小姐和我们男人不一样？

绛　娘　什么不一样？

墨　翟　都不一样。

绛　娘　我看没有什么不一样。

墨　翟　我没有考虑到不一样，说话办事，都像对兄弟一样。

绛　娘　兄弟姐妹不是都一样吗？

墨　翟　总归有些不一样。

绛　娘　先生说不一样，就不一样吧。

墨　翟　小姐，该歇息了。

【绛娘不理。墨翟站起来走了。

10. 泰山墨学书院生员房舍（夜，外）

【墨翟来到房舍，隔着窗户。

墨　翟　索获！

【索获探出头来。

索　获　师兄！这么晚了，又要请我喝酒呀？

墨　翟　你的写简厅晚上为什么不关门？！

索　获　是绛娘小姐要去熬夜。

墨　翟　任何人不许熬夜！

【墨翟说完转身就走。索获不知就里。

11. 泰山墨学书院墨翟房舍（日，外）

【墨翟与弟子的攻守演练，再次开始。禽滑釐信心十足地站在统军的位置上。

禽滑釐　我们合计多日，终于想起另外一路方策。现在开始攻城！

谢　子　我用弓箭将劝降的书信，从四面八方射入城内。分化将士，涣散人心，使城内人自恐惧，自生混乱，我再相机破城。

墨　翟　攻城为下，攻心为上。你们终于想起了高明的方策。不过，你攻城必先攻心，我固城也必先固志。所以，攻守双方，必定打一场心战。我已经布置，攻城一方射进的书信，一律焚毁，不得散发。城内也不得射出书信，使攻城之敌不知城内虚实。攻城一方，总是千方百计寻找内奸。所以，对"外谋"者，要严厉处置。对守城中的立功者，要立赏立见。

相里勤　我将在南门设祭，以杀马为牲，祭祀兵主，保佑我攻城得手。而且，我的祭祀，是在守城人能看到的白天进行，使城内产生恐惧之心！

墨　翟　你祭祀，我也祭祀，这在守城者来说，叫作"迎敌祠"。敌南方来，迎之南坛，以七十岁德高望重的老者七人主祭。敌北方来，迎之北坛，由年九十岁德高望重的老者九人主祭。

相里勤　攻城一方，不会有老者随军。墨子为何请老者主祭？

墨　翟　这正是守城一方的独到优势。老者以自己的年龄告诉城内军民，是他人打到我们家门！我们是为保卫家园，才挺身而出！守城祭祀，最能动员人心。必须大张旗鼓地进行。官员要做出"各死其职"的誓词，向百姓表明誓死守城的决心。而且，可以把百工动员起来，为战勤效力。大家齐心了，这就是"众志成城"。兵神也会感动，助守城成功。

卢　参　我西门之军，利用我很少出攻的假象，采用穴攻方法，挖通穴道，通过穴道放火，可以破城！

墨　翟　这在"救守"中叫"备穴"。看来攻心不成，又来攻城。我早已在城中高搂，四处瞭望，凡发现城外有新土成堆者，即攻城者在做穴攻。此时，城内要相对应着，挖一条横行深壕，切断入城的穴道。深壕之内要挖一口深井，放一个陶缸，让耳朵灵敏的人守在那里静听，判断穴攻的方向，以便迎敌。

卢　参　我的穴道，与城内守井挖通了，而且我要用烟火熏走把守之人。守井士兵被烟熏倒，攻城者由穴道鱼贯而入，即会城破。墨子怎么办？

墨　翟　如何防止井口把守的士兵被烟熏倒，至今人们还没有破解的办法。

禽滑釐　墨子也没有破解的办法？

墨　翟　我也没有破解的办法。

　　　【众人欢呼起来。

墨　翟　但是，你们的师娘任栀妹，有一个破解的办法！

　　　【大家一下愣住了。许久以来，人们都小心谨慎地不碰墨翟的这个伤口。想不到墨翟自己轻松提起。

　　　【墨翟向大英点了点头，大英径直向墨翟书房走去。

　　　【大家看着墨翟，不知如何是好。

　　　【大英庄重地抱出一只造型迥异的瓦盆，交给墨翟。

墨　翟　我的家乡百工坊里，有一个做醋的作坊，不慎失火，匠人皆被浓烟熏死。却有几人侥幸生还。原来他们都是把头埋在醋缸口上，才躲避了浓烟。这件事说明，醋可以充消掉烟熏对人的伤害。于是，陶匠任栀妹，设计了一个防止烟熏的陶盆。栀妹专门在盆口留有一个月牙形的沿口，便于人把口鼻尽量贴近醋面，我把它称为"文盆"……

　　　【大英把文盆放置城中。众人中有开始流泪的。

墨　翟　……这就是我的亡妻，你们的师娘，为"兼爱"制作的最后一件"救守"器械。弟子们，倘若你们舍身救危城，"文盆"和它的主人，会给你们增添无穷的生力和战胜敌人的勇气……

　　　【墨翟哽咽。胜绰端着"文盆"，哭出声来。

胜　绰　栀妹！

　　　【其他人都在流泪。

12. 泰山墨学书院写简厅（日，内）

　　　【绛娘抄好的文稿，已经摞起半尺厚的三沓了。胜绰过来。

胜　绰　公输小姐，哥哥请你去主事房议事。

　　　【绛娘收拾好绢帛，让胜绰帮助抱着，边走边说。

13. 泰山墨学书院写简厅（日，外）

胜　绰　公输小姐！

绛　娘　嗯？

胜　绰　齐国使者来了，要聘请懂兵法的弟子。我想去，哥哥不让，请小姐为我美言。

绛　娘　先生是舍不得你离开吧？

胜　绰　舍不得，我也得去。

【绛娘看着胜绰那个劲，莞尔一笑。

14.泰山墨学书院主事房（日，内）

【墨翟与禽滑釐、高石、迟仲等，再度商量向大国派出弟子之事。

迟　仲　目前各国对墨学传播，多有讹误，以前绛娘提出的，向大国派出弟子游说，我意不可再拖。我们的弟子已攻读五年，足以胜任。

高　石　按照各国惯例，凡派使者聘请的弟子，可以面见国君。没有来聘的弟子，只以游说之名前往。

墨　翟　禽子有个派出计划，大家议论一下。

禽滑釐　想以墨学君临天下之人，当以秦王为最。他对"尚同"最感兴趣，已有聘书。腹䵍是秦国人，又是学习成绩优异者，我看可以派他去。

【墨翟、迟仲、高石都表示同意。

禽滑釐　越国来聘，可以派熟悉越国情况的公尚过去。

【墨翟、迟仲、高石也表示同意。

禽滑釐　燕国、赵国、魏国、韩国暂时没有来聘，我看可以派弟子游说，现在人手不够，以后再说。齐国这次聘一个懂兵法的弟子，我打算派胜绰去。

迟　仲　胜绰跟着学了这么多年，轮也该轮到他了。

高　石　胜绰自己也要求去，他专门找过我。

墨　翟　胜绰不行。

禽滑釐　师兄，现在人手不够，实在也找不出比胜绰更合适的人了。

墨　翟　再考虑别人吧。

【大家不知墨翟为何态度坚决，只得再往下进行。

迟　仲　赴任弟子，每人需带简书一部，以后游说的几个大国，最少也需要简书一部，我们一下子拿不拿得出来这么多简书，这得听绛娘的。

【正好绛娘和胜绰进来。胜绰捧上简书给墨翟和禽滑釐。绛娘交给迟仲。

胜　绰　墨子！看！

【墨翟和迟仲、禽滑釐接过胜绰拿着的三部绢帛书稿，甚为惊讶。

迟　仲　公输小姐什么时候备下了这些好货？

禽滑釐　绛娘这一支笔，顶得上五百铁骑啊！

绛　娘　上次墨子使楚，我看见一部书稿就要一辆车来装，才开始想到用绢帛抄写，今日刚好完成了三部，路上携带轻便。另外，索获那里还有一部竹简，不知

够不够用？

禽滑釐　正好够用！小姐是算着来的吧？

【迟仲两眼紧盯着墨翟。

迟　仲　我看可以，你看怎么样？

墨　翟　三部绢书不可都送出去。书院也要留一部。

绛　娘　先远后近，我再抄嘛。如果急需，我的抄写还可以加倍。

墨　翟　迟仲老师说，不能让小姐太辛苦。

迟　仲　对对，你师娘说，要是把绛娘累跑了，谁也担当不起！

墨　翟　（严肃地）要是公输小姐累倒了，我就是罪魁祸首！

【绛娘知道墨翟这是当众向她表示歉意，心中块垒似乎化解。

绛　娘　先生著书立说，呕心沥血，绛娘不过活动活动手腕，何须如此言重？

墨　翟　小姐的贡献，只有墨者体会最深。

绛　娘　这岂不是男子顶天不惊叹，女人立地却要勤鼓噪了吗？

墨　翟　小姐骂人不露齿？

绛　娘　先生贬人不经心？

墨　翟　我们占据小姐房产，岂敢贬人？

绛　娘　绛娘受雇先生书院，岂敢骂人？

墨　翟　墨院难得小姐一颗芳心。

绛　娘　绛娘只为墨者一腔热血。

墨　翟　小姐为万山丛中一点红。

绛　娘　绛娘读懂"钩之以爱，揣之以恭"……

【墨翟和绛娘对话期间，禽滑釐和高石悄悄溜走。等到迟仲也最后溜走，墨翟
和绛娘才发现他们彼此太投入了。两个人禁不住哈哈大笑。

15. 泰山墨学书院习武场（黄昏，外）

【胜绰正和禽滑釐谈话。

胜　绰　……同时在目夷书院就读的生员，都被陆续派出各国，只有我从来没有出任。

禽滑釐　胜绰，你不是小嘛。

胜　绰　哥哥像我这么大，都当墨学书院的主事了！你像我这么大，都是禽子了。我
　　　　是资深弟子中，最没有出息的。

禽滑釐　胜绰是为了自己的面子，才要出仕齐国吗？

胜　绰　我是墨子的弟弟，不能为墨学建功立业，实在感到有辱墨子。我请求禽子给
　　　　我这个机会！如果我不称职，可以随时撤换嘛。

禽滑釐　按照你的能力，的确可以胜任，可是墨子不同意，总有他的道理吧？

【墨翟推开自己的房门，点上灯，突然发现胜绰长跪在案前。

墨　翟　胜绰？你这是干什么？

胜　绰　哥哥！你就让我出使齐国吧？！

墨　翟　胜绰呀，起来我问你。

【胜绰站起来。

墨　翟　你为什么一定要出使齐国？

胜　绰　我为什么不能出使齐国？

墨　翟　你要说不出理由，就是能去，我也不让你去！

胜　绰　我要是说出理由，你就让我去吗？

墨　翟　我再考虑。

胜　绰　我一生有一桩奇耻大辱！哥哥可曾知晓？

墨　翟　哦？

胜　绰　上次泰山瘟疫，墨院每个生员都救护了百人以上的黎民百姓，只有我违反院
　　　　规，去五龙潭钓鱼，染上瘟疫……栀妹把我从死人堆里救出来……这几年，
　　　　一看见哥哥一个人，我就心里难受……（哭泣）……

【墨翟沉痛。

胜　绰　……栀妹的死，不仅是为了拯救绛娘，也是因为我。如果不是救护我，累得
　　　　她伤了元气，小小的洪水，栀妹怎会对付不了？栀妹是我的嫂子，也是我的
　　　　母亲，我累死了自己的嫂子、自己的母亲，这比奇耻大辱还奇耻大辱啊！……
　　　　哥哥，你就是娶了绛娘，栀妹的位置也永远空在我心里！

墨　翟　你是因为绛娘，才一定要离开泰山的吗？

胜　绰　不！我是因为要洗刷自己的耻辱！哥哥，你就放我到齐国去吧？让我用强力
　　　　从事，来使自己再生吧！

【墨翟被胜绰深深的悔痛感动。

墨　翟　我一直不让你离开我，知道为什么吗？

胜　绰　我有毛病，哥哥怕我给墨者丢脸。

墨　翟　这只是其中一个原因。还有更重要的。

【胜绰抬起头来。

墨　翟　胜工师和胜师娘，只有你这一个儿子，他们把你交给我，我总觉得放在自己
　　　　眼前才放心。

胜　绰　哥哥，自从你齐国救亲归来，父亲就像你现在对我这样，非要看见，心里才
　　　　踏实。可是你不还是搬回自己家里了吗？你知道父亲每天晚上，都偷偷躲在
　　　　你的门口，看见你回来才走吗？

墨　翟　别说了！

胜　绰　哥哥！

墨　翟　胜绰呀，去齐国之前，你先回目夷谷一趟吧。这么多年没有回去，你替我看望看望咱们的父母吧。

17. 泰山墨学书院墨翟主事房（日，内）

【腹䵍、公尚过、胜绰三人来到。墨翟和禽滑釐早在等候。

禽滑釐　你们三位，都是首次出使大国的墨者。行前有什么要问的，你们尽管说。

胜　绰　老师，齐国近年多有败迹，所以才向墨者聘请兵学人才。我去了，真的帮他们打仗吗？

墨　翟　凡遇抗御外敌入侵，墨者要真心诚意帮助齐国打退入侵者。但齐国发动掠人土地的战争，墨者不可染指。记住，必要时宁肯辞官回来！

胜　绰　弟子明白！

公尚过　越国聘请墨者，是为牵制墨者与楚国的接触。因为楚越之争相持不下，他们都想把墨者作为制胜筹码。但要楚越两国接受墨者的"非攻"之说，恐怕很难！

腹　䵍　老师，此次入秦，我想直说秦王。秦国离周天子咫天之隔，但他们对《周礼》，远没有鲁人那样顶礼膜拜。更何况，秦王一向轻视儒者，这对宣扬墨者之说，十分有利……

墨　翟　腹䵍以为，七雄之争，统一天下者，当为谁家？

腹　䵍　齐国田齐篡权，内部争斗将耗尽国力，难有统一天下之志。统一天下者，我看非楚必秦。

【禽滑釐和墨翟对视了一下。

禽滑釐　说说看，是楚国还是秦国？

腹　䵍　楚国，封君割据势力强大，尾大不掉，难以集结国力。加之，楚人又惧北方寒冬，即使有统一天下之举，恐怕也难以实现。秦国则不然，他们早有问鼎中原之心。且在农耕之战中，首先打破国人、野人之限，举国以功实取人。我以为，墨者"尚贤""尚同""节葬"之说，正是秦王所需，必为秦王所取！

墨　翟　秦穆公以活人殉葬，从死者177人。秦之良臣子车氏三子，也在从死之列。秦人"彼苍者天，歼我良人"的悲怆之声，言犹在耳。

腹　䵍　腹䵍当首先说秦王，破久丧，废厚葬，以成节葬之先驱！

墨　翟　为此，秦国尚有统一天下之力！为师等待你的信板。

腹　䵍　弟子一定尽力！

18. 泰山墨学书院墨翟书房（日，内）

【绛娘端着棋盘款步进来，看见墨翟在房间里辗转，坐卧不宁。

绛　娘　先生，可以下盘棋吗？

【墨翟应付着，摆上棋盘，勉强走了几步，墨翟心烦地推开。

绛　娘　先生请我来泰山书院，怎么，连一盘棋都不愿意奉陪？

【墨翟不说话。

绛　娘　那我还是回曲阜好了。

【墨翟突然一把拉住绛娘的手。

墨　翟　你不能走！

【绛娘没有说话。墨翟发现自己有些失态，放开绛娘的手。

绛　娘　要我不走，先生就下棋吧？

墨　翟　……我心里很乱……

绛　娘　自从我们目夷谷相识，这么多年来，我的心里岂止一个乱字？每当看见你的事业蒸蒸日上，我就能慢慢平静下来。

【墨翟不安的心情，随着绛娘劝慰的话语和柔美的声调，渐渐平静下来。

绛　娘　各国来聘弟子，这是多么大好的风光！岂能因为离别而过于感伤？

墨　翟　小姐和栀妹一样，都会劝人。

【绛娘推过棋盘。

墨　翟　你得饶我两目子。

绛　娘　先生也有求饶的时候？

墨　翟　（悄声）墨翟只向小姐求饶。

19. 泰山墨学书院六艺厅（日，内）

【这里已经成了制作守备武器的作坊，制造掷车、投石机、连弩车、转射机的各小组，分头忙碌着。禽滑釐进来，边走边看。高石正和几个生员埋头商量着。

禽滑釐　高石子！

高　石　禽子！都回来了吗？

【高石指了指大家。

高　石　这就是派到各大国观察战器的生员。除了秦国的，路远，都回来了，我们正在综合比较？

禽滑釐　怎么样？

高　石　我们制作的掷车、投石机、连弩机，比这几个国家有很大改进。

卢参侯　我们新创造的转射机，射出的扇面比他们都大一倍以上。

相里勤　防烟文盆，他们谁也没有，是我们守城的秘密武器。

禽滑釐　好。

【禽滑釐和高石边走边说。

禽滑釐　记住，我们制作的新式军械，要易学、耐用，还要好修理。否则，士兵们就会把它扔到一边，仍旧拿起他们习惯使用的长矛！

高　石　禽子放心。

禽滑釐　我们的军械制作，一定不要外传。

【高石指了指墙角的铺盖。

高　石　我日夜都守在这里……

禽滑釐　你的武功习练，谁来代替？

高　石　我可是找了个名门之后。

禽滑釐　名门之后？

20. 泰山墨学书院习武场（日，外）

【三百弟子在习功场排列整齐，等待武功教练的到来。这时，在习功场的教练位置上，出现了大英。大英英姿飒爽，举止大方。

大　英　师兄们，今天的武功教习，是继续昨天的动作，大家跟我练。开始！

【大英动作干练，英气勃勃。生员们跟着大英认真习练。

【绛娘陪着墨翟远远地看着，他们分明从大英身上，看到了栀妹的影子。墨翟微笑着。他们互相交流着眼神。

绛　娘　这几年，你的心情从来没有这么好。

墨　翟　小姐，今晚陪我一起观星，怎么样？

绛　娘　行。我正好有话要对先生说。

第四十二集 杨朱泣歧

1.泰山墨学书院观星台（夜，外）

【绛娘陪着墨翟观星。她的眼前不断出现十几年前他们一起在尼山书院观星台的情景。绛娘看着墨翟那副投入的样子，几次想开口，都没有说话。

【墨翟看着看着，情不自禁地微笑起来。绛娘立即开口，墨翟却先说了。

墨　翟　你看！你看！……

绛　娘　先生，我有话要说。

墨　翟　我也有话要说。自从小姐来到泰山，我这颗星就特别的亮，我……

绛　娘　我应该回曲阜了！

【墨翟看着星空的头，一动不动，但是从他立即凝固的脸上，感到他内心的震动。墨翟久久地看着星空，没有回答。

绛　娘　我该走了。

【墨翟还是没有答话。绛娘站起来要走。

墨　翟　公输小姐是要回去嫁人吗？

绛　娘　嫁给谁，嫁给杨朱吗？

墨　翟　你不是答应我了吗？

绛　娘　我只答应帮你完成向大国的游说！现在秦国、越国、楚国，都已经派有你的弟子。

墨　翟　可是他们还没有全部接受我的主张！

绛　娘　我就不能全部接受你的主张，别说他们！

墨　翟　绛娘有什么建议，墨翟洗耳恭听。

绛　娘　绛娘只想先生履行承诺，回曲阜照顾叔父。

墨　翟　不知小姐，对楚国和宋国近来的关系，是否有所觉察？

绛　娘　我从叔父的来信中，感到楚国执政正在说服楚王发兵取宋。

墨　翟　他们一定以为，宋国地处要冲，楚国不取必为越国所得，成为越国西向的走廊，反而挡住楚国的北进之路……

绛　娘　这与我要回到曲阜，不知有什么关系？

墨　翟　我已让禽滑釐和高石，加紧制作"救守"器械。还想请小姐再用绢帛抄写四部兵书，以备急用。

绛　娘　你当着叔父的面，答应过我。

墨　翟　我现在也没有食言！

五十二集大型 历史电视连续剧 墨子

绛　娘　按照约定，我有权回到曲阜。

墨　翟　难道墨翟就无权挽留小姐吗？

绛　娘　要是绛娘不能接受挽留？先生还准备扣留吗？

　　　　【两个人站在黑暗中僵持着。孟胜匆匆跑来。

孟　胜　老师！公输小姐！宋国使者商九先生到，有急事求见老师！

墨　翟　你去把主事们都请来，大家一起会见商九先生！

　　　　【孟胜走了。墨翟的情绪倏忽严峻起来，旋即又轻松地对绛娘说。

墨　翟　小姐是该回去看看公输先生了，你明日就回曲阜吧，我派孟胜送你。

　　　　【墨翟大步而去。

2. 泰山墨学书院主事房（夜，内）

　　　　【墨翟、禽滑釐、迟仲、高石、绛娘、商九坐定。

商　九　……楚国有发兵攻宋迹象，国君请大夫速去宋都，共商抗楚之策！

墨　翟　楚国攻宋、这消息准确吗？

商　九　楚王发兵取宋，本来定为冬季。考虑楚兵不善冬战，他们发兵的时机就临时
　　　　提前在今夏！

墨　翟　先生可知道越人有什么消息吗？

商　九　越人最近在水战中，被楚人请公输般制造的钩拒连连打败，元气已经大伤。
　　　　宋国指望求越援助，一是暂无可能。二是引狼入室。

墨　翟　求越不成，求齐呢？

商　九　齐国正在内乱，自顾不暇。

墨　翟　求秦呢？

商　九　秦国远在千里之外，难以驰援宋国。宋国上下，已无计可施。宋公速请墨卿，
　　　　共商抗楚之策！

墨　翟　还请有巫马子和杨子吗？

商　九　自从上次三子答宋君问之后，宋公对杨子和巫马子嗤之以鼻。你墨子却不同，
　　　　外界传说，你同禽滑釐研究救守，已成兵家重要一派……

禽滑釐　这外界传说，还拉扯着我？宋国有没有主张坚守城池的大臣和将领？

商　九　有，只是为数太少。人们担心宋人抵挡不住楚兵骁勇。

墨　翟　还有割地求和之策，宋公何不一试？

商　九　实话说，这割地求和，也不是没有想过。只是楚国的胃口很大，想一次独吞
　　　　宋国，所以割地求和之策，双方都不感兴趣。

墨　翟　墨翟既为宋国大夫，当为宋国效力。墨翟敢问，国君希望墨翟做什么？

商　九　宋君想坚守，但缺乏救守良将，墨卿可为引荐？

墨　翟　主张守城的将军，岂不是最佳主将人选？我们禽子可做副将！

商　九　墨卿不肯自任？

墨　翟　我，也许会派上点别的用场，禽滑釐救守的兵学造诣极深，只要他的守城计谋得以推行，禽子在，城必在！

商　九　那我们明日就一起上路吧？

墨　翟　不，明日你先回去禀报宋公，献上墨翟的两个计策。

3. 泰山墨学书院墨翟书房（日，内）

【众人围着公输般给墨翟的石头地图看着。气氛凝重。

墨　翟　……我想，分兵三路。一路，由禽滑釐带领。书院弟子有多少人？

禽滑釐　300人。

墨　翟　禽子带领全体300名弟子及全部军械样品，分乘十辆马车，带上我们新式的军械模型，从泰山直赴宋国国都。限你们三日内赶到。

高　石　马车不够怎么办？

墨　翟　书院所有车辆全部征用。禽子到了宋国，要依靠当地匠人，抓紧赶制"救守"军械。同时，加固城防，熟悉军士，与宋国守城将领制定出详尽的救守预案。300名弟子，每个人都要反复熟读"救守"兵法，并演练自如。

禽滑釐　知道了。

墨　翟　第二路，我由此赴楚，只带孟胜、徐弱两人。

高　石　孟胜、徐弱，两个人武功都不高强，路上碰到困难，恐怕难以应付？

墨　翟　我赴楚期间，楚国很可能向宋国调兵，我挑孟胜、徐弱随从，是因为他们熟悉楚国情况，又有文弱书生面孔。路上反而安全。

迟　仲　这第三路，我来安排。我和绛娘、臧公子，留守书院，有新来的生员，哪怕只有一人，也不停止授课。不使外界有流言蜚语。

墨　翟　好，今日连夜准备，明日一天，后天开拔！

禽滑釐　从现在起，书院一切按军事规则行事！

【大家紧张地散去。墨翟悄悄嘱咐禽滑釐。

墨　翟　公输小姐的马车就不要征用了。

禽滑釐　就这，车还不够呢！

墨　翟　我们不能让她再跟着担惊受怕了。

4. 泰山墨学书院绛娘房舍（夜，外）

【绛娘端着翟鸟灯碗，开了门正要出去，碰见正要敲门的墨翟。

墨　翟　小姐！

绛　娘　是先生！

墨　翟　我来看看孩子。

绛　娘　她们都睡了。

【绛娘端着灯，墨翟跟在后面，轻手轻脚地进来。

5. 泰山墨学书院绛娘卧室（夜，内）

【大英、二英立即闭上眼睛。

【墨翟看着已经熟睡的大英、二英，父爱溢于脸上。墨翟给二英掖好被子，跟着绛娘回到书房。

6. 泰山墨学书院绛娘书房（夜，内）

绛　娘　先生为何不征用公输家的马车？

墨　翟　你不是要回曲阜吗？

绛　娘　如果连马车也不肯征用，先生岂不是要赶我回曲阜？

墨　翟　小姐不是墨者，没有必要留在书院。

绛　娘　我身在墨院，岂能置身局外？

墨　翟　小姐，我此行，吉凶难卜呀。万一有什么意外，两个孩子就托付给你了。墨翟重托啦。

【说完，墨翟就要走。大英、二英起来躲在门后听着。

绛　娘　先生，你此次赴楚，不过是劝说楚王不要攻宋。楚王听则听，不听则罢，你怎么会有风险？我看此次的风险，在于禽滑釐的救守。先生如果劝说不成，楚国笃定起兵攻宋。禽滑釐为了践履《墨守》，必然"死不旋踵"。以300名弟子抵挡楚国数十万大军，先生想过没有，会是什么结果？

【墨翟神情严峻。

绛　娘　我不明白，墨者不过宣扬自己的主张而已，有必要把整个书院当作一支为宋国人守城的军队吗？先生是学术门派的领袖，有必要为宋公当说客去面说楚王吗？

墨　翟　如果能使几十万宋国人免遭涂炭，有什么不应该吗？

【绛娘想起卧室里的两个孩子，向里看了一眼，大英、二英连忙缩回去。

【绛娘拿起翟鸟灯碗，墨翟跟着走了出去。

绛　娘　（悄声）先生的学说已经彰显天下，怎么舍得再用弟子的鲜血，染红一面"兼爱"的旗帜？

7. 泰山墨学书院墨翟书房（夜，外）

【墨翟跟着绛娘，向墨翟书房走去。

墨　翟　人总是要死的！

绛　娘　为什么要这样死？！

墨　翟　墨翟选择了为黎民百姓而死，墨者也选择了为黎民百姓而死！

绛　娘　我不能让你们这样去死！……

8.泰山墨学书院墨翟书房（夜，内）

【进了书房，绛娘放下翟鸟灯碗。架子上摆着栀妹做的"文盆"，灯光下那么沉重。

墨　翟　小姐虽然身在墨学书院，却不是墨者，还可以有另外的选择！

绛　娘　（被激怒）我天天和你们这些活生生的生命在一起，还能有什么选择？

墨　翟　你可以选择"爱有差等"的仁爱，也可以选择"贵己重生"的自爱！无论小姐怎样选择，都可以和我们墨者做朋友！

【墨翟看着"文盆"。绛娘看着翟鸟灯碗，怒极而怨。

绛　娘　……你不接受我，原来仍然把我当作杨朱夫人？

墨　翟　是你要我为了苟且偷生，放弃这么多人为之奋斗牺牲的"兼爱"大业！

绛　娘　栀妹已经为了我这无用之人英年早逝。难道先生还要以300名弟子的生命，来佐证自己的学说吗？

墨　翟　如果没有对小国弱国的救守，兼爱之说就是叶公好龙！非攻之说就成为虎作伥。所以我必须用墨者的行动，止楚攻宋！

绛　娘　你一个人，怎么能阻止一场战争？

【墨翟的情绪从悲壮，陡然变成了感伤，他慢慢地说着。

墨　翟　……小姐知道……我这次去楚国谈判的对手……是谁吗？

绛　娘　当然是楚王。

墨　翟　除了楚王，还有你的叔父公输子……

绛　娘　啊？

墨　翟　公输子帮助楚王制作了一批攻城的武器，楚王攻宋，就是来试验这批新式武器的。所以，"止楚"，一得"止"楚王，二得"止"公输子。你们公输家是我们墨者最大的恩人，此次赴楚，我要面对你的叔父、我的老友、墨者的恩公呵！……

【绛娘呆在那里。

9.泰山墨学书院（晨，外）

【泰山书院墨翟弟子一律着墨者装束：青布短衣，长裤，草鞋，挎包斜披右肩。挎包上的许多小袋作背囊之用，腰束一带，紧头紧脚，便于长途行军。

【300名弟子排列整齐。十辆马车，一字排开，里面装满了军用物品。

【书院门口，出行的队伍远远多于寥寥无几的送行者，苍山之下，显得格外悲壮。

【墨翟手捧"文盆"，郑重地交给禽滑釐。

禽滑釐　墨子，咱们宋国城头相见！

墨　翟　禽子，宋国城头咱们再见！

禽滑釐　（同时）言必信，行必果！

墨　翟　（同时）言必信，行必果！

众　齐　言必信，行必果！

禽滑釐　全体注意！出发！

【车队隆隆启动。墨者队伍整齐开拔。墨翟一直抱紧拳头，向所有出行的墨者行礼。

【送别了禽滑釐，墨翟也准备出发了。

迟　仲　墨翟呀，为师有句话，你一定要记住。赶路再紧，不忘吃饭睡觉！

墨　翟　老师放心，我是铁打的。

迟　仲　我教了你这么多年，吃饭睡觉你就是记不住！真是教不严，师之惰啊！墨翟，你跟我念"按时吃饭睡觉"！

墨　翟　（老实地）按时吃饭睡觉！按时吃饭睡觉！……

【绛娘拿着包袱赶了出来。

绛　娘　孟胜，咱们的马车呢？

孟　胜　公输小姐，你要什么车？

绛　娘　我要与先生同去楚国。

孟　胜　墨子说，我们只能步行。

【绛娘走到正在跟着迟仲念"按时吃饭睡觉"的墨翟跟前。

绛　娘　先生为何不乘车？止楚攻宋，要分秒必争啊！

墨　翟　我有宋国大夫的身份，楚王会把我当作宋国使者对待。我抛弃马车，正是为了断却宋国使者之嫌，以墨家之言去说服楚王。另外，楚国军队若是向北进发，我乘车南下，岂不白白送上一辆马车，让楚国军队去征用？

绛　娘　此去楚国郢都，千里往外的路程，加上兵荒马乱，徒步要走半个月呀！

墨　翟　我可以日夜兼程。

绛　娘　那我和先生一起步行！

墨　翟　感谢小姐一番心意，路上却有不便。

绛　娘　（求救地）迟仲老师！只有我才能劝动叔父！

迟　仲　绛娘，别的事，我不拦你，这件事，还是听墨翟的安排吧。

绛　娘　好，我听先生的。不过先生也得听我一件事。

墨　翟　小姐请讲。

绛　娘　不是还需要四部书稿吗？我在书院一边抄写，一边等你回来。我们说好，不见不散。

墨　翟　好，不见不散！

【墨翟和绛娘击掌。

【大英在一旁悄悄对孟胜嘱咐着。

大　英　（悄声）师哥，路上一定要强迫父亲休息……

孟　胜　大英放心，墨子不是你一个人的父亲，我会尽到儿子一样的孝心。

【大英脸上飞起一片不易觉察的红晕，立即把一件东西交给了孟胜。孟胜要看。

大　英　回头再看。

【墨翟与孟胜、徐弱向送行的人行抱拳礼。绛娘把二英紧紧搂在怀中。

10. 宋国宫殿（日，内）

【商九正在向宋昭公禀报。

商　九　……是的，墨卿让我转告主君，他先前往楚国，面说楚王，止楚攻宋。这是墨子的第一个计策。

宋昭公　墨卿带有多少人马？

商　九　墨子说他只身前往。

子　罕　这个墨翟！平时吃着宋国的俸禄，到了紧要关头，国君召都召不来！就是养条狗，还得替主人叫唤两声，墨翟堂堂宋国大夫，还不如一条狗！

宋昭公　就算墨翟雄辩，凭他一张嘴，岂能阻止楚国百万大军？上次儒墨杨君前同辩，墨子不正是这样质问巫马子，弄得一片讥笑声吗？你快说说墨子的第二个计策？

商　九　墨子的第二个计策是，派禽滑釐带领300名弟子赴宋救守。

子　罕　300个书生能干什么？我看能念经！念墨经！

商　九　这300名弟子都是兵法与功法集于一身、死不旋踵的墨者……

子　罕　就算他们以一当十、以一当百，怎能抵挡楚军百万？

宋昭公　墨卿呀墨卿！这生死关头，你怎么连面也不见呢？！

11. 途中（日，外）

【禽滑釐带领的赴宋大军，车轮滚滚，浩浩荡荡。队伍中齐声吟诵着《秦风·无衣》。

众　齐　岂曰无衣？与子同袍。

　　　　王于兴师，修我戈矛。

　　　　与子同仇。

12. 泰山墨学书院写简厅（日，内）

【绛娘在绢帛上，流利地书写着，笔尖流出俊秀的篆书。

众齐（画外）　岂曰无衣？与子同泽。

　　　　王于兴师，修我矛戟。

　　　　与子偕作。

13. 途中（日，外）

【墨翟带着孟胜和徐弱，三人大步流星地赶路。

众齐（画外） 岂曰无衣？子与同裳。

王于兴师，修我甲兵。

与子偕行。

14. 子罕府邸客厅（夜，内）

【客厅内灯火通明。子罕对楚国秘使谈论着。

楚　使 ……一个车匠，你们宋国还封他为大夫？

子　罕 你们楚王不也是为他封地五百里吗？人家不谢、不纳，扬长而去，楚王还惋惜不已。

楚　使 我这个世族名门，连个百里之封，楚王都不舍得。

子　罕 自从各国的国君们纷纷学会了礼贤下士，诸侯世族地位日下，士人飞黄腾达，已成了天下通病。我看不需几年，各国要职、要权，将尽落士人之手。世族名门大有落为庶人之虞？世卿世禄将不复存在？

楚　使 子罕兄不必如此悲观。我奉楚国封君屈宜臼大人之命，前来转告子罕，楚之攻宋，不在略地，而在使宋国易帜。请子罕联络世族，以做内应！宋君倒台后，屈宜臼大人将说服楚王，举子罕执掌宋政。

子　罕 届时，子罕将尽献睢水南境之地，诚谢楚王。此后，楚王与北国争霸，有我子罕之宋，岂不多出一方落脚之地？

楚　使 听说，宋国大夫墨翟愿亲说楚王，止楚攻宋，不知子罕有何应对？

子　罕 墨翟由泰山至楚，必经宋境，使者放心，我绝不放他去楚国就是了。

楚　使 听说墨子的弟子禽子，亲临宋城救守，禽子也是墨家兵法的干将，不知子罕计从何出？

子　罕 他们？不过乌合之众，我用断绝军粮一计，就使他们连走回泰山的力气也没有。愿楚国攻宋成功，先生能得中原封地，以胜过鲁阳文君。

楚　使 愿百万楚军与你在宋国城头相见！

子　罕 届时，子罕将在城头亲迎使者入城！

15. 子罕府邸花园（日，外）

【子罕正给一个军人模样的人布置任务。

子　罕 督军，记住，先杀后验！

督　军 是，先杀后验！

子　罕 我要的是个死墨翟！

督　军 可是我不认识这个叫墨翟的人，他长得什么样？

子　罕 短衣褐衫，天下人皆知这是墨者服饰。

督　军 墨翟要是穿了别的衣服呢？

子　罕 国君赐他的大夫之服他都不穿，只穿褐衣短衫，而且他的弟子也都装束一律。

凡褐衣短衫者，你只管射杀就是。

督　军　本官领命。

16. 途中（日，外）

【墨翟一行，日夜兼程，摩顶放踵，只顾赶路。骄阳下，墨翟鞋破脚伤。

孟　胜　老师，该吃饭了！

墨　翟　不是刚刚吃过吗？

孟　胜　老师已经两天两夜没有吃饭了！

墨　翟　是吗？我怎么不记得？你们年轻，不能饿坏了，快埋锅造饭，你们吃了再来
　　　　追我。

孟　胜　老师，太师说你的身体不是铁打的。

墨　翟　太师说得对！

【墨翟仍然继续赶路。

孟　胜　老师！大英说，要你一定吃饭！

墨　翟　孟胜呀，大英还在泰山呢？

孟　胜　不，大英就在你的身边。

墨　翟　谁说的？

【孟胜拿出大英给他的"守门鱼"。墨翟一看，似乎有所悟。

墨　翟　哦，好吧，我们吃饭。

【孟胜、徐弱放下行李，以为要埋锅造饭。

墨　翟　你们看见前面那个渡口吗？渡口夜间停止摆渡，我们一定要赶在天黑前渡过
　　　　泗水，便于夜间赶路，我们过去再吃饭吧。

【孟胜、徐弱只得又背起行李。

17. 子罕府邸卧室（夜，内）

【子罕携小妾金枝同卧。金枝搔首弄姿，极力挑逗。

金　枝　……老爷……你不是都安排好了吗？让宋公去听那个墨翟的，只要有楚国屈
　　　　宜臼大人的支持，我们谁也不怕。

子　罕　不怕？此次墨者来帮助守城，我们是输赢两怕！

金　枝　输赢两怕？怎么会呢？

子　罕　如果赢了，墨者就会趁机驻兵宋国，宋国就成了墨者的天下。如果败了，宋
　　　　国就会成为楚国的附庸。……

金　枝　你不是已经跟楚国的使者有了私下交易吗？

子　罕　万一他们翻脸无情，我也不得不防。

金　枝　你说怎么防？

子　罕　我要你，趁着禽滑釐大军未到，带着细软，赶快出城，给我先占住一个退步

抽身之地。

18. 泗河渡口（黄昏，外）

【墨翟一行三人，在泗水渡边寻找过河船只。菊花、荷花正在向岸上拴缆绳。

孟　胜　菊花、荷花姐姐！

菊　花　哎呀！是恩人来了！快！

【菊花、荷花叫着墨先生，迎上前去。

墨　翟　二位姑娘，有劳你们，立即渡我们过河！

菊　花　墨先生，明天再走不迟，今晚我们好好招待招待先生。

墨　翟　谢姑娘好意，我们有急事！是救人性命的，停留一刻，我就心如刀绞！

荷　花　先生，你带两个人，能救得几条性命？

【墨翟伸出一只手。

菊　花　就这两个文弱书生，能救得五人性命？

墨　翟　不是五人，也不是五十人，而是五十万人！

荷　花　救人要紧，菊花，开船！

【大家上船。

19. 船上（夜，外）

【墨翟靠在船舷上，迷迷糊糊地睡去。荷花看见了，对孟胜说。

荷　花　请先生进舱睡吧？

孟　胜　（悄声）不要动他。

【孟胜坐下，看着困倦至极的墨翟。

【荷花看见墨翟的草鞋已破得难以裹脚，再看看孟胜和徐弱都已是光脚赶路了。荷花心痛地撕开衣服，帮墨翟擦着脚上的血迹，裹上脚。

【小船的划水声，淹没在涛涛的流水声中。置于船头的油灯，萤火样消逝在黑夜中。

20. 泗水渡口（夜，外）

【督军一行七八个军士，疾步赶来渡口。他们四处搜寻着。菊花、荷花正在拴着缆绳。

军　士　站住！干什么的？

菊　花　船家！

督　军　船家，你们看见有人过河吗？

菊　花　天天都有人过河。

督　军　我是说，有穿褐衣短衫的过河吗？

菊　花　老爷要干什么？

督　军　这不用你管。

菊　花　你不说，我也不说。

军　士　（拔剑）大胆！

督　军　穿褐衣短衫的是逃犯，我们奉命前来捉拿！是不是你们把他们渡过去了？

【菊花、荷花互相使了一个眼色。

菊　花　正是！我们刚才渡过去的三个人，正是穿褐衣短衫的。

21. 船上（夜，外）

【荷花、菊花与督军一行搏斗，全部置他们于死地。

22. 途中（日，外）

【三双赤足的大脚，在泥土中行进，步伐明显放慢。

【徐弱找来一根树枝，递给墨翟。墨翟接过这个拐杖，满意地拄着。

孟　胜　老师，前面不远就进入宋国境内了……

墨　翟　怎么这么慢哪？！

【墨翟已是气喘吁吁。孟胜看见非常心疼，向徐弱身边走近。

孟　胜　（悄声）咱们得想办法让老师睡一觉……

徐　弱　连停都不肯停，他肯睡一觉？

【孟胜附在徐弱耳边说些什么，然后两人又恢复艰难的行进。孟胜突然高声叫道。

孟　胜　老师，不好了，徐弱昏倒了……

【墨翟一瘸一拐地向徐弱走近，一屁股坐在徐弱身边，抚摸着徐弱的头。

墨　翟　……他是饿昏的……孟胜，埋锅造饭！

【孟胜答应着，从身上卸下造饭用具。

孟　胜　老师，咱们出来五天了，你还没有睡过觉，要是你也昏倒，我该怎么办？

墨　翟　嗯？

孟　胜　我只能停在这里，等你们痊愈，也许需要十几天，岂不误了大事？

墨　翟　嗯。

孟　胜　反正徐弱昏倒，我们也不能上路，乘我埋锅造饭之时，老师不妨睡上片刻，
　　　　等徐弱醒来，咱们吃饱饭再上路。

墨　翟　只好听你的了。

【孟胜高兴地扶墨翟躺下，把自己的衣服为墨翟盖上，然后，就地挖灶埋锅。

【墨翟鼾声大作。扮装饿昏了的徐弱那边，也传来鼾声。孟胜高兴地提着水罐
　　　走去。

【灶火燃起，开水冒着热气。孟胜把背袋里的小米倒进锅里。

【熟睡的墨翟，脚上包裹着的"草鞋"。

【熟睡的徐弱，血迹斑斑的赤脚。

五十二集大型
历史电视连续剧
墨子

【孟胜打了一个盹，头差一点扑在锅上。勉强支撑的孟胜，添了柴火，继续打盹。

【下雨了。徐弱被雨水滴醒。他看见孟胜的头几乎贴在了锅上。徐弱叫醒孟胜。他们用身体挡住雨水，保护着燃烧着的锅灶。

【少顷，卧在那里的孟胜、徐弱，发现眼前有一双包裹着的大脚，他们要起身。

墨　翟　都别动！

【原来，墨翟在用自己的身体为他们挡住雨水。墨翟挡住弟子，弟子挡住锅灶，这一奇特的造型，在中原大地的雨水之中伫立。

【瓢泼大雨。

墨　翟　你们知道这是什么地方吗？

孟　胜　不知道。

墨　翟　孔子"厄于陈蔡"！

徐　弱　这里就是陈蔡！

孟　胜　当年孔子师徒就是在这里没有饭吃的啊！

墨　翟　今天我们师徒，就是要在雨中造饭！

【三人大笑。

23. 途中（黄昏，外）

【墨翟师生三人走过来。

孟　胜　老师，已经进入楚境了。以后的路，我都认识，不用再打听了。

【墨翟突然停下脚步，凝神细听。孟胜发现从来不肯停步的墨翟突然停了下来。

孟　胜　老师，你怎么了？

墨　翟　你们听！

孟　胜　好像有人在哭？

徐　弱　是有人在哭声。

【墨翟脸上浮起一种悲悯。

孟　胜　老师，去年到今年一直大旱，这一带，饥民一定不少……

墨　翟　这哭声怎么有些耳熟？

孟　胜　老师，这不可能，我们还是赶快赶路吧。

【墨翟朝着哭声寻了过去。

24. 三岔路口（黄昏，外）

【这是一个三岔路口，一位老者坐在路边哭泣。墨翟过来，仔细端详。只见他衣衫褴褛却是华贵之服，长长的须发，蓬头垢面。

墨　翟　老者！

【哭泣者只顾掩面哭泣。

墨　翟　老者，你有什么难处，请对我墨翟说来，好吗？

【老者倏然止住哭泣，慢慢抬起头来。

【墨翟仔细一看，大吃一惊。

墨　翟　……怎么是……你？！

【孟胜和徐弱上前一看，异口同声叫着"杨子"。

杨　朱　……是你？！

墨　翟　杨子！……你……你……

杨　朱　墨子！……

墨　翟　杨子为何在这里哭泣？

杨　朱　你看，你看，眼前有这么多的岔路，岔路前面又有岔路，我不知该走哪一条啊？

墨　翟　你的车夫呢？

杨　朱　跑了。

墨　翟　你的学生呢？

杨　朱　跑了。

墨　翟　那总该有照顾你的人吧？

杨　朱　没有，一个也没有啦……他们走的走、跑的跑，连那两个小妾，也没了踪影啊……

墨　翟　我们分手才四年，杨子为何就到了如此地步？

杨　朱　自从绛娘走了，他们就陆陆续续都走了，现在只剩下我一个，一个孤家寡人了。

墨　翟　杨子这是要去哪里？

杨　朱　我从楚国回来，走到歧路上，我选择了一条往前走。可是走着走着，眼前又是歧路。墨子，人生的歧路为何如此多，我真不知道该走哪一条哟？

【墨翟给杨朱边号脉边说。

墨　翟　杨子，现在我有要事赴楚，非常紧急，可以说一时千金……

杨　朱　你的车呢？为何不乘车？莫非车夫也跑了？

墨　翟　我不能乘车，只能徒步。

杨　朱　你是自找苦吃。我是苦来找我……

墨　翟　你现在的身体很不好，等我从楚国回来，你跟我去泰山书院养病吧？

杨　朱　不，墨子，我不离开你。

墨　翟　我现在要去面见楚王，你这个身体，长途跋涉是吃不消的。

杨　朱　不不，墨子，你不要放下我不管，你到哪里，我就到哪里！

墨　翟　孟胜，把鞋给我。

孟　胜　老师，这双鞋，是迟师娘嘱咐，留着你面见楚王时穿的！

【墨翟伸着手。孟胜不得不从包里拿出一双新布鞋。墨翟亲自把布鞋给杨朱穿上。

五十二集大型
历史电视连续剧
墨子

墨　翟　我先找个安全的地方，送你去静养几天，等我从楚国回来，再带你回泰山。（对徐弱和孟胜）你们把杨子交给荷花、菊花，委托她们好好照顾。你们送下杨子，再来追我。

　　　　【孟胜、徐弱应声。

　　　　【墨翟赤足赶路，大步而去。孟胜、徐弱架起杨朱就走。杨朱哭喊着。

杨　朱　……都说你墨子是满天星斗，难道容不下我杨朱这一颗孤星？！我不离开你！……我不离开你！……

　　　　【墨翟被震撼了，他停下来，想了想，还是继续大步而去。

杨　朱　……我等着你……我等着你……

25. 符离塞（日，外）

　　　　【大队楚兵，正在全副武装向北开拔，与墨翟擦肩而过。马车中所载兵器，遮掩得严严实实。墨翟知道一场战争一触即发，更加快了行进步伐。

孟　胜　老师，已经到野店了，我们在这里吃饭，省下埋锅造饭时间……

墨　翟　好。

26. 符离塞野店（日，外）

　　　　【三个人来到店中。

孟　胜　水老汉！水老汉！

　　　　【店里没有人，也没有烟火。墨翟向栀井走去。墨翟打起一桶栀井水，埋头喝着。

胜　绰　老师，我记得上次从郢都乘车，当天可到野店。咱们徒步，要走三天了。

　　　　【墨翟从水桶里抬起头，看见店里出来一个少年，正是曾经在他的马车里睡觉的那个男孩，墨翟立即走过去。野店少年也看见了墨翟，正往这边跑来。

　　　　【只见几个楚军，把野店少年拦住，推搡而去。

27. 楚国公输般府邸（日，内）

　　　　【公输般正忙着改进云梯模型，各种器具、器材堆放在地上和几架上。门人进来。

门　人　大人，有几个北人求见。

　　　　【墨翟一行进来。

墨　翟　公输子！

　　　　【正在忙着制作器械的公输般，顾不上说活，仍在全神贯注地做活儿。

墨　翟　你忙得连见老朋友的时间都没有了？

　　　　【公输般抬起头来，吃惊地放下手中的活儿。

公输般　墨翟！是你呀？你怎么来了？走……

　　　　【宾主边走边说地进入隔壁客厅。

公输般　绛娘和我家侄公输洪，都在你的书院做事，我一个人，不出来干点什么，心里闷得慌哪……

墨　翟　公输子不去泰山看看，我们也闷得慌哪……

28.楚国公输般府邸客厅（日，内）

公输般　这次来，又是讲学吧？

墨　翟　这次来，是专门请先生帮我。

公输般　帮你？以前要说帮，都是我主动的，这回你找上门来，说吧。

墨　翟　（*严肃地*）北方有一个人侮辱我，请公输子念昔日旧情，帮我杀了他！

五十二集大型
历史电视连续剧

墨子

1. 楚国公输般府邸（日，内）

墨　翟　（严肃地）北方有一个人侮辱我，请公输子念昔日旧情，帮我杀了他！

【公输般知道墨翟有话要说，笑眯眯地看着他。

公输般　哟！有什么事，你就直说吧。

墨　翟　我真是要请先生帮我杀人！

【公输般收起了笑容。

墨　翟　如果先生帮我杀了这个人，我会付给先生十两黄金！

公输般　（严肃地）墨翟，咱们朋友一场，从来不随便说话！

墨　翟　墨翟说的都是实话。先生帮我杀了这个人，我一定付给十两黄金。

公输般　（非常生气）墨翟！你这么远来，我到底做错了什么事，你就直说嘛！

墨　翟　我们是朋友，你应该帮我杀人！

公输般　墨翟你昏了头吧？我怎么会去杀人？！我怎么会去帮你杀人？！

墨　翟　可是公输子现在已经在帮着楚王杀人了！

公输般　我？……我？……

【公输般被弄得丈二和尚摸不着头脑。墨翟高兴地站起来，深深地向公输般打躬。

墨　翟　我在北方听说，公输子正在制造云梯，用以攻打宋国。

公输般　我只制作云梯，打不打宋国，那是楚王的事，跟我有什么关系？

墨　翟　这将是一场宋国人，对楚国军队的恶战！这将是一场旷日持久的攻防战！这将是一场妻离子散无数、家破人亡无数的大灾难！

公输般　哦？

墨　翟　公输子不肯去杀一个人，却在这里帮助楚王杀戮众多的人？

【终于明白墨翟意思的公输般站起来，在屋里踱步沉思着。

墨　翟　你制作的云梯，就是楚王要去杀人的云梯！先生，你是我一生中最为尊敬的士人，你也是我一生中最大的恩人。我不能看着楚王假公输之手，去杀戮攻伐，玷污公输一生的美名。

【公输般突然彻悟，猛地转过身来。

公输般　可是墨翟，晚了！我的云梯模型，已经开始大批仿制了。你不愧为天下兼爱的身体力行者，可惜我已无力改变这一切了……

墨　翟　既然这样，公输子可以劝说楚王，停止攻打宋国。

公输般　我只是一个工匠，虽然很得楚王赏识，但是不便干预朝政。

墨　翟　公输子是天下大"巧"之匠，也是天下重"义"之君，如果"义""巧"二事，必须选择其一，公输子将如何？

公输般　……这个……我没有想过。

墨　翟　巧为了做事，做事为了行义，行义为了推行天道。

公输般　照你这么说，巧小于义？

墨　翟　我听说高堂从小就教育你，"义重于巧"。

公输般　是吗？我记不清了。你怎么知道？

墨　翟　本来绛娘要和我一起来的。因为路远不便，墨翟专门替绛娘捎来"义重于巧"这句话。

公输般　你那个泰山书院真是个大染缸，我们家的姑娘，到了你那里，也成了墨者了。

【公输般低头看见了墨翟流血的双脚。

公输般　你的脚怎么弄成这样？

孟　胜　公输子，老师是从泰山徒步走来的……

公输般　为何不乘车？

墨　翟　我要是乘车，岂不成了宋君的说客？墨者就是凭着胸中之义，来行天下之利的。

【公输般感动而又愧悔。

公输般　……墨翟啊！……这样吧，我替你引见楚王，你当面劝说吧。

墨　翟　好，人命关天，现在就去！

孟　胜　老师，你不能这样面见楚王吧？

【墨翟伸出脚来。

墨　翟　我这些脚指丫儿，个个张牙舞爪，别让楚王见了害怕……

公输般　我来给你准备服饰。

2. 楚国王宫内室（日，内）

【楚惠王慵懒地躺在几榻上，鲁阳文君敬立一旁。

楚惠王　……公输子请我召见墨子，你看，我见还是不见？

鲁阳文君　听说墨子用十天十夜，徒步行走了一千多里地……

楚惠王　这个墨子，还真是条好汉！给他封地不纳，却帮助宋公当说客。

鲁阳文君　听公输子说，墨子的脚上走得都是血泡，脚肿得连鞋也穿不上……

楚惠王　宋公小气得连辆车都不给说客用吗？

鲁阳文君　听说，墨翟以不乘车表示，他不是来为宋公当说客的。

楚惠王　那他来干什么？

鲁阳文君　他是专门来面说楚王，停止攻宋的。

楚惠王　听说泰山墨院300名弟子，个个文武双全，墨翟带来多少人？

鲁阳文君　只带了两个文弱书生。

楚惠王　这么说，墨翟只带来了一张嘴？

鲁阳文君　墨翟可是一张天下无敌之嘴。

楚惠王　好，明日我就见见这张，天下无敌之嘴！

鲁阳文君　是。

楚惠王　不过，这张天下无敌之嘴，我要是用不成，也不能让其他人用。你给我布置好弓箭手。

　　　　【鲁阳文君心中一惊，却不露声色地应声退出。

3. 鲁阳文君府邸（夜，外）

　　　　【一辆豪华马车在门前停下，庄信从车上下来，快步走进府邸。

4. 鲁阳文君府邸（夜，内）

　　　　【鲁阳文君正在焦急地等待着。庄信一进来，他劈头就说。

鲁阳文君　你赶快去见墨翟！

庄　信　墨翟？墨翟在泰山哪！

鲁阳文君　他已经来到郢都了，就住在公输子家里。

庄　信　太好了，老友相见！我这就去……

鲁阳文君　不是让你们老友相见。你快去知会墨翟，他有生命危险！

庄　信　啊？！

5. 公输般府邸墨翟客房（夜，内）

　　　　【孟胜正在给墨翟挑着脚上的泡。墨翟也给徐弱挑泡。公输门人急忙进来。

门　人　墨先生，有位……

　　　　【话未落音，庄信就扒拉开门人，一头闯进来。

　　　　【墨翟连忙起身，光脚站在地上，迎接庄信。

墨　翟　……老朋友，你也不……我这……

庄　信　没那么多礼道了。……文君专门让我来告诉你……

墨　翟　哦？

庄　信　楚王的攻宋决心已定，你不要再做徒劳劝说！

墨　翟　庄先生不必担心，只要见了楚王，我自然有办法当面劝说。

庄　信　文君就是要我告诉你，当心楚王被激怒，会下死手！

墨　翟　一个墨翟值得楚王如此害怕？

庄　信　墨翟呀，你不要拿着鸡蛋，非往石头上碰不可！

墨　翟　如果一定要死，墨翟视死如归。

庄　信　这样死，值得吗？

墨　翟　以一己性命，换得宋国百姓和楚国军人数十万性命，难道庄先生以为，不值得一试吗？

庄　信　数十万性命固然要救，可我首先要救的是我的朋友，你啊！

墨　翟　庄先生，我主意已定。

庄　信　你把我的话，把文君的劝，都当耳旁风？

墨　翟　庄先生，朋友之情是世间最可宝贵的，但是还有比友情更宝贵的。

庄　信　那就是生命！难道还有什么比生命更宝贵？

墨　翟　万事以义为贵，万事莫贵于义！

庄　信　墨老弟，自从我们相识，你总是围着风险打转，你数数，你一桩桩数数，齐营救亲、火烧泮宫、仿制敲器、自带羁押、一次两次……哪一次不是让朋友担心，让亲人难过。现在，你又从千里之外跑来，把自己送到楚王的屠刀之下，让我眼睁睁地看着你倒在我的家门口，而不能相救……你！这不是要我的老命吗？……

墨　翟　庄先生，墨翟就是为了面说楚王而来！其他无法考虑！

庄　信　啊！……我悔不该在20年前认识你这个墨……老……弟！墨翟，我们从此，从此一刀两断！

【庄信说完，愤而离去。

6. 楚国王宫（日，内）

【金碧辉煌的楚宫，体现着楚王的威严。在位已56年的楚惠王，是跨越春秋战国时代的王者，也是进入耄耋之年的老人。虽然他已经布置好弓箭手，但是他还是希望能为楚国挽留住天下"二巧"，作为自己拒见墨翟的补偿。

楚惠王　墨子，我们几年前就该相遇，不想却晚到今日。此责，在你，不在我。

墨　翟　楚王所言，已是陈年旧账，闲暇之后，墨翟愿意请教是非。今日墨翟从泰山赶来，是想请见多识广的楚王，为墨翟解惑。

楚惠王　墨子何惑之有？请讲。

墨　翟　墨翟遇到一个人，他十分富有。可是他舍弃自家的彩车，却想偷窃邻家的陋车；舍弃自家的锦衣，却想偷窃邻家的布衫；舍弃自家的美食，却想偷窃邻家的糟糠，我就想不明白，这是为什么？

楚惠王　我想这个人，一定是得了一种想偷东西的病吧？

墨　翟　楚国的土地，方圆五千里，宋国的土地，方圆五百里，这就像彩车与陋车。楚国有云梦大泽，犀兕麋鹿，江中的鱼鳖鼋鼍，富冠天下，宋国无非是雉鸡狐狸之类，这就像美食与糟糠。楚国有长松、文梓、楠木、豫章，宋国连棵大树都找不见，这就像锦衣与布衫。我以为，楚国攻宋，就如同这三件事情一样可笑。

楚惠王　墨子说得好呀。不过我也有个故事给你听。以前我去打猎，总是有个好心的林人，把我射出去的箭，伸手抓住，他说这样就可以保护那些野兽，不被猎杀。我看他双手血肉模糊……

【楚王低头看见了看墨翟的脚。

楚惠王　就收起了已经搭上利箭的弓。可是呢？那些野兽，还是被别人猎杀了。墨翟如果也要抓住我已经射向宋国的箭，不是同样可笑吗？

墨　翟　我再给大王讲一个故事。我的家乡百工坊，有两家布店。每家都有一个后生吃喝卖布。其中一人美，一人丑。请问大王，这两家布店谁卖得多？

楚惠王　当然是那个美后生卖得多了。

墨　翟　非也。

楚惠王　为何？

墨　翟　那个美者，自以为美，买布的并不以为其美。那个丑者，自以为丑，买布的并不以为其丑。所以，美丑不是自己说出来的，而是天下人看得见的。正如墨翟和大王，都做了令天下人觉得可笑的事，但自有美丑留在人间，任人评说吧？

【楚王被墨翟说得一时语塞。鲁阳文君连忙替楚王解围。

鲁阳文君　墨子此行，为止楚攻宋，墨子可知楚国为何攻宋？

墨　翟　墨翟看不出有什么理由。

鲁阳文君　那我来告诉你。我王攻宋，是顺乎天意。因为宋公是杀戮太子的篡政之公，苍天给他惩罚，降下大旱，让宋国三年不收。我王攻宋，是顺乎天意！

墨　翟　鲁阳文君大人的理由，和我邻居的理由一样。有一个人的儿子不才，学着偷盗，其父狠狠地鞭挞他。我的邻居看见，举着木棒也来帮着打，边打边喊，我打你是为了顺乎你父亲之意。

鲁阳文君　墨子以"行天下之利，除天下之害"为己任，那么墨子可知宋国是个不仁不义的国家？

墨　翟　据我所见，宋国也和楚国一样，都是勤勉的君王，带领着勤劳的百姓，没有什么不仁不义。

鲁阳文君　墨子是宋国大夫，难道没有听说，宋国是啖人之国吗？我听说，长子生下来，母亲趁着鲜嫩，就把他吃掉，还说是对生弟弟有好处。母亲吃着味道鲜美的话，就赏给她的丈夫。丈夫吃着鲜美，就赏给自己的父亲。如此恶俗之风的国家，不灭它天理难容？

墨　翟　如果宋人说，楚国也有这样的恶俗，不过是反过来，杀其父赏其子呢？

鲁阳文君　谁看见了？

墨　翟　对。鲁阳文君所说，谁也没有看见，不过说说而已。可是如果不用仁义，天下人连瞎子都能看见。不用仁义，不是如同食其子一样吗？

【楚王缓过劲来，又替鲁阳文君助威。

楚惠王　墨翟远道而来，就是为了给我讲这些故事吗？

墨　翟　大王取宋国之意，天下皆知。墨翟讲故事之意，楚王不知。

楚惠王　知也罢，不知也罢。本王的利箭已经射出！

墨　翟　大王射出的箭，不是猎杀野兽的。

楚惠王　那是什么？

墨　翟　大王的对面，不是只会逃跑的野兽，而是一个堂堂宋国！他们众志成城，严阵以待，绝不会让大王的箭，射进他们的胸膛。大王强力攻宋，不仅不能成功，而且必败无疑。同时还会因不仁不义，贻笑天下。

楚惠王　你敢断言？

墨　翟　不仅断言，而且灵验！

【楚王被激怒，刚要向帷幕后面招手。鲁阳文君立即抢着说。

鲁阳文君　墨子以为，攻宋不能成功。你敢当着大王的面对公输子说吗？

墨　翟　请吧！

鲁阳文君　（招呼侍臣）请公输子！

【公输般匆匆走进，向楚王施礼。

鲁阳文君　公输子，你说你的云梯能攻下宋城，墨翟却说楚国攻宋必败无疑。

公输般　墨子，我以前跟你说过，我制作的钩和强，这两样兵器，打得越国水师大败。此次楚王攻打宋国，我有钩强，不知你有没有钩强？

墨　翟　我的"义"就是钩强，而且要贤于你的舟战之钩强。我用我的钩强，钩之以爱，揣之以恭。不把自己爱的钩过来，则不能亲近。该保持距离而不能保持的，就会迅速地狎昵。狎而不亲，则速离。所以，兼相爱，交相利。今日，你用你的钩钩人，明日人用人的钩钩你。今日你用你的强拒人，明日人用人的强拒你，交相钩，交相强，这不是相互伤害吗？所以，我"义"之钩强，要贤于你的舟战之钩强。

公输般　我说不过你。大王，我说不过墨翟，甘拜下风。

楚惠王　不！攻城略地不是说出来，而是真刀真枪打下来的。我要你们真刀真枪地打一场！

公输般　大王，这里什么也没有，怎么打？

墨　翟　有！这里什么都有！

【墨翟解下自己的衣带，圈在几上。

墨　翟　这就是宋国的城墙。

【几上有许多盛着点心的小碟，墨翟倒出里面的点心，将腾空的小碟，全部都给了公输般。

墨　翟　这些就是公输子攻城的兵器。

五十二集大型
历史电视连续剧
墨子

【公输般要分给墨翟一些，墨翟摆了摆手。楚王见公输般十分犹豫。

楚惠王　公输子，我知道，你和墨子是老朋友，墨子此行，就在你家下榻。墨子呢，公输子的侄女也在你的书院，你们私交甚深。但是今日在我这里，各位就是交战的双方，都要把全部本领使出来。倘若挟私，以欺君论处！

墨　翟　请公输子攻城！

公输般　请墨子三思！

墨　翟　请公输子攻城！

楚惠王　且慢！倘若墨子败了呢？

公输般　败了，就不要再劝说大王，自己走人，我送也不送。

楚惠王　不！败了也以欺君论处！

　　【公输般非常吃惊。

墨　翟　倘若墨翟胜了呢？

楚惠王　那我就立即撤兵。

鲁阳文君　大王金口玉言！不可轻诺！

楚惠王　就这么定！开始！

　　【公输般手持漆碟，摆在衣带之外。

公输般　我用薪土筑台，居高临下！

墨　翟　我在城头上再筑台城，压过你的筑台！

　　【公输般默然不答，墨翟收过这一漆碟，置于城中。公输般又摆下第二个漆碟。

公输般　我在绳索上制作钩引，让士兵攀缘而上！

墨　翟　我在城沿上筑半尺土墙，土墙挂不住钩引，楚兵会自己跌落城下！

　　【公输般默然不答。墨翟收过漆碟，置于城中。公输般再摆下第三个漆碟。

公输般　我制造的冲车，力抵千斤，我用冲车冲开城门！

墨　翟　我用抛石机专打推动冲车的人！把你的冲车，变成我的护城屏障！

　　【公输般默然不答。墨翟收过漆碟，置于城中。

　　【楚王和鲁阳文君对视了一下。公输般摆下第四个漆碟。

公输般　我引外河之水淹没城池！

墨　翟　宋都壕沟全部疏通，此门进水，彼门出水，公输淹城之水，从城中流过，倒使洗衣妇带来许多方便。

　　【墨翟笑着收过漆碟，置于城中。公输般摆下第五个漆碟。

公输般　我用穴攻！

墨　翟　我在城内高处设瞭望塔！

公输般　你怎么知道我的穴道打在哪里？

墨　翟　凡是挖穴之处必有新土出现，我会在城内挖掘"断沟"，暴露你的穴攻！

　　【墨翟收过漆碟，置于城中。公输般摆下第六个漆碟。

公输般　楚国兵多将广，我用不间断的攻击！

【墨翟利索地把漆碟置于城中。公输般也迅速地摆下漆碟。双方都加快了攻防的节奏，不停地摆下，不停地收起，第七、第八块漆碟。

墨　翟　我的掷车、转射机、连弩车、掷石机一齐开动，万箭齐发，炭石俱下，抛出的炭火、铁蒺藜，叫你有来无回！

公输般　我用贲辒车掩护士兵攻城！

墨　翟　我用火堆阻止贲辒前进！

公输般　我围而不攻，长期困守！

墨　翟　宋城积粮半年，楚国长途用兵，粮草可供几月？

【公输般故意停顿了些许时间，然后，自信地摆下第九个漆碟。

公输般　我制造的云梯，天下人还没见过它的模样，墨子如何破得？

墨　翟　云梯再巧，不会自己飞进宋城吧？只要云梯一向城墙靠拢，我就油火齐下，让你人梯俱焚！

【墨翟收过最后一块漆碟，置于城中。公输般已两手空空。

【公输般看了看楚王被激怒的脸，明白楚王想什么了。他默默地点了点头。

公输般　嗯，我知道用什么办法能打败你。

墨　翟　我也知道你用来对付我的办法。

公输般　我不说。

墨　翟　我也不说。

【楚王看着二位刚才攻防激烈，此刻却一反常态，打开了哑谜，很是气愤。

楚惠王　倘若挟私，以欺君论处！公输子，你说！

【公输般不说。

墨　翟　公输子，不要以为你是我的老朋友，现在我们是你死我活，势不两立！

【公输般还是不说。楚王几乎要从座位上站起来。

墨　翟　大王，公输子的意思，不过是想杀死我。只要杀死我，宋国就没有人能抵挡楚国的攻城。

楚惠王　对，公输子想得对，这就是楚国最后的进攻之策！墨翟，你打败了公输子，我打败了你，最后还是我楚国得胜。

【埋伏在帷幕两侧的武士，跃跃欲试。鲁阳文君十分紧张。公输般赶快劝说楚王。

公输般　大王，我们这是纸上谈兵，又不是真刀真枪……

楚惠王　不！刚才我有言在先，这就是真刀真枪！墨翟！是你自己送上门来的，是你自己同意，以欺君之罪论处败方？！

墨　翟　大王，我们现在还没有分出胜负。

【楚王一招手，埋伏在帷幕后面的武士一起冲了出来，刀枪剑戟，全部对准了墨翟。

五十二集大型历史电视连续剧　墨子

【鲁阳文君不知如何是好。公输般连忙给楚王赔笑脸。

公输般　大王！……两国交兵……都……都不斩来使……

墨　翟　墨翟不是宋国来使，是自己兼爱主张的身体力行者。墨翟是站在兼爱的立场上，面说楚王，停止攻宋。这不仅益于宋国，也同样益于楚国。而且，我还希望楚国更加强大，直到有能力统一天下！

楚惠王　你就是我统一天下的最大障碍！

公输般　大王……

【楚王怒目圆睁。公输般只好沉默不语。墨翟从容镇定。

鲁阳文君　墨子倘若收回，刚才楚国必败的妄说……

楚惠王　墨子拒我五百里之封，头都不回。倘若你收回刚才楚国必败的妄说，我还可以立即封地五百里，养起你这个"贤人"来！

墨　翟　大王可以取我性命。但是，杀了我，大王也不可能取胜。

楚惠王　你是不见棺材不掉泪！

【楚王一挥手，所有的弓箭手都张弓搭箭。墨翟的性命千钧一发。

墨　翟　我的300名弟子，由兵家禽滑釐带领，拿着我制作的救守器械，已经守卫在宋国的城墙上了。

【楚王一惊，回望着鲁阳文君。

鲁阳文君　传细作首领。

【一个细作首领上来。

楚惠王　你把宋国近日动向，如实报来！

细　作　大王！综合细作探报，兵家禽滑釐带领300名墨者，已经奔赴宋国七日。除日夜赶制守城器械之外，组织了宋国男女老少10万大军，日夜操练墨子的救守兵法。昨日，在宋国北城以90岁老者9名，举行盛大祭祀，以强民心，以壮军威。大王，宋国已经全民皆兵，屠夫置办伙食，工匠构筑工事，15岁以下儿童服杂役，60岁以上老人巡逻盘查。守城的兵员每1000名男丁配备2000名妇女和1000名老人儿童，连城头上的厕所都有男女两类。宋城已是固若金汤！

【楚王目瞪口呆，半天呆在那里。鲁阳文君让细作下去。

墨　翟　我的救守之策，比刚才演练的攻防之策还要多出许多，足以把大王的军队阻挡在宋国城下半年。半年之后，北方的严寒，就是漫天飞舞的利箭，遍地滚动的沙石，一把把断头的砍刀，一层层剥皮的铁戟，定让不耐严寒的楚人，不战而亡！

【鲁阳文君和公输般，都深深地松了一口气。

墨　翟　大王，这场没有开始的战争，已经以楚国的失败而告终了！

7.宋国城头（日，外）

【与禽滑釐并肩迎敌的宋臣商九，正在城头观望。商九忽然紧张地指着城下。

商　九　禽将军，你看！

【带领弟子严阵以待的禽滑釐一看，城下的楚军战旗正在舞动。

禽滑釐　不好！楚军就要开始攻城了！

【高石、卢参、相里勤、索获等将领，立即围拢过来。

卢　参　这么说，墨子没有说动楚王？

索　获　墨子的处境非常危险！

高　石　禽子，我们怎么办？

禽滑釐　弟兄们！我们保护墨子安全的最好方法，就是誓死守卫宋城！按照既定的救守之策，谁也不许动摇。我们全体墨者，誓与宋城共存亡！

【城头上响起全体墨者的誓言之声。商九被墨者的忠义，深深地震撼，也跟着喊。

众　人　誓与宋国共存亡！誓与宋国共存亡！……

【城头上的所有人，都有条不紊地行动起来。

【正当宋国城头以为大敌当前之时，一直在观察楚军动向的商九突然喊道。

商　九　禽将军！你再看！

【大家都向城下看去。只见整装的楚军没有进攻，反而撤退了。

卢　参　楚军撤退了！

禽滑釐　再仔细观察，是否有诈，不要上当！

【宋国一名叫夷之的兵士跑来报告。

夷　之　商九大人，楚军已经撤兵！

商　九　是真的撤兵了？

夷　之　真的撤了。

商　九　什么理由？

夷　之　据细作报告，楚王占卜，得到"北兵凶兆"，下令立即撤兵！

禽滑釐　墨子止楚成功了！墨子止楚成功了！

【将军们激动地欢呼起来。众人激动地呼唤起来。禽滑釐和商九紧紧拥抱。

8.郢都鲁阳文君府邸客厅（日，内）

【客厅灯火通明。

鲁阳文君　……按照孙武子兵法，你今天，叫作"不战而屈人之兵"！一张嘴就制止了一场战争，墨翟，神人啊！

墨　翟　文君，幸亏我没有接受五百里封地，否则墨翟的嘴就被封住了，就像文君受鲁阳封地把嘴封住了一样。

鲁阳文君　是啊。

墨　翟　你反对攻宋，却不得不以君王点头为点，以君王摇头为摇。所以独立人格的
　　　　孔子，历70君而不仕，墨翟今说楚王，完全出于道义，如此才能置个人生死
　　　　于度外。

鲁阳文君　我还没看到哪个学派，像墨者这样的"言必信，行必果"？其他的学派，
　　　　不过是游说之士的聚合而已。

墨　翟　文君，我今天就要辞行了，怎么还没有见到庄先生？

鲁阳文君　庄信不是说，要与你一刀两断吗？

　　　　【鲁阳文君说完试探地看着墨翟。

墨　翟　（极为认真地）不会的，我和庄先生是患难之交，打断骨头连着筋……

　　　　【庄信从帷幕后面出来，面带羞赧。

墨　翟　庄先生！你为什么要躲我？

庄　信　不是我躲你，是我要请你！

墨　翟　请我？

庄　信　文君有个友朋阳城君，想请你替他管理封地。

墨　翟　文君并没有请我呀？

鲁阳文君　我哪里敢说请？怕墨子不答应。

庄　信　所以文君一定要，借我这张老脸上的面子用一用。我又说过一刀两断，实在
　　　　是连老面子也没有了……

墨　翟　（极为真诚地）你什么时候说过一刀两断？

庄　信　墨翟啊，今天我算是明白了，为什么你的神勇是常人所不及。

鲁阳文君　你说为什么？

庄　信　因为墨翟经常灵魂出窍。我们商人，要是像你这样，有一次灵魂出窍，可就
　　　　赔掉了屁股！

　　　　【三人哈哈大笑。

9. 符离塞（日，外）

　　　　【墨翟与孟胜、徐弱乘坐鲁阳文君派出的马车北上，一路走，一路遇到对面开
　　　　来的南撤楚军。墨翟撩开车帘看着，内心感到极大安慰。

10. 符离塞野店（日，外）

　　　　【墨翟一行正在山村野店吃饭。野店一切恢复正常。少年正在给墨翟续水。

墨　翟　你叫什么名字？

少　年　我叫水牙。

墨　翟　水牙？这个名字好。水牙？

水　牙　哎！

墨　翟　我在泰山办了一个书院，水牙可想，跟着我去泰山书院读书？

水 牙 回先生话，父母在，不远游。

墨 翟 为什么？

水 牙 难道先生不知，父母生下子女，就是为了给他们养老送终的吗？

墨 翟 哦，那如果没有孩子的父母，和没有父母的孩子，他们将怎样终老？

水 牙 我们家父母双全，别人家的事，我管不了。

墨 翟 水牙不能把自己关爱的圈子放得大一点吗？

水 牙 我母亲身体不好，我要给母亲送终。我送了母亲，还要送父亲。父母都送走了，我还要结婚生子，抚养自己的孩子。孩子长大了，我还要帮着抚养孙子。

墨 翟 哎哟，你这一生的事情可不少啊！

水 牙 孔子说君为臣纲，父为子纲，夫为妻纲。去管别人家的事，那不是乱了纲常吗？

墨 翟 那我问你，如果我病了，你能不能帮我去抓服药呢？

水 牙 （笑着）先生身强力壮，怎么会生病？

【墨翟还想再说。

水 牙 先生，我要去给母亲抓药了。

【墨翟遗憾地看着水牙远去的身影。

【水牙回头喊着。

水 牙 先生，我们还能再见面吗？

墨 翟 水牙！我在北方等着你！

11. 界河（日，外）

【墨翟一行下了马车，墨翟向驭者打躬。

墨 翟 请驭者感谢鲁阳文君的盛情，墨翟道谢了！

【驭者驾车掉头回去。墨翟一行蹚水过河。

孟 胜 老师，泗河渡口往这边走。

墨 翟 我们得先去宋国复命。

【三人把裤脚挽得高高的，远远看去，像河中的高脚鹭鸶。

12. 宋国宫殿（日，内）

【躲过劫难的宋昭公，欣喜不已地在内宫中。子罕进来。

子 罕 主君！

宋昭公 这么多天你到哪里去了？我怎么没有见到你？

子 罕 是，我是不在宋国。

宋昭公 大敌当前，你怎么擅离职守？

子 罕 君王，我去做了只有我才能做的事。

宋昭公 哦？

子　罕　我化装去了一趟楚国，打听到墨翟和楚王有一个见不得人的盟约。

宋昭公　什么盟约？

子　罕　他们私下约定，表面上楚王在墨翟的劝说下退兵，暗地里楚王送给墨者一个驻兵宋国的借口。主君，这个借口可是冠冕堂皇呀！

宋昭公　墨者要驻兵？难道墨翟还想抢夺我的王位？墨子连大夫的衣服都不穿，难道要穿我这身君王之服？不像。

子　罕　墨翟本是宋国宰相目夷子的后代，这几年又以"兼爱""非攻"为幌子，到处招摇，弄得人人把墨者当救星。楚国真要攻打我们，墨翟300人的队伍明摆着不是对手。他却要徒步赴楚，面说楚王，不也是虚张声势吗？楚王百万大军已经兵临城下，却不攻自退，故意留下墨翟一张嘴咬断一场战争的奇迹，不也是虚张声势吗？如此一连串的虚张声势，不就是做做样子给我们看的吗？

宋昭公　墨翟真的会不走吗？

子　罕　墨翟正在赴宋的路上，只要他一进城，300名墨者对付楚军不是个，对付你一个宋君，就等于用牛刀杀鸡。

宋昭公　（吓得）你说怎么办？你说怎么办？

子　罕　立即下令，坚绝不放墨翟进城！

宋昭公　你快去办……

13. 宋都南门（日，外）

【天阴得很，一场大雨即将来临。墨翟拄着棍棒，艰难行进。孟胜在前，徐弱在后，也是一瘸一拐地。

【把守城门的宋国士兵夷之，看见墨翟一行过来。

夷　之　赶快关城门！

【大雨倾盆而下，墨翟三人跑进城门洞避雨。

夷　之　出去！出去！你们出去！

孟　胜　你知道这是谁吗？

夷　之　上面有令，谁也不准进城！

孟　胜　这是墨子！

夷　之　谁也不行！

孟　胜　这就是救宋的墨子！

【夷之不由分说地把三人推出门外，并要他们远离城门。

【墨翟只好以疲惫之躯，在雨中站立。徐弱脱下自己的衣服，为墨翟遮雨。

孟　胜　（向城上高喊）找你们的守城将军禽滑釐来！

【暴雨倾盆，孟胜的喊声淹没在暴雨声中。徐弱给墨翟挡风的衣服已经毫无用处。徐弱和孟胜一起，在暴雨中呼喊。委屈、愤怒、伤情和仇恨一起变成了愤怒的呼喊。

14.宋都城头（夜，外）

【正在城墙巡逻的守城将领禽滑釐，听见喊声，向城下一看，大吃一惊。

禽滑釐 师兄！我立即打开城门！

夷　之 主君有密令，任何人不得进城！

【禽滑釐知道子罕的阴险和宋昭公的小算盘，气恨不已。

众　人 禽子！我们怎么办！

【禽滑釐二话没说，自己迈出城蹀，从高高的城墙向下滑落。胡非紧跟着滑落。其他墨者纷纷模仿，300名墨者全部顺着城墙滑落下去。

15.宋都城门（夜，外）

【禽滑釐喊着扑向墨翟。全体喊着的墨者扑向墨翟。

【禽滑釐抱住暴雨之中的墨翟，百感交集。

禽滑釐 师兄！你太冤了！宋公不开城门，是担心我们在宋国长期驻兵！

墨　翟 （平静地）禽子！列队！

【墨翟看着在雨中整齐列队的300名弟子。

墨　翟 弟子们，大家辛苦了！我们已经完成止楚攻宋的伟业，我们的壮举，将载入史册。既然人存疑虑，我们出了城，就不要再回去！所有军事器械，全部赠给宋国，现在，墨者向泰山进发！

【高石迅速做好用两根木棍穿起两身衣服做的简易担架。

墨　翟 禽子，出发！

禽滑釐 师兄，我们一起走！

墨　翟 不，我有君命在身，必须向宋公复命！

禽滑釐 师兄，子罕诡计多端，你一个人留下，恐会有危险！

墨　翟 宋公只是担心墨者驻兵，你们离开了，我反而不会有危险。

禽滑釐 （同时）师兄！

高　石 （同时）师傅！

孟　胜 老师！让我留下吧！

徐　弱 老师！让我留下吧！

墨　翟 （坚决地）一人不留！上路！

【师生在暴雨中痛别。禽滑釐忍痛带领队伍开拔。

第四十四集　墨子囚宋

1. 宋国城头（夜，外）

【夷之在城头上，看见禽滑釐带领全体墨者滑向城下。

夷　之　禽将军！禽将军！

【夷之的声音淹没在暴雨中，淹没在墨者的群情激愤中。

夷　之　禽将军不要走！墨者弟兄们不要走！

【夷之眼看禽滑釐带领和自己并肩战斗的墨者队伍毅然离去，转头跑去。

2. 宋国城外（夜，外）

【漆黑的暴雨之夜，只剩下墨翟一个人站在旷野中，任凭暴风雨打来。墨翟被打得东倒西歪。

3. 宋国城头（夜，外）

【商九在夷之的引导下，急奔城头，一眼看出在滂沱大雨中的正是墨翟。雨中的墨翟已经筋疲力尽，终于瘫坐在地上。商九心痛地喊。

商　九　开门！赶快打开城门！……

夷　之　商九大人，不能开门！

商　九　开门！

夷　之　大人！君命难违！

商　九　要杀头有我顶着！开门！

夷　之　不能开门！

【商九拔出宝剑。夷之也拔出宝剑。两个人对峙着，谁也不让。

【商九一边逼视夷之，一边痛心疾首地说着。

商　九　你知道他是什么人？

夷　之　主公的密令上，说他是窃国的贼臣！

商　九　你知道楚国的大军，为什么不战而退吗？

夷　之　楚王占卜所得"北兵凶兆"而撤兵。

商　九　一派胡言！就是这个被你关在城外的墨子，他一个人面说楚王，制止了对宋国的战争！

夷　之　那主公为什么要下这种恩将仇报的密令？

商　九　有人忌恨墨子的功劳，暗箭伤人！

【夷之垂下了手中紧握的宝剑。

商　九　夷之，我说的你可以不信，要观其人，但观其友，墨子就是禽将军的老师，你总该相信了吧？

夷　之　这么说，天恩地德的禽将军，就是为此而离去？

商　九　夷之！你让大恩人凉透了心！

【夷之恍然大悟，立刻跑下城头。

4. 宋国城头夜外

【城门打开，夷之冲出城门，向雨中的墨翟跑去。

【夷之背起墨翟就向城中跑来。

5. 宋国宫殿（日，内）

商　九　……主公，禽滑釐带领全部墨者，于昨夜大雨之中离开宋国！

宋昭公　啊？……你看见了？

商　九　我亲眼所见。墨者的全部劾城器械悉数留下，一件也没带走，全部馈赠宋国。

宋昭公　子罕，你说墨子有篡权之心，人家把打仗的器械都给我全部留下了，哪有一点称王的意思？

商　九　墨翟昨夜从楚国赶回，被主君不准进城的密令拒之门外，现在正在驿馆发烧……

宋昭公　啊？！我立即去面见墨卿！

子　罕　主君，一国国君去看望一个说客，难服宋国百姓。上次主君亲自为墨翟送行，已经大长了墨者的气焰，现在他们挟胜者之威，更会助长篡权之心。主君不可轻率！

商　九　大敌当前之时，有人偏偏轻率地蹿出了城门！大敌退兵，又轻率地冒了出来，如此轻率者，还有什么资格谈轻率？

子　罕　有人借着交际和外军打得火热！而且仗着功高，竟敢置君令于不顾，私放墨翟进城！

商　九　墨子回宋，向主君复命，为何不准进城？

子　罕　商九，我问你，昨夜城头，你为什么说主君不许墨翟进城，是恩将仇报？

商　九　我说的是你！

【宋昭公显然被激怒了。

宋昭公　说谁也不行！有我在，谁敢放肆？！私自打开城门的是哪一个？

子　罕　是守门士卒夷之。

宋昭公　把这个夷之，给我就地处决！我看谁还敢违抗君令？！

商　九　啊？！

子　罕　主君，这个人情，不如送给墨翟。

6. 宋国宾驿馆（日，内）

【正在发着高烧的墨翟，微微睁开眼睛。他看着这个陌生的地方，床边的几上，摆着许多没有动过的饭菜，一个一个的碟子摞了起来。

【墨翟起身四顾，发现墙角里蹲着一个五花大绑的年轻人。他吃惊地挣扎了几回，又倒在床上。

【年轻人听见动静，抬起头来。

墨　翟　……你……你是谁？

夷　之　我就是不准你进城的士卒……

墨　翟　为什么绑着你？

夷　之　我已被宋国国君处死，送来由你发落……

墨　翟　年轻人，你叫什么名字？

夷　之　我叫夷之……

墨　翟　夷之，你多大了？

夷　之　十六岁。

墨　翟　你多长时间没吃饭了？

夷　之　先生整整睡了两天两夜，我也跪了两天两夜……

墨　翟　你愿意接受我的发落吗？

夷　之　我愿意死在救宋的恩人手里！

墨　翟　过来。

【夷之来到墨翟面前。

墨　翟　转过身来。

【夷之转身，墨翟咬牙给夷之松绑。

夷　之　先生，只要你发落，我自己会去死。我都想好了，就从我阻止你的城头上，跳下去，让我年轻的热血，洗刷我的罪孽！

墨　翟　夷之，我不打算惩罚你。

【夷之听了，感到受了极大的羞辱，痛不欲生地撞向墙壁。

【墨翟眼疾手快，滚下床来，一把抱住夷之。夷之挣扎着。

墨　翟　……你要……干什么？……

夷　之　你让我死吧！……你让我死吧！……

墨　翟　你用死来结束自己，却把惩罚留给了我？

夷　之　……先生！我错了！……

墨　翟　你要让我救不下一个悔过的心灵？你这个小夷之，还要一错再错吗？

夷　之　……我该……怎么办啊？……

墨　翟　你把我累病了，就给我赶车，送我回家吧。

【夷之痛苦地选择着。

墨　翟　送我回家吧，小夷之，好吗？

　　【夷之终于放弃挣扎。

夷　之　送回先生，我再去死。

墨　翟　你两天没有吃饭了，赶车要有力气，否则，我也不敢坐你的车呀？

　　【墨翟把几上的饭菜端给夷之，夷之咽着眼泪，吃起饭来。

7. 宋国宾驿馆（夜，内）

　　【深夜，夷之默默跪在墨翟庆前。一缕月光，照着夷之泪流满面的年轻面孔，感激和悔恨交织不已。

　　【熟睡中的墨翟，两腿激烈地抽搐起来，墨翟下意识地呻吟着。夷之轻轻地给墨翟按摩着。墨翟安静之后，夷之慢慢在墨翟脚下睡去。

8. 宋国宾驿馆（日，内）

　　【夷之正在给墨翟喂粥。商九匆匆进来。

商　九　墨子！

墨　翟　商九！

商　九　你的身体怎么样？可以走了吗？

夷　之　大人，先生刚开始，吃了一点小米粥。

商　九　墨子呀，宋国实在对不起你呀！

墨　翟　商九不必自责，淋了一点雨，很快就会好的。我还要面见宋公，向他复命呢……

　　【商九难以启齿，终于还是下了决心。

商　九　睢阳市面上谣言流传……说，说你从楚国带来了瘟疫！……

　　【墨翟镇定地思考着。

商　九　如果宋君听信了谣言，你就会更危险！我劝墨子赶快离开宋国。马车，我已经给你备好……

墨　翟　我接受宋君的聘任，又有君命在身，再有危险也不能离开，否则子罕更有机可乘。商九，你去报告宋公，就说墨翟求见。

商　九　我看，你还是离开这是非之地吧？

墨　翟　墨翟拜托了！

　　【商九无奈地走了。

夷　之　先生为何不走？

墨　翟　你也希望我走吗？

夷　之　先生走到哪儿，我夷之这条捡来的命，就跟到哪儿。

　　【突然冲进来几个家丁。

夷　之　你们要干什么？！

家　丁　他是瘟疫患者！需要隔离！带走！

夷　之　他是墨子！他是救宋的大恩人！

【夷之扑上去阻挡。家丁推开夷之，架起墨翟就走。

【夷之趁着家丁押墨翟上车的时候，解开一匹马，骑上就跑。

9. 途中（夜，外）

【夷之连夜打马飞奔。

10. 途中（日，外）

【禽滑釐的大军，正在回泰山的路上。夷之追来，在马上高喊。

夷　之　禽将军！禽将军！

【禽滑釐猛然回头。

夷　之　墨子被抓起来了！

【全体墨者队伍，不用命令，立即整齐地掉转了方向，向来路上回奔。

禽滑釐　高石，我先走一步！你把队伍带到宋国城外掩蔽，等我的消息，一定不要轻
　　　　举妄动！

【禽滑釐翻身上马，与夷之同乘而去。

11. 宋国大牢（日，内）

【墨翟疲惫地躺在草铺上。

12. 商九府邸客厅（夜，内）

【禽滑釐来到商九家里。

禽滑釐　商九大人！

【商九看着眼前的年轻妇女，竟然没有认出来。禽滑釐抹下头饰。

禽滑釐　是我！

商　九　禽将军！你这么快就回来了？

禽滑釐　墨子为何被囚？

商　九　我给你往泰山送信，你没有收到？

禽滑釐　没有。是夷之给我送的信！

商　九　墨子昨天已经被子罕押进宋国大牢。

禽滑釐　我们怎么办？

商　九　我看有这样三条救墨之路……

13. 泰山墨学书院写简厅（日，内）

【绛娘抄写着书稿。新抄好的绢帛已经有半寸厚的两摞。

【迟仲和臧公子匆匆进来。迟仲拿着一封信。

臧公子　公输小姐！

【绛娘饱蘸浓墨的笔，停在手中。

迟　仲　绛娘！出事了！

【笔上的墨汁滴到了已经抄写好的绢帛上。

臧公子　宋国商九送来急信，墨子被囚！

【绛娘的笔无力地落在已经抄好的绢帛上，立刻深深地洇透下去。

14. 宋国大牢（日，内）

【墨翟正在草铺上躺着，一个女人提着篮子进来。女人来到牢内，叫着"师兄"。

【墨翟纳闷，看见她把头巾抹下来。

墨　翟　师弟！

【禽滑釐看见墨翟憔悴的样子，爱恨交加！

墨　翟　队伍呢？

禽滑釐　我都带来了！

墨　翟　不行！这正是子罕所需要的！

禽滑釐　我让高石带领队伍，都埋伏在城外，等我的消息。

墨　翟　（放心地）禽子就是禽子！

禽滑釐　商九说救你出狱有三个办法，让你拿主意。一是让我去求见宋公，由国君出面放人。

墨　翟　子罕此举，既打击墨者，又对宋公施威，子罕正是希望国君向他求情，以便进一步控制宋公。这个办法对我们来说最方便，但我不同意。

禽滑釐　二是劫狱，既然你是非法强押，我就强劫。刚才我看了，我只用五个人就可以成功劫狱！

墨　翟　禽子的功夫就是了得！不过，这也正好中了子罕的圈套。

禽滑釐　这第三种办法，就是在狱中待着，看你子罕怎么收场？

墨　翟　对！我要让子罕请我出狱！

禽滑釐　商九说，师兄在狱中的安全，已派人做了安排，会有保障。

墨　翟　子罕怎么把我关进来，也要怎么把我请出去。我在狱中正好歇息，把这半月缺的觉，都给补上。师弟，你立即把队伍撤回泰山，免得留给子罕口实，增加宋君之疑，酿成意外灾祸。宋人打仗没有本事，猜疑之心，一向很重。另外，此事不要让绛娘知道。

禽滑釐　商九派的信使，已经到泰山了。

墨　翟　早些让绛娘回曲阜就好了……

15. 途中（夜，外）

【公输洪驾驶着绛娘的文车，日夜兼程。

16. 马车（日，内）

【车内，坐着绛娘和二英。绛娘强忍着泪水。二英泪流满面，紧紧抱着绛娘。

【道路极为颠簸。

17. 宋国城外农舍（日，外）

【禽滑釐正在和众位将领议事。

索　获　在座的，我是唯一有世族身份的人，知道世族对于士人的兴起，怀有多么强烈的仇恨！子罕定要置墨子于死地而后快！

卢　参　那我们就先杀死子罕！

相里勤　……我看就是劫狱！

胡　非　我们三个五个，就能把大牢翻个底朝天！

众　人　对！劫狱！劫狱！

索　获　劫狱断然不可！子罕正在到处散布，说墨者是一个图谋不轨的武装集团！我们要是劫狱，岂不为子罕做了验证？

禽滑釐　索师兄所言极是。大家静下心来想一想。天下聚众者，唯有书院。杨学书院、儒学书院，都是聚众而没有武装，唯有我们墨者，可以真刀真枪抗暴！这样的学术团体，离开兼爱，离开仁义，将人人畏惧，各国畏惧！

高　石　我们墨者已经完成了"止楚攻宋"的历史壮举，岂能因为劫狱，将大功转化为大过？将人皆爱之，转化为人皆惧之？将墨者多年的心血和牺牲，付之东流？

禽滑釐　宋国以国家毁灭为代价做了一件卑鄙至极的蠢事，我们怎可把这等蠢事转嫁到自己头上，自毁墨学？！

【众人有所明悟。有人进来报告。

娄　仲　禽子，公输小姐和二英到了！

18. 宋国城外村头（日，外）

【禽滑釐和绛娘、二英交代着。

禽滑釐　……墨子的意见，就是这样。

绛　娘　我看，这是上策。千万不可走劫狱的下策。大家能明白吗？

禽滑釐　都明白了。你来最合适，你们目标小，照顾墨子又不刺激宋公的疑心。

绛　娘　我的叔父，以前给宋公建过宫殿，必要时，我亲自去找他。墨子不离开宋国，我就不离开墨子。

禽滑釐　这样，我就放心了。只是劳累了小姐。

绛　娘　禽子，还记得十年前，墨子二次自代羁押，在公输府里，我们两个哭得像个泪人吗？那时候，你可不说什么劳累不劳累的。

【禽滑釐摸摸胡子，苦笑了一下。

禽滑釐　师兄这样的人，是人间的真金子啊！多少男人，都恨不得自己变成一个女人，
　　　　终生照顾他。

　　【绛娘从来没有听禽滑釐这样表述心迹，她非常感动。

禽滑釐　可是师兄心里，只有两个女人。一个是栀妹，一个是绛娘。

　　【禽滑釐说完，把头转向一边，努力压抑自己的眼泪。

禽滑釐　把禽滑釐到现在为止的全部拥有，做为交换，我也羡慕绛娘是个女人！

绛　娘　你是说，绛娘可以成为墨子兼爱旗帜上的一根飘带？

　　【禽滑釐感到绛娘有意回避她和墨翟的关系，难过地流下泪来。

禽滑釐　（自嘲地）我怎么和你说起这些？这是男人们之间的话……

19.宋国大牢墨翟牢房（夜，内）

　　【绛娘和二英来到狱中。二英看见胡子长长的父亲，抓住墨翟就哭了起来。

二　英　父亲！……

　　【墨翟身体虽然虚弱，但是精神很好。

墨　翟　……二英，长得好高了呀！不哭。你自己来的？

绛　娘　先生！

　　【墨翟看见绛娘格外激动。

墨　翟　公输小姐！……绛娘！……

绛　娘　先生，你怎么瘦成这样？

墨　翟　知道你们要来，我高兴得几夜没睡！

绛　娘　你如何知道我们会来？

墨　翟　你不是说过，不见不散嘛。

绛　娘　大英很想来看望，迟仲老师让她留下看家了。

墨　翟　对，大英总是有些功夫的。哎，你们带来笔墨没有？

二　英　我说用不着，姨娘还是带了。

墨　翟　（高兴地）知我者，绛娘也！

20.宋国大牢墨翟牢房（日，内）

　　【牢门外临时加出一张桌子。绛娘与二英坐在桌前，二英手执鲁削，面前一块
　　刻字方版，绛娘面前是一方绢帛。夷之在一边坐着。

墨　翟　……我虽然清贫，但我先后有过三个书房。

二　英　父亲明明只有泰山书院一个书房？

墨　翟　那是第二个。在目夷谷的祖居，是第一个。这第三个书房，就是我不时光顾
　　　　的牢房。而且就数这第三个书房，有吃有喝，没人打扰。到时候吹灯拔蜡，
　　　　狱卒强制歇息。我真希望在这个书房能待得长一点……

绛　娘　我们来时，不仅夏衣，连你的冬衣都带来了……

二　英　父亲，你在这个书房待多长时间，姨娘和我就陪你多长时间。

墨　翟　好，现在你们来记述，我在第三个书房里的思考和研究。

【绛娘和二英准备落笔。

墨　翟　我以为，天下万物，需要有一个所在时所的总称，我称其为"宇宙"……

【二英听不懂，看看绛娘奋笔书写，自己不知如何记录。

墨　翟　合东、西、家、南、北而成"宇"，合古、今、旦、暮而为"宙"。"宇宙"相合，没有源头，没有尽头，流淌不尽。"宇宙"中，有天道的主宰，也有人道的运行。其结果，是天道与人道的合一……

【墨翟发现二英瞪大眼睛看着他，却不落笔。夷之一脸的困惑。

墨　翟　唉？二英，夷之，你们是不是听不明白？

【二英、夷之点头。墨翟看了看正在绢帛上书写的绛娘。

墨　翟　听不明白不要紧，你们回去问姨娘。

21. 宋国国都宾驿馆（日，内）

【绛娘和二英在对面抄简。

二　英　姨娘，我真弄不懂这两句话是什么意思？

【绛娘抬起头来。

绛　娘　就是充满变动的意思。总之，宇宙中一切皆变。

二　英　不对，二英现在就没有变。

【二英做凝固状。

绛　娘　你的身体没有变，你心里想的呢？何况你的身体并不是没有变，否则，你吃了辰食，怎么还能吃得下暮食？

二　英　父亲思考这些有什么用呢？

绛　娘　这些思考为"哲思"，"哲思"与具体的事物无关，但是统辖世间事物，是思考的最高等级。你父亲提出"宇宙"的概念，找出人道和天道的必然联系，就可以用来解释天下事理。你看，我们古人，把太阳从大地上升起，这样一个特定的事物，谓之"旦"。

【绛娘在竹简上，画了一个太阳，下面加了一横。

绛　娘　又把太阳落入草地，谓之"黄昏"。

【绛娘画了一个与"黄"字非常接近的"草"字。

绛　娘　这就是"宇宙"的相互联系。

【二英似懂非懂。

二　英　姨娘为什么对父亲的思想这么理解？

绛　娘　多读书呗。

二　英　二英的母亲能吗？

绛　娘　你母亲的精力都用在制作方面了，姨娘无能，只会读书。

二　英　我为什么不能有两个母亲，一个读书，一个做事？

绛　娘　你只有一个母亲，其实又能读书，又能做事，只不过，母亲为了救姨娘而去，
　　　　早早把痛苦留给了我们。

二　英　这么说，是姨娘要替母亲做事和读书？

绛　娘　姨娘是事情做不好，书也读不好。

二　英　姨娘把自己说得一无是处，为什么父亲还离不开姨娘？

绛　娘　你父亲离开谁都行，就是离不开他的事业。

二　英　不，我能看出来，父亲就是离不开姨娘。

绛　娘　我没有看出来。二英除了两只眼睛，还有天眼？

二　英　我没有天眼，我在等待天意。

22. 宋国宫殿（日，内）

子　罕　……我把墨子关进狱中，这是为主君着想呀！

宋昭公　你把人人皆知的恩人关押起来，岂不让我被千夫所指？怎么说为我着想？

子　罕　主君眼下不是正在准备执政大祭吗？大祭的目的，是要用隆重的方式，警告
　　　　那些企图篡夺宋国的人，墨子就是其中最危险的一个。

宋昭公　你说墨者要长期驻军，人家连夜离去。你说墨子篡宋，可有根据？

子　罕　墨子为何仅仅做了三年宋国大夫，就辞去了官位？

宋昭公　墨子说，他在泰山授徒讲学，无暇尽责，枉取国家俸禄，请求免去。交回的
　　　　大夫服饰，连封布都没有打开过……

子　罕　那是他嫌做个宋国大夫太小！这世间不为小利所动的人，必有追逐大利的目
　　　　的隐藏。墨子拒楚王五百里之封，以大禹王为楷模，不就是想君临天下吗？
　　　　墨翟"君"天下的第一步，不就是夺取宋国故地吗？

宋昭公　就算你说得都对，可是300名墨者不是都离开了吗？

子　罕　国君不要忘记，这里还有墨子的一张嘴！

宋昭公　他一张嘴能打败我的上万近卫？

子　罕　墨子一张嘴能说止楚王，难道一张嘴，不能说破主君得到王位的玄机吗？

宋昭公　（大惊）啊！

子　罕　墨子的"兼爱""非攻""节丧""节用"，哪一说，不置主君于死地？

宋昭公　……那，你说怎么办？

子　罕　我看，杀死墨子，宋国就会太平。

宋昭公　子罕！我下不了手……

子　罕　我们就说墨子暴死于从楚国带来的瘟疫，也只用一张嘴。

宋昭公　我不能……

23. 宋国大牢墨翟牢房（日，内）

【绛娘、二英、夷之在墨翟牢房前已经坐定。

墨　翟　……关于筹算，应增添几个新的概念，使其简便宜行。加一个"倍"的概念，即"为二也"。加一个"平"的概念，即"同高也"；加一个"圜"的概念，即"一中同长也"。求出一个中心点，周边的长度是一致的，这就是我们日常所见所用的圆圈。比如……

二　英　车轮！陶轮！

夷　之　辘轳！鸡蛋！

墨　翟　对。

【夷之和二英互相对视了一下，得意地笑着。

墨　翟　关于光学，我发现，光是直线传播的。不似声的传播、水的传播。我在曲阜牢房中，做过一个"小孔成像"的实验。当时，我只是奇怪于影像倒立，而做不出解释。这次才得出结论。光通过小孔时，如射箭一样是直线进入的，人的头部遮住了上面的光，成影在下边，人的足部遮住了下面的光，成影在上边，于是形成倒立的影子。这是光作直线传播的最好例证。

【绛娘、二英在饶有兴致地听着。绛娘在不停地记录着。二英有时忘了记录。

夷　之　二英，你记呀！

二　英　哦，哦……

24. 宋国太庙（日，外）

【宋昭公执政年祭，宫廷内外正在忙碌准备。抬着祭品的官员，穿着礼服，进进出出，络绎不绝。

【天上阴云密布，电闪雷鸣，倾盆大雨从天而降。

【官员们奔跑着，原来的一点虔诚，早被雨水淋得精光。

【雨越下越大，雷声滚滚而来，突然，一个闪电袭过，惊天动地的炸雷把太庙的一角击塌。

众　人　雷击太庙了！雷击太庙了！

25. 宋国宫殿（午，内）

【子罕偕宋昭公跑进宫中。

侍卫官　报告主君，太庙被雷击去一角，像刀劈斧剁一样，倒塌在地……

宋昭公　啊？！雷击太庙？

【文武大臣个个湿淋淋地齐集宫内，人人紧张。

众　人　雷击太庙！雷击太庙！

宋昭公　雷击太庙，谁当"天谴"？

【众人噤若寒蝉。

宋昭公　（声嘶力竭地）你们说呀！谁当"天谴"？！

26. 宋国大牢墨翟牢房（日，内）

绛　娘　……今天给先生带来一身新衣服，是在楚国我叔父帮你做的那身，衣料很好，
　　　　又不失你的常装式样，请先生换上吧……

墨　翟　你们知道，你姨娘为什么要我换衣服？

夷　之　（同时）不知道！

二　英　（同时）不知道呀！

墨　翟　过几天，你们就知道了。你姨娘乃天下才女，举世无双！

27. 宋国宫殿（日，内）

　　　　【大臣们安静地坐在殿内。雷击太庙使得他们十分收敛，完全没有昔日的狂傲
　　　　之气。

侍臣　（在殿外高唱）墨——子——到——

　　　　【宋昭公带着笑脸，从内宫走出。大臣们立即整理衣冠，像是要接待一路神仙。

宋昭公　墨子请上坐！

　　　　【墨翟大大方方地坐在位居众大臣中央的位置上。

　　　　【宫外的雨声传进殿内，雷鸣声也由远而近地传来。

宋昭公　墨子，刚刚听说，你被不法之徒置于宋国牢中，怎奈，国家太大，治事不周，
　　　　我特向你当面致歉！

　　　　【墨翟默然不语。宫廷寂然无声。宋昭公只好明说。

宋昭公　子罕！

子　罕　臣在！

宋昭公　听说，囚禁墨子，是你的家臣所为？

子　罕　禀报国君，臣下也是刚刚知道。这是为臣日常管教不严所致。

　　　　【侍卫官从外走进，在国君耳边小声禀报。

宋昭公　宣大行官，商九上殿！

　　　　【商九穿着满身湿漉漉的衣服进殿。

商　九　禀报国君，奉命请公输般整修太庙之事，再三恳请，公输子不来……

宋昭公　哦？公输子可说出什么理由吗？

商　九　公输子说，听说宋国人发明了一件新式兵器，可以证明救宋国就是为篡夺宋
　　　　国。他说："我公输般去修你祖庙，定可由此推定：修祖庙是为夺社稷。
　　　　一个义救宋国，又是宋国先祖之后的墨子，你们国君都不放过，何况我公
　　　　输子？"

　　　　【宋昭公面红耳赤，如坐针毡，在宫内不停地走动着。

　　　　【随着闪电袭过，一声巨大的响雷劈过，子罕瑟缩躲闪。墨翟站起。

墨　翟　原浊者流不清，行不信者名必耗！人眼好掩，天目难欺！

宋昭公　墨子说得好，宋国不可以失信于天下。雷击太庙一事，卜筮师已卜过，囚墨子者，当"天谴"。子罕囚墨子，"天谴"免官三年，两肇事家臣斩首祭祖。寡人失察，当自罚，素食三月，以求上苍见谅！

28. 宋国宾驿馆（日，外）

【禽滑釐和孟胜在整理着接墨翟的两辆马车。

孟　胜　禽子，我们昨天刚到，今天就走吗？

【禽滑釐微笑地看着院中散步的墨翟和绛娘。

禽滑釐　看墨子的意思吧。

【远远看去，绛娘和墨翟谈笑风生，十分愉悦。

29. 宋国宾驿馆（日，内）

【二英替墨翟收拾着上路的东西。墨翟正在看书。

二　英　……父亲，我有一事不明？你说，女人是做事好，还是读书好？

墨　翟　无论男人还是女人，都要会做事，也要会读书。

二　英　父亲是嫌姨娘不会做事吗？

墨　翟　你和大英，要是有你姨娘一半本事，我就满意了。

二　英　那父亲为什么还不让姨娘当娘？难道她还不够好？

【墨翟的眼睛离开了书简上的文字，但是并没有抬头。

【外面传来商九的声音。

商九（画外）　……墨子呀！墨子！祖宗之地，还留不住你？

【墨翟起身相迎。商九进来。

商　九　是宾舍照顾不周吗？

墨　翟　不不，很好。只是我的三百弟子已回泰山书院，老师却在这里享清福，岂不让弟子耻笑！禽子已经来接，我行期已定，再请报知国君，不必挽留，并代我辞行！

商　九　墨子若是上路，睢阳百姓将有十万人夹道欢送……

墨　翟　不可，不可，苍天看到墨者做了一点事，就有劳百姓，是会发怒的！

商　九　黎民之心不可违！我可以调遣千军万马，就是拿黎民百姓没有办法！

30. 宋国宾驿馆（夜，内）

墨　翟　……万万不可打扰宋国父老，我们趁夜上路。

【禽滑釐点点头。

禽滑釐　……师兄，子张夫子就要八十诞辰，这里离先生故里不远，我想，顺道去给老人祝寿，你看怎么样？

墨　翟　我要去泗河接一位客人，你就代表我，给子张夫子祝寿吧！我们师生一场，又有知遇之恩啊！

禽滑釐　好。

31. 宋国宾驿馆（夜，外）

【墨翟一行趁夜上路，大家正在往车上装东西。

【绛娘看见二英一个人，闷闷不乐。

绛　娘　二英，就要回家了，怎么不高兴？

二　英　不知姨娘要回哪一个家？是曲阜，还是泰山？

绛　娘　你父亲已经平安，我当然是回曲阜。

墨　翟　公输小姐，我们一起回泰山。

【绛娘看着他，没有答应，仍然要上自己的马车。

【墨翟拉住绛娘，让她上自己的马车。

墨　翟　我有话要跟你说。

五十二集大型　历史电视连续剧　墨子

第四十五集　绛娘醉舞

1. 宋国睢阳街道（夜，外）

　　【静谧而昏暗的街道上，三辆马车缓缓向北门驶去。

2. 马车（夜，内）

　　【车上，绛娘坐在墨翟身边。

墨　翟　你猜猜，我在牢狱中都想了些什么？

绛　娘　你想的，我不是都记录下来吗？回去我再整理一遍，又可以成书了。

墨　翟　我想的是，另外一件事。

　　【绛娘没有问。

墨　翟　回到泰山再告诉你。

3. 宋国国都北门（夜，外）

　　【子罕家丁埋伏在墨翟必行之路上，他们看见墨翟一行出了北门，为首的一声呼哨，立刻从黑暗中蹿出四五十个家丁。

　　【前车的禽滑釐和孟胜，后车的夷之和二英迅速下车，护卫在墨翟马车的左右，与冲上来的家丁拼打。

4. 马车（夜，内）

　　【绛娘听见外面的打斗声，紧张地想要下车，墨翟拉住绛娘，端坐不动。

　　【打斗声阵阵传来。一种呼喊声渐渐近前。

　　【忽然车帘掀开，商九抱拳行礼。

商　九　墨子受惊了！请墨子下车！

　　【墨翟下车一看，不仅打斗已经结束，而且眼前突然出现了万支火炬。渐渐传来的呼喊声，正是从火炬阵里传出。

　　【墨翟惊疑地看着商九。

商　九　墨子可以不辞而别，我们宋国的百姓，可不能不倾城欢送我们的大恩人！

　　【只见远处的火龙向近前移动。人群里传来惊天动地的喊声。

众　人　恩公墨子！兼爱墨子！……

　　【举着火把的人群涌到跟前。人群里有工匠、士兵、老人、妇女、儿童。

　　【墨翟连连向人群作揖。人群高高举起火把，激情呼喊。

　　【墨翟深深打躬。人群齐声下跪。

众　人　兼爱墨子！恩公墨子！……

　　　【火把铺路，组成一条蜿蜒北去的火龙。墨翟一行从夹道的火龙中，激情穿越。

5. 泗河渡口茅舍（日，内）

　　　【沉病的杨朱躺在床上。他的身体病痛，因为无人可以论辩，心里更痛，常常
　　　　自言自语，扮演着论辩的对方。

杨　朱　……我杨朱一生，是"四不"，你巫马子一生，是"四为"。（扮演巫马子论辩）
　　　　我巫马子有何"四为"？你杨朱有何"四不"？（回到杨朱）你巫马子的"四
　　　　为"，是为寿、为名、为位、为货。由此"四为"，你就志弱气短，而生"四畏"，
　　　　就是畏鬼、畏人、畏威、畏刑。

　　　【菊花、荷花端着饭菜进来。

杨　朱　（扮演成巫马子）说说看，你杨朱的"四不"？

菊　花　先生，吃饭了。

杨　朱　我杨朱的"四不"，是不逆命、不矜贵、不要势、不贪富。

荷　花　先生，你还吃饭不吃饭？

杨　朱　不逆命，何羡寿？不矜贵，何羡名？不要势，何羡位？不贪富，何羡货？

　　　【杨朱一把推开菊花、荷花递上来的饭菜，继续慷慨激昂地论辩。

杨　朱　巫马子，你的身上还有四把刀哪！（扮演巫马子）我巫马子身上，一把刀也
　　　　没有？

　　　【菊花、荷花捡起地上的饭菜。

杨　朱　丰屋、美服、厚味、姣色，这就是插在你巫马子身上的四把刀！（扮演巫马
　　　　子的吃惊状）"啊！"（回到杨朱）由此四把刀，加以你巫马子无厌之性，忠
　　　　不足以安君，义不足以利物，适足以危身，适足以害生。巫马子切戒！切戒！
　　　　切戒啊！

菊　花　先生，你又发癔症了！

荷　花　要是墨子回来，他的病还没有起色，我们怎么对得起先生的托付？

菊　花　我看，咱们去请个大神来跳一跳吧？

荷　花　好，就请个跳大神的来吧！

　　　【菊花、荷花匆匆而去。

杨　朱　巫马子！我杨朱，生前有一个"四不"，相当于墨子的"节用"，死后还有一
　　　　个"四不"，相当于墨子的"节丧"。（扮演巫马子）你杨子，怎么又和墨子
　　　　搅和到一起去了？（回到杨朱）我杨朱，死后不含珠玉、不服文锦、不陈牺牲、
　　　　不设明器也……

6. 陈国故地子张府邸（日，内）

【为贺子张八十寿辰，巫马子、公孟子、禽滑釐及在陈地弟子，皆在场祝寿。

巫马子　夫子自小求学于孔子，又从教数十年，是孔子身后最受人尊敬的门派。巫马子以做子张夫子的弟子为荣，祝夫子长寿！

子　张　谢谢你远道而来！

公孟子　夫子美名远扬，我们尼山书院，至今靠夫子之名而居鲁国儒学之首，以至鲁国国学泮宫之生，也以投奔尼山书院为荣！祝夫子长寿！

子　张　尼山书院，是孔子讲学的地方，这所书院，你们要办好哇！

禽滑釐　昔日门人墨翟、禽滑釐，为夫子祝寿。

子　张　且慢，你说"昔日门人"，是什么意思？

【禽滑釐为难地，几次欲言又止。子张也有几分恼怒。

子　张　小禽子，什么时候学的，这吞吞吐吐的毛病？

禽滑釐　夫子要说，我就只好说了。十五年前，巫马子、公孟子，已把墨翟、禽滑釐，开除于儒家门墙之外。今日祝寿，只好以"昔日门人"自称。

子　张　巫马子、公孟子，可有此事？

巫马子　他们讲授的不是儒……

子　张　我要你回答，有无此事？

巫马子　……有……

子　张　我的弟子，去舍由我，谁给你的权力？禽滑釐，我问你，"墨学"之称，这就是你们自立的门户吗？

禽滑釐　不，"墨学"为公孟子所贬，我们就只好以墨学之名授徒讲学了。

【子张怒视着巫马子。

子　张　巫马子！你可真令我失望！一门学说，没有新见解的不断充实，不就是一株日益干枯的死树吗？！

巫马子　可是"亲亲为仁"是儒学的命脉，是孔老夫子的真传……

子　张　有"亲亲为仁"的真传，还能有你这个，兽医之祖的后代巫马子吗？"亲亲"了几百年，难以救时，为什么不允许"兼爱"一试？"贵贵"之说，政多弊端，为什么不容"尚贤"之议？恢复东周的天下，孔子说来尚且可以，时至今日再说，岂不让天下诸侯耻笑？！无怪乎，如今天下，"儒者无益于国""墨显于儒"之声，不绝于耳……

巫马子　夫子，恐怕不可轻信"墨显于儒"之说……

子　张　腐儒也，酸儒也！我且问你，尼山书院一年应聘弟子多少？

巫马子　已有近20年无人来聘！

子　张　禽滑釐，你泰山墨学书院，一年应聘弟子多少？

禽滑釐　百人上下！

子　张　巫马子，我再问你，楚国以五百里聘于墨子，可有人聘你？

巫马子　没有！

子　张　墨子一人游说、三百人守备，止楚攻宋，避免了一场战争，你巫马子有墨子的胆识吗？有禽滑釐的救守之术吗？

巫马子　弟子不才，弟子不才……

子　张　但是，你在嫉贤妒能、排斥异己上，可颇有几分才干！

禽滑釐　今日是夫子寿辰，大家应谈高兴之事。我们讲学，至今依夫子所教，答惑释疑。课堂上所教，如《诗经》《春秋》《尚书》外，还有六艺、武备、辩术、技艺、天文，使弟子文武双全，所以求学者甚多。只是经费所限，常不能尽收来者。我来时，墨翟染病宋国，他要我代请夫子去泰山书院讲学，不知夫子可肯赏光？

子　张　我要不是八十老翁，不能远行，一定要亲请墨翟，来尼山书院当主持！

【子张说完，拂袖而去。

7. 泗河渡口茅舍（日，内）

【一个打扮得已经看不出男女，也看见不出人样的巫人，正在为杨朱跳大神。他念念有词，手舞足蹈，时而在熟睡的杨朱脸上比画着，时而点燃芦苇叶子，满屋熏燎着。

【菊花、荷花在一边虔诚地默默祝愿杨朱病愈。

【熟睡中的杨朱，慢慢睁开眼睛，见巫人之态，翻身坐起，怒指菊花、荷花。

杨　朱　你们……你们这是要干什么？！

菊　花　这是给先生治病……

荷　花　我们看先生的病总是不好……

杨　朱　你们知道我是什么病？

菊　花　先生得的是癔病，经常胡话连篇……

巫　人　六神无主，心窍弥散，执迷妄语，邪气内滞，你必是鬼魂附体！看我从中捉拿！

【巫人上前要捉拿杨朱身上的鬼魂。

【杨朱忽地从床上站起来，抱着枕头就向巫人砸去，接着拿起一切可以拿起的物件，向巫人砸去。

杨　朱　（大叫）滚！滚！滚！

【菊花、荷花吓得让在一旁。

菊　花　先生！

荷　花　先生的病不好，我们对不起墨子啊！

杨　朱　我乎汝乎！其弗知乎，巫乎医乎，其知之乎？

菊　花　先生说的，我们听不懂。

杨　朱　我都不知道自己得了什么病，你们也不会知道，巫医就能知道吗？我杨子从
　　　　不信巫，你们这样做，不是要气死我吗？

菊　花　先生，我们没有办法了……

杨　朱　墨子不会来了……

　　　　【杨朱一屁股坐下了。

菊　花　不，墨子说到做到，他一定会回来的。

杨　朱　……墨子心里是恨我的……为了拯救我的妻子，他付出了自己的妇孺……

　　　　【杨朱声音渐渐微弱，菊花、荷花以为他又说起胡话。

杨　朱　……还给他一只胳膊，还差他的更多……我那"适欲"的大厦，莫非开始倾
　　　　斜了？……你飘行吧……早就应该飘然行去了……

8. 泗河渡口茅舍（夜，内）

　　　　【三只健壮的手指，搭在杨朱纤细的手腕上，给他号脉。墨翟向孟胜交代着什么。

墨　翟　就按照这个方子抓药吧。

菊　花　我带你去。

　　　　【孟胜和菊花出去。

夷　之　老师，天都快亮了，你忙了一夜，也该去歇息了。

墨　翟　我们不能把杨子的病治好，就对不起他的信托啊！

　　　　【墨翟重新坐到杨朱身边。

　　　　【早已醒来的杨子，一把拉住墨翟的手，泪水从没有睁开的眼角，缓缓流出。

9. 泗水渡口茅舍（晨，外）

　　　　【墨翟亲自给杨朱煎药，他那副全神贯注的样子，仿佛要把自己的生命贯注其中。

10. 泗水渡口茅舍（夜，内）

　　　　【墨翟亲自给杨朱喂药。杨朱经过墨翟的调养，有了一些起色。

11. 芦苇边（黄昏，外）

杨　朱　……墨子啊，你知道我杨子为何落到今日这般？

墨　翟　是不是出了什么意外？我一直不敢问你。

杨　朱　水火无情，都让我赶上了。不过洪水来了，有你墨子来救，大火来了，却没
　　　　有一个人来救！你知道为什么没有人来救吗？

　　　　【墨翟不便多说。

杨　朱　后来，我想明白了。是因为别人失火，我从来不去救。所以，这是我"贵己"
　　　　的该得报应，我并无怨言。按照我的"贵己"说，今后别人失火，我还是不
　　　　会去救。我自己要是再失火，别人也不会来救，对此，我仍无怨言。但是墨子，
　　　　我从天上，落到地上，这一跌，倒让我突然明白了一个道理。

墨　翟　杨朱还是多多歇息一下吧?

杨　朱　不,我要讲给你听。我明白的这个道理,就是三个字:人——性——恶!

【墨翟站起来要走。杨朱拉住墨翟,非让他坐下不可。

杨　朱　那两个车夫,拿走我的银两,这就远远不是"适欲"。那两个小妾,平时唯我独尊,赖在我的房里,不赶都不走,这回偷走我的细软,也远远不是"适欲"。邻人们来抢我的大门、石狮,路人在废墟里扒翻过火的金器……所有这一切,都是人——性——恶!

墨　翟　儒者不是说,性本善嘛。

杨　朱　狗屁!那是因为他们没有经过一场烧光了全部著作的大火!

墨　翟　等杨子病愈,有了精神,我可以派弟子,替杨子重新整理著作。

杨　朱　不!我绝不为这个人性恶的世界,再留下一个字!一个字也不留!

【墨翟感受到杨朱内心彻骨的大寒。

杨　朱　没有了欲求,没有了责任,生死,都是一样的。墨子要是不嫌弃我,我就再贪恋几日。

【墨翟感到杨朱的轻生,连忙转移了话题。

墨　翟　杨子的病,已经见好哪。

杨　朱　我母亲就略通医术,可是她死得早。

墨　翟　杨子也是孤儿?

杨　朱　我本是戎国贵族,父亲死后,母亲一个人带着我。40年前宋国也出现过一次大瘟疫,我的寡母略通医术,救护乡邻无数,最后却被一个她救活的强盗,结果了性命。我抱着母亲被剁烂的尸体,哭干了一生的眼泪。从此,我的天下,就是自己的每一骨,每一皮肉,甚至每一毛发。我以为对人不拔一毛,就可以保证自己再也不被拔一毛,想不到,还是成了孤家寡人。

墨　翟　我的"兼爱"和你的"贵己",真是不能见面的太阳和月亮,可是我们两个有一点,却是那么相同。

【杨朱深深地点了点头。

墨　翟　我也是个孤儿,但是我得到了至少三个母亲的关爱。她们用精神的乳汁共同哺育我。我常常觉得如果不把关爱给予需要的人,自己身体里的积累就会发霉。如果我早一点知道你的身世,我会把你当兄弟一样照顾。

杨　朱　我没有兄弟,不知道有兄弟是什么感觉,也许就是现在这样吧……

12. 泗水渡口茅舍(日,外)

【墨翟搀扶着杨朱,散步回来。

【孟胜和夷之正在把马车内的车座拆下来。

孟　胜　老师,车座一定要拆吗?

墨　翟　拆！

菊　花　……先生，带我们走吧！

荷　花　我们已经把渡口的生意送给了别人！

菊　花　我们的金银珠宝，也分给了穷苦百姓！

墨　翟　我看，你们还是找个人家，好好过日子吧，当墨者是……

荷　花　我们的日子早就被埋进季孙氏母亲的坟冢里了！

菊　花　我们真怕有了家庭和孩子，还会有一天要遇到我们被活殉的命运！

荷　花　我们只想有生之年，报仇雪恨。先生既然要"兴天下之利，除天下之害"，我
　　　　们卖船、封桨，就是讨饭，也要跟去泰山。

菊　花　我们生是墨者的人，死是墨者的鬼！

菊　花　（同时）先生！收下我们吧！

荷　花　（同时）先生！收下我们吧！

　　　　【杨朱始终微笑地看着菊花和荷花求墨翟收下她们。

13. 马车（日，内）

　　　　【车里铺着厚厚的被褥，杨子一个人躺在车里，听着外面的声音。

孟胜（画外）　……老师！你不能再走了。你已经走不动了，快上车吧？

14. 马车（日，外）

　　　　【墨翟朝驾车的孟胜和夷之摆了摆手。坚绝不肯乘车的他，艰难行进着。不太
　　　　走路的菊花、荷花，也十分吃力地与墨翟步行。

夷　之　杨子是老师的什么人？

孟　胜　什么也不是，只是个论辩的敌手。

　　　　【夷之跳下车来，打开车门。

夷　之　杨子！下来！快下来！

　　　　【杨朱不动。夷之要把杨朱拉下来。

15. 马车（日，内）

杨　朱　……你别让我下去，你让墨子上来吧……

　　　　【杨朱向一边让了让。

夷　之　你看，墨子已经喘不动气了。

杨　朱　他比我还有力气。

墨翟（画外）　（呵斥）夷之！

16. 马车（日，外）

　　　　【墨翟把夷之拉向后面。

墨　翟　（悄声）杨子已经不久于人世了。

夷　之　老师，你也是大病初愈……

墨　翟　杨子一生都没有，得到一点真正的温暖，让我们尽量给予他吧。

【夷之"扑通"跪在墨翟面前。

夷　之　老师，要是你不肯乘车，就让我来背你吧？

【墨翟快步朝前走去。

墨　翟　夷之，你追不上我了吧？

夷　之　老师！

【夷之起身追去。

【身体大亏的墨翟步履沉重。

17. 马车（日，外）

（叠化）　杨朱上车，墨翟为他掖好被子，招呼行车。

（叠化）　杨朱下车，已经疲惫不堪的墨翟连忙去搀扶他。

（叠化）　车轮走过泥泞，墨翟和大家一起为杨朱推车。

（叠化）　墨翟在雨中赶路。

（叠化）　车内，杨朱泪水涌流。

18. 泰山墨学书院（夜，外）

【墨翟一行衣衫褴褛地回来，眼见前面就是泰山墨学书院的大门了。

孟　胜　先生，我看见咱们的书院了！

墨　翟　……到家了……到……家……

【墨翟说完，就晕了过去。

19. 泰山墨学书院墨翟卧室（夜，内）

【墨翟躺在床上，昏睡不醒。

【绛娘给墨翟喂水，水从墨翟紧闭的嘴唇里，又流了出来。绛娘看着墨翟舌敝唇焦的样子，不知如何是好。忽然她想起了一个办法，自己含了一口水，但又羞怯万分。犹豫之后，她还是下了决心，噘起嘴唇，嘴对嘴地把水喂给了墨翟。

【墨翟终于慢慢睁开眼睛。

绛　娘　先生！

墨　翟　……绛……娘？

绛　娘　先生终于醒了！大家都守了你三天三夜！我去喊他们。

墨　翟　……别走。

绛　娘　止楚攻宋已经成功，先生的事业正是辉煌，我不走更待何时？

墨　翟　绛娘……不走……绛娘不走……

绛　娘　　等你好了，我再走。

　　　　【墨翟孩子似的拉着绛娘的手。

墨　翟　　好了也不走……好了也不走……

绛　娘　　好，不走。

　　　　【绛娘重又坐下，轻轻拍着墨翟的手。墨翟继续沉沉睡去。

20. 泰山墨学书院绛娘书房（日，外）

　　　　【迟师娘带着梳洗打扮一新的荷花、菊花，走过来。

21. 泰山墨学书院绛娘书房（日，内）

　　　　【绛娘正在给大英、二英讲书。迟师娘和菊花、荷花进来。

菊　花　　（同时）菊花见过公输小姐！

荷　花　　（同时）荷花见过公输小姐！

大　英　　大英见过菊花、荷花姑姑！

二　英　　二英见过菊花、荷花姑姑！

迟师娘　　我们泰山书院的六个女人，都聚齐啦！看来我的豆浆水又要多做几碗啰！

绛　娘　　两位姑娘的住处，都安排妥当了吗？

菊　花　　全都妥当了，公输小姐放心。

荷　花　　我们今天特地来拜见公输小姐，是因为还有一件没有妥当的事。

绛　娘　　（惊讶地）什么事？

菊　花　　我们现在吃住不用自己操心，练武有禽子和高石子亲自教授，就是没有教我
　　　　们读书的老师。

绛　娘　　这是他们忙得忘记安排了吧？我去跟禽子说，就安排你们跟着听讲吧。

荷　花　　不，我们已经听了一次，什么也听不懂。

菊　花　　我们想拜公输小姐为师！

荷　花　　请公输小姐做我们的开蒙老师！

菊　花　　不知公输小姐肯不肯赏光？

绛　娘　　荷花、菊花两位姑娘，花样年华，书院都以为，来了两位泰山仙女。我这已
　　　　经有了两个泰山精灵，你们就和大英、二英一道吧。

　　　　【荷花菊花跪下拜师。

荷　花　　（同时）公输老师在上，受弟子荷花一拜！

菊　花　　（同时）公输老师在上，受弟子菊花一拜！

绛　娘　　止楚攻宋成功，墨者名震天下。明晚祝捷大会，我想请荷花、菊花、大英、
　　　　二英，为前线归来的师生们，献上一场歌舞，怎么样？

众　人　　好呀，好！

22. 泰山墨学书院习武场（晚，外）

【习武场上，张灯结彩，鼓乐齐鸣。为召开庆功大会，临时筑起了可供表演的坛台。

【墨翟陪同迟仲老师、绛娘陪同迟师娘在前排就座。后面是其他师生，和赶来观看的其他书院学子及泰山百姓。

【禽滑釐登上坛台。

禽滑釐 今晚，我们全体墨者，邀请了其他书院学子和泰山百姓，为我们墨者，和所有支持我们顺从天意而行义的人们，共庆止楚攻宋大捷！在这明朗的月空下，在这大同世界的墨院里，我们不分书院内外，不分墨与非墨，为争得天下的一方太平，尽兴欢乐！

【人们共同吟诵起胜利凯旋的《诗经·无衣》。

众　齐 岂曰无衣？与子同袍。王于兴师，修我戈矛，与子同仇！
岂曰无衣？与子同泽。王于兴师，修我矛戟，与子偕作！
岂曰无衣？与子同裳。王于兴师，修我甲兵，与子偕行！

高　石 止楚攻宋的成功，是墨者行义的成功，也是墨者善于制作先进兵器的成功。有了胸中正义，再有手中利器，我们无往而不胜！楚军数十万，墨者三百，楚军不敢轻易攻城，是因为墨者手中握有救守的新式兵器，以一当十，以一当百！下面请观看，宋城救守使用的新式兵器，弩——射——花——灯——！

【在坛台左侧，挂着十盏花灯。卢参携弩机走上坛台，瞄准十灯，按动机关，十盏花灯同时熄灭。

【人群中发出赞叹声。

【在坛台右侧，也挂着十盏花灯。相里勤携弩机走上坛台，瞄准花灯，按动机关，十盏花灯同时熄灭。

【人群再次发出赞叹声。

【坛台正中，挂着上下几排的五十盏花灯。相里勤和卢参转身瞄准花灯，连续按动机关，五十盏花灯先后熄灭。

【场地一片漆黑。人群呼唤如潮。被一盏灯笼照亮的高石出现在坛台上。

高　石 兵家攻城守城的祭祀之礼，都是祭战神蚩尤。但是蚩尤好战，与墨者的救守兵学相悖。所以我们救守宋城的祭祀，不祭战神，改祭守神。这守神是谁呢？

众　人 墨子！

【土坛上，突然出现了一双硕大的红光足迹。

高　石 对，守神就是，我们的老师墨子！

禽滑釐 墨子倡导"以身载行""手足胼胝"。墨子用十个昼夜，徒步行走了1500里，用兼爱的热血，融化了攻伐的冷箭！所以，我们把墨子的履印拓在黄绸上，制作了天下第一面守神祭旗！

　　【土坛上的红光足迹下面，忽然亮起黄色的灯火，原来那双红火的足印，是印在一面黄绸之上。

　　【台下欢呼声如浪如潮。

众　　齐　守神墨子！守神墨子！……

　　【墨翟看着好笑，对身边的绛娘说。

墨　　翟　他们什么时候把我的足迹拓了去，我怎么一点也不知道？

绛　　娘　准是大英、二英那两个机灵鬼呗。

墨　　翟　（笑着）咱们以后，可得当心。

禽滑釐　点起火把。

　　【习武场周围早已布置好的火把，被一起点亮，灯火通明。

　　【二十个生员抬上来十只酒坛。

禽滑釐　这是宋国国君所赠的十坛美酒，犒赏诸位兄弟！犒赏诸位嘉宾！

　　【众人分酒而饮。

　　【禽滑釐和高石端着斟满的酒盅走下台来，单膝跪在迟仲老师身边。

禽滑釐　有其父必有其子，有其师必有其徒，我们感谢迟仲老师，为我们栽培了一个兼爱的领袖，一个北方的圣贤！

高　　石　因为墨子赴楚劳累，身体没有痊愈，我们代表墨子和全体墨者，请迟仲老师满饮徒子徒孙的一片敬意！

　　【迟仲激动地接过酒盅，却没有饮下，而是郑重地站在墨翟面前。

　　【墨翟也赶快站起来，恭敬地看着迟仲。

迟　　仲　墨翟呀，我们相识了三十年，如果说前十五年，是我教你，那么后十五年，就是你教我。

　　【迟仲转向众人。

迟　　仲　我常常为自己，有墨翟这样一个弟子高兴，更永远为自己有墨子这样一位师长而感慨终生！让我代表全体墨者，把这份永恒的爱戴，敬献给我的墨翟，我们的墨子！

　　【迟仲正要转过来给墨翟敬酒，墨翟已经不知去向。

迟　　仲　墨翟！墨翟！

高　　石　墨子不在，迟仲老师喝酒！

禽滑釐　对，墨子不受封，不受拜，不受敬，不受谢，也都是迟仲老师教的！

众　　人　迟仲老师喝酒！……

大　　英　太师喝酒！

二　　英　太师喝酒！

　　【墨翟躲在迟师娘和绛娘的大裙子之间，偷着乐。

【迟仲只好把酒喝了。

【孟胜端着酒盅过来，站在绛娘面前。

孟　胜　公输老师，我们上课听墨子讲授，下课看的书，皆为公输老师编定。在我们眼里，简上的每个字，都是墨子奔走不息的身影，而影子的周围，又总有着公输老师飘飘如仙的风貌……

【绛娘不好意思让孟胜说下去，急忙插话。

绛　娘　好，好，好，你想要我，怎样表达祝贺之情？

孟　胜　请公输老师喝下这盅酒，与我们同歌同舞……

【墨翟见绛娘接过酒，不禁从迟师娘的裙子后面钻出来，焦急地喊着。

墨　翟　鲁酒薄！鲁酒薄！……

绛　娘　我知道"鲁酒薄"，这宋酒浓。但是宋酒再浓，也浓不过墨者救天下的满腔热血！

【众人又是一片呼唤。

绛　娘　宋国奸臣子罕，张弓于泗水之滨，设陷于睢阳之狱，你们老师，靠自己的双脚，苦行十日，力说楚王。再难，他也没有退缩。禽子和高石子，以三百之众，抗楚王十万精兵，再险，你们誓与宋城共存亡。墨者死都不怕，我公输，何惧酒浓？

【绛娘一饮而尽，借着酒劲，走上坛台。荷花、菊花、大英、二英，从人群里跟着走上台去。

【臧公子和索获走上台去，在事先摆好的乐器前坐定。

绛　娘　我们为止楚攻宋胜利起舞！弟子们，鼓盆而歌！

【索获和臧公子操琴，弦丝拨动，声乐扬起，台上的五个女人，在台下300名弟子的吟诵《诗经·伯兮》的伴唱中起舞。

众　人　伯兮朅兮，邦之杰兮。伯也执殳，为王前驱。

自伯之东，首如飞蓬。岂无膏沐？谁适为容！

其雨其雨，杲杲出日。愿言思伯，甘心首疾。

焉得谖草？言树之背。愿言思伯，使我心痗。

【坛台下有节奏的击石声、鼓盆声，与台上的旋舞，节拍相和，时而如狂风大作，时而如细雨无声，时而作天女散花，时而作海底揽月，时而似高歌远扬，时而如泣声滴血。绛娘舒袖长舞，观众如痴如醉。墨翟的泪水，打湿衣襟。

【舞乐停止，其他人下场，唯有绛娘还站在坛台。人们安静地期待着。

绛　娘　借这个机会，我给大家讲一段往事。十五年前，鲁国的季孙氏葬母，要活殉五十人。这天深夜，担任襄礼的墨子和禽子，巧妙地利用了两身孝服，放生了两个如花似玉的小姑娘。十五年过去了，这两个小姑娘，也来到了我们中间！

【荷花、菊花走上台前，向大家鞠躬。

绛　娘　……她们之所以来到我们中间，不仅是寻找恩人，她们也是止楚攻宋的功臣。她们不为宋国奸臣百镒黄金的收买所动，救墨子于泗水渡上。今天，不仅是我们的祝捷大会，还是这两个昔日苦命丫鬟，今日窈窕淑女的婚嫁吉日。让我们先请"月下老人"，坛台就座！

【二英扶墨翟上台，墨翟向众人施礼，然后安坐坛台。

绛　娘　请禽子与荷花姑娘，参拜"月下老人"！愿兼爱的红绸，永远系着他们的姻缘。

【一根红绸相率，禽子与荷花走上坛台，向墨翟跪拜，然后向众人施礼。

【场下呼唤声雷动。

绛　娘　请高石子和菊花姑娘，参拜"月下老人"！愿天下大同的理想，陪伴他们白头偕老！

【一根红绸相率，高石子与菊花走上坛台，向墨翟跪拜，然后向众人施礼。

【场下呼唤声雷动。随着臧公子和索获的乐声再起，全场起舞，全场沸腾。

【场上，火光冲天，人头攒动，意气高昂，温情盎然。

23. 林中空地（日，外）

【绛娘陪着墨翟散步，来到石桌前他们边坐边说。

墨　翟　……绛娘，有一件事，怕你接受不了，我一直没有告诉你……

绛　娘　跟你在一起，我还有什么接受不了的事？

墨　翟　我把杨子带来墨院了……

【绛娘一下子站起来。

绛　娘　他怎么会来这里？

墨　翟　杨子府邸被大火烧光，他身边的人，也都走了。他自己一个人，已经病入膏肓。我带他来书院，是想帮他养病，看来没有痊愈的希望啦……他很想见到你……

绛　娘　我们已经分手。

墨　翟　作为朋友，我希望，你能去探望。

绛　娘　还有什么用吗？

【墨翟站起来，走近绛娘。

墨　翟　杨子不久于人世，我们怎么能让他带着一颗冻伤的心，离开人世？

【绛娘没有同意。

墨　翟　绛娘的心里如果装不下一个悔过的杨子，又怎能装得下一个，将要悔过的墨翟。

24. 泰山墨学书院宾舍（日，内）

【杨朱的病已经很重，但是精神却比以前要好。绛娘提着一个食盒进来，杨朱激动地想坐起来，但没能起来。他惭愧地看着绛娘，一句话也难以出口。

【绛娘把食盒放下，从里面端出一碗汤，她用匙子搅着碗里的食物，轻轻吹着。

绛　娘　这是五龙潭里的甲鱼汤，先生趁热喝了吧？

【绛娘一勺一勺地喂着杨朱。杨朱喝着，泪如泉涌。

杨　朱　我一直认为，夫人和妾，都是奴隶。自从有了你，我的心里才慢慢有了一种感觉……

【杨朱指着自己的心口。

杨　朱　从这里，向周身漫延开来，很柔软，很温暖。

绛　娘　我从没想到，自己还会给你爱的感觉。

杨　朱　绛娘，以前我们都没有好好地谈谈，今天你能听我说吗？

绛　娘　先生想说什么，就说什么吧？

杨　朱　绛娘姑娘，一生嫁了两个多么相同，而又多么不同的人啊！

【绛娘知道，杨朱误以为她和墨翟成婚，但没有解释。

杨　朱　我和墨子，都是说到做到，身体力行。我把"贵己"贵到极致，苦不堪言。墨子的"兼爱"兼到极致，也会苦不堪言。我伤害了你，墨翟也未必不伤害你？绛娘姑娘，你一生中相识了两个极端的男人，他们离开得那么遥远。这些距离所产生的思绪和痛苦，都要你纤弱的心灵来承受……

绛　娘　墨翟并没有接受我。

【杨朱良久不语，半晌才说。

杨　朱　……他是怕伤害你，因为他太爱你了吧？

【绛娘未置可否。

杨　朱　公天下之身，公天下之物，谓之"至人"。杨朱平生所见，墨翟这个人哪，爱人舍己，堪称世上之"至至者"。请转告墨子，我抨击墨学"俗气""匠气"，现在正式收回！让我心里干干净净地走吧……

25. 林中杨朱墓地（日，外）

【埋葬了杨朱，墨翟带领绛娘、禽滑釐、高石、孟胜和大英、二英，在墓前哀悼。

墨　翟　杨朱其心兮，清澈如水。

　　　　独倡"轻物"兮，世胄弥贵。

　　　　君子不党兮，哲人无晦。

　　　　子然一身兮，何其仓催！

1. 泰山墨学书院习武场（日，外）

【大英与孟胜、夷之与二英正在对练武功，各人功夫都有精到之处，打得难解难分。绛娘陪着墨翟过来，驻足观看。

墨　翟　大英的功夫像她外公，二英的功夫像她母亲。她们都有家学，就是我的不行，也有童子功，不如她们地道。

绛　娘　大英、二英都是我的武功先生，先生不妨试试我的武功，看看像谁？

【墨翟连连摆手，笑着说。

墨　翟　绛娘的武功是舞蹈者之功，不试也罢。

绛　娘　先生如此讥讽我的武功，我没话说。但是我要给先生的学说，提点反对意见，不知可否？

墨　翟　好，我们找个地方去说。

2. 林中（日，外）

【墨翟和绛娘边走边谈。

绛　娘　……先生的学说，我最不能接受的就是，你把木鸢飞天称为"淫巧"，把颐养性情的舞乐，看作奢侈，而提出"非乐"之说。

墨　翟　"淫巧"反对的，是没有使用价值的浮华艺技。"非乐"反对的，是劳民伤财的过度礼乐。

绛　娘　凡是艺技，大都要从玩耍开始，而后才归于实用。没有孩子们的滚铁环，也没有你推算的墨率。今天公输般的"飞天木鸢"，明天也许就是上天的梯子。过度礼乐劳民伤财，但是没有音乐，我们的耳朵，岂不要闲置起一半的功能？

墨　翟　绛娘误会了，误会了，我的"非乐"，是从孔老夫子那里学来的。

绛　娘　孔子闻《韶》于齐，三月不知肉味，你怎么会从他那里学来？

墨　翟　孔子以大司寇身份，出任襄礼，奉鲁定公与齐景公作夹谷之会。他以"虽有文事，必有武备"的智慧，打破齐景公劫持鲁定公的预谋，并且收回齐占鲁地，令齐君敬畏……

绛　娘　是呀是呀，我知道，这与"非乐"有什么关系？

墨　翟　夹谷之会，是孔子一生从政的得意之举。谁知，齐景公亡鲁之心不死，精选齐国女乐80人，赠予鲁君。于是，鲁宫日夜弦歌不息，鲁国君臣争相观之，以致废朝三日。年已55岁的孔子，不顾风雪交加，弃鲁而去。试问60年前，耳边回响着鲁宫淫歌荡舞的孔子，对于"舞乐"是是，还是非呢？

绛　娘　可是，据我所知，先生的《诗经》吟得比谁都好，凡《诗经》，有吟，必有歌，也必有舞。另外，我还亲耳听见先生吹奏出悦耳的笛声。试问，先生既然有此等雅兴，此等造诣，为何还要提出"非乐"，并在魏国断然拒绝，魏国使臣经朝歌去大梁之邀？

墨　翟　墨翟的非乐，绝无反对黎民歌乐欢庆之意。

绛　娘　要是这样，先生的"非乐"应该改为"非淫乐"，否则后世之人，不知如今的缘由，岂不要用先生之矛，攻先生之盾？

墨　翟　好，这事，以后再说。今天我有一件大事，要和你商量。

绛　娘　你老说要商量，这么久了，也没有商量嘛。

墨　翟　你先答应我，别走。

绛　娘　我说了你从楚国回来，我就回去照顾叔父，墨者不是言必信吗？

墨　翟　绛娘不是墨者。

绛　娘　那我是什么？

墨　翟　绛娘就是绛娘。

绛　娘　那我还有第二个意见。

【夷之找来。

夷　之　老师！公输老师！

【夷之递给墨翟一个信板。墨翟接过来，看了一眼，立即递给绛娘。绛娘接过扫了一眼。

绛　娘　先生是答应过鲁阳文君吗？

【墨翟深深地点了点头。

3. 泰山墨学书院主事房（日，内）

墨　翟　应鲁阳文君之邀，为他的朋友阳城君，派遣100名弟子管理阳城封地一事，请大家各抒己见。

臧公子　我同意派遣。阳城封地的面积，比鲁国还大。那里物产丰盛、地杰人灵，我们在阳城这块宝地落脚，岂不是获得一个在楚国全面发展的大本营？

禽滑釐　阳城君为什么一下子要聘100名弟子？

臧公子　墨者从来没有拒绝派出弟子的邀请，此次要是不予派遣，岂不是驳了鲁阳文君的面子？鲁阳文君地位在楚王一人之下，万人之上。不予派遣，不仅得罪了一个挚友，而且等于拒绝了整个楚国？北国的霸主是齐国，南国的霸主是楚国，得罪楚国，就是自弃了半壁江山哪！

高　石　我觉得派遣弟子肯定要派的，只是觉得心里有些别扭。

墨　翟　哪里别扭？

五十二集大型
历史电视连续剧
墨子

高　石　我也说不出来，就是觉得……

索　获　我也和高石子同样，要是看眼前，是应该派遣，可是以后的事情，就觉得不会像臧公子所说……

墨　翟　以后会如何？

索　获　我看不清，但是心里似乎很沉重。

迟　仲　我们通常派遣的弟子，不是任各种技艺之职，就是任主君问政之职，一般都在10人之内，就是再续聘，一国之中，也没有超过40人的。此次阳城君一次就索要百人，这个数字起先让我吃惊，后来仔细一想，令我不寒而栗！

臧公子　不寒而栗？！

【大家都被迟仲说得惊疑起来，愣愣地等着听他的道理。

迟　仲　鲁阳文君恐怕是要我们，给他的朋友阳城君，派一支守卫阳城的军队吧？

【迟仲此言一出，有的喜，有的忧。绛娘盯着墨翟，深深地看了一眼。

臧公子　百十人算什么军队？我们去宋国救守，不是浩浩荡荡的300人吗？

禽滑釐　阳城君真会算账。他知道我们墨者300人救守宋城，就能调动起三千、三万，乃至三十万的宋国人。所以鲁阳文君只要100名墨者，认为足以抵挡任何攻城的力量。

墨　翟　请老师讲完刚才的意见，为何不寒而栗？

迟　仲　我看，还是请绛娘讲吧？

【大家都看着绛娘，绛娘并不说话。

臧公子　公输老师是墨院的一支笔，也是我们墨者的史笔，但这用兵之事，我看迟仲老师就不要难为公输老师了吧？

墨　翟　墨者愿听公输绛娘高见。

绛　娘　我没有高见，但是我有与臧公子南辕北辙之见。我们应该接受往宋国派兵的经验，不要再往阳城派兵。

【绛娘的声音虽然不高，但是在大家心里，引起了震动。唯有迟仲有所安慰。

禽滑釐　难道我们往宋国派兵，有什么不对？

臧公子　难道止楚攻宋的巨大成功，不是因为适时、适量地往宋国派兵？

绛　娘　墨子在宋国牢狱中，提出了"宇宙"的概念，所以我常常想起，南国的橘子，移种到北国，为什么不再是橘子而变成了枳？种子是原来的种子，种植方法是原来的种植方法，为什么？这是因为"宇宙"的变化，而产生的变化。往宋国派兵，是对的，往阳城派兵就不一定对。

禽滑釐　请公输老师再仔细讲来。

绛　娘　禽子客气了，我只是因为记录墨子的思想，才近水楼台所想到，提出来与众位切磋而已。

迟　仲　绛娘就不要客气了。我们这些墨者，真正能像你这样思考，尤其是能够和墨子论辩的，也是难有啊！

【墨翟向绛娘深深地点头。

绛　娘　阳城不是一个独立的国度，只是独立国度中的一片封地。因为楚王好封，楚国的封君甚多。如果那些大大小小的封君，都把自己的封地武装起来，就会渐渐形成武装割据的力量。楚王想用封地笼络重臣，可是重臣割据之后，又会反过来，对楚王形成巨大威胁。这就好比南橘北枳，"宇宙"不同，一切不同。

臧公子　依公输老师这么说，以后我们墨者就再也不向外派兵了吗？

绛　娘　我说的是，依据"宇宙"的时空变化而不同。我们往阳城派兵，现在是给了鲁阳文君面子。从今往后呢？会不会助长了一个国家的分裂势力？会不会像母亲爱护孩子，过暖过饱地养育，反而生出许多疾病？

【大家认真地听着。

绛　娘　我在抄写墨子和公输子在楚国的论辩时，长时间地品味墨子这样一句话，我背给大家听一听。"我钩之以爱，揣之以恭。弗钩以爱，则不亲；弗揣以恭，则速狎；狎而不亲则速离。故交相爱，交相恭，犹若相利也。"我们往阳城派出一支百人的武装，就是违反了墨子的思想。

【墨翟惊讶绛娘的如此理解，目瞪口呆地看着绛娘。

迟　仲　这里有三个"相"，相恭、相爱、相利。在相恭基础上的相爱，才会相利。绛娘的意见是正确的，"太盛难守"，我们还是暂缓派兵为宜。

索　获　我也同意不派兵。

臧公子　那向鲁阳文君如何交代？

禽滑釐　对呀。不向阳城派兵，这并不难。难的是墨家的"言必信"。止楚攻宋，鲁阳文君是出了力的，墨子亲自承诺过的派兵之事，怎好不然诺？

墨　翟　公输绛娘的话非常有道理。我的本意，也是绝不向阳城派兵。但是我如何向鲁阳文君然诺啊？

【大家都在紧张而严肃地思考着。

绛　娘　我看，兵既然能派，也一样能撤。

臧公子　怎么还没有派兵，就考虑撤兵了？

绛　娘　我们派兵去阳城，帮助他们迅速发展出一支守城的武装力量，然后交给阳城君，我们的人再立即撤回来。

禽滑釐　对，这是一个好办法！

索　获　两全其美！

臧公子　真是个好主意！

墨　翟　对，我们派出弟子，在最短的时间内，迅速组建一支守城队伍，然后撤回。所以得派个最能干的弟子！……谁最合适呢？……

【大家陷入沉思。

五十二集大型
历史电视连续剧
墨子

4.泰山墨学书院讲堂（日，外）

【禽滑釐正在讲课。

禽滑釐 ……我来问你们，天下兵书，哪家最为权威？

众　齐 墨家兵法！

禽滑釐 我再来问你们，除了墨家兵法，你们还读过哪家兵法？

【众人都没有回答。

禽滑釐 没有读过别家兵法，就说自家兵法最为权威，这有说服力吗？

众　齐 没有。

【孟胜起身，拱手行礼。

孟　胜 禽子，孟胜不才，但是读过《姜太公兵法》《司马镶苴兵法》《孙子兵法》。它
　　　　们的兵法，都各有见地，只是不如墨家的救守兵法，让我心服口服。

禽滑釐 当今兵法的大家，《太公兵法》《司马兵法》《孙武兵法》，孟胜已经读过，但
　　　　是还有一个《吴起兵法》，可曾读过？

【台下议论纷纷。

孟　胜 我刚刚向绛娘老师借来，还没有来得及读。

禽滑釐 知兵法者，不知《吴起兵法》，是一个重要疏漏。《吴起兵法》上有一段兵书
　　　　上写得最好的话。他说："不和于国，不可以出军；不和于军，不可以出阵；
　　　　不和于阵，不可以作战；不和于战，不可以决胜"。怎么样？

众　人 好！好！

禽滑釐 吴起不仅这样主张，而且身先士卒。

孟　胜 听说吴起与士兵同甘共苦。行军打仗时，他和普通士兵一样，不骑马，不乘车，
　　　　自背干粮，宿营不设床铺，他甚至为士兵吸吮伤口的脓血。

禽滑釐 对，这样一位重要的兵家，我们绝不可以疏漏。

相里勤 那《吴起兵法》，还能比我们墨家兵法好吗？

禽滑釐 当然不，吴起有致命之处。

相里勤 请禽子明示。

禽滑釐 吴起过于功利，几成好战之徒，贪求战功，而不顾战争带来的灾难。这是兵
　　　　家大忌。这就是他与孙武子不能匹敌之所在。这也就是他在鲁国、魏国难以
　　　　立身的原因。吴起已成丧家之犬，四处逃奔。

齐国新生 吴起为士兵吸吮伤口，这不也讲"义"吗？

禽滑釐 吴起不讲"义"，也不行"义"，而是在玩"义"，用小"义"掩"大不义"。
　　　　像吴起那样一味贪战，这个士兵也会死于不义之战。死于不"义"，是活该！
　　　　死于无"义"，就是可怜了。

【台下一片议论之声。

禽滑釐 现时，墨家"救守"兵法的两个重要敌手，就是累累如丧家之犬的吴起和正

在被齐王田和重用的齐将项子牛。因为他们不但贪战、好战、嗜战如命，而且善战、能战、逢战必胜。那天，高石子在庆祝大会上讲，正义在胸，利器在手，我们就无往而不胜。他们呢？非正义在胸，兵法在手，所以是我们最要关注的敌手。

齐国新生　我是齐国来的新生，听说墨者胜绰将军，正和齐将项子牛打得火热，一味地攻伐周边的几个小国。

　　　　【禽滑釐有些惊讶。众生都有些惊讶。夷之进来。

夷　之　禽子，楚国世族大臣阳城君，派来的使者以及所携车辆已到，墨子请禽子去主事房议事。

禽滑釐　下面，大家可以自由讨论。

　　　　【禽滑釐出来的时候，对齐国新生悄悄说。

禽滑釐　下课你到我这里来。

5. 泰山墨学书院主事房（夜，内）

　　　　【墨翟举起手里的东西。

墨　翟　……这是阳城君的聘帖。我们既然承诺在先，就要然诺在后，言必信嘛。大家想了几天，看看谁去合适啊？

禽滑釐　孟胜去合适。

高　石　我也认为是孟胜。

臧公子　孟胜能读书，生员们都对孟胜很佩服。

迟　仲　孟胜这些年，一直跟着墨翟，墨翟你心里是最清楚，只怕你舍不得？

墨　翟　舍不得也得舍啊！

禽滑釐　那就定孟胜……

绛　娘　孟胜不能去！

　　　　【大家异口同声。

众　人　为什么？

绛　娘　谁都能去，就是孟胜不能去！

墨　翟　公输绛娘的意见，总是与众不同，我们很想听听缘由？

绛　娘　不能去，就是不能去！

墨　翟　那总要说出个为什么吧？

绛　娘　没有为什么。

禽滑釐　如果孟胜不去，只有我去。

墨　翟　（有些生气）你去不就等于我去了吗？

　　　　【绛娘突然痛苦地跑出门去。大家愕然不已。墨翟追出。

6. 林中（日，外）

　　【孟胜和大英在后，跟着墨翟和绛娘走来。

墨　翟　……关于楚国派兵，大家不是一致同意了你的意见嘛。说实话，你所说的，也正是我想说的。你说出来，比我说出来，大家更容易接受。

　　【一只蝈蝈叫个不停。孟胜拉着大英去找。

孟　胜　就在这棵树上！

　　【大英捡起一个石子，扬手扔了上去。蝈蝈立刻不叫了。

　　【片刻，蝈蝈又开始叫个不停。

孟　胜　看我的。

　　【孟胜徒手爬树。大英在下面抬头看着。

大　英　师兄，当心呀！

墨　翟　……你知道他们私下里，怎么跟我说？

绛　娘　怎么说？

墨　翟　他们说，绛娘要是男人，准是个大元帅！

　　【绛娘向孟胜那边看着。

墨　翟　你不同意孟胜去，总该跟我说吧？这里没有第二个人，你说？

绛　娘　你真没看出来？

　　【墨翟看了看绛娘眼神所向。大英独自站在树下，仰望着树上，很担心的样子。

墨　翟　看出什么？

绛　娘　要是栀妹在，她早就会对你说了。

墨　翟　绛娘就不能说吗？

　　【绛娘起身向孟胜那边走去。墨翟跟去。

大　英　父亲，回去吗？

墨　翟　孟胜呢？

　　【孟胜正从树上下来，离地面很高，就跳了下来。这一跳，身上掉出一个物件。墨翟捡起一看，是公输般送给栀妹的"守门鱼"。墨翟有些纳闷。

　　【绛娘看了一眼大英，大英满脸羞红。一把从父亲手里抓过"守门鱼"，就跑。孟胜也羞涩地追去。

　　【墨翟看着他们的身影消失，半天发愣。

墨　翟　这"守门鱼"，是公输般送给栀妹的，怎么到了孟胜的手里？

绛　娘　还不是大英给孟胜的？

　　【墨翟恍然。

7. 泰山墨学书院主事房（日，内）

　　【墨翟端坐正中，禽滑釐和高石分坐两边。孟胜、徐弱当屋敬立。

墨　翟　　应楚国令尹鲁阳文君私人邀请，我们决定派出十名弟子应聘阳城。现定孟胜、徐弱两人带队。其他八人由你们自己选定。你们抓紧遴选自己认为合适的人员，三日后出发。

孟　胜　　（同时）听从墨子安排！

徐　弱　　（同时）听从墨子安排！

8.泰山墨学书院绛娘书房（夜，内）

【二英在门口观望，远远见墨翟走来。

二　英　　父亲来了！（墨翟已经迈进屋内）父亲，孟胜师兄要走，姐姐的眼睛都哭肿了。

【大英起身，非常镇定地。

大　英　　父亲，妹妹说的是玩笑话。

墨　翟　　我看看！

【大英把脸扭到一侧，躲过父亲的视线。墨翟坐下来，准备安慰大英。

墨　翟　　嗯，别说你们哭，就是我也想哭呀……这孟胜，是我从死人坑里背回来，是你母亲从死神手里抢回来的，十几年在我身边，走了，就像剜心割肉，还有徐弱……

【大英的泪水又悄悄流了下来。

墨　翟　　但是，孟胜的确是我们最优秀的墨者。大英，我有一个难题，你帮我判定一下。你姑姑的父亲，在咱们老家有一个染坊，染坊的院子里，晾晒着已经染好的布匹，可是天要下雨了。我和你姑姑要把晾晒的布匹赶快收回来。你说，是用一辆最好的螳螂车呢，还是用一辆不太利落的螳螂车呢？

大　英　　父亲，天是要下雨吗？

墨　翟　　我只是打个比方。

大　英　　如果天不下雨，就一辆螳螂车也用不着，如果天要下雨，父亲和姑姑，不能多用几辆螳螂车吗？

【墨翟和绛娘对视着，他们想不到大英的思维已经如此成熟了，一时语塞。

【有人叩门。原来孟胜站在门外，扣着并没有关上的门。

二　英　　孟胜师兄！

墨　翟　　孟胜呀，进来吧。

孟　胜　　老师！公输老师！

墨　翟　　你要走，老师很为你高兴呀！其他八个人选定了吧？

孟　胜　　选定七人，还缺一人。

墨　翟　　那你选呀，阳城君要的是百人，我只给十人，你们要以一当十，全书院三百弟子，你挑最好的选。

孟　胜　　所缺一人，人选已有，怕的是老师不给……

【大英两眼紧盯着孟胜。

墨　翟　咳，孟胜，你老师无戏言，你挑谁我给谁。说吧。

孟　胜　我想带……我想带……

【孟胜看着大英。大英看着绛娘。绛娘看着墨翟。墨翟看着孟胜。

【正当孟胜刚要开口，绛娘抢先说道。

绛　娘　孟胜别说！

孟　胜　（同时）我想带大英走！

【墨翟像被针刺了一样，打了一个激灵。

墨　翟　孟胜，你说谁？

孟　胜　墨大英！

【墨翟无法开口。

孟　胜　老师，我选的是优秀墨者，墨大英无论学识、人品、武功，都堪称优秀墨者。

绛　娘　孟胜，还有比大英再优秀的吗？

孟　胜　没有。墨大英就是最优秀的！

【大家沉默着。

墨　翟　孟胜呀，你同大英商量过了？

孟　胜　商量过了！

【墨翟半晌面无表情，然后，艰难地把脸转向大英。

墨　翟　大英……

大　英　父亲，大英愿意伴随孟胜师哥，到南国去传播墨子思想……

【墨翟沉默良久，抬头看着绛娘。

绛　娘　（点点头）大英和孟胜相爱已久，你父亲兼爱天下，一定会成全你们。

【墨翟点点头。

【大英泣不成声地跪在墨翟面前。

大　英　父亲，女儿远行，到有栀井的地方去，对死去的母亲也许是一种宽慰。女儿
　　　　请父亲保重。姑姑！妹妹！

绛　娘　大英！

二　英　姐姐！

【大英与绛娘、二英相拥而泣。

墨　翟　大英、孟胜，明天，去跟你母亲、弟弟告别！

9. 泰山墨学书院绛娘书房（夜，内）

【绛娘在翟鸟灯碗下奋笔抄书。

10. 泰山墨学书院墨翟书房（夜，内）

【墨翟凝视着栀妹做的"文盆"，在室内踱步，直到天明。

11. 泰山墨学书院（日，外）

【五辆马车列队于书院门前，楚国阳城君派来的使者，与墨翟、禽滑釐、高石在谈话。十名赴楚的墨者，在徐弱的安排下，有条不紊地向车上装载行囊。孟胜和大英穿着新郎新娘的衣服，已经坐在最后一辆车上了。

【绛娘拉着二英匆匆赶来。大英连忙下车。

二　英　姐姐！姑姑连夜为你赶写了一部墨书。

【大英接过二英递给的绢书，流下泪来。

绛　娘　大英，这其中有你父亲的最新讲授，可以说是墨学的最新版本。你带上，一路看着，就好像我们都在你的身边。

大　英　（抽泣着）谢谢姑姑的养育之恩！

绛　娘　二英，和你姐夫告别！

【二英向孟胜行礼，但脱口而出的还是以前的称呼。

二　英　孟师兄……哦，姐夫一路平安！

大　英　二英，你和夷之，一定要照顾好父亲和姑姑。

二　英　不嘛，不是姑姑，是姨娘！

大　英　二英，不都是一样嘛，你们俩一定要好好照顾啊！

二　英　不一样。（悄声）姑姑不能和父亲结婚，姨娘就能。

【大英恍然。

绛　娘　（悄声）大英，要是有了身孕，就不要再习武了。

大　英　（羞涩地）姨娘！

【孟胜率领的去楚弟子站成一排，个个饱含热泪向墨翟、向书院拱手告别。

【马车远去。红色的朝阳，铺洒在他们前进的路上。

12. 泰山墨学书院墨翟卧室（夜，内）

【墨翟拿出栀妹的睡衣，仔仔细细地铺在半边床上。

墨　翟　（自言自语）栀妹，我把大英放走了……

13. 泰山墨学书院绛娘卧室（夜，内）

【二英紧紧依偎在绛娘怀里。

二　英　……娘！……姐姐去看你的栀井了……

【谁也没有睡。

14. 泰山墨学书院墨翟书房（日，内）

【禽滑釐正在向墨翟报告。

禽滑釐　……综合近十年来的弟子派出数量，总在千名以上。另外，各国都有墨学的研究团体，经常和墨院保持联系并接受指导的，也在百家以上。

墨　翟　腹䩄怎么样?

禽滑釐　西秦之地，过于遥远，往来书信，要半年之久。腹䩄信中说，虽然有贵族反对，但他正在力说秦王。

墨　翟　秦王怎么说?

禽滑釐　腹䩄说，秦王以为，儒者无益于国，要起用客卿，吸引天下士子西向。

墨　翟　秦国起用客卿这件事，将来定会有深远的影响。一个国家的栋梁之材，生于深山大谷之中。国君眼皮底下只是一片瘠薄的土地。

禽滑釐　三个最有实力的大国，秦国有你的得意弟子腹䩄，楚国有墨院佼佼者孟胜，就是齐国的力量有些弱……

墨　翟　对了，胜绰那里怎么样?

禽滑釐　胜绰在齐国十分努力，但是正在努力帮助项子牛攻伐郳国。

墨　翟　什么? 胜绰他在干什么?

禽滑釐　齐国来的新生说，齐国人都传说，墨者讲"非攻"，行的还是"攻伐"。

墨　翟　败类!

【墨翟大怒，一拳打在桌子上。

墨　翟　他跟了我三十年，还不知道墨家兵法只是用于防御? 把胜绰给我撤回来!

15. 泰山五龙潭（黄昏，外）

【墨翟坐在五龙潭边，看着深深的潭水，为胜绰违背墨学宗旨而心情沉郁。

绛　娘　……俗话不是说嘛，林子大了，什么鸟都有嘛。

墨　翟　胜绰不是一只鸟，他是我的亲弟弟!

绛　娘　禽子已经派索获赴齐了，如果真是如传言所说，索获会当面给胜绰严肃警告的。胜绰跟了你这么多年，不会不懂道理。

【墨翟的心情还是十分沉重。

16. 泰山墨学书院墨翟书房（夜，内）

【墨翟心情沉重，忽听有人敲门。墨翟出去开门，只见风尘仆仆的索获，站在门外。

索　获　师兄! 是我!

墨　翟　你回来了?

索　获　我就是怕你惦记，还没去禽师弟那里报道，就先赶来告诉你。

墨　翟　见到胜绰了?

索　获　见到了。胜绰完全答应，停止帮助项子牛攻伐。胜绰说让哥哥放心。这是他带给你的。

【墨翟接过索获递给的东西。

索　获　我先回去了，其他明天再说。

【墨翟端着灯，一直给索获照着路，直到看不见。

【墨翟回到房间，举灯照着胜绰给他的东西，原来是一个很精致的玉石挠痒痒的笆子。墨翟无意间把笆子伸到后背，试着挠痒痒。

17. 泰山墨学书院绛娘书房（日，内）

【绛娘正在缝纫一件上衣。墨翟进来。

绛　娘　这就好。

【绛娘咬断线头，墨翟穿上衣服。

墨　翟　那天你的第二个意见还没说完……

绛　娘　我对书院学子，食藜藿之羹，粝粱之食，饥一顿，饱一顿，很不赞同！

墨　翟　哦？墨院生活艰苦，果然把小姐饿成了这样……

绛　娘　墨子以《非命》教勤，以《节用》教俭，勤俭相成，泰山书院的生活应该是传授墨子"天道酬勤""人给家足"的楷模。可是，我为泰山墨院的生存，感到担心。

墨　翟　本来栀妹活着，打算把开源之事办起来，种地、纺线这种生存技能也该让生员们都学会。可是……一荒疏就是这么多年……禽子跟我说过，一直也没有提上议程。绛娘，你知道，我是有名的"没底儿"，老师说我"聚财无能，散财有术"。

绛　娘　可这是300名弟子的生存大事啊！

墨　翟　这几年派出生员多，生员送回的俸禄也多，加上任工师年年都接济我们，财物之事就这么一天天地混下来了……

绛　娘　可这终究不是长久之计吧？

墨　翟　是呀，明天提出商量，让主事们想想办法，总不能把绛娘小姐饿跑了吧？

18. 泰山墨学书院主事房（日，内）

【墨翟、绛娘、迟仲、索获、臧公子正在议事。

索　获　……在座的几个，包括禽子和高石子，都不会种地……

迟　仲　……要说种地，你师娘可是把好手。

臧公子　那该给迟师娘派课了？

墨　翟　师娘年纪大了，不能太累，还是从生员中挑选会种地的……

【荷花、菊花敲门进来。

菊　花　我们要打搅一下诸位主事。

墨　翟　二位夫人，何事如此匆忙？

荷　花　我们对墨子有意见。

墨　翟　哦？对我有意见？说吧说吧。

荷　花　墨者为天下食患不饱、衣患不暖、劳患不歇的"三患"之人，日夜奔走，但

　　　　　是墨者不能让自己也沦落为"三患"之人。

　　　【墨翟与迟仲对视。

墨　翟　这禽子呢？高石子呢？怎么把夫人饿成了这样？

菊　花　不光是我们，看看先生自己，和在座的每一位？

　　　【墨翟与绛娘对视，明白吃饭之事果然十分严重。

荷　花　我们理解，墨者是要靠自己的努力，不用富人施舍，就会生存得很好。所以，
　　　　来书院之前，我们把在泗水渡口所得财产全部分发给了当地百姓。

菊　花　我们是赤手空拳来到泰山墨院的。因为对泰山墨院的生存，感到担心，所以
　　　　未经请求，我们主动办了两件事。

墨　翟　快说说看，哪两件事？

荷　花　第一，我们在泗水上游设了一个渡口，用我们变卖首饰的钱买了三条渡船。
　　　　这样，每年还可为书院进账五千刀币，足够三百弟子，每天由辰食、暮食两
　　　　餐加到三餐的费用。

菊　花　第二件，在泰山的必经路口，设立修车作坊，请书院派弟子轮流做工。这又
　　　　可为书院年进账上千刀币。

墨　翟　想不到，你们对墨学，这么有透彻之见，办事这么有墨者之风。

迟　仲　我没有教会墨翟经商，墨子倒是聚集了经商之才！我看禽子的理财之职，要
　　　　让位给二位夫人啦！

　　　【绛娘什么也不说，只是微笑。从她和菊花、荷花不断交流的眼神中，能感到
　　　　此事是她幕后主使。

　　　【墨翟佩服地看着绛娘。

19.田地（日，外）

　　　【又是一个丰收的年景。

　　　【墨翟和全体生员们在收获秋粮。绛娘和荷花、菊花给大家送水。

　　　【墨翟擦着汗，接过绛娘的水，喝着。

绛　娘　叔父来信了！

墨　翟　哦？公输子对鲁君复位的事，怎么看？

绛　娘　叔父说，鲁君执政，结束了三桓宗法贵族专权，开始改革鲁政，实行君主集权。

墨　翟　这应该是我们鲁国人的大喜事呀。

绛　娘　叔父说，鲁君对先生仰慕已久，希望能在曲阜相见。

墨　翟　这么多年，我没有到过曲阜啦！公输子身体可好？

绛　娘　他要我回去看看。

墨　翟　是该回去了。不过，我还有重要的话，没有跟你说哪。

绛　娘　从宋国回来的路上，你就说，有重要的话，到今天，也没见你有什么重要话

出口呀?

墨　翟　那不是在忙嘛,今天我就跟你说。记住,只有你和我,不能让别人听见。

【夷之跑过来。

夷　之　禀报墨子,鲁国使臣求见。

绛　娘　来得真快呀!

20. 泰山墨学书院主事房（日,内）

【墨翟和绛娘、禽滑釐,正在接待鲁国使臣。

鲁国使臣　……鲁君新任,请墨子入宫言政,微臣带来国君聘帖。

【墨翟接过聘帖,交给禽滑釐。

墨　翟　鲁君要墨翟谈些什么,可有说法?

鲁国使臣　国君说,仰慕墨子已久,他要亲向墨子问政。国君要使者亲为墨子驾车。

墨　翟　哦,先生如此执着,倒使墨翟诚惶诚恐。

鲁国使臣　墨子何日启程?

墨　翟　尽快吧。夷之,请使臣宾舍歇息。

【夷之带领鲁国使臣离去。

【高石和迟仲前后到来。

迟　仲　好呀! 好呀! 季孙氏把我们隔在曲阜之外二十年,今天总算被国君亲自请回
　　　　曲阜了。

高　石　“三桓”当政这么多年了,百姓根本不知道还有鲁君。“三桓”乱政到底有多
　　　　久了?

迟　仲　当今鲁君,是第28代国君,如果从20代鲁君宣公时“三桓”威胁宫廷算起,
　　　　到今天,“三桓”严重为害鲁国,已长达150年之久。

绛　娘　儒墨杨三家的学说都发生在鲁国,可见乱世出哲人。

禽滑釐　“三桓”的倒台,如同山崩,只在转眼之间,可谓蓄之愈久,其发必速。

墨　翟　照大家看,鲁君问政,我应该前往啰?

众　齐　那是!

墨　翟　二十年前,我们就有周游大国,传播墨的主张。当时,齐国处在田齐篡夺姜
　　　　齐之际;晋国三分天下正在划分势力之中;鲁国由季孙氏篡夺君权,我们都
　　　　不便前往。现周天子已明封田齐、韩、魏、赵之君,鲁国国君也已复政,我
　　　　们的忧虑,现在打消了。

禽滑釐　对,天赐良机,墨子应该周游列国。

墨　翟　暂时还不能周游列国,只能先去鲁国,看看公输子,再去齐国看看胜绰。家
　　　　里的事,烦劳各位了。这次,请公输绛娘与我同行。

1.泰山墨学书院墨翟书房（夜，内）

【二英正在给墨翟收拾衣物。禽滑釐进来，让二英出去。禽滑釐把门轻轻关上。

禽滑釐　师兄！

墨　翟　嗯？

【禽滑釐不说话，看着墨翟直笑。

墨　翟　（谐谑地）你笑得挺好看哪？

禽滑釐　师兄此行，是住在公输府上吧？

墨　翟　当然了。

禽滑釐　见了公输般，师兄可别忘了一件事。

墨　翟　什么事？你快提醒提醒我？

禽滑釐　别忘了——求——婚！

墨　翟　还真是三十而立，小禽子成了亲，说话的口气也不一样了。

禽滑釐　看着你和公输小姐，你来我往的，慢慢腾腾，谁不心急？此次曲阜之行，师兄干脆三拳两脚，结了婚再回来。

墨　翟　你和荷花，高石和菊花，快得我都头晕目眩啦！

禽滑釐　你也来个蓄之愈久，其发必速！

2.马车（日，内）

【绛娘和墨翟同乘一辆马车。

绛　娘　……不是鲁国新君邀请，先生也不知道去曲阜看看老朋友？

墨　翟　我不是不去，我是不敢去。

绛　娘　叔父就那么可怕？

墨　翟　公输子见面就说我，把他的宝贝侄女扣压了。

绛　娘　这回好了，先生亲自送回去了。

墨　翟　那可不成！送回去，还要再带回来。

【绛娘不以为然地看了墨翟一眼。

【外面的景致很好。墨翟情不自禁地吟诵起心中充满甜蜜感的《郑风•有女同车》。

墨　翟　有女同车，颜如瞬华。

　　　　　将翱将翔，佩玉琼琚。

　　　　　彼美孟姜，洵美且都。

【绛娘看着墨翟高兴的样子，也吟诵起贵族宴客的欢歌《小雅·鹿鸣》。

绛　娘　呦呦鹿鸣，食野之苹。我有嘉宾，鼓瑟吹笙。

　　　　吹笙鼓簧，承筐是将。人之好我，示我周行。

3. 一组叠化镜头（日，外）

【墨翟的马车在山道山行走。

墨翟（画外）　有女同车，颜如瞬英。

　　　　将翱将翔，佩玉将将。

　　　　彼美孟姜，德音不忘。

绛娘（画外）　呦呦鹿鸣，食野之蒿。我有嘉宾，德音孔昭。

　　　　视民不恌，君子是则是效。我有旨酒，嘉宾式燕以敖。

齐声（画外）　呦呦鹿鸣，食野之芩。我有嘉宾，鼓瑟鼓琴。

　　　　鼓瑟鼓琴，和乐且湛。我有旨酒，以燕乐嘉宾之心。

（叠化）　墨翟的马车进入曲阜城门。

（叠化）　墨翟的马车在曲阜大街上行走。

（叠化）　墨翟和绛娘同时进入公输府邸。

（叠化）　墨翟请绛娘先行。

4. 曲阜公输般府邸客厅（夜，内）

【公输般一个人在客厅里徘徊。丫鬟进来。

丫　鬟　老爷，小姐今天怕是来不了了，你该歇息了。

公输般　再等等吧。

丫　鬟　老爷已经等了三天了。

公输般　我算着他们该到了……

【绛娘率先进入客厅。

绛　娘　绛娘拜见叔父！

【公输般猛地回头，看见绛娘果然出现在眼前，高兴得不得了。

公输般　我的小绛娘哟！你可回来了！

【公输般与绛娘相拥，绛娘流下泪来。

【墨翟跟着进来，站在一旁看着。公输般看见了墨翟。

墨　翟　墨翟拜见公输子！我是不请自到！

公输般　你这个墨翟，就是礼大，我请了绛娘不就是请了墨翟吗？

【墨翟和绛娘笑着。

公输般　你们早就是一家人了，我才是个外人。

【墨翟和绛娘对视了一下，都没有解释。

二　英　见过公输爷爷！

公输般　二英长得像她母亲年轻的时候。

二　英　公输爷爷见过我的母亲？

公输般　那时候，栀妹也就你这么大。

二　英　我母亲长得什么样？

公输般　就你这个样。

二　英　公输爷爷跟我说说嘛。

墨　翟　先生，你看看，这就是我们墨家的姑娘。

公输般　儒家男尊女卑那一套，我们公输家早破了，你们墨家姑娘是受了我们公输家
　　　　姑娘的影响吧？

绛　娘　叔父，大家都还饿着呢！

公输般　好，咱们先吃饭。

5.曲阜公输府邸膳食厅（夜，内）

　　　　【满桌的酒席。墨翟、绛娘、二英都大口吃着。公输般满足地看着他们吃饭。

公输般　看把你们饿的？

绛　娘　在泰山，我有时候做梦，都是在家里吃饭。

公输般　那也没把你饿得跑回来？

绛　娘　叔父，你说怪不怪。大家都那么吃，我也不觉得馋。看来，什么事，只要一
　　　　成了群，就会有一种说不出来的力量。

墨　翟　我不行。吃糠咽菜，我精力十足。吃甘餍肥，我就光想睡觉。

公输般　那吃了饭，你们就好好地睡吧。

二　英　不，我要听爷爷讲母亲。

公输般　今日太晚了，吃了饭，大家都先睡下，有话明天再说，反正三天三夜也说不完。

　　　　【二英点点头。墨翟放下筷子。

墨　翟　有我睡觉的地方吗？

公输般　你这个墨翟，跟我来！

　　　　【公输般带着墨翟走了。绛娘面有难色。

6.曲阜公输般府邸回廊（夜，内）

　　　　【公输般边走边说。

公输般　……你别说，你在曲阜几年，从来没有在我这儿住过。今日一住，就是女婿
　　　　的身份啦！

　　　　【墨翟要说什么，公输般只管往前走。

7.曲阜公输般府邸绛娘卧室（夜，内）

　　　　【丫鬟已经在屋里掌起灯来，屋里柔和的烛光，把绛娘的房间照得温馨可人。

【公输般带着墨翟进来。

公输般　这是绛娘的房间，原来什么样，现在还是什么样！一动也没有动。嘿嘿，就是一个人变成了两个人。怎么样？

墨　翟　……先生，我……

公输般　怎么？还不够好？小姐的闺房给你作新房……

墨　翟　不，我是说，小姐的闺房还是小姐自己住好。我另外再找一个房间。

公输般　怎么？你要自己单住？为什么？

墨　翟　先生你误会了……

公输般　你到了我这里，还要单住？

墨　翟　先生，我和绛娘……

公输般　你和绛娘怎么了？吵架了？

墨　翟　我们并未成婚。

公输般　啊？！

【墨翟低下头来。

公输般　你们这是……这是为什么啊？……这这……墨翟，你说，这到底怪谁？是你不娶，还是绛娘不嫁？

墨　翟　绛娘总说，要回曲阜，给你养老送终。

公输般　嗨！

8. 曲阜公输府邸绛娘卧室（夜，内）

【绛娘低头不语。

公输般　……给我养老送终？我能为了自己，拖累你一个年轻人？要真是那样，我不就成了老缺德吗？你叔父不当老缺德！你叔父也不领你这个情！绛娘，你给我听好了，你要是我公输家的女儿，就赶快和墨翟成亲！

绛　娘　叔父这是要逼婚吗？

公输般　我这叫逼婚？那你呢？你在泰山这么多年，你叫什么？

绛　娘　我叫来去自由。

公输般　我不会让公输家的女子，在泰山这样不清不白！

【二英在门外听着绛娘和公输般吵架，不敢进去。

绛　娘　既然叔父认为我辱没了公输名声，就不要再认我这个侄女好了，我可以现在就走。

公输般　你这个绛娘，没见过有你这样的犟孩子！你父母去世了，你婶母也去世了，现在公输家就我们两个，你几年不回来，一回来就气我！你让我伤心啊！

【二英跑去找墨翟。

9. 曲阜公输府邸客房（夜，内）

【丫鬟在给墨翟重新铺床。

墨　翟　我自己来吧。

【丫鬟走了。墨翟从包袱里，拿出栀妹的睡衣，仔细地铺展开。

【二英进来，拉着正在铺床的墨翟就走。

10. 曲阜公输府邸（夜，内）

绛　娘　（软和了口气）叔父，不是我成心气你，是你成心逼我。

公输般　墨翟是多好的一个女婿，打着灯笼也难找！普天下没有第二个！

绛　娘　既然这么好，那你早干什么了？

【二英带着墨翟赶来，他们在门外听着。

公输般　在目夷谷，你父亲跟我提过。当时杨朱的婚事已经定了。我们公输家，从来不做反悔的事，怎么能去悔亲？

绛　娘　公输家不悔亲，那就毁我？

公输般　我公输般，一生没有看错过一个人，没用错过一根料……可是我看错了一个杨朱，而且是大错特错！……让你绛娘这块好料，吃苦受委屈……我心里有愧！我心里难受！

【公输般使劲拍着胸口。绛娘赶紧给他捶背。

【墨翟意识到自己不该再听下去，拉着二英走了。

公输般　孩子，不是叔父逼你。你和墨翟本来就该是一对。叔父一生，见过多少夫妻？像你们这么相合的，我就没有见过。就说你的父母，我和你婶母，说是夫妻，其实就是一个人说了算，另外一个人跟着干。唯有你和墨翟，有唱有和，有商有量，像咬合起来的木榫，一凸一凹，谁都给谁支撑，谁都离不开谁。

【绛娘第一次听到叔父对自己和墨翟有这样的评价，心里很感动。

公输般　你叔父被人称为公输子，其实大字识不了几箩筐，不配。我就是会看料、用料、下料，不怠料。凡是看见一块好料，我就日夜琢磨着怎么用。要是看见两块好料，我就朝思暮想怎么搭配。何况你和墨翟是两个人，两个对社稷民生有价值的士人，两个我的亲人和友人，我能不费心琢磨吗？

绛　娘　不瞒叔父说，我也在暗中思量过，能够和墨翟搭配的，只有栀妹。

公输般　可是栀妹走了。你能忍心看着墨翟成了一根孤梁吗？墨翟就是大梁，也得有个帮助支撑的二梁不是？要不，天长日久，大梁也有支撑不住的时候。

绛　娘　可是墨翟心里，永远只有栀妹。

公输般　栀妹是为了你才献身的，你就是替栀妹还账，也该好好照顾墨翟啊！

绛　娘　绛娘不及栀妹于万一，一辈子也还不上这个账了……

公输般　小绛娘啊小绛娘，你要痛死我啊！

【公输般的胸口猛烈地疼起来。绛娘赶紧给他捶背。

11.曲阜公输府邸绛娘卧室（日，内）

【镜子前，绛娘给二英梳妆打扮。

【绛娘端详着镜子里的二英，一阵阵幻化出栀妹的脸庞。她不由得停下梳子。

二　英　娘？

绛　娘　嗯？

二　英　姨娘想什么呢？

绛　娘　没想什么。

二　英　娘！

绛　娘　又忘了？在外面不许这样乱叫。

二　英　这不是在家里吗？

绛　娘　那也不许别人听见。

二　英　昨天娘和爷爷说的话，我都听见了。

绛　娘　听见又怎么样？

二　英　公输爷爷是和我站在一边的。

绛　娘　在这个世界上，每一个人，都是特立独行的。

12.曲阜公输府邸客厅（日，内）

【墨翟正和公输般闲谈。

墨　翟　……先生不是一直在楚国嘛，何时回到曲阜？

公输般　楚惠王死后，我再待在楚国也没什么意思了，推说年事已高，就回来了。

墨　翟　先生身体还是那样好。

公输般　做不动了，一看见工程就心里发慌。

墨　翟　泰山书院有土木建筑的课目，先生要是有兴致，不妨去给生员们讲讲学？

公输般　我能讲个什么？

墨　翟　先生的经验和见识，就够讲半辈子的。

【公输般捋着胡子笑了笑。

公输般　你在曲阜还要去看看老朋友吧？

墨　翟　对，多年没来曲阜了，都得去看看。

公输般　哎？巫马子你认识吧？

墨　翟　那是我在尼山书院的老师，怎么了？

公输般　他呀，昔日人上人，今日阶下囚。

墨　翟　出了什么事？

公输般　鲁穆公新政，开始清洗宫内与季孙氏有牵连的势力。巫马子的女儿巫马太妃，长期与季孙氏勾结事发。巫马太妃已经下狱。显赫一时的儒学大师，也受到牵连啦。

【收拾一新的绛娘和二英进来。

公输般　我们二英亭亭玉立。

【墨翟看着鲜艳的绛娘。

墨　翟　强将手下无弱兵嘛。

绛　娘　先生，你今日面见鲁王，我和二英去逛逛曲阜城，咱们可以同车而行。

墨　翟　不，我先出去一下。

13. 曲阜街市（日，外）

【街市上突然传来官兵的吆喝声，有一辆饰有纹彩的马车过来，接着第二辆、
第三辆、第四辆……十辆、二十辆浩浩荡荡的彩车队，见头不见尾。

【墨翟的马车远远走来，墨翟探出头来看着呼啸而过的车队。

【突然，车队里传出一声"老师"的喊声。

【墨翟一愣，只见一个身穿越国官服的青年人，向他跑来。墨翟一看。

墨　翟　公尚过！

公尚过　老师！我正要去泰山！想不到在这相见了！

【墨翟从马车上下来，拉着公尚过向一边避了避。

墨　翟　公尚过，你从越国赶回来，有什么急事吗？

公尚过　老师，不但是急事，而且是大事！越王要我聘请老师出仕越国，越王许以
五百里为封，就是把新灭的吴国全部封给老师。来聘的彩车就有50乘，老师
你看！

【彩车一辆辆地从身边驶过。

墨　翟　越王是想叫我当吴王夫差，给越国看家护院吧？

公尚过　自止楚攻宋以后，越国世族主聘老师的呼声很高。越王此举，一是满足世族
的要求，二是自己也想赚个尚贤的好名声。另外，老师应聘去了越国，自然
对楚国形成压力！

墨　翟　楚越之争，早晚是要爆发的。楚国给我五百里之封，是为了施压越国。越国
给我五百里之封，是为了施压楚国。反正，他们对于兼爱的学说都不会赞成，
只是要你老师当砝码用。

公尚过　老师，我们不管楚王、越王怎么想，这五百里的封地，就是一个国家呀！

墨　翟　越王如果采纳我的建议，我跟其他大臣享受同样待遇就行了，何必给我如此
分封的殊荣？如果越王不采纳我的建议，就是用封地赎买我之义。要是肯出
卖我之义，在中原就卖了，何必等到现在卖给越国？

公尚过　老师！

墨　翟　不要再说了，你立刻回去，把我的意思转告越王。

【公尚过眼看着墨翟乘车而去。

14. 巫马府邸（日，外、内）

【马车在巫马府邸前停下来。墨翟下车，进入巫马府邸。

【墨翟走在昔日讲究的巫马府里，已经物是人非，一片荒凉。

15. 巫马府邸客厅（日，内）

【骤然变得老态龙钟的巫马子，坐在客厅的躺椅上，眼睛无神地往外看着。忽然发现有一个身体颀长的大汉，从眼前的回廊上走过。他脱口叫着。

巫马子　墨翟!

【随后，他又懊丧地摇了摇头，闭上了眼睛咕哝着。

巫马子　他怎么会来?……

【墨翟进来，见巫马子正在睡觉，就安静地立在一旁。

【巫马子并没有睡着，少顷，他睁开眼睛。

墨　翟　老师!

【巫马子一个激灵，要起身，已经很困难。墨翟按住巫马子。

墨　翟　就这样，挺好。

【墨翟席地而坐。

巫马子　不行!……不行!……

墨　翟　在尼山书院，听老师讲课，不就是这么坐嘛。

【巫马子看看劝也无用，长叹了一声。

巫马子　墨翟呀，我曾经劝你向我托孤，不想今日，我倒要向你托孤了。

墨　翟　老师不要这样说。自从上次尼山书院一谈，我想了很久，觉得老师所言，有理。别看今日儒学这般面目，日后很可能成为国学。

巫马子　你这是讽刺我啊?

墨　翟　不是。我是认真的。老师上次所说……

巫马子　我都胡说了些什么啊? 自己一点也不记得了……

墨　翟　你说，现在的世卿世禄制度，与儒学近如一对齐眉举案的夫妻。不过，他们正在被墨学和杨学这两个半路杀出来的女人离间。有朝一日，现在的世卿世禄制度，看清了墨学这个黑脸义女最终是要他命的，看清了杨学这个白脸妓女，是人尽可夫的，才会下定决心，善待儒学这个黄脸娘子!

巫马子　难为你这样的好记性。杨己经死了，儒学也快亡了，现在只剩下你墨学了。我的话，也就是一个随风而去的臭屁呀……

墨　翟　不。老师，我的学说，是让黎民百姓崛起，战乱年代，确有应急之用。但是一到盛世，君王欲使黎民百姓听命，稳定社稷，还会重新召唤儒学。

巫马子　在我今天这般处境，你讲儒学的未来，我怎敢相信。

墨　翟　老师曾经那样自信地说，沧海变桑田，各领风骚三百年。杨墨之言虽盛，总有一天也会像儒学的今天，由盛而衰。学术的命运确如此，社会发展到哪一步，就会对哪一种学说情有独钟。我们做学问的，不必计较一时一地的得失。思想本来就是社会的财富，我们创造出来，留给社会，自己完成使命就是了。

巫马子　墨翟呀，你说的这些都对，我就是不敢相信了。我看，我这一生，还不如我的祖先，当个为马治病的兽医，不曾风光，也不会沉沦。死也是个宫廷里的人哪……

【巫马夫人抱着小孙子进来。

墨　翟　师娘！墨翟给你请安！

【巫马夫人想起当年自己对墨翟的态度，不敢答话。

巫马子　墨翟呀，我是真的要向你托孤啊！……

【夷之突然进来。

夷　之　老师！公输子请你赶快回去。

墨　翟　什么事这么急？

夷　之　鲁穆公要召见。

【巫马子脸上一片凄然。

墨　翟　老师，我先去去，明天再来看望你。

【正说着，一队鲁国兵士冲进巫府。他们横冲直撞地进来。

鲁国伍长　你们两个，谁是巫马子？

【巫马子强力起身。

鲁国伍长　我们奉命，查抄巫马之家，并把男性全部带走！

【士卒从巫马夫人手里抢过孩子。孩子大哭起来。

墨　翟　（上前）这是我的儿子。

鲁国伍长　你是谁？

墨　翟　墨翟。

巫马夫人　他就是天下闻名的墨子！

鲁国伍长　见过墨子！刚才听说，鲁穆公正要召见墨子。

【鲁国伍长把孩子乖乖地递给了墨翟。

【巫马子深情地看了看墨翟，墨翟正了正衣冠，大步走出门去。

16. 鲁国宫殿（日，内）

【鲁穆公，鲁元公之子，名显，在位33年。

【鲁国宫殿，一副年久失修的陈旧样子，似乎在诉说150年间三桓割据给鲁国带来的灾难。鲁国使臣带进墨翟。

鲁穆公　墨子，你的名声远播天下，今日，我才能在这鲁国的宫殿接见你，相见恨晚哪。

墨　翟　今日，主君即位，墨翟也是才得以拜见。墨翟生于鲁，工于鲁，学于鲁，不过只知有三桓，而且两度入季孙氏之狱。望主君能为鲁国兴旺，带来福祉。

鲁穆公　鲁国灾难深重，三桓乱政年久。我欲强盛鲁国，但四面强敌，特别是齐国，就有攻打鲁国的企图，敢问，鲁国可救吗？

墨　翟　鲁国可救。夏商周三代圣王，起初都是百里诸侯，他们说忠行义，竟广有天下。而历代暴君，仇怨行暴，结果失去天下。我希望主君不可一味追求礼仪等的虚幻，而应有实实在在的富国强兵之举。然后，派出高明的使官，不惜重金，结交邻邦。主君要内聚民众之力，外联友善邻邦，把鲁国结结实实地团结起来，才可以抵抗齐国的进攻。

鲁穆公　听说墨子很善于识别贤才，我有两个儿子，一个喜欢求学，一个却喜欢散财于人。我想请教墨子，我立哪一个儿子为太子好？

墨　翟　仅此一点，无法判断贤与不肖。主君可曾见过钓鱼吗？

鲁穆公　当然见过。

墨　翟　钓鱼者，那么虔诚地坐在那里，并非他对鱼那么敬重。给老鼠下毒药者，选择了香气四溢的食物，并非那么喜欢老鼠。他们的目的，都被深深地隐藏了起来。主君的儿子他们好学与慷慨，或许是为了得到主君赏赐，或许是为了得到国人誉美。他们行为后面的动机，主君不知道，我也不知道，所以难以做出回答。主君要弄清楚支配他们行为后面的动机，而且既看用心，又看效果，"合其志功"，然后才能做出正确的判断。

鲁穆公　鲁国乃文化之邦，一年前，我尊礼于孔子之孙孔伋，今欲尊礼于墨子，请墨子纳。

墨　翟　墨翟于鲁，无尺寸之功，不敢受主君尊礼。名，不可简而成；誉，不可巧而立。以身载行者为君子，沽名钓誉者是乱贼。主君聘墨翟来，该不是要我做"大乱之贼"吧？

鲁穆公　我听说墨子拒绝了楚王的500里封地，又拒绝了越王的500里封地，这在天下士人中，绝无仅有。我鲁国虽无500里封地，倒又有一片虔诚之心，只能尊礼于墨子，万望笑纳。

　　【奉侍官端着盛有一袭官服的礼盘走上，侍立君侧。

墨　翟　主君，不可，不可，墨翟不慕权势，一生多有入仕机会，但耻于与官场角逐者为伍，始终是一介平民。墨翟不慕名利，一生多有闻达机会，但耻于与追名逐利者为伍，始终是一个士人。拒楚王之养，却越王之聘，今日亦谢主公之尊礼，都是为了保持士者尊严，万望主君见谅。

鲁穆公　果然不凡，寡人谢墨子教诲。

　　【鲁穆公示意奉侍官退下。

墨　翟　不过，墨翟有一事相求，不知主公肯否满足？

鲁穆公　墨翟请讲。

墨　翟　我的儿子死于水患，现在膝下无子，想过继罪臣巫马子之孙。

鲁穆公　我听说，巫马子是你的学术对头，他把你逐出了儒学门墙？

墨　翟　主君所言极是，但巫马子首先是我的老师。

鲁穆公　既然这样，我准你就是。

墨　翟　谢主公宽容。

　　　　【鲁国使臣匆匆上殿。

鲁国使臣　主君，探子急报，齐将项子牛带领大军来势凶猛，直扑郏地。

鲁穆公　郏地离曲阜不过两舍之地，郏地陷落，将危及鲁国安危。墨子可派你的弟子
　　　　禽子，帮助救守郏城？

墨　翟　不可。禽子救守宋都，是因宋国都城十分坚固，而郏城简陋，无险可据。

鲁穆公　墨子是否可以用你在楚国的信誉，使楚国出兵援鲁？

墨　翟　楚兵援鲁，必驻兵鲁国京城，这种前门拒狼、后门引虎的事情，若有发生，
　　　　墨翟岂不留骂名于鲁人？

鲁穆公　请墨子指教他法！

墨　翟　眼前，我去齐国，亲说齐王田和，请他罢兵，或许还有可救的一线希望。

鲁穆公　好。明日使臣立即陪墨子赴齐。

墨　翟　不可！墨翟刚才力谢主公尊礼，道理就在这里。我只有保持自己的特立独行，
　　　　才能公允地遍行兼爱。

鲁穆公　墨子义比泰山！才见墨子，就托付如此重任……

墨　翟　止战如救火，今夜我就向齐国进发。

17. 曲阜公输府邸客厅（日，内）

　　　　【墨翟抱着小巫马子回来。

绛　娘　哟，这是谁家的孩子？

墨　翟　这是我的儿子，怎么样？

二　英　我看看！我看看！

　　　　【二英看着墨翟手里的小巫马子。

二　英　好漂亮的小弟弟，父亲从哪里捡来的？

墨　翟　（对绛娘）这是巫马子的小孙子，托孤给我了。

绛　娘　先生会带孩子吗？

墨　翟　不是有你嘛。绛娘，我今天连夜要赶去齐国，孩子就交给你了。

　　　　【墨翟把小巫马子交给绛娘，绛娘不接。

绛　娘　怎么？齐王又来聘帖了？

墨　翟　齐王来了好几次聘帖，一直没有成行。此次鲁王请我面说齐王，正好也去看

看胜绰。

绛　娘　先生去齐国，虽说一石三鸟，倒也没有必要今夜就动身呀？

墨　翟　齐国正在准备攻打鲁国的郕城，我得去当面劝说齐王。

绛　娘　（警觉地）这又是一次"止楚攻宋"吧？

墨　翟　事情是一样的，但是远没有那样的艰辛和风险。别忘了，现在我墨翟，正是齐王的座上客哪！

【绛娘这才接过了小巫马子。

18. 曲阜公输府绛娘卧室（日，内）

【二英和丫鬟，给小巫马子洗脸换衣服。

19. 曲阜公输府邸膳食厅（夜，内）

【大家围着桌子吃饭。

【二英抱着小巫马子，只顾给他喂饭。

绛　娘　我来吧。

二　英　不。

【墨翟看着二英对小巫马子那样疼爱，想起自己早夭的儿子，有些发呆。

【绛娘看见了，立即给他布菜，意在提醒。

公输般　墨翟，你一个人，带着个孩子方便吗？

二　英　还有我呢！还有姨娘呢！

绛　娘　我不跟你们回泰山了。

【墨翟一惊。

二　英　姨娘？！

绛　娘　快吃饭吧。

墨　翟　绛娘，吃完饭，你到我房间里，来一下。

公输般　墨翟，吃完饭，你先到我房间里来一下。

20. 曲阜公输府邸公输卧室（夜，内）

【公输般在房间踱步。墨翟进来。

公输般　墨翟呀，我们两个得好好谈谈了。

墨　翟　先生，我今夜先去齐国，回来，咱们有的是时间。

公输般　不行。咱们不谈完，你哪里也不要走。

墨　翟　好。请讲。

公输般　我就问你一句话，而且不许你不回答我。你为什么不娶绛娘？

墨　翟　我已经跟你说过了，绛娘总是说，她要回家照顾你。

公输般　好。那么从现在开始，我不要绛娘照顾我，你娶不娶绛娘？

墨　翟　先生，你不要逼我好不好？

公输般　请你回答我！

墨　翟　……我，我还没有想好。

公输般　那你现在就想。什么时候想好，你什么时候再走。我陪着你。

墨　翟　先生，止战如救火，我得赶快去齐国。

公输般　要是来不及，我可以亲自驾车送你！

墨　翟　先生，你知道，我们交往了20年，我从来就不会说假话。

公输般　我要的就是你的真话。你回答我，你是不是觉得我们绛娘，配不上你？

墨　翟　绛娘这样的女子，只有我墨翟配不上的，哪有配不上我墨翟的？

公输般　你别跟我绕。

墨　翟　不是我不娶，是我不敢娶。

公输般　你别给我装。

墨　翟　先生，你是我的恩公，也是我最好的朋友，对你，我不能不说实话。我的确
　　　　是不敢。

公输般　我们绛娘可是知书达礼的女子，难道你知道她有什么凶悍之举？

墨　翟　我的学说，是个大染缸，染于栀妹，栀妹献身。染于绛娘，绛娘将如何？我
　　　　怕失去栀妹，栀妹已经失去了，我更怕失去绛娘。绛娘再也不能失去。

公输般　怎么娶了绛娘，就一定会失去呢？

墨　翟　墨者在危难之时，有一个"死不旋踵"的信条，如果绛娘不是墨者，她就可
　　　　以选择生还。绛娘国色天姿，睿智机巧，我一个大男人，怎么舍得让她为墨
　　　　学而献身？

公输般　墨翟呀墨翟，我看你是行"义"行傻啦！我问你，你就是不娶绛娘，她还会
　　　　嫁给谁嘛？

墨　翟　我不知道。

公输般　别欺骗你自己了，她不会的。难道你看不出来？我们绛娘跟着杨朱，那么悠
　　　　闲，可是精神萎靡，在泰山书院那么艰苦，却精神振奋。绛娘此等情致，只
　　　　有墨学能够吸引！生死是谁也挡不住的。与其让绛娘一个人孤零零地等死，
　　　　还不如让她投向自己的所爱。你说不是吗？

墨　翟　……我……不知道……

公输般　我算是把你看透了。都说你墨翟强力从事，其实你却偏偏是能而不为。从木
　　　　鸢飞天，我就知道，如果你再强力下去，胜者非你莫属。可你为了腾出精力，
　　　　宣扬你的"兼爱"，适可而止了。如今到了绛娘身上，你为了保护她，又是
　　　　适可而止。岂不知，你墨翟这个人，就像是一只刀口锋利的刨子，已经在我
　　　　小绛娘的心上，这么深深地一推……

【公输般做了个推刨子的动作。

公输般　这一刨子下去，如果刨不到底，伤痕不是更深吗？……我悔不该，没有收下你这个徒弟，要不然，一个木匠小工都懂得的道理，你现在还不开窍。你还要把我们公输家好好的一个姑娘，折磨到几时？

　　【墨翟低着头，一声不吭。

公输般　要是我还有把子力气，非揍你个浑小子一顿不可！

　　【墨翟抬头冲着公输般傻笑着。公输般嗔怒地看着墨翟，看着看着，他也笑了起来。

墨　翟　说实话，我什么都能对付，就是你们公输家的绛娘，我有些对付不了。有时候，我真恨不得，一拳打通我和绛娘的那间土墙。

公输般　那你打呀！打不动，我来帮你！

墨　翟　好！

21.曲阜公输府邸墨翟客房（夜，内）

　　【绛娘正在给墨翟收拾衣物。墨翟兴奋地进来。

墨　翟　绛娘，刚才先生把我给训了一顿。

绛　娘　（不悦地）是吗？

墨　翟　（高兴地）公输今天骂我是"浑小子"！

绛　娘　（怨嗔地）叔父愈老愈不懂礼貌了。

墨　翟　可能是因为我们要走，他心里不痛快。

绛　娘　我没说走。

　　【墨翟拉住绛娘的手。绛娘悄悄抽出手。

墨　翟　你说，我怎么做，才能不伤害你。

墨　翟　你和我一起去齐国，好吗？

绛　娘　我不会的。

墨　翟　那你就和我一起回泰山！

绛　娘　我已经说过了，我不再回泰山。

22.途中（夜，外）

　　【月夜下，一辆马车疾驰。铃铛声、马蹄声、驭车人的吆喝声，打破了沉静的夜晚。

23.马车（夜，内）

　　【墨翟一个人落寞地坐在车里，精神十分沮丧。

1. 齐国宫殿（日，内）

【齐国宫殿，是墨翟所游的五国宫殿中最豪华的一处。俳优在殿前起舞，箫韶九成，千回百折，轻歌曼舞，楚楚动人。

【乐舞停止，俳优退出殿前。

齐　王　依齐国之礼，贵客必以乐舞相迎，墨子是贵客，虽知墨子"非乐"，但本王不敢擅改前王之礼，故请见谅。

墨　翟　齐王的礼乐，是我没有见过的盛大场面，无论是礼仪鲁邦，无论是宋、卫小国，无论是南楚大地，都比不过齐国舞乐之精美。

齐　王　墨子经多见广，品评有据，难道墨子不再"非乐"？

墨　翟　不，墨翟"非乐"。

齐　王　听说墨子出身工匠，不习乐舞之事，故而"非乐"？

墨　翟　不，世间习乐舞者，莫过于俳优，墨翟怕如此迷恋乐舞，具有俳优之嫌？

齐　王　墨子是说本王迷恋歌舞？

墨　翟　我主张"非乐"，不是指个人喜好，而是就国家治理而言。就个人爱好，墨翟不以为，刚才的乐不赏心、舞不悦目。但为政者靠增加民赋，征调年轻男女，以大钟鸣鼓、琴瑟竽笙，日夜为之歌舞，墨翟以为这是荒废民力。历史上，也曾有这样的先例。故商汤定刑，官员迷恋乐舞者罚丝20斤。

齐　王　哦？如此严重的惩罚？

墨　翟　墨翟不以为刑重！而且墨翟以为"圣王不用乐"。

齐　王　可是据我所知，古时圣王尧舜，就有个叫第期的乐师；成汤推翻了暴君桀，自己创造了名为《护》的乐章；周武王杀了暴君纣，也创造了名为《像》的乐章；周成王也有自己创造的名为《驺虞》的乐章。

墨　翟　正是。论创造乐章，他们一个胜似一个，可是论治理国家，他们又是一个不如一个。成王不如武王，武王不如成汤，成汤不如尧舜，不是吗？

齐　王　我们不谈历史，就谈谈我们自己。本王处理政务劳累，听听竽笙演奏，心灵可以得到歇息。就是农夫，一年四季地忙，听一段乐曲，不是也四肢舒展吗？没有舞乐，劳累之人，不是就像不松套的驾辕之马，不松弛的张满之弓啊？

墨　翟　我在鲁国，因为黎民苍生，无衣无食无歇，才提出"非乐"。假使齐国大治，黎民衣食皆足，齐王又愿意与民同乐，墨翟愿为之操琴。

齐　王　好，说得痛快！说得痛快！

墨　翟　大王，墨翟此次前来拜见，是专门为了一件事情……

齐　王　不忙，墨子此行，一定要好好看看我的齐国，今日本王有事在身，我们明日
再叙。

【侍卫官引墨翟退出。

2. 齐国宫殿（日，外）

【胜绰在外面等候，看见墨翟出来，连忙迎上前去。

胜　绰　哥哥！齐王怎么说？

【墨翟瞪了胜绰一眼。胜绰继续说自己的事。

胜　绰　齐王说鲁国郕城，还攻不攻了？

【墨翟不予理睬，径直上了马车。胜绰也跟着上去。

3. 马车（日，内）

胜　绰　哥哥，项将军说，他也不愿意攻打鲁国，都是齐王的意思。

【墨翟仍然不理睬。

胜　绰　哥哥，我对哥哥日思夜想，今日一见面，哥哥就说我的不是。齐王让项帅打
郕城，项将军不能不听，项将军让我打郕城，我也不能不听呀？

4. 齐国宾驿馆（日，内）

【走进房间，墨翟看着这个令他又爱又气的弟弟，不知如何是好。胜绰若无其
事地玩弄着手中的剑穗。

墨　翟　胜绰，你到现在还不认为自己错了吗？

胜　绰　我受墨子派遣，前往齐国，食齐国的俸禄，为齐国做事，有什么不对？难道
我只取齐国俸禄，不为齐国做事，才是对的吗？

墨　翟　当初派遣你来齐国，是因为齐国常被攻击，连年失败。我们以传授救守之术
帮助齐国。可是齐国现在又恢复了四面出击的老样子，你怎么能不分青红
皂白？

胜　绰　当年，孔子也没有召回，为季孙氏攻伐颛臾的弟子冉友和季路？何况，项将
军给予厚禄，让我胜绰，在他一人之下，万军之上。

墨　翟　我曾经赞扬高石子"向义背禄"，你胜绰为了俸禄，竟然助纣为虐，这是"向
禄背义"！

胜　绰　万事莫贵于义，我这是忠于墨子对齐国的信义！

墨　翟　齐国都已经打到你的家乡鲁国了，你还为它效力？

胜　绰　鲁国对墨子有什么好？两次关进牢狱，一次通缉，拒之目夷之地，20年不得
进入曲阜！要不是齐国的泰山之地任墨子驰骋，哪里有现在显赫天下的墨
学？齐国对我们有恩，我们不能忘恩负义！

五十二集大型
历史电视连续剧
墨子

墨　翟　胜绰呀胜绰，你嫂子活着的时候，就说你一根筋。这么多年，你书也念得不少，世事也知晓不少，怎么还是一根筋？

胜　绰　我怎么一根筋了？

墨　翟　人世上，有小恩小义，还有大恩大义，你怎么能以自己的小恩，替代墨者行天之道的大义啊？

胜　绰　这我明白。齐国对墨者的恩，不是小恩。我在齐国还没有建立什么功业，项将军就封我为将军。每次攻伐鲁国，项将军都是听从我的建议。我说怎么打，他就怎么打！

【墨翟气得紧紧抓住一只茶壶。

胜　绰　哥哥你还不知道吧？我们墨者的救守器械，也同样可以用来进攻！

【墨翟的眼珠快要气爆了。

胜　绰　尤其那个连发弩机，一次十发，一次十发，只要看见，就别想跑掉！

【只听"啪"的一声，茶壶被墨翟攥碎了。胜绰连忙上前，给墨翟擦身上的茶水。

【墨翟气得推开胜绰，胜绰跌坐在墙角里，吃惊地看着墨翟。

【胜绰看见墨翟的手在滴血，立即起来，撕开衣襟给墨翟包扎。

胜　绰　哥哥，我实在不知道你为什么生这么大的气？以前，我没有把事情做好，你生气，现在我在齐国受到如此重视，你为什么还要生气？

墨　翟　（忍住）上次索获来，你也是对他这么说的吗？

胜　绰　上次索师兄说了很多道理，我以为是对的。后来项将军让我仔细想一想，我就觉得索师兄，说得不对了。

墨　翟　项将军在哪里？你赶快带我去！

胜　绰　现在天色已晚，是不是明天再去？

墨　翟　走！

5. 齐国项子牛帅府（夜，外）

【墨翟和胜绰从车上下来。胜绰带着墨翟，向门卫摆了摆手，不用通报，直接进入。

6. 齐国项子牛帅府浴室（夜，内）

【项子牛正在洗澡。胜绰进来。

项子牛　什么人？敢到这里来？

胜　绰　将军，除了胜绰我，还有谁敢？

项子牛　过来！（胜绰走近）再过来！（胜绰又走了两步）

【项子牛一下子从澡盆里抽出一把宝剑，直刺胜绰。胜绰吓得一退，踩着一片水渍，滑了个仰面朝天。项子牛哈哈大笑。

胜　绰　项将军不要胡闹，我有要事禀报！

项子牛　说吧，还是老规矩，我听你的。让我怎么干，我就怎么干！

胜　绰　我让你起来！（项子牛出水）我让你穿上衣服！（项子牛穿上衣服）

胜　绰　我让你会见我的哥哥墨子！

项子牛　你哥哥来了？在哪？

胜　绰　已经在客厅恭候了。

7.齐国项子牛帅府客厅（夜，内）

　　【胜绰跟着项子牛进来。

项子牛　久闻墨子大名！

墨　翟　项将军之名，我也久闻！

胜　绰　我哥哥今日才到，上午拜见了齐王，一定要连夜拜见项将军。

墨　翟　墨翟连夜拜访项将军，是因为有一件事，来打搅。

项子牛　墨子请讲。

　　【宾主三人坐下。

墨　翟　我的弟弟胜绰，已经在贵军多年，他的父母年事已高，此次让我来代为请辞，
　　　　　望项将军海涵。

　　【项子牛惊讶地看着胜绰。胜绰也吃惊。

项子牛　胜将军现在正是我的得力股肱，一刻也不能离开啊！

墨　翟　项将军如果还需要用人，我可以再给你派其他弟子。

项子牛　其他弟子，总是不如胜将军人熟地熟吧？

墨　翟　泰山墨院，有齐国弟子，定比胜绰还要合适。

项子牛　我的俸禄，一律年初发放，胜将军今年的俸禄已经全部支取了。

墨　翟　如果允许请辞胜绰，他的全年俸禄会全部退还。

项子牛　墨子为何一定要带回胜将军？

墨　翟　我已经说过，是胜绰的父母所要求。

项子牛　既然胜将军是墨子的弟弟，赡养父母之事，墨子不能代替吗？

墨　翟　项将军有所不知，墨翟与胜绰并非亲生父母。

　　【胜绰对墨翟说出这件事，十分不快。

胜　绰　哥哥？！

项子牛　可是墨子，我们有约在先，过了今年，我就同意你的请辞。

墨　翟　父母养育儿女，老来不能膝前尽孝，那是儿女的欠账。

项子牛　可是我帮胜绰从一介书生，成为胜将军，这栽培的心血，也是一笔账呀？

墨　翟　墨翟索回胜绰，仍然不欠项将军的账。

项子牛　不知这笔账，墨子是怎么计算的？

墨　翟　我说不欠就不欠！难道项将军一定要我说出原委？

项子牛　对，你说出原委，我就放回胜将军，否则，咱们还是依照前约行事。

墨　翟　好吧，我告诉你。难道我用父母的两条人命，换不回一个已经被你的攻伐腐蚀了的弟弟？！

项子牛　这是如何说起？！

胜　绰　哥哥，怎么回事？

墨　翟　30年前，项将军还是项长官的时候，曾经血洗过目夷谷，你可记得？

项子牛　（想了想）我戎马一生，血洗过的村庄无数，不过目夷谷，我还记得。

墨　翟　项将军之所以记得，是因为目夷谷有着邾泗著名的工匠。

项子牛　对，我在目夷谷劫持过鲁国工匠。

墨　翟　鲁国工匠中，有一个制作弓箭的名家，死于齐营的墨工师……

　　　　【项子牛突然想起了什么。

项子牛　……你怎么也知道这件事？你……你是谁？……

墨　翟　我的母亲，在你血洗目夷的时候，被射杀，我的父亲就是墨工师……

　　　　【胜绰恍然大悟，面孔被仇恨扭曲。项子牛恍然大悟，立即后退一步，拔出宝剑。

　　　　【胜绰也拔出佩剑。双方形成剑拔弩张之势。

胜　绰　项将军！

项子牛　（对墨翟）你是来找我复仇的？！

胜　绰　项将军竟然与我哥哥有杀父之仇？！看剑！

　　　　【胜绰劈剑而下。项子牛连忙招架。

胜　绰　我们无话不谈，你为什么要欺骗我？

项子牛　混战之中，我的刀下有过无数人头，我怎么知道谁是墨子的亲人？

胜　绰　我哥哥的父亲，不是死于你的营帐之中？

项子牛　我们每天好酒好饭，是墨工师自己绝食而死，我有什么办法？

　　　　【胜绰愈杀愈猛，项子牛苦苦招架。

墨　翟　胜绰住手！

　　　　【墨翟毅然用身体护住项子牛。胜绰无法下手。

胜　绰　哥哥，他欠我们两条人命？！

墨　翟　胜绰！当年的项将军听了庄先生的劝说，放回了50名工匠，其中就有你的父亲胜工师！

　　　　【胜绰放下剑。墨翟把项子牛扶起来。

墨　翟　大帅放心，我今日来，绝不为报私仇！

项子牛　那是为何而来？

墨　翟　数年前，齐国遭人侵夺，我明知御敌的是项将军，仍派胜绰，带来救守兵书相助。仅此足以证明，墨翟不计前嫌。

项子牛　谢墨子大度！墨子托胜将军带来的救守兵法，我至今常读……

墨　翟　我今日前来，是劝说将军立停征伐鲁国郈城，以免铸成大错。将军不会不知道，从前，吴王四面攻伐，引来诸侯联合发兵，战功赫赫的吴王也就身死国亡。这是好战者的必然下场。将军不可以用他们作为借鉴吗？

【项子牛点点头。

墨　翟　就国家而言，大国攻小国，看起来是加害小国，其实，加给小国的祸患，终将返回大国身上。兵家之言，杀敌一万，自损八千，此之谓也。所以说到底，战争不是"交相利"，而是"交相贼"。将军一次次地攻伐鲁国，岂不还要继续制造像墨翟这样，失去父母的孤儿，和结下刚才那样世代不解的冤仇吗？

项子牛　谢墨子劝言，子牛愿报请齐王，退兵三舍！

墨　翟　将军为什么不肯撤销攻占郈城计划，使两国百姓免遭涂炭？

项子牛　说实话，我也有我的难处。王室主战势力强劲，得不到领土扩展，就不发给我军饷。不过，只要齐王同意子时撤兵，我项子牛绝不拖到丑时。

墨　翟　好。我将亲说齐王。那请辞胜绰之事？……

项子牛　就依墨子。

墨　翟　将军言必有信？

项子牛　我欠墨子两条人命，已经心中有愧，岂能无信？

墨　翟　墨翟告辞！

8. 齐国宫殿（日，内）

【齐王端坐殿上，向墨翟问政。

齐　王　……本王不仅满足齐国大治，还想使天下大同。果然神祇已经给予明示，天下大同者，非齐莫属！

墨　翟　请大王明示。

齐　王　为何地神祠和天神祠，都降临在我们齐国？地神祠，承载大地之恩，说明天下之大，以齐为心。天神祠，托举九天之高，说明苍穹之广，以齐为柱。这不是神祇给予的明示吗？

墨　翟　"天命靡常，唯德是辅"，不行德政，只靠天神祠、地神祠在齐，是不能达到天下大同的。

齐　王　听说墨子持"尚同"说，可教本王，如何使天下大同？

墨　翟　齐为东方大国，欲领天下"尚同"，墨翟愿献二策。一为力戒奢侈之风，非乐、节葬、节用，领天下风气之先。一为坚持非攻，不侵夺小国、弱国，不扩张疆土、夺取财物，领天下之人心之所向。只此二者，齐国领天下之"尚同"，再有天神、地神之助，必致天下大同。

齐　王　是呀，天下风气之先，天下人心所向，这太重要了。谢墨子指点。

墨　翟　我听说，齐军正调集大军，长途远袭，攻打鲁国郈城。郈城乃鲁都曲阜的京畿之地，如同齐都临淄的贝丘。不知齐王做何解释？

齐　王　这……也许是将军项子牛所为，项子牛是个挞伐成性的军人。

墨　翟　不过我听说了一个试刀的故事。说有一把刀，要试试它的锋利，就用来杀人。
　　　　果然，手起刀落，人头滚地。这把刀，可算锋利？

齐　王　锋利。

墨　翟　有人说，再试几次。结果，刀刀人头落地。这刀，可算是锋利？

齐　王　（连连点头）锋利得很哪！

墨　翟　刀是锋利，可是谁来承担杀人的责任呢？

齐　王　刀不会自己杀人，试刀者要承担杀人的责任。

墨　翟　齐攻鲁国郕城，项子牛可冠常胜将军之名，而驱使项子牛的主君能逃脱青史
　　　　和百姓的骂名吗？

齐　王　请墨子不吝赐教，往说项子牛。

墨　翟　不过，项子牛无非利刃而已，试刀者则是齐王自己呀？

齐　王　哦，哦……

齐　王　谨受墨子"非攻"之教。攻伐鲁国郕城之事，就不要再提了。

9. 项子牛帅帐浴室（夜，内）

　　【胜绰一个人来到。他推开浴室虚掩的门，进去。

　　【只见项子牛光着上身，站在那里。胜绰正在纳闷。

项子牛　胜将军！

胜　绰　在！项将军找我有事吗？

项子牛　我无意中欠下你哥哥的两条人命，心中惭愧，今天当着墨子的面，你想报仇
　　　　而未成，现在只有我们两个，有多少仇恨，你尽管报吧！

　　【胜绰看见，面前一把雪亮的宝剑，剑柄正在自己这边。

　　【胜绰上去拿起宝剑，劈向项子牛。项子牛纹丝不动。胜绰的宝剑高高举起，
　　　　劈向了洗澡的木盆，木盆里的水哗哗地流淌出来。

胜　绰　……我们无话不谈，你为什么不告诉我？

项子牛　要是早知道，就是杀了我自己，也不会杀你哥哥的父母！胜将军，你要不肯
　　　　原谅我，就一刀劈了我！要是原谅我，就当这件事从来没有发生！

　　【胜绰"当啷"一声扔掉了宝剑。

项子牛　如果你一定要回泰山，我再奉送一年的俸禄。

　　【胜绰难为的眼泪快要掉下来，立即回头走了。

10. 齐国宾驿馆（夜，内）

墨　翟　……夷之呀！

夷　之　嗯？老师。

墨　翟　我怀疑项子牛未必真的答应。

夷　之　莫非项子牛敢戏弄老师?

墨　翟　三十年前,我就跟项子牛打过交道,他为人善变,反复无常,前头答应,后头摆手,不到胜绰回到泰山,请辞胜绰的事情不算成功。

夷　之　要是这样,我们还是赶快走吧?

墨　翟　齐王执意挽留,让去各处看看,我也不好不给面子。只怕是我给齐王面子,项子牛就钻了我的空子,再花言巧语地继续迷惑胜绰。

夷　之　老师把道理讲得那么清楚,胜师兄还能不懂吗?

墨　翟　不是胜绰不好,是我不好,我不该把胜绰这样不能明辨是非的人,派到齐国担此重任。胜绰这个人,思维简单,脾气执拗,常常一时冲动,不计后果。

【外面响起胜绰"哥哥"的叫声。胜绰一步迈了进来。

胜　绰　哥哥!齐营的纪律就是严格,不到掌灯时分,主将是不许离开大营的。你们还没吃饭吧,我叫了饭菜,一起吃吧。

【送饭的小厮进来,摆上酒菜,大家边吃边谈。

墨　翟　胜绰,你打算什么时候离开齐营呀?

胜　绰　项将军说,随时可以离开。不过,齐王让我陪着哥哥观光齐都临淄,明天我就陪着哥哥去转转。

墨　翟　胜绰,你离开泰山多年,大家都想你啊!

胜　绰　我也想泰山,但是我离开齐国,也会想齐国的。

【墨翟和夷之对视了一下。

夷　之　胜师兄,我看那个项子牛,一脸的横肉,准是个攻伐成性的人吧?

胜　绰　师弟,墨子教导我们,"行不在服",就是说一个人做什么,不在于穿的怎么样。那么,人也不在相貌。你别看项将军面目凶悍,他对人可是十分的仁义。就说哥哥请辞了我,本来应该把俸禄退回,结果呢?项将军反而多赠送了一年的俸禄。

【说着,胜绰掏出一包俸禄,放在桌子上。

胜　绰　哥哥,我们对项子牛这样的"义"人,真是有失信誉啦……

墨　翟　胜绰呀,我看你很讲义,你理解的义,能讲给我听听吗?

胜　绰　哥哥,我给你讲个故事吧。楚平王有个太子王子闾,大臣白公作乱,杀害了王子闾的两个兄弟,把刀架在王子闾的脖子上,让他继承王位。说,为王则生,不为王则死。王子闾说,你用如此的不义来强迫我,不要说把楚国给我,就是把整个天下都给我,我也不会干!王子闾被白公杀害了。哥哥,王子闾这样的行为,不就是义吗?来,为他的义干杯!

【墨翟陪着胜绰干了手中的酒。

胜　绰　哥哥你说,像王子闾这样的义人,难得不难得?

墨　翟　难得归难得呀，却未必是义。

胜　绰　为什么？

墨　翟　如果王子闾认为楚王无道，他身为王子，就应该继位为王，执政治国。如果
　　　　他认为白公不义，就应该顺水推舟，答应继承王位，然后再利用权力除掉白
　　　　公，把王位还给楚王。这样于国于民皆有利。可是王子闾却白白地搭上性命，
　　　　做了无谓的牺牲，怎么能算义呢？

夷　之　胜师兄，我理解老师判断义的标准，要看是否能"兴天下之利，除天下之害"。

墨　翟　夷之说得对呀！胜绰，如果说项子牛对你为义，那对鲁国郕城百姓呢？

胜　绰　鲁国郕城百姓那么多，我也不认识……

墨　翟　你可认识目夷谷死于项子牛之手的乡亲乡邻吧？

胜　绰　项子牛已经向我赔罪了！

墨　翟　这种罪，是他能赔得了的吗？

胜　绰　那杨子怎么就能赔得了？栀妹死于杨子的恶辩，我打断了他的一只胳膊，他
　　　　说还差你的更多哪！

墨　翟　（大惊）什么？杨子的胳膊是你打断的？

胜　绰　当然，如果有机会，我还会打断他的另外一只！

墨　翟　你好大的胆子！

胜　绰　你要是让我去杀项子牛，我可以现在就去！

墨　翟　胜绰！你好糊涂！你现在是在齐国境内……

胜　绰　实话告诉你，刚才项子牛已经把宝剑递到我的手里了，我认为他是义，我才
　　　　不会杀他！

墨　翟　对牛弹琴啊！对牛弹琴啊！！……

　　　　【墨翟痛苦地摆摆手，胜绰站起来，快快不快地走了。

夷　之　老师，胜师兄是够气人的，但是我们不能把他推给项子牛啊？

墨　翟　（点头）我们还是把他平安带走为上。

11. 齐都临淄街市（日，外）

　　　　【胜绰陪同墨翟、夷之游览。

　　　　【市井中吹竽、鼓琴、击筑、弹琴、斗鸡、走犬、六博、蹴鞠者，到处皆是。
　　　　夷之看得眼花缭乱，胜绰不得不忙于前后照应，以防失散。

墨　翟　胜绰，这临淄城，天天都这么热闹？

胜　绰　天天如此！不是说嘛，车毂碰击车毂，人肩摩擦人肩，衣襟连成了帷帐，挥
　　　　洒汗水就像下雨，举起袖子可成蔽日天幕。

墨　翟　虽有几分夸张，但人口密集和经济繁荣，确是天下独有啊！胜绰，昨天我发
　　　　了脾气，你不要在意，一定要天天来陪着我逛街哟。

胜　绰　项将军说，一切由我。

【墨翟和夷之见他言必称项子牛，只得面面相觑。

12. 齐都临淄车坊（日，内）

【墨翟停在一家车坊前，看着一辆正在出售的马车。一位老者迎向前来。

墨　翟　工师，这辆马车，售价多少？

齐国工师　要两千刀币。

墨　翟　你的工匠日薪多少？

齐国工师　八个刀币。

墨　翟　也就是说，这辆车相当于一个工匠的一年收入？

齐国工师　先生很内行。

【齐车两边伸出长长的轴头，引起墨翟兴致，用手测量着轴头的长度。

墨　翟　请问，齐车的轴头伸长，有什么用场吗？

齐国工师　轴头的长度，表示车主的身份，远远地就告诉人，赶快避让。要是轴头很
　　　　　短的车经过，人们就会觉得，像是一只夹着尾巴的狗，别的车就会把他逼到
　　　　　路边上去。

墨　翟　齐人豪华呀！工师，你的这副轮子做得很规则，巧手啊！

齐国工师　不瞒先生，这轮子是按"墨翟新率"的计算制作的，车轴也装入墨翟使用
　　　　　过的铜瓦、铁瓦，所以行车非常轻便，又很坚固。

胜　绰　工师，可曾见过墨翟？

齐国工师　只闻其人，未见其面哪！

【胜绰刚要说明，墨翟赶快把他拉走了。

墨　翟　再去那边看看。

13. 街道技击场（日，外）

【一处技击赛场，围观者百人。墨翟一行饶有兴致地在观看。

胜　绰　技击之术，在齐国非常兴隆。从齐王到普通百姓，爱好者很多。齐湣王就说过，
　　　　"见侮辱而终不敢斗，本王不以为臣"。这与我们墨者的"好勇非斗"很不
　　　　一样……

【墨翟和夷之都认真听着。

胜　绰　齐人好斗，所以，剑士、侠客、力士、刺客、拳勇，史不绝书。还有，齐人
　　　　的奢华、好乐，也与墨者的倡导相左。这与东夷人的习俗有关。不过，齐人
　　　　的不拘繁礼，讲义气，重然诺，以及论技实巧，追求创新，都与我们墨者是
　　　　天然同盟。

墨　翟　胜绰对齐人的观察，已经很深入啦。

【胜绰得意地笑着。师生三人，向市井深处走去。

14. 齐国项子牛帅帐（夜，内）

【项子牛和胜绰正在喝酒。项子牛喝着喝着，竟然放下酒盅，哭了起来。

项子牛　……你这一走，咱们就再也见不到了……

胜　绰　不会的，我还会来看望项将军的。

项子牛　我这一生，杀人无数，见到眼泪无数，却不知自己还有哭出声来的这一天哪！……"呜呜"……

胜　绰　项将军，你别哭了……

【项子牛哭得很厉害。

胜　绰　你要是再哭，我就不走了！

【项子牛哭得更厉害了。

胜　绰　好吧，项将军，我不走了。

【项子牛立刻止住了哭声。

项子牛　我不是说不让你走，我是想让你多留几天，等我心里有了准备，你再走，否则，你的离去，就是我的死期啊！

胜　绰　那我就再留几天，让项将军有个适应吧。

项子牛　可是，和你哥哥怎么说呢？我讲信誉，是绝不会在他面前改口的。

胜　绰　哥哥就我这么一个弟弟，我自然会对他说。

项子牛　我们胜将军智勇双全！

【项子牛立刻大笑起来。

胜　绰　干！

15. 齐国宾驿站（日，外）

【胜绰把墨子送上车。

墨　翟　你赶快上来吧！

胜　绰　哥哥，你先走。

墨　翟　快上车！

胜　绰　我不走了，还有些防务上的事情需要交接，我晚几天再走。

【墨翟从车上下来。

墨　翟　胜绰，你是不是不想走？

胜　绰　哥哥，我一定走，就是晚几天。

墨　翟　不行！今天一起走！把你一个人留下，我不放心！

胜　绰　我一个人不是已经在齐国好几年了吗？

墨　翟　你对项子牛还抱有幻想？

胜　绰　哥哥，我耳朵里只听见两种话，一种是你说项子牛的坏话，另一种，是项子牛说你的好话！

【墨翟仰天长叹。

夷　之　老师，胜师兄确有防务需要交接，就让他留两天，老师先回，我再回来接胜
　　　　师兄也行。

【墨翟无奈地上了马车。胜绰看着马车离去，笑得很得意。

16. 齐国项子牛帅帐（日，外）

【大军正在集结，人喊马嘶。胜绰匆匆走来。

17. 齐国项子牛帅帐（日，内）

【胜绰进来。

胜　绰　项将军！项将军不是答应墨子，不再攻伐鲁国郹城了吗？

项子牛　这是齐王的命令，我岂敢不执行？

胜　绰　齐王不是也答应墨子了吗？

项子牛　齐王可以答应，又可以不答应。我们做军人的，只有服从命令。

【胜绰不知如何是好。

项子牛　此次攻伐郹城，将是我一生的最后一次军旅生涯。希望胜将军陪我一起出征。

胜　绰　我恐怕不能陪了。我们墨者有严格规定，不许侵犯弱国。此次墨子来，是千
　　　　叮万嘱了的。

项子牛　那也成，我绝不难为胜将军。传令！出发！

【项子牛站起来，要走，突然一个趔趄。胜绰连忙去扶。

胜　绰　项将军，你怎么了？

项子牛　因为你要走，弄得我夜夜难眠，半夜起来瞎逛，跌进壕沟，摔断了腿啊！

【胜绰极为感动。

胜　绰　项将军！

项子牛　走！

18. 齐国项子牛帅帐（日，外）

【胜绰扶着项子牛上马，感动得泪水涟涟。看项子牛几次都上不去，胜绰痛下
　　　决心地大喊。

胜　绰　项将军！就让我再陪你一次吧！

【胜绰把项子牛撮上战马，自己也上了一匹战马，随大军出征而去。

19. 鲁国郹城（日，外）

【项子牛与胜绰，各骑一匹高头大马，在城外指挥。齐兵在郹城外面攻城，眼
　　　看鲁军不支。齐军呼喊着攻入城中。城中火光四起。

项子牛　胜将军，郹城已经陷落，我看你就不要回泰山了吧？

胜　绰　不，咱们说好的，攻克郹城，我再回泰山。

项子牛　好，我要为你隆重送行！

20. 泰山墨学书院迟仲房舍（夜，内）

【墨翟正在和迟仲夫妇聊天，但是气氛很不轻松。】

墨　翟　……老师，我小的时候，你就没有发现？

迟　仲　发现什么？

墨　翟　发现我是不是很笨？

迟　仲　你这是怎么了？

墨　翟　我怎么就看不出来？竟然把下脚料当成了车辕料！

迟　仲　谁都有看走眼的时候……

墨　翟　可是这车，本该是拉着老人妇孺去逛街的，却一下子就成了兵车，在郏城大
　　　　街上横冲直撞啊！……

迟　仲　墨翟，你有什么心事，就说出来啊！

【高石匆匆进来。】

高　石　师傅！迟仲老师！情况已经证实了，郏城的确陷落，攻伐的主将是项子牛……
　　　　还有……胜绰……

【迟仲显然第一次听说胜绰帮助项子牛攻伐，气得拍案而起。】

迟　仲　败类！

【墨翟却平静地告诉高石。】

墨　翟　自从胜绰到了齐国，多次随项子牛征讨他国，违背《墨守》。高石，你马上带
　　　　我的信去见项子牛，宣布撤销对胜绰的荐举，以正天下视听！我们拦不住诸
　　　　侯的兵车和战马，也不能让他们挡住我们非攻的奔走呼号……

21. 齐国胜绰宅邸（夜，内）

【高石与胜绰，在宅内密商离开临淄的安全之计。】

胜　绰　……项将军说的，三天之后，隆重给我送行！

高　石　麻烦就出在这三天上。你想，你到齐国这么多年，对军情了如指掌，他们肯
　　　　轻易放你走吗？这三天，正是他们预谋陷害你的时间啊！

胜　绰　师哥，我不信！

高　石　咱们必须今夜上路！

胜　绰　那我怎么辞行？

高　石　我们回泰山的必经之路，是齐国的穆陵关，项子牛一定在穆陵关埋伏了对付
　　　　你的杀手！

胜　绰　好，我听你的。不过，要是穆陵关没有杀手，我要再回来给项将军辞行！

【高石气恨得直咬牙。】

胜　绰　你说呀！

高　石　好吧!

22. 泰山墨学书院主事房（日，内）

【墨翟和禽滑釐、迟仲正在说着什么。高石带着胜绰破门而入。他们浑身泥土，衣冠不整，极其狼狈。

高　石　禀报墨子，果然如你所料，项子牛派了30名杀手，埋伏在穆陵关，幸亏我们事先在车上安装了防箭隔板，才侥幸逃生。

胜　绰　……我愿回到泰山书院做事……

墨　翟　违背墨守的人，到泰山书院做事，也会乱了墨者章法。

胜　绰　哥哥!

墨　翟　你走吧，墨者队伍里，不能有你这样的败类。

胜　绰　哥哥! 我上当了!

墨　翟　（大声呵斥）勒令胜绰，立即离开泰山书院!

【胜绰扑跪在墨翟面前。墨翟站起来，大步而去，把胜绰甩在身后。

胜绰（画外）　哥哥! 哥哥! 你就原谅弟弟这一次吧!

【墨翟走向墙角，一阵干哕，吐出一口鲜血。

第四十九集　怅别公输

1. 曲阜公输府邸（日，外）

【马车在公输府邸门前停下来。墨翟下了车。

门　人　墨先生，你可回来了，老爷病啦！

【墨翟吃了一惊，立即快步走去。

2. 曲阜公输府邸公输般卧室外（日，内）

【墨翟直奔公输般卧室。绛娘正从卧室里出来，和匆匆的墨翟碰了个照面。墨翟刚要叫绛娘，绛娘示意他不要出声，带墨翟避向一边。

绛　娘　（悄声）叔父此次叫我回来，就因为有病，可是他什么都不说，我觉得他病得很重……

【墨翟示意不要再说，他向公输般卧室走去。

3. 曲阜公输府邸公输般卧室（日，内）

【公输般瘦弱的身躯，卧于病榻之上，看见墨翟进来，高兴得要从床上起来，被墨翟上前按住。

公输般　本来，我想歇几天，就能起来，没想到，这一躺，就是不愿意起来啦！

【墨翟坐在床边，为公输般诊脉。绛娘跟着进来，看着两个人那么默契。

墨　翟　先生，你的病是由深秋风寒所致，只要调理好，并无大碍。绛娘，你把用药的方子拿来……

【绛娘递上药方。墨翟看过方子后，点了点头。

墨　翟　方子是对症的。先生的饭食需要调理好，要清淡的食物。

绛　娘　我亲自为叔父准备食物。

【二英端着汤药进来。

二　英　父亲。

【二英把汤药交给绛娘，绛娘用小勺慢慢喂药。

公输般　二英很知道疼人哪，有其父，必有其女。

墨　翟　先生，你还欠我一笔账哪！

公输般　哎？你不要以为我病了就一定糊涂，我一生是从不欠账的，绛娘作证！

墨　翟　你答应我，去给泰山书院讲一次宫殿营造？

公输般　哦，哦，确有此事……

墨　翟　这次病好了，你就得去讲。要不，过个十年八年，老天把你收走了，你的那些营造学识，岂不失传？

公输般　我听说，你讲宫室营造时提出，高，足以辟潮湿，边，足以御风寒，上，足以遮雨雪，墙，足以别男女，"谨此则止"。

墨　翟　我那是讲给国君们听的，要他们不要追求台榭曲直，青黄刻镂，不要侵敛百姓。要是我的弟子当了司空官，都照我说的去营造宫殿，那还不都盖成一座座工肆、农舍？

【三个人都笑起来。

公输般　墨翟一回来，我的病就好了一半。你们都去忙吧。

【绛娘、二英都走了。

公输般　墨翟呀，我们一生交往，总是来去匆匆。这次你能不能答应，在这儿陪我两天？

墨　翟　我可以一直住到你痊愈。

公输般　痊愈不痊愈，先不去管它，我是有事相求啊！

墨　翟　墨翟一生都在得到先生的帮助，只是没有机会报恩，哪里谈得上相求？

公输般　我有一笔账，心里一直放心不下。想了许久，除了你，别人都帮不上。

墨　翟　什么事？

公输般　泗水河上修了一座拱桥，是他们按照我所修拱桥的尺寸仿造的，对外却说是由公输般营造。这桥，连年遭洪水冲刷，今年被冲塌。我很不愿意把这骂名留于后世。请你去看看毛病出在哪里？帮他们把桥修复起来。

墨　翟　先生放心，我明天就去看看。

4. 曲阜公输府邸客厅（日，内）

【大家在客厅里商量。

墨　翟　……先生的病，是由于夫人病逝，长期郁闷在心所致，秋寒只是发病的引子。要有后事准备。先生要我帮他还账，说明他自己也有预感……

绛　娘　有医治好的希望吗？

墨　翟　有，调理好，能过了这个年。过了今年，也许会有转机……

【绛娘的眼泪，扑簌簌地流了下来。

墨　翟　大家在先生面前，都不要流露出没有信心，一点也不要。尤其二英、夷之，你们要天天陪着公输爷爷，给他年轻人的活力。明天，公输洪陪我去看那座拱桥。

公输洪　好。

5. 泗水拱桥上（日，外）

【几十名农夫，携带土箕、铜铲等工具，在桥下干活。有的在河中打捞被冲到河床里的拱桥方石。工匠们在凿石。墨翟在工匠之中，用量尺，量着矩形砌石是否规则。

【一个高高身材的匠人，跟在墨翟身后，亦步亦趋。

领　匠　……先生，我们修了再冲，冲了再修，都三回了。人家工师都不愿意来了，让我这个领匠自己琢磨……

墨　翟　公输洪，你去把车上的弓拿来。

领　匠　我觉得就是怪，我的石块尺寸，都是仿照公输般修的那座桥，分毫不差的，就是照猫画虎，也不能差这么多。人家的桥，多大的洪水，也是纹丝不动……

【墨翟在桥头停住脚步，仔细观察拱桥的拱脚。

领　匠　先生，你真能看出点门道？公输有什么绝招吧？

【公输洪拿来一张弓，交到墨翟手中。

墨　翟　你们来看！

【墨翟把弓背朝上，将两个弓弰埋入碎石。领匠蹲在地上，匠人们都围拢过来。

墨　翟　这好比是拱桥，你们看，它的着力点，在什么地方？

【领匠伸手指着弓顶。

领　匠　当然在这儿！

众　人　对，在这儿！

墨　翟　不，在这儿。

【墨翟指着弓弰部分，然后用手在弓顶上加力。

墨　翟　桥梁自重和人与车马的重力，再加上拱桥自身的张力，都从弓顶传到了弓弰。这里是承受力最大的地方，你们却没有使用抗力最大的巨石，而只用了一些碎石。

领　匠　可是公输般在这个地方，也是使用的碎石呀？

墨　翟　你们只看见了他的外露部分，而没有看见埋在地下的"拱脚"部分。我问你，在坍塌前，是不是拱路陷为平路，然后才突然崩塌吧？

领　匠　说得太对了！

众　人　是的，是的……

墨　翟　你们修的桥，因为拱脚不稳，才坍塌。其实与洪水关系不大。

【水老汉挑着饭挑子过来，看见大家都在听着一个人讲话，凑过来一看，大叫起来。

水老汉　哎呀！我的天！这不是墨子吗？！

【墨翟一抬头，看见眼前正是在楚国边界野店的水老汉。

墨　翟　水老汉？！

水老汉　伙计们，这就是栀井井神的夫君！

众　人　井神的丈夫！

水老汉　也是那位拒楚王、越王五百里封疆的墨子？

【众人七嘴八舌地说。

墨　翟　水老汉，你的儿子水牙呢？

水老汉　远在天边，近在眼前哪！

　　　　【人群里有人喊了一声"先生"。墨翟一看，正是领匠。

墨　翟　你是水牙？

水　牙　先生，我没想到井神的丈夫还会修桥，原谅我刚才没敢相认！

　　　　【墨翟端详着水牙，身高色黑，活脱脱一副青年墨翟的模样。

墨　翟　哎呀，长得我一点也认不出来了？

水　牙　我有时做梦，还能梦见先生呢。

墨　翟　你们怎么到这儿来了？

水　牙　我家的野店已经被官家当了驿站。母亲去世后，我就和父亲一起出夫，今年冬天，正好在泗水修桥。

水老汉　也好挣点钱，给我们水牙盖房子娶媳妇啊！

墨　翟　水牙，你现在也是一方领工了，要是再这样修下去，可是挣不到娶媳妇的钱哪。

水　牙　请先生教我！

墨　翟　这次重修，你要记住三点。第一，你要在拱脚部分，使用半人高见方的巨石作为砌石，才能承受整桥的压力和张力。

水　牙　明白了！

墨　翟　这第二嘛，你可在拱桥的两肩，各设小拱一个，以减少桥体自重的压力，便于洪水通过，既对称，又好看。

水　牙　好好！

墨　翟　第三，你在河心坝上的应水面筑成尖嘴，提高对夏季洪水、冬季冰凌的抗受力。

水　牙　就按先生的意思办！

墨　翟　我说的这三项，你做不到，请你把桥头上立的"公输般营建"这五个字给我拿下来。要是都做到了，桥有坍塌，我来承担责任……

　　　　【水牙憨直地笑着。

6. 曲阜公输府邸公输般卧室（夜，内）

　　　　【二英和夷之扶公输般起来吃药。由于天冷，夷之一边扶着一边腾出手为他披上衣服。绛娘一勺一勺地喂药。二英和夷之分别给公输般按摩双腿。

7. 工棚（黄昏，外）

　　　　【匠人们簇拥着墨翟，墨翟和大家有说有笑地来到了工棚。

8. 工棚（黄昏，内）

　　　　【墨翟进来，里面黑乎乎的，什么也看不见。水老汉一边点灯，一边悄悄告诉水牙。

水老汉 快去买一头羊杀吧。

【水牙应声，带着几个匠人，撩开草帘出去了。

【墨翟看清了匠人们的床，伸手在草铺下一摸，湿漉漉的。外面传来喊声。

（画外） 驿道官来了！驿道官来了！

【只见一位官员进来，什么也没看清，纳头便拜。

詹　何 詹何叩见墨子！

墨　翟 詹何？快起来！想不到，还能在这里相遇啊？

詹　何 泰山一别，这么多年，詹何想起墨子的教诲，时常惭愧不已。

墨　翟 杨子的弟子，是不为官的，你怎么当了驿道官？

詹　何 詹何放弃了杨子的学问，专心为社稷做事，担任负瑕驿站的驿道官。听说墨
　　　　　子驾到，我不仅赶来相见，而且还有事相求。

墨　翟 所求何事？

詹　何 近年水大，鲁国到卫国的驿道，常常被水淹没。从负瑕驿站到羊角驿站的百
　　　　　里之路，要重新勘测。怎样才能测得一条最短的路线？请墨子指教。

墨　翟 两个驿站之间，有几条路可供选择？

詹　何 有南北两条。南路近些，但要全部新拓，工程费用太高。北路远些，即使避
　　　　　过水地，也有大部分路基可用。真是不知哪一条好？况且就是选择了其中的
　　　　　一条，也不知如何能测得笔直？

【墨翟思索着，撩开草帘向外走去。詹何跟着出去。

9. 工棚（黄昏，外）

【外面已经在下雪了。墨翟站在雪地里，伸手接着雪花。

【水牙他们正在院子里杀羊。

墨　翟 詹何，你这驿站，有常跑羊角驿站的马吗？

詹　何 有。

墨　翟 我说的是老马？

詹　何 老马也有四匹。

墨　翟 你给我把四匹老马都找来。

詹　何 可是，这雪会愈下愈大的，老马雪天是拉不动车的……

墨　翟 你尽管找来就是。

【詹何应声而去。

10. 工棚（夜，内）

【工棚内燃起了灶火。一只大锅里煮着羊肉，羊角支棱在上面，盖不上锅盖，
　　屋子里热气腾腾的。

【公输洪给墨翟拿来信板和鲁削。水牙给墨翟端着油灯，看着墨翟在信板上刻字。

【墨翟刻好字，抬头看着水牙，墨翟和水牙都互相会意地微笑着。

【水老汉给墨翟端来一碗羊肉汤。

水老汉　天太冷了，快趁热喝吧。

墨　翟　不忙，大家一起吃。

水老汉　我记得你不吃辣椒，这是没放辣椒的，你先来一碗。

【墨翟接过来，刚刚要喝。

詹何（画外）　驿道官到！

【墨翟放下羊肉汤，起身出去。

11. 工棚（夜，外）

【外面已经漫天皆白。四匹老马站在院子里。墨翟和公输洪把两块信板分别套在老马脖子上。墨翟从詹何手里接过四根缰绳，稳稳地盘在马的脖颈上，更令工棚里出来看热闹的役徒不解。

墨　翟　（大声问道）詹何，南路在哪儿？

【詹何往南一指。墨翟在马屁股上一拍，两匹老马奔南路而去。

墨　翟　北路在哪儿？

【詹何又往北一指。公输洪在马屁股上一拍，两匹老马奔北路而去。

詹　何　墨子，你怎么把马放跑了？

墨　翟　老马识途嘛！

詹　何　（恍然）哦！对了！可是怎么通知羊角驿站呢？

墨　翟　我的信板，拴在马脖子上，让他们喂饱马放回来。凡是被多次踏过的路，自然是最近的路。明天，你根据雪上留下的马蹄印，打桩测距，一定是一条最近、最平坦的新驿道！

【众人啧啧称赞。

詹　何　詹何请墨子去驿站下榻。

墨　翟　不了，我在这，还有点事。

詹　何　那我陪着墨子。

墨　翟　你回驿站等着老马回来吧。

12. 途中（夜，外）

【一片雪原，天地不分，四匹马向两个不同的方向跑去。大雪之中跑马留下了一道笔直的足迹。

13. 工棚（夜，内）

【夜深了，劳累了一天的匠人们都已经熟睡。只有墨翟和水老汉还在聊天。柴

　　　　火还在燃烧着，但是地上逼人的寒气，还是让墨翟打着寒战。

水老汉　……我给你找个暖和的地方。

　　　　【水老汉把墨翟的脚往水牙的被窝里一塞。片刻。

墨　翟　这么热呀？

水老汉　这小子浑身冒火。

墨　翟　我们不是也喝了羊肉汤吗？

水老汉　他就是喝冰水，也像个小火炉。我们爷儿俩出来当役徒，从来只带一床盖被。

墨　翟　水老汉，现时农人的赋税重吗？

水老汉　重啊，我们爷俩一年被征当役徒，都在百天以上，常常误了农时，秋天田里颗粒无收，一个冬天，只好吃糠咽菜过日子。

墨　翟　不是城里人也有赋税吗？

水老汉　城里人是十之税一，而乡下人是三之税二，自己只食其一呀。

墨　翟　无怪乎孔子说"苛政猛如虎"，看来，农人的境况与多少年前比，并没有多少改变。

水老汉　不，要说"改变"，还是有些……

墨　翟　哦？

水老汉　前几年，我领水牙进城，人们总喊我们"野人"，叫水牙子是"小野人"。这孩子气性大，我就再也不敢领他进城了。就这十几年工夫，再也听不到这种称呼了，你说这算改变吧？不过，立出一些新规矩，如过去"野人"是不从军的，现在也在农人中征兵啦。

墨　翟　那水牙，不正到了出征的年龄？

水老汉　不，不，不……

墨　翟　对了，你就这么一个儿子。

水老汉　我实话跟你说吧，我一个儿子也没有，这一个还是捡的。

墨　翟　捡的？这么好的儿子，在哪里能捡到，你说说，我也去捡一个？

水老汉　我是在汶河发大水那年，从河滩上捡的。

　　　　【墨翟立即警觉起来。

墨　翟　汶河哪年发大水？

水老汉　我也记不得了，反正那年呀，他五岁。

墨　翟　那水牙今年多大？

水老汉　过年21了。

　　　　【墨翟迅速地在心里计算，立即被这突如其来的消息惊呆了。他心里隐隐约约和水牙的一种亲近感，似乎就要得到证明。

墨　翟　……他就是……

水老汉　对了，他就是我捡来的……

【老汉从水牙怀里抽出一件蓝白相间的小褂。

【墨翟一看见这件儿子的遗物，顿时心如刀搅，泪水扑簌簌地滚落而下。眼前的水牙，原来就是自己15年前失去的小燕。

水老汉 我在汶河滩上捡起他，他就是穿着这件小褂。小屁股光溜溜的，裤子不知冲到哪里去了。

【墨翟捧着蓝白相间的小褂，悲喜交集。

水老汉 这小褂的织工、做工，足以证明这孩子出自良家啊！

【此时，水牙仍在酣睡。墨翟伏下身子，仔细端详着水牙。小燕的音容笑貌在他眼前跳动。

水老汉 都说捡的不亲，养的亲，先生你说，我这是烧了哪个庙的香，半路上得了这么个宝贝儿子？那年，楚国宫殿里，要他去服役，蚁贝可不少挣，他说要给他母亲煎药，硬是不去。他什么活儿，看看就会。就说这石匠活儿吧，他干了没几天，就当了领工。后来，他母亲去世了，好几个作坊都要他去领工，他也不去，就是要守着我这个孤老头子。

【墨翟禁不住伸手抚摸着水牙的额头。

水老汉 起初，我还怕，怕他的亲生父母找来，现在我倒是想，他的亲生父母把这么一个好儿子给丢了，不知道得多心痛啊！

【墨翟的眼泪滴在水牙脸上。墨翟轻轻擦去泪水。

墨 翟 那……那他自己知道吗？

水老汉 怎么不知道？要不他一直珍藏着这件小褂？

【水牙热得把胳膊伸了出来。墨翟把小褂重心塞进他的怀里。

14. 负瑕驿站（日，外）

【墨翟站在雪地里，任寒风吹袭，他极目远方，等待着应该回来的老马。詹何和公输洪也在驿站之外等候着。

公输洪 快看哪，回来一匹……第二匹……第三匹，唉，怎么四匹马，跑的是一条道？

墨 翟 詹何，你按照它们跑的路线，打桩测量，就是最佳路线。

詹 何 是！

墨 翟 这四匹老马，你可得好好犒劳犒劳它们。

詹 何 马料我都备好了。

墨 翟 这一段穿过水网地带的百里驿道，改修后，就称为公输驿道，怎么样？

詹 何 詹何一定照办。

墨 翟 好吧，我们就此一别吧。

詹 何 墨子！

墨 翟 还有什么事吗？

【詹何拿出一包鲁币。

詹　何　墨子给予我的，我终生都不再感谢。因为我将用自己的一生来为社稷做事。但是，个人的账，我是不能不还的。

【詹何数着鲁币。

詹　何　请墨子一定要替我交给栀妹师娘。这是洗衣费，这是15年的利息，这是利息的利息，还有……

【詹何一抬头，墨翟已经没了踪影。詹何悔痛地跪在雪地里，泪水潸然而下。

15. 泗水拱桥上（日，外）

【墨翟看着身高力大的水牙在役徒中抢着干活，久久舍不得离开。

墨　翟　水老汉，我求你件事？

水老汉　哎呀，你快说！

墨　翟　我想请水牙跟我去一趟曲阜，帮忙扛些行李，你要是觉得不方便，就……

水老汉　水牙！

水　牙　哎！

水老汉　跟着你墨先生去一趟曲阜。

水　牙　哎！

16. 马车（日，内）

【墨翟和水牙坐在车上。

水　牙　……先生不是有东西让我扛吗？怎么反倒要我坐车？

墨　翟　你扛过许多东西，却从来没有坐过车吧？

水　牙　先生对我这么好，真像我的叔父。

墨　翟　你有叔父吗？

水　牙　没有。

墨　翟　怎么说像你的叔父？

水　牙　我没有爷爷，除了父亲，最亲的男性长辈，不就是叔父了吗？

墨　翟　你觉得除了亲人，别人就不会对你好了吗？

水　牙　那总是不一样的。

墨　翟　到了曲阜，你会见到，像你姐妹一样、母亲一样的人。

【水牙不以为然地笑了笑。

17. 曲阜公输府邸（日，外）

【墨翟带着水牙下了车，进了公输府邸。水牙好奇地边走边看。

【墨翟不得不停下来，等着他。

墨　翟　你呀，和我年轻时一样。

18. 曲阜公输府邸客厅（日，内）

【绛娘正在客厅，墨翟进来。

墨　翟　绛娘！

【绛娘一看见进来一个和墨翟一样高一样黑瘦的年轻人，禁不住"啊"了一声。就愣在那里了。

墨　翟　这是公输小姐！

水　牙　公输小姐！

墨　翟　他叫……

绛　娘　墨燕？！

水　牙　公输小姐，我叫水牙。

【墨翟向绛娘使了使眼色。

绛　娘　……哦，水……牙……

墨　翟　这是我从泗水带来的役徒兄弟，快拿衣服给他换上。

19. 曲阜公输府邸公输般卧室（夜，内）

【墨翟进来，坐在公输般病榻前。

墨　翟　先生！

公输般　你这么快就办完了？怎么样？

墨　翟　拱桥最要紧的部位"拱脚"，却被你严严实实包在砌石中。他们看不见，量不到，就用了一堆碎石，还有不塌的？

公输般　以后建桥，应该把"拱脚"露在外面，像一个男子汉大丈夫，两只大脚，站立于天地之间！

【墨翟为了逗公输般，把两脚分开站在地上。果然公输般笑了。

公输般　人们常称"天下两巧"，我看，墨翟名列第一，公输般屈居第二。你墨翟的巧，能凡事找出理来，并且著于章籍。我公输一生，做了不少巧事，只是散乱地流传在民间匠人之中。

墨　翟　公输这么说，折煞墨翟。

【墨翟做欲倒地状，逗得公输般直乐。

20. 曲阜公输府邸客房（日，内）

【二英进来收拾着墨翟的房间，看见一堆衣服，以为是父亲刚刚换下的，就抱走了。

21. 曲阜公输府邸后院（日，外）

【二英正在洗衣服，突然发现了那件蓝白相间的小褂。

二　英　小燕？小燕！

【二英拿着衣服就跑。

22. 曲阜公输府邸膳食房（日，内）

【绛娘正在招呼水牙吃饭。因为碗太小，绛娘盛饭的速度，赶不上水牙吃饭的速度。

【二英拿着小褂，跑了进来。一看见眼前的水牙，不禁喊道。

二　英　小燕！

【绛娘立刻掩饰着。

绛　娘　他叫水牙，是你父亲从工地上带来的匠人兄弟。

【水牙看着二英的那个样子，放下了饭碗。

绛　娘　水牙，这是二英姐姐。

水　牙　二英姐姐。

绛　娘　水牙，你自己盛饭，一定要吃饱。

水　牙　嗯。

【绛娘拉着二英赶快走了。

23. 曲阜公输府邸绛娘卧室（日，内）

二　英　娘！他就是弟弟小燕！

【二英把小褂递给绛娘看。

二　英　出事那天，弟弟就是穿着母亲刚刚给他做的这身新衣服！

绛　娘　他的长相，就是从父亲脸上扒下来的……

二　英　他就是我弟弟！他就是墨燕！

【二英向外跑去。墨翟进来堵在门口。二英把小褂捧给墨翟看。

二　英　父亲！父亲！我要去找弟弟！

墨　翟　他不是你弟弟！

二　英　他就是！就是我弟弟！

墨　翟　你那时只有五岁，怎么能记得弟弟？

二　英　弟弟和我同一天生，弟弟就是我的一半，我怎么能不认识？！

绛　娘　墨翟，你看他长得那个样子，就是在公输染坊里的墨翟啊？

二　英　父亲，我要弟弟！我要弟弟！……

墨　翟　你弟弟，现在是水老汉唯一的亲人，我们不能认！

二　英　娘！

【二英扑向绛娘怀里。

绛　娘　墨翟！你不能太苦自己了！

【这么多年，墨翟第一次听到绛娘亲切地叫他墨翟，心里最柔软的那个空间被触动了，他看着绛娘。

墨　翟　昨天晚上，我就和小燕睡在一起，水老汉每天要靠他的火力来暖脚……我不
　　　　能……我们不能啊！……

　　　　【夷之进来。

夷　之　老师！公输爷爷昏过去了。

　　　　【大家赶快跑去。

24. 曲阜公输府邸公输般卧室（日，内）

　　　　【大家冲了进来。

　　　　【墨翟给公输般掐着"人中"穴。

　　　　【公输般终于缓过一口气来。大家也松了一口气。

25. 曲阜公输府邸客厅（夜，内）

　　　　【大家在商量公输般的后事。

墨　翟　先生病情恶化，我们要做料理后事的准备了。事情怎么办，都听绛娘的。外
　　　　面跑腿的事，由公输洪带着夷之去办。

绛　娘　叔父的棺木，早已备好……

　　　　【绛娘哭得说不下去了。夷之、公输洪也在哭泣。

绛　娘　……禽子不是催先生回去吗？

墨　翟　我要在这里，一直陪着公输先生……

　　　　【绛娘感动地点头。

　　　　【二英进来。

二　英　父亲，公输爷爷找你！

26. 曲阜公输府邸公输般卧室外（夜，内）

　　　　【大家走到门前，墨翟示意自己先进去，要其他人留在门外。

27. 曲阜公输府邸公输般卧室（夜，内）

　　　　【垂危的公输般看见墨翟进来，又有几分高兴。

公输般　我知道，我将不久于人世……

墨　翟　先生不要这样想。

公输般　我一生做了一件不能原谅自己的错事，无法挽回，只有你可以帮助补救，你
　　　　肯吗？

墨　翟　墨翟赴汤蹈火，在所不辞。

公输般　你知道，绛娘自小是公输家族的掌上明珠。我有攀高结贵之想，为她定下世
　　　　族杨门亲事。谁知这杨朱，贵胄之身，贵胄之气，贵胄之说，绛娘无法与他
　　　　共处。是我，是我害了我们的小绛娘呀……

　　　　【公输般老泪纵横。

五十二集大型
历史电视连续剧
墨子

公输般　墨翟兼爱天下，不可以兼爱我们公输家的姑娘吗？

【墨翟没答话。

公输般　难道你要我带着这块心病去见先祖吗？

【绛娘在门外听见了公输般对墨翟的难为，进来。

绛　娘　叔父，不要再难为墨翟了。绛娘遇到一个杨子，天下只容得他一人。又遇到一个墨子，兼爱天下，唯独不关心自己。叔父，他一生总是置生死于度外。与其天天为他提心吊胆，还不如我一个人过得清闲……

公输般　可是你清闲得了吗？我们的小绛娘不清闲，我们的小墨翟也不清闲啊！

【公输般在枕头低下掏着。绛娘帮他拿出来，原来是一个黑色的"守门鱼"。

公输般　这是我以前做的"守门鱼"，送给栀妹的那个是白色，这个是黑色，本来是阴阳一对，却分别了这么多年。

【公输般把"守门鱼"交给绛娘。

公输般　墨翟帮我了了名声的心愿，现在还有一个最大的心愿，就是想看见它们，这阴阳两条小守门鱼，能合在一起。

墨　翟　大英去了楚国，把那个"守门鱼"带走了。

【墨翟看着绛娘。

墨　翟　不过先生放心，我将来一定要让它们阴阳相合！绛娘是世间少有的女子，几十年的友情，一定会使我们相依相扶。我答应，在先生身后，我会让绛娘不受一点委屈……

【公输般拉过墨翟和绛娘的手，硬硬地要把它们连在一起，终于没有完成，就闭上了眼睛，眼角流出最后的泪水。

【绛娘痛哭失声。

绛　娘　叔父！叔父呀！……你怎么忍心留下绛娘一人啊！……

【二英端着一碗药进来，失手跌落地上。

28. 公输般墓（日，外）

【漫天皆白，似乎为公输般仙逝披上素装。除了亲属，还有几百工匠装束的人，肃穆地立于墓地周围。绛娘、公输洪穿着白衣素服，跪在墓前。墨翟走出人群，为公输般致诔辞。

墨　翟　公输营建，利天下居宅。

公输造桥，通山川要塞。

公输利器，启工匠睿才。

公输的皮囊鼓风，率天下步出青铜，走进铁器时代。

公输技艺有矩，无一木之毁，物尽其材。无一贫不恤，力行兼爱。

公输为人有矩，"利于民为巧"，"爱于义为巧"，终其生，而无所改。

世之巨人，工之虹彩！人间情脉，青史盛载。

贱不诔贵，幼不诔长，墨翟不才，泣血诔师，泣血诔友，诔德述怀。

【绛娘跪拜于公输般新墓之前。

【墨翟跪拜。几百人跪拜。

墨　翟　公输慢步，公输稳行……

29. 曲阜公输般府邸客厅（日，内）

水　牙　先生要我来曲阜，就是要我来帮助办理丧事的，现在丧事已毕，请问先生，我可以回去了吗？

墨　翟　水牙，你在这里住不惯吧？

水　牙　是住不惯。

墨　翟　是不是想你父亲了？

水　牙　是。

墨　翟　你愿意跟着我做事吗？

水　牙　我敬佩先生的本领，也敬佩先生的为人，但是父亲在，水牙不远游。

【墨翟长长地叹了一口气。

水　牙　先生为何叹气？

墨　翟　你呀，就要结婚了，我没有什么送你，就送你一本我写的书吧？

【绛娘和二英拿着包袱过来，夷之也背着好几个包袱。

墨　翟　水牙，把这些带给你父亲。

水　牙　我父亲绝不会收别人的东西。

墨　翟　以前我在你父亲的店里喝茶吃饭，没有给钱。

水　牙　父亲一直给我讲栀井的故事，他不会为了一杯茶、一餐饭，收下这么多礼物。水牙感谢先生指点营造泗水桥，这还欠着先生的情呢！

墨　翟　你不要忙着回去，吃了饭，夷之去送你。

水　牙　不，水牙告辞了。

【夷之追了出去。二英拿着包袱也要去追。墨翟看见水牙并没有拿他的赠书。

墨　翟　算了……以后再去看他……

30. 母子冢前（黄昏，外）

【墨翟一个人向母子冢走来，山风撕扯着他的衣襟，撕扯着他似乎突然变白的须发。

【墨翟跪在坟冢前。

墨　翟　……栀妹，小燕找到了……

【墨翟痛哭失声。

第五十集 墨翟禅让

1. 泰山墨学书院观星台（夜，外）

【墨翟一个人长时间地坐在观星台上，他被深深的自责困扰着。

【禽滑釐、高石等陪着绛娘和二英过来，禽滑釐示意绛娘一个人过去。

【绛娘来到墨翟近前，默默坐下。

墨　翟　……胜绰也不知道去哪了？……

绛　娘　禽子已经安排他回目夷谷了。

墨　翟　难道我的教育都错了吗？我整天"智以教人""遍从人而说之""扣也鸣，不扣也鸣"，怎么连个胜绰都教育不好啊？

绛　娘　叔父一生没有看错过一个人，可是却把公输两家的独生女嫁给了杨朱。

【墨翟转过头来，看着身戴重孝的绛娘。

绛　娘　小时候，我常听母亲说这样一句话，灯下黑。你和叔父都是两盏明亮的灯，犯错也同样。这次不过，古人和百姓都明白的这个简单道理，被你们俩再次验证罢了。

【墨翟深深地点了点头。

绛　娘　我看，胜绰的错并不在你。

墨　翟　那是天意吗？

绛　娘　我不像你那样尊天，我倒认为你也有错。

【墨翟认真听着。

绛　娘　我们派出的仕者，都给予一百个信任，故而没有经常去指导督查，以致应该事先发现的却不能明察于它的滥觞期。直到酿成狂澜，不可挽回。

墨　翟　绛娘，请都说出来，我还有什么过错？

【墨翟显然希望绛娘提起他对绛娘感情的拒绝，但是绛娘并没有说。

绛　娘　现在，你在众人的眼里已经是个圣人了，可我还是觉得，有时候，就像在目夷谷，你还是一个黑脸小子。

【墨翟被绛娘说得苦笑了一下。

绛　娘　咱们回去吧？

墨　翟　再陪我坐坐？

【绛娘向身后使了一个眼色。墨翟看去，隐隐约约见到禽滑釐、高石等在那里等着。

绛　娘　你的忧伤，牵挂的可不是我一个人。

墨　翟　绛娘，明天我有重要的事情和你商量。

2. 泰山墨学书院主事房（日，内）

【墨翟、禽滑釐、迟仲、高石、绛娘、索获和臧公子陆续来到。

墨　翟　今天由禽子主持讨论魏将吴起的去向。我和公输小姐讨论另外一件事，任何
　　　　人不准打扰。公输小姐，请随我来。

【绛娘跟着墨翟走了。

臧公子　（谐谑地）他们讨论个三天三夜才好呢！

高　石　师傅和公输老师，怎么样了？

禽滑釐　我看快了，咱们讨论正事吧。魏将吴起，是墨家非攻的劲敌。重用他的魏文
　　　　侯死后，吴起已逃出魏国。这个攻伐成性的人不知将投奔何处？大家尽情说
　　　　出自己的看法。

3. 泰山墨学书院绛娘书房（日，内）

【绛娘和墨翟对面坐下。

墨　翟　至今为止的朝代更替方式，只有两途，一是"革命"，一是"禅让"。

绛　娘　你是想商讨禅让之事？

墨　翟　正是。

绛　娘　可是历史上，从来就没有禅让之说呀？

墨　翟　不，有。历史上的三位贤明的君主，尧舜禹都是禅让的。

绛　娘　何以为据？

墨　翟　禅让之说，最早见之于《尚书·尧典》。记载尧在正月初一，于太祖庙把帝位
　　　　禅让给舜。

【绛娘顺手从书柜里拿出《尚书》，飞快地翻着。

绛　娘　（念道）"正月上日，受终于文祖"，不错。

墨　翟　孔子记载舜向禹禅让的时候，又再次提到尧舜禅让时的嘱咐。做事要"允执
　　　　其中"，不使"四海困穷"，而得"天禄永终"。这都是前王对后王禅让时，
　　　　掏心掏肺的治国交代。

绛　娘　你我都是自幼从儒，孔子的这些话，经你这么一说，我也记起来了。可是，
　　　　我记得更多的，是反对禅让的观点。

墨　翟　那是因为反对禅让，是时下一种非常流行的观念。所以我要和你郑重商议。
　　　　这也是我一直要找好机会再谈的原因所在。

绛　娘　人们一般认为，历史从未出现过那样恭谨的禅让，而是舜逼尧，禹逼舜，汤放
　　　　桀，武王伐纣，此四王，都是作为人臣而弑杀其君的，常与"田成子取齐""韩
　　　　魏赵三家分晋"，相提并论。我虽出身工匠世家，却随叔父长期交往权贵，深
　　　　知他们对权位的贪婪。说起来，这种贪婪也不是帝王独有，文人贪婪书籍，

木匠贪婪奇木，都是一种狂疾。依我之见，古来让天下者是，只是为了躲避如同坐监一样的宫廷生活，和卸去日夜的劳苦，并不是你所说的禅让。

墨　翟　关于禅让，人有不同。我与孔子，都是禅让的力主者。我们的不同在于，孔子把禅让说成是天意禅让，我认为是贤明禅让。官吏中，贤明者愈多，社稷愈安定富强。反之，小人在朝，君子在野，则天下大乱。如何保证君子在朝，小人在野，必须建立一套完整的禅让学说，并且付诸实施。

4.泰山墨学书院主事房（日，内）

臧公子　吴起做过鲁国大夫，他要再到鲁国领兵呢？

禽滑釐　鲁穆公不会赏识他，吴起曾经"杀妻入将"，更不为儒家认同。

索　获　吴起曾经率鲁军攻齐，与齐国结下一战之仇。

高　石　秦国也不会欢迎他。我看这个攻伐之徒吴起呀，真是累累如丧家之犬，也只有楚、越两国可以投奔。

禽滑釐　如果他去了楚国，对我们来说，倒是一个大难题啊！

众　人　为什么？

禽滑釐　孟胜去楚国，时间虽然不长，已经上上下下，人口为碑。孟胜虽说是为阳城君守卫封邑之地，但是他担负楚帅的呼声甚高。而这个吴起，从来只忠于国君一人，排斥其他所有的人，另外他做事进逼性很强，必然会对孟胜形成巨大的威胁。孟胜在楚国的掌军，恐怕将为之断送。这就是为什么墨子要我们讨论的原因。

索　获　我们有办法阻止吴起去楚国掌兵吗？

禽滑釐　没有。哎？迟仲老师怎么没说话呀？

【大家这才发现，迟仲在整个激烈的讨论中，始终一言没发，而且心思沉重。

5.泰山墨学书院绛娘书房（日，内）

墨　翟　……我的"尚贤"说，有一个要害。

绛　娘　对，你说"官无常贵，民无终贱，有能则举之，无能则下之"。

墨　翟　我说的要害在于"无能则下之"。你说，假设禽子比我优秀，或者假设有一个人比我们都优秀，我应不应该把首领的位置让给他？

绛　娘　我现在还没有发现，有这样一个人。

墨　翟　如果没有禅让，就是有了这样的人才，我们会把权力交给他吗？

绛　娘　可是你还年富力强？

墨　翟　假设我已经不年富力强呢？

绛　娘　如果一切如你所假设的，的确应该交给他。

墨　翟　可是如果没有一个禅让的法规，我会主动交给他吗？

【绛娘不语。

墨　翟　你们几个，禽滑釐、高石、索获，包括你绛娘，会同意我交给他吗？

绛　娘　这样说，关于禅让，墨者应该建立一个法规。

墨　翟　（激动地）知我者，绛娘也！

【绛娘也高兴地看着墨翟。

墨　翟　绛娘，有才能的人，总有用尽了才能的时刻，有德行的人，总有生命结束的一天。而新生的才德之人，永远生生不息，源源不断。古圣王为政，"列德而尚贤"，我们墨者也应该建立一种法规，好让天下的才德之人，不断补充到权位上来。高予之爵、重予之禄、任之以事、断予之令。因为爵位不高则民不敬，蓄禄不厚则民不信，政令不断则民不畏。这样做，并不是要赐予谁什么，而是为了完成治国大业。

绛　娘　的确如你所说。舜是个出身贫贱的农人，尧帝却拔举舜为天子。大禹发现了猎手伯益，举用他理政。周文王发现了泰巅和闳夭，任命他们为大臣。殷高宗举工匠傅说为三公。商汤任用一个陪嫁的厨师伊尹执政，建立了商王朝。如果这些高位者不肯禅让，历史就不会有这些故事了。

墨　翟　应该选其国之贤者立为政长，选天下之贤者立为三公，选天下最为贤者，立为天子。这样一层层地选举上来，以众贤之力，治理众人之国，天下岂能不尽力光明？如果最高权位者不肯禅让，这像宝塔一样的众贤之力，就无法向上涌动，反而会向下一溃千里，成为坍塌之力。

【绛娘深深地点点头。

墨　翟　请随我来。

【绛娘跟着墨翟出去。

6. 泰山墨学书院墨翟书房（日，外）

【禽滑釐和高石过来，看见墨翟和绛娘进去，促狭地连忙扒到窗户往里看。

7. 泰山墨学书院墨翟书房（日，内）

【墨翟从几架上层取下一个包裹，打开，里面是一个巨大的、通体透明有如白玉的晶石，呈现在绛娘眼前。

绛　娘　啊，真美！你什么时候得了这个宝物？

墨　翟　此玉，是我在泰山偶遇。我把它称为钜子。这钜子坚硬无比，割石则石破，切金则金削，有如墨者"穷且日坚"的精神。我把它作为我们墨学的权力象征。你看怎么样？

绛　娘　质朴无华，华在其中，中且四溢，溢而不骄呀！

8. 泰山墨学书院墨翟书房（日，外）

禽滑釐　……看看，都有定情之物了！

五十二集大型
历史电视连续剧
墨子

高　石　是什么东西呀？

禽滑釐　一块好大的玉石。这么大！

高　石　只有绛娘这冰雪一样的姑娘，才配得上哪！

9. 泰山墨学书院墨翟书房（日，内）

禽子（画外）　这一块玉石就能说半天哪！

高石（画外）　我和荷花，就没这么多话说。

禽子（画外）　咱们做学问做不过墨子，找媳妇也找不过墨子。

【绛娘和墨翟都听见了，他们无可奈何地笑了笑。

绛　娘　墨翟，我认为，一个伟大的人物，他的历史作用是不可替代的，墨学如果没有了你，后果将不堪设想。

墨　翟　可是人总是要死的。

绛　娘　没见过正在盛开的花朵，要自己凋谢的。

墨　翟　为了墨学永远百花盛开，我们就是不能等待自然凋谢。看着这样一支生气勃勃的墨者队伍，我不能让他们永远踏着一个渐渐老去者的步伐。我已经决定，将墨学书院主持职位，禅让给禽子。

绛　娘　这么说，就不需要我的表示了？

墨　翟　我当然要听你的想法！

绛　娘　其实，我倒是愿意你禅让。这么多年，你到处奔波，应该好好歇息一下了。为墨者言，我不同意。为墨翟言，我完全同意。

10. 泰山五龙潭（夜，外）

【一堆篝火燃起，篝火边坐着墨翟和禽滑釐。禽滑釐看着墨翟对着潭水发愣。

禽滑釐　……师兄，想什么呢？我看你们谈得那么投机，还不成婚吗？

【墨翟拿着手中的木棍，轻轻地打了禽滑釐一下。

墨　翟　我看着这月下的一潭深水，想起一个故事。你知道许由这个人吗？

禽滑釐　不知道。

墨　翟　尧王看上了许由，要把部落联盟首领的位子让给他。谁知，许由听到这个消息，立即远走高飞，躲到颍水彼岸的箕山脚下隐居。尧王只好退而求其次，任命他为九州之长。可许由听说后，不仅不肯任职，还要跑到颍水边，使劲地冲洗自己的耳朵。

禽滑釐　这是干什么？

墨　翟　许由认为让他做官的消息，玷污了他的耳朵，就要使劲冲洗呀！

禽滑釐　我看许由这是沽名钓誉。

墨　翟　为什么？

禽滑釐　他要是不愿意，就应该跑到深山老林里去隐居，怎么故意在这人来人往的河边洗耳朵？而且还告诉人家为什么。

墨　翟　是呀，有一个叫巢父的人，正牵着自己的小牛，到河边来饮水。见许由这个样子，就说你嫌做官的消息玷污了你的耳朵，我还嫌你洗耳朵的水，玷污了我的小牛嘴呢！说罢，巢父就牵着小牛到上游去饮水了。

禽滑釐　这么说，巢父和我的看法一样啰？

墨　翟　哦？那你听到墨翟要禅让于你，就不会像许由那样，用这泰山五龙潭水来洗耳朵了吧？

【禽滑釐还不知道墨翟真正的意思，轻松回答。

禽滑釐　我才不会像许由那样，用洗耳朵来展示自己清高。

墨　翟　这么说，你同意接受墨学的钜子之位？

禽滑釐　啊？！

【禽滑釐一骨碌站起来。

禽滑釐　师兄，你怎么拿我开玩笑？我小禽子就这么高，当块辅佐之料，已经是大用了。你再要我驾辕、当栋梁，不是要压死我吗？

墨　翟　禅让法规的建立，并不是说接任者一定比交任者高明，但是有了这个法规，它会比我们两个人都要高明。

【禽滑釐急了。

禽滑釐　师兄，你和绛娘讨论了两天，说的就是这个呀？！

墨　翟　不是这个，是禅让！禽子是练武之人，不会不知道死穴吧？禅让，就是关系社稷兴亡的死穴，墨学要身体力行。

【禽滑釐呆呆地看着墨翟，一句话也说不出来。

墨　翟　师弟要是想洗耳朵，就算我墨翟看错了人！

【禽滑釐百感交集，只是一个劲地摇头。

11. 泰山墨学书院主事房（日，内）

【会议气氛肃穆。一个精致的小木盒，摆在桌子上，大家都好奇地看着。

墨　翟　……这钜子的意义，刚才我都说过了。孔子身后，儒分为八，鉴于儒学四分五裂的教训，我想在墨者中立钜子，以掌管天下墨者，不使分裂。现在由诸位推举，谁来做墨学钜子？

高　石　师傅不一直是墨学的钜子吗？

墨　翟　我已做了30年墨者钜子。我做钜子的目的，是实现墨者的学说。我的学说中，有禅让之议。自今日起，禅让自墨者始！我推举禽滑釐为钜子。

【大家都看着禽滑釐，禽滑釐不敢抬头。

墨　翟　过去由我掌管的天下墨者事务，转由禽滑釐掌管，高石子襄助，并共同主持泰山书院。

禽滑釐　不行，不行，你是我兄长，又为我师长，为师在，禽滑釐断然不敢接"钜子"之任！

高　石　一日为师，终生为父，高石敢赴汤蹈火，不敢与"钜子"共同主持泰山书院。

绛　娘　禽子、高石子，我来阐释你们老师的意思，看对不对？孔子生前远没有想到恭顺有加的弟子，在他身后把学于孔子，作为入仕干禄之宝、升官进身之阶，而且自立门户、相互攻讦、违背师说、苟合取容。你们老师以史为镜，以禅让为法规，确保墨学后继有人。你们跟老师30年，且学有所成，称"钜子"，只能把你们的友谊，更加牢固地作为发展墨学的基石。

禽滑釐　禅让之说，我表赞同，但墨者钜子的禅让，应该过几年再说，有了更合适的人选，岂不更好？

墨　翟　能为墨者钜子者，一为厚乎德行，二为辩乎言谈，三为博乎道术，四为必行墨者之法。禽子堪当此任。禽子在救守宋城时，为天下人引为义举，禽子之誉，已遍于诸侯。

禽滑釐　禽子之誉，及墨子声誉之万一！以禽子替代墨子，岂不要自毁墨者？

墨　翟　你们阻拦我禅让，岂不要我留恋权势？留恋权势者，怎样兼爱？怎样尚贤？怎样尽力天下大同？

绛　娘　我已经和你们的老师论辩了两天，我们几个加在一起，也说不过墨子。从目前看，我们舍不得让他禅让，但是为墨者的明天计，禅让必须自今日始！

【绛娘打开那个精制的木盒，拿出里面的玉石递给墨翟。墨翟手捧一块闪闪发光的晶体白玉。

墨　翟　禽子，我希望用钜子交接形式作为墨者首脑的传承，使墨学不绝于天下！

【墨翟站起，郑重地把钜子交给禽滑釐。禽滑釐迟迟不肯伸出手来。

高　石　不接也得接啊！

禽滑釐　唉！

【禽滑釐伸出双手，颤颤悠悠如接千斤之重地接过钜子，热泪早已滚满面颊。

12. 林中（日，内）

【墨翟和迟仲两个人边走边谈。

迟　仲　……禅让作为法规，我是赞成的，可是我也和公输小姐一样，觉得你不应该过早禅让。禽滑釐为人为学都没有说的，但是眼光不够深远。明面上的事，他能看个两三步，看暗中的关节点，他眼睛后面还缺一双眼睛。

墨　翟　现在的天下，恐怕是有史以来最乱的天下了，在这个时候实行禅让，就好比从沼泽地里，挑起一副重担。我是怕，以后年龄大了，想挑也挑不动了。

迟　仲　你这个担心也对。既然已经宣布了，也没有必要更改。不过，我建议，你千万不要放松，要经常给禽滑釐后腰上使把劲。

【遇到上坡，墨翟搀扶着迟仲。

墨　翟　老师放心。我会替他长长眼色的。

迟　仲　有一件事，我有些不放心。

墨　翟　是不是吴起已经投奔楚国的事？

迟　仲　楚惠王死后，楚国有了新君，吴起投奔后，被任命为宛守。宛守虽然只是一个军事要塞的主官，但是与秦国和韩国对峙，可见楚国新君是在砥砺吴起这把战刀。

墨　翟　昨天耕柱来信，报告楚国新王已任命吴起为令尹。

迟　仲　这么短时间，吴起一步登天升任令尹了，一个攻伐之徒当了楚国的宰相？我真担心孟胜，对付不了吴起这样的人。

墨　翟　我看这样，等禽滑釐去楚国视察回来，看看情况，我们再催促孟胜，加紧把守卫阳城的队伍训练好，转交给阳城君，然后赶快撤离楚国，你看怎么样？

【迟仲点头。

13. 楚国阳城封地（日，外）

【楚国阳城街市上，走来一支纪律严明的巡逻队伍，是守护阳城的孟胜和大英一行。

【墨者队伍精神抖擞，步伐整齐，齐声背诵着《墨守》。

众　齐　日夜不休，自苦为极。穷且日坚，不坠青云。
　　　　智以教人，力以劳人，财以分人，卑己尊人。
　　　　不立巧誉，以身载行，赴火蹈刃，死不旋踵。
　　　　兼相爱，交相利，言必信，行必果。

【沿途百姓翘起大拇指，禁不住啧啧称赞。

百姓甲　……真是仁义之师啊！

百姓乙　由栀井的女儿女婿带出的队伍，不就和栀井一样恩惠百姓嘛！

百姓甲　这些墨者保我们一方平安，是我阳城百姓的造化啊！

14. 泰山墨学书院主事房（日，内）

【禽滑釐正在报告去楚国视察的情况。

墨　翟　……你这一趟，所到之处，及于楚国南部，比我要远得多了。

禽滑釐　我这次，在阳城郡滞留时间较长。

绛　娘　大英怎么样？

禽滑釐　大英在楚国也担负讲学之事。你知道，楚国是没有女人讲学的，但大英的讲学很受欢迎。她教习武功，更是名闻楚国大地。大英在楚国，还得了个美称。

迟　仲　什么美称？

禽滑釐　人们都称她"栀井的女儿"。

墨　翟　是呀，大英在那里，是跟她母亲做伴呀。

禽滑釐　大英的儿子长得又高又瘦又黑，当地，找不到那么高的孩子。

迟　仲　我估摸着，和墨翟小时候一样。

【大家笑着。

禽滑釐　楚国墨者，在册者已有数千人。我这次去，作了两次讲学，都很隆重，并且
　　　　举行了"钜子"交接仪式。

墨　翟　你说什么？

禽滑釐　举行了"钜子"交接仪式呀？

墨　翟　你把"钜子"传给孟胜了？

禽滑釐　是呀！孟胜在楚国墨者中，已经达到一呼百应的程度啦！

【墨翟和迟仲对视着，绛娘和墨翟对视着，大家都没有说话。

15．泰山墨学书院墨翟书房（夜，内）

墨　翟　禽子为何急于把"钜子"让与孟胜？

禽滑釐　师兄，我比你小不了几岁，不如给年轻人机会。孟胜风华正茂，楚国上下呼
　　　　声一片，我把钜子禅让给他，对墨者在楚国的声望，十分有利。另外，也是
　　　　警告吴起，不要轻举妄动。

墨　翟　小禽子呀，你曾经是儒学大师子张的小书童，是不是让"亲亲为仁"钻进骨
　　　　髓里了？

禽滑釐　师兄，你这才是误会了我禽滑釐。别说孟胜是你的女婿，就是我的女婿，我
　　　　也会把钜子让给他的。你放心吧，孟胜确是下一代里最优秀的。

墨　翟　师弟呀，我还是觉得太早了……

禽滑釐　那你禅让，就不早了？

墨　翟　你是在拿禅让开玩笑吧？

禽滑釐　不敢，不敢！

墨　翟　我是担心孟胜忠勇有余，灵活不足，对付吴起这样有用兵之胜算，而无仁义
　　　　之约束的人，恐怕没有经验。

禽滑釐　吴起的靠山只有楚王一个，楚国世卿对他恨之入骨，楚王的靠山一倒，楚国世
　　　　卿的唾沫也会把他淹死。另外，楚国墨者已经发展壮大，楚国世卿中多有拥戴
　　　　孟胜为领兵者，不会有什么危险的。我看，你可以好好地周游列国，传播我们
　　　　的墨学。我呢，好好地研究研究兵法，写部兵书，就放手让年轻人去干吧！

16．泰山墨学书院迟仲房舍（日，内）

【墨翟进来。

迟　仲　墨翟呀，来得正好，给我捶捶背吧？

迟师娘　你老师呀，真会拿捏，你一来，他就哎哟嗨哟的，就是想受用受用儿子的滋

味呗。

墨　翟　那当然，一日之师，终生之父嘛。

【墨翟给迟仲捶背。

迟　仲　墨翟呀，有件事我要对你说。

墨　翟　嗯？

迟　仲　我想回目夷谷。

墨　翟　为什么？

迟　仲　我老了，叶落归根啊……

迟师娘　你老师呀，一顿还能吃两张面饼，一点也不老。

迟　仲　你说，你都禅让了，还不让我告老还乡？

【墨翟看着迟仲，两个人哈哈大笑。

墨　翟　我看老师的真实意图，是——

迟　仲　是什么？

墨　翟　是准备帅帐——前——移？

【迟仲深深地点头。

迟　仲　墨翟呀，建立这样一支学术新军，和这样一支铁打的队伍，来不得半点大意，
　　　　我们不得不防啊……

17. 鲁阳文君封地（日，外）

【失魂落魄的胜绰，在街市上走着。

18. 鲁阳文君封地庄信府邸客厅（日，内）

【胜绰痛苦不已地对庄信诉说着。

胜　绰　……就是这些，庄伯伯，我说的没有一句假话。

庄　信　嗨，你呀你呀！……你从目夷谷一路走来，把自己弄成这个样子，就是为了
　　　　来找我帮忙？

胜　绰　胜绰后悔莫及，请庄伯伯一定替我说情！

庄　信　胜绰，墨子如果为了你一个人就破坏了《墨守》，那他还能当墨子吗？那不就
　　　　是目夷谷的一个能工巧匠罢了？

胜　绰　这么多日子，我一直在想，知道自己错了，庄伯伯，你就替我求求哥哥吧！
　　　　庄先生对目夷谷有救命之恩，哥哥他不会不听你的！

庄　信　我问你，墨子对你有救父之恩，你听他的了吗？

【胜绰泪流满面，紧紧地抓住剑柄。

胜　绰　庄伯伯不肯替我求情，我也没有脸面活在世上了……

【胜绰拔出宝剑。庄信上去按住。

庄　信　胜绰，你这是干什么！

【家人进来。

庄信家人 老爷，鲁阳文君有请！

庄　信 胜绰，你先在这住下，哪里也别去，等着我回来！我会有办法的，听话！

19. 楚国郢都鲁阳文君府邸客厅（日，内）

【庄信进来。

庄　信 文君，何事如此紧急？

鲁阳文君 楚王要庆祝寿辰，非要请鲁国的绣工，来制作新衣不可……

庄　信 楚王不是刚刚做了登基庆典吗？为何还要如此张扬？

鲁阳文君 还不都是吴起拉大旗做虎皮，张扬自己的势力嘛。

庄　信 我听说楚王已经生病了？

鲁阳文君 而且病得不轻！

庄　信 那还要做什么新衣？

鲁阳文君 （压低声音）新衣不成，就是丧服！

庄　信 啊？！

鲁阳文君 世卿们现在不敢动他，是因为投鼠忌器。我看，只要楚王一死，就立即会有人，来封吴起之口！

庄　信 这样会不会发生内乱？

鲁阳文君 这你不用管了，你赶快去鲁国请绣工，我们不能让吴起看出破绽。

庄　信 我年事已高，一定派个得力助手去办。

20. 鲁阳文君封地庄信府邸客厅（日，内）

【胜绰孤零零地在客厅里，痛苦至极，正欲拔剑自刎。

【庄信喊着他的名字进来。

庄　信 胜绰！胜绰！

【胜绰把抽出的宝剑放回去，从帷幕后过来。

庄　信 胜绰呀！你光哭有什么用？我看呀，你也不一定非要回泰山不可，在这跟着我学做生意，不也很好吗？

【胜绰"唰"地拔出宝剑，就要自刎。庄信连忙上去拦住。

庄　信 胜绰呀，怪不得你嫂子说你"一根筋"哪，我这个楚商，当年尚且可以助墨翟一臂之力，你从贾经商，不是照样可以资助你哥哥嘛。我告诉你，孔子能扬名天下，还大得益于涉足商贾的子贡之力，圣人也需商贾之助呀！

【胜绰泪流满面，紧紧抓住剑柄。

胜　绰 庄伯伯，我生是哥哥的弟弟，死也是哥哥的弟弟！除了重回哥哥身边，我哪里也不去，什么也不干！

庄　信 胜绰呀，你真是"一根筋"呀！

【胜绰痛苦地给庄信跪下。

胜　绰　庄先生，你就让我跟着嫂子一块去吧……

庄　信　胜绰呀，去不去的，我们先不说。看在我们老相识的分儿上，我有件急差要办，非你莫属，你能帮我个忙吗？

【胜绰抬起头。

庄　信　等你帮我办完了这件急差，回来我一定亲自去泰山找墨子求情，你看怎么样？

【胜绰点点头。

21. 鲁阳文君封地庄信府邸（日，外）

【胜绰作为商队押车，与楚军宫差一同出发。

22. 阳城庄信府邸客厅（夜，内）

【家人进来禀报。

庄信家人　宫廷医官耕柱子求见！

庄　信　快请！

【耕柱快步进来。

耕　柱　庄先生，打搅了。

庄　信　没有要事，你不会晚上来的？

耕　柱　的确紧急。

庄　信　是不是楚王病重？

耕　柱　楚王不久于世，这是明摆着的。另外一件暗中之事，是有人要谋杀吴起！

庄　信　啊？！文君没有跟我说呀？

耕　柱　如此秘事，文君不会跟任何人说。我也是在宫中行走，偶然感觉到的。

庄　信　我就怕，这样会引出楚国的内乱！

耕　柱　我找你正是这个意思。楚王一死，必然引起楚国大乱，大乱之中，城门之火，殃及池鱼。

庄　信　那就赶快找孟胜、大英来商量商量吧？

耕　柱　不用，孟胜、大英那里，我会去跟他们商量。

庄　信　那你的意思是？……

耕　柱　楚王危在旦夕，作为医官，我不能离开左右。我的意思，想烦劳庄先生亲去泰山，向墨子讨救大计。

庄　信　好！

耕　柱　庄先生，要快啊！

庄　信　我连夜出发！

23. 阳城城门（夜，外）

【庄信的马车星夜出城。

24. 阳城孟胜府邸客厅（夜，内）

【耕柱在书房等候。孟胜和大英边穿衣服边向书房跑来。

孟　胜　耕柱叔！出什么事了？

耕　柱　孟胜呀，你现在已经是钜子了，还肯不肯听叔的建议？

孟　胜　耕柱叔这是说哪儿去了？墨子、禽子都一再嘱咐，遇事要和叔多商量。

大　英　愿听耕柱叔指教。

耕　柱　我只想问一句，你们有没有做撤离楚国的准备？

【孟胜和大英互相对视了一下。

孟　胜　按照计划，阳城的守军在年底之前训练完毕，交给阳城君后，墨者全部撤回泰山。

大　英　耕柱叔的意思，是让我们早些撤离？

耕　柱　对，不是早些，是立即！

孟　胜　那来不及，还有许多事情没有安排……

【耕柱想了想，直奔主题。

耕　柱　我问你们，如果楚国发生内乱，墨者怎么办？

孟　胜　我们绝不会介入楚国的内乱。

耕　柱　所以你们要赶快撤军！

孟　胜　但是帮助阳城君组建守城队伍的事，我们也不可敷衍吧？

耕　柱　我怕到时候，就来不及了！

孟　胜　好，我们尽量提前。

耕　柱　另外，刚才我和庄先生商量了，把几个孩子先送到庄信老家，以防不测。

孟　胜　情况有这么严重？

大　英　就按耕柱叔说的办吧！

25. 泰山墨学书院墨翟卧室（夜，内）

【墨翟正在酣睡，身边还是铺着栀妹的睡衣。

26. 泰山墨学书院绛娘卧室（夜，外）

【夷之匆匆地敲着窗户。

夷　之　二英！二英！

【二英打开窗户。绛娘也探出头来。

夷　之　楚国庄信先生赶到，一定要立即面见墨子，可是老师刚刚睡下！

绛　娘　准是出了大事！

27.泰山墨学书院墨翟卧室（夜，内）

【墨翟猛然惊醒，听听没有什么动静，复又睡去。响起敲窗声。

【墨翟一骨碌爬起来。

墨　翟　什么事？

夷　之　老师，楚国庄信先生来到！

【墨翟立即跑去开门，只见庄信和绛娘、二英、夷之等都站在门外。

【风尘仆仆的庄信一步迈了进来。

墨　翟　庄先生！

庄　信　墨先生！出事了！

墨　翟　啊！

28.途中（日，外）

【墨翟一行的六辆马车向南奔驰。

29.马车（日，内）

【墨翟和绛娘坐在车内，紧张地商讨着。二英听着。

墨　翟　……我看，这是楚国卿大夫和公室的一场殊死斗争。

绛　娘　对。多年来，楚王封地之广，动辄几百里，楚国大小封君竟达数百人，"礼乐征伐自诸侯出"一变而为"礼乐征伐自大夫出"，正在成长起来的封君势力，已经形成一支庞大的力量。

二　英　这么说，墨者驻兵阳城，可能成为阳城君，向楚国王室进行对抗的力量？

墨　翟　二英也看出来了？吴起背靠楚王，力革"大臣太重、封君太众"的弊端，改"君子之泽，五世而斩"的成规，新定封君的子孙，到第三代无所作为，就取消爵禄，发配偏远之地垦殖。

绛　娘　吴起极大地伤害了世卿的利益。所以，世卿们与吴起势不两立。屈宜臼曾当面斥骂吴起是"祸人"！

二　英　那楚王一死，封君们非杀了吴起不可。引来楚国大乱，姐姐姐夫就会有危险？……

30.途中（夜，外）

【墨翟一行的六辆马车向南疾驶。

第五十一集　绛娘赴难

1. 途中（日，外）

　　【楚国水网地带，徐弱骑马向北奔驰。

2. 马车（日，内）

墨　翟　……两百年来，天下呈现"合"的趋势。齐国先后灭掉30余国及一些部落，
　　　　成为东方大国。楚国先后灭掉40余国及一些部落，成为南方大国。晋国先后
　　　　灭掉20余国，征服40余国，成为中原大国。秦国在函谷关以西吞并众多小国
　　　　和部落，成为西方大国。谁知，今日天下，又呈"分"割趋势。各国卿大夫，
　　　　出将入相，具有了左右朝政的政治资本，开始专擅国政，逐君、弑君……

绛　娘　这其中最典型的，就是"田氏代齐""三家分晋"和"三桓乱鲁"啦。

二　英　那我们墨者，在这种大势中，该取何种态度？

绛　娘　我看，墨学的核心是"兼爱"，"兼爱"只有在"合"的大势下，才能施行。所以，
　　　　我们不能支持分割势力。

二　英　父亲的"尚同"说，是大国君主们所能接受的，如果因为阳城的相反例证，
　　　　我们岂不自毁"尚同"之说？

　　　　【墨翟深深地点了点头。

　　　　【马车突然停了下来。

夷之（画外）　老师！就要到目夷谷了！

3. 目夷谷村口（日，外）

　　　　【墨翟一行的马车，在目夷谷的村口停下来。墨翟下车。庄信下车。绛娘和二
　　　　　英下车。墨翟来到庄信车前。

墨　翟　眼看到家门口了，也无法请庄先生进去坐一坐……

庄　信　不必客气了，我们二人相会，总在危难之时。这也是命吧？

夷　之　老师！你看！

　　　　【大家看去，远处跑来一匹快马。马匹近来，徐弱下马，跌坐在地。夷之上前
　　　　　扶起。墨翟一行围拢过来。

徐　弱　……老师！……

墨　翟　徐弱！坐着说吧。

徐　弱　……耕柱……子要……我……

墨　翟　慢慢说……

【夷之拿来水，递给徐弱，徐弱几乎把水倒进嘴里。

徐　弱　耕柱子让我禀报，楚王已死，楚王之子，继位。

墨　翟　耕柱子已经到了阳城？

徐　弱　（点头）他说，世卿们密谋杀害了吴起！

墨　翟　哦？

徐　弱　楚王死后，僵尸横陈病榻。以屈宜臼为首的世卿们，事先埋伏了弓箭手。前来吊唁的吴起中箭后，带伤奔向楚王，吸引弓箭手把箭射向王尸。吴起和王尸上，布满了刺猬一样的利箭。虽然如此，屈宜臼仍不解恨，命令把吴起拉出车裂。

绛　娘　吴起不愧是用兵老手，临死也给楚国留下了大乱的祸根！

徐　弱　正是。吴起临死前喊着，"我吴起一生用兵，这死后的用兵，也要让你们难逃诛杀！"

墨　翟　氏族家的箭支上，不是都刻有姓名吗？

徐　弱　正是如此，新任国君按照箭支上的勒名，下令以"谋反"的罪名，收捕全部参与箭射王尸的世卿。

墨　翟　那阳城君呢？

徐　弱　阳城君也是谋臣之一，已经不知去向。耕柱子连夜赶到阳城，敦促我们从阳城撤兵。

墨　翟　孟胜做好撤出阳城的准备了吗？

徐　弱　已经准备好了，但是不见阳城君，无法辞行。孟胜特派我来请教墨子。

墨　翟　耕柱子没说新任国君秉性如何？

徐　弱　他说新任国君少年气盛，生性凶残，心狠手辣，做事不计后果，楚国定有大乱！

墨　翟　徐弱，你要辛苦一下，立即返回阳城，转告孟胜，如果楚国发生内乱，墨者绝不介入。墨者对任何形式的分裂行动，都不赞成。

【墨翟看了绛娘一眼，绛娘点点头。

墨　翟　告诉孟胜，立即从阳城全部撤出！

徐　弱　阳城君曾经断璜为符，现在孟胜手里只有一半兵符，另外一半在阳城君手里……

墨　翟　既然情势紧急，墨者只能不辞而别。

徐　弱　孟胜担心这样做，会违背与阳城君的前约。

庄　信　哎呀！这种时候了，还讲什么兵符不兵符的？

墨　翟　请庄先生见证！

庄　信　好，将来有机会，我会亲自向阳城君说明！

墨　翟　夷之，你随徐弱同去。

【徐弱摇摇晃晃地站起来，夷之等把他撮上马。

墨 翟　庄先生，请转告鲁阳文君，请他谅解楚国墨者极为险峻的处境，不见阳城君手中另外一半兵符，就擅自撤离了。墨翟不日赴楚，亲见鲁阳文君，当面请罪，并面商大计。

庄 信　告辞了!

　　【墨翟一行送庄信上路。夷之骑上一匹从车上解下的马，与徐弱飞奔而去。

4. 目夷谷百工坊（日，外）

　　【墨翟一行的五辆马车，进入目夷谷的百工坊。

　　【百工坊的作坊依然林立，只是作坊里的人，已经完全是另外一茬了。他们以为这五辆马车上，坐的不过是日常所见的客商，随意地打量着。

墨 翟　停车!

　　【马车停下，大家跟着下车。一群孩子围了上来，好奇地看着墨翟一行。

　　【墨翟敲着迟仲家的门，无人应答。一个孩子好奇地问墨翟。

孩 子　先生，你从哪里来?

墨 翟　孩子，我就是百工坊的墨翟呀!

孩 子　你就是墨子呀?我爷爷认识你!迟仲太师在目夷书院呢，我带你去!

　　【孩子一下跳上了马车。对面来了一位老者，墨翟看了看，没有认出来。大家上了车，正准备走。老者一把抱住了墨翟的腿，墨翟低头一看。

墨 翟　……胜工师?!是你老人家?!

　　【墨翟下了车，搀扶起胜工师。

墨 翟　（示意其他人）你们先去吧。……父亲，你老身体还好吗?

　　【胜工师一个劲地摇头。

墨 翟　胜绰呢?

　　【胜工师还是摇头。

墨 翟　我母亲的坟，埋在什么地方?

　　【胜工师拉着墨翟的手就走。

5. 胜师娘坟冢（日，外）

　　【墨翟和胜工师都跪在胜师娘的坟前。

胜工师　……你母亲死前，喊着你和胜绰的名字，三天三夜不咽气啊!……

　　【墨翟泪水滚落，泣不成声。

墨 翟　……母亲……你没有等我回来啊!我还要做一辆最好的车……拉着你老人家逛曲阜城啊!……

胜工师　墨翟呀，你这一辈子，要干什么就干什么，我从来不说一句话，今天当着你母亲的面，听我一句话，行吗?

　　【墨翟点了点头。

胜工师　我看，你就停下来吧！……天下人都不肯行义了，为何你一个人还在苦苦行义？我求你停下来吧！

【墨翟收住了泪水。

墨　翟　我也想停，可是父亲你想想，我能停吗？

胜工师　这次回来，你就彻底停下来吧？孩子！

墨　翟　父亲，假如你有十个儿子，只有一个儿子肯种田，其余九个儿子都不肯种田，只是坐享其成。你的家里会怎么样呢？

胜工师　家败啊！

墨　翟　为了不家败，这一个儿子，是不是就得更加努力种田，为此而摩顶放踵，自苦为极。你老人家看见这个累得身上没有肉，腿上没有毛的儿子，忍心去劝说他放下手中的农具吗？

【胜工师流下泪来。

墨　翟　现在，天下肯行义的人的确很少，正是因为这样，你应当劝勉我更加努力行义，像当年在百工坊那样给我声援，怎么反倒来阻拦我呢？

胜工师　可是我只有你和胜绰两个儿子啊！

墨　翟　我的父亲墨工师，为了救你们50个工匠弟兄，一个人绝食而亡，如果你献出我和胜绰两个儿子，能救活天下更多的儿子，不是也值得吗？

胜工师　墨翟可曾想过，你奔走天下30年，又有多少收获？当初目夷谷是鲁国之地，现在已成了齐国的疆土，我们匠人还不是做工受累？

墨　翟　行义，确实不像种田那样，春种秋收，入仓的稻菽，以升斗计数。行义，是用一个观念去改变另外一个观念，这是上苍设给人间的最难考题。它也像我们匠人所做的极品工艺，大刀阔斧地劈出轮廓之后，就要一年年细细地打磨呀！

胜工师　你还要打磨到什么时候？

墨　翟　生命不息，打磨不止。

胜工师　当初绝食的，为什么不是我啊？留我在这人世上，看着你母亲走了，看着胜绰跑了，又看着你累成这个样子……孩子，我心疼啊！……

6. 目夷书院门口（日，外）

【目夷书院的牌子已经高高地挂了起来。

【墨翟端详了一下，大步走进去。

7. 目夷书院房舍（日，外）

【迟仲正在指挥弟子们卸车，把行李搬到各自的房舍。

墨　翟　老师！

迟　仲　墨翟呀！

墨　翟　老师先见之明！

【迟仲疲惫地摆摆手。

8. 目夷书院绛娘房舍（日，外）

【绛娘正在收拾房舍，忽然听见窗外有人叫她。

（画外） 绛娘！

【绛娘一看，惊讶地叫了一声。

绛　娘　胜绰！

【胜绰摆摆手。

胜　绰　我在村头等你，有话对你讲。

绛　娘　好，我就来！

9. 目夷谷村口（日，外）

【胜绰蹲在那块巨大的石头上，看见绛娘远远走来，立即下来。

绛　娘　你怎么这身打扮？

胜　绰　我从楚国来。

绛　娘　你可知道阳城君的情况？

胜　绰　不知道，是庄先生要我来替楚官请鲁国绣工的。

绛　娘　请绣工干什么？

胜　绰　说是给楚王做新衣。

绛　娘　徐弱来报，楚王已经死啦？

胜　绰　我今天还接到圣旨，一定要把鲁国最好的绣工请到。

绛　娘　那准是新王要办登基大典……

【绛娘若有所思。

胜　绰　绛娘，我想请绛娘，说服哥哥，让我回来。

绛　娘　我认识你哥哥这么多年，从来没见他生过这么大的气！

【胜绰低头不语。

绛　娘　他吐血了……

胜　绰　绛娘，我对不起你！

绛　娘　你对不起墨翟，对不起墨翟苦心经营的墨者事业！

胜　绰　……杨子的胳膊，是我打断的。……

【胜绰抽出宝剑。

胜　绰　绛娘要是不原谅，你就砍断我一只胳膊好了！

【胜绰把宝剑硬塞给绛娘。

【绛娘把宝剑"当啷"一声扔在巨石上。

绛　娘　胜绰！你还是没有明白，墨翟为什么要把你逐出墨门！

胜　绰　我和哥哥从小就在一起，他越不让我靠近，他就越像磁铁一样吸引我。回到目夷谷，我以为会摆脱他的吸引，可是到了楚国，他的吸引更强烈。我发现，离他越远，我的半边身子就越疼，就像撕裂一样。我去楚国复命回来，他就是乱棍打我，我死也死在哥哥身边。

绛　娘　胜绰，你不要性急，有些事情需要等待。

胜　绰　我们男人间的情谊，你女人怎么会懂？

绛　娘　你要想真心改过，我可以慢慢教你，像栀妹那样教你？但是你没明白事理之前，千万不要再出现在墨翟眼前……

胜　绰　栀妹就是为了救你，才白白牺牲的！

　　　　【胜绰说完，甩手而去。

10. 目夷书院大门（黄昏，外）

　　　　【绛娘一个人郁闷而来。

二　英　姨娘！你到哪儿去了？父亲找你一个时辰了。

绛　娘　哦！

11. 目夷书院六艺厅（黄昏，内）

　　　　【年久失修，六艺厅一派破败。墨翟一个在其中环视，悲从中来。绛娘进来。

墨　翟　你到哪儿去了？

绛　娘　我去随便看看。

墨　翟　这书院还得整理一阵子，我想委托你来办。老师太累了。

绛　娘　怎么？你要走？

墨　翟　对，我要立即去楚国。

绛　娘　楚国你不能去。

墨　翟　楚国我必须去！

绛　娘　你千万不能去！

墨　翟　不要再说了。

绛　娘　想不到你墨翟，竟然也如此脆弱？

墨　翟　我在楚国的墨门弟子，守卫阳城的182人危在旦夕，我要是只管下达命令，而不亲自救援，我不仅不算墨者，连个人，也算不上了吧？

绛　娘　楚国内乱在即，墨者的最好选择是撤出，而你竟要自送虎口？

墨　翟　我两次替代羁押，成为鲁囚，一次成为宋囚，哪一次不是进得虎口，又出得虎口？

绛　娘　我知道，你止楚攻宋之后，又止齐伐鲁、止楚攻郑，避免多少无辜死于战火。可是此次楚国之行，却再也不同！

墨　翟　现在我已不是墨者钜子，我以一个普通墨者的身份去楚国，尽我自己的力量，去援助我的墨者兄弟！

绛　娘　你不是钜子，可你是墨子！只怕你目标太大，反而陷楚国墨者于危难！

墨　翟　那你让我眼看着我的182个弟子，一天天地逼近火炕吗？

绛　娘　你想往火炕里一跳，了断尘世之缘？

墨　翟　绛娘？

绛　娘　我曾经轻生，可是我的轻生，没有了断尘缘，反而葬送了栀妹。现在你这样鲁莽行事，又将葬送多少兄弟姐妹？

墨　翟　你让我像个懦夫一样，龟缩在目夷书院，在讲台上，说兼爱、兼爱、兼爱，却让自己的弟子和亲人，去献身，去牺牲？

绛　娘　不，楚国要去。

墨　翟　我不去谁去？！

绛　娘　我去。

墨　翟　你去？

绛　娘　对，我去。我以鲁国绣工的身份，可以直达楚国宫中。

墨　翟　这怎么可能？

绛　娘　刚才我在街上，看见楚宫的差役，正在聘请鲁国绣工，去给新君做新衣。我的绣工，你是领教过的。我有绣工的身份做掩护，还有公输般与楚国先王的交情可以利用，总比你这个把"兼爱""非攻"刻在脸上的墨翟，更有胜算吧？

【墨翟想不到一切来得这么突然，竟然要一个女人替自己去冒险。

绛　娘　我希望你此刻不是墨翟，我也不是绛娘，我们是两个计算利弊的士人，让我们来理智地判断一下，谁去更有胜算！

墨　翟　我无法判断。

绛　娘　你是故意把自己的全局地位，降到一个局部？

【墨翟不说话。

绛　娘　如果你甘于这种心态，我倒替栀妹可惜，她爱的不是墨子，而是一个目夷谷的小匠。栀妹在天之灵，能答应吗？

【墨翟沉默着。

绛　娘　我随叔父赴楚多次，轻车熟路，又有缝人官身份，天衣无缝……

墨　翟　墨者救天下之难，想不到，今日墨者在楚有难，却劳一位女士搭救，墨者于心何忍？

绛　娘　难道我的此行，比你当年"止楚攻宋"还难？

墨　翟　难，难得多。当年我面对的，是还算贤明的楚惠王，另有老友公输子的暗中相助，终成"义止"。而你此行，面对的却是刚愎自用、阴险狡诈、急于以杀戮稳定自己宝座的新王……

绛　娘　反正，我不能置大英于生死于不顾，这是我向栀妹有过誓言的，我总得言必信，行必果。

12. 楚国宫殿（日，内）

【新任国君楚肃王端坐殿上。二十出头，一脸杀气。大司徒在一旁毕恭毕敬地报告着。

大司徒　……经过查验，射杀悼王遗体者，有埋伏在宫内的弓箭手104人。这104名弓箭手，射中悼王的箭支，共勒有楚国世卿70家的姓氏。请问大王，如何处置？

楚肃王　依照楚国成法，将这70家世卿族人，捉拿归案。

大司徒　是。

【大司徒正要退下。楚肃王又欠起身子，恶狠狠地说。

楚肃王　一个也不准漏掉！

13. 楚国世卿家门（夜，内）外

【到处是破门、抄家、抓人、打砸，哭喊不绝。

14. 目夷书院绛娘房舍（日，内）

【绛娘在收拾东西。

二　英　……姨娘！

绛　娘　嗯？

二　英　还是我和姨娘一起去吧？

绛　娘　不行，你父亲总要有人照顾。

二　英　那姨娘一人去楚国，我不放心。

绛　娘　怎么说一人，我是要和大英孟胜他们182人，一起回来嘛。

二　英　那这一路上，也是够危险的？

绛　娘　我是楚宫所聘客人，不会有危险，鲁国绣工是最安全的身份。

二　英　父亲问我，你怎么知道楚宫请绣工的？

绛　娘　我的鲁绣是童子功，到哪儿一闻，就能闻出来！

二　英　姨娘鲁绣的手艺，这么多年，怎么也没教我？

绛　娘　想学吗？

二　英　想学。

绛　娘　等我回来就教你。

二　英　什么时候回来？

绛　娘　说不准，我总得把楚宫的活儿干完，才能回来吧？不过，大英他们总比我先回来。

15. 目夷书院（夜，外）

【墨翟一个人在院子里踱步，情绪非常不安。墨翟还是向绛娘房舍走去。

五十二集大型 历史电视连续剧 墨子

16. 目夷书院绛娘房舍（夜，内）

【二英点上翟鸟灯碗。

二　英　姨娘，我今天晚上要跟你睡。

绛　娘　你以为还是小时候？都这么大了，自己好好睡吧，你父亲可能还有话说。

【墨翟进来。

墨　翟　都收拾好了？

绛　娘　收拾好了。

墨　翟　绛娘到我房间来一下，我有话说。

【绛娘和二英会意地一笑。

17. 目夷书院（夜，外）

【夷之打马奔来，在并肩走来的墨翟和绛娘面前下马。

墨　翟　夷之！

夷　之　老师！

墨　翟　楚国有什么情况？

夷　之　楚国新君在全国范围内，清洗参与谋杀吴起的世卿家族，听说有70家。

墨　翟　阳城君有下落了吗？

夷　之　没有。

墨　翟　孟胜何时撤兵？

夷　之　已经做好准备，就在这一两天，182名墨者全部撤出阳城。

墨　翟　好，夷之辛苦了。从明天开始，由你全权负责，迅速准备好182人的食宿。别让楚国归来的兄弟姐妹，觉得冷锅清灶的。

夷　之　是！

【夷之牵马而去。夷之所报告的情况，似乎使墨翟和绛娘都有些放下心来。

墨　翟　吴起被车裂了，令人惋惜啊！

绛　娘　这个吴起，贪功名，好征战，但毕竟是当今英才。

墨　翟　不过，吴起之裂，倒是清楚地预示，未来"王天下"者，不为楚，而必为秦。我看，你的楚国之行，可以免了吧？

绛　娘　我还是亲自去一趟，才能放心。

墨　翟　要是孟胜他们都回来了，你还在楚国，我也不放心哪！

绛　娘　我在栀妹坟前发过誓，一定要好好照顾她的一双儿女，我只有看见大英回来，才不负自己的誓言。

墨　翟　栀妹不仅有一双儿女，还有一个夫君，绛娘是否也发誓要照顾好？

绛　娘　没有。

墨　翟　为什么没有？

绛　娘　绛娘欠栀妹的账，而栀妹的夫君欠着绛娘的账。

【墨翟以为绛娘所指，是他拒绝绛娘感情的旧账。

墨　翟　请到我的房间里谈。

【绛娘跟着墨翟走进房间。

18.目夷书院墨翟房舍（夜，内）

【墨翟点上灯。

墨　翟　（亲切地）绛娘，还记得我们初次相识，你眼中的我，是一个黑脸小子吧？现
　　　　在这个黑脸小子，已经有了白发，我们还有什么不能说开？

绛　娘　（隔膜地）那时候，绛娘没大没小的。

墨　翟　你现在是太有大有小了。唉！绛娘……好吧，墨翟欠绛娘的账，请一一报来，
　　　　我今天一起了断！

绛　娘　我从目夷谷，专门到国学泮宫，给你送寒衣，你却给我下了逐客令。

【墨翟想起绛娘所说，原来是那么悠久的旧账，立即反唇相讥。

墨　翟　你不是也骂过我吗？

绛　娘　我什么时候骂过人？

墨　翟　你说我是"一身役骨"！

绛　娘　哎呀！这件小破事，都几十年了，你还记着？

墨　翟　愈是小事，愈是记忆深刻。

【绛娘有所指地也重复了一遍。

绛　娘　对，愈是小事，愈是记忆深刻。

墨　翟　莫非绛娘的旧账，就是泮宫的逐客令？

绛　娘　不，该忘记的，我全都忘记了。

墨　翟　既然已经忘记，那我就正式向你求婚了。

绛　娘　求婚？

墨　翟　对，墨翟遵从公输子遗训，正式向公输小姐求婚！

绛　娘　晚了……

墨　翟　绛娘，不晚，你在我心里已经许多年了……

绛　娘　可是许多年来，你欠我的一笔人情债，已经毁了我的一生！

【墨翟不知何故，惊讶地看着绛娘。绛娘满脸质疑地看着墨翟。

墨　翟　我们已相遇、相处几十年，天下知墨翟者，莫过于绛娘，天下知绛娘者，莫
　　　　过于墨翟，我怎么会毁我心中所爱？

绛　娘　我来问你，我将夫君的姓名告知你，这是什么时候的事情？

【墨翟掐指计算。

墨　翟　是我们合染绛丝时。话是由我的"近朱者赤，近墨者黑"一语引出。那年，

你十五岁。

绛　娘　十五岁的姑娘，肯把自己的婚配相告，说明她对这个人，信之如兄长。可是据我所知，在我成婚前，你与杨朱多有交往。你对杨朱的极端自私、贱视妇女、难与人处，知道得清清楚楚。作为兄长，作为"兼爱"倡导者，为何不肯一语相告？

【绛娘逼视着墨翟，并不等待回答，就接着质问。

绛　娘　我再问你，依你所见，我的最大不足是什么？

【墨翟思忖片刻。

墨　翟　你是一个嫉俗傲物、束身自好的人。这是你的不足，也是你的可贵……

绛　娘　你是不是觉得，一个人自尊心很强，就应当让她，到奴婢的旋涡中去亲尝人间苦水，哪怕她几乎溺水而死？……

【墨翟明白自己的疏忽，造成了绛娘巨大的痛苦，他却无从解释。

绛　娘　你的《墨守》说"智以教人"。这么多年，我们无数次见面、谈心，你却从来不肯教给我这一点点智慧！难道，你只有看着我成为一次奴婢，心里才感到一丝满足吗？

【墨翟痛苦地摇头。

墨　翟　绛娘，你不负天下人，天下你只负我绛娘一人呀！

【绛娘哭泣得几乎站不住，她扶着柱子，坐了下来。

墨　翟　绛娘，无怪乎杨子有泣歧之举。看来他是对的。我们俩，真的走到岔路上去了，而且是一走，就走了几十年……

绛　娘　（揩去眼泪）对杨朱认识，或不认识，这里有什么岔路？

墨　翟　（内疚地）我与杨子相遇，的确在你和杨朱婚前。那时，我知道他叫"杨子"，但我不知道"杨子"就是杨朱。后来，我在离开国学泮宫，还在杨子家当庸工，他以"贱人"不可称他"杨子"为由，只许我称他"杨戎"。杨戎向我宣扬他的"妻室乃入室奴仆"之见，当时我说，夫妻乃人生伴侣，把夫人作为另类奴仆，我为先生未来夫人的处境感到恐惧！可我怎么知道，这个杨戎就是杨朱，而杨戎未来的妻子，她竟是绛娘啊！……

【两个人都泪水奔涌。

墨　翟　后来知道了，一切木已成舟！我还能说什么？我还能说什么！

【墨翟已是热泪盈眶，慢慢地跪在绛娘面前。

墨　翟　是我的欠账！是我一辈子还不清的欠账！请公输小姐看在我不知情上的分儿上，从宽发落吧！

【绛娘如梦初醒。

绛　娘　这么说，是上苍在有意捉弄我们？

墨　翟　绛娘，是我们自己在有意捉弄自己呀！就算你对我有误会，可是这么多年，你故意不说，你不是要让兼爱的墨翟尝尽不能得到自己心爱的苦果吗？我的"钩之以爱，揣之以恭"，你最懂，你是有意将我的爱，"揣之以恭"啊！

【绛娘捧起墨翟泪水模糊的脸。

绛　娘　不要说，不要说了……

墨　翟　不，我要说！我要说！在目夷谷的时候，栀妹就要我对你"钩之以爱"。泰山大水栀妹走前，把你的手交给我，她说，绛娘交给你了……公输子也要我们把阴阳两条卧鱼合为一体。可是，多年来你钩之，我揣之；我钩之，你揣之。我们再这样下去，背负着死去亲人的忧伤，何时了断？时不我待，墨翟要向我心仪已久的爱人正式求婚！

【绛娘把手指放在墨翟的嘴唇上。

绛　娘　以后再说吧……

【绛娘起身走了。

【少顷，六神无主的墨翟跟了出去。

19. 目夷书院绛娘房舍（夜，内）

【绛娘进了房舍，也六神无主地转悠着，不知自己该做什么。墨翟进来。绛娘指指熟睡的二英，让墨翟出去。墨翟不走。

墨　翟　我要跟你说……

【绛娘向二英努努嘴。

墨　翟　不，我要说……

【绛娘只得拉着执拗的墨翟，一块出去。

20. 目夷书院墨翟房舍（夜，内）

【绛娘拉着墨翟又回到了墨翟房舍。

绛　娘　你怎么不听话呢？我说好回来再说嘛……

墨　翟　不，我现在就要说……

绛　娘　那我还睡不睡了？

墨　翟　明天车上一样睡。

【绛娘拗不过墨翟。

绛　娘　好，你说吧。

【墨翟把被子拉开。绛娘吃惊。

墨　翟　你就睡在我的床上，躺着跟我说。

【绛娘看着墨翟执拗的样子。

墨　翟　就让我再多看你一会儿吧……

【绛娘只得坐在床上。

绛　娘　说吧。

墨　翟　你说吧。

绛　娘　我说回去睡觉。

墨　翟　要睡就在这儿睡吧。

【谁也没动，都沉默着。

绛　娘　墨翟！

墨　翟　嗯？

绛　娘　你让我想起了杨子。这么多年，我几乎从来没有想起过他。你刚才那副执拗的样子，我就一下想起了他。

墨　翟　杨子不想拔自己一毛，结果让别人把他浑身的毛，拔了个干净。说实话，我没有保护好他，心里一直不安。

绛　娘　（想了想）我想，你们三个哲人……

墨　翟　哪三个？

绛　娘　墨子、杨子，还有巫马子，你们这三个哲人，我看了三十年，算是看明白了。

墨　翟　看明白什么？

绛　娘　你们是各说其道，各行其道，也是各忠其道。

墨　翟　说得好。杨子说"贵己"，最后终于孤家寡人；巫马子说"亲亲"，最后终于株连九族；我墨翟说"兼爱"，将如何终于生命呢？

绛　娘　你会奉献净尽，留下一种现世无法实行的学说，给后世。也许一百年，也许一千年，也许五千年，人们才会想起你。

墨　翟　你为何如此悲观？是因为我们就要离别吗？

绛　娘　不，我早就想对你说这些，只是一直没有机会。墨学现在弟子弥丰，充盈天下，必然太盛难守。迟仲老师也这样说过。

墨　翟　但是我不怕。人类思维的长河，是后浪推前浪的，如果我的学说不足用，人们就会毫无怜悯地把它抛弃。如果我的学说一段时间内不足用，历史就会让它沉寂。但是我相信，墨学只会沉寂，不会灭亡。

绛　娘　你为何如此自信，是否盲目？

墨　翟　不，我讲个道理给你听听。水涨船高，这个道理你懂。墨学的本质，是关怀"三患"之人，如果"三患"之人都成了三不患之人，社会的整体水平，不就相应地提高了吗？

绛　娘　要是都成了三不患之人，墨学是不是就无用了呢？

墨　翟　不。"三患"是个相对的标准，人群中，永远会有弱势之群。绛娘，我敢说，如果天下的学说都死亡了，还会有一个学说，深深地扎根在黎民百姓心里，那就是墨学。你相信吗？

绛　娘　我信。不过……

墨　翟　不过什么？

绛　娘　杨朱的学说虽然极端利己，但是他把个体生命的价值，提到了一个很高的地位。如果墨学与杨学，这样两个极端对立的学说，能够互相补充，是不是更为完美呢？

【油灯忽闪了几下，墨翟起身给灯碗添油，转过身时，绛娘已经闭上了眼睛。

【墨翟掏出公输般送的"守门鱼"，悄悄放在绛娘的手心里。

【绛娘睁开眼睛，调皮地微笑着。墨翟努努嘴，让她歇息一会儿。

【绛娘在墨翟的注视下，慢慢闭上眼睛。墨翟静静地坐在一边守护着。

【外面传来鸡叫声。

21. 楚国宫殿（日，内）

【楚国大司徒向楚肃王禀报。

大司徒　……禀报大王。70家世族已经抓获69家，共计1357人，请大王处置。

【楚肃王从牙缝里迸出几个字。

楚肃王　九族处死！

大司徒　是！

楚肃王　还有一家是谁？

大司徒　回大王，是阳城君。事发之后，阳城君一直畏罪潜逃，至今不知去向。

楚肃王　他的封地阳城搜过了吗？

大司徒　阳城的防守，是阳城君聘请墨者所为，如果强搜，会遇到墨者的抵抗。

楚肃王　他敢！这是在我楚国的大地上，墨者敢动，与70世族同样下场！

大司徒　大王不知，守卫阳城的墨者，是墨者钜子孟胜的队伍，他们能文能武，以一当十，且经营多年，早已用墨子的救守兵法，把阳城锤炼成一座铁城。如果攻，也难说输赢。

楚肃王　这么说，强攻不行，只能智取？

大司徒　墨子止楚攻宋，不战而屈人之兵，我们也可以效法。请大王定夺！

楚肃王　墨者救守有什么漏洞没有？

大司徒　墨者没有任何漏洞。而且阳城百姓热爱墨者，已经到了不是亲人，胜似亲人的地步。

楚肃王　（自语）不是亲人，胜似亲人？……哼！……

大司徒　请大王明示！

楚肃王　容寡人再仔细想来。

22. 楚国监狱（日，外）

【执刑的楚兵，整齐排列于监狱之外，戒备森严。大司徒走上监门。

大司徒　奉楚国新王之命，依照楚国成法，箭伤楚悼王遗体者，凡七十家，九族处死，今日开斩！司徒官唱名执行！

司徒官 大夫屈宜臼家，九族，处斩35人！

【执刑楚兵押解着一群人从监狱中走出。

【胜绰护送鲁国绣工的车队走过。绛娘撩开窗帘，神情严峻地看着。

司徒官 大夫景源家，九族，处斩51人！

【执刑楚兵押解着男女老幼向刑场上走去。

司徒官 封君阳城君家，九族，处斩42人，阳城君在逃，另案处置！

【执行楚兵呵斥着胜绰。胜绰只得催赶车夫离去。

23.楚国刑场（日，外）

【刑场上，男女老少脚镣铮铮作响，哭声撕心裂肺。血光滔天，寒光滔天，骂声滔天，哭声滔天。

【屈宜臼在人群中高声呼喊着。

屈宜臼 楚国杀屈姓望族，是楚国行将灭亡的征兆！

【监督行刑的大司徒高声喊道。

大司徒 楚宫医官耕柱验尸！

【围观的人群中走出身穿楚国医官官服的耕柱，走向堆积如山的尸体。

24.楚国宫殿（日，外）

【楚国宫殿外面，绛娘和绣工们下车，鱼贯进入楚国宫殿。绛娘悄悄告诉胜绰。

绛　娘 快去看看孟胜撤兵没有？如果没有，让他们立即无条件撤兵！

【胜绰应声而去。

第五十二集 墨者义殉

1. 楚国内宫（日，内）

【身材矮胖的楚肃王正在宫内等候着。楚宫缝人官，陪伴一侧。

【侍从官引导绛娘步履矫健地来到。绛娘里面一身绛色衣裙，外面的一件白色衣装，既有装饰感，又权当重孝之服。

侍从官　鲁国缝人官到！

【绛娘大方地向楚王施礼。

绛　娘　鲁国缝人官，奉鲁国主君之命，向楚王问安，为楚王制衣！

侍从官　请鲁国缝人官，为楚王量体！

【绛娘掏出量尺，大大方方地走近楚王，四周打量了一番。

绛　娘　请楚王起身，便于本官量体。

【楚肃王站立起来，绛娘迅速地量着身长、肩宽、腰围等各个部分。楚宫缝人官还在等待记录，而绛娘始终没有报出。

楚肃王　鲁国缝人官，没有报出尺寸，你记得住这么多数字吗？

绛　娘　在鲁国，主君的身长尺寸，只能记在心里，是不能报出的。

楚肃王　哦，无怪乎人们说，周礼尽在鲁矣。

绛　娘　本官建议，大王制绣花王服两袭，便服两袭。王服也用稍浅丝料，以显出大王的年轻英俊，不知大王意下如何？

【楚肃王好奇地打量绛娘，听见问话，恍然答道。

楚肃王　缝人官眼光不俗，就照你说的办。

绛　娘　大王，多有打扰，本官告退。

楚肃王　慢。本王问你，鲁国的女人，都像你这样风韵儒雅吗？

绛　娘　不敢受大王褒奖。鲁国民风淳朴，崇尚知书达礼。本官不过千万鲁人之一，并无特别。

楚肃王　缝人官尊姓大名？

绛　娘　回大王，我姓公输，名绛娘。

楚肃王　如果绛娘能够住进宫里来，随时比量我的身材，就会方便得多吧？

绛　娘　此次与我前来的鲁国绣工还有12人，王服的缝制彩绣，需我随时指导，还是和她们住在一起方便。

楚肃王　绛娘可以两边都住，岂不两边都方便？

绛　娘　谢大王美意，绛娘还是住在宫外更方便。

楚肃王　既然绛娘受鲁国主君指派，到了楚王，难道不应该听从寡人的指派吗？

【楚肃王嗔怒着，等待绛娘回答。一时气氛紧张。侍卫官进来。

侍从官　大司徒紧急求见！

楚肃王　见！

【大司徒进来。

大司徒　禀报大王，多方搜捕，阳城君仍然没有下落。

楚肃王　那阳城封地呢？

大司徒　阳城封地城门紧闭，百姓自动组成厚厚的人墙，阻挡任何人进出。

楚肃王　什么？！准是那个守城的墨者钜子在怂恿贱民？

大司徒　大王，不是孟胜怂恿百姓，而是百姓阻挡孟胜。

楚肃王　怎么回事？

大司徒　孟胜一行182人，于昨天突然全部撤离阳城，不料阳城百姓早有预伏，把四个城门堵得水泄不通。全城跪地叩首，请求孟胜保护阳城父老。

楚肃王　这么说，孟胜想走而不能？

【绛娘暗暗吃惊。

大司徒　正是。孟胜带领墨者队伍，主动撤离阳城，说明他们不想和大王作对。

楚肃王　可是，他已经作对了！没有孟胜的182人坐镇，阳城君岂敢参与谋杀？岂能畏罪潜逃，岂能至今不得归案？传我的命令，立即收回阳城封地。

大司徒　阳城百姓不让进城怎么办？孟胜带领墨者帮助守城怎么办？

【绛娘的心提到了嗓子眼儿。

楚肃王　那就破城！

大司马　大王若是硬要破城，就得和阳城百姓碰个鱼死网破，那就是屠城！

楚肃王　哼！看谁敢在我这儿撒野？

大司马　大王，我们如果杀阳城墨者，天下的墨者都会找我们拼命的吧？

楚肃王　我没那么傻。传我的命令！公告阳城百姓，只要墨者自殉阳城，就可以避免屠城之灾！

大司马　大王的意思，是让孟胜一行182人，自殉阳城，否则就屠城？

楚肃王　墨者不是口口声声为了黎民百姓吗？那就让墨者在他们的性命和阳城百姓的性命之间，选择轻重吧！

【大司马告退后，绛娘也趁机告退。

楚肃王　绛娘慢走。

【绛娘只得停下。

楚肃王　绛娘刚刚为本王量身，有所疏漏吧？

绛　娘　请大王指教？

楚肃王　绛娘量的是外衣尺寸，还有内衣尺寸未量。

【绛娘忍着去给孟胜报信的心中火急，应付着楚肃王。

绛　娘　我丈量的尺寸，是包括内衣和外衣的。

【楚肃王不以为然地摇摇头。

绛　娘　大王，我可以把内衣和外衣的两个尺寸都写下来。

楚肃王　主君的身长尺寸，不是只能记在你的心里吗？

【绛娘见楚肃王还要纠缠，灵机一动。

绛　娘　绛娘急于告辞，是因一路赶来，偶感风寒，免得传染了大王。

楚肃王　将鲁国缝人官带去医官耕柱处诊病！

【侍卫官带绛娘带下去。

2.楚国宫殿医官室（日，内）

【侍卫官带着绛娘进来。

侍卫官　耕柱医官，大王请你为这位鲁国缝人官诊病。

【耕柱见了从天而降的绛娘，大吃一惊。绛娘连忙替他掩饰。

绛　娘　医官不必惊慌，我只是路上受了风寒，并无大碍。

耕　柱　哦哦……

【耕柱给绛娘号脉。

耕　柱　缝人官胃有虚火，舌苔薄白，项背拘急，气上冲胸，需要发汗解表，生津舒经。
　　　　我这里有一副久试不爽的方剂，待我给你拿来……

【侍卫官到外面去了。绛娘趁人不备，赶紧悄悄告诉耕柱。

绛　娘　……楚王已经下令屠城！你火速告诉孟胜，让他们立即撤出阳城，白天有阳
　　　　城百姓阻拦，可以趁着黑夜缒城，一刻也不能耽误！

耕　柱　好！我立刻就去！

3.楚国城门（日，外）

【大批的楚国军队开出城门，向阳城进发。

4.楚国城门（日，外）

【耕柱的马车疾驰出城。

5.阳城东门（日，外）

【全体墨者列队，再次向城门撤去。阳城百姓百余白发苍苍的老人，拦住孟胜
　　一行。

老者甲　孟将军！你们不能走啊！

老者乙　阳城百姓的性命就在你们的手里了，孟将军！

众　齐　我们求求你们了！

老者甲　俗话说，养兵千日，用兵一日！你们在阳城，我们哪一点亏待过你们？现在

遇到危难，你们一次次地连个招呼也不打就要走，这算什么墨者？

老者乙　要死要活，我们与阳城共存亡，我们这些一把年纪的人都不怕，你们一身本领的还怕什么？

孟　胜　老人家，我们不是怕死，我们是怕把战火引到阳城！

【老者带头，阳城老人齐刷刷地跪在孟胜面前，苦苦哀求。

众　齐　墨者不能走！墨者不能走！

老者甲　要走，你们就从我的身上走过去！

【跪下的老者们，纷纷挽起臂膀，组成一道老人墙。

【徐弱过来悄悄告诉孟胜。

徐　弱　孟将军，南门没有人！

【孟胜带领墨者队伍向南门撤去。

6. 途中（日，外）

【楚国军队向阳城进发。车轮滚滚，黄土蔽日。

7. 途中（日，外）

【耕柱从疾驰的马车上，伸出头来，一个劲儿地催促。

耕　柱　快！快！……一定要赶在大军前头！

【驭手快马再加鞭。

8. 阳城南门（日，外）

【孟胜带领墨者队伍奔向南门。

【南门已经被一群妇女紧紧堵住。这些女人们，一看见孟胜的队伍，就发出惊天动地的哭叫声。

【孟胜止住脚步，命令道。

孟　胜　撤向西门！

【孟胜的队伍又向西门撤去。

9. 途中（日，外）

【楚国军队加快向阳城进发的速度，兵士跑动起来。

10. 途中（日，外）

【耕柱马车追来，前面已经隐约可见楚国大军的尾巴。

耕　柱　（突然地）停！

【驭手猛地收紧缰绳，马匹嘶叫着停了下来。

【耕柱从车上跳下，上前解开一匹马的缰绳，翻身上马，飞驰而去。

11. 阳城西门（日，外）

【孟胜带领队伍到了西门。

【一群孩子跪在西门，孩子们不哭不叫。孟胜一行来到孩子面前，孩子们一个个上前抱着他们熟悉的墨者叔叔大爷。孩子的小眼睛里，闪着恐惧和深深的依恋。

【孟胜和大英抱起孩子，一串串泪水滚滚而下。

【其他墨者也抱起他们熟悉的孩子，大家默默流泪。

12. 阳城城墙（夜，外）

【城墙上燃起一堆堆的篝火。几案上摆着亮晶晶的钜子。全体墨者集聚议事。

徐　弱　……阳城君下落不明，我们没有另一半兵符？硬要撤离，墨者就要背负天下言而无信的责骂。

孟　胜　现在不是撤不撤兵，而是怎样才能撤兵！

徐　弱　既然撤不了兵，我们干脆痛痛快快地和楚军打一场！自从建立墨学以来，我们从来没有打过一仗！我看不如在阳城打一仗，让天下人都知道墨者的威武！

大　英　我们是宣传兼爱的墨者，不能以丧失阳城百姓的利益，来显示忠勇！

徐　弱　那用遇到死亡就逃跑的做法保全性命，岂不自毁"死不旋踵"的《墨守》？

孟　胜　不要再争论了，既然墨子要我们撤兵，他一定会全面考虑，我们还是要想办法撤兵！

大　英　我看只有趁夜，缒城！

【大家向城下看去。

13. 阳城城下（夜，外）

【城下一片火把。楚国大军已经兵临城下。只见包围阳城的火把，一层层紧缩。举着火把的楚军士兵，齐声喊着什么。

【耕柱穿过火把，飞马来到阳城城下。他撕下衣襟，咬破手指，写了一个字，将血书射向城头。

【身后有楚军追来，耕柱只得打马而去。

14. 阳城城墙（夜，外）

【一支飞来的利箭，从城头上飘了进来，正要落进火堆，被眼疾手快的大英一把抓住，展开一看，是一个血写的"缒"字。

大　英　缒城？！

【大英向城下看去，只见一队举着火把的楚军正在追赶一个骑马人。

大　英　孟胜，一定是耕柱叔送的信，让我们缒城！

徐　弱　这与我们的想法不谋而合，我们应该立即缒城！

孟　胜　以我们的功夫，定然可以全部缒城。但是你们听！……

【城下楚军的喊声一浪高过一浪，已经可以听清了。

楚军声　墨者死！阳城全！墨者死！阳城全！墨者死！阳城全！……

孟　胜　你们听见吗？楚国新君不要我们缒城，而是要我们死！我们不死，他们就要
　　　　屠城！

徐　弱　那怎么办？

众　齐　怎么办？

孟　胜　就算我们缒城而逃，城下的楚军也会对我们下毒手！

众　齐　我们死不旋踵！死不旋踵！死不旋踵！……

孟　胜　我是在泰山瘟疫中，死过一回的人了，我弃杨从墨的那一天，早把生死置之
　　　　度外。我不怕死，你们也不怕死！可是你们想过没有，我们缒城之后，如果
　　　　被楚军围剿……

徐　弱　我们182人个个武功高强，拼杀之中，就是有伤亡，也定能突出重围！

孟　胜　如果我们缒城被杀，楚国墨者乃至天下墨者，都会挺身为我们复仇！天下墨
　　　　者就会被我们带入一场巨大灾难？

大　英　（坚定地）我们不能等着被楚军杀死！我们也不能自己逃生！

徐　弱　我们走也不是，不走也不是！死也不是，不死也不是！天地之大，我们182个
　　　　兄弟姐妹，竟然上天无路，入地无门？！

众　人　孟将军！我们怎么办？

徐　弱　孟将军，你是钜子，你说怎么办，就怎么办！

众　人　听钜子的！听钜子的！

孟　胜　作为首领，我孟胜不能保全阳城百姓，却有一个办法保全墨者的操守。

【大英明白孟胜的意思了。

【只见孟胜捧起钜子，突然命令道。

孟　胜　徐弱、墨大英！

徐　弱　徐弱在！

大　英　墨大英在！

孟　胜　你们二将，由徐弱将"钜子"交给宋人田襄子。大英护送隐藏在庄先生老家
　　　　的六个孩子回鲁，并向墨子禀报阳城真相。

徐　弱　徐弱领命！

大　英　墨大英领命。

【徐弱接过孟胜手中的钜子。

孟　胜　你们不必回来复命。

徐　弱　墨者"行必果"，岂能不回来复命？

孟　胜　我命令你们不必复命！

【大英什么也没说，与徐弱缒城而去。

【孟胜一把拉住大英的手，他们四目相对，知道这就是生离死别。孟胜把"守门鱼"交给了大英。大英缒城而去。

【孟胜对着全体墨者，十分悲壮地说。

孟　胜　兄弟姐妹们！保全阳城百姓不被屠城，保全天下墨者不被牵进灾难，保全墨家墨学旷世的荣誉，我们只有一路可走！自刎阳城，以告天下。

众　人　自刎阳城，以告天下？自刎阳城，以告天下！

孟　胜　有愿意撤离的，可以立即缒城！

【大家悲壮如一，坚定地看着孟胜。

孟　胜　兄弟姐妹们，我们朝夕相处，但愿生死不离！

【孟胜带头背诵起那个他们背诵过千百次的《墨守》。

孟　胜　日夜不休，自苦为极。穷且日坚，不坠青云。

众　齐　智以教人，力以劳人，财以分人，卑己尊人。
　　　　不立巧誉，以身载行，赴火蹈刃，死不旋踵。
　　　　兼相爱，交相利，言必信，行必果。

【孟胜在《墨守》声中，拔剑自刎。

【其他墨者没有一个畏惧，全部追随孟胜，自刎阳城。

15. 鲁阳文君封地庄信府邸（夜，外）

【大英带着六个孩子上了马车。

【胜绰驾车而去。

16. 阳城城门（日出，外）

【楚国军队进攻城门，在"墨者死，阳城全"的口号中，打开城门。

【城门大开，楚国军队涌入阳城。

【耕柱奔到城门，跟着军队一起破门而入。

17. 鲁阳文君封地街巷（日出，外）

【后面有追兵，胜绰的马车不得不拐进一个只能容一车之行的街巷里。

胜　绰　大英！你来驾车！

【大英矫健地从车厢里出来，坐在驭手的位置，接过马鞭。

【胜绰趁机溜下马车。

大　英　小叔！小叔！

【胜绰狠狠地打马，大英只得驾车而去。

【胜绰拔出宝剑，一个人与身后百十追兵肉搏。由于街巷窄小，胜绰一人把守，楚军万夫莫开。眼看大英的马车就不见踪影，胜绰愈战愈勇。

【一些后面的楚兵，爬上了街巷两边的墙头。他们大叫着"闪开"。

【与胜绰近身肉搏的楚兵"呼啦"一声闪开，让出胜绰一个人在街巷中间。

【楚兵张弓搭箭，射向胜绰。胜绰挥舞宝剑，挡住飞镝。眼看箭支纷纷落在胜绰脚下，几乎把他包围起来。楚兵又突然停止射箭。

胜　绰　墨者死不旋踵！来吧！

【楚兵的箭头又飞了过来。箭支再次纷纷落在胜绰的腿下、腰下，直到把胜绰埋了起来。

【胜绰至死没有中箭，也没有旋踵，他只是被落地的箭支埋葬。

【一堆箭支里响起一个微弱而又响亮的呼喊。

胜　绰　哥哥！……

18. 阳城城头（日出，外）

【楚军冲上城墙。城头上喋血满地。楚军占领墙头，楚军将领高声惊呼。

楚　将　180人哪！自刎阳城！

【耕柱跑到城头，悲怆至极。他在尸体堆里找到孟胜。

楚　将　医官耕柱准备验尸！

【耕柱抱住了孟胜的尸体，痛不欲生地呼叫着。

耕　柱　孩子！……

【孟胜的鲜血顺着袖子流淌出来。

19. 目夷书院墨翟房舍（日出，内）

【墨翟从睡梦中惊醒。

墨　翟　……二英！……夷之！……二英！……夷之……

【二英和夷之前后跑来。

二　英　父亲！

夷　之　老师！出什么事了？

【墨翟一边穿着衣服，一边说。

墨　翟　即奔楚国！

20. 楚国宫殿内宫（日，内）

【绛娘不得不服从了楚肃王，在内宫中剪裁衣服。楚肃王在一边，饶有兴趣地看着。

【大司徒匆匆进来。

大司徒　禀报大王，墨者180人在孟胜带领下，全部自刎于阳城！

【正在剪裁衣服的绛娘惊惧之中剪破手指，滴血洇红白绢之上。

大司徒　我们抓到一个女墨者，带着六个孩子，都是墨者之后。

【绛娘几乎晕厥，她努力克制着不让自己倒下。

楚肃王　墨者之后，好呀！墨者自行斩草，我们何不除根？！

【绛娘终于振作起来，她平静地对楚肃王说。

绛　娘　大王，这幅白绢上的红花，是我刚才绣上的，请大王试试，放在何处更能显出新朝气象？

【楚肃王高兴地让绛娘用带着血花的白绢，在自己身上比试。

绛　娘　大王，绛娘有句话，不知该说不该说？

楚肃王　绛娘在本王面前，可以任意讲说。

绛　娘　大王对鲁国民风不甚知晓吧？

楚肃王　这话怎讲？

绛　娘　既然180名墨者已经自刎而死，大王为何不肯放过他们的后代？

楚肃王　莫非绛娘也是墨者？

绛　娘　绛娘非墨。本官只是提醒大王，鲁国民风淳厚，但也民风骁勇，善恶分明，爱憎深邃。墨者是鲁国民风铸就，大王若是对楚国墨者斩草除根，不怕天下墨者将共同与大王为敌吗？

楚肃王　你是什么人？

绛　娘　讲来，我和大王也不是陌生人。大王的父亲声王，声王的父亲简王，简王的父亲惠王，惠王和我叔父交好的年龄，比大王的年龄还要长哪。

楚肃王　你的叔父，就是天下大匠公输般？

绛　娘　正是叔父公输般帮助惠王制作了钩强，才打败了越国。所以，宫外早就传言，得天下者，必先得人才。

楚肃王　那本王也得谢谢你的叔父。

绛　娘　可是我的叔父，如果是人才，墨子就是天才。墨子曾经不用一枪一箭，止楚攻宋。如果大王杀墨子之后，墨子并不用亲自复仇，他只要帮助越国制造兵器，就可以假越国之手，打败楚国。

楚肃王　是谁指使你这么说的？

绛　娘　我看大王年轻有为，想让大王的气数长久一些，所以说了这些。

楚肃王　我看你倒像个墨者？

绛　娘　绛娘非墨，但是墨者有句名言，"智以教人"。

楚肃王　这么说，绛娘是出于对寡人的关爱，让放生六个孩子？

绛　娘　只有昏庸之君，才会滥杀无辜。

楚肃王　嗯？

绛　娘　墨者180人的自刎阳城，不会让大王的宝剑沾血，可这六个孤儿，却能让大王结下世代冤仇。这笔账，大王不会算吗？

楚肃王　既然绛娘的叔父是惠王的好友，绛娘又是我的好友，这个面子我会给你。

绛　娘　绛娘谢过大王!

楚肃王　不过,绛娘也得给我一个面子。

绛　娘　请讲。

楚肃王　绛娘必须留在楚国。

　　　　【绛娘知道最后的考验到了。

楚肃王　怎么?你不愿意?

绛　娘　当然愿意。

楚肃王　好!大司徒,立即放人。

绛　娘　大王请允许由鲁国医官耕柱,亲自送回这六个孩子。

楚肃王　为何定要耕柱亲送?

绛　娘　耕柱与我是鲁国老乡,我有话请他转告家人。

楚肃王　好吧。传医官耕柱!

侍卫官　传医官耕柱!

　　　　【耕柱匆匆赶来,看见绛娘在场,也不便招呼。

耕　柱　耕柱拜见大王。

楚肃王　耕柱,派你去鲁国护送六个孩子。鲁国缝人官有事相托。

绛　娘　医官,我有一事相求。

耕　柱　请吩咐!

绛　娘　请转告我家兄长,绛娘应楚王之邀,暂留楚宫,兄长婚娶之事,不必等我回
　　　　去办理了。

耕　柱　(惊愕地)缝人官!你家兄长要是问我,你何时回去?

绛　娘　那就要看楚王的恩典了。我们兄妹相依为命,哥哥孑然一身,妹妹也是孑然
　　　　一身,正该互相照护才是。

耕　柱　敢问大王,何时让归,我好回复鲁国缝人官兄长?

楚肃王　医官,你问得太多了。

　　　　【绛娘欲说又止,掏出"守门鱼"交给耕柱。

绛　娘　这是我家目夷谷门上的钥匙,请转交我的兄长!

　　　　【耕柱只好收起"守门鱼"。

耕　柱　缝人官!

绛　娘　谢医官!

　　　　【耕柱只得退下。

21. 途中(大雨,外)

　　　　【瓢泼大雨中,墨翟和二英、夷之骑马向楚国方向疾奔。

22. 楚国宫殿内宫（夜，内）

【绛娘点上翟鸟灯碗，依恋地注视着。

23. 马车（大雨，外）

【大雨中，六个孩子依偎在大英身边。

【耕柱亲自驾车，在大雨中向鲁国方向奔驰。

24. 楚国宫殿内宫（日，内）

【绛娘为楚肃王试衣，楚肃王抱住绛娘。

绛　娘　大王请自重！

楚肃王　此时，绛娘你就是我的最重！

绛　娘　你可知有一句天下人都知晓的话？

楚肃王　什么话？

绛　娘　士可杀，不可辱！

楚肃王　天下士人我见的多了，都是宁受辱，不丢首的。

绛　娘　绛娘不是天下士人，绛娘是这一个士人！

楚肃王　男士尚且惜头不惜辱，何况你一个女士人？

绛　娘　大王从来没有见到过女士人，怎知女士人何等操守？

楚肃王　我后宫里有成千上百的女士人！

绛　娘　后宫里的，不是女士人，而是宫女！

楚肃王　那有什么不同？

绛　娘　宫女好楚王所有，而女士人却有自己特立独行的一方天地！

楚肃王　你在我的天地里，何以独立？

绛　娘　对于爱，我独立于"钩之以爱，揣之以恭"。大王爱我，我只能表示感谢，但我绝不违背自己的操守！

楚肃王　那我倒要看看，宫女和女士人，到底有什么不同？

【楚肃王再次扑向绛娘。绛娘躲闪着，拿起翟鸟灯碗。楚肃王停住。

绛　娘　油火之中，你想同归于尽吗？

楚肃王　我怎么会和你同归于尽？你只是一个女士人，而我是南国霸主，未来成就天下的霸业，还在等着我！

【楚肃王从帷幕后面"唰"地抽出一把宝剑。绛娘一愣。楚肃王却把宝剑扔了过来。宝剑"哐当"一声，落在绛娘眼前。

楚肃王　惜首还是不惜辱，你自己选吧！

【绛娘放下翟鸟灯碗。楚肃王以为绛娘回心转意。

楚肃王　好个女人！

【绛娘突然捡起宝剑。楚肃王嬉皮笑脸地迎上前去。

楚肃王　来呀！来呀！

【绛娘后退。

绛　娘　你不要逼我！

【楚肃王上前抱住绛娘。绛娘奋力挣扎。楚肃王愈抱愈紧，绛娘动弹不得。

【绛娘用手中的剑尖挑倒翟鸟灯碗，油火在布匹上燃烧。

【楚肃王大惊，放开绛娘。油火燃起。楚肃王狼狈呼叫。

绛　娘　区区微火，大王何必惊慌？大王若是逼杀了墨者绛娘，将会引来天下墨者的复仇大火！

楚肃王　你是墨者？

绛　娘　我是大王请来的鲁国缝人官！

楚肃王　你到底是什么人？

绛　娘　我是个想要回家的鲁国女士人！

【布料已经烧完，火也渐渐熄灭。楚肃王已经泄气。

楚肃王　好，你走吧。以后，常来常往。

绛　娘　谢大王。

【绛娘走出宫去。

25. 途中（日，外）

【墨翟一行和耕柱马车相遇，大家互相叫着对方。

墨　翟　耕柱！耕柱！

耕　柱　先生！先生！

【耕柱"扑通"跪在墨翟眼前。

耕　柱　……先生！……孟胜他们……180个人……自刎阳城……

墨　翟　啊？！

耕　柱　……我没有保护好孩子们……

【墨翟跪坐在地。

墨　翟　（喃喃）……孟胜！……徐弱……大英！……我的阳城弟子！……

大　英　父亲！我在这儿！

【大英扑向墨翟，二英扑向大英，父女三人紧紧抱在一起。

大　英　父亲，阳城墨者180人自尽，是为了不连累天下墨者啊！

【大英把"守门鱼"交给墨翟。

【耕柱把"守门鱼"交给墨翟。

【一黑一白，两个阴阳小木鱼终于合在了一起，而持鱼者只有墨翟一人。

墨　翟　（恍然）……绛娘呢？绛娘呢？……

二　英　大英呢？大英呢？

众　齐　大英！大英！……

　　【四野空旷，没有大英的影子。

26. 阳城城头（日，外）

　　【大英和徐弱一起赶到。他们扶着孟胜的尸体，端端正正地靠在女墙上。

徐　弱　徐弱前来复命！

大　英　墨大英前来复命！

徐　弱　钜子已经交给宋人田襄子！

大　英　六个孤儿安全送回目夷谷！

徐　弱　田襄子命我不必回来复命！

大　英　（同时）可是我想你们！

徐　弱　（同时）可是我想你们！

大　英　我夫孟胜，大英来了！

　　【大英说完自刎阳城。

徐　弱　墨者弟兄姐妹们，我徐弱追赶而来！

　　【徐弱也拔剑自刎。

27. 阳城城头（夜，外）

　　【绛娘在血泊里背起大英的尸体。

　　【阳城百姓背起孟胜和徐弱的尸体。

28. 阳城野地（夜，外）

　　【绛娘埋葬了大英。

　　【阳城百姓埋葬着一个个的墨者。

29. 阳城野地（黄昏，外）

　　【疲惫的绛娘书写着一块块木牌：

　　【"墨者孟胜"

　　【"墨者墨大英"

　　【"墨者徐弱"

　　【"墨者卢参"

　　【"墨者相里勤"

　　【"墨者胜绰"

　　【……

　　【一片新坟，绛娘给182个坟头上插上了一块块的木牌。

30. 阳城野地（夜，外）

【已经疲惫至极的绛娘，在一棵大树上，刻写着，"阳城殉难真相"。

【狂风乍起，电闪雷鸣。

【绛娘几乎站立不住，但她仍然倾力刻写。

【大雨滂沱，绛娘力竭而衰，手中的鲁削，从树干上滑了下来。

【绛娘为安葬墨者，累死在大树之下。

【一声巨响，大树燃起火球。

【天火为绛娘送葬。

31. 目夷书院墨翟房舍（日，内）

【墨翟身心疲惫地躺在床上。二英和夷之进来，站在床前。

夷　之　老师，腹䵍来信了！

【墨翟微微点了点头。二英念信。

二　英　腹䵍师兄说，秦王以为，举国实行农耕之制，废除国人与野人界限，奖励农人与战士。举国之人，深得激励……

夷　之　老师！万物都为田夫、工匠所做，《周礼》把他们打入"贱人""野人"的颠倒，终于又被颠倒了过来！

【墨翟微笑了一下。

二　英　秦王颁令"止从死"……

【墨翟一下子瞪大眼睛。

墨　翟　什么？再读一遍！

夷　之　老师，二英念得没错，秦王颁令"止从死"！秦国真的废止殉葬了！

【墨翟坐了起来。

墨　翟　这是真的？

二　英　父亲，是真的！

夷　之　是真的！老师！

墨　翟　（喃喃地）啊！……从此再也不会有第二个荷花和菊花了……从此再也不会有第二个李达了……

【深深的激动和欣慰，使墨翟不知不觉泪水沾襟。

墨　翟　我一生为兼爱奔走呼号，秦王的"止从死"，是我得到的第一个回应。看来，天下大同，必出于秦人之手！

32. 湖面（日，外）

【一艘战国古船，从芦苇丛中缓缓驶出，越过葱茏的蒲草，绕行于荷花丛中。船上六个少年簇拥着墨子。

【墨翟的眼中闪现着栀妹、绛娘、孟胜、胜绰、大英、徐弱、苦获、己齿、唐姑等所有牺牲的墨者身影。

　　【墨翟吟诵着诗经《陈风·泽陂》。

墨　翟　彼泽之陂，有蒲与荷。有美一人，伤如之何。
　　　　寤寐无为，涕泗滂沱。彼泽之陂，有蒲与蕳。

众　人　有美一人，硕大且卷。寤寐无为，中心悁悁。
　　　　彼泽之陂，有蒲菡萏。有美一人，硕大且俨。
　　　　寤寐无为，辗转伏枕。

　　【渐渐远去的战船和吟诵中，叠出名人对于墨子的评价。

33. 字幕滚动

鲁　迅：墨子是中国的脊梁。

孙中山：古时最讲"爱"字的莫过于墨子。

毛泽东：墨子是一个劳动者，他不做官，但他是比孔子高明的圣人。

杨向奎：中国古代墨家的科技成就等于或超过整个古代希腊。

〔英〕李约瑟：有弩机的弓，墨者的发明比西方要早1400年左右。

〔美〕成中英：墨家表现出一种高度群体性的功利主义……可以成为现代科学技术的
　　　　促进力量。

〔英〕汤因比：现代世界在技术上已经统一，但在感情方面还没有统一起来。只有普
　　　　遍的爱，才是人类拯救自己的唯一希望。

〔日〕池田大作：墨子的爱，比孔子的爱更为现代人所需要。……